MEMORY HOUSE

记忆坊文化

HUOGUO

十四阙·著

江苏凤凰文艺出版社
JIANGSU PHOENIX LITERATURE AND
ART PUBLISHING, LTD

「朕当时喜爱的、向往的，是你这样的妻子。

「所以，你是一个……来迟了的人，长晏。」

——彰华

目录

CONTENTS

谢长晏永远记得最后一次见三堂姐时，初夏薄雾氤氲，天空飞满杨絮。

她一边打着喷嚏一边跑进"谢桥小筑"。

管事的齐娘指挥下人们收整行装。尽管院子里都是人，却丝毫不杂乱，每个人都有条不紊地忙碌着。

二哥哥谢知幸带着他精致的鹰眼面具，独自一人坐在游廊下吹笙。笙声清越悠扬，似有离愁，却又隐含欢喜。

谢长晏冲他吐了吐舌头，捂着鼻子飞快穿过庭院，跑上台阶，推门而入的瞬间，就见暖金色的纱帐和光影摇曳着，勾勒出一位绝世的少女。

她站在与人等高的铜镜前，伸出双臂，两名婢女展开大红色的孔雀袍为她套上，拖曳的裙摆极大极长，被风一吹，水般层层拂动。

——谢繁漪，谢长晏的三堂姐，百年世族培育出的最完美的闺秀，在及笄后的第二天，就要带着百名随从前往帝都玉京，嫁给燕国的太子彰华。

她是当今天子钦点的儿媳，是谢氏精心供养出的明珠，拥有一名皇后所应具备的一切优点：美丽、优雅、博学、谦和、善良、正直……她会成为燕国有史以来最完美的皇后！所有人对此深信不疑。

谢长晏当然也是这么想的。

彼时九岁的她，站在门口，望着铜镜前的美人，心中满是崇拜。

这是关于女子最极致的目标。

也是关于未来最明亮的演绎。

她想不出天底下还有比谢繁漪更得意的女子。

要是长大了也能像三堂姐一样就好了……谢长晏憧憬地想。这大概也是当时谢家所有女孩儿的梦想。

而三堂姐谢繁漪，穿着太子妃的盛装，看着镜子里的倒影，眼眸沉沉，眉睫静静，不喜、不悲，没有表情。

三日后，海上传来噩耗。

乘载了百名陪嫁和一百八十抬嫁妆，被誉为燕国最万众瞩目的婚船遇到了无情的暴风雨，翻了。

　　无人幸免。

　　她的三堂姐谢繁漪，十五年华，绝世的好女子，谢氏一族的骄傲，燕国的太子妃，就那样在出嫁途中香消玉殒了。

　　彼时的太子彰华也是十五岁。

　　两年后，天子出家当了道士，彰华继位登基，没有大婚，孑然一人。

　　又一年后，一个锦盒自皇宫送入谢家族长谢怀庸手中，里面是一条碧玉竹牍，上面刻了几行字。

　　谢怀庸看后脸色古怪。

　　当晚母亲郑氏抱着谢长晏又哭又笑，轻泣道："晚晚，你要当皇后了。"

　　皇后……

　　遥远的记忆在这一瞬打开，暖金色的光摇摇晃晃，映出了穿着红袍站在镜前的少女，那才是谢长晏脑海里"皇后"二字的鲜明定义。

　　要是我长大了也能像三堂姐一样就好了。

　　——一语成谶。

泽山咸

第一卷

〔卦辞原文〕

咸：亨。利贞。取女吉。

〔译文〕

咸，感也。柔上而刚下，二气感应以相与。止而说，男下女，是以『亨利贞，取女吉』也。

〔白话〕

咸，象征着灵感、感应的意思。阴阳感应缘于男女心灵相互爱慕，如男子以礼下求女子，所以『亨通顺利，利于坚守正道，娶妻吉祥』。

风过竹林，枝叶摇曳着，在绿棂窗上投下重重阴影。

窗边的长案旁，坐着个白衣人。

修长如玉的手指握住卷轴，将素绢缓缓展开，衣袖被灯光一照，隐约闪烁着浅银色的白泽纹理。

一名左眉上文了一条三爪小红龙的大汉躬身立在案前，道："燕王日前选定了新皇后人选。"

白衣人浏览着卷轴，轻轻念出上面的名字："谢……长晏？"

"是。谢繁漪的堂妹，族中排行十九，今年刚满十二岁。"

白衣人"唔"了一声，放下卷轴，用指关节在上面轻轻敲打着，半晌后，才道："有点意思。是个什么样的姑娘？"

大汉脸上露出些许古怪之色："是个……挺普通的小姑娘。"

"哗哗，哗啦！"

铜钱摇了六次，落到矮几上，整个大厅寂静无声。

郑氏立在队伍末端，一颗心七上八下，忐忑难宁。

一袭道袍的谢怀庸端坐几后，盯着自己摇出来的卦象沉吟许久，才抬眼看向堂内众人——

"帝乙归妹，其君之袂，不如其娣之袂良。月几望，吉。"

众人听了各有表情。

郑氏松口气，眸间露出一抹喜意，宛如漂浮在忧愁海面上的一片浮萍。

谢怀庸转头看向一旁的青衣少年："取来。"

少年取来七本书册，毕恭毕敬地摊平翻开，每本的扉页上分别写着"琴、棋、书、画、骑、射、数"。

"这是我命知微从族学处取来的十九娘这三年的课目簿。"

郑氏闻言面色微白，俊美少年谢知微已拿起第一本册子念了起来："第一课，琴，成绩乙乙乙。评语'技艺娴熟，惜无天赋，勤奋有余，灵性不足'。"

众人纷纷摇头叹息。郑氏面颊羞红地低下头去。

谢知微拿起第二本："第二课，棋，丙丙丁。心无城府，早日放弃。"

众人的叹息声越发大了。郑氏也不由得闭上了眼睛。

"第三课，书，丁丙乙。进步可见，然，难成大才。"

"第四课，画，丙丙丙。评语'过于匠气'。"谢知微念完前四本，众人脸上全是一副完了的沮丧表情。他勾勾唇角，似笑了一下，才开始念后三本。

"第五课，骑，甲甲甲。灵韧佳，性奔放，善于马。第六课，射，甲甲甲。目力超卓，可深造。第七课，数，甲甲甲。聪慧善思，举一反三。"

谢怀庸环视众人，缓缓道："诸位以为如何？"

一长者答道："此女偏才，性好动，不适合当皇后。"

此言一出，附和一片。

另一人叹道："想当年，繁漪可是七科全优，且容貌之美，举国无双。"

"是啊是啊，可惜了繁漪。十九娘子处处平庸，这对比也太……"

郑氏暗暗捏紧双手。

谢怀庸眼底闪过一丝悲色，但很快压了下去："圣旨已下，无更改可能。今日召诸君来，是商量一下该如何教导长晏。她如今不过十二岁，离及笄还有三年，还来得及补救。"

众人交换着眼神，有为难的，有不屑的，更多的是事不关己的木然的。

谢怀庸看向郑氏："十弟妹。"

郑氏连忙出列："五伯。"

"毕竟是你的女儿，你如何想？"

"妾惭愧，未能教好长晏，令诸位长辈担忧。"

"长晏性子娇俏，是个好孩子。作为谢家的女儿来说，并无不足。只是天恩盛降，谁也没想到陛下会在那么多人中，偏偏点了她的名字。"谢怀庸拈起几上的碧玉竹牍，上面刻的是：定谢氏十九女长晏为后。

谢怀庸眼底浮起很多情绪，然后那些情绪一一沉淀淡化，变成了担忧："若想做天子妻，这样的资质却是不够。"

"妾愿听从诸位长辈安排，协同名师，力勉长晏。"

"好。那就从明日起，为长晏独自授课，一年之内，七科必须全部到甲。"谢怀庸说完，将桌上的铜钱一枚枚重新收入筒中，喃喃道，"六五爻乃兑卦，也是唯一的好变爻。十九娘虽天赋不足，却是个有福气的。而福气有时候，比任何天赋都要重要……"

一片漆黑的水底世界里，唯独前方的几点萤火在游弋。

谢长晏一手提着装有石块的篮子，一手划水，灵巧地在几块礁石中穿梭，追随着前面萤火的步伐。

一口气憋到实在憋不住了，才从腰囊上摘下一个皮囊裹住的猪尿泡，极珍惜地吸了一口，赶紧又扎紧了。再一抬眼，前方的萤火已远了许多。

　　她连忙追上去。

　　再穿过一块黑礁后，就见萤火们停了下来，却是七八个身穿水靠的采珠人。为首的男子比画了个手势，几人取出铲子，将礁下的水藻刨开，便看见了底下的一只巨型蚌贝。

　　谢长晏顿时大喜，当即就要游近些围观，这时身上绳索突然一紧，她一愣，下一刻，绳索上扯，竟将她生生扯了上去。

　　"等……"谢长晏刚想惊呼，就被灌入了大口水，连忙憋住，眼睁睁地看着蚌贝离自己越来越远、越来越远……

　　"哗啦"一声，她被扯出水面，拉上船只。

　　新鲜的空气涌入鼻喉，她连忙张大嘴巴连吸几口，等缓过气来后，便笑骂道："你们就这么怕我赢？居然作弊提前拉我回来，可惜了那么大一颗珠子啊……"

　　船头围着她的人们都笑了，还有人拼命向她挤眼睛。

　　谢长晏一愣，顺着众人的身影往后看，就见青衣少年站在桅杆旁，神色复杂地看着她："你果然在这里。"

　　"九哥？你怎么来了？"谢长晏再看船只，果然是开始往回划了。

　　"等等！"她急了，"罗叔他们还在下面呀。"

　　"自有别的船接他们。你别担心他们了，还是先担心自己吧。"

　　谢长晏不明白："我怎么了？"

　　"你在做什么？"

　　提及此事，谢长晏便笑了，一把摘掉鲛皮头罩，接过老妪递来的布巾，一边绞头发一边示意谢知微跟自己进舱："来来来，看这个。"

　　船舱内有一张矮几，上面铺着一张舆图，绘制的乃是燕国东境，图还未全部完成，但沿海的几个主要州县俱已标出。

　　谢知微一见之下，面色顿变："这是父亲……"

　　"放心，不是五伯的，是我偷偷溜进五伯书房看了回来自个儿画的。"

　　"什么时候？溜了几次？你……"

　　"啊呀那些都不重要啦！你看这儿——"谢长晏比画着图上的位置，"从隐洲到玉京，走陆路需两个月。走水路则一个月。而其中，迷津海为必经之地。"

　　提到"迷津海"三字时，谢知微的目光闪了闪，若有所思。

　　"我查了一下，十年来，此处海域共遭遇三十四次飓风，常为六七月发生。飓风来前，多有炼风。三年前，三姐姐出发时北风催郁，有晕如虹，此乃飓母之兆，本不应上路。五伯伯的占卜结果却是令伊必须按时出发……"

　　谢知微眉头微皱："所以？"

"所以，我担心到时候我也要过迷津海，万一遇到飓风怎么办？正所谓未雨绸缪，这不，我就来跟这些采珠人练练水技……"

谢知微看着眼前扬扬得意的谢长晏，从她湿嗒嗒的头发，看到身上的紧身鲛衣，再看到脚上那对鸭蹼般的鞋子，不由得叹了口气："你还真是考虑周全。"

谢长晏老气横秋地摇头晃脑道："居安思危，居安思危嘛。"

居安思危是谢怀庸的人生格言，见她如此模仿父亲，谢知微当即抬脚要踹。

"啊呀呀，斯文公子打人啦，还是打小女孩啊！"

"你都定亲的人了，算什么小女孩！"

两人笑闹了一阵，各自气喘吁吁地在榻上累坐下了。

谢知微收起笑容，正色道："十九，你有磨炼水性的心，是好事。但飓风来时，水性再好也是没有用的。"

谢长晏怔了怔。

"且不说单凭一己之力能否游回岸，就算到岸也未必得救。你既查了古籍，当知海啸时不止沉舟船，还会决海塘，卤死庄稼，人畜之尸浮游千里，大疫递染。"

谢长晏愣住了。

谢知微用手指弹了她的额头："所以，一人之力无可捍天。"

"那怎么办？"

谢知微注视着谢长晏，忽笑了笑："你知不知道自己是个很有福气的人？"

"唉？"

"陛下已令工部开凿渭渠，以通南山，接滨海。此河道一成，从玉京至隐洲，十日可达，就不必再去迷津海了。而预计完工的时间，正好是——三年后。"

谢长晏的眼睛开始闪闪发光："陛下竟为了迎娶我而开运河？！"

谢知微"扑哧"笑了："开运河是福泽万民的好事。你，不过是个沾光的。"

"随你怎么说，反正我就当是陛下为我做的。"谢长晏喜滋滋起身，继续绞头发。

谢知微看着她一脸不知愁滋味的模样，感慨万千："好消息说完了，下面该说坏消息了。"

"还有坏消息？"

"父亲看了你在族学馆的成绩后，十分焦虑。决定明日起，对你单独授课，务必要在一年内，令你七课皆甲。"谢知微说着，笑了一笑，"恭喜，以后父亲的书房，你可以光明正大地去了。"

"唉？！"谢长晏惊声尖叫。

谢长晏冲回家，看到屋子里多出的十几个大箱子，把箱子打开，里面是密密麻麻的课本，终于死了心。

这……居然是真的！

谢知微跟在她身后，心满意足地看到了她一脸沮丧的表情，忍笑道："十九妹，明日卯时，记得准时来我父书房。告辞。"

谢长晏可怜巴巴地目送着他离开，再回头看着那一大堆箱子，顿觉万念俱灰。

这时，郑氏来了。

谢长晏委屈道："娘亲，五伯伯真的对我这么不满意吗？"

郑氏心事重重地叹了口气。

"娘亲，我并非懒惰之人，可琴棋书画我是真的不擅长呀。"谢长晏伸出双手，白生生的指腹间有薄薄的茧，"您看，三年来，我日日练琴，手指都磨破了，没有丝毫松懈。"

她又走到北墙前，与其他两侧墙壁不同，此处刷的是黑漆。墙前摆着书案，案头放着毛笔和清水。

"还有书画，为了练腕力和省钱，我都是用毛笔蘸水在墙上练。这堵墙都被我写得脱漆了。"

郑氏缓缓在榻旁坐下，朝她招了招手。谢长晏走过去蹲在她脚边，仰起脸。郑氏便捧着女儿的小脸注视了许久。

"我儿勤勉，为娘怎会不知？只是你像你父亲，擅武不擅文罢了。"提起亡夫，郑氏眼眶微红。

谢长晏心头一跳，忙握住她的手蹭了蹭："娘不要伤心，既然五伯伯那么说了，我好好照做便是。"

"昨日骤听陛下择你为后，只顾着高兴了。今早起来，却是越想越愁。"郑氏抚摸着谢长晏额头细细的绒毛，眼神极暖，却又极哀。

"为什么？这难道不是天大的好事吗？"

"我所愁者三。一，伴君如伴虎。为娘很是自责，因你父早逝，怜你孤苦，对你过于宠溺，教得你不谙世事，天真无知。"

谢长晏有些不满地眨了眨眼睛。

"二，父族本应是你的助力。但有繁漪在前，人人看你，都会想到她，都会将你和她做比较，都会对你苛责。"

"我确实不如三姐姐。他们说的既是事实，我不会为此难过的。"谢长晏垂下眼睫。

"你现在不会，但一日日，一次次，水滴石穿，人心有隙，阴霾难散。为娘担心你承受不住。"

谢长晏怔了怔，定定地看着郑氏，半晌才轻声道："我与娘亲想的不一样。"

这下轮到郑氏一怔。

"娘亲偏疼女儿，才将繁漪姐姐视作阴霾。可对女儿来说，三姐姐是比亲姐姐还要亲的人。我偷进她的闺房，她不但没有斥责，还送我胭脂；我不小心把墨溅到她裙上，大家都责备我，她却提笔在裙上画了一株墨兰，为我解围；还有小厨房怠慢我们，不及时给我煎药，她知道后立刻禀明族长严惩了恶婢，为我出头……那样美好的人儿，不幸殒折，我心中满是不舍难过。众人拿她与我作比，是众人之错，不是三姐姐之错。我就算怨怼，也只对众人，不对三姐姐。"谢长晏的声音很轻，语速很慢，写满稚气的脸上却有一种超出年纪的坚定。

郑氏被她的这番话震撼到，一时失了声。

谢长晏冲她眨了眨眼："更何况，我若成为皇后，众人又怎敢苛责我？能责我的人，只有陛下。"

"这，正是我最担忧的第三点。"

"请娘亲明示。"

郑氏沉默了好一会儿，才开口："燕国女子千万，你可知陛下为何会独独选中你？"

谢长晏"咦"了一声，这下可是真的答不上了。

"燕王选谢长晏，不外三个原因。"穿着白衣的年轻公子行走在竹林中，身后的大汉步步紧随。

"一，燕王对世家专权极为不满，有意削弱庞岳二党。所以，他绝不会再娶贵女，再扶外戚。而谢家，虽名声在外，却以诗文传家，不居高官，不掌实权，乃联姻的不二之选。"

大汉点头："所以燕王一开始选了谢繁漪。"

白衣公子轻叹道："但红颜薄命，谢繁漪无缘于此，燕王便借机推迟了婚事。他登基后，以雷霆之势打压二党，终将庞岳子弟削爵的削爵、发配的发配。"

"那现在？"

"现在王权尽收其手，一呼百应莫有不从。但，毕竟年纪到了，身为国君，怎能没有妻子子嗣？所以，为了对朝臣、对天下人有个交代，还是要大婚的。所以他依旧选了谢家。但之所以选谢长晏……"白衣公子笑了起来，"恐怕是还没玩够呢。"

"为娘觉得，陛下之所以选你，是因为你年纪小，还需三年方能成亲，但又不算太小，能堵住朝臣们的嘴巴……"

谢长晏突想到一事，来了精神："对了娘亲，我听说陛下性好男风……"

一句话没说完，立即被郑氏捂住了嘴巴："慎言！此乃大不敬啊！"

"我也只敢问娘亲嘛。"

郑氏瞪着她。谢长晏只好吞下后面的话不说了。

"此乃捕风捉影,不必听信。再说,就算是真的,也与你无关。"

谢长晏娇嗔道:"怎会与我无关?我将来要嫁给他,他却不喜欢我,如何是好?"

郑氏眼底涌现哀愁,摸了摸女儿的头:"那也只能忍着。"

谢长晏心中一凉。

"晚晚,你记住,皇后的职责只有两样:一,为陛下生儿育女;二,为陛下管理后宫。其他的,都不要想、不要求。"

谢长晏睁大了眼睛,璀璨如星的黑眸中满是震惊和不解。

"为人妇难,为帝妇更难啊,晚晚。"

卯时的更鼓声响起时,谢长晏已来到谢怀庸的书房前。

谢怀庸的书房坐落在一片翠竹间,匾额上写"悬阁"二字。他常言:"膏以朗煎,兰由芳涸。人活一世命悬一线,需思危,方居安。"因此谢知微私下戏言他为当代杞人。

谢长晏看着那个巍巍颤颤似乎随时都会掉落的"悬"字,感慨真真是好字。

谢怀庸是谢家三房的家主,别号"三才先生",擅占卜、炼丹和书法。尤其书法中的草书,堪称当世第一,无可出其右者。

而谢家以诗文传家,对此亦格外看重,族中子弟无论男女从开蒙起,就要接受教育,着意正心修身齐家,至于治国平天下的豪情,却是承袭了玄派自然无为论,消磨殆尽了。

——除了谢长晏的父亲谢惟善。

谢惟善自小喜爱舞刀弄枪,于文墨却是稀松平常。永新九年入仕从军后,积功至滨州刺史,可惜一直未得重用。

直到程王兴兵,屡犯海境,虽目标是宜国,但滨州地处宜燕交界,受到牵连,渔民无法出海,苦不堪言。谢惟善率水军出击,沿途为渔民护航,遇程寇,诛敌三百,力竭殉国。

噩耗传到,郑氏悲痛之下血崩早产。所有人都以为她也要追随其夫去时,郑氏咬牙终将长晏生了出来。

谢怀庸怜她无依,允她再嫁。郑氏看着襁褓中的女儿,却最终摇了摇头。她决心留在谢家守寡,专心抚育孤女。

一守,就是十二年。

谢长晏在家族的抚育下长大。偶有磕磕绊绊,但得益于家规严正,还算富足安逸地生活着。

如今的谢家正值鼎盛之期,这一代共有男儿五十六、女儿三十人。在一群同龄的堂姐堂妹堂兄堂弟中，谢长晏并不出众，又因为郑氏对她约束极少，活得很是潇洒率意。因此，在诸人眼中，是个大大咧咧、普普通通的孩子。

谁也没想到，一朝钦点，命运就此翻天覆地。

羡慕者、嫉妒者、祝福者、冷视者皆有。

于谢长晏自己而言，从一开始的雀跃，到失落，到畏惧，到此刻站在书房门前看着这个谢怀庸写了百余次才挑出挂起的"悬"字时，一颗心也好像被高高悬起，再难将息。

她做了好几个深呼吸后，才叩响门扉。

"进来。"声音却不是谢怀庸的。

谢长晏推门而入，一脸惊诧："九哥哥，怎么是你？"

此刻站在书架前翻阅书卷的翩翩少年赫然是谢知微。

"父亲临时急事出门，归期未定，嘱我代为授课。坐。"

谢长晏顿时松一口气："太好了！一想到要跟五伯伯单独相处，我头都大了。"

谢知微用手中的书卷轻拍了一下她垮在榻旁的一条腿。谢长晏连忙把腿收好，正襟危坐。

谢知微将一张纸递给她。

"这是？"

"父亲给你列的课目表，也就是说——今后一年，从卯时到戌时，你都再无闲暇时间。"

谢长晏看着上面密密麻麻的字，顿觉生不如死。

琴课——

谢长晏勤勤恳恳地弹着琴，一旁的谢知微扶额叹息，一脸的生不如死。

画课——

谢长晏飞快地画完，交给谢知微，谢知微看了她的画后，一脸的生不如死。

棋课——

谢长晏绞尽脑汁地想了半天，小心翼翼地落了一子，对坐的谢知微终于不再是生不如死，而是"扑哧"大笑出声，笑得捶胸顿地，眼泪都出来了。

书课——

谢知微将一叠宣纸推到谢长晏面前，谢长晏无比珍惜地开始练字，写了几个，抬头看见谢知微的微妙表情，当即气得跳起来打他……

窗户外，竹叶飞落，从雾气氤氲渐渐转化成了白雪皑皑。

深夜，书房。

谢怀庸用一把袖珍银剪将烛芯剪去一截，拨亮火光后，将碧纱罩重新罩好。

做完这些，他将手仔细擦干，才悠悠回身，在书案前坐下。"说吧。"

跪坐在案前的谢知微行了一礼。"是。这半年来，孩儿按照父亲的嘱托为十九妹授艺，成果颇微。她并非不努力，只是于琴棋书画上确实没有天赋。"

谢怀庸翻看着谢长晏的课目簿，眉头微蹙。

"比如琴谱，她听不出角徵羽间的区别，只能将指法记熟于心。这样弹奏出的曲子，自然毫无灵性。"

"棋艺上，我都不要求她走一步思十步，只要思三步即可，但她对弈时还是毫无章法。"

"书法上，许是平日里过于勤俭，总有不舍落笔之态，写出来的字难免拘谨露怯。"

"画艺上，她能将现有的东西画得一模一样，但毫无境界可言。"谢知微说完后，总结道，"孩儿觉得，再学下去也不过勉强及格，想要出类拔萃，很难。"

谢怀庸默默听完，将目光投递到不远处的一道漆雕屏风上。屏风有四扇，上绘春夏秋冬四景，但又与寻常的四景图截然不同——

春之扇上，画的是一片星空，形如水勺的北斗指向东方。

夏之扇上，画的是两个装在彩色丝网中的鸡蛋，一蛋完整，一蛋破裂，显见是斗蛋失败了。

秋之扇上，画的是一块烧灼得通红的龟甲，甲旁放了一株果实累累的麦穗。

冬之扇上，画的是一个红泥小火炉，上面美酒已沸，旁边两只酒杯，一只立，一只倒，流了一地琼浆。

四幅画都笔法精简，寥寥几笔，大片留白。最后一扇的落款为"隐洲谢繁漪敬祝"。

谢知微顺着谢怀庸的目光也看向了这道屏风，眸光微闪，不禁叹道："北斗东指喻春；孩童斗蛋喻夏；灼龟稻熟喻秋；绿蚁新酒喻冬。不着一字，尽得风流。最可贵的是跳出了通俗的春花秋月夏雨冬雪，令人耳目一新。这幅四景图当年于您寿诞上献出，多少人拍案叫绝。三姐姐确实是了不起的人物，十九妹难望其项背。但是——"

谢知微说到这儿，直视着父亲缓缓道："伊人已逝，不可再来。总将十九与伊相比，对十九来说，不公平。"

"老夫并未作比，只是感慨浮生如戏。"谢怀庸说着，起身走到屏风前，抚摸着上面的画，指尖微颤，"枉我自诩神算，洞察天机，却在那一卦上，折了吾族最出色的孩子。每每想起，总觉得愧对繁漪，当时明明岑夫子劝过，说有飓风之险。"

"父亲不要这么想。出发的吉日虽是您占卜算出来的，但三姐姐途中突病，拖了一天行程，才撞上迷津海的飓风，是谓命也。天命……不可违。"

谢怀庸痛苦地闭了闭眼，然后转身回到书案前，注视着谢长晏的功课，沉吟半晌道："罢了，终是要活在当下。"

当谢长晏再一次推开"悬阁"的门，走进书房时，第一时间就察觉到了异样。

东窗前的高几上，铜炉里竟燃起了香，袅袅白烟萦绕在一室书卷间，增添了几分悠然之意。

她微怔过后，立刻跪下行了一个大礼："长晏拜见五伯伯。"

一人从垂挂的竹帘后缓步走出来，身穿道袍，手中握着一卷书，正是谢怀庸："老夫昨夜方到家，你怎知书房中是我？"

"九哥哥不喜熏香。"谢长晏一边回答一边抬眼不安地看了他一眼。

"确实。"谢怀庸淡淡一点头，示意她落座。

谢长晏忐忑地坐下，只觉脊背飕飕地冒寒气。事实上，谢怀庸性格内敛，并不凶厉，但因为不笑的缘故，总令人感觉很难接近。

"老夫看了这半年来你的成绩。"

谢长晏顿时额头冒出了冷汗。

偏偏谢怀庸说了那一句后就沉默了，盯着她看，看得她如坐针毡。

"长晏愚、愚钝，未、未能达到五伯伯的要求……"

"嗯。"

谢长晏噎住，心几乎提到了嗓子眼。

"所以，老夫决定换一种方式。正所谓因材施教，你是要当皇后的人，不精四艺也没什么关系。"

"真的？"谢长晏不敢置信。

谢怀庸直视着她的眼睛，缓缓道："身为皇后，若想听琴，自有顶级琴师为你弹奏。但你若才蔽识浅，听不出好坏，可就贻笑大方了。所以，可以不会，但一定要懂。"

谢长晏连忙行礼："长晏谨记。"

"你如今也算小有根基，那么从今日起，你的功课将由练琴，改为听琴，由作画，改为观画。老夫会安排天下名伶来为你演奏，遍寻古今名画供你赏析。不过书法还需练习，总要会批写懿旨吧？"

"是。"

"至于棋之一道，说穿了，不过是个'谋'字。换诸现实，就是你每做一件事前，都需深思熟虑——为什么做这个？做后会有什么后果？出现意外如何补救？想要达到怎样的目的？这一课对皇后而言，最为重要。"谢怀庸说到这儿，却是有些发愁，垂下眼帘沉吟了片刻才道，"你母郑氏性格贞烈正直，所以教养得你品性纯善，这是好事。正因为她不为自己谋图，如此无私之人养出来的女儿，却是太过心无城府……"

谢长晏一愣："难道，五伯伯的意思是要我培养城府？"

"是。"谢怀庸斩钉截铁道，"朝野朝野，在野自可闲云散鹤，一味清高，在朝却绝不可。你是要当皇后的人，皇宫那是什么地方？妃子三千仆婢如云。你用什么管他们？用什么服他们？无智无可理事，无谋无可驭人。你若不行，自有人取你而代之。而被代替了的你，死了也就罢了，若活，又当如何活？"

谢长晏面色微白，她有些懵懂，有些惊悸，还有些说不出的难受。

她才十二岁，在被点为皇后之前，从未想过比"下顿饭该吃什么"更重要的事情。这半年来，每日焦头烂额，所担心的也只是"成绩上不去，考核不过怎么办"。

虽然之前母亲已稍稍暗示过为帝妇的艰难，但也不过是"相夫教子"之流，何曾跟性命挂钩？

谢怀庸此刻说的这番话，却赤裸裸地揭开了蒙在"皇后"身上的华丽外衣，令她看到底下的暗潮汹涌，危机四伏。

"老夫知道这些问题，你从未想过，那么从今天起，好好想一想，什么是皇后。"

谢长晏咬着嘴唇，手指绞在一起，然后，有些愤愤然地抬头问道："五伯伯，长晏斗胆想问一句——三姐姐当年就想过吗？"

谢怀庸忽似笑了。这还是谢长晏第一次见他笑。

"你，喜欢繁漪吗？"

"当然喜欢。"

"为何喜欢？"

"姐姐待我如亲妹，爱我怜我护我……"谢长晏说到一半，声音戛然而止。谢怀庸那句"无智无可理事，无谋无可驭人"在她耳边回响，令她心中一片冰寒。

"驭人之术，繁漪在你这个年纪时，就已卓有成效了。"

谢长晏不知自己是怎么上了后面的课，怎么回到自己家中，又是如何睡着了的。

她的意识昏昏沉沉，像浮在半空的雾，飞不上去，也落不下来。

睡梦中，仿佛回到了九岁时，捂着鼻子跑进谢桥小筑，对那金色韶光里的女子说："姐姐，我要当皇后了。"

那女子转过头来，却是眉目凌厉眼神轻蔑："就凭你吗？"

于是谢长晏一头冷汗地醒过来。

屋中生了火盆，火光一闪一闪，映得满目昏黄。

郑氏倚在榻旁，用手帕为她轻轻擦汗："晚晚，魇到了？"

"娘亲，如果我现在说，不想当皇后了，您可会失望？"

"是学业太苦了吗？"郑氏怜惜地抚摸着女儿的手指，上面的茧子日渐深厚。

"不是。就是、就是……不想当了。"

郑氏沉默片刻，起身去几上取了一杯水，喂给谢长晏喝。温热的水滑入喉咙，暖到心间，谢长晏终于缓和了一些。

郑氏这才继续刚才的话题："晚晚，圣旨是不可抗的。"

谢长晏沮丧："我知道了。"

"可是五伯跟你说了什么？你自回来后，就一直心神不定。"

"五伯伯说我不懂驭人之术，难以胜任皇后之职。"

郑氏闻言睫毛微颤，最终一笑："按理说，五伯是你的老师，娘不该反驳他的话，但是晚晚，皇后，不一定要精于驭人的。"

谢长晏睁大了眼睛。

"帝乙归妹，其君之袂，不如其娣之袂良，月几望，吉——晚晚可知何意？"

"知道。说的是当年纣王的父亲，将妹妹嫁给了周文王，王后的衣饰简单朴素，还不如陪嫁者华丽。"

"对。所以，此卦说的是，为人妻子，不要献媚取悦，也不要贵盛自持。柔顺中正，谦虚待人，方是皇后之道。"

谢长晏若有所思。

"自秦以来，虽然百姓都要尊敬皇后，但真正能有美名传世的皇后，不过二人：汉文帝之后窦漪房、汉光武帝之后阴丽华。为何？皆因她们品性宽仁，光明磊落。"郑氏说到兴致处，索性脱了鞋上榻与女儿同倚，"再看高祖之后吕氏，临朝称制，掌权十六年，无谋吗？少智吗？后人又如何说她呢？"

"志怀安忍，性挟猜疑。置鸩齐悼，残彘戚姬。"

"对。且不说后人，就连她的夫君都厌烦她。她的儿子，更是说出了'此非人所为'的诛心之言。晚晚觉得，她这一生，快活吗？"

谢长晏摇了摇头。

"我十五岁时嫁入谢家，你父常年在外带兵，几年都见不到一次。我若用谋，本可迁至滨州与他相聚，但我敬他忠心卫国，不忍一己之私而污他清廉。就这样，过了十年。"

谢长晏一怔，刹那，心中涌起万千情绪。

郑氏脸上却是云淡风轻："你父不幸隙难，族长允我再嫁，被我拒绝。为何？"

谢长晏眼眶微红："娘亲是为了女儿……"

"是为了你，也是为了气节。不错，我确实不谋，也不屑于谋。但我所做之事，令这十二年来，族人尊敬称赞帮持，令你可以衣食无忧平安和顺地长大。"郑氏抚摸着谢长晏的鬓发，感慨道，"吾儿，为人一世，得失得失，事事算计，哪算得过来啊？只要你志于道、据于德、依于仁，何惧他人？"

谢长晏如醍醐灌顶，遂起身跪拜："女儿悟了，谢娘亲教诲。"

"真的悟了？"

"是。五伯伯的棋艺课，噢不，谋艺课，女儿会认真听仔细学，如大海行舟，任凭他骇浪滔天，我心中自有定海之针。"

火光摇曳，映着谢长晏的眼睛，闪闪明亮。

雪融风暖，草长莺飞。

三月三，芍药花开之时，谢长晏又长了一岁。

而这一日，燕王的天使也抵达了隐洲。

谢长晏随郑氏来到会客大堂时，谢怀庸正在招待天使奉茶。谢长晏一见之下，不由得吃了一惊——

只见他穿着绯色圆领窄袖袍，用一双圆圆胖胖的手捧着茶杯，一喝茶，那杯子就遮去了大半张脸，只露出一双乌溜溜的大眼睛，极为灵动。

"好小啊！"这是谢长晏脑海中的第一个想法。

"他看上去比我的年纪还小，而绯衣为五品袍，他这么小就是五品大官了？"这是谢长晏的第二个想法。

"听闻陛下身边有一对颇得宠的双胞胎小太监，名叫如意吉祥，这不会就是其中之一吧？"谢长晏正这么想着，就见谢怀庸转向自己道："长晏，这位是陛下身边的如意公公，特来宣读圣旨。"

还真是他！

如意将茶杯放回到几上，露出了完整的脸，真真是明眸皓齿，粉雕玉琢。于是，那关于燕王性好娈童的传闻便不由自主地又在她脑海中浮现。

谢长晏连忙低眉敛目，不让脸上表露出真实情绪。

对比她的克制，如意明显要放肆多了。他将谢长晏从头到尾打量了一遍，眼神颇为古怪，似有不屑。谢长晏向他欠身行礼，他也倨傲地承受了，并未还礼。

接着，他从袖中取出一卷黄绢朗声念了起来："谢长晏听旨——风化之基，必资内……嗯，夫、辅！对，辅人伦之本，首重、重、重……坤仪。此天地之定位，帝王之、常常经也。尔既为后，当秉淑媛之之之……"

一旁的谢知微实在看不过去，小声提醒："懿。"

如意白了他一眼，继续念道："懿，体山河之仪。故择鹤公为汝师，即日进京授学，钦此。"

谢长晏心中又是好笑又是震惊。笑的是堂堂天使居然连圣旨上的字都认不全；惊的是听陛下这意思，是要她马上进京，还给她找了个老师。鹤公，鹤公又是谁？

谢怀庸脸上的表情很是凝重，将如意请到一旁道："公公，还请公公提点，陛下为何要长晏现在就入京？"

如意悻悻然地收了圣旨，赌气般不予回答。

谢知微递上一个锦匣，谢怀庸将匣子塞入如意手中："隐洲穷乡僻壤的，也没什么好物，就这落雾礁下产出的珍珠，还算养眼，请公公笑纳。"

如意将盒子原封不动地推了回去："陛下的心思，奴婢哪里猜得到？听旨就是了。"

谢怀庸只好作罢。

如意并未多留，宣完旨后便走了。走时又用那种审度的、微含不屑的目光盯着谢长晏看了几眼，看得谢长晏不舒服极了。

一行天使离去后，谢怀庸沉默了半晌，才抬眼看向谢长晏："虽说比预计时间提前了两年，但早点熟悉玉京也好。而且能拜鹤公为师，长晏，这是你的造化。"

"五伯伯，鹤公是谁呀？"

谢怀庸还未回答，郑氏已急声道："鹤公虽才学过人，但风行不佳。由他辅导帝后，于礼法不符。"

谢长晏更是好奇，拉住她的衣袖道："他到底是谁啊娘亲？"

郑氏犹豫了一下，叹道："他是风丞相之子风小雅。"

"啊。"谢长晏的"啊"不是为风小雅，而是为风丞相。若说燕国最有名望之人是谁，那便是两朝重臣风乐天了。他是太上皇时的丞相，太上皇出家后，他又兢兢业业地辅佐新帝彰华，修整边防，整顿吏治，延续了太平盛世。而他最为百姓津津乐道的一点，就是不让族中弟子出仕为官。由此，风氏家族无第二人在朝，算是难得的清廉。

郑氏见女儿好奇，便继续道："风丞相就这么一个独子，先天不足，甫一出生便患有融骨之症。"

"什么是融骨之症？"

"就是骨骼无法正常长成。随着年纪增长，关节逐渐肿大，出现不同程度的弯曲和增生，令行动艰难，无时无刻不处于疼痛之中。"

谢长晏一怔："那风小雅现在……"

"他出生时大夫断定活不过十岁，而他十岁那年，一度垂危。百姓们一听说丞相大人唯一的儿子出事了，纷纷于十二月十二日的冰雕祭携孔明灯于幸川，为他祈福。那一夜，足足去了千人之多。"

谢长晏听得几乎入了迷。

"说也神奇，他真的挺了过来。风大人还寻了武学高手教他武功。如此另辟蹊径，倒成就了一身好功夫，也让他一直活到了现在——二十岁整。"

"二十岁？那做我的老师确实有点年轻……"

"许是因为看破了生死,所以及时行乐……"郑氏说到这里,感慨万千,"他的草木居内,全是搜罗来的天下绝色。玉京流传着一句谚语:'鹤来速关窗,姑娘勿多望。望一望,啊呀,就要别爹娘。'"

谢长晏"扑哧"一乐。

郑氏却是满面忧愁:"就是告诫年轻姑娘们离他远一点,莫要被他看上,带去草木居。这样的人,怎能当你的老师,与你朝夕相对呢?"

谢长晏又笑。

"所以,为了防止流言蜚语,还请五伯上书陛下,求换老师。"郑氏说完深深一拜。

谢怀庸想了想,看向谢长晏:"长晏,你如何想?"

谢长晏道:"娘亲以为陛下是个怎样的人?"

郑氏怔了怔,答道:"陛下天纵英才,运筹帷幄,是不世出的明君。"

"那么娘亲以为,如此明君,会不知此人之劣,会不顾宫廷颜面,会安排失当,留下祸端吗?"

郑氏一怔。

谢长晏挽住她的手道:"我若是授课之后,察觉此人不妥,按条论理,言之有物地上折,也就罢了。此刻,仅凭传闻,就忐忑不安,让五伯伯僭越上书,陛下会如何看我?鹤公会如何看我?到时候我去玉京,孤身一人,又为陛下和鹤公所厌,如何自处呢?"

郑氏面色不禁一白,再看向谢长晏的眼神里,就多了很多震撼。

谢长晏笑吟吟地站着,乌黑明亮的眼睛,在稚嫩的面容上溢彩流光。乍一看似乎与半年前并无两样,再细看,却又长大了许多。

遥想她半夜哭醒说谢怀庸嫌她无谋时的场景,恍如隔世……

谢怀庸看着谢长晏,露出满意之色:"很好。见识果有长进,不枉老夫闭门半年心血栽培。"然后他再看向郑氏,有些凝重起来,"天使说此行不必劳师动众,宫中一切俱已安排妥当,允带两名仆婢随行……"

郑氏表情微变。

谢长晏一惊:"娘亲不能与我同去?"

"此番去玉京,虽非出嫁,也算半入宫中,需遵守礼制,未经允许不得私见亲眷。"

谢长晏顿时急了:"怎会如此?"

郑氏反拉住她的手道:"为娘体弱,恐难承受旅途颠簸,不去也好……"

"我及笄时,娘亲也不来加簪吗?"

"这……自然是要去的。"

"那您到时候就不怕旅途颠簸了吗?"

"这、这……到那时不就有玉滨大运河了吗?"

谢长晏有些失望，抿了抿唇，轻叹道："娘亲可真是当争不争啊……"

郑氏心中"咯噔"了一下。

而谢长晏已转身直视着谢怀庸道："烦请伯伯上书陛下，长晏有两点要求，此去玉京，一要母亲相陪，二要另辟住所。否则，我便不去了。"

谢怀庸的瞳孔在收缩，露出不敢置信之色："你说什么？"

"伯伯教过长晏，争与不争，单凭一个理字。吾国律法，没有一条规定未及笄的女儿不能与母亲同住。而尚未大婚，便住到夫婿家中，更是于礼不合。"

"胡闹！"谢怀庸重重拍了下身前的矮几，上面的铜钱全都被震得跳了跳，"老夫可未教你抗旨！"

谢长晏拿起放在一旁的圣旨，打开指给诸人看道："我没有。请看——圣旨六十三字，可未提不许携母同行。"

一旁的谢知微忍不住轻笑出声。

谢怀庸盯着谢长晏，谢长晏也不眨眼地回视着他，二人如此互相盯视了好一会儿，谢怀庸最后叹了口气："罢了。"

谢长晏眼睛一亮："五伯伯答应了？"

"嗯。"

"多谢五伯伯！"谢长晏连忙拉住郑氏拜谢。

"退下吧。"谢怀庸满脸厌弃。

待得谢长晏跟郑氏离开后，他抚摸着圣旨，脸上表情极为复杂。

谢知微叹道："长晏进步之快，当真令人刮目相看啊。"

"学识未见得，胆子却真是进步了不少。"

"为皇后者，一味应和隐忍，也不是什么好事。"谢知微玩味地笑了笑，"这样一封奏书递上去，我们那位与众不同的陛下未必会生气，说不定还会对这位未来的妻子印象深刻哩。"

谢长晏正坐在妆台前梳头，于铜镜中见母亲怔立在门边默默地看着自己，当即问道："娘亲有话要对女儿说？"

郑氏摇了摇头，走到一旁榻上坐下开始做针线。谢长晏注意到那是一只快要完成的新鞋，上面绣着一簇红芍药，针法极尽细腻精致。

"娘亲……"想到郑氏绣鞋时的用心，谢长晏眼眶微涩，"可是我那一句当争不争，令您难过了？"

郑氏停下针，温柔地摸了摸她的头："晚晚说得对，为娘怎会难过。我是自责……"

"自责？"

"想当初我还教你凡事志于道、据于德、依于仁，如今却要你身体力行地反教我。"郑氏说到这里，目光落到芍药之上，"温馨熟美鲜香起，似笑无言习君子。霜刀剪汝天女劳，何事低头学桃李？是我狭隘了。"

母女俩相视一笑。

七日后，谢怀庸的奏书被呈递到燕王的御案前。

一只修长的手拿起这封奏书，看到里面的内容，其人不由得笑了，转向一旁伺候的如意，问道："你见过她，如何？"

如意露出嫌弃之色："丑，矮，粗俗不堪。"

另一侧跟他长得一模一样的吉祥哈哈笑了起来："陛下别信，在他眼里谁也配不上陛下。"

"谁说的？四年前那个谢繁漪就不错。陛下为何会选谢长晏啊？"如意一脸不解，"如果一定要在谢家女里选的话，比她美貌多才的有的是呢！"

"为什么？"手的主人扬了扬眉，一双星眸熠熠生辉，"当然是因为——"

他停顿，将二人的胃口吊了个彻底后，才悠然道："她的名字最好啊。长晏长晏，晏通宴。我有旨酒，嘉宾式燕以敖。"

如意吉祥彻底无语。

"传旨小雅，快些回来，为朕……"说到这里，燕王勾唇一笑，"教导未来的皇后。"

如谢知微所言，燕王彰华收到谢长晏提出的两条请求后，没有生气，很痛快地允奏了。如此，四月初一，谢长晏携母亲郑氏，就此拜别父族，从水汽氤氲的隐洲赶往帝都玉京，学习礼法，等待及笄。

——为了成为皇后。

正如卦象所言，万事俱吉，旅途平安。强化过的水性完全没派上用场，连场雨都没遇到，一行人就那么顺利地在一个月后，抵达玉京。

弃船乘车，沿途柳树正翠，蝉鸣喧嚣。

华贞三年的盛夏，一切看上去都是那般浓墨重彩，生机勃勃。

谢长晏掀开车帘，好奇地注视着前方高达数十丈的青色城墙。玉京共有十二个门。按照律例，她要走正南的明德门。此刻城门已开，十二列银甲黑骑的监门卫军整整齐齐地排列在门前，每一队士兵前面，各有两名身穿绲红边绿裙、手持宫扇的侍婢。

再往前，一匹高大神骏的金羁白马上，坐着个唇红齿白的漂亮少年，待得近了，一看，竟是如意。

只不过，不是之前传旨时的倨傲模样了。

见谢长晏的车行到了，他催马上前，一个漂亮的鹞子落地，在车辕前屈膝行了一礼："奉陛下之命，恭迎谢姑娘。"

车内，郑氏给谢长晏使了个眼神。一直歪躺着的谢长晏连忙坐直，待侍婢将车门开启后，眼皮轻抬，由下而上，慢悠悠地看向对方——以一种标准的闺秀礼仪，矜持而优雅。"谢公公相迎，劳君久候。"

如意道："陛下已辟'知止居'供姑娘居住，奴婢这就带路。"

如意转身正要上马，谢长晏眼中闪过一丝异色，叫住了他："公公不是如意公公？"

如意回头："奴婢吉祥。请问——谢姑娘是如何得知？"

"如意公公上次来谢家，我见他捧杯，手指纤美如玉。而公公您许是常握马鞭，指间有薄茧。"

吉祥笑道："谢姑娘真是观察入微，奴婢佩服。请——"

吉祥说罢翻身上马，十二列护卫齐刷刷驭马转身，在前方开路，一行人继续前行。

郑氏对谢长晏道："如意公公那般倨傲，这位吉祥公公却如此可亲。如此一来，倒叫人琢磨不透。"

"琢磨什么？"

"他们是天子近臣，从他们对你的态度上，可以推断出陛下如何看你。若陛下看重，他们自会收敛；若陛下漠然，他们也会放肆。可如今一个倨傲一个亲切的……"

"是啊，有点意思……"谢长晏遥望着吉祥的背影，嘻嘻一笑。纵是最臭的棋手，在开一局新棋时也是满心期待和欢喜的。

入得南门，是一条笔直的青石长街，名叫"天枢大街"，宽约五十丈，两旁站满了好奇围观的百姓。

谢长晏不由得兴奋："他们是在迎接我吗？"

郑氏告诫道："坐好，勿要轻佻。"

"怕什么，他们又看不到我。"谢长晏娇嗔了一句，似笑非笑，"没想到我尚未大婚，便先有了这般阵仗……"

郑氏目露担忧，但看着女儿雀跃的样子，终没再说什么。

玉京城的主要街道按照北斗七星分布，沿着天枢大街走一炷香后，左拐入天璇大街，再走半个时辰，就到了天玑大街。

"知止居"地处天玑街尾，十分幽静。

院落不大，却布置得十足用心。庭前种着牡丹，因为花期已过的缘故，结满了累累硕果。塘中芙蕖，开放正艳，碧叶连天，湖水如镜，倒映着亭台楼阁，被灯光一照，熠熠生辉。

晚宴十分丰盛，谢长晏第一次吃到芥酱调制的鱼脍。在谢家，讲究清心寡欲，粗茶淡饭，几曾见过这等奢华？

吉祥在一旁讲解道："所谓青鱼雪落鲙橙齑，吃鱼脍，讲究的就是刀工。无声息下飞碎雪，一口气吹出去，呼——"

少年鼓起嘴巴一吹，一盘子薄如蝉翼的鱼脍全飘了起来。

这场景颇为滑稽，谢长晏"扑哧"笑了。

身旁的郑氏暗中扯了扯她的袖子。

谢长晏抬袖捂住嘴唇，两眼弯弯地看着吉祥。

婢女立刻训练有素地上前收拾几案，吉祥笑呵呵地继续道："像这样的，就是好刀工。"

他如此随意，谢长晏也很是放松，拿起碟旁的一个果子问道："这是什么？"

"枸橼。因味苦而难食，所以，将其雕成花鸟，浸泡在蜂蜜中，再点上胭脂，如此才能色香味三全。"

谢长晏扳下一瓣放入口中，果然酸甜可口。"好吃。"

一顿饭下来，她吃得十分满足，只觉十三年来，以此顿最佳。尤其是吉祥言语风趣，每道菜的来历做法娓娓道来，谢长晏听得津津有味。

饭毕，吉祥起身告辞道："时候不早，奴婢要回宫复命了。两位旅途辛苦，也请早些休息。"

"请问，鹤公何时为我授课？"

吉祥露出为难之色，谢长晏追问，他才答道："鹤公尚未回京，姑娘还需再等几日。"

谢长晏转了转眼珠："那我明日是否可以出去转转？"

"当然当然。明日奴婢辰时过来，陪姑娘出游。"吉祥笑着告辞离去。

谢长晏送到门口，回来时见郑氏还坐在原位一动不动，再看她面前的几案，几道菜几乎没有动过。"娘亲怎么了？"

郑氏挥了挥手，所有仆婢全都退了出去，整个花厅，就只剩母女二人。

郑氏环视着周遭的一切，不由得闭了闭眼睛。"雕梁画栋，越罗蜀锦，金题玉躞，质韫珠光……如此奢华，你不怕吗，长晏？"

谢长晏明白了她的意思，不由得垂下眼睛。

"鲜花着锦，烈火烹油，是谢家最忌讳之事。难道五伯不曾教你瓢饮箪食，成由勤俭败由奢？而你，见百姓拥迎而雀跃，失于形；尝饭菜精细而欢喜，忘于志。妥否？"

"谢娘亲教诲。"谢长晏深深一拜，半晌后才轻声道，"不过，女儿有话要说。"

"嗯。"

"入京以来，所遇的这一切，皆为陛下安排。娘亲觉得，陛下此举何意？"

郑氏一怔。

"明知谢家的家训是'杞人避世'，却非要指定谢家女为后；明知我不过十三岁，却提前让我享受奢华——陛下要的，不正是'失于形，而忘于志'吗？"

郑氏惊得一下子站了起来。

"五伯伯教棋，与九哥不同。九哥教我走一步思三步，五伯伯教的却是看一步，等三步。陛下走了这样一步棋，为何？他希望我是何反应？"谢长晏说到这里笑了笑，"未知其意前，应顺之。他要我高兴，我就高兴；他要我住，我就住；他要我吃，我就吃。"

郑氏定定地看着女儿，半晌后愧道："吾儿心中自有乾坤，却是为娘多虑了。"

"女儿虽心中透亮，却毕竟年幼，尝到那样好吃的东西，着实停不住口，所以才需要娘亲在身旁，时时刻刻提点呀。"谢长晏抱住郑氏的腰，撒娇道，"我既拼着触怒龙颜的风险也要带你同来，就是要听你唠叨，若没了你的唠叨，我可怎么活？"

郑氏被她逗乐，顿时绷不住脸，也笑了出来。

彰华穿着短衣短裤，包扎着头巾，小心翼翼地将一株开放正艳的碗莲放到石凹中。

石头是青色的，中间有一个天然生成的小凹底，大概三尺见方，蓄了一些清水，旁边长满了青苔杂草。一只蝴蝶就停在其中一根草上，慢悠悠地扑扇着几近透明的蝶翼。

很快地，蝴蝶就从草上飞到了那株碗莲上，开始吸食花蜜。

彰华静静地注视着这只蝴蝶，整个世界安然安稳安宁。

不知过了多久，门外传来一个声音："陛下，吉祥回来了。"

彰华闻声转身，走出花房。

花房外是一个小隔间。他在那里脱掉短衣短裤和木屐，如意在一旁举着常服皂靴替他穿上，吉祥则恭立一旁，静静等待。

彰华换好衣服，随手解了头巾，带着两人走出隔间。

隔间外，是他的书房。

彰华一边亲自点燃香炉，一边问道："见到谢长晏了，你的评价如何？"

吉祥看了如意一眼，抿唇笑了："美，高，灵秀得很。"

如意的眼珠都快瞪出来："陛下！他成心的！故意跟我反着说！"

对两小儿的斗嘴，彰华不以为意，慢条斯理地拨好香，盖上炉盖，袅袅白烟，氲得一室芬芳。

"你也见过谢繁漪，二人有何不同？"

"回陛下，当年见谢繁漪时，奴婢不过八岁，只觉得是仙女下凡美极了。而今见到谢长晏，伊虽不及谢繁漪美貌，但……"吉祥沉吟了一下，才道，"是个人物。"

"细说。"

"是。她一眼就认出奴婢不是如意，因为如意的手比奴婢光滑。"

如意扬扬得意道："那是。我的这双手，可是日日摘取花露净洗，再细细抹上……"

彰华睨他一眼，如意立刻闭嘴了。

"晚宴时，虽看得出是第一次见识这些菜，但并不露怯，反而细问做法出处，落落大方。而且，全吃光了。"

彰华扬起眉毛："全吃完了？"

"是。十道菜，两碗饭。"

"猪呀。"如意讽刺，然后意识到失言，连忙捂住嘴巴怯怯地看了彰华一眼。

"奴婢以为，此姝小小年纪，就既耐得住清贫，也享得了奢靡，故而是个人物。"吉祥总结。

彰华听后久久沉吟，在房间里踱了好几个来回后，才问道："小雅还没回来？"

"回来了。但是……"

"嗯？"

"他新娶了第十一房小妾，没空教人。"

如意"扑哧"一笑："他又娶了？这一次娶的又是哪家的寡妇逃妾？"

"是个沽酒的孤女，叫秋姜。据说酒肆起火，父母被烧死了。"

如意啧啧摇头："果然又是个身世凄惨的女人啊。"

"磨墨。修书给小雅，告诉他——"燕王说到这里，抬起右手看了一眼。右手手腕上方三寸处，有一道伤疤。伤疤十分狰狞，看得出当年受伤极重，而今虽已愈合，但依旧跟蜈蚣似的盘在手肘上。

他的眼神起了一系列变化，像有什么东西呼啸而来，重重撞在磐石般坚固的心房上。

然后，水花碎溅开来，虽未能撞碎石壁，却漉湿了万物。

十九岁的年轻帝王停顿了许久，才将话说了下去："告诉他，如此这般——"

身后的如意吉祥双双一震，似听到了极为了不得的大事件！

第二天，谢长晏心中惦记着吉祥要来带自己出去玩，便起了个大早。

推窗望去，外头姹紫嫣红。与总是湿乎乎的隐洲不同，玉京地处北境，气候干爽，因为无雾，放目远眺，景色一览无余。

她换了身简便的常服，见时间尚早，便决定先在苑里转转。

碧湖中央有一水榭，四面是窗，沿着长长的游廊走过去，原来是间书房。

谢长晏进去后，顿觉眼睛都不够用了——

桌上有个和尚敲钟的摆件：木雕的和尚，铜铸的钟，和尚脚边还有个竹筒沙漏。筒里的沙子随着时间的流逝缓缓落下，每过一刻钟，和尚的手臂机关就发出"咔咔"声响开始动作，带得钟槌撞上前面的铜钟，"当当"有声，看得谢长晏震撼不已。

还有个象牙笔洗，雕着一个女子跪在盆边洗头，长发纤毫毕现，浸入盆中。待毛笔一涮，满盆黑水，真真应了一句"发如铺墨，荡漾成藻"。

桌旁的白玉花插，也与寻常的瓶子不同。一整块半人高的白玉，雕成身型纤长、翩翩行来的美人，左手提裙，右臂环绕成圆，抱着一簇旋覆花。人是假的，花却是真的。一眼望去，美人剔透鲜花明艳，十分赏心悦目……

此等独具匠心的摆件在书房中比比皆是，看得谢长晏兴奋不已。她一样样地拿起来把玩，只觉大开眼界。

当她踮着脚去够什锦椟子最上层的一个青铜马车摆件时，书房门忽然开了。

谢长晏回头，见两个黑衣仆人抬着滑竿站在门口，竿上坐着一个人。

盛夏明媚的阳光下，那人倚坐在滑竿上，一身黑衣，黑丝软榻与他的长发、身体几乎融为一体，而他的眼瞳，就像宣纸上刻意落下的两点墨，深幽深遂。

谢长晏一看到滑竿，便想到"不利于行"，难道此人就是风小雅？不知为何，有些面善，似曾相识。

但她明明没有见过这个人……

就在这时，架上的和尚摆件突然开始撞钟。谢长晏吓了一跳，青铜马车没抓好，顿时松脱落地，丁零当啷散了架。

谢长晏看着滚了一地的上百个小碎件，傻了。

黑衣人眼中闪过一丝玩味之色，挥了挥手，两名仆人当即放下滑竿。黑衣人缓缓起身，走入书房。

谢长晏见他行走之间，脚步沉稳，丝毫不见疼痛之色，再联想到此人一身武功，又觉得奇妙之极。

"捡起来。"黑衣人一边跨过满地碎件，一边淡淡道。声音有些沙哑，却十分好听。

谢长晏一愣，连忙蹲下去捡碎件，用裙子一一兜住。

两名仆人关上书房的门离开了。如此一来，整个书房就只有他们两个人。

谢长晏微微拧眉，虽觉不妥，但抱着见招拆招的想法，还是决定先观察一下再说。她一边捡东西一边微微抬眼。眸光中，风小雅走到长案旁，熟门熟路地打开抽屉，取了一匣檀香放入香炉中点燃，他的动作懒洋洋的，却说不出的优雅，像一只梳翎中的鹤。

谢长晏捡齐了所有碎件，提着裙子走过去，轻轻堆到案上，然后行了一个大礼："学生见过老师……"

礼行至半，风小雅斜瞥了她一眼："且慢，你先将这马车拼装回去。"

谢长晏一怔："唉？"

"做不到？"风小雅微挑的眉毛下，似有轻蔑之态。

这难道是他给她出的考题？通过了，才能拜他为师？一念至此，好胜心起。谢长晏扬唇笑了："我且试试。"

要说琴棋书画，她确实不行，其他的，却是不输于人的，尤其是数字方面的记性。

谢长晏定下心来回忆，先前惊鸿一瞥，未曾细看，但一些大概特征已收录于心，像拓在纸上的画，慢慢浮起颜色："这是一辆四马独辕双轮车，宽四寸，长一尺，进深……大概是二寸三。"

风小雅本在漫不经心地翻书，听到这句话，动作微止，眸有惊色。

谢长晏将碎件们数了一遍，共计一百零八件。

"车，分底、栏、伞、轮，以及配件。"谢长晏根据形状将碎件分为五类，琢磨不透的全部分到了配件类中，然后再数。

"……三十五、三十六。唔，底部共计三十六件，看来是三横十二竖。"谢长晏将十二条长短一致的竖条拼在一起，然后用三根横条将它们固定。衔接之处的孔眼果然对得上。

"车有左右后三侧栏，共计五十四件的话，看来是六竖三横；至于车上立的圆伞，伞骨十六件……"根据这种办法，她又很快拼好了车身和车轮。

最后，就剩下了一堆实在找不出规律的配件。

谢长晏沉吟。脑海中的拓画只有轮廓，想再探究些细节，却是不能够了。都怪此人，来得太早，未能让她将青铜马车抓在手中好好端详就碎了。

她不禁抬手揉了揉眉心。

这时，风小雅忽然开口："此乃战车。"

谢长晏怔了一下，回头看他。他斜躺在锦榻上，手里捧着本书，视线聚焦在书间。

"我从未见过战车……"谢长晏为难。谢家崇文抑武，父亲虽是武官，生前却常年在外，家中没留下什么兵书。而隐洲小城，连衙役都不足二十个，街头斗殴最多也就用用菜刀，几曾见过战车这种稀罕物。

风小雅这才抬眼看了她一眼，谢长晏露出眼巴巴的祈求之色。他的目光闪烁了一下，似觉有趣，但并没有笑，很快将视线收了回去。

谢长晏只好气馁地低下头继续自己想办法时，耳旁轻飘飘地来了一句："舆右置盾牌，舆前挂铜弩铜镞。"

谢长晏心中一喜，舒了口气。

如此半个时辰后，谢长晏将青铜马车恭恭敬敬地放在了风小雅榻前的长案上。"幸不辱命。"

风小雅将目光掠向一旁——那里还留着十几个小件。

谢长晏忙道："实是不知该放哪儿了。"

风小雅放下书卷，拿起拼好的马车看了几眼，然后将之放在桌上，用手指轻轻一敲——"哗啦啦"，马车再次散成了一堆。

谢长晏看到自己辛辛苦苦拼回去的车再次散了，当即急了起来："先生这是何意？"

"你懂得先分类再拼装，确有小聪明。可惜，一开始的分类就错了。一错百错，最后自拼不回原样。"

谢长晏皱了皱眉："怎么就错了？"

风小雅不答，反而点了点一旁的茶杯。谢长晏一看，这是要自己倒茶呢。罢了，反正师徒名分已定，学生给老师倒茶也是应该的。

她强忍怒火，上前帮他将杯倒满。

风小雅只喝了一口，就把茶随手倒在了一旁的花插里。"难喝。"

谢长晏快要吐血。

她深吸口气，告诫自己一定要忍住："学生不擅烹茶。随行婢女中有擅此道者，我去唤来？"

"不必。"风小雅拎起一旁的茶壶放到炉上开始烹茶。

谢长晏看着他行云流水般的动作，心中暗忖：此人倒是喜欢亲力亲为，焚香也是，烹茶也是。不是不利于行吗？

风小雅边烹边道："茶之一道，渊源至今，你既是谢家女，于此应有小成。"

"学生愚笨，只认得出这匣中茶叶，乃是今春雨前的仙崖石花，用的水第一次尝，想来是泉水。"谢长晏嘴上谦虚，心中却很是自傲。五伯伯半年来对她的栽培，可不是白浪费时间。

"这确实是仙崖石花，用的是玉京的紫笋泉泉水。"风小雅神色淡然，"你可知价几？"

谢长晏怔了怔。价格？谢家崇玄道，讲究清谈不问俗世，虽未将钱视作阿堵物，但也是避而不谈的。

风小雅似也不要她答，径自道："去年，雨前石花二贯一钱，紫笋泉水二十文一担。故而这么一壶茶，大概要百文。今年，石花二贯半一钱，紫笋泉水三十文一担，这壶茶便涨到了一百五十文。为何？"

谢长晏想了想，答道："物以稀为贵，想必是缺雨？"

风小雅赞许地看了她一眼："你能想到这点，还算可教。那你可知为何缺雨？"

谢长晏答不出来。

"大燕地处北境，不及璧国温润多雨，尤其玉京，一年也下不到二十场雨。紫笋泉的泉水一年比一年少，雨前石花的产量自也下降。睹微知著，今年的米粮也将较去年贵三分之一，怎么办？"

谢长晏茫然，半晌，讷讷道："这也是先生给我的考题吗？"

"你是要当皇后的人，国计民生，与你切切相关。别的不论，陛下早朝归来，心情郁卒烦躁，你总要知道他为何烦躁。"

"满朝文武能人辈出，难道不为陛下排忧解难？"

风小雅的目光闪了闪，看着她，似笑非笑："你若如此置身事外，怕是会失宠的。"

谢长晏脸不禁一红。

风小雅悠悠道："或许，你从未想过要受宠？"

"什、什么宠不宠的？我是皇后，陛下自会以皇后之礼待、待我。恩宠什么的……那是妃子才要求的。"谢长晏结结巴巴地反驳。

"噢，那么不要恩宠的你，当如何做这个皇后呢？"

"首先，为陛下生儿育女，开枝散叶。其次，统辖后宫众妃，处理事宜。凡事做到志于道、据于德、依于仁，问心无愧即可。"

"能为陛下生儿育女，处理后宫事务者众，为何非要谢家女，非要你谢长晏？"

谢长晏一呆。

抬头，是风小雅深邃到令人心悸的幽黑眼瞳，与其说是淡然，不如说是冷酷。他一句句问她："你最近是不是过得很不快活？

"是不是所有人都在议论说为什么会选你当皇后？

"相貌、品性、才华，他们全都说你不够资格？

"他们教授你各种技艺，告诉你那都是皇后所需，但是你全都学不好？"

一句一句，就像耳光，扇在了她的脸上。谢长晏的身子摇了摇，几乎站立不住。半天，才挤出一句："我学得很好。"

风小雅笑了。

谢长晏对他怒目而视。

风小雅看着案上的马车碎件，悠悠道："就如此车，一开始就分错类的话，此后再努力也不过徒劳。"

"你！"谢长晏咬着嘴唇，只觉此人可恶至极，"你如此贬低于我，跟那些在背后非议我的人，又有什么区别？"

"贬低你的不是我，也不是那些非议你的人，是你自己。"

谢长晏愣住了，绞着手指，感到一阵茫然。

"你对自己毫无目标，毫无自信，才对别人的建议如此盲从。就算不做皇后，难道你这一生就碌碌无为，得过且过了？"

"我……"

"再说一遍——可为陛下生儿育女管理后宫者比比皆是，为什么非要是你谢长晏？我明日再来，希望到时你已有了答案。"

风小雅说罢看也没看她一眼，过去推开房门，两名仆人拱手守在门外，看见他，连忙架起滑竿，他便上了滑竿飘然远去。

这时壶中的水沸腾了，顶得壶盖"扑扑"作响，袅袅白烟喷在谢长晏脸上，她气得一把抓起来就要扔到地上，但动作到一半，又舍不得地收了回来。"这可是一百五十文啊……"

她想了想，给自己倒了一杯。

茶入舌尖，谢长晏愣住了，半晌，慢慢地将杯放下："好茶。"

难怪风小雅说她的茶难喝。

马车碎件散在案上，谢长晏拿起一片，放在灯下端详。

"你懂得先分类再拼装，确有小聪明。可惜，一开始的分类就错了。一错百错，最后自拼不回原样。"

"就如此车，一开始就分错类的话，此后再努力也不过徒劳。"

风小雅的话在耳边回响。她忍不住想，到底是哪里错了？为什么要说她错了？

"你对自己毫无目标，毫无自信，才对别人的建议如此盲从。就算不做皇后，难道你这一生就碌碌无为，得过且过了？"

谢长晏不禁咬牙，突然气起，将那些碎件全部推到了地上。

郑氏捧着羹汤推门进来，一个车辘辘就那么滚到了她面前。她弯腰捡起来，走到女儿身边："怎么生这么大气？听说白天时在书房里见到鹤公了？"

谢长晏抿紧唇角不说话。

郑氏将羹汤的盖子掀开，舀了一勺吹凉，递到她唇边："也没吃晚饭，饿不饿？喝一点。"

谢长晏毫无胃口，但看到娘亲的眼神，还是乖乖张口喝了。

"这就对了。有什么事都吃饱饭再想。"郑氏笑着在一旁继续绣那双芍药鞋子。

谢长晏见鞋面上的芍药已近尾声，小小两朵花，足足上千针。联想到娘亲绣花时的耐心和毅力，心中感动，再加上甜汤入肚，暖洋洋的，顿觉气都消散了。

"也没生气，只是沮丧而已。"

郑氏好奇："鹤公怎么着你了？"顿一顿，揶揄道，"可是在后悔当初没写奏书辞掉他？"

谢长晏闻言笑了："娘，别取笑我了。"

郑氏叹道："实是不知该如何帮你。不管如何，能笑出来，为娘也算放心了。"

谢长晏注视着她，灯光下，郑氏的鬓角边竟有了几缕白发。虽说谢家仁善，但十二年守寡，仍是令这个贞烈女子未老先衰。

"娘，今天，鹤公问了我一个问题——若是不当皇后，我可曾想过要做个什么样的人。"

郑氏微怔："你如何答？"

"我回答不上来。"谢长晏苦笑了一下，暖黄的灯光下，郑氏的白发如斯鲜明，"其实这一年来，我都很不快活。因为要当皇后，要学很多东西，总也学不好，让大家都失望……"

郑氏刚想安慰，谢长晏拍了拍她的手，继续讲了下去："我总忍不住想，如果不是皇后，就不会遭遇这些了。大家不会对我有这么高的要求，我就能活得自在一些——就像十二岁之前那样自在。没人笑话我弹不好琴，没人笑话我坐姿不雅，没人苛求我要懂这个懂那个……"

"晚晚……"

"但今天，想法改变了。如果不是皇后，我会如何呢？庸庸碌碌地上完族学，在长辈们的安排下找一桩门当户对的亲事，然后出嫁，生儿育女。若运气不好，跟娘一样，跟丈夫聚少离多，又早早守了寡……大致如此吧？"

郑氏眼眶微红。

谢长晏凝望她，"但女儿知道，娘亲，是绝对不想女儿如此过一生的。"

郑氏哽咽："这苦，我受过一遍已足够了……"

"所以，我要谢谢陛下，一道圣旨，改变了我的人生。抑或者说，是提前让我醒了。人生哪有什么自在快活，放纵之下，就算逍遥，也不过是一时偷欢。百年匆匆，终归还是要做点什么，才不枉费为人一场。"谢长晏说着，拨弄着案上的马车碎件，眼眸沉沉，却写满坚决。看得一旁的郑氏有些心惊。

"晚晚？"

"我要将这马车拼出来。我要知道哪里错了。我要再见风小雅。"

第二天一早，谢长晏来到马厩。马夫们看见她，都很惊讶，刚要行礼，她便笑着开口道："我想看看咱们的马车。"

蝉鸣声声，凉风习习。

谢长晏坐在水榭窗边，专心拼装那辆青铜马车。

案上还堆放了许多书籍，绘写着各种车舆的结构。虽然没有一幅是跟这辆车完全一致的，但也给了她许多启发。

正满头大汗地琢磨时，风小雅坐着滑竿来了。

谢长晏侧头睨了他一眼，没说话。

风小雅半点不自在的样子都没有，径自进屋、点香、上榻，开始看书。

屋内只剩下马车碎件的碰撞声。

如此叮叮当当了一阵子，还是谢长晏先按耐不住，呼口气，起身走到榻前。

"关于先生昨日的问题——"

风小雅果从书间抬起头来。

谢长晏凝视着他，有些挣扎。

风小雅便静静地等着。

谢长晏终下决心道："母亲为我守寡，我需孝顺，让她得以颐享天年；谢家抚育之恩，我当报答，令家族延续繁华；陛下提拔，更是天大的恩宠，我虽愚笨不济，也知勤勉自励，争取做一个让他满意的妻子……"

"你说的这些，是责任，不是……"风小雅刚要说话，谢长晏抬手阻止了他。

"我知道这不是答案，起码，不是鹤公想要的答案。但是鹤公的问题是不存在的。您问——若我不当皇后，可是，我不可能不当皇后。圣旨已下，四海皆知，两年后，我便是大燕的皇后。而我，因为责任，不允许有意外发生，让自己当不成，或者说，当不好这个皇后。"

风小雅的眸光闪了闪。

"所以，皇后为什么非要是谢长晏？我不知道，也无须细究。我所要做的，不过是——不再置身事外。陛下若烦忧，我当知他为何忧；陛下若欢喜，我与他共欢喜；陛下需要一个怎样的皇后，我便当一个怎样的皇后。陛下安排您为我授课，想必也是此意，对否？"

风小雅并不回答，只是垂下了眼。

从谢长晏的角度看过去，只能看见他浓密的睫毛在微微颤动。

谢长晏等了许久，等到书案上的和尚又出来敲钟了，风小雅才轻叹一声，抬起眼睛。

"罢了，毕竟……"他后面还说了两个字，但谢长晏没能听清楚。

风小雅放下书，下榻走到北墙的匾额前，额上写的正是"知止"二字，后面落款"乐天"，谢长晏昨日便留意到了这是风丞相的笔迹。

风小雅看着"知止"二字，背对着她，声音显得有些犹豫："你既是未来皇后，我当你的老师，唔，不妥。这样，我代家师收你为徒，今后你我以师兄妹相称吧。"

"令师是？"

"风乐天。"

原来他是他父亲一手教出来的呀。奇怪，为什么陛下不派风丞相为她授课？可能丞相大人日理万机太忙了，所以只能让这个并无功名的布衣儿子过来了。

不过……坦白说，风小雅跟她想得完全不一样。

之前听了他的传闻，她对此人的印象是：阴柔、好色。可见了真人，分明相貌堂堂，举止端方，还有种喜怒不形于色的威仪，着实看不出是个身有绝症、纵情声色之人。

谢长晏当即跟着风小雅朝匾额行了个拜师礼，再行了见礼，就算是定下了师兄妹的名分。

两人重新落座后，风小雅将目光投向青铜马车。马车只拼了一半，虽然看上去比昨天拼得还差，风小雅眼中却闪过几许赞赏。

"看来，你着实下功夫研究了。"

"我问了车夫、马夫，又翻了些古书，不过，还是不行……"谢长晏愁道，"到底是哪里不对？还请师兄教我。"

风小雅点头道："你将车分为底、栏、伞、轮、配件，从一开始就错了。"

"那怎么分？"

"世人造车，目的是什么？"

"代步。"

"所以，按用途分。"风小雅边动手分类边开始讲解，"我说过，这是战车，你就要想，它与寻常车舆有何不同？舆以载人，故要轼。"

谢长晏一点即透："啊，所以它的栏杆不在后面，而在前面！"

风小雅点头："士兵一手持枪，一手握轼。"

谢长晏一通百通："那么它的轮子，除了辐轴外，还会有武器！"

"没错。车毂装有三尺利刃，用于冲锋。"

"所过之处马腿尽断！"谢长晏试想了一下那个场景，不禁眼睛大亮。

"你倒是不怕。"风小雅有些高兴了，一扫之前的冷淡，耐心地为她继续讲解。在他的指点下，谢长晏再次拼好了马车，而这一次，没有多出任何碎件。

谢长晏有些颤抖地捧起马车，只觉小小一个摆件，令得整个书房都亮了起来。她自三岁启蒙以来，从不曾在课堂上这般满足过。族学的老师过于按本宣科，对所有学生一视同仁，她混在其中，很多东西就那么滥竽充数地混过去了。谢知微虽细致许多，可惜教不得法，跟他半年，并无多少长进。乃至跟了谢怀庸，虽说是因材施教，但教的不是她感兴趣的东西，学的过程也很是痛苦。

风小雅却完全不同。

如果说一开始谢长晏还没领悟到他的用意，觉得他又是让她拼马车又是让她答问题，是在苛责于她的话，现在她已明白——把她不感兴趣的东西变成她感兴趣的，然后，在她感兴趣的事情上令她获得成就感——这就是风小雅的教学方式。

谢长晏的目光掠过马车，落到风小雅身上。他正在亲自动手烹茶。壶中泉水待沸，他将茶饼放到罐中打碎，再放到火上抖烤，动作着实赏心悦目。

待茶叶烤得香喷喷时，风小雅取出石磨，谢长晏很自然地上前帮忙。如是一人用刷子往磨内扫茶叶，一人转动磨盘，将茶叶磨成粉末。

谢长晏想到他昨日问的问题，便道："师兄，昨日你说因为缺水物价飞涨，那么，可有解决之法？"

"有。运河。"

谢长晏"啊"了一声，想起自己那番"陛下居然为了迎娶我而开运河"的说法，脸红了红。

"此外，还有植树。"风小雅说到这儿，想起一事，"从西北开元门出去有一片万毓林，可供骑马，明日我命人带你过去。"

谢长晏的眼睛亮了起来。

"听闻你擅骑射之术，那么，就不要荒废。"

"是！"谢长晏开心得不得了，见水沸开了，忙殷勤地拎壶为风小雅倒茶，"师兄请用茶。"

风小雅拿起杯子轻呷了一口，抬眉看了她一眼："好喝多了。"

两人相视一笑。

水榭的窗户大开着，夏天清凉的风从湖面上吹进来，一室芬芳。

郑氏远远走来，本要进去找女儿，却从窗外看见了这一幕，连忙驻足。她的手在袖中慢慢握紧，半晌后，一言不发地掉头离开了。

风小雅喝了一杯茶后便要告辞。谢长晏有些不舍："师兄明日何时来？"

"明日我不来。自有人带你去骑马。"见她有些失望，他便又道，"我很忙，不一定每天都能来，这书房中所有东西，你都可以看、玩、拆。然后，准备好三个问题，待下次见我时问。"

谢长晏眨了眨眼睛："我问的问题若师兄答不上来呢？"

她心想此人一看就是高傲之人，肯定会答"这世上怎会有我答不上来的问题"。谁知风小雅想了想，却回答："那我们便一起找答案。"

谢长晏不由得一愣。

"所谓学问学问，本就是学习如何问问题。"风小雅转身离去。

谢长晏若有所思。

窗外绿树荫浓，夏日正长。有稚虫沿着水草爬出水面，急不可耐地想要蜕皮羽化。有蝉儿激昂高歌，等待生命中的另一半。

出得开元城门，就是万毓林。

一开始的树木稀稀落落，多为新栽幼树，越往里面树木越多，一眼望去，看不到尽头。

此番出行，除了郑氏和两名婢女外，还有风小雅派来的一个仆人，是抬滑竿的其中一人，名叫"孟不离"，据说另一个叫"焦不弃"。

这位孟不离三十出头年纪，身形高瘦，沉默寡言，一路只顾赶车，基本不说话。

林口立着一碑，谢长晏看到碑上所写的除了"万毓"之名外，还有一行小字："一年之计莫如树谷；十年之计莫如树木；终身之计莫如树人。千年之计，人乎木乎？"

谢长晏便问孟不离道："这片树林，不是天生的，而是人种的？"

"是。"

"什么时候，谁种的？"

"太上皇。"

谢长晏转了转眼珠："太上皇一个人能种这么大片林子？"

孟不离面露纠结之色，半天才挤出三个字来："携群臣。"

谢长晏"扑哧"一笑，放下车帘："多谢告知，继续走吧。"

郑氏问女儿："为何笑得如此狡黠？"

"师兄竟派这样一个闷葫芦来，你看他回话，能用一个字答绝不用两个字，能用两个字绝不用三个字。我倒要看看，今日能令他一共说出几个字来。"

"胡闹。"郑氏轻责了一句，但也没真个追究。

如此大概走了半盏茶工夫后，前方的密林用围栏拦了起来，更有数名守卫警戒。

孟不离出示了一块令牌，守卫这才放行，并叮嘱道："里面已有贵人在。你们跑马时小心些，莫冲撞了。"

孟不离闻言皱了皱眉，"谁？"

守卫道："荟蔚郡主和她的朋友们。"

孟不离便不再说话，继续赶车。

谢长晏对郑氏咬耳道："荟蔚郡主是长公主的女儿，陛下的表妹，比我年长三岁，许于礼部尚书范临钧之子，明年开春便要大婚了。"

"五伯倒是将京中的人物都与你说了。"

"是啊，人名逸事背了一大堆，全是女的。像师兄的事，就没跟我提。"谢长晏不满道。她现在最好奇的就是风小雅了。比如他的骨头是不是还疼，他的武功有多高，他家真有那么多妻妾吗？而这些，她根本不好意思直接问本人。

郑氏看着她，欲言又止，望着窗外转了话题："我们这是做什么？"

谢长晏一看，他们的车来到了一处马厩前。

马厩里只有一匹马，黄毛白鼻黑喙，几个马夫正在给它梳毛喂草，看见孟不离，当即停下来行礼："孟大人。"

孟不离上前摸了摸马的耳朵，刻板的脸上难得一见地露出些许温柔之色。

谢长晏当即也不要婢女扶，自行下了马车，上前端详那匹马。她擅骑射，对马自然也了解颇多，一见之下，更加欢喜："好马呀。乳牙刚齐，才两岁吗？"

"回这位姑娘，昨儿刚满的两岁。"

孟不离将一罐糖递到谢长晏面前，谢长晏会意，当即取了几块喂马。那匹马果然低下头吃了，并舔了舔她的手心。

"它的性子倒好。"一般来说，越好的马性子越傲。比如二哥谢知幸的那匹惊蛰，就从不让别人碰，连吃饭喝水都要单独一个槽。像这匹如此亲人，实属难得。

"是，它是陛下的爱驹步景所生，从小就乖。"

谢长晏愣了愣："它叫什么名字？"

"回姑娘，它还没名字，我们都尊称它小公子。陛下说了，等姑娘见到后再为它赐名。"

谢长晏回过神来了："这是陛下送我的马？"

她看的是孟不离，孟不离只好点头："是。"

谢长晏垂下眼睫，心中五味掺杂，说不出是喜是虑。陛下又赐豪宅美食又赠名马，看似处处有心，却又着实令人猜不透其真正用意。

"银鞍白鼻騧，绿地障泥锦。细雨春风花落时，挥鞭直就胡姬饮。"谢长晏摸了摸马耳，"你就叫时饮吧。"

"姑娘真神了，它真的爱喝酒。"

谢长晏不禁莞尔。

就在这时，远远传来一道声音："爱喝酒的马？让我看看！"

伴随着这个声音，一支队伍出现在视线那头，周边是侍卫，中间则是贵胄少女，足有百人之多。

当先一骑的少女身穿紫衣，眉目姣好，甚是明艳照人。紧跟其后的，是一名极为美貌的蓝衣少女，肤白若雪，眼眸弯弯，左眼角下有一颗泪痣，十六七岁年纪，煞是烟视媚行。

孟不离忽然扭头看了谢长晏一眼，眼神似有同情。

谢长晏还在莫名其妙时，紫衣少女已到了近前，一个利落翻身，就从马上直接跳了下来，笑道："呀，这就是皇兄那匹步景生的小公子吗？可算肯让人见见了。快，取酒给我，我喂喂看。"

马夫不敢违抗，递上酒壶。

紫衣少女拔掉壶盖，喂到时饮嘴边，时饮立刻"咕咚咕咚"喝了起来，一边喝一边还用脑袋去蹭她的手。

一旁的谢长晏无语：果然还真是谁都亲近的一匹马啊……

不过，看来这位紫衣少女就是荟蔚郡主，她的母亲长公主乃是燕国的实权人物，燕王见了都要礼让三分。

荟蔚郡主笑着招呼蓝衣少女道："宛宛快看，它真的喝酒呢！"

谢长晏一怔——晚晚？同名了？

"是啊，真是有趣呢……"蓝衣少女应和了一句后，却将目光看向了谢长晏，盈盈笑道，"刚才似听这位姑娘为马赐名。姑娘想必就是谢家的十九娘子了？"

"噢？"荟蔚郡主回过头来，这才瞧见她，"你就是谢家的那个女儿啊……"

谢长晏行礼："长晏见过诸位。"

蓝衣少女连忙回礼道："谢姑娘有礼。"

"你三姐来京时我见过。你跟她……不怎么像呢。"荟蔚郡主却是似笑非笑，"我来引介。这是我的堂姐方宛，从小跟我一起长大。这是……"

荟蔚郡主将其他诸人一一介绍给谢长晏，那些少女看她的眼神里满是好奇。

荟蔚郡主介绍完后，问谢长晏："你今日也是来骑马的？"

"是。"

荟蔚郡主立刻来了兴致："你父生前是武将，想必你的骑术也不会差。来，咱们比比。"

在马车中的郑氏连忙朝谢长晏摇头。

谢长晏会意，便道："我的骑术十分稀松平常，怎会是郡主对手？"

方宛在一旁道："郡主，谢姑娘初来乍到，不熟悉地形，也没骑过时饮，你总要让她先适应适应。"

"不不不，我今日一定要与你比一比。因为——"荟蔚郡主摸着时饮的鬃毛，傲然道，"如果你比不过我，这匹马还是给我吧。"

原来是看上她的马了啊……谢长晏算是明白对方的敌意从何而来了。

"此马乃陛下所赐，不敢以之作注。"

荟蔚郡主的眉毛立刻高高扬起，眼神也尖锐了起来："是不敢，还是不肯？"

谢长晏环视众人，见大家脸上各有表情。有同情她的，有憋笑看热闹的，更多的是探究打量的。

她忽然明白了点什么。

刚才荟蔚郡主为她引介了十几位同龄少女，除了方宛是驸马那边的亲眷，其他全是名门贵胄。也就是说，差不多半个京圈的大家闺秀都在这里了。

这是谢长晏——未来的皇后，在玉京闺秀圈的第一次公开露面。而风小雅为她安排了最棒的出场：一匹绝世好马，一个颇有威望的对手，一项她所擅长的技艺。

如果她能赢了荟蔚郡主，想必到了明日所有人都会知道，未来皇后的确有过人之处。

但如果她输了……

"好你个师兄……"谢长晏只觉恨得牙痒。

"既如此，试试吧。"郑氏轻声道。

少女们也跟着起哄。荟蔚郡主的眼睛闪闪发亮，充满挑衅和期待。

谢长晏上前半步，正要答应，却在说出口的一瞬，改变了主意："既如此，郡主就将此马领回去吧。陛下那边，我会上书告知的。"

众人纷纷怔住。

荟蔚郡主也不敢置信地睁大了眼睛："你说什么？"

"不用比了，我认输。时饮，是郡主的了。"谢长晏说罢，转身上车，并对孟不离道，"时候不早，咱们回去吧。"

"等等！"荟蔚郡主追上前来，"你为何不与我比？你看不起我？"

"郡主此言，长晏惶恐。谢家家训，学艺以修身，只可游，不可利。长晏不敢有违家训。"

荟蔚郡主怔了怔，而谢长晏的马车已飘然远去。

方宛轻叹道："她是游于艺了，却将郡主置于何地呢？"

荟蔚郡主恍然大悟："她是在嘲讽我以技谋利？"

方宛不再回答，只是微微垂下头去。

荟蔚郡主再看那匹马，气得整个人都开始发抖。偏偏这时马夫颤巍巍地问："那，要将时饮送郡主府上吗？"

荟蔚郡主立刻一鞭子抽在了马夫脸上："时什么饮？既是我的马了，得叫我起的名！"

马夫捂着脸，连忙应是。

是夜，谢长晏与荟蔚郡主相遇于万毓林，郡主谋其马，谢长晏不争，绝世宝马时饮就此易主的消息传遍了整个玉京。

同时传遍了的，还有那句谢家家训——学艺以修身，只可游不可利。

谢长晏坐在灯下，将那和尚撞钟的摆设拆了开来。

郑氏则坐在她身后，为她绞干刚洗过的头发。"你今日之举，我总觉不妥。"

"为何？"

"荟蔚郡主性虽刁蛮，却直来直往，并不是坏人。你本可以用一种更好的方式与她相处。既肯舍得那匹宝马，就该换一个朋友来，而不是一个敌人。"

谢长晏一边细细拆解着钟上机关，一边淡淡道："我不耐烦与她做朋友。"

郑氏一噎。

"她知我是未来皇后，却一开口就要与我比试，还敢要陛下钦赐予我的宝马。这种人，妄自尊大惯了，想同她好好相处，只能和跟在她身后的那群废物一样，哄着她供着她。"谢长晏冷冷一笑，"我若有那心思，也是用在陛下身上。她，还不够资格。"

郑氏叹了口气。

"而且，今日若应了她的比试，输了自是颜面无存，赢了也不是什么好事。到时候阿猫阿狗都来挑战我，我能一直赢吗？只要输了一场，就会遭受非议。还不如一开始就表明——任何比试，我都不接受，断了那些人的小心思。"

郑氏点点头："倒也是个理。不过，娘怕陛下会因此不高兴。"

"那担惊受怕的人应该是荟蔚郡主，不该是我。娘想，荟蔚郡主见到时饮时，第一句话说的是：'这就是皇兄那匹步景生的小公子吗？可算肯让人见见了。'也就是说，小公子之名她已久闻，但不曾得见。为什么？"谢长晏说到这儿，扬唇一笑，"因为她不配啊。"

"跪下。"高阔华美的长公主府中，年约四旬的美妇人目光凛然。

荟蔚郡主表情一变，刚要说话，一旁的方宛已"扑通"跪了下去。

荟蔚郡主急了："娘！"

"你们好大的胆子，竟敢欺凌未来国母。"

"我们没有欺凌她啊。女儿只是想跟她比比骑术，结果她二话不说就将马送给了女儿……"

长公主冷冷一笑，荟蔚郡主的声音便小了下去。

"来人，将那匹马送回宫中。"

"娘！"荟蔚郡主的眼眶一下子红了，"若您觉得女儿对谢姑娘失礼了，我去跟她赔罪就是。可马是万万不能还的……"

"你还没搞清楚后果。"长公主从榻上站起，缓缓走到荟蔚郡主面前，眼眸中充满担忧，"你对那匹马觊觎已久，之前开口问陛下讨要过。陛下既未应允，便摆明了是不肯给你。"

"但谢姑娘给我了……"荟蔚郡主咬着嘴唇，满脸不甘。

"今日你要宝马，从谢长晏手中豪夺过来；他日你要皇后之位，是不是也想着夺取？"

荟蔚郡主一愣："皇、皇后？女儿怎会要皇、皇后之位……"

"你不要，不代表别人不想要……"长公主说着，将目光转向一旁跪在地上的方宛身上，"不代表别人不会想办法通过你去要。"

荟蔚郡主一脸茫然。

"总之，将马送回去。就要出阁的人了，在家绣嫁妆吧。"

"娘……"荟蔚郡主还待说话，却见长公主的脸一下子沉了下来，当即不敢多言，转身正要拉着方宛告退时，长公主又道："方宛留下说话。"

荟蔚郡主只好自己先离开了。

方宛跪在原地，从头到尾未曾抬起头来。

长公主凝视着她："你来我府，有三年了？"

"是。"

"当年你父母双亡，我怜你一介孤女无依无靠，便收留你，让你与荟蔚同住。"

"长公主大恩，方宛时刻铭记于心。"

长公主嘲讽地笑了一声。方宛抖了一下。

"这几年，你对荟蔚看似恭顺，却哄得她对你言听计从。我虽知悉但也没放心上。以荟蔚的身份，骄纵点没坏处。但你不该教唆她去招惹谢长晏。"

方宛全身都颤抖了起来："方宛……不、不敢。"

长公主笑了："你都敢看上陛下了，还有什么不敢的？"

方宛倒抽了口冷气，抬起头，面色煞白。

长公主端详着她，啧啧叹道："一个女人，年轻，美貌，聪明，难免心气高。你既有此心，我可以成全你。"

方宛不敢置信："真的？"

"但不是现在。"

方宛眼中的光暗了下去。

"你是不是想问为什么？"

方宛："侄女不敢，一切但凭殿下做主。"

"原因有三。第一，荟蔚即将出嫁，我不希望她出门前有任何意外发生，耽误她的好姻缘。"

方宛低下头去，遮住眼中复杂的羡恨之色。

"第二，陛下娶谢家女是有政治原因的。你想取谢长晏而代之，目前阶段，暂不可能，只能等。"

方宛不解道："据说太上皇当年为陛下择谢家女为后，是为了打压世家。如今二党已除，为何还要娶谢家女？"

"庞岳虽亡，还有李范程袁商五族，朝堂空出了那么多官职，都在虎视眈眈。陛下去年刚开科举，却也填补不过来。"

方宛恍然大悟："两年后，又是科举。"

"选拔寒门才子入朝为官，选娶清流孤女为后，都是陛下改制的一种手段。"长公主说到这里，看着方宛笑了笑，"所以，出身卑微反是件好事。你也有机会。"

方宛的目光闪了几下，咬住了嘴唇："那么，第三个原因是什么？"

"第三嘛……"长公主踱着步子走到玉案前，上面架着一把剑。剑鞘看上去十分老旧，上面的缠丝大多断了。长公主伸出手抚摸着这把剑，却像是抚摸着昔日的恋人一般，目光极尽怀念。

"还要等一个人回来。"

谢长晏拆了半夜的钟，睡得晚了，因此早上便起不来了。正磨磨蹭蹭地跟郑氏赖床时，依稀听到外面传来马鸣声。

她竖起耳朵："娘，你听见什么了吗？"

"就听到你赖床，快起来！"郑氏拿了根羽毛去挠她的脖子。

谢长晏一边痒得咯咯笑，一边分神聆听外头的动静，最终确定了："真的是马叫！"

她立刻来了精神，一下子跳下床，连鞋子都顾不得穿就跑了出去。急得郑氏在后面拿着衣服鞋子追："你站住！光脚凉呀！"

谢长晏一把打开门，就看到院中站着时饮。

明媚的阳光照在它枣棕色的毛上，反射着锦缎般的亮光。

它正埋头在一个人手中，舔食着那人手中的糖块。而那人一身黑衣，站在其旁，却比名马更夺目。

谢长晏呆了呆："师兄……"

黑衣人侧头望来，乌眸璨璨，气宇轩昂，正是风小雅。

"就这外表还大燕第一病公子哩……"谢长晏在心中嘀咕了一句，然后笑着朝马跑过去，"时饮时饮，你回来啦！"

风小雅的视线落在她光着的脚上，目光闪了闪，然后侧过身去不再看。

这时郑氏追到，谢长晏道："娘你看，我没说错吧？陛下赐的马，不是谁都拿得走的。"

"知道了知道了，你快穿鞋！太失礼了！"郑氏将鞋塞给女儿，再向风小雅行了一礼，"见过鹤公。"

风小雅本随意颔了颔首，后似想到什么，又正过身子，恭恭敬敬地朝郑氏回了一礼："见过夫人。"

谢长晏穿好鞋子，欢快道："师兄你来得正好，我已想好问你什么问题了。"

郑氏连忙推了她一把："等会儿再问，快去梳洗！"

"噢。那师兄先去书房，我等会就来。"谢长晏转身小跑着离开。

风小雅目送着她的背影，似乎想笑，但看到郑氏后又收敛了表情："那，唔，在下先去书房，夫人告辞。"

"鹤公留步。"

风小雅有些意外，停下看着郑氏。

郑氏神色复杂，犹豫片刻方轻轻开口道："长晏自幼缺少父亲教导，我又一介无知妇人，对她少了管束。"

风小雅静静地等着。

郑氏又想了想："陛下聘鹤公为师，实长晏之福。长晏顽愚，偶失闺仪，还请鹤公以先王之泽、师门之礼相待。"

风小雅沉默。

郑氏绞着手指，鼓起勇气直视着风小雅："鹤公谪仙天人，仰慕者众，当知我意。"

风小雅轻轻一笑。

郑氏心中正一凉时，却见他扬了扬眉，悠悠道："夫人放心。子见南子，尚有流言；我与令爱之间，必也少不了蜚语。夫人知长晏，一如陛下知我。"

风小雅说罢转身而去，郑氏留在原地，愣愣地望着他，若有所思。

谢长晏从窗户里探出头道："娘你跟师兄说了什么？他笑什么？"

"子见南子……"郑氏的声音恍如叹息。

"子见南子？孔子？他见南子怎么了？"谢长晏好奇，身后替她梳头的婢女一手抓着她的长发，一手握梳，急得汗都冒了出来："姑娘你别动了，头还没梳好呢。"

郑氏看到这一幕，失笑出声，心中本有的那点担心怀疑顿时一扫而空。"罢了，我真是想多了。"

子见南子是什么意思，谢长晏在到了书房后，当面问了风小雅。

风小雅挑眉道："这是三个问题中的？"

"不是，这是额外的。"

"那不答。"

谢长晏瞪眼。但见风小雅一脸冷淡，她也不敢纠缠，只好将拆得七零八落的和尚撞钟摆件往他面前一放。

"我看出了，这个跟水运浑象仪差不多，是利用漏壶，通过齿轮传动，令和尚准点摆臂敲钟。但是一，它用的沙漏不是沙子，而是这种奇怪的小珠子，这是什么？"

谢长晏指的是一种像沙子一样细小的金属颗粒物，分量沉甸甸的，托在手心上，不停滚动。

"镔。"

谢长晏"啊"了一声，很是意外："这就是程国的不传之秘足镔吗？据说用这种材料打制的兵器比铁器坚固百倍！"

唯方大地，燕璧宜程四分天下。

其中，燕占其强，国势最盛；璧占其广；宜占其富；唯独程国，乃小小一岛国，却因为有强兵利器而得以与三国抗衡。

而足镔，便是程国最著名的一种冶铁材料，它是如何提炼萃取的，至今仍是个谜。

"不仅坚固，还很光滑。以它作漏，不会堵塞。"风小雅补充道。

谢长晏端详着手中小小一抔镔珠，感慨万千："如此好物，却只有程国有，还被他们单单用在兵刃上，暴殄天物啊。"

风小雅的眼神变了变，似有触动，他微微垂下眼看着自己的右手衣袖，然后，慢慢地将左手盖在右袖上。"不错。"

谢长晏却没注意到他的这番变化，继续兴致勃勃道："对了，还有，我在和尚的左脚脚心上看到了'公输蛙'的署名。这个公输蛙是谁？"

"鲁班之后，现居玉京。"

谢长晏大喜："鲁班的后人？难怪做得如此惟妙惟肖。这些都是他做的？"

"是他们。"风小雅纠正道，"一群人。陛下为鼓励发明，开学设班，赐名求鲁馆。公输蛙是里面的老师，带着众弟子做了这些精巧玩意。"

"我能去看看吗？"

"可以，明日我命……"

谢长晏接话："命人带我去，对不对？你又要忙？"

风小雅点点头。

"那我要换个人。孟不离太闷了，昨天一天就说了八个字。能换个话多点的吗？"

风小雅很爽快地答应了。"还有一个问题。"

"第三个问题……"谢长晏却将摆件收起，坐直身体，凝视着他，一字一字道，"师兄对我昨日之举可满意？"

风小雅愣了愣，回望着她。两人的目光彼此交织，书房内一片安静。

许久后，风小雅才开口："我并非试探，你多想了。"

"是吗？"

风小雅拂袖起身，走到西窗前。从这扇窗望出去，可以远远看见主屋院前拴着的时饮。他的眼神中有很多变化，但因为背对着谢长晏，所以谢长晏看不到。

不过，就算看到了，她也不会明白。

"我说过，既是技艺，就不要荒废。正好陛下有一匹适合你的好马，而万毓林又是离此最近的跑马佳所。你会在那儿遇见荟蔚，是巧合。"

谢长晏敏锐地抓住了一点："你跟郡主很熟？为何直呼其名？"

风小雅愣了一下，轻叹着回头："你真是想太多。"

谢长晏轻哼了一声："是巧合就好。你是我的师兄，若要考我，但请直言，也好让我有所准备。我若出糗，于你脸上也没什么光彩。"

"是。"风小雅应了一声。

他如此好说话，谢长晏反而有些意外。此人真是性格古怪，令人捉摸不定。

谢长晏忍不住歪着脑袋睨了他半天。

风小雅想了想，道："不过，你还是应该跟荟蔚……呃，郡主，讨教一番的。她的骑术真的很好，堪称京城最佳。"

"她好，还是师兄好？"

风小雅挑了挑眉。

"或者说，她在女子中是拔尖的，那么，若跟男子比呢？"

风小雅眯起了眼睛，悠悠道："你……野心不小啊。"

"师兄让我跟荟蔚郡主讨教，若目的是想让我骑术精进，那何不直接找更厉害的男骑手学？"谢长晏步步紧逼，"除非，师兄是另有居心。"

风小雅抬手投降："罢了，当我没说。"

谢长晏抿唇一笑，随即却又叹了口气："不过，我得罪了荟蔚郡主，今后怕是会被那帮千金小姐排挤。"

风小雅沉吟半晌，道："明日，你再见一个人。"

"谁？"

"一个能带你去玉京贵胄圈玩的人。"风小雅说这句话时，唇角扯出了一个弧度，笑得有些神秘，还莫名有点诡异。

谢长晏第二天就明白他为何会那么笑了。

第二天，取代孟不离来知止居接她的人，竟是如意。

如意坐在车辕上，一脸不情愿，见到谢长晏后更是不满道："是你点名要我陪你去求鲁馆的？"

谢长晏"扑哧"笑了。

"你笑什么？奴役我，你很得意？"

"我跟师兄说的是找个话多的，没想到他竟能劳动公公您的大驾。"

"话多？"如意气得瞪大了眼睛，"我哪里话多了？好，我从现在开始就不说话了！你赶紧把孟不离换回来，我忙得很，可没空陪你到处走。而且陛下那边也少不了我的……"

谢长晏提醒他："不是说不说话了吗？"

"你！"如意气结，鼓起了腮帮子真的不说话了。

他长得实在太可爱，如此生气，反而显得格外灵动。因此，谢长晏对他也讨厌不起来，当即笑着打开车门准备上车。

结果却吓了一跳——车内竟然有人！

如意顿时哈哈大笑起来："没想到吧？我就说你会吃惊的！"

"贱妾不利于行，故而未能下车见礼，还望谢姑娘勿怪。"车内人坐着行了一个拜礼，然后抬起头，对着谢长晏微微一笑。

此人约莫二十出头年纪，梳着高髻，容貌端正，虽不甚美，但气度高华。

如意挤眉弄眼道："快叫师嫂呀。"

"唉？"

"她是鹤公的第三个妾室，姓商，名青雀，乃前朝商太傅之女。"

谢长晏于此刻回想起风小雅昨日的那个笑容，终于明白诡异感由何而来了。原来，他说的那个能带她去贵胄圈玩的人，是他的妾啊！

商家乃燕国世家。太上皇时，商青雀之父商廉更是位居太傅。随着太上皇退隐，商廉告老致仕。但商氏一族中还有许多旁支留在朝中为官，不容小觑。

商青雀身为嫡女，本是风光无限的，可惜，她的命运跟郑氏一样多舛，甚至更差。她嫁给了庞家的二子，婚后不久丈夫因一场意外去世，襁褓中的儿子也不幸夭折。夫家更是随着燕王登基而被打压流放。商青雀只好回到娘家，从此闭门不出。谁料某个冬日在屋前摔了一跤，把左脚给摔跛了。运气差成这样，也真真让人感慨。

但兴许是否极泰来，商青雀去庙中进香时偶遇了风小雅。三日后，风小雅派人上门提亲，几番周折，她就嫁给他做了第三个妾。

谢怀庸在对谢长晏讲述这段逸事时自然是不讲风小雅的，只轻描淡写地说了句"商家嫡女跛足后再嫁为妾"。

如今，谢长晏注视着车中美妇，只觉人生玄妙，当年听说的名字，如今一个个地出现在了眼前。

商青雀亲昵地伸手，将她拉上马车："外头热，快上车来。时候不早，咱们出发吧。"

如意从怀中取出一盒香膏抹在白白软软的小手上，又重新戴上了金丝手套，这才拿起马鞭开始驱车。

谢长晏从车帘看到这一幕，唇角不禁上扬。师兄到底在想什么，竟派如意为她驱车，又让妾室陪她游玩。

她忍不住偷偷看向商青雀，商青雀捕捉到她的目光，一笑道："玉京干热，你来了可还习惯？"

"挺好的，早上起来打开窗户没有雾，一眼看过去那么透亮，真令人心情舒畅。而且知止居里那么多树，并不觉得热。"

"知止居是陛下做太子时的外府，自是用心布置的。"

谢长晏微惊——也就是说，她现在住在彰华住过的地方？陛下看过的书、用过的笔、睡过的榻……啊呀打住！别想了！

商青雀见她脸颊微红，笑得越发深意起来："陛下对姑娘很是用心，姑娘慢慢就都知道了。"

"啊，我们来说说师兄吧！"不知为何，谢长晏一点都不想谈论彰华的事情，连忙转移话题，"师兄真的那么忙吗？"

商青雀的表情微变，有些不自然起来。

"他一介白衣，又不当官又不办差的，忙什么呢？"

商青雀沉吟了一会儿，才道："夫君近日娶了个新妹妹。"

谢长晏一噎，瞬间尴尬了起来。

马车前行"吱呀吱呀"，车帘上的流苏摇摇摆摆。

谢长晏在心里直骂自己哪壶不开提哪壶。只因这几次相处觉得风小雅不似传闻，就忘却了他的那些"丰功伟绩"。看来，她之所以觉得他正直威仪，不过是因为身份特殊。对于别的女子而言，他还是那个"姑娘勿多望"的祸害公子。

"我……"

"我……"

谢长晏和商青雀同时开了口，又同时停下。

商青雀一笑："夫君行事偶尔荒诞，姑娘勿怪就好。而且他虽人不来，却已将姑娘的事都安排妥当了，绝不会耽误你的课程。"

"哪里。夫人不要嫌我冒昧失言就好。至于师兄……"谢长晏愧疚过后，却是好奇上涌，"新娘子是什么人？"

"我也未曾得见。听说是个沽酒的女郎，姓秋。"

谢长晏心想：噢，沽酒女啊……这位师兄还真是不挑。

说话间，马车停了下来，如意在车外道："到啦，下车吧。"

谢长晏掀开帘子，就看见了"求鲁馆"三个字。

与寻常挂在门顶上的匾额不同，这三个字，是直接嵌在门上的，而且造型极为独特——

"求"字的一点，是一把斧子。

"鲁"字，则是一条鱼从器皿中跳出了半个身子。

"馆"字左边的"舍"绘制成一个漂亮的屋子，右边"官"上的两个口，则是两个小门。

谢长晏正在疑惑大门上再开两个小门是做什么的，就见如意跳下车，走去敲了敲小门，朗声道："奉陛下命视察馆舍。开门。"

伴随着这句话，"求"字上的斧头旋转了起来，掉了个头正好切在跳出皿的鱼上，鱼身一分为二，旋转着落入了"馆"字的两个小门内。

紧跟着，"咔咔"声响，巨大的大门自动开启。

光这一扇门上的机关，便已令人目瞪口呆。

谢长晏还在啧啧惊叹，商青雀已牵她手道："求鲁馆内不便行车，咱们下车吧。"

谢长晏连忙扶她一同下车。

商青雀行走间果然一跛一跛的，但她神态自然大方，丝毫不以此为耻。如此谢长晏也放心了，可以专心打量馆内的一切，而她也终于明白为何馆内不便行车。因为，实在是——太乱了！

馆内西北东三面全是房子，中间是个巨大开阔的庭院，用沙泥堆成了高低起伏的地势，上面顺势架了个巨大的水车，结构之复杂，模样之新奇，与以往所见的龙骨水车截然不同。

一群穿着青色短卦扎着白头巾的人在车上爬上爬下敲敲打打，忙碌着手中的活计，对于三人的到来，没有一个人分心。

谢长晏正看得津津有味时，只听正北的屋子里传来"轰隆"一声巨响，整个地面都震动了起来，那些堆起来的沙泥也四下垮塌，一群人连忙抢救。

如意"啊呀"一声捂着头蹲了下去，并冲谢商二人喊道："快蹲下蹲下！"

谢长晏拉着商青雀蹲下。

如此地面震动了大概半盏茶后，才堪堪停歇。

一男子从北屋灰头土脸地走出来。众人纷纷侧头问道："如何如何？"

那人摇了摇头，一脸沮丧："没成。"

"唉——"众人摇头叹息着，又各自忙碌去了。

如意示意谢长晏可以起来后，走到那人面前："蛙老呢？奉陛下之命，带……嗯，带谢姑娘来拜会蛙老。"

"在屋里。不过这会儿还是别进去了，老师又失败了，正急得跳脚呢。"那人抖去身上尘土，朝谢长晏行了一礼，"晚生木间离，是求鲁馆的大弟子。若不嫌弃，就由我领您参观此地吧。"

谢长晏好奇道："蛙老在做什么？"

"老师在研究宜国的蓝焰，想将它用于凿山开道上。"

蓝焰，是宜国独产的一种焰火，以射程远、焰火绚丽而著称，却不知还能有另外用法。

"怎么凿？"

"陛下下旨开凿玉滨运河，但沿途多山，若按以往那样，先在山岩上凿一道沟槽，放柴焚烧，再浇冷水，令岩石开裂，着实太慢，怕三年不能竣工。故而老师正带着我们一起想办法。这边请——"木间离边说边带路。

沿途围墙上画着连绵数丈的画，仔细一看，竟是玉滨运河图，可以非常清晰地看到渭河与黄河沿途的一条条支流是如何被运河连接起来的。

谢长晏转向院中那架巨大的水车，问道："那么这水车也是为了运河？"

"此乃风转翻车，利用风带动水车旋转，可用于渭湖排水。不过目前的风帆还是做得不够好。此外，我们还造出了浑水淤灌用的输沙车……"

谢长晏一边看一边心中震撼难言。不得不说，至玉京后所见所闻，都远超于前十三年所学。在谢家，学的是诗文礼法，求的是自然无为之道。好比这开玉滨运河一事，谢怀庸的评价是"虽夺天地之势，然造福万民，善也"。至于为何开、如何开是完全不谈的。但到了风小雅这儿，他就让她亲眼看，看看其中的来龙去脉，其中的奇思妙想，其中的雄心壮志。

"此运河一通，渭湖平原将水旱从人，不知饥馑，而且运送物资北上，省时省力。能为这造福千秋之举贡献力量，是吾辈之幸啊！"木间离说到兴起脸都红了。

如意在一旁泼冷水："你们是幸了，陛下却头疼了。工部的大人们天天管他要钱，蛙老也天天写折哭穷。"

木间离哈哈一笑道："农务乃国之大本，水利一兴，多少钱都能回来。"

如意白了他一眼，不再说话。

谢长晏遐想了一下燕王被大臣追着要钱的情形，不由得乐了乐。

这时，木间离在一个房间前停下道："对了，老师听说姑娘要来，为你准备了一份礼物。"说罢，推门进去，从屋里搬出一个大箱子来。

谢长晏见他搬得有些吃力，便帮衬了一把。木间离吃惊地看了她一眼，大概是没想到一个小姑娘竟力气比他还大。

"是什么？"

"东西凌乱复杂，姑娘还是回去再开启吧。"

谢长晏见四下众人都那么忙，木间离虽在陪她，但眉宇间也是一派急躁之色，便告辞道："也好。今日时候不早，我先回去了。他日蛙老有暇了，我再来细细请教。"

"好好好。"木间离果然一副松了口气的模样。

如此谢长晏便搬着那口大箱子回到了馆外的马车上。如意在她身后啧啧有声："女壮士啊。"

"那你来？"

"不行不行，我可搬不动。"如意爱惜地抚摸着自己的手道。

谢长晏笑了笑，放好箱子后，又去扶商青雀上车。

商青雀道："我刚才见你那般感兴趣，还以为你会逗留许久。"

"我是想留，奈何人家嫌弃我，巴不得我快走呀。"谢长晏朝她眨了眨眼睛，"而且，你不是还要带我去跟那些千金小姐玩吗？"

"你可知今天是什么日子？"

"什么日子？五月……唔……"谢长晏掰着手指一算，"今天是端午节？！"

若在隐洲，早半个月前就能听到龙舟的鼓声了。每年端午的龙舟大赛，是隐洲的一大盛景。那一天，隐宵河上锣鼓震天，数十支队伍划桨较量，男男女女都去为自己心仪的舟队助威，场面热闹非凡。

商青雀点头道："正是。玉京无河，故而不比龙舟。但也要兰草汤沐浴后，系着五色丝去过女儿节。"

"女儿节？都做些什么？"

"不外是一群人聚在一起曲水流觞，射射覆打打马……"

谢长晏一听就头大如斗："作诗下棋？"

"投投壶。"

"这个还行。"

"还有斗斗草听听曲……"

谢长晏哀叹道："早知道还是留在求鲁馆了。"

商青雀抿唇一笑："夫君说，姑娘来到玉京，这些玩乐的东西都是少不了要学的。总不能一直关在知止居里，你也需要朋友啊。"

"好吧。这个聚会什么时候开始？"

"华灯初上。"

兰膏明烛，华镫错些。

谢长晏站在镜子前，注视着灯光中的自己，有些怔忪。

十三岁的少女，豆蔻待放。娉娉袅袅，红花曼理。

这一年，她的变化好生明显。尤其此刻，穿上宫里所赐的新衣，一身朱红，配着郑氏巧手描绘的飞燕花钿，灼灼生姿。

从小到大，无人夸赞过她美丽，她也自知不是个漂亮姑娘，可是，这一刻，镜中的这个红衣少女，是如此抢眼。

因为喜爱骑马射箭的缘故，她的身体发育得极好，腰细腿长，不同于寻常少女的纤弱，充满了力量。

郑氏将五色丝系到她腰间，轻叹道："吾儿很适合穿红衣。"

谢长晏勾起唇角，也自觉相当不错。

这时屋外传来商青雀的声音："姑娘可收拾好了？"

郑氏连忙开门请她进来。商青雀手中捧着一个匣子，在看到镜前的谢长晏时，眼睛亮了亮："姑娘此身妆容真真好看。不过，还缺了一样东西。"

"什么东西？"

商青雀将匣子打开，递到她面前。"斗草。"

所谓的斗草，分文武两种斗法。文斗就是女子们聚在一起，比谁的花草新奇，大多是插戴在头上展示的。而武斗则是各取一根草交叉成十字状后用劲拉扯，不断者为胜。因此玉京仕女，皆用千金市名花种植于庭院中，以备斗用。

而此刻商青雀给谢长晏的匣子里，就有一朵花，一根草。

花是白色的，叶序互生，叶片长狭，瓣如蝴蝶，幽雅脱俗。

谢长晏奇道："这是什么花？我从未见过！"

"这是姜花。"

"姜还会开花？"

"此花不是咱们吃的姜的花，而是长在天竺的。说来也巧，上个月天竺商人带来一株，夫君机缘巧合之下弄到了手。可以说，目前在唯方，只有草木居中有。"

"师兄还喜欢侍弄花草呀？"

商青雀的目光闪了闪，声音低了几分："夫君新娶的妹妹，名字就叫'姜'。"

谢长晏彻底惊了——敢情风小雅还是个情种？

如此一来，她对那位新妾越发好奇了起来。究竟是何方神圣，竟能令她师兄神魂颠倒。

不过对商青雀来说，恐怕就是"但见新人笑，哪闻旧人哭"了。因此谢长晏立刻换了话题："那这根草呢？又是什么？"

草细长，灰皮棕里，触之光滑，看似轻薄，却极为坚韧。

"夫君说，此物姑娘书房中其实就有，所以，请姑娘猜猜看，究竟是什么。猜中了有奖。"

谢长晏顿时来了兴致："好，那我便试试。"

她当即插上姜花，捧着灰草，和郑氏一起跟着商青雀上了马车。

出天玑大街后，一下子就热闹了起来。尤其拐进天枢大街，更是处处张灯结彩，摩肩接踵。灯光映着一张张笑脸，令车中的她也看得高兴了起来。

郑氏叹道："玉京着实热闹啊。"

商青雀点头道："天佑大燕，盛世清平方有这般景象。"

谢长晏拈着那根草，听到这句话，望着车外的街市，眸光微闪，不禁想到燕王。他到底是个什么样的人呢？她知道他是个好皇帝，知人善任，内政修明。如今大燕国力强盛，乃四国之首，虽说太上皇功不可没，但也有他的一份功劳，而且他还这么年轻。虽也有什么性好娈童、迷恋蝴蝶的传言，但无伤大雅。作为帝王，他是无可挑剔的。那么，作为夫君呢？

谢长晏陷入沉思。

她还没见过他，不知他的长相、喜好。他安排自己的住所给她住，准备奢美的膳食、华丽的衣衫，还给她聘了风小雅那样的师长。他希望她如何？或者说，他所期待的，是怎样的一个皇后？

谢长晏一边想着，一边下意识地拉扯灰草，突然，指间一痛，竟是被那草割破了一道口子。

郑氏连忙替她止血："怎如此不小心？"

谢长晏心有余悸地看着手中的草。如此厉害的东西，等会儿斗草岂非所向披靡？这究竟是什么东西呢？她的书房中就有？可她书房中除了花插里的时令鲜花，并无别的卉木啊……

而这时马车停了下来，如意在外懒洋洋道："到了。"

谢长晏扶着郑氏和商青雀下车，见如意坐在车辕上一脸纠结。"你不进去？"

如意盯了她几眼："我既想进去看你出糗，又不耐烦那些小姐。她们总在背后说我。"

"说你什么？"

如意嘟起嘴巴。

谢长晏心中"啊"了一声，想起这位美貌逼人的小公公正是流言蜚语中关于燕王性好娈童的一个铁证。

如意看见谢长晏的表情变化，当即急了："你在想什么？啊！你也么想对不对？哼，我真是看错你了！你果然跟寻常妇人也没什么两样！"说罢，他怒冲冲地挥鞭驾车走了。

"等、等等……我什么都没说啊！"谢长晏愕然。

郑氏和商青雀双双莞尔。

"娘，商姐姐，我真的什么都没说。而且那种流言，我没有相信啊！"

商青雀道："小公公气消了自会回来，不用担心。咱们进去吧。"

一座白玉石雕刻的五间六柱十一楼牌坊耸立在山门之前。抬头望去，玉带一般的台阶往山上蔓延，两侧树旁系满了灯笼，华灯若乎火树，炽百枝之煌煌。

有婉转绵长的歌舞声从山上传来，比起山下街市的喧闹，别有一番风味。

谢长晏担心商青雀，便始终扶着她。商青雀垂头看着她的手，眸光中异色涌现，似乎想说什么，但最终没有说出来。

台阶共计九十九级，上去后是一大片地势较缓的草地。燕国国风开明，男女并无大碍，俱是按亲疏分拨而坐。中间有一条小溪流过，正适合曲水流觞之用。有仆婢穿流其中，煮茶倒酒，好不热闹。

谢长晏三人到时，喧嚣声立止，众人纷纷扭头侧望。

谢长晏立刻联想到了自己身上的红衣，为何人人似都认得自己，是衣服的缘故吗？

"走吧。"商青雀暗中一握她的手，领着她继续前行。

她们从众人座前走过，一直到最上游，那里有一块单独空出来的草地，上面摆了几案瓜果。

商青雀带她入席，让她坐了主位。谢长晏终于确定：这果然是特地给她留着的。

偌大的山上至此悄寂无声，无数道目光凝聚在谢长晏身上，令她有些不自在。一想到这种不自在自此后将永远存在，心中不禁越发无奈了起来。

成为世间最令人瞩目的女子，感受如何？

如果问一年前的谢长晏，自是欢喜。但问现在的谢长晏，答案只剩下了无奈。

谢长晏无奈地环视着下方众人，一片陌生面孔，不见荟蔚郡主和那名叫方宛的少女，看来是被禁足了。

这时商青雀淡淡一笑，对远处的一名男仆道："俊儿，去，将你家公子桌上的酒取一壶过来。"

那名男仆愣了愣，随即走到一张席案前，跟在座的一位年轻公子低声耳语了几句。那公子笑了起来，提拎着酒壶亲自起身走向她们。

此人不过弱冠，一身白衣看似低调，被灯光一映，却呈现出用银丝绣制的忍冬花纹，流光溢彩。而他的眉眼更是俊秀，顾盼间含情脉脉。

谢长晏不禁暗想：此人长得才像传说中一个眼神就能勾走少女心魂的鹤郎啊！风小雅应该跟他换换脸。

"在下李东美，拜见青雀夫人和……"他的目光在谢长晏脸上盈盈一转，笑了起来，"谢姑娘。这壶婆娑酒能入贵人之眼，是东美的荣幸。"

说罢，他亲自将三人面前的酒杯斟满。

他的衣袖十分宽大，做起这些事来却丝毫不嫌累赘，端的是风度翩翩。

谢长晏注意到下面好些少女看着他的目光里，都带着倾慕之色。啧啧啧，果然这才应该是鹤郎啊。

商青雀对她道："李公子的婆娑酒乃玉京三宝之一，姑娘可品尝看看。"

谢长晏当即捧起酒杯浅呷了一口。酒浆甘甜中带着些许酸，咽下去后还觉舌底生津，确实与众不同。

商青雀介绍："婆娑呕吟，鼓掖而笑。东美公子酿此甜酒，专为赏舞用。"

谢长晏扬了扬眉毛，露出些许诧异之色。"婆娑之名是这般由来吗？我还以为是从汉高斩蛇而来——汉高婆娑巨醉，故能斩蛇鞠旅。"

李东美本在笑的，听了这话一愣，眼底异色一闪而过，随即尴尬笑道："谢姑娘此言羞煞李某。甜酱果酒，仅为娱乐，怎比高祖英武。不敢当，不敢当。"

谢长晏放下酒杯，微微一笑："既如此，舞在何处？"

"说得是。"李东美忙转身招呼道，"乐起舞来，继续继续。"

话音落后，鼓乐渐起，乐音一起，舞姬开始起舞，山上又恢复了先前的融融之氛。

李东美向谢长晏行了一礼后回去入座，继续与友人谈笑风生。而众人也终于不再直勾勾地盯着谢长晏看，重新开始玩闹起来。

谢长晏松了口气，一边品尝婆娑酒，一边问商青雀："玉京三宝，还有两样是什么？"

"陛下的蝴蝶，鹤郎的乐。"

谢长晏愣了愣："什、什么？师兄的什么？"

商青雀迟疑了一下，才答道："夫君曾言，既然名叫风小雅，就得精通乐律，免得辱没此名。草木居的西墙外，有一道风景，叫作'听风集'。"

"什么意思？"

"就是来听风小雅奏乐的集会。一些人寻常无事在那儿蹲着，偶尔夫君兴起在墙内弹奏，他们在墙外也能听得到。"

谢长晏"扑哧"一笑。

"陛下的蝴蝶不可见，鹤郎的乐偶可闻，东美公子的酒却是寻常人也能喝的。"

谢长晏奇道："为何？"

"他公开了酿酒的方子，人人都可照着酿制，味道无二。只不过，我们要的这一壶，却是他亲手酿的，意义不同。"

谢长晏听了此中逸事，再饮此酒，便觉得多了许多情趣。看来这位东美公子，也着实是个妙人。不过，更妙的还是师兄啊。

"可我从未听师兄弹奏。下次再见时少不得要求上一求了。"谢长晏满怀期待。

商青雀却又露出那种迟疑之色，意味深长地看了她一眼："你……为何不问问陛下的蝴蝶？"

谢长晏一怔，继而大悟——作为未来的皇后，在听闻玉京三宝时，最感兴趣的却不是未来夫君的那一宝，这也……

"那个……啊哈，你不也说陛下的蝴蝶不可见吗……"她尴尬地笑。

商青雀悠悠道："别人不可见，姑娘，却是有机会的。"

谢长晏垂下眼睫，抚摸着酒杯上的花纹，有点不想深谈下去。

郑氏忽欠身过来拍了拍她的手，笑道："都怪我，教得你这般脸薄，还不好意思问陛下的事呢。鹤公既为你请来商夫人作陪，自是要你多多向她请教的。"

谢长晏一愕，看着郑氏，郑氏给了她一个眼神。

谢长晏当即露出含羞之色，配合地娇嗔道："娘……"

商青雀见状一笑，不再多言。而底下正好起了一阵锣鼓声，众人俱都精神一振的样子。

商青雀道："斗草开始了。"

言罢，就有一个舞姬捧着一个巨大的银盘朝这边走来。走到案前，屈膝跪下，将银盘举过头顶。

商青雀示意谢长晏将灰草取出，放到银盘上。

舞姬得了草后，又捧着银盘去往别的席案。众人纷纷将草取出来，放在上面。

商青雀介绍道："为了公正，草木统一交由二人斗比，采淘汰制。"

"若二人舞弊？"

"若草主对斗草结果不满，可要求亲自下场比试一次。不过，一人仅限提一次。"

"若两草相遇，一根比了好几场，另一根却只比了一场，如此对决，岂非不公？"

"所有对决，都在同数之间。"

谢长晏转了转眼珠："如此面面俱到，我没问题了。"

二人继续看向下方。

两个八九岁大的童子被舞姬引到中间的一张空席上，二人对坐，身旁各放一具两耳大铜壶，另有人备了笔墨在旁记录。鼓声停了下来，气氛一下子变得很是紧张。

舞姬依次将草递给二童子，童子开始斗草。

只听"啪"的一声，一支箭破空飞向其中一只铜壶，未得入内，撞在壶耳处，发出清脆的声响。

紧跟着，陆续有人往壶中投箭，"啪啪"声不绝于耳。

两名童子就在一片撞击声中绞着手中的草叶，对此充耳不闻。

谢长晏惊道："这是……将投壶与斗草结合在了一起？"

"是的。斗草一艺发展至今，已不单单只比谁的草更坚韧，还有斗草师之间的博弈。"

"斗草师？"

"是。这两个童子就是今年的斗草师。姑娘不要小觑他们，虽然他们年纪幼小，但都是身经百战之人。这区区箭声，干扰不到他们的。而比试完后，谁的壶中箭多，是有奖励的。"

"谁都可以投箭？"

"箭有价目，需投者购买。白羽箭一贯钱一支，蓝羽箭十贯，红羽箭一百贯。你若看中哪个斗草师，就将箭扔入他的壶中，算作对他的打赏。"

谢长晏叹为观止。

随着一根根草的断折，二人身旁铜壶里的箭也越来越多。很快，轮到了谢长晏的那根草，被交到了左边的童子手中。

谢长晏正满怀期待地观看时，一名舞姬捧着一筒箭支来到她面前。

谢长晏道："不必，我不用……"

舞姬道："这是一位小公子买下的，说送予姑娘投着玩。"

谢长晏一怔："小公子？"

舞姬抿唇笑着看向某处，谢长晏顺着她的视线看过去，就见一棵树后探出如意的半张脸。两人目光一对上，如意就冷哼一声将脑袋缩回了树后。

谢长晏不禁一乐。接过箭筒时，心中啧啧。筒内共有十支箭，全是红色的。这一把掷过去，可真是一掷千金了。

她将箭筒放在膝旁，继续望向斗草师。

两根草已交叉成十字，两名童子开始绞动。身旁投壶声不绝于耳，但谢长晏始终没有动。

商青雀不由得好奇地看了她一眼，见她目光灼灼，分明很是感兴趣，双手却规规矩矩地放在膝上，丝毫不动。

如此大概过了三息之久，胜负分出，果是左边的童子赢了。

谢长晏忽然抬手，招了那名送箭的舞姬过来，对她耳语了几句后，舞姬脸上露出惊诧之色，然后走向斗草师。

"谢姑娘命我取回她的草。"

此言一出，众人又都一下子安静了。

左边的童子恋恋不舍地将灰草递给舞姬，舞姬带回给谢长晏，谢长晏则拿起草，在蜡烛上点燃了，引起一片抽气声。

"姑娘为何……"商青雀惊道。

谢长晏烧了草，拂袖起身，朝众人一笑道："见识过女儿节了，我也乏了，今日先行告退。诸君慢慢玩。"

郑氏跟着女儿起身，商青雀也只好起身。

谢长晏走了几步，脚步一停："噢，对了。"她摘下头上的姜花，扔入一旁的小溪中，"谨以此花，为诸君添趣。"

说罢，谢长晏就下山了。

她从众人席前走过，始终昂着头，带着笑，红裙如焰，让人不由自主地退让。

众人目送她离去，面面相觑。山顶上，一片安静。

马车的辘辘声"吱呀吱呀"。

车厢内很是安静。

谢长晏垂着头，看着手指上之前被灰草划出的伤口，沉吟了好一阵子后，才抬起头看向商青雀："商姐姐可是满肚子的话想问？"

"不敢。姑娘如此做，自有你的道理。"

"既如此，请商姐姐回去带话给师兄。明日我想见他，请他务必要来一趟。"

商青雀的目光闪了闪，答了一个"是"字。

如意的马车将谢长晏送到知止居后便带着商青雀离开了。

谢长晏扶着郑氏缓步走向卧室。沿途树影婆娑，凉风习习，谢长晏轻轻叹了口气。

"娘，你为什么不说话？"

"吾儿累了。"

谢长晏脚步微顿，声音低沉："是啊……好累。"

郑氏怜爱地看着她："商青雀言语间，虽有试探之嫌，但未必是存了害你的心。"

"我可能是想多了，但又不能不多想。五伯伯说过，对弈之时，不怕多想，就怕想不到。"谢长晏环视着亭台水榭，瑶圃林木，月影幽浓，仿佛一张花团锦簇的大棋盘，她身困其中，看到的却是暗潮汹涌。

"我好像……有点明白师兄，不，或者说，明白陛下的意图了。"凝望着月夜中的知止居，谢长晏喃喃道。

青竹箭筒被放在书案之上。

筒里箭支上的红色羽毛，被风吹得飞扬起来。

谢长晏伸出手，有一下没一下地摸着，然后看向一旁的和尚撞钟摆件。

摆件已修复好了，和尚举着手臂，神色专注地看着前方的铜钟，只等沙漏流尽，牵动机关，好去撞上一撞。

"他"在等。谢长晏也在等。

阳光从书案这头移向那头，谢长晏有些心烦意乱起来，她在屋子里踱了几个来回，又拿了本书翻阅。

就在这时，门外传来声响。

谢长晏欢喜地冲过去打开书房的门，门外站的却是孟不离。

"师兄来不了？"谢长晏微微变色。

孟不离点点头。

谢长晏正在失望，孟不离比手做了个请的手势："你可去。"

谢长晏的眼睛亮了起来。

她带上那筒箭跟着孟不离上了马车。马车没有窗也就算了，孟不离还将一条布带递给她。

"要去的地方很隐秘？我，不能知道？"

孟不离点头。

如此鬼鬼祟祟，毫无君子之风！好，她倒要看看，葫芦里卖的究竟是什么药。

谢长晏咬牙，气鼓鼓地蒙上了布带。

马车开始启动。谢长晏开始放稳呼吸数数。

一百二十七息后，马车拐了个弯，沿途有叫卖声，应是集市。

八十六息后，叫卖声渐无，但有钟声，鼻间还隐约闻到了香火味，经过了一座寺庙？

又四十息后，四下一片安静，只有马车行驶的声音。

如此大概走了一百息，车停下来了，似有铁器轻轻撞击了两下。再然后，有开门的"吱呀"声。

谢长晏想，这应该是遇到了门卫，门卫持枪相拦，而孟不离出示令牌后，门卫打开了门。根据"吱呀"声的长短，似乎是道小门，也许是后门。

入得门内，依旧是一片寂静。

三十息后，马车终于停了。车门开启，孟不离将自己的剑鞘递入她手中，叮嘱道："勿摘。"

行啊，她还得蒙着布带继续跟瞎子似的往里走！

谢长晏心中积攒了不少怒火，精神却越发集中，握着剑鞘的一端跟着孟不离走：先是左拐，走二十步，然后右拐，空中有竹叶的清香，脚下的路也有凹凸感，看来是用鹅卵石铺就的。如此继续直行五十步后，进了一道门槛，视线一下子亮了起来。

孟不离至此将剑鞘收了回去，紧跟着身后传来房门轻轻闭合的声音。

谢长晏一把摘下布条，就看见了坐在前方的风小雅。

置身处，是一个书房。虽然屋中摆设十分精美，一样不差，但谢长晏一眼断定这是临时之所，必不是风小雅真正的书房。因为，东西都太新了。笔架上挂着的毛笔是全新的，唯一被用过的大概只有书案上的砚台和上面的一支笔，笔端微红。

风小雅的面前有一个大箱子，他正在把箱盖扣上，头也没有抬地说了一个字："坐。"

谢长晏"噔噔"走过去，在他面前"啪"地坐下。

风小雅神色淡淡，眉间微有倦意，他伸出修长的手指揉了揉眉心，淡淡道："说吧。"

谢长晏瞪着他。

风小雅等了一会儿，没等到她开口，便抬眼看向她："不是有话要对我说吗？"

谢长晏见一旁有一卷崭新的宣纸，当即伸手扯出一张，推到风小雅面前："答案。"

风小雅挑了挑眉毛。

"你给我那根草，不是让我猜猜是什么吗？这就是答案。"谢长晏抚摸着光洁如雪的纸面，缓缓道，"上等白玉宣，乃是用青檀树皮所制。青檀树皮，极为坚韧，跟稻草很相似。"

风小雅眼底漾起了一丝笑意："你所知倒广。"

"你给我那样一根伪装过的青檀树皮，还有那样一朵稀物姜花，我自能在女儿节上大出风头。"

"但你把草烧了，花扔了，不是吗？"

谢长晏咬了咬嘴唇："若换了平时，我大概会觉得你是在帮我，想让我迅速在玉京的贵胄圈内博出名望。"

"噢。"风小雅眼底的笑意深了些许。

"但有了时饮的前车之鉴，你当知我这个人——不爱出风头。在我明确表示过要低调行事之后，你还要将我用这么高调的方式推到众人面前去，为什么？"

风小雅伸了个懒腰，悠悠道："是啊，为什么呢？"

谢长晏将背上的箭筒解下来，放到了案上："是这个提醒了我。"

　　风小雅看了箭上的红羽一眼，目光闪了闪。

　　"一筒箭一千贯。而今夜所见，不到一盏茶工夫，落在壶外的便有几百支之多。斗草之艺，本为普及草药，令更多人识得更多草木。发展至今，却成了奢靡攀比！"谢长晏握了握自己的手，才继续往下道，"自我入京，尝鱼脍，寝越罗，而谢家家训，是瓢饮箪食不忘志，粗布麻衣无愧心。母亲担忧，问我怕不怕。"

　　"那么……"风小雅抬眼，异常专注地凝视着她，"你怕吗？"

　　"怕，寝食难安。"

　　烛火跳动着发出"哧"的一声，竟跳出了烛花。

　　那点火花倒映在谢长晏眼中，熠熠生辉："但比起怕，更多的是——惑。陛下为何选我？陛下为何这般对我？师兄曾言，若我连陛下在想什么都不了解，是当不了一个好皇后的。那么，陛下所思所虑之事，是什么？"

　　风小雅久久沉默。他注视着那个封上的箱子，仿佛透过箱子看见了里面的东西。而正是那样东西，令他焦虑难言。

　　"然后，师兄来了。让我拼合战车，让我拆解足镣，让我去看万毓林，让我去探求鲁馆，让我参加女儿节……当把这一切联系起来时，答案就呼之欲出了。"谢长晏盯着他的眼睛，一个字一个字道，"戒奢从简，粉碎程寇。"

　　风小雅长长地叹了口气。这一声叹息，回荡在静幽的书房中，却是掷地有声。

　　谢长晏心中大石落下，知道自己说中了，接下去的话便说得越发顺畅："前为内忧，后为外患。高门世家，累世公卿，虽近年来为科举所削弱，但仍手握重权。陛下雄心壮志，想粉碎之，那么理由？"

　　风小雅接道："贪腐。"

　　"奢由贪来，贪致腐生，苦的是民，毁的是国！长晏在家中时，曾闻图壁之奢，连城墙都是用玉所筑，到了玉京，却发现咱们大燕也相差不远了。再这么下去，不出十年，国势必衰。到时候，连保住现有的疆土都难，又怎谈抵御程寇？"

　　风小雅注视着谢长晏，手动了动，似乎想要去摸她的头，但手指一抬之后，又缩了回去。

　　"陛下为何选谢家女？因为我们家风崇俭。我若为皇后，自当带头戒奢。既要我做那样的表率，又怎能一掷千金？"谢长晏说着，将箭筒扔在了地上，红羽箭支"啪啪啪"洒落一地。

　　"而陛下为何于谢族中选我？因为我父为了抵御程寇捐躯。我若为后，自要为父报仇，令海境再无战争之忧。十年树木，百年树人，而陛下所筹谋者，在千秋。"谢长晏说完，起身后退了几步，然后跪倒在地，将手平举过头，恭恭敬敬地叩了三个头。

"长晏，谢师兄指点迷津。"

风小雅定定地看着她，眼神中几多欣慰。"我生平所见灵透之人有二，如今加上了你……"

"噢？哪两个？"

"一是风……唔，我父，二是……"风小雅停下，忽然不说了。

谢长晏转了转眼珠："是你那位新夫人吗？"

风小雅失笑，终于抬起手，轻拍了一下她的额头："无礼。"

"那，加上我，算三个了？"

"不，加上你，算两个半。"

"师兄！"谢长晏怒视他，却自己先绷不住，笑了起来，"那我便继续努力，争取早日当上一整个人吧。"

两人相视而笑，书房里的气氛一下子缓和了下来。

谢长晏环视四下，娇嗔道："这里是什么地方？接我来时那般鬼祟，莫非是见不得人之地？"

"并非见不得人，只是……于礼法不符。"

谢长晏"咦"了一声："啊，是师兄金屋藏娇之所？那我是否有幸见一见你的那位新夫人？"

风小雅一口拒绝："无幸。"

"啐。迟早会见到的。"

"不离。"风小雅叫了一句后，孟不离如一道影子般出现在柱子后，谢长晏吓了一跳。门窗紧闭，怎么也想不透他是从哪儿进来的，还是说，他其实一直没走，就藏在了柱子后？

"送她回去。"风小雅一指她。

"等等！"谢长晏急了，"我的话还未说完呀！"

"你刚才说的都对。陛下确实存了那样的心思，所以你今后要学的就是如何辅佐他完成。"

"那我该学什么呢？"

"回去后，我自会派人……"

"又派人？你不亲自教我？"

风小雅脸上露出些许犹豫之色。

"行行行知道了大忙人！对不起了，这么晚打搅到你了大忙人！我走了大忙人，你不用送我！"谢长晏生气地跺了跺脚，想起一事，又冲回案边拿起上面的布条，一边瞪着风小雅一边给自己蒙上了，然后直直大步往前走，"砰"的一声撞上柱子。

孟不离吓了一跳，连忙去扶，却被她推开："剑鞘呢？拿来！怎么来怎么走，规矩我懂。哼！"

孟不离不再多言，连忙用剑鞘引着谢长晏走了出去。

风小雅一直目送着她，直到看不见了，才将目光收回，落到箱子上，坐下来缓缓叹了口气。

"她如此聪慧，你为何不欢喜？"本来不该有第二人的房间里，忽然传出了一个人的声音。

风小雅没有回头，摸着箱子笑了笑。"见芽破壤而出，见蛹破茧生翼——怎会不欢喜？"

"可你在犹豫。"那声音低沉、悦耳，带着天生的柔软，"为什么？"

"绝世之花，移入屋；无双之蝶，囚于笼。"风小雅垂下眼睑，"我是多情之人，不忍于此。"

"别忘了，你的身份不允许你多情。"

"是啊……但……总要给她个选择的机会。"风小雅说罢，背起箱子起身离开了。

而跟他说话的那个人，就此沉默。黑色的丝绸罩在他身上，他与黑夜同形。

谢长晏自是不知她走后的情形的，她只是很生气。

回到知止居，摘掉了布带，她还在生气。

婢女捧来饭菜，她一见之下便冷冷道："退回去。告知厨房，从今日起，戒奢从简，每餐一菜一饭足矣。"

婢女愣了愣，退出去了。

郑氏听闻女儿不吃饭，匆匆赶来。"这是怎么了？"

"娘不是告诫我要遵守家规……"

"我不是问你为何重新粗茶淡饭，而是问你为何气恼。"郑氏在她身旁坐下，揉了揉她的眉心。

谢长晏怔了一下，也意识到了自己的不对劲。她的身体里，似有股不顺畅的气，在见风小雅前就存在了，见到他后发酵扩散，最后沉淀在心里，难受得不行。追问由来，却是莫名。

是因为弄明白了燕王选择她为后的原因吗？应该不是。帝王择偶，从来跟喜爱无关。她又不是无知女童，或者说，从一年前起就不是了，早不会幻想那些情情爱爱。

是因为确定了燕王的野心吗？似乎也不是。富国强兵不是坏事，能消除程寇为父报仇，更是令她充满了期待。若能助其事成，也算告慰九泉之下的父亲了。

是因为预料到未来的道路会充满艰辛吗？更不是。迄今为止，所遭遇的一切都还在可忍受范围之内。尤其是那种学到新知识、识破他人用意做出正确选择所带来的成就感，令她斗志盎然，对自己越来越有信心。

那么，究竟是什么埋伏在她体内，令她如此浮躁，又是生气又是憋屈？

是……是……是因为风小雅对她的态度吗？

"她是鹤公的第三个妾室，姓商，名青雀，乃前朝商太傅之女。"

——他叫他的妾陪她玩。

"夫君今日娶了个新妹妹。"

——只因为他有了新欢。

"我从未听师兄弹奏。"

——他的音乐肯定都给了夫人们听。

"无幸。"

——哼，今日她纡尊降贵去见那个妾，他不肯。将来，他的妾想求见成了皇后的她，她也不会答应的！

谢长晏悻悻地想着，但想着想着，脸色一白。

"你……为何不问问陛下的蝴蝶？"

我为何不问？因为我满脑子想的都是师兄，他的乐技，他的新夫人，他的忙碌。

我想见他，却要一直等，还要如此大费周折，鬼鬼祟祟地见。

我想他陪，他却指派他的奴、他的妾给我。

谢长晏的脸色越来越白。她的心一点点下沉，再然后，整个人都颤抖了起来。

"晚晚？"郑氏抱住她，柔声询问。

谢长晏忽然发出一声惊呼，推开她，跑了出去。

"晚晚？晚晚？"

谢长晏飞快地奔跑着。

灯影婆娑，夏夜微凉。晚风吹起她的衣裙长发，她的心头一片燥热。

"夫人放心。子见南子，尚有流言；我与令爱之间，必也少不了蜚语。夫人知长晏，一如陛下知我。"

孔子去见南子，子路不高兴。孔子对天发誓说："我没有做任何不该做的事，否则连老天也要厌弃我。"

原来如此！

亏她还傻乎乎地去问风小雅"子见南子"是什么意思。风小雅早用那句话向娘亲表明过了心意——他是绝对不会做出任何不该做的事的。

所以，尽可能地不出现，让别人陪她；

所以，一再表明自己有了新宠，恩爱非常；

所以……

谢长晏停了下来，抚摸着通往水榭的回廊栏杆，注视着月夜下涟漪无限的碧湖，忽然间，明白了很多东西。

　　"凡音之起，由人心生也。因我心起念，才有所求；因有所求，才若所失；因若所失，才气愤至此……"

　　"我……差点……就酿成大错了啊。"

　　"我……"

　　"我……"

　　谢长晏伸手捂住了自己的眼睛。有什么湿润的东西从指缝间渗了出来，令她无比羞愧，颤悸难言。

华贞三年端午，谢长晏于女儿节上烧草掷花拂袖而去的消息很快传遍了玉京。一时间众说纷纭。

有斥责她倨傲的，有笑话她没见识的，但更多的人内心担忧，似窥见了不祥的苗头。

"谢长晏来京前，曾上书一封，求携母同行，且不肯入住宫中。"

"于是陛下就重修了知止居，供其居住，并聘鹤公为师，为伊授课。"

"是的。谢长晏跟她母亲抵京时，吉祥公公亲自去城门外迎接，一路护送到知止居。"

"唔，此后呢？"

"此后，陛下将步景所生的小驹赠给她，荟蔚郡主一度想要夺取，被长公主斥责。谢长晏参加女儿节时，是如意公公为她赶的车。"

明轩内，二人对弈。一白发老翁，一俊美少年。俊美少年正是李东美，而老翁是他的祖父，当朝吏部尚书李放南。

李放南将两只手拢在袖中，注视着盘中棋局："你见过谢长晏，觉得如何？"

李东美想了一会儿，才谨慎地回答道："容貌尚可，气度跟谢氏的其他女儿不太一样。"

"哪里不一样？"

"四年前孙儿在东郡有幸见过谢家的几个女儿，全都冰雪天姿，尤其是谢繁漪。"

"当年的太子妃人选？"

"是。堪称人间绝色，更难得的是那一股子清雅绝俗的气韵，跟谢氏的图腾兰花相得益彰。而谢长晏……怎么说呢，有种罕见的锐气，像把未出鞘的匕首。"

李放南皱眉，半晌后长叹道："陛下择人，果有不凡之处。"

"祖父的意思是？"

"陛下推行科举，又选谢氏女为后，对谢长晏处处恩宠，等同于宣告世人——燕国此后，将不再以阀阅为重。世家之衰……近在眼前。"

李东美笑道："祖父多虑了。想我们五族历史悠久，又有佐王开国之功，岂是区区一些寒门学子，加一个稚龄谢后所能撼动的？"

"你忘了庞岳之亡吗？"

"庞岳乃是他野心过大，想要挟制王权所至。我们对大燕、对陛下忠心耿耿，又怎会招致此祸？"

李放南的目光闪了闪，突然变得专注起来："那你的婆娑酒呢？"

李东美一愣。

"你说那是'婆娑呕吟，鼓掖而笑'，未来的皇后却栽你一个'汉高斩蛇，意图造反'的罪名，当如何？"

李东美的手一抖，棋子从指缝间掉落。他连忙弯腰捡起来，额头冒出冷汗。

"前事不忘后事之师。他们的昨日，便是我们的明天。"李放南说着从袖子里取出一卷书册，递给李东美。

李东美接过打开一看，脸色更白。

"这是一年来官员调动名册。可以看到四品往上，已有两成官员皆身出寒门，而陛下还在不停地提拔新贵。再看风乐天那只老狐狸，说什么要做清廉公正的表率，不让族中弟子出仕，引得民间一片叫好，却置我们这些世家于何地？"

李东美急道："祖父，那我们该怎么办？"

李放南凝望着李东美，目光深沉："争。"

"争？"

"是。放下身段，忘记你的贵胄身份，去跟寒门学子们争一争。"

"父亲的意思是……让我参加科考？"

"怎么，没信心赢？"

李东美脸上起了一阵表情变化，最后慢慢地重归傲然："生于昌明隆盛之族，长在诗礼簪缨之家，如此的我，怎会不敌那些山野贱民？孙儿这就闭门苦读，两年后必当一举夺魁！"

"好。不愧是我李氏子孙！"李放南满眼欣慰。

"女儿节后，五家反应如何？"执明殿中，彰华一边批阅奏书一边问风乐天道。

这位赫赫有名的贤相，是个体型肥硕、天生笑面的中年男子，和和气气，令人一见就生亲近之意。

彰华曾言："太傅知疾苦、明善恶、通权谋、务实事，真真是朕之好外助。"

吉祥私底下对他的评价是："宰相大人就像庙里的弥勒佛。"而如意嘻嘻补充道："幸亏他长那样，否则就成内助了吧？"且二人一直很纳闷："就他那样子，是怎么生出俊逸风流的鹤公的？"

　　弥勒佛宰相听到陛下问，当即答道："李家奋发进取，督促子弟向学。"

　　彰华一笑："傲骨铮铮，确是李放南的行事作风。"

　　"袁家决定跟谢家联姻。"

　　"袁昃那厮，一向投机。"

　　"谢家拒绝了。"

　　"谢怀庸一如既往地谨小慎微啊。"彰华说罢，扫了一眼堆积如山的奏书，露出头疼之色，"朕看范程商三家，却像是要搞事。"

　　"他们近日跟长公主频有接触。"

　　"噢？"彰华怔了怔，似想到了什么，怅然一叹，"看来姑姑还是不死心。"

　　"陛下打算如何做？"

　　"还有两年不是吗？"彰华继续埋头于奏书之间，提笔批注的手依旧沉稳，"厉兵秣马，慢慢来。"

　　风乐天欲言又止，似有忧色。

　　彰华看了他一眼："太傅可是担忧朕风声放得太早，意图摆得太明？"

　　"陛下行事，向来留有余地。你亮出兵刃，以试众人之心。臣服者，活；阴谋者，诛；而有志者，则与您一起盛。"

　　"知我者，莫若太傅也。"

　　"但如此一来，过程更为凶险……"

　　彰华笑了。他停笔起身，走到一旁博古架前。上面摆放着一把弓。漆黑弓身上，烙有燕子图腾。

　　"狩猎之时，虽讲究潜伏暗中伺机而动，追求一击必中。但运筹帷幄，看猎物奔腾，又是一番妙景。"指尖轻扣，曲张，一扬间，弦声清鸣，"朕是天子，行天道，要的就是，堂堂正正地来。"

　　"你的时机到了。"长公主对方宛道。

　　方宛微微一怔。

　　"本没想到会这么快的，看来，是天助于你。"长公主一边慢悠悠地修剪着瓶中的花枝，一边说道。

　　方宛顿时明白过来，连忙行礼："是长公主助我。"

　　长公主注视了她一会儿："你是个机灵的人，那谢长晏却也聪慧得很。陛下想借她削减门阀，她索性就公开做给大家看，烧草掷花，厌弃奢华。如此一来，陛下必更舍不得换掉她。"

"那……为何殿下会说我时机到了？"

"因为世家不会束手就擒。累世公卿谈何容易，百年的根基，怎能说拔就拔。未来的皇后既然不是同道之人，那么，就废了她，换个同道者上去。"

方宛的眼睛不由得亮了起来，却仍有顾虑："可是就算不是谢长晏，也未必是我……"

长公主抿唇一笑："所以，就要看你自己的了，如何从众人中脱颖而出，如何博得陛下垂青，如何令世家的那些老狐狸把宝押在你身上。"

方宛紧紧绞住了自己的双手。

"九月初九，陛下十九岁寿诞，我带你去。谢长晏也会去。陛下尚未见过她，如无意外，那将是他们的初见。如果初见之后，陛下不满意她，或者说，陛下发现了一个更满意的人选，会如何？"

方宛心领神会："侄女明白了。"

荷花这就没了啊。

当谢长晏牵着时饮走过湖岸时，看着湖面上一片残荷，心中如此想着。

沿岸的柳树也不再浓翠，叶子开始泛黄，风过时，悠悠荡落几片，落到湖面上，泛出几圈细微的涟漪，再静静地漂着。

一如她此刻的心境，涟漪过后，便只剩下了平静的漂浮。

自那天后她再没见过风小雅。

一开始是风小雅太忙，后来他派孟不离来接她，她便推辞不去。推辞了两次后，风小雅便不来接了，而是给她一个小匣子，让她把要问的问题写信放入匣中。孟不离带走，再带着风小雅的答案回来。

他们变成了一对仅凭书信交流的师兄妹。

谢长晏想这样挺好的，正所谓师傅领进门修行在个人，接下去她完全可以自己学。就这样跟风小雅保持着不远不近的距离，不会出事，也不会疏远，是最好的相处方式。

因为不想再去好奇风小雅的生活，她索性连商青雀都不见了。不想念书也不想骑马时，她就让孟不离赶车出门，在街上漫无目的地溜达。在对玉京的好奇和新鲜感过去之后，再看帝都景象时，就看到了更多东西。

比如西市附近修建了好多学院，但里面孩童寥寥；

比如井前排着长长的队伍，时有斗殴吵闹发生；

比如巡逻的士兵总是一脸萎靡，疏于职守……

像一张繁华锦缎上的点点勾丝，远看不觉，细看却又处处隐患。

而去求鲁馆多次，也始终没见到蛙老。木间离的神色也越来越焦灼。听弟子们议论说运河开凿遇到了许多困难，进展十分迟缓。

然后她就不由得想起了陛下。

——她终于想起了陛下。

或者说，她开始有意识地设身处地想着那个人所遇到的、所面对的、所头疼的，一切。

高门望族，渊源已久。几代燕王，都企图摧毁门阀，却又屡屡失败。乃至到了太上皇辇尹，开始推行科举取士之策，可惜受到七大世族阻挠，收效颇微。至彰华登基，以雷霆之势灭二族，然后广开制科，提拔寒门，呈现出图穷匕见的决心。

这是一件很难的事情。

他甚至为此赌上了婚姻。他需要一个寒门的皇后来共同对抗旧当权派，所以选了谢繁漪。谢繁漪不幸意外殒难，这才换成了她。

谢长晏想到这里，不禁轻轻叹息。这时她已牵马到了大门处，孟不离靠着门柱正在晒太阳，不知从哪儿冒出一只小黄狸也来晒太阳，并竖着尾巴朝他走过去。

孟不离表情顿变，整个人一下子绷紧了。

小黄狸贴着他的裤腿开始蹭，孟不离吓得立刻一个纵身飞到柱子上。谁知那只猫会爬柱，当即也跟着往上爬，眼看又要钩到孟不离时，孟不离跳了下来。

小黄狸能上不能下，抱着柱子喵喵叫。

孟不离抬头看着它，一人一猫就这般对望上了。

时饮听到猫叫，很是兴奋，当即就往前冲。谢长晏一个没留神，马缰脱手。时饮一路跑到门柱下，雀跃地嘶鸣。

如此一来，那黄狸反而吓得够呛，哆哆嗦嗦一副随时都快掉下来的样子。

谢长晏"啊"了一声："我娘说过，大多猫都只会上树，不会下树。看来它下不来了。"

孟不离听了这话，脸色微变。

就在那时，黄狸终于支持不住掉了下来。时饮兴奋地就要往上扑。

"时饮不行！"谢长晏连忙拉住缰头。与此同时，一道黑影掠来，在半空中接住了那只黄狸。

猫身娇小，堪堪满盖住手掌，衬得那手指越发修长。

来人一只手托着猫，一只手在猫耳上摸了摸，黄狸顿时忘记了害怕，舒服得眼睛都眯了起来。

"小家伙，下次别找孟不离玩。他怕猫。"声音低沉，略带沙哑，尾音含笑，显露出隐含的温柔。

谢长晏却整个人都石化了，再不能动弹半分。

初秋清澈的阳光下，斑斑点点的绿黄交错间，那人黑衣长眉，那般明亮。

风小雅。

九十三天，二十二封信，荷花凋零树木发黄炎暑散尽后，她又再见到他。

谢长晏抓着辔头的手指下意识松开,时饮长鸣一声,立刻冲向风小雅,极其亲昵地去蹭他的手。

风小雅手中还捧着猫,既要摸猫又要摸马,猫和马还彼此争宠,忙得他不可开交。

这一幕谢长晏看在眼中,心头真是五味掺杂。

什么事也没有发生。什么也不曾变化。我一定一定要跟平时一样。

谢长晏默念了好几遍后,深吸口气,开口唤道:"时饮,回来。"

时饮压根没理她。

谢长晏上前一把抓住辔头,将它拉离风小雅:"该练箭去了。"

"练箭?"风小雅问。

"嗯。今天是骑射日,需射足一百支箭。"谢长晏垂下眼睛。风小雅会如何回答呢?是跟她一起去,还是让她改课留下来?毕竟,他如此难得才来一次……

心中正在忐忑不安,耳边已听风小雅回应道:"那你去吧。"

谢长晏的手在袖中紧了紧,风小雅既没让她改课,也不陪她去万毓林,而是直接结束了今天的会面。这个选择犹如一杯冷水,泼得她瞬间清醒。

她到底在想什么啊?难道风小雅会珍惜他们之间的相处时间吗?别忘了,他之所以为她授课,是被燕王的圣旨逼得无奈。他自有他的生活,和他珍惜的人……

谢长晏翻身上马,头始终低着,没有再看风小雅。她觉得自己必须赶快离开,才能压下那汹涌而来的、毫无道理可言的烦躁委屈。

时饮虽不愿,但在马鞭的胁迫下只好抬蹄跑了起来,很快就跑出了门。

风小雅注视着谢长晏的背影,若有所思,忽将手中的猫放到孟不离的肩膀上,转身走了。

孟不离瞬间石化。

黄狸舔了舔他的脸。

孟不离冷汗如雨,一动不动,艰难地说了一个字:"别……"

谢长晏来到万毓林。一路狂奔,令她流汗的同时,也令她的心情好了一些。

进入禁圈后,下马喂时饮喝了点水。看着时饮活泼可爱的模样,她不由得叹气:"你还真是见谁都亲,半点名马的矜持都没有。不知你娘步景是不是也这样。"

她强迫自己去想燕王。燕王的马,燕王的抱负,燕王对她的期待。

然后她就想起了一件事——

"九月初九,记住这个日子。"谢怀庸为她授课时,曾郑重叮嘱过,"那一天,不但是重阳节,也是陛下的寿诞。"

九月初九……那岂非,还有十天就到了?

谢长晏如梦初醒。这几个月她浑浑噩噩，竟忘记了此等大事！虽然抵京以来，燕王并不曾召见她，但是寿诞如此特殊的日子，必是要参加的。若届时两手空空，也太失礼了……

可是，送什么呢？

谢长晏的目光茫然地从前方扫过，突然一亮，再看向箭筒里的箭支，做出了决定。

她骑着时饮开始搜寻猎物。

时饮欢快灵巧地越过各类障碍物，一路往前跑。突然间，谢长晏眯眼，看到了目标，当即弯弓在手，一张一弛间，箭支飞出去，正中目标。

只听"啪"的一声，一株胡桃从枝头断裂掉落，正好落入策马奔驰的谢长晏手中。谢长晏随手放入皮囊之中，继续前行。

如此半个时辰后，箭筒空了，她的皮囊也鼓鼓囊囊地满了。

正好前方有条小溪，谢长晏留意到它比初见时细窄了许多。来京四个月，玉京堪堪只下了三场雨，再这样下去，怕是要枯竭了。

谢长晏叹了口气，下马将皮囊中射得的"猎物"倒了出来，全是灰绿色的胡桃。

她一个个地抠掉外皮，清洗内核。

洗着洗着，溪水中多了道影子。

谢长晏的睫毛颤了颤，但动作没有停，继续刷洗。

那影子伸出手，捡起了其中一颗清洗好的胡桃，放在眼前端详："哟，闷尖。这是要做什么？"

什么事也没有发生。什么也不曾变化。我一定一定要跟平时一样。谢长晏心中波澜起伏。有些事就是这样奇怪，没有意识到前，嬉笑随意，可一旦察觉到点什么，想要克制时，一举一动就都变得沉甸甸起来。

谢长晏深吸口气，扭转过头，看着不知为何又出现在她面前的风小雅。他的神情是那么自然，自然得让她嫉妒。

"我……"她咬着嘴唇，缓缓答道，"下月陛下寿诞，我想送个核雕给他。"

风小雅一怔，却是露出了些许欢喜之色："你倒懂事了。不过，我竟不知你还会雕工。"

"粗鄙之技，贵在心意。"

风小雅把玩着手中的胡桃，显得很感兴趣："那么，是谁告诉你陛下喜欢核雕？"

"陛下喜欢蝴蝶。我不知去哪儿弄稀罕的蝴蝶，但可以给蝴蝶弄个特别的配饰。"

"怎样的配饰？"

"还没想到。师兄可愿指点一二？"

风小雅本想说，不知为何却又改了主意，眼眸一转，将那个胡桃丢还给了她："心意心意，你不用心，则无意义。"

谢长晏只好接住胡桃，讷讷地"噢"了一声。

溪水哗哗响，倒映出她和他的影子，显得亲近，又显得过于亲近。

谢长晏连忙将清洗好的胡桃塞回皮囊，借着把皮囊挂回马背而走开几步。她背对着风小雅，清了清嗓子道："那个，今日的箭射完了，我要回去了。"

风小雅跟着直起身，看着涔涔流淌的溪水，却道："饿不饿？"

"唉？"

"我饿了。走，去吃好吃的。"

谢长晏刚要拒绝，风小雅翻身上了自己的马，然后打了个响指，一旁的时饮就屁颠屁颠地跟上了他。

"等等！时饮！"谢长晏唤不回自己的马，只能无奈地追了上去。

风小雅策马带谢长晏沿着小溪一路西行。

谢长晏辨别了一下方向："我们不回城？"玉京在东边啊。

风小雅笑了笑，没答话，而是继续带路。

说起来，这还是谢长晏第一次看见风小雅骑马。他的马也是棕色黑鼻，跟时饮长得很像。两匹马显然是熟稔的，时不时亲热地交颈互蹭一下。

谢长晏的脸不禁一红，心生尴尬，只好再次默念：什么事也没有发生，什么也不曾变化，我一定一定要跟平时一样……

地势一路往上，越走越高，最后竟是来到了半山腰。溪水的源头是一道挂在岩壁上的瀑布，飞坠至湖，再从湖往山下流淌。湖旁建了几间竹屋，屋外生长着大片野菊，还有几只鸡鸭在那儿啄食散步。

谢长晏"咦"了一声，未承想此地竟有隐者。须知此山在万毓林中，又在围场之内，平民百姓是不可能上来的，更勿提在此居住。看来竹屋的主人必定来头不小。

刚想到这儿，就见风小雅下了马，走到柴扉前唤道："小易牙，小易牙——"。

"吱呀"一声，屋门开了，里面走出一个十五六岁的少年，头发梳得一丝不苟，衣袖卷在双肘之上，露出一双无比白皙干净的双手——手里却握着两把菜刀。

少年看见风小雅，明显地皱了皱眉："先生不在家。"

"知道，我是来找你的。"风小雅随手扔了马缰，推开扉门走进院中。谢长晏只好帮忙连同他的马一起拴好，这才跟进去。

"我很忙。"少年瞪着风小雅。

"我看出来了。"风小雅的视线落在他的菜刀上，啧啧道，"这是在剖鲤鱼？还有一个是什么？唔……"

他吸了吸鼻子，笑着对谢长晏道："我就说有好吃的，屋内在炖羊肉呢。羊肉鲤鱼，人间至鲜啊。"

眼看他就要往屋里进，少年的两把菜刀拦在了门前，冷着一张脸道："先生说过，入得此扉，贵贱无分，宠辱皆忘。"

风小雅挑了挑眉："所以？"

"先生不在。我不想敷衍你，不想招待你。就这样。"说罢，少年"啪"地关上了门。

一旁的谢长晏看得眼珠都快掉下来！

风小雅！无所不能的风小雅！高高在上的风小雅！居然！居然吃了个闭门羹！

风小雅自己似乎也没想到会遭遇此等待遇，他在门前定定地站了一会儿，才回头看向谢长晏道："我以前来时他很热情的，真的。"

"我知道。"谢长晏忍不住笑了。这是她第一次见到另一面的风小雅。而这个发现不知怎的，令她心头那团盘旋多日的抑郁之气，忽然间烟消云散。

她真是傻瓜。

谢长晏忍不住想。

自己竟生出非分之念，为了划清界限而要与这样的人物疏远——简直是愚蠢到了极点。

这样妙趣横生的人，就应该时时跟着看着，学着陪着，才不枉相遇一场啊。

风小雅盯着紧闭的房门，一脸惋惜："好香啊……"

谢长晏环视四下："回去吗？"

"知难而退，可不是我的行事作风。看着。"风小雅说着，走到一旁的花圃中摘了片叶子，捋直了放到唇边。

谢长晏心头立马一跳——风小雅的乐！

那传说中的京城三宝，那令她无比好奇无比向往的仙音妙乐，就在今天，就在此时，能够一饱耳福了？！

她只觉一颗心"扑通扑通"飞快地跳了起来，睁大眼睛，竖起耳朵，生怕漏听。

"呜！"叶子在风小雅的唇边发出了一个短促的哑音。

谢长晏愣了一下，然后想，对了，这是试音！试音！

"呼！噗！呜！呼……"风小雅很努力地吹着，叶子很努力地响着。

院中本在悠闲散步的鸡鸭却似受到了惊吓，扑扇着翅膀四下飞奔。

瀑布，哗哗哗哗。

鸡鸭，叽叽嘎嘎。

叶子，鬼哭狼嚎。

谢长晏，彻底傻了。

她不禁想起了自己的琴声，想起上课时谢知微那一脸生不如死的表情。虽然她此刻看不到自己的脸，但应该跟当时的谢知微没什么两样。

下一刻，一把菜刀从窗户里飞了出来："停！"

风小雅一抬手，轻轻松松接住菜刀："你也说了，先生不在，我想吹就吹。"

少年从窗中探出头，一脸绝望，瞪着他看了半晌，冷冷道："进来喝汤。"

风小雅将叶子塞入袖中，回头冲谢长晏扬了扬眉："学到了？"

谢长晏因为太震撼而无法言语中。

风小雅哈哈一笑，推门进去了。门一开，浓郁的香味便扑鼻而至。谢长晏这才回过神来，带着满心困惑走进去。

竹屋整洁而简陋。茶壶是粗瓷，坐榻是麻布，看不到任何奢华之物。然而，东墙上却挂了一幅装裱精美的字画，乃是用小篆抄录的《齐物论》，后面落款"嘉言"。

谢长晏的瞳孔收缩了一下。

谢怀庸是当世第一书法大家，谢长晏在其熏陶之下，虽自己写得不怎么样，但见多识广，知识之丰，已非常人能及。

这幅字用笔婉而通、虚而灵，整体节奏鲜明、韵律生动，实是尽得小篆精髓。然而，令谢长晏心头震撼的是——这字，很眼熟！

绝对是她熟悉之人写的。可嘉言是谁？认识的人里并无叫此名者。

风小雅见她对着字画久久凝望，挑了挑眉："写得好？"

"是。"

"如何好？"

"起笔藏锋敛毫，收笔垂露兼容。"

风小雅的目光闪了闪："比之三才先生如何？"

谢长晏摇头道："五伯伯擅草书，追求奇变，并不喜欢这等规整的小篆。"

"所以，就篆书而言，这幅字可算是第一啰？"

"仅就长晏所见过的来说，可算。"

风小雅微微一笑。

"这位嘉言先生，是谁？"谢长晏好奇道。

"圣谟洋洋，嘉言孔彰。"

谢长晏大惊："这是陛下的字？"

风小雅点头，然后在几旁坐了下来。那少年正往灶中塞柴，闻言抬眼奇怪地看了二人一眼。

谢长晏心中越发惊悸：这竟是燕王的字！可她为何会觉得似曾相识？按理说她并没有见过陛下的字迹啊，之前封后的圣旨上也只有玺印而已。

"陛下……的字写得真好。"

风小雅勾了勾唇，为她倒茶："不止。"

"什么？"

"通五经精六艺控御有才刚毅明察勤政爱民，且极有情趣。要知前面的都罢了，这世间唯独情趣难得。"

做饭的少年不知是不是被烟熏着了，突然咳嗽了起来。

风小雅回头看了少年一眼："小易牙，这羊肉还要炖多久呀？"

少年停止了咳嗽，懒洋洋道："等牛死。"

谢长晏奇道："哪来的牛？"院内只有鸡鸭，并未见到活牛啊！

"这不正吹着吗？"

谢长晏茶刚入喉，闻言差点呛了出来。

少年虽那么说，手上却利落地盛了一大盆羊汤端过来，"啪"地往二人面前一摆。热腾腾的水汽立刻氤了一屋子。

谢长晏见几上无筷，刚想问怎么吃，就见人影一闪，风小雅已从窗户跳了出去。再一闪，他又回来了，手上多了一根竹枝。"啪啪"掰作两截，用一块手绢细细地擦干净了，递到她面前。

"此地除了我，从无外客。主人又吝啬，从不多备碗筷。所以，你且将就。"

这也是风小雅第一次在谢长晏面前展露武功，当真是翩若惊鸿婉若游龙。

谢长晏定定地看着他，一时间心中那点好不容易压下去的情绪又蠢蠢欲动起来，罪过罪过，粲者如斯，怎令人不生觊觎之心？

谢长晏连忙埋头吃肉，以遮掩那点不自然的情绪。羊肉炖得极烂，再加上鲤鱼，满齿生香，令这几月都在粗茶淡饭的她胃口大开。

风小雅在一旁虽也显得兴致很高，却没怎么动筷，浅尝了几口便停下了，静静地看着她吃。见她吃完了，还亲手为她盛满。

谢长晏不知不觉就吃了三大碗，心满意足地放下筷子。这才发现风小雅和那少年都坐着没动，再一看盆里已经空了。她的脸红了红。

"呃……长晏失态了。"

少年脸上带着一种古怪的表情，看看她又看看风小雅，刚想说什么，风小雅一只手已按在了他脸上，嘴里冲谢长晏道："你正在长个子，应该多吃点。"

少年恨恨地将他的手挣脱，抹了把脸道："你们将我一年份的肉都吃了！"

谢长晏震惊："你一年只吃这么一顿？"

"你知道什么？先生出了家，饮食不沾荤腥。我好不容易趁他外出弄了只羊来……"

谢长晏脑筋极快，看到墙上天子手书的《齐物论》，再联想到此竹屋的位置，一下子明白了："这里是太上皇的住处？！"

"你不知道？"少年立刻转向风小雅，目露质问。

风小雅再次一只手按在他脸上，顺势站起道："吃饱喝足，走走走，出去消消食。"说罢，不由分说地拉着谢长晏出去了。

谢长晏只觉整个人一激灵，所有的血都似涌到了那只被风小雅抓住的手上。虽然隔着衣袖，但那人的体温源源不断地透过布料渗到自己的肌肤上，一时间，整个人都要烧起来了！

幸好出门后，风小雅就立刻放开了她的手，而山腰刮来清爽的风，很快吹凉了她的燥热。

谢长晏忍不住拍了拍自己的脸颊，极力转开话题："那个，唔，这里真是太上皇隐居的地方吗？"

"算，也不算。"风小雅回头看了她一眼，眼神有些顾虑，"他老人家时常外出。"

"那——"谢长晏指了指屋里的少年，"他怎么说好不容易……"

"他没钱。"

这可真是意料之外情理之中的答案。

"此人骄傲得很，不受接济不收贿赂，非要自己砍柴下山换种子，种好蔬果再去换蛋；孵养鸡鸭，再卖了换回一只羊。你算算看，多费时费事。"

风小雅本是随口一说，谢长晏却已非昨日阿蒙，立刻答道："玉京柴火按最好的主干柴算，现价一担八文，够换一两荠荠种子；荠菜三个月既熟，两文一斤，这个院子，刨除自留的最多也就富余五百斤，一千文可换七十枚鸡蛋，孵化成鸡一个月，半岁出售，二十八只公鸡换得一头羊……唔，看来是用了十个月时间呢。"结果被她一顿吃掉，莫怪少年那般懊恼。

风小雅有些凝滞地看着她，似怔忪，又似感慨。

夕阳如锦，披在山间。

谢长晏看着风小雅的表情，心中却是难掩的甜：我可没有白白浪费时光啊。外出游街的那段日子里，有悉心留意过玉京的物价，所以此刻才能答上你的问题。

所以……我很不错的，是吧？不给你丢脸，对吧？

所以……我会收起心中那不该有的奢念，学会如何更坦然地跟你相处，尽可能地汲取和收获，以成为更好的人。

"吾未见好德如好色者也。"连孔圣人都说，从没见过喜爱道德像喜爱美色一样的人。可见人心向美，自古有之。然而，只要能牢记心志，守乎礼法，又有何惧？

孔子当年去见南子，肯定也是怀着这样的心态。

师兄，这就是你当时对我娘引用此典故的真实用意吧？

山风吹来，十三岁的少女笑了笑，伸出手将鬓边的乱发绾了一绾。阳光下，她的脸庞上有一层细细的金色绒毛。

风小雅看着她，却似是看见了一只蛹。

谢长晏看着火炉中的炭火，往里面加了一勺凉水。

冰冷的水一接触到红灼的炭，立刻冒起了白烟，随之升起的，是一股暖流。

谢长晏搓搓手："真不敢相信，才九月就这般冷了。"不愧是有冰城之称的玉京啊。

这时，郑氏推门进来了，手中握着一双鞋。

谢长晏当即就要起身行礼："娘……"

郑氏一把将她按住道："别动。正好试下新鞋。"说罢，为她穿上了那双鞋。

白缎鞋面上，芍药花瓣由浅粉逐渐过渡到红，端的是仪态绰约，明艳动人。

"传说花神为救世人而盗了王母的仙丹，撒下人间，就变成了芍药。因此花界有云：芍药第一，牡丹第二。"郑氏的目光从鞋面上移到谢长晏脸上，仿佛注视着一株即将盛放的绝世芍药，"望吾儿真如此花，不必低头学桃李。"

谢长晏伸出手指摸了摸芍药花纹，心中却是起了点惆怅：母亲可知芍药还有一个名字，叫作"将离"？又或者，聪慧如母亲，也看出了她之前对风小雅的那点心思，所以用芍药在点醒她——勿生不该生之念，远离应当离之人？

这时，郑氏又问道："可想好给陛下雕什么了吗？"

"娘以芍药喻我，那我便雕此花赠君吧。"

郑氏眼睛一亮："甚好。那你且忙，娘去睡了。还有，别熬太晚。"

郑氏离开后，谢长晏从一堆洗干净了的胡桃中挑挑拣拣，最后选出了三颗合适的，取出小刀雕刻起来。

她的画虽被诟病为"匠气十足"，用于雕刻上，却是恰到好处。

据郑氏说谢惟善就极擅雕工，得知妻子有孕后立刻雕了一堆木偶送回家中，而那堆木偶就此成为他留给谢长晏的唯一念想。大概是从小把玩那些木偶，再加上手指有力，善于持刀，谢长晏于此技也颇有造诣。不过对谢氏而言，雕刻属于匠人之术，不登大雅之堂，因此谢长晏从没在外人面前展露过。

此番给燕王祝寿，她的琴棋书画全很平庸，拿出去只会贻笑大方，还不如核雕一物，既省钱又新奇还能彰显诚意。

而且看风小雅的意思，燕王大概是会喜欢这个的。

想到风小雅，谢长晏的小刀一顿。而炉中炭火一闪一闪，热气蒸腾，熏得她脸颊烫红。

她在屋中烦乱地走了几圈，最后，停在了床头。床头是一堵空墙。

"唔……好像……缺了点什么。"她喃喃道。

"《齐物论》？"御书房内，正在一个大沙盘前沉思的彰华闻声抬起头来。沙盘约有一丈见方，不仅用沙土砌了丘陵城池，还以水银为河，配以机关，令它弯弯曲曲地循环流淌在山丘之间。如果谢长晏在这儿，就能看出这正是按照求鲁馆墙上那幅玉滨运河图所搭，而且比画要更一目了然。

"是的。"吉祥将一封信笺呈递上前。浅灰色的华笺，左下角用墨绘制了一簇兰花——正是百年谢氏的图腾。

打开折页后，里面的字方方正正，一看就是下过苦工的，可惜毫无风格神韵。若是常人不算什么，但一想到这是未来皇后的字，就不免令人心生遗憾。

彰华注视着信笺里的字，吉祥则在一旁解说道："谢姑娘说在万毓林的山间竹屋里见到了陛下写的《齐物论》，不甚喜爱，恳求陛下也写一幅送她，好挂在床头日日参读。"

彰华的目光闪烁着，一时间没有回话。

一旁的如意"哼"了一声："天天这个要求那个要求的，这都还没当上皇后呢，要是当了……"

"把山竹居的那幅送去给她。"

"唉？"如意一愣。

"写字讲究气定神闲，朕近日繁忙，便是抽空，也写不好。直接取那幅给她吧。"

如意急了："可是陛下，那是您给太上皇写的……"

"父王早已不在意这些身外物，何况是给未来的儿媳。"彰华说着笑了笑，继续钻研沙盘。

如意怔了怔，不说话了。吉祥见状，当即将他拖了出去："还不快去送？"

二人走出门外，吉祥才停下来，小声对如意道："以后别在陛下面前说谢姑娘的坏话了。你难道还看不出来？"

"什么？"

"陛下甚是心悦谢长晏。"

"什么？！"

如意把《齐物论》送到知止居时，将谢长晏从头到脚，再从脚到头来来回回看了好几遍，也没看出来此女到底是哪里出挑，得了陛下的青眼。

谢长晏见他眼神古怪，便问道："为何如此看我？"

"没什么。字送到了，我要走了。"

"等等。"谢长晏叫住他，打量着展开的卷轴奇道，"这幅……是万毓林竹屋里的那幅？"

"是啊，你得意吧？这是太上皇出家时陛下亲自为他老人家抄录的……"说到这里，如意就来气，"我说你怎么好意思张嘴就要呢？"

谢长晏愕然："我并未讨要这一幅……"

"你是没直接说，可你明知陛下日理万机，哪有时间给你再写一幅？而且你也知道自己身份特殊，太上皇听说你喜欢这幅字，少不了要送给你这个未来的儿媳……"

如意张了张嘴巴，忽然没了声音。

谢长晏也跟着一时无语。

她问陛下索要《齐物论》，一是为了睹物思人，时时提醒自己不要犯错；二则想研究一下字迹的熟悉感究竟是由何而来。尤其后者，这几日时不时就冒出来，勾得心头一阵乱跳，仿佛预感到了某种不祥。

只是没想到陛下的回应竟是直接将原字画送给她。一想到这幅字背后的喻义，令她好生愧疚。

他以无上恩宠待她，有求必应。她却为美色所惑，差点出墙……

"还有要问的吗？没有我就走了！"如意说着扭头就走，走到门槛处却又回头道，"噢对了，九月初九那天，别忘了打扮打扮进宫。"

"公公来接我吗？"

"想得美。"如意白了她一眼就离开了。

郑氏这才开口道："陛下的字写得真好。"

"是啊……"

"对你，也真算恩宠了。"

看，母亲的话意味深长，果然是想点醒自己呢。

谢长晏不由得笑了一笑，将字轴卷起按于胸前道："陛下以真心待我，我又怎敢辜负真心。所以，子见南子，孔子心无所愧，而女儿也不是南子那般放荡之人。娘亲放心，你所担心的事，绝不会发生。"

郑氏的目光闪了闪，上前一步抱住女儿，摸了摸她的头。

核雕终于雕好了，中途废了两个，留下的那个长一寸二宽六分，雕成鸟窝的形状，除了草枝外，还有几朵芍药盘旋其中，最大的一朵花瓣多达百枚，层层叠叠，极显雕工。

谢长晏在灯下一照，也自觉满意，不禁松了口气。

连日劳作，总算赶在燕王寿诞前一日雕好了。

而她原本浮躁动摇的心，似乎也随着小刀一点点地剔除、勾画和沉淀。

明日将是她和陛下的初见。

在那之前，他让她见识了他的志向、他的忧虑、他的喜好、他的才艺，以及他对她的处处用心。

如果这是一盘棋的话，燕王深思熟虑，布局高明，本无懈可击，只可惜，用错一颗棋子，差点满盘皆输。

谢长晏抚摸着核雕上的芍药，忍不住自嘲地皱了皱鼻子。

其实哪里是燕王用错棋子呢？

从头到尾风小雅都没有对她表露过半点暧昧。他的风流偶觉、他的款款情深、他招蜂引蝶的本领，甚至名满京都的乐声，都不曾对她施展半分。

而她，见识到的，只有他的严苛、他的轻视、他的冷淡，和他的拒人千里。

他是那么正人君子，亲疏有度。

是她，为才情所迷，一叶障目，忘了根本。

所以，一切都是她的错。

幸好，终究是悬崖勒马，回归了正途。

谢长晏想到这里，转头看向悬挂在床头的那幅《齐物论》，将上面那句"喜怒哀乐，虑叹变慹，姚佚启态。乐出虚，蒸成菌。日夜相代乎前，而莫知其所萌"默念了几遍。这幅字简直写就的是之前为情所困的她，句句戳心。

便在这时，婢女捧着匣子进来道："姑娘，宫中送来了新衣，请姑娘试穿。"

谢长晏上前一看，又是一套红衣，不过比上次那件朴素了许多，并无绣花，配饰也十分简单，仅是一支竹簪。

看来陛下这是要她将崇俭之风贯彻到底了。

也好。她捏着手中的核雕桂冠，对明日的寿宴忽然充满了期待。

第二日，晴空万里无云。

谢长晏一早便起来穿戴整齐，走到院中时，车夫套好了马车，孟不离也已抵达，左肩上竟蹲着那只黄狸，令她很是震惊。

"孟君这是……收养它了？"

孟不离看了她一眼，不知是否错觉，谢长晏竟从他眼中看到了幽怨之色。来不及细想，郑氏也已整装完毕，过来挽着她的手上了马车。

车夫驾动车舆，孟不离骑着马跟在一旁护卫，黄狸也不跑，依旧牢牢地蹲在他肩膀上。

谢长晏隔着车帘看到他浑身僵硬的模样，不由得莞尔。就在这时，只听"咔嚓"一声巨响，车身重重一震，紧跟着，整个车厢倾斜，郑氏坐立不稳，一下子撞到了她身上。

与此同时，孟不离从马上跳了起来，飞身过来一把抓住了车辕，将门扯开："没……"

他看到车中的画面后，声音立停，松了口气，收起脸上的紧张之色，搀扶郑氏下车。

谢长晏揉了揉被郑氏撞到的肩膀，下车查看。之前拼装青铜战车，对各部件已了如指掌，因此她俯身一看，便知道是马车右边的伏兔崩裂了。

伏兔用于勾连车底和车轴，它一碎，车厢立斜。

车夫懊恼道："怎么会这样？我昨夜里明明检查过的！夫人，姑娘，你们看我是现在回去取家伙修，还是再找辆马车？"

谢长晏见时间尚早，且离知止居也不远，便选了第一种。

孟不离协同车夫将车厢重新稳正，让她和郑氏回车上坐着等，然后守在了外头。

日上三竿，街上行人陆续多了起来，一些小贩推着货车沿街叫卖，除了自家货物外，还有茱萸草帽和孔明灯。

谢长晏看得好奇，便让孟不离去买了一盏来。

灯做得还算精致，纸面上绘着十九只燕子，寓意着燕王的十九岁寿诞。除了她还有好多人买，脸上都带着盈盈笑意。谢长晏看在眼里，不禁为燕王感到高兴。他虽亲政才两年，但在民间风评极好，很受百姓爱戴。只可惜天子屠刀将落，届时王权与世家间必有一番争斗，不知会不会城门失火殃及池鱼地连累了这些平民百姓……

谢长晏正想到这里，抚摸灯面的手指突然一停。

她的目光闪动了几下，再次伸手招呼孟不离上前。

孟不离肩膀上蹲着猫，一副愁眉苦脸、能不动最好不要动的模样，偏偏谢长晏不断叫他，他又不能不去，只得硬着头皮上前。

谢长晏对他耳语了几句，孟不离微微一怔，若有所思。然后他弯腰走到路边，双手僵硬地将肩膀上的猫轻轻抱下来，放到地上。黄狸不依，"喵呜"一声又跳回他肩头，他只好站起来，重新回到车前，状似不经意地将一样东西扔进车内。

谢长晏将那样东西捡了起来，放在眼前端详。

郑氏好奇道："这是什么？"

"伏兔。"谢长晏指给她看，"您看这断面。"

郑氏看了几眼，看不出个所以然来："怎么了？"

"若是自然崩断，应该错落断层，全有毛刺才对。这上面部分却是十分光滑。"

"你的意思是？"

"有人切了一刀，令它裂了一半。剩下一半，行车时颠簸受力，故而断裂。"

郑氏一惊："有人故意毁车？何人如此大胆？！"

谢长晏看着伏兔悠悠一笑道："是啊，我也想知道，谁干的，目的又是什么……"

"你是如何发现的？"

谢长晏掀开一点帘缝，将目光投到对面街的小贩们身上："今天是重阳节，又是陛下寿诞，沿路小贩不管本来是卖什么的，都会额外出售茱萸和孔明灯。"

郑氏凑上前一看，还真是。

"可是，有一个人，没有。"谢长晏说的是最角落里的那个小贩。旁边的小贩都在精神抖擞地拼命揽客，只有他歪靠在墙角，一副没精打采的样子。而他面前的货车上，也只有一车橘子，再无别的东西。也因此，他的车前没有客人。

"此人摆明了就不想做生意，还时不时盯着这边看。所以我才想到，他可能是来监视我的。可是，他为什么监视我？又怎么知道我们会停在这里？除非，马车故障是人为。我让孟兄避人耳目地把伏兔给我拿来，果从上面找到端倪。"

郑氏至此才明白过来，刚才孟不离在路边放黄狸的举动是为了趁机捡伏兔。她看着近在咫尺的谢长晏，心中再次生出些许微妙的陌生感——之前谢长晏抗旨，非要带她来京时所表现出的那种决绝沉稳让她已经很意外，而这一次，谢长晏表现出的则是敏锐老练。

"那……我们怎么办？"

"唔……"谢长晏拖长语音，目光转动，最后投向一旁的孟不离。

孟不离不由得打了个寒噤。

同一时间的另一辆马车内，长公主带着方宛同坐，荟蔚郡主骑马走在车旁，探头对车内道："不是啊娘，为什么你跟宛宛坐车，我自己骑马啊？"

长公主笑答道："娘怕你多日在家闷坏了，让你骑会儿马散散心。"

荟蔚郡主一听，高兴了："也是。那我去跑几圈，宫门前见。"说罢扬鞭策马欢呼而去。

长公主目送着她的背影，直到看不见了，才收回来，再看向一旁的方宛时，笑意便浅了许多。"你的这身装束……"

方宛连忙抬头："怎么？不合适吗？"

今日的方宛，没有穿女装。她束着发，戴着高高的玉冠，穿一件青色小袖长身袍，脚蹬皮靴，竟是做男儿打扮。因她肤白如玉、眼波含魅，如此一来反而更显妖娆，真真是色如春花。

燕国国风开明，并无女子不得穿男衣的禁令。她以此装束出席寿宴，虽然特别却不算冒犯。最重要的是——传闻彰华性好男风，尤其钟爱美少年。而她这副样子，活脱脱就是一个雌雄莫辨的美少年。

方宛此举不可谓不用心，长公主眼中闪过一抹谑色，却是笑了笑："嘉言不喜龙阳。你想投其所好，只怕会适得其反。"

方宛愣了愣："可传闻……"

"庞岳余孽流放千里，自不甘心，使劲污他。"

"可如意吉祥……"

"陛下出生时，有高人断言他命有残缺，需一水二金三风相佐，方能平安长大。二金便是两个五行属金之人，最好是同胞兄弟。之前陪伴陛下长大的两个金相侍卫同时病死了，风乐天便从宫里的太监里选出了这两个代替。"长公主说着，别有深意地瞥她一眼，"此事隐秘，连荟蔚也不知。"

方宛忙道："殿下放心，侄女必定守口如瓶。"停一停，又不免好奇，"那么一水三风又是谁？"

"一水之前猜度过会不会是皇后，可谢长晏五行中和，那早殁的谢繁漪倒是水命。"

"那会不会是风丞相？"方宛提了一句，又随即否定了，"不对，风丞相应是三风中的。可三风又是谁？他，再加一个风小雅？还有谁？"

"这就不清楚了……"长公主幽幽地说了一句。

方宛见她面色不愉，似不愿深谈，连忙换了话题："多谢殿下指点迷津，侄女差点酿成大错，我有多带衣衫，这便换了吧……"

长公主想了想，却又阻止道："且慢。兵贵奇制，也许能歪打正着。若陛下问责起来，不还有你的礼物顶上吗？"

被她一提醒，方宛连忙从坐榻下取出一个小匣子捧在手中。她看着这个小匣子，面有得意之色："是。听说程国的舞水蝶能临水而舞，绚丽无双，极难抓捕。而我得到一只，也是机缘造化。"

长公主点头道："看来是老天也在帮你。"

"现在，我只担心谢长晏那边……"

长公主淡淡道："她会迟到起码一个时辰，这就是你的先机。"

方宛的眼睛亮了起来："是！"

谢长晏跟郑氏在车上等了许久，也不见车夫回来。

郑氏有些急了："怎么办？时间快来不及了啊。"

谢长晏隔着帘子望着那个怪异的小贩，若有所思道："目的只是拖延吗？让我迟到？"

"天子寿宴迟到，可是大罪！"郑氏紧张地抓住她的胳膊道，"咱们赶快换车吧！"

"娘别急。此刻且不说能不能找到多余的马车，就算找到了，也会再次坏掉。对方既有阻挡之心，敌暗我明，防不胜防啊。"

郑氏面色顿白。

谢长晏想了想，再次朝孟不离招手："孟兄。"

孟不离咬牙顶着黄狸走过去，谢长晏对他耳语了几句，他的表情从僵硬转为震惊，几乎连眼珠都要瞪出来。

"行吗？"谢长晏问道，眼见他就要摇头，连忙道，"你若不肯，便说一句'求求你饶了我吧谢姑娘小人实在做不到啊'。"

孟不离在一口气说那么多字和答应谢长晏的要求之间挣扎了一下，最终含恨点头。他小心翼翼地抱下猫咪，弯腰进了马车。

车门立刻合起，外头窥不见里面景象。原本懒洋洋靠在墙根处晒太阳的那个小贩立刻直起身来凝神注视，只听车内传出几声猫叫，过得片刻，身穿黑衣头戴斗笠的孟不离下车来了，肩头是空的。

郑氏一手抱着猫咪，一手伸出帘子，朝他摆了一摆："去吧，快去快回。"

孟不离迅速上马离开了，看样子是要回知止居。小贩便松了口气，继续有一下没一下地用拂尘驱赶橘子上的苍蝇。

马车内不时传出猫叫声，偶尔车帘飘起，还能看到一截红衣。

而这时，已近辰时。

荟蔚郡主骑着马在玉京跑了好几圈，最后来到宫门前时，正好辰时，钟鼓声鸣，直入天际。门外依次停满了车马轿子。

荟蔚郡主一眼看到自家的马车，连忙凑上前去，帮着婢女搀扶长公主下车。

顺带一扫，却是没见方宛。"娘，宛宛呢？"

"她的礼物特殊，需赶紧放置。我请吉祥公公先带她进去了。"长公主掏出手帕为她擦汗道，"看你，跑得满头大汗的，也不怕等会儿被范大人他们看见。"

荟蔚郡主噘嘴道："看见就看见，玉锦那家伙又不是没见过我骑马，他要敢说什么，我就揍他。"

长公主只能叹气。

荟蔚郡主正扬扬得意呢，眼角余光突看到一物，表情顿变，当即抢过长公主手中的手帕擦汗，还顺带拢了拢头发。

长公主顺着她的视线看过去，就看见了一辆全身漆黑的马车，边角处绘了一个白色的仙鹤图腾。赶车的车夫是焦不弃。

看到这辆车和车夫，众人也都明白了——风小雅来了。

长公主微微皱眉，瞪了明显紧张起来的荟蔚郡主一眼："你亲事已定，不该有的心思趁早给我收起来！"

刚才还神采奕奕的荟蔚郡主这会儿蔫了，不死心地望着那辆马车道："我知道我知道，我也就看看。"

"看看也不行！"

荟蔚郡主眼眶一红，当即不再看了，跺脚径自冲进宫门去。

而黑色马车来到门前，并不停驻，在守卫们检查过后直接放行了，引得身后一片议论声——

"岂有此理。我等都需在此下车，他却可以直驱而入！"

"说是布衣之身，但这待遇何逊公卿？"

"没办法，人家有病嘛。"

"不是说病已好了吗？"

"没呢，据太医说一年比一年厉害。"

"就那样还不停纳妾？"

"嘘！嘘！风大人来了！"

远远的，一个胖老头笑眯眯地打马而来，因为体形过于肥大，乍眼看过去让人很担心那匹马，像是随时都会被他压死一般。

到了门前，侍卫们扶着胖老头下马时费了一番力气，他自己也累得气喘吁吁，一边擦汗一边向百官拱手道："诸位大人好啊，请——请——"

此人正是被吉祥叫作弥勒佛的两朝宰相风乐天。众人看见他如此行走艰难，却也在宫门外下了马，心中的不满之情顿时削减了很多。风乐天遵纪自律躬身力行是出了名的，看来，风小雅是真的病重才破例啊。

长公主远远地望着这一幕，眸光闪烁，却是幽幽沉沉，一片冷寒。

方宛跟在吉祥身后，走进了偏殿的小门。

她的心"扑通扑通"，只觉快要跳出嗓子眼。

入目处，是一个小隔间，临墙的一排柜上摆放着几双木屐，旁边挂着好几件粗布短褂。除此外还有梳洗用的脸盆架，架边有个燃烧正旺的小炭炉，带得一屋温热。

吉祥叮嘱她道："蝶屋内一尘不染，四季如春，因此，方姑娘还请在此更衣后再进。"

"是。"方宛连忙应了，脱去外袍，换上吉祥递来的短褂，又换上木屐，这才推开左侧的暗门。

吉祥站在门边，没有同进："里面不让人随意进，奴婢在殿外等着，有事叫我。"

"好的。"方宛嫣然一笑，走进门内。

暖阁密不透风，蝶屋内却另有洞天。

屋顶上开了一个巨大的天窗，窗户是用一整块琉璃雕成，几近透明。此时秋日的薄光正透过琉璃窗落进蝶屋之中，因为暖和的缘故，草木未见凋零，一片绿意盎然，地面还湿漉漉的，难怪要穿木屐。

方宛正在四处张望，衣袖不经意地拂过一簇植物，她下意识地用手理了下袖子，就见树叶上爬了几条青黑色的虫子，当即失声惊呼。

声刚出口，方宛就意识到了，连忙捂住嘴巴，惨白着脸后退。

"这是幼虫，对，这是蝴蝶的幼虫……我的天……"

看到这几条虫子后，再看这满室的花卉，便再也不觉美丽了，真不知枝叶下都藏着什么。

屋子中央有块大青石，传来涔涔流水声，方宛想起卖舞水蝶给她的那个人叮嘱过一定要将蝴蝶养在水边，当即快步朝青石走去。

走得近了，见石头中央有一凹槽，水声正是从此而来，不知底下做了什么机关，竟能令凹槽里一直蓄满流水。

方宛连忙取出匣子，正要打开，身后传来一连串急匆匆的快跑声，紧跟着，一个人撞了过来。方宛往前一倒，匣子"啪嗒"落地。

那人稳住身形后忙过来扶她："对不起对不起，你没事吧？"

两人四目相交，各自惊呼出声："怎么是你？！"

只见那人一身灰衣，头戴斗笠，也做男儿打扮，却是谢长晏。

方宛见她出现在此地已经很吃惊，更吃惊于她竟然也女扮男装！这是什么情况？谢长晏不是应该被拖在路上了吗？

不过此时容不得她多想，方宛连忙捡起地上的匣子，打开盖子一看，差点没晕过去。

只见里面装着一只黑底紫纹的蝴蝶，翅面墨蓝，近身体的地方各有一道由浅至深的白色波纹，就像流星划过夜空，色彩之美，难以言表！

——却是一只死蝶。

方宛戳了戳蝴蝶的触角，蝴蝶一动不动，她急得摇晃翅身，蝶面上的蓝紫色粉末顿时抖了她一手。

谢长晏见此情形也是一惊："我、我碰死的？"

"你！你……"方宛气得晕了过去。

"喂！来人啊！不好了，方姑娘晕倒了——"谢长晏连忙叫道。

马车在道旁停了许久。

久到负责监视的小贩都觉得有点不对劲了，最后推着一车橘子试探地朝马车走过去。

车内依旧偶尔会传出猫叫，车帘飘拂间也能看见一角红衣。

然而，当他推着板车从马车旁擦身而过后，冷汗一下子从额头滑了下来！

他看见了车内的景象——

跟郑氏并排坐在车内，肩膀上还蹲了一只小黄狸的人，不是谢长晏，而是穿了她的红衣的孟不离！

谢长晏有些不安地站在执明殿中。

燕国的王宫有四大主殿，引用四方四灵之名，分别是孟章、监兵、陵光和执明。其中孟章殿是最大的宫殿，也是文武百官早朝的地方；监兵殿是心腹大臣日常办公的地方；执明殿是书房，也用于私下召见大臣。而陵光殿不知何故封闭已久，很少开启。

之前方宛昏迷，谢长晏呼救，首先冲进来的是吉祥。吉祥立刻招来宫女将方宛抬到了最近的书房，也就是执明殿，然后将她也请了进来。

谢长晏打量书房，心头微震。因为，这简直就是知止居书房的翻版，装饰风格一模一样，几让她生出一种还在家里的错觉。

不多时，太医急匆匆地赶来了，为方宛把脉。随即，一个弥勒佛般的胖老头也在吉祥的引领下走了进来。听吉祥称呼他太傅大人，谢长晏不禁多看了他几眼——此人就是风小雅的父亲吗？幸好儿子像娘！

奇怪，为何要请太傅来？这种时候，不应该第一时间禀报陛下吗？

似看出她心底疑惑，吉祥对风乐天道："陛下一早去给太上皇请安了，这会儿还没回来。临行前交代若有什么意外事件，只管请太傅做主。"

原来陛下不在宫中，而是去了万毓林的竹屋啊。

谢长晏心中微松口气。第一次入宫就惹出这等祸端，真是无颜见燕王啊。幸好让风大人来处置此事，实在不行，去求求师兄看看有没有什么解决之法。

风乐天听了吉祥的话后，还没说话，就见荟蔚郡主嚷嚷着冲了进来："宛宛怎么了？怎么了？"

荟蔚郡主身后，还有一队宫婢，拥簇着一位衣饰华丽、仪容高贵的中年美妇人。

风乐天向那女子行礼："长公主殿下。"

"听说宛宛晕倒了，怎么回事？"长公主锐利的目光轻转间，毫不偏差地投向了一旁的谢长晏。

早已询问过事情经过的吉祥如实答道："方姑娘在蝶屋中遇到了谢姑娘，谢姑娘不慎将她手中的匣子撞落在地，方姑娘再打开匣子，发现里面的蝴蝶死了。"

荟蔚郡主本在榻旁看望方宛，听到这里立刻回身冲到谢长晏面前："你弄死了宛宛的蝴蝶？"

谢长晏一愣。

荟蔚郡主怒斥道："你可知那蝴蝶是宛宛费了多大力气弄来的吗？你可知她有多重视那只蝴蝶？你是故意的对吧？你怕自己的礼物会被舞水蝶比下去，又见不得宛宛在陛下面前出风头，所以故意弄死她的蝴蝶！"

谢长晏睁大眼睛，一时无语。

长公主淡淡道："荟蔚，不得失礼。"

"不是啊娘，我不能眼睁睁看她欺负宛宛啊！你看宛宛，都被她气成什么样子了！"荟蔚郡主说着又回到榻旁，抓着太医的手臂追问道，"太医，宛宛怎样了？可还有救？"

太医一脸尴尬地答道："那个，这位姑娘只是一时气血上涌，并无大碍……"

"那她为何还不醒？"

"这个……"太医擦汗。

荟蔚郡主本就在宫门口压了一肚子气，至此趁机发作在了谢长晏身上："总之此事绝对不能善罢甘休！太傅大人，表哥不在，一切靠您了，您可要为宛宛做主啊！"

"这个……"风乐天沉吟了起来，一副若有所思的样子。

这时谢长晏终于开口，一字一字道："我没有欺负她。"

"你说什么？"荟蔚郡主立刻扭身瞪她。

谢长晏的手在袖子里紧了紧，但还是把话又说了一次："此事只是一场误会。我绝无欺人之心。"

"你！"荟蔚郡主还待说什么，就在这时，只听软榻那边嘤咛一声，方宛悠悠醒转。

荟蔚郡主当即大喜："宛宛，你醒啦？快，你快给大家讲一讲，谢长晏是怎么弄死你的蝴蝶的！"

方宛睁开眼睛后，扫视四下，目光从众人脸上一一掠过。在跟长公主目光相对时，两人交换了一个眼神。

方宛最终看向风乐天，眼眶立刻一红，当即推开太医起身扑到风乐天身前："太傅大人！"

"方姑娘快快请起，这是做什么？"

"方宛无能，连自己的匣子都看管不好，竟让作为寿礼的蝴蝶在陛下寿诞之日死了，冒犯天威，万死难辞其咎！"方宛一边说着，一边跪了下去。

谢长晏的心跟着一沉。

之前荟蔚郡主骂她时，虽然话难听，但还有辩驳之力。可这方宛一醒来，就把话题往"天子寿诞寿礼死亡"上引。如此一来，罪名何止重了十倍！

一时间，连吉祥看谢长晏的眼神里，都带了些许担忧。

风乐天叹了口气，去扶方宛道："此乃意外，非你之过，何罪之有，快起来。"

"不不，方宛实在愧对陛下，无颜起身啊！"方宛掩面而泣，就是不起身。

风乐天无奈，看向长公主："长公主，你看——"

长公主沉吟道："此事确实难办，不如请陛下回来断夺吧。"

荟蔚郡主扬眉："表哥还没回来？寿宴马上开始了啊！"

吉祥连忙道："奴婢已派人去告知此地发生的事了，想必陛下很快就能回来。"

大殿之内，除了方宛的哭泣声外，众人都不再说话，陷入一片诡异的安静。

这时门外响起了一个声音道："鹤公。"

谢长晏眼睛一亮——师兄！他来了！

"太傅和长公主在书房内，还有谢姑娘和方姑娘……"门外的太监似在对风小雅描述屋内的事情。

谢长晏眼巴巴地望着门外，只盼风小雅赶紧进来救她。只要他出现，肯定能力挽狂澜，解她困窘。

然而，风小雅迟迟没有进来。

最后，门外的太监扬声道："如此鹤公慢走。"

谢长晏惊了，当即就要冲出门叫住风小雅，还没跑到门边，就被荟蔚郡主一把拖住了手臂："想跑？"

谢长晏一个振臂，从她手中滑脱。荟蔚郡主挑挑眉毛，当即欺身再上。

谢长晏擅骑射，但并未学武，之前不过仗着身手灵活和出其不备，荟蔚郡主却是会武功的。因此，荟蔚一追，就再次扣住了她的手腕，眼看荟蔚郡主双手一折，就要卸掉她的关节时，一声音响起——

"不可！"

与此同时，一截衣袖拂来，将荟蔚郡主生生推开，却是吉祥。

而出声之人，则是风乐天。

风乐天沉声道："执明殿中不得动武，还请郡主三思。"

荟蔚郡主气得够呛，又不敢违抗，当即反手"啪"地打了吉祥一耳光。吉祥没有躲，硬生生地挨了那一下。

长公主立马变色："荟蔚！"

荟蔚郡主也没想到吉祥会不躲，一时失控打了表哥的宠臣，心中正在懊恼，再被母亲一吼，当即悻悻然地跺了下脚，回到方宛身旁去了。

谢长晏站在门边，心中却是一片茫然。

师兄知她身处困境，竟选择了拂袖而去置身事外。为什么？明明上次同去竹屋喝汤时还其乐融融的，怎么突然就翻脸了呢？

再看厅中众人，都目光灼灼地盯着自己，一时间，脊梁骨如被无数根手指戳着，虽未真到众口铄金的地步，却也着实让人战栗难安。

于是内心深处，便有一株名叫"倔强"的小芽颤颤地伸出了头。

难道我谢长晏就非要依仗风小雅不可吗？没了他，就任人陷害逼迫毫无反手之力吗？那我之前所学岂非全喂给了狗？如何对得起五伯伯的教导？

谢长晏深吸口气，走到风乐天面前行了一礼道："太傅大人，我有话要说。"

风乐天并不意外，反而笑了一笑："请说。"

"我行为冒失，撞了方姑娘，确属事实。但那蝴蝶，未必是因我而死。"

此话一出，方宛一脸错愕，荟蔚郡主更是勃然大怒："你什么意思？"

"众所周知，舞水蝶产自程国，因其艳美，趋之者众。然而，此蝶极难饲养，一旦离境，纷纷夭折，故而数目稀少，很是珍贵。迄今为止，尚无在别国还能存活的先例。"幸好谢怀庸之前给她讲陛下时连带着讲解过蝴蝶，这会儿竟真派上用场。

荟蔚发出一声冷笑："好啊！你是说宛宛带到宫里来的本就是死蝶？"

方宛连忙反驳："如此欺君之罪和大不敬之罪，借我天大的胆子也不敢啊！这蝴蝶是活的，临上车前我还打开看了一眼。"

谢长晏追问："那么，进蝶屋后，你看了吗？"

"我正要打开，就被你、被你……"

"那就是进屋之后，不能证它还活着。也许，就是进屋之时死了的。"

方宛气得浑身都在抖："你……你……强词夺理！"

荟蔚郡主更是抓住风乐天的袖子急声道："太傅大人！你看看她这都说的什么混账话！"

"我说的不是混账话，而是事实。匣子确实被我撞到地上，但这匣子做工极好，封合严实，里面还衬了软布。落地后，匣身上没有留下一丝擦痕。若说蝴蝶因我一撞就死，我不服。"

"你、你……"眼看方宛又要晕过去，荟蔚郡主连忙扶住她："宛宛别急，是非公道自有定论，由不得她信口雌黄，推脱责任！"

"是啊。所以，我会拿出证据的。"谢长晏沉声道。

所有人都诧异地看向了她。

"我会拿出证据证明，蝴蝶的死因另有缘由。若真如此——"谢长晏说到这儿，忽然笑了笑，别有深意地注视着方宛，"届时还请方姑娘自行向陛下下跪请罪，不要再牵扯上我。"

方宛面色顿时一白。

风乐天眼中却隐透笑意，抬手轻轻咳嗽了几声，才开口道："如此甚好。只不知，十九娘子如何证明啊？"

风乐天一开口，就是叫她"十九娘子"，带出些许亲近之意，令谢长晏听了心中稍安。而其他人也注意到了这一点，尤其是长公主，眉心微微地皱了起来。

"很简单，验尸。"

"什么？"众人失声惊呼。

"人死，验尸可知死因，蝴蝶自然也能。"

"胡说八道胡说八道！"荟蔚郡主骂了一连串胡说八道，但看风乐天在点头，不由得一惊，"太傅大人！您不会真信了她的胡话吧？"

风乐天笑呵呵道："此举可行。但，熟悉蝴蝶的仵作去哪儿找？"

谢长晏问吉祥："陛下如此喜爱蝴蝶，宫中难道没有育蝶师？"

吉祥的表情变得有些古怪，半晌才答道："曾有几个，但后来有了蛙老，陛下就辞退了所有人。"

谢长晏一怔，没想到那位鲁班的传人竟还会养蝶。当即又问道："蛙老可来赴宴了？"

"没有。他太忙，陛下特允他不必来。"

谢长晏看向一旁博古架上的沙漏，现已是辰时二刻，陛下还没回来。此去求鲁馆快马加鞭不过两刻钟的工夫，她若速去速回，也许还能在午时赶回。

"好，那我马上去求鲁馆请蛙老验尸。"谢长晏说着，就去拿放在一旁几上的蝴蝶匣子。

荟蔚郡主一个闪身，拦在她面前："且慢！谁知道你会不会从中做手脚？"

谢长晏想了想，将匣子递到她手中："既如此，请郡主陪我一起去吧。"

"什么？我为什么要……"荟蔚郡主本待拒绝，看到方宛的表情后改变了心意，当即将匣子收入怀中，"好，本郡主倒要听听那位蛙老会怎么说。若真是你撞死的呢？"

谢长晏望向方宛，方宛也正泪眼婆娑地看着她，两人目光相交，谢长晏悠然一笑："那我便向方姑娘磕头赔罪，并且，赔一只舞水蝶给她。"

荟蔚郡主瞪着她："你能弄到舞水蝶？"

"事在人为，大不了我亲自去程国抓嘛。"

"好！一言既出——"荟蔚郡主伸出手。

谢长晏也伸出手，跟她碰了一碰："绝不更改。"

一旁的众人各有表情。风乐天依旧笑眯眯，方宛依旧楚楚可怜，吉祥欲言又止，而长公主的目光在谢长晏身上凝滞了许久，最终别过头去。

说做就做，荟蔚郡主跟谢长晏两人骑着快马赶赴求鲁馆。为了安全，长公主派了十名侍卫随行。

一行人飞快骑过长街时，还引来不少百姓围观。

荟蔚郡主见谢长晏骑的马不是时饮，不禁问道："时饮呢？为什么没骑来？还有，你穿的是谁的衣服？怎么打扮成这个样子？真是成何体统！"

谢长晏保持着跟她半个身位的距离，闻言不禁侧头看她。

荟蔚郡主见她眼神古怪，当即不悦道："干吗这样看我？"

"你是真不知，还是假不知？"

"什么意思？"

谢长晏的眸光闪了一下："没什么。"

半个时辰前，她跟孟不离交换了外袍，伪装成他趁机躲离了监视者的视线。她有心查出谁在背后弄鬼，因此并未回家更衣，就这么一路易装地去了皇宫。

到宫门处，亮出孟不离的腰牌，守卫果然放行。

谢长晏决定先私下求见燕王，告知他所发生的一切，求得陛下同意后，再暗查马车被动了手脚、自己也被跟踪一事。因此，一路都避着人走，继续保持着伪装。

刚远远看见吉祥，心中欢喜想叫，就见吉祥面有急色地匆匆跟着几个小太监走了。再看殿名为执明，谢怀庸曾告知过此乃陛下书房，于是，她便趁人不备地进去了。

没想进去后却是个更衣间，东西两侧都有门。

东门内隐约传来流水声，她刚走到门边，就听外头传来一阵脚步声，应是侍卫巡逻。情急之下躲进门去，就那么倒退着一头撞在了方宛身上。

本来，她以为真是自己害死了蝴蝶，心中充满愧疚，此后发生的一系列事件，却令她开始怀疑。

首先，在太医说出方宛并无大碍时，她注意到方宛的手指动了一下，也就是说，方宛那时候，应是醒了。既然醒了，为何还要装晕？

其次，长公主和荟蔚郡主来后，方宛趁机"醒"来，哭求风乐天做主，将

"杀害寿礼"的罪名扣在她头上。如此咄咄逼人，像极了陷阱。

再加上她之前跟荟蔚郡主有所嫌隙，会不会就是荟蔚郡主在马车上做的手脚，目的是不让她参加寿宴？

她本对此有六分断定，但此刻见荟蔚郡主的神态表情，不似作假。也就是说，荟蔚郡主不知道她的马车出了事。

难道说，背后捣鬼之人是方宛？可方宛不过是寄养在公主府的一介孤女，有这么大的能耐？而且她和方宛之间并无矛盾，为何要算计她？

再加上她去蝶屋，是个意外，撞到方宛，更是意外。方宛不可能未卜先知，布下陷阱。除非——

除非蝴蝶之死确是意外。方宛惊慌之下，急为自己开脱，故而咬定是她所为。

谢长晏一边心头盘算一边策马前行，最后打定主意：不管如何，先向蛙老求证蝴蝶是怎么死的。若真是自己撞死的，只能履行诺言赔她一只了。

一刻钟后，一行人抵达求鲁馆。

荟蔚郡主一马当先，上前拍门道："有人吗？蛙老！蛙老——"

"馆"字上的一扇小门开启，露出木间离的脸，依旧是蓬头垢面，神色疲乏："来者何人？所为何事？"

"我是荟蔚郡主，找蛙老帮忙看只蝴蝶。"荟蔚郡主面有傲色。

谁知，木间离木然地"噢"了一声，说了句"老师没空"就关上了小门。

荟蔚郡主吃了个闭门羹，无比震惊，回过神来后，大怒踹门："什么态度？岂有此理！开门开门！快开门！"

她正在生气，旁边伸过来一只手，在"鲁"字的鱼头上按了几下，只听"咔咔"声响，大门竟然自行开了。

荟蔚郡主目瞪口呆地看着谢长晏："你……你怎么会知道开门之法的？"

谢长晏冲她笑了笑："以前来过。"不止来过，还常来。风小雅不为她授课的日子里，她只能靠求鲁馆和万毓林打发时间，因此，可以说是对此地了如指掌。

荟蔚郡主心念一转间也明白过来了，不由得更加气恼，委屈地嘀咕道："可恶！表哥厚此薄彼……"

二人进入求鲁馆，侍卫们识趣地等在了门外。

门内依旧是谢长晏第一次来时那副乱糟糟的样子，甚至比之前更乱，不知从哪儿来的一堆碎石，小山一样堆满了整个前院，几乎没有落脚之地。谢长晏好不容易从杂物中挤出一条路来走到公输蛙的房门外，就见木间离正在指挥众人一车车地搬碎石。

"木兄。"谢长晏唤他。

木间离回头一看是她，立刻小跑过来："谢姑娘，你怎么也来了？"神色热情，跟之前应门时判若两人。

荟蔚郡主不禁咬牙。

谢长晏道："我有一只蝴蝶意外而死，想请蛙老鉴定一下它的死因。"

木间离面有难色道："这个……"

"蛙老还是没空？"

"也不算。但是……"

荟蔚郡主见此人吞吞吐吐，不禁怒道："有话直说，一个大男人，磨磨叽叽跟娘们似的！"

木间离还是第一次遇到如此刁蛮的少女，苦笑着叹了口气，对谢长晏道："老师有贵客在。"

"什么贵客？能比本郡主和——"荟蔚郡主停下不满地瞥了谢长晏一眼，才道，"未来的皇后更尊贵？让开让开，我亲自进去跟他说！"

木间离还没来得及阻止，她就径自推门闯了进去："公输蛙，你平日里摆臭架子也就罢了，今天我这蝴蝶……"

声音戛然而止。

门外的谢长晏略感诧异。

继而就听荟蔚郡主惶恐道："你、你、你怎么在这里？"

"出去！"一个低低的男声响起，因为距离甚远，听不真切。

"是！是是……"荟蔚郡主立刻后退着出来了，脸色煞白，"不过，我是为了蝴蝶——"

她的话还没说完，只听一声巨响，紧跟着地动山摇，屋顶的瓦片纷纷往下掉，紧跟着，柱子墙壁"咔咔"开裂。

谢长晏大惊。虽说之前也曾遇过求鲁馆内震动的情形，都不过小震，掉点粉尘罢了，这一次却幅度极大，而且一波接一波荡漾不停。

"快跑！"慌乱中，依稀听到木间离如此喊道。

荟蔚郡主身法极快，几个纵跃就不见了。谢长晏正待跑时，身旁的一根柱子"啪"地崩断，半个屋顶毫不留情地朝她压了过来。

"啊！"她眼前一黑，顿时什么都看不见了。

迷迷糊糊中，不知过了多久，四面八方都在晃动，身体一会儿上一会儿下，颠簸个不停，鼻息间全是粉尘，耳旁全是杂音。

但就在这样混乱的时候，依旧能感觉到，有个人近在咫尺，用自己的身子护住了她。那个躯体温暖、高大、坚实——是个男人。

是木间离吗？

她定了定神，极力睁大眼睛想要辨认，然而视线一片漆黑，什么也看不到。

于是她试图伸出手去摸索，却被对方一把抓住按在怀中。

"别动。"那人如此说，声音低沉，似遥在天边，却又近在耳畔。

谢长晏的大脑顿时一片空白。她听出了这个声音，却又不敢置信。

这个人、这个人明明在宫里的啊，为什么会在此处？

这个人、这个人不是刚刚弃她于不顾了吗，为何又来救她？

怎么可能？怎么可能？！

谢长晏呆呆地看着前方，肩膀和手上源源不断地传来那个人的体温，一时酸涩难禁，眼眶竟微湿了起来。

有鹤来兮，引诗生情，乱人心。

而她处处防、时时忌，偏遇造化。

荟蔚郡主远远站在馆外，望着前方坍塌的屋宇，整个人都傻了。

门外等候的侍卫们连忙拖她离开。受到求鲁馆的震动波及，路面也出现了许多蛛网般的裂纹。

一行人飞快跑出长街，到了另一条大道上，许多百姓纷纷围聚在此，对着街那头的景象指点点。

"郡主，郡主？你没事吧？"一名侍卫弄来碗热茶，递到荟蔚郡主嘴边喂了她几口。

荟蔚郡主这才回过神来，整个人重重抖了一下，脸色却是越发白了："他在里面……"

"什么？"

"他！他在里面！他在里面啊啊啊啊啊——"荟蔚郡主抓着侍卫的手拼命叫了起来。

"师……兄？"黑暗中，谢长晏终于轻轻地开口唤那人。

回应她的，是一声无比熟悉的"嗯"。

风小雅。

真的是他。

这个在坍塌的屋子里，用自己的身体护住她头的男人，真的是风小雅。

"你……怎么会……在这里？"她再次艰难地开口。

她早应该听出来的，早在他让荟蔚郡出去时，就应该听出他的声音的。

风小雅似犹豫了一下，但还是告诉了她："凿山用的火药已成，我来看看。"

什么？蛙老成功了？难怪弄出这么大的动静！可是也太危险了吧？

就在这时，晃动感消失了。四下静了下来，只能听到彼此急促的呼吸声。

风小雅问她："可还好？"

"嗯。"

"再等一盏茶，确定无事了，我们再走。"

"好。"然而，一旦安静下来，很多情绪也就冒出头了。除了呼吸，她还听到自己的心跳声"扑通扑通"，犹如一场大战即将来临，可怜她却单枪匹马手无寸铁。

于是她不由得将手指按在自己的鞋面上，凹凸不平的芍药纹理像慈母的叮咛：将离、将离。

耳中听风小雅问："你怎会来此？"

谢长晏如溺水之时抓到了浮木，连忙用说话来逼自己分心，当即将执明殿所发生的事情细细说了一遍。

黑暗的缘故，看不到风小雅的表情，不过就算能看见，大多数时候她也是猜不出他在想什么的。

不同于谢怀庸的不苟言笑，风小雅更像是被压抑了天性难得开怀，就算偶尔唇角露出些许笑意，目光依旧是心事重重的。

谢长晏觉得这大概跟他的病有关。

她正在胡思乱想，风小雅慢慢摸索着推开一块断壁，站了起来。"走。"

唉？现在可以走了？不再等等吗？

谢长晏跟着起身，揉了揉有些发麻的腿。四处都是坍塌的柱子屋瓦，奇怪的是，地面却是完好的，并无开裂。此刻不再震晃了，穿梭在一片废墟中倒也没那么害怕了。

风小雅在前方摸索着开路，片刻后，只听"哧"的一声，有了火光。却原来是他找到了一盏没碎的灯。

灯光一起，谢长晏忍不住闭了闭眼睛，再睁开来时，心情又起波澜。

黑暗虽然令人局促，却也给了人一种莫名的安全感，像被盆盛着的水，被包容着，稳稳当当。此刻，有了一束光，映亮了那人的身形，四下暗淡中唯一明亮的他，像盆上出现的一个洞，所有水都迫不及待地朝那儿涌过去，难以控制地坠落。

谢长晏不禁战栗。

风小雅回头，见她抖个不停，迟疑了一下后，伸出手来握住了她的一只手。"不用怕。已经没事了。"

才、才不是……害怕！

你不会懂的。你什么也不知道！

就在她百感交集，万分纠结之时，前方忽然传来些许异声。

风小雅的灯光立刻朝那边照了过去，然后就顾不得她了，松开她的手走过去。

手上一空，谢长晏憋到尽头的那口气终于吁了出来，像溺水之人终于浮出水面，劫后余了生。

那头，声音越来越密集，似有什么东西在地下敲击。

风小雅脸上露出几分明了，找了个称手的石块砸地，地板"咔咔"几声塌了下去，露出个大洞，下面传来一个声音："谁在上面？快拉我出去！"

风小雅垂下手臂，将那人拉了上来。

"失误失误，不知哪个废物没关严门，差点将我这条老命搭进去……"那人一上来，就把灯拿在手中，然后从怀里摸出面镜子，开始照镜子。

从谢长晏的角度，正好可以看到镜面从中裂了一条大缝。

那人果然生气："可恶，就这么一块水银镜，也给毁了。让我知道是哪个混账疏忽大意，非揍他一百棍不可。"

风小雅在一旁叹了口气："你还是先想想求鲁馆怎么办吧。"

那人回头，一脸的理所当然："再建一个呗。"

灯光照上他的脸，此人约莫二十多岁年纪，左眼上有一道闪电般的伤痕。那伤痕从额头开始，划过眉毛眼皮，一直延伸到颧骨处，却无损他的相貌，仿佛只是精心描绘的一道装饰，越发显得此人眉高目扩，形如子都。

他是谁？谢长晏心中隐约有个答案，却不敢肯定。

风小雅冷哼一声道："没钱。"

那人顿时跳脚："我早说了这屋子不行，这地砖也得换，你们总是一拖再拖，这下好了吧，炸没了吧？还差点弄死我吧？人说亡羊补牢还能抓狼，你不给我重建一个，是要我以后住废墟吗？"

"你可以搬迁。搬去深山老林，随便炸。"

"我不！我就要住这里，三天两头震一震的，好让你们有紧迫感，拨钱拨得痛快些……"

谢长晏忍不住开口道："那个……"

"大人说话小孩闭嘴。"那人立刻打断她，继续盯着风小雅跺脚道，"这火药的威力你也看见了，如此一来，开山凿河事半功倍，我也不要多，把省出来的那些人工钱转给我……"

话还没说完，脚下"咔嚓"一声，那人"扑通"又掉下去了。

谢长晏捂面。她之前就是看见洞口外扩，想要提醒站在洞边的他，结果被他噤声。

那人在洞底怒骂道："看吧看吧，这什么破地……"

风小雅悠悠提起灯，转身对谢长晏道："走吧。"

"唉？那个人……"

"他毫发未损且中气十足，一时半会儿饿不死也累不坏，就让他在下面冷静冷静，咱们先走。"风小雅继续寻找可以出去的道路。

身后传来那人喋喋不休的骂声。

谢长晏犹豫道："他是……公输蛙？"

风小雅回头看了她一眼，眉眼似有笑意："失望吗？"

不会吧？那人真的是公输蛙？"我一直以为先生是……老人。"

风小雅懒洋洋道："从心态上而言，没错。倚老卖老，老奸巨猾，为老不尊。"

谢长晏无语。细想起来，一直以来好像也只有如意称呼公输蛙为"蛙老"，吉祥似也说过一两次，除此外，风小雅提到公输蛙时用的是全称，木间离等人用的是"老师"。也就是说，她之前纯粹是被如意吉祥给误导了。

坍塌的屋舍下空间极为有限，风小雅带着谢长晏摸索前进。走了一会儿后，他忽然回头："蜡烛烧光了，等会儿黑了，别怕。"

谢长晏顿时被这温柔杀得丢盔弃甲。她抬眸看向他，眉睫深深瞳眸盈盈，那目光太过浓烈，稚嫩的心事无法遮掩，风小雅看在眼中，忽有洞悟。

"你……"他刚说了一个字，灯光骤灭，视线再次归于黑暗。

两人默默地站立了一会儿。

谢长晏心中小鹿乱跳：完了……他看出来了，他、他知道了……怎么办怎么办怎么办？

突然莫名委屈，明明一直战战兢兢地藏匿着，反反复复地自律着，不动声色地疏离着，却被这一场突如其来的黑暗，扯掉了精心绘制的画皮。

"你……"风小雅再次开口。

谢长晏心一狠眼一闭，豁出去了："我们不要再见面了！"

风小雅顿时收声。

四下一片静悄悄的，谢长晏却仿佛听到了催促，从她鞋面上的芍药里一声声地传出来——将离、将离。

那是亲情、是族规、是律法、是道德，在对她做最后的规劝。

"我……不能再见您了。"谢长晏轻轻地说，"我久居僻壤，养于深闺，遇得君子，宛如武陵渔人得入桃源，所闻所见，尽是欢喜。然而，桃源终非吾乡，不足为外人道，如今，该是请辞之时了。"

黑暗中，风小雅没有发出任何声音。

谢长晏捏着双手，勉强自己笑了一笑："回去后，我会上书给陛下恳求换师，鹤公从今往后，不必再耗费心思在我身上了。"

"你打算如何对陛下说？换师的理由是什么？"黑暗中，风小雅的声音听起来有些古怪。

谢长晏深吸口气，一字一字，终于说得很是平静："鹤公冰雪天人，吾心仰慕，然情理不容，故求陛下救我。"

风小雅失声："你……"声音盘旋转绕，却最终转为了怜惜，"你啊……"

他终于有了动作。

他的手伸过来，摸了摸谢长晏的头。那动作轻柔悠缓，却让女孩儿的心都差点碎掉。

谢长晏连忙往后退了几步。

就在这时，头顶上方依稀传来人声。

风小雅吹了一记响亮的口哨，对方立刻听见了，只听"啪啪"几声，前方挖开了一个口子，明亮的光瞬间落了下来。

谢长晏眯了眯眼睛，待视线恢复清明后看见风小雅站在离她不足一尺的地方，脸上竟带着些许笑意，看着她时，黑眸灿灿，也是难得一见的温柔。

"鹤公……"她讷讷开口。

却被他打断："叫师兄。"

谢长晏一怔。

风小雅却朝她眨了眨眼，抓住她的手道："既入师门，终身无悔。想跟我撇清关系，不可能。"

"唉？"谢长晏彻底惊了。

她好不容易鼓起勇气借着黑暗才能将心中所想全说出来，本想就此跟他断个干净，此人却一改往日的冷淡变得热情起来，连动作都随意亲昵了许多。

这、这、这绝不是她要的结果啊！

谢长晏当即就要抽手回来，抽了几下，却没抽动。正急得额头冒汗时，只听"喵"的一声，谢长晏抬头，就见上方的洞口，一人一猫不知盯着她和风小雅看了多久。

谢长晏石化。

黄狸蹲在孟不离肩头，孟不离换回了自己的衣服，手持一把大铲，什么也没说，"哐哐"几下，将洞口砸得更大些，丢下一条绳子。

风小雅上前抓住绳子，试了试力度后，一揽手臂，将浑身僵硬的谢长晏抱了起来。

谢长晏只觉身子一轻，就跟着他飞出了洞口。

谢长晏吓得冷汗一下子冒出来，连忙推开他的怀抱，向后急退，生怕被谁看见——不过事实证明，她多心了。

孟不离挖的这个地方非常偏僻，一边是堆积如山的废墟，一边是高高的围墙，三人站在不足两尺见方的缝隙中，想退避一下的后果就是"哐当"撞到围墙上。

谢长晏捂着撞疼的肩膀，只觉流年不利。

风小雅转头看她，本想说什么，却在看见她的模样后一愣。他的目光从谢长晏移向孟不离，再从孟不离转回谢长晏。

孟不离立刻"扑通"跪下了。

风小雅想了想，脱下自己的黑袍，抖去上面的粉尘，罩住谢长晏。

谢长晏还在发呆，他灵巧的手指轻扫过她的腰，里面那件灰袍就被抽走了。

与此同时，一样东西掉到了地上。

谢长晏低头一看，几乎吐血。

核雕！碎成两段的核雕！

她刚想捡，风小雅已俯身将两截碎核捡了起来，注视着上面的芍药皇冠，眸色微深。

对了，这就是我要送给陛下的寿礼！你看见了吧？看到我对陛下的用心了吧？你赶紧避嫌退让啊！

谁知，风小雅端详半天，随手将碎核收入怀中，然后将灰袍递到了孟不离面前。

谢长晏这才反应过来，风小雅把她身上穿的原本属于孟不离的衣服给换掉了！等等！这又是什么意思？再看孟不离，脸白如纸地接过灰袍，并朝她投来一瞥，眼神极为幽怨。

我也很绝望啊！谢长晏无声呐喊。

"送谢姑娘回知止居。"风小雅吩咐完，转头对她笑了一笑。

她以往嫌他心思深沉冷漠不笑，如今见他笑，却更是肝颤。

"我有点事做，过几天去找你。"

不不不，你不要再来了！不是说好了不再见面的吗？！

然而这样的话，终归是没有勇气在阳光下再说一遍了。

求鲁馆的这次坍塌虽然严重，但波及范围不大，没有连累临街居民。而且因为预见过会有此后果，馆内做了许多加护和改动，除了主屋外，别处的屋舍大多完好。有一部分人受了点轻伤，但无人伤亡。

只不过，天子寿诞出现这种事，也算不祥。

一时间，不明坍塌真相的百官纷纷上折，要求燕王撤销求鲁馆，以防再有此类事件发生。

至于燕王是如何回应的，谢长晏不知道。

确切来说，燕王的寿诞后来是如何过的，她也不知道。

——她被郑氏勒令闭门思过了。

郑氏道："你先是妒心大起，弄死了方姑娘献给陛下的舞水蝶，后又颐指气使不出席寿宴，反去求鲁馆生事；在求鲁馆内，你更是任性妄为导致坍塌引出大祸……"

"等等娘亲，求鲁馆不是我弄塌的……"谢长晏试图辩解。

"我知道，但百姓们不知道。上面那些话如今传遍玉京的大街小巷，都引为笑谈了！"

谢长晏无语。

"所以，在陛下表态之前，你先闭门思过吧。"

"等等，娘！后来你们参加寿宴了吗？见到陛下了吗？"

"我们快午时才换好马车，刚走到天枢大道就听人说求鲁馆塌了。孟不离前去救人，让我们自行入宫。听说你也在那儿，我哪还有心思赴宴。"

谢长晏露出惭愧之色。

郑氏看了她一眼，欲言又止，最终叹了口气："总之，想想舞水蝶的事，还有求鲁馆的事……怎么上书跟陛下请罪吧。"

郑氏出去了，将房门轻轻合上。

谢长晏往榻上一躺，回想着那天发生的事，恍如一梦。

尤其是临别他那一笑，真是、真是……

"祸水！"谢长晏在心中骂道。难怪有"姑娘勿多望"的歌谣。

一时内心纠结，索性起来写奏书。磨好墨提起笔，头则开始隐隐作痛。

不知蝴蝶现在如何了，荟蔚郡主虽然第一时间跑了，但匆忙之中有没有落下匣子真是很难说。

而核雕，碎了不说，还被风小雅拿走了。

也就是说，她不但毁了别人给陛下的寿礼，自己的寿礼也泡了汤。

而对陛下最无法交代的，还是……她跟风小雅之间当断不断、藕断丝连的孽缘啊！

她已再三避嫌，甚至不惜说出真心，结果不但没有效果，反令他变本加厉。

怎么办怎么办怎么办？

这可如何是好？

谢长晏一咬牙，决定按照原计划对燕王坦白。至于燕王看后会如何震怒……总比事后被他察觉的好。而且从马车伏兔一事上就可以看出，有很多人在暗中盯着她，想找她麻烦。若真被抓住了什么把柄，就真的无可挽回了。

想到这里，谢长晏咬咬笔头，开始艰难地写道："妾以险衅，凤遭闵凶。未生之月，慈父殉国。弱母孤苦，伶仃相依。幸蒙陛下恩泽，日月之明，遂垂曲照，云雨之泽，怜妾零落。然妾本庸才，智力浅短，故聘名师以教，意在生繁华于枯荑，育丰肌于朽骨……"

还没写完，听到敲门声。

"进来。"她低头写字，随口应了一句。然而"嗒嗒"声依旧不急不缓地响着。

谢长晏抬头，这才发现，被敲响的是窗，不是门。

"谁呀？"她诧异地走过去，刚将窗户打开，一个人就像燕儿一样飞了进来，落在地上，抖了抖光滑如水的黑袍，朝她微微一笑。

谢长晏顿时一惊，她看看风小雅再惊慌地看看窗外，虽说燕国并无男女大防，但男子私闯女孩的闺房还是不合理法的。

"你……你怎么……"

"书房无人，听说你被郑夫人勒令闭门思过了。"风小雅说着，掀袍自行坐下。

"可是……为何不走正门……"反而跳窗？

风小雅拿起她写了一半的奏书，扬眉道："若非这般，怎能看到这个？"

谢长晏大窘，当即扑上去要抢。风小雅一边看一边躲，甚至还念了出来："聘名师以教，意在生繁华于枯荑，育丰肌于朽骨……"

"不许念了！不许念！快还我！"谢长晏跳啊跳的，然而她比风小雅足足低了一头，再加上不会武功，怎么也够不着。

"窃见鹤公，英才卓硕，性与道合，思若幽深……"风小雅念到此处，声音忽顿。

谢长晏顿觉整个人都快要燃烧起来了！

风小雅直勾勾地看着她。

她也不抢了，手足无措地僵立着，神色惊慌，面色绯红，眼中还隐有泪光。

"你……你……你……"明媚午后，阳光正足，一切都无所遁形。谢长晏只觉崩溃，浑身战栗。

风小雅的目光闪烁着，片刻后，叹了口气："傻瓜。"

"你、你讨厌！"

风小雅笑了："是，我讨厌。"

他一笑，她更生气："你怎么能这样？我、我都羞愧得快要哭了！"

风小雅瞟了眼奏书，念道："所以就'妾之大罪，上愧圣朝，下惭先代。誓立大节，天地神明，实知妾心。心不遂行，言发自痛'了吗？"

"你还念！还念！"谢长晏跳起来去打他。风小雅笑着挨了几下，最后抓住了她的双手不让她再乱动。

两人四目相对，气氛分明旖旎，谢长晏却只觉悲伤。

风小雅的眼神很温柔，带着怜惜，还有些许难以描述的欢喜："你无须为此羞愧。你是个好姑娘。我明白。陛下……也明白。"

谢长晏睁大眼睛，却不是很明白他的意思。风小雅眼瞳深深，像落在山缝中的一束光，薄薄浅浅，就那么一点，却让人看见了希望一般。

"您……不尴尬吗？"在说破心事之后，面对你，我尴尬得无以复加。可是为什么，你还能如此坦然呢？

风小雅沉默了一会儿，转身走到床头的《齐物论》前，缓缓道："人的一生，会遇到很多很多人，很多很多事。尴尬者、愤恨者、厌恶者、羞恼者，比比皆是。并不是躲开就可以的。尤其是——"他回眸一瞥，神色沧桑，"皇后。"

谢长晏的睫毛一颤。

"你高坐凤椅，看所有人跪拜你。那些人中，有心存爱慕却不能亲近的，有恶迹斑斑却不能擅动的，有笑里藏刀对你处心积虑的，有卑微懦弱让你都懒得看一眼的……你的生活，被这些纷杂的人物包围着，逃不了，也不能逃。"

谢长晏不禁咬住了下唇。

"你要习惯，克制，战胜。"说到这里，风小雅走过来，轻轻拉住了她的手。

谢长晏一抖，但明白了他的意思，因此没有挣脱。

"你受了伤后，才会知道怎么治疗；你吃过苦后，才会知道怎样避免；你失去东西后，才会珍惜此刻拥有；你爱过人后，才会知道怎样才是真正的爱……你要经历很多很多事，变得越来越丰富，直至——柔滑圆润，无坚不摧。"

风小雅的手缓缓上移，最终摸了摸她的头，一字一字道："伤方知愈；历方知避；失方知得；爱方知心。你既承了凤命，当遭此劫。"

谢长晏忽然顿悟。

风小雅的动作、神情、口吻，看似亲昵，却不是她所错觉的旖旎。因为，这本是一个长者的姿态。

像师父对徒弟。

像兄长对妹妹。

像种花人对花。

像雕刻师对玉。

含着期待，含着怜惜，含着小心翼翼的呵护——却不是情人的方式。

这个顿悟让谢长晏整个人一轻，莫名地就解脱了。

谢长晏定定地凝望着风小雅，眼神从狼狈渐渐转为清明。正想说点什么，风小雅朝她比了个手势，伸手入怀，取出一物。

谢长晏看到那个熟悉的匣子，不禁惊呼出声："舞水蝶？！"

"对。"风小雅走到几旁，将匣子打开，里面果然是那只舞水蝶。

"这个不是在荟蔚郡主那儿吗？"

"是在她那儿，屋榻时她及时逃离，所以匣子并未损坏。"风小雅说着又掏出一把小夹子，将蝴蝶翻了个面，"过来。"

谢长晏当即听话地走过去。待得近了，看见蝴蝶的胸腹，不禁一惊："这是？"

只见舞水蝶的胸腹已被剖开，血腔中的汁液已经流干了，只剩下干枯的体壁。

"蝴蝶所有的内脏都浸润在血腔之中，这是它的心。"风小雅用小夹子指着其背部一长条形物体，一边讲解一边指出各部位道，"口吻负责吸食花蜜，体壁收缩进入此处。这一瓣膜则用来防止食物回流。"

谢长晏立刻敏锐地指出："这颜色不正常吧？"

阳光下，从瓣膜一路蔓延到尾部，整个剖开的体壁都呈现出一种诡异的青紫色。

风小雅赞许点头："聪明。所以我将它的体液吸出来，分别喂给了其他三只蝴蝶。"

谢长晏的眼睛亮了起来："结果如何？"

"每只都呈现亢奋状，飞舞个不停。然后在六、十二、十九个时辰后，分别死去。"风小雅说到这儿，用一块丝帕擦干净了自己的手，"也因此，我拖到现在才来。"

"这、这说明？"

"这只蝴蝶生前被喂了毒药。该毒能令它保持亢奋，活着交到方宛手中。但时间一到，就会死掉。"

谢长晏大喜，"我就知道不是我害的！它的翅膀如此完整，粉末都没怎么掉，怎么可能是撞死的？"

风小雅笑盈盈地看着她："恭喜你，不用折腾去程国抓蝴蝶了。"

谢长晏欢喜过后，却又诧异："师兄你怎么……也对蝴蝶如此精通呢？"

风小雅僵了一下，随即答道："楚王好细腰，臣子只能趋之……不过毒药就非我所长了，没查出是什么毒，你知道的，公输蛙现在很忙。"

"忙着管陛下要钱吗？"

"是啊。所以陛下把群臣们弹劾他的奏书都转送给他了。他现在正忙着登门一个个骂回去。"

谢长晏不由得被逗笑了。之前那种压迫全身的尴尬于此刻已经荡然无存。她想，她真的是很喜欢跟此人相处。"不管如何，凿山的难题解决了，运河想必就能快些竣工了吧？"

谈及此事，风小雅的笑意就减了许多："还是有些慢了。明年开春若还如此干旱，禾稼缺水，到时候收成锐减，怕是会引发饥荒。"

"那……现在屯粮来得及吗？"

"国无三年之蓄。"风小雅说到这儿，嘲弄一笑，"士却有千窖之丰。"

谢长晏心中震撼，越发明白燕王为何一定要打压士家了。

"百年士族，累世公卿，国盛，族兴；国死，族犹存。于他们而言，无论朝堂如何更替，君王换谁来当，都没关系。所以，国是君之国，民之国，而非士之国。灾是君之灾，民之灾，而非士之灾。"风小雅冷笑道，"如此之士，何以为臣？如此之族，要来何用？"

谢长晏第一次见到风小雅露出怒容，不由得后退了一小步。

风小雅见她脸色微白，当即收起情绪道："不过你也不用担心，既已知根源所在，慢慢解决就是。你要对陛下有信心。"

谢长晏低声应了一句"是"，心中却有一颗怀疑的种子，偷偷发出了芽。

风小雅看了眼日光的斜度："时候不早，我要走了。"

谢长晏刚要送，却见他走到窗边，竟是掀开窗子怎么来的，又怎么出去了。

等等，为什么好好的门不走非要跳窗啊？

风小雅朝她挥了挥手，随即窗户就又落下了。另有叩门声极有规律地响起。

"请进。"谢长晏应道。但那人不进来，依旧在叩门。

谢长晏皱了皱眉，走过去打开房门，就看见孟不离背着荆条直挺挺地跪在门外，那只寸步不离的黄狸则围绕着荆条打转，时不时扑上去啃咬一番。

如此一动一静，倒也相得益彰。

"孟君，你这是做什么？"

孟不离的目光垂落于地，地上有一张纸。

谢长晏捡起来，发现是一封请罪书。此人惜言如金，写字风格亦很简洁。上书："查，伏兔系后厨丁大所为。未早察，请罪。"

谢长晏扬了扬眉："丁大在哪儿？"

长公主府——

方宛跟在荟蔚郡主身后，二人说说笑笑地走向花厅。

荟蔚郡主道："我的蝴蝶前天刚交上去，今天宫里就派人来了，肯定是陛下表哥要给你个说法。快走！"

二人来到花厅，看见如意正跪坐在榻上喝茶。

荟蔚郡主眼中闪过一丝厌恶之色，小声嘀咕："怎么派他来呀？"走进门内，大大咧咧就朝长公主去了，"娘！"

方宛有些艳羡，但她隐藏得很好，低眉敛目地走进去。

如意盯了她两眼，放下茶杯，起身道："传陛下口谕。"

殿内众人全都神色一正，纷纷屈身跪下。

"已查实舞水蝶系毒发而死。"

此言一出，方宛面色顿白。长公主一惊，荟蔚郡主则是叫了起来："什么？毒？"

"就是这个。"如意说着，将一个小瓶子丢向方宛。方宛没敢动，那瓶子就砸中了她的额头。

"你做什么呀！"荟蔚郡主急了。

如意冷瞥了她一眼："陛下吩咐这么做。"

方宛整个人重重一抖。

"此事与谢长晏无关，勿再寻衅滋事。说完了，就这样。"如意转身就走。长公主亲自相送。

荟蔚郡主撇嘴道："什么人呀，区区一个阉奴，居然给我们脸色看！"

转头，见方宛依旧跪在原地，脸白如纸，便伸手扶她起来："宛宛，你别怕。卖蝴蝶给你的人是谁？我让人把他抓起来，居然敢这样糊弄我们，给陛下的寿礼都敢玩花样，找死！"

正说着，长公主回来了，闻言目光闪了几下。

方宛轻泣道："是、是宜国的一个商人，寿宴后我想再找他买一只，就已找不到了……"

"可恶，果然宜国多奸商！"荟蔚郡主想了想，叹了口气，"便宜谢长晏了。陛下表哥还真是护着她！"

长公主忽然淡淡道："荟蔚，给绵绵的铁掌送来了，去看看吧。"绵绵是荟蔚的爱马。荟蔚一听，果然欢喜地跳了起来："这么快？好，我这就去看！"

荟蔚郡主兴致勃勃地离开了。方宛看出长公主是有意留自己说话，神色越发不安。

长公主走到一旁开始插花。一时间，花厅里只能听到银剪"咔嚓咔嚓"的声音。

方宛听着这一声声的"咔嚓"，额头冒出了细细的冷汗，最终，她承受不住，磕起头来："殿下！我错了！殿下！我真没想到那蝴蝶竟是被毒死的……"

长公主轻笑了一声。

方宛的声音戛然而止。

"还不打算说实话吗？"长公主说着，将一朵开放正艳的菊花整朵剪了下来。

方宛吓得一个哆嗦，低下头去："我、我……其实，我知道蝴蝶喂了药。那商人跟我说过，舞水蝶离程即死，喂药能延长几天寿命。我心想着，只要活着送到陛下手中就可以了。若事后再死，便是宫中人饲养不当造成的，与我无关。没想到半途杀出谢长晏……而且那蝴蝶竟提前死了。我、我没办法，只好说是她害死的……"

长公主悠悠道："看来，你还是不知道错在哪里。"

方宛一愣。

"给蝴蝶喂药也好，见机不妙嫁祸给谢长晏也好，都是手段。既要争皇后之位，自然要用手段。"

方宛咬了咬嘴唇："那、那可是我用的手段……太、太拙劣了吗？"

长公主似笑非笑地看着她，看得她心中拔凉。

"手段不算拙劣，但人，太自以为是。"

方宛再次一抖。

"既要栽赃，就要做得严严实实，令谢长晏绝无翻身的可能才对。喂药之事为何不提前说？事后又为何不补救？蝴蝶本在荟蔚手中，你应该毁尸灭迹，怎能任她交到陛下手上？你是觉得宫中无人，查不出那蝴蝶被喂过药吗？"

长公主每说一句，方宛的脸就越白一分："我、我……我不敢。我若真毁尸灭迹，陛下问荟蔚讨要蝴蝶，而她拿不出来……我担心陛下因此迁怒于她……"

长公主听到这句话，表情微缓，放下了手中的银剪："你倒还算有点良心。"

方宛连忙磕头："自殿下上次叮嘱过后，方宛凡事都先想着郡主，不敢令她受到任何牵连。可是郡主侠肝义胆，见我受委屈，主动挺身为我出头。所以，我、我……"

长公主盯着方宛，似乎在打量她，又似乎在怀疑她。

"殿下，现在怎么办？"方宛跪着移动到她裙边，抓住她的裙摆，满脸是泪，"陛下既已知真相，又令如意公公来责备，必定是生我的气了，我、我、我可还有机会？"

长公主轻踢了她一脚："下次再敢有所隐瞒……"

"宛宛绝不再犯此错。必定事无巨细，全告于殿下知晓！"方宛立刻对天发誓。

长公主这才作罢，点头悠然道："机会，自然是还有的。谢长晏越受陛下喜爱，五大世家就越坐立不安。等着吧……"

丁大死了。

自杀。用割肉刀自刎了，血从榻上源源不断地滴淌下来。

谢长晏认得他的脸，记得有次在庭院中见他杀狗，捏着狗的嘴巴将一壶酒灌下去，等狗醉倒后，他一边哭一边割断了狗的脖子。

那是谢长晏第一次目睹屠狗，因此记得异常清楚。当时他用的，就是这把割肉刀。

谢长晏扭身奔出小屋吐了起来。"下次再、再有这种，不必……"说到一半，想起了风小雅说的历事论，"罢了，还是看看吧。"也算是见识过畏罪自杀的场景了。

孟不离依旧背着龟壳般的大藤条，带着猫，静静地立在一旁。

"主使者是谁？"

孟不离摇头。

谢长晏扶着柳树，擦了擦什么也没吐出来的嘴巴，思绪万千。

伏兔之事，本不算大事，只是有人想拖延她进宫。但现在杀人灭口了，就一下子严重了。也就是说，对方并不忌讳杀人，必要时刻什么都干得出来。

如此一来，事件并未就此结束，反而越发危机四伏。

一个厨子，能在车上割一刀，自然也能在饭菜中加点毒。

谢长晏想到这儿，面色微白，刚要说什么，就见一队仆婢愁眉苦脸地走过。

一名小婢看见她，当即跪下了："姑娘，恕罪！求姑娘不要赶我走！"

其他仆婢纷纷效仿，当即跪了一片："是啊，求不要赶我们走……"

谢长晏诧异："这是做什么？"

负责看押她们的一名老妪道："陛下得知丁大一事，命将知止居内的仆婢全部更换。"说完，又扭头骂那些仆婢道，"哭什么哭？早干吗去了？这么多双眼睛，都没看见丁大在马车上做手脚，还有脸求情？"

仆婢们无比委屈，谢长晏也替她们委屈，本想求情，但在看见郑氏后，又打住了。知止居内不止有她，还有娘亲。她遇点危险也就罢了，若连累了娘亲怎么办，更有甚者，利用娘亲来要挟她怎么办？此地必须绝对安全才行。

谢长晏挥了挥手，老妪便继续押着那帮人走了。

郑氏走过来，目送着那帮人哭哭啼啼地离开，面色凝重："到底是谁这般处心积虑地害吾儿？"

"我死了能得利的人。"谢长晏的眼瞳由浅转浓。她忽然想到了办法。当即朝孟不离招手，示意他跟自己去书房。

到了书房后，谢长晏立刻拿起笔开始画画。画几笔，沉思一会儿，再画几笔，看看孟不离。

孟不离被她的眼神看得心里直发毛。

如此过了一炷香时间，谢长晏终于画完了，示意他过去看。

孟不离一看，画纸上是一个中年男子，分明平凡无奇的相貌却硬生生被画出了特点——

左眼较右眼大，耳垂肥厚，头发稀疏，身形消瘦犹如一株微微弯折的竹竿。

旁边还标上了备注："此人身高约五尺五分，体重一百二十左右，下巴异常光洁，少须或者无须，疑是太监。"

孟不离惊讶地看着谢长晏。

"认得？"

孟不离点点头。

谢长晏不指望他说话，便自行分析了起来："此人就是那天推着一车橘子监视我们的人。丁大被灭口了，但他应该还活着。只要能找到他，同样能顺藤摸瓜，揪出幕后黑手。陛下清肃了知止居，等于拔掉了对方在我身边的眼线。这个时候，与其大海捞针地找，不如我为鱼饵，让他们看到机会，再有动作。所以，接下去的一段时间，我要你做两件事。一，派人护卫我娘安全；二，配合我外出，引蛇出洞。"

孟不离一怔。

"你如果做不了，就让师兄换能做的人过来。"

孟不离面色一肃，仿佛受到了侮辱。

谢长晏看着他，一笑："那么，明天见。"

第八回

得见雪月

从第二天起，谢长晏恢复了求鲁馆和万毓林的行程。她给时饮定制了一个十分醒目的马鞍，上面不但缀满了五色丝线，还拴了两排银铃，奔跑起来时铃声叮玲，煞是好听。

求鲁馆还是废墟一片，木间离和众弟子们焦头烂额地从废物堆里寻找有用的东西，而他们的老师公输蛙，则忙着跟谏官们吵架，以及找燕王要钱。

万毓林随着寒冬的逼近木叶凋零，猎物也大多冬眠了。谢长晏赶在胡桃过季前收了最后一批果子，计划着重新做个核雕向陛下赔罪——至于她之前的那封奏书，当然是没有交上去。

她的世界一下子变得复杂和繁忙，没有时间去伤春悲秋，悼念她那还未开始就已成空的少女情怀。

然而，在街上招摇过市也好，去林中独自钓鱼也罢，那幕后黑手就跟冬眠了的野兽一样，再没有亮出利爪尖牙。

一晃三月，时近年关。

这一日已入夜，谢长晏亲自看着母亲入眠，为她拢好被子后才起身回屋。十二月的玉京天寒地冻，鼻息间萦绕着袅袅白气，宛如隐洲长年不消的雾。

谢长晏心中忽然有了点挂念。

不知五伯伯的身体是否好些了，跟他半年，亲眼见他从三天服食一粒仙丹变成一天一粒；不知九哥哥的个头有没有长高，他最担心的就是会跟五伯伯一样矮；对了，还有二哥哥，三姐姐出事后他就外出游学了，至今杳无音信……

她从结冰的湖边走过，看见自己的影子被月光投递到地上，孤单一道。

亲人、故乡、童年，很多东西，都已远隔天涯。

带着这种说不清道不明的惆怅，谢长晏走到自己房间的门前，刚要推门，眉心一动。

她闻到了香味。

谢长晏的手停在门上，睫毛颤了又颤，最终，带着几许惊诧几许疑惑几许欢喜地缓缓推开门。

门内的香炉已被点燃，一人站在炉旁，一手摇熄火折，一手将盖子盖回去，转过身来对她一笑。

白烟黑衣，刹那，暖了夜。

"怎、怎会这个时候……来？"都过酉时了啊。

"刚见过公输蛙，被他提醒了一件事。"风小雅脸上略有迟疑之色，目光闪烁了几下后，终于问了出来，"你，见过飘雪月没有？"

马车辖辘声在寒夜中显得格外分明。车身微微摇晃，窗帘飘起落下，水晶灯内的烛光时明时暗，令人恍生错觉。

我在哪儿？我要去干什么？

谢长晏注视着车外亲自驾车的风小雅的背影，心中也似点燃了一炉香，氤氲起茫然一片。

如此大概过了一炷香时间，暖手炉都不热了，车终于停了下来。

风小雅打开车门："到了。"

谢长晏提裙下车，目光投向前方，顿时震撼——

一条二十丈宽的长河冻结成冰，蜿蜒着伸向前方，一眼望去看不到尽头。天是黑青色的，河是银色的，河与天的交界处，是一道幽幽泛蓝的白线。而在这道线的正上方，一轮浅黄色的圆月悬挂当空，大得超乎想象。

"来。"风小雅将手伸给她。

谢长晏迟疑。

风小雅便往前一探，抓住了她的手，然后带着她走上河面。

冷风呜咽，他的手，温暖温存。

"这是……哪里？"

"幸川。"

一句话瞬间掠过谢长晏的脑海——"他十岁那年，一度垂危。百姓们一听说丞相大人唯一的儿子出事了，纷纷于十二月十二日的冰雕祭携孔明灯于幸川，为他祈福。"

啊，幸川！

十年前的风小雅，生命垂危之际，玉京百姓纷纷点灯为他祈福，就是这里？

那，他此刻带自己来此的用意是？

谢长晏心如擂鼓，敲起不成曲的乱乐。

始作俑者的目光却不在河上，而是极为专注地望着空中的圆月，隐含期待。突然间，他的手紧了一紧："来了。"

谢长晏顺着他的视线看过去，就看见一片、两片……无数片雪花纷纷扬扬地落了下来。

圆月微醺，飞舞的雪花流转着亮银，一眼平川的世界里，一动一静，而他和她被温柔地包容其中，独得天地厚赐。

"飘雪月……"谢长晏终于明白了风小雅的用意。玉京干爽，能见皓月，又得云雨移来，降落人间，化作了雪花。月亮与雪鲜有共存之时，如今却呈现在了同一片风景中。

"真美……"她不禁喃喃出声。

"公输蛙那只老貔貅，偶尔也会吐点好东西出来。飘雪月极为罕有，你我适逢机缘。"

适逢机缘四个字从他口中说出来时，真真是说不出的意味深长。

她想终她此生，都无法再忘记这一幕——在她十三岁一个冬雪的晚上，有个人带她来看月亮。

一个名义上是她"师兄"的男人。

一个属于别的女人的男人。

一个让她窥见情之一字的男人。

一个分明近在咫尺，却又远在天涯的男人。

谢长晏走了几步，注视着几乎能当作镜子照的冰面，清晰看见自己的眉眼。风吹红了她的鼻子，也许还有眼眶。许是因为四下再无旁人，谢长晏有些控制不住自己的表情。准皇后的盔甲从身上剥离，露出柔弱的沮丧的消极的模样——她看上去就像只畏畏缩缩的兔子。

风小雅见她顾影自怜，并不是想象中开心的模样，当即目光微沉。想了想后，突然伸手将她抓过来，用手揉乱了她的五官——和上面丧丧的表情。

谢长晏目瞪口呆。

"哭什么？瑞雪兆丰年，这一场雪来，于明年春耕大利。应该高兴。"

谢长晏怔了怔，从他眼中看到满溢的欢喜，所以这才是带她来看雪的真实用意？

她的心尖颤了一下，那个潜伏已久的狐疑再次冒出了头。

谢长晏咬了咬嘴唇："可是……看了这样的雪和月后，今后再遇到月夜和雪天，我就会想起这一幕，想起此生曾见过的这幕景象，想到再无法得见的遗憾，就会悲伤。"

你给我这一刻欢愉，却要我用余生无数岁月的悲伤来换取。

把日常可见的东西，用如此特殊的场景烙印在我的生命中，然后成为萦绕不散的回忆，这真的是太可怕的一件事了。

有些残忍啊……师兄。

风小雅终于弄明白了她的七窍少女心，有些措手不及。某种陌生的情绪从脚底升起，一路蔓延到指尖。他看向自己有些发抖的手指，脑中习惯性开始有条不紊地整理蛛丝马迹——

啊，对。这个小丫头喜欢自己。

一开始还不能确认，只觉得她的脾气有些阴晴不定，突然间强势地要求见他，见之后又生气地不理他。

但在求鲁馆的事故中，她紊乱快速的心跳声，赤红的脸颊和耳朵，以及那双会说话的眼睛，无不出卖了她。

等到了去她房中看到奏书那天，更是白纸黑字，字字分明。

她喜欢他。并且，因为喜欢而慌乱纠结气恼——像所有十三岁的女孩子一样。

这没什么大不了的。他想。都是那么过来的。

成长，本就是一次次的憧憬、进取、丢弃。就像种子，自然而然地吸食着土壤、水分和阳光，然后慢慢发芽。

尤其是皇族，喜欢谁，惦念谁，恩宠谁，因为拥有比寻常人更多的权力，通常也就有比寻常人更为丰富的经历。

很多时候，这甚至是笼络权臣的一种手段。

所以他继续按照自己的节奏来，一步步指引她，教导她，看她眼梢眉角的稚气一点点褪去，看她清澈无辜的眼瞳中渐渐有了人间烟火的气息。

这是蛹，化蝶，所必经的过程。

挣扎、纠结、疼痛，甚至九死一生，才能生出双翼的过程。

他是当世最好的养蝶人之一，见证了无数奇迹，旁观着它们的蜕变，赞叹造物的神奇。多情的外表下，无情却是扎进了骨子里。任凭蝶生蝶死，蝶来蝶去，过眼之后，不留痕迹。

而后，终于到了这一只。

此生最最重要的一只。

突然就变得有些失控。

蝶蛹不会说话，它们的挣扎安静无声。人却不同，会哭，会怒，会表达。

风小雅将发抖的手缓缓握起，注视着雪月下的谢长晏。她已足够克制，但悲伤源源不断地从她身上溢出，再湿嗒嗒地糊到他身上。

似丝，要将他也包裹进去，一起挣扎。

风小雅哑然，然后失笑，继续慢条斯理地梳理情绪。

这也没什么的。他想。

她若能抽离，他自为她欢喜；她若继续沉溺，他也可以陪同。无非是一场风花雪月，短短几年，或者几个月，错觉消失后，会转为更牢固的羁绊。

她身份特殊，是当世唯一可以跟他玩此游戏的人。

风小雅缓缓伸出手，这一次，却不再是抚摸她的头发，而是轻轻拈住她的下巴，令她抬起头来，与自己目光交错。

这个女孩喜欢自己。

她的眼睛里写着满满的仰慕。

仰慕的目光他见过太多。他的一生，自出世起便注定万众敬仰。所有人都渴望得到他的垂青。久经波涛之人，又岂会因一滴水而心神不宁？

可这月雪太美丽，映衬得这滴水，也就成了绝世的风景。

风小雅微微用力，与此同时，俯下身去，察觉到指尖那头的少女浑身绷紧屏住了呼吸。她的眼睛极黑极亮，鼻如玉葱，眉长入鬓，上半张脸就五官而言，长得不够柔婉，有种罕见的稚龄之外的锋利——

似曾相识。

思绪如正在依序编织的布匹，突然有一根丝打了结，整个机杼"咯噔"一停。

风小雅的瞳孔收缩了一下。

与此同时，谢长晏突然动了。

她突然抬腿狠狠地踩了他一脚。

风小雅没躲，挨了那一踩。

结果谢长晏反而趔趄了一下，差点摔倒，被风小雅及时扶住。

谢长晏飞红了脸，满目惊怒："你、你、你……放肆！"

她的这种反应莫名取悦了他，风小雅唇角一勾，轻笑起来。

果然，他一笑，她就更怒，也顾不得形象了，提裙再次踩过去。这一次，风小雅躲开了。

谢长晏继续踩，用力踩，拼命去踩他的脚。"咔嚓"一声，某块冰面没冻结实，被她一脚踩碎。

风小雅反应极快，一把揽住她的腰旋了半身将她抱出来，可那只脚还是落进窟窿湿了半只鞋。

谢长晏呆呆地看着自己的脚。下一瞬，风小雅已抱着她冲向岸上的马车。

风飘玉屑，雪洒琼花，从犀颅玉颊间飞过，柔软与刚毅两相衬映，谢长晏不由得在心中赞叹：真好看。

严格来说，风小雅的五官过于棱角分明，气质又偏于沉稳，带着股不动声色的威仪，让人很难将他跟风流、俊美、英俊等词联系在一起。但谢长晏爱慕他，便觉得这世间再没男子比他美。

风小雅将她抱上车，伸手去脱她的鞋子时，谢长晏从恍惚中回过神来，当即就要拒绝。风小雅却抓住她回缩的脚，看了她一眼——那是一个不含任何杂质的关切眼神。"没事的，别在意。"

谢长晏的身体放松了下来，看着风小雅帮她脱掉湿嗒嗒的鞋子、微潮的袜子，露出冰凉的脚。然后，他从榻上撕了一截锦缎下来，包好这只脚，焐在了手心里。

原本无比私密的举动，却因为他的表情过于严肃和正经，显得不是很尴尬。

谢长晏想，她大概是受了什么蛊惑，明明时刻提醒自己要守礼明德，却一而再再而三地在此人面前破了功。

风小雅的手很暖，她本也不是什么体虚畏寒的女子，那只踩到冰水里的脚很快就热了回来。

未等谢长晏说，风小雅便先松开手，将被撕了一角的锦榻拿下来，卷了几下整个垫在她脚下。

然后他叹了口气，抬起头来，看着她。

谢长晏定定地看着他，突然一笑："我的脚好看吗？"

风小雅眼中闪过一丝错愕，随即，也笑了。

两人相视而笑，不知为何，因这一句调侃，旖旎全消，都觉坦荡自在了不少。

谢长晏的目光闪了闪，状似不经意地问："陛下知道会生气吗？"

风小雅随口答道："不会的。"

"为什么？"

"因为你是个好姑娘。"风小雅抬手摸了摸她的头，再次用惯用的长辈姿态打发了她，"时候不早，回去了。"

他转身，正要去拉缰绳，就在这时，远远地亮起了一点光。

那点光从遥远的对岸上飘起，悠悠晃晃地升向天空，似要去触摸那轮圆月一般。

谢长晏好奇道："那是什么？"

风小雅也看到了这点光，却是面色大变："秋姜！"

什么？谁？

"你先回去，我有点事要处理。"不等她回答，他便解下了一匹马朝着那点光飞奔而去。

一人一马奔驰在银色的河面上，像两根拖得长长的带子。

谢长晏直到此刻才回过神来。

"夫君近日娶了个新妹妹。"

"听说是个沽酒的女郎，姓秋。"

"夫君新娶的妹妹，名字就叫'姜'。"

商青雀的话回荡在耳边。

谢长晏有些慢半拍地想：对了，是秋姜。师兄刚才喊的，是他新夫人的名字。她也来了吗？

光点越飞越高，轮廓也逐渐清晰，原来是一盏孔明灯。

风小雅策马追着这盏孔明灯狂奔，一点点变小，最终整个人都融进了圆月中一般，消失不见。

谢长晏的表情由呆滞到震惊再重新转为错愕，最终低低地、狐疑地"咦"了一声。

车轮和来时一样，"骨碌碌"地响着。如此枯燥的声音，来时听，是忐忑是茫然；回时听却变成了一句句"为什么"。

谢长晏心中有个想法，像一颗深埋地下的种子，时不时就要挣扎一番。但每次挣扎过后，都会长高一点点，离破壤而出越来越近。

可是，刚才风小雅提及秋姜时的反应像一记闷铲，再次将种子拍回了深深的地下。

所以……是她猜错了？

谢长晏心头烦躁，目光落到自己被锦褥包垫着的那只脚上，越发烦躁。她拉着马缰，迎着呼呼冷风，想到居然还要自己赶车回家，便再也不觉得飘雪月夜有啥美的了。

内心正在愤愤然时，背脊的汗毛却莫名立了起来。

谢长晏觉得冥冥中好像有一双眼睛在看自己。

她连忙扭头，可身后是车壁，哪里有人。再看前面，独剩下一匹马在任劳任怨地小跑着，道路两旁的民居全灭了灯，除了月光和雪光，再无别的光亮。

谢长晏觉得自己可能是累了，产生了错觉，当即加快速度，就在这时，险象突生！

前方路上拦了一道绊马索，黑暗中没看见，马儿一头撞上，栽了个大跟头。

马车按照惯性从冰滑的地面上横飞出去，眼看就要撞到路旁一侧民居的围墙上。

谢长晏大惊，当即就要跳车，忘了一只脚还裹在锦褥里，"啪叽"一下撞到车壁上。

正在万分危急关头，黑暗中前后左右突然飞出四道黑影，扑向马车，两人用臂拉住后轮，两人用肩顶前辕，硬生生地将马车逼停。结了一层薄冰的地面上被拖出了长长的痕迹。

惊魂未定的谢长晏望着那四人，一人将摔倒的马匹扶起，检查确认它并无大碍后，重新拴回车上，另一人检查车身，剩余两人急奔进了街巷。

最后，拴马的人走上前，屈膝行了一礼："千牛卫备身左右拜见姑娘。姑娘受惊了。"

谢长晏的眼睛一下子睁大了：他们是陛下的侍卫？

"这个绊马索……是怎么回事？"

"暂未得知。姑娘放心，我们的人已经去查了。"

谢长晏心想：是那个人。那个沉寂了三个月后终于又再次出手的幕后之人。难怪刚才觉得背后有双眼睛，自己的一举一动果然都被对方监视着，然而螳螂捕蝉，陛下的侍卫竟也一直跟着她。

如果不是幕后之人这次安放了绊马索想要她的命，这些侍卫想必是不会暴露的。

谢长晏的眸光转了转，那颗被拍回地下的种子又微微翘起了头。

千牛卫们并不多话，井然有序地赶车护送她回家。

谢长晏也没再问什么，坐回车里，靠在柔软的榻上，将事情反反复复地想了三遍。

依稀间，她闻到了一股淡淡的香火味。

谢长晏眉心一动，立刻掀帘，就见马车行过处，隔着一条街，重重树影中露出一角屋檐。屋檐下挂了个巨大的铜钟，在圆月的背景里剪出了完整的轮廓。

香火！钟！

是这里！

谢长晏抓住窗壁，眼睁睁地看着那屋檐离自己一点点变远变小，最终慢慢地松开了手指。

"有意思……"她喃喃了一句。

回到知止居时刚过子时，在她进门之后，那四个千牛卫就消失了。就像他们之前一样，悄无声息。

谢长晏因为心中有了盘算，几乎是一沾枕头就睡着了，睡得格外安稳，丝毫没有因为刚经历一场暗杀而感到害怕。第二天醒来后，面对郑氏，依旧谈笑风生。

这场飘雪月的刺杀就像炭火，被捂在了她的暖手炉中。而她一边暖着手，一边望着窗外沾了白雪的寒梅，眸光渐沉。

她突然起身，叫来孟不离："带车酒，我要去求鲁馆。"

大雪还在下，地面的雪已积了厚厚一层。求鲁馆本已陆陆续续地开始修建，今天却停了工，全部人都坐在临时搭建的草棚里哆哆嗦嗦地围着炭火闲谈。

见谢长晏带了酒过去，大家都很高兴。

谢长晏一扫眼，没看到木间离："木兄呢？"

"他在哭呢。"

"哈？"

几名弟子立刻起身带路，将她引入修复中的庭院里。远远看见游廊那边，木间离坐在草席上低头作画，任凭雪花落在他身上。

他全神贯注，这么多人走到跟前，也全不理会。

谢长晏往画案上一瞥——明白了。

因为受到屋震的波及，游廊的两头都倒了，只剩下中间一段，像被砍去首尾的大蛇，半死不活地躺在地上。而它身上的花纹——那幅玉滨运河图，自然也不再完整。

此刻，木间离正照着仅留的大半幅舆图在绘图。他应该已画了好些天，看起

116

来就快完成了。

"运河舆图改了十九版，最新版本有三幅，这次坍塌全毁了，只剩下游廊这半幅，老师暴跳如雷。木师兄只好连日作业，连大雪天都不敢耽误……"一弟子向谢长晏解释道。

谢长晏专注地看着木间离作画，突然扬了扬眉毛，伸手过去指着一处道："画错了。"

木间离惊诧地抬起头，这才看见她："你怎么来了？还有，怎么错了？"

谢长晏略过第一个问题，"此处短了一寸二分。我来求鲁馆这么多次，从游廊下过，全图看了不下百次，我确定这里，画错了。"

木间离震惊地看着她。一旁的几个弟子也愣住了。

谢长晏的目光往左挪移："还有这里，你仔细看墙，山脉有十三折，而你只画了十二折。失之毫厘谬以千里啊木兄。"

"你来？"身后忽然传来这么一句。

谢长晏也不客气，当即接过木间离的笔，推开他自己坐下，用笔将画错的地方勾改了。

木间离的图虽快要完成，但因为原物残缺的缘故，也只不过是缺头缺尾的半幅。渭河起与南山终两端都空着。

谢长晏凝神沉吟了一会儿，提笔慢慢地补上了。

一时间，四下寂静。所有人都放缓了呼吸不敢出声，生怕打搅到她。木间离更是拿了把伞过来给她撑着，为她挡去飘落的雪花。

谢长晏画了大概半炷香工夫，才收笔，搓了搓冻僵的手道："大体如此，再细节的却是记不住了。"

那个之前说"你来"的声音又响了起来："你学画多久？"

"三岁起，但一直……"谢长晏一边回答一边扭头，声音立刻滞了几分，"学……得……马……虎……"

只见公输蛙就站在离她不足一尺的地方，背负双手，神色专注，也不知看了多久。

他脸上那道闪电似的伤疤因为他在皱眉而显得有点歪，不如初见时那般惊艳。而他的眼睛在白天充足的光线下看，竟带着些许蓝色。

"马虎？"公输蛙嗤鼻了一声，不知是在嘲讽她还是嘲讽教她的画师。他上前两步，径自从谢长晏手中将画抽走，伸出关节分明的瘦长手指在画上比画了几下，眉头皱得越发深了。

谢长晏算是发现了，此人不能皱眉，一皱眉，伤疤就会扭曲，破坏美貌。但他眉心有个很深的川字，一看就是经常皱眉的。

"你跟我来。"公输蛙拿着画就走。

木间离想跟上，被他一脚踹到一旁："没叫你。滚！"

其他弟子噤若寒蝉，表情畏惧。

谢长晏只好硬着头皮跟上去。经过木间离身边时，木间离给了她一个自求多福的眼神。

大家都似乎很怕公输蛙。可大概是因为初见公输蛙时的荒诞记忆太过深刻，她实在不觉得这个会像孩子一样跟风小雅大吵大闹的老师有什么可怕的，反而还蛮有趣的。

但很快地，她就不觉得此人有趣了。

因为主屋塌毁的缘故，后院搭了顶帐篷，公输蛙带着谢长晏走进帐篷。

外面一片乱糟糟的，但帐篷里干干净净、井井有条。

就像此地所有人都灰头土脸，但公输蛙白衣胜雪，从头到尾不沾染丝毫尘埃一般。

公输蛙走到矮几前，先是拿出块抹布将几面仔仔细细地擦了一遍，这才示意谢长晏坐下。待谢长晏坐下后，他却又不满意，瞪着她的鞋。

谢长晏看见自己鞋底沾了雪，当即默默地拿起抹布擦去了。

公输蛙的脸色这才好看些。

"你来求鲁馆多次，我未曾见你，可知何故？"

谢长晏想了想："先生将我当作来此地游玩的闲人，打心眼里看不起呗。"

公输蛙瞠目结舌，皱皱眉，又问："那现在叫你来，又是何故？"

谢长晏抿唇笑："是因为……发现了我的才华了？"

公输蛙瞪了她一眼，取出一把刻花尺来。

"渭渠主干长七百二十二里，缩至此纸上，应是一尺九厘。这一段，准确。"他将尺子放到谢长晏画的那段渭河头上一量，那截河流果是一尺九厘。

"这条岩渠长八十五里，应是一分二厘七毫。这一段，微差。"尺子一量，显示一分三厘，果然差了一点点。

谢长晏挑了挑眉毛。

想来是因为她长年在墙上练画，又擅长雕刻的缘故，对距离和大小都格外敏锐。只是从小到大画技一直被评为丙丙丙，并不觉这是长处。而此人只看一眼，就能看出微差，目力之强，显然远在她之上。

公输蛙放下尺子，直勾勾地看着她。

谢长晏摊了摊手："班门若不弄斧，岂非可惜？小女子受教了。"

公输蛙冷哼了一声："知道就好。你那点微末伎俩，根本不够看。"停一停，又道，"之前不见，是因为不想称那老燕子的心，他眼巴巴地把你送到我这儿，打的一手好算盘……"

老燕子……谢长晏默然，忽生出套话之心："那现在为何改变主意？"

她有预感，今天能以公输蛙为契口，验证一直以来深埋心底的怀疑。

"你昨夜遇刺了不是吗？"

谢长晏抬眸，消息这么快就传出去了？

"于你我而言，玉京都已是是非之地，太不安全！"

谢长晏没听明白，但她没有表露，而是用一种似笑非笑的表情睨着公输蛙。

公输蛙果然上当，咳嗽了两声，收敛表情，令得脸上的伤疤闪闪发亮。"事先说明，我不喜欢女弟子。女人都麻烦得很，好不容易教会了就嫁人生子去了，此后一颗心就全扑在了孩子身上。所以，老燕子说你有数字目力方面的天赋时，我不以为意。"

谢长晏的心"咯噔"了一下。她默默地数了一个"一"。

"而且在此之前我也不缺人手。直到……"公输蛙咬了咬牙，伤疤就歪了几分，"要是让我知道哪个家伙背地里这么阴我，我就架着云梯去烧了他全家！"

谢长晏立刻抓到了重点："作坊的门是被人故意打开的，而非无意？"上次听他跟风小雅对话得知，原本建在地下的作坊十分安全，是不可能震塌上面的屋子的，但不知被谁偷偷打开了门，才导致火石之力外泄，一发不可收拾。

"不止，连我派往河道负责汇报情况更新舆图的七个弟子也全部折亡了。"公输蛙说到这个就火冒三丈，"有人不想开运河，也不想让你当皇后！"

"谁？"

"还能是谁？杨朱那老毒物的徒子徒孙们呗。"

谢长晏愣了愣才反应过来杨朱是谁。虽同属道家，但谢氏尊崇老子，对杨朱的"贵己"之说还是颇不认同的。

杨朱最有名的一句话就是"损一毫利天下，不与也"，如此强调个人利益，推崇无君之论，自然遭到历朝帝王的唾弃。

但非常讽刺的是，大部分世家的行为恰恰是杨朱思想的真实写照，比如风小雅那句"国无三年之蓄，士却有千窖之丰"。

国家都这么穷了，世家却大多富得流油。任凭酒肉臭掉，也不肯拿出一点来接济百姓。

燕王要开运河，利的是国，是民，损的却是士的利益。强行征收了沿河原本属于世家的土地也就罢了，还要他们配合出钱出人。而且玉滨运河开通后，王权对南境的控制力将会大大加强，到时候，南边的世家势力会进一步受制。

"玉滨运河全长两千三百六十六里，征用民夫十六万，每月耗粮三千石，预计需要十万金。粮从何来？金从何来？"公输蛙气愤得伤疤歪来斜去，美貌荡然无存，"老燕子把窝都搬空了，那帮世家却连根汗毛都不肯拔。不帮忙也就算了，还尽捣乱！要不是我命大遇到你们，抠门鬼凿洞给了口气喘，今天就是我的百日祭。"

谢长晏的睫毛颤了颤，默默地数了个"二"。

"所以你看，我命大，你也命大。两个命大的人，倒是适合在一起做点事。"

"什么事呢？"

公输蛙转身从书架上取下三幅卷轴来——谢长晏还注意到，架子上那些整整齐齐的卷轴甚至是按照轴木的颜色由浅至深排放的。

"这三幅都是运河舆图，可看出有何不同？"他将三幅图都摊放到谢长晏面前。

谢长晏定了定心，开始细看。

第一幅画法最为简单，通体白描，只画山跟河流，大小基本一致；第二幅则是彩绘，山川浅黄，河流浅绿，山顶翠绿，河大山小，突出了主要州县；第三幅则跟游廊墙上的玉滨运河图很像，以粗细不同的线条区分干、支流和上下游。

"第一幅，是以山川为基准；第二幅，以水路为基准；第三幅，看起来最是精准。"谢长晏看了半天后，如此答道。

公输蛙点点头："第一幅是废物。第二幅是装饰。只有第三幅，勉强可用。太上皇派匠人耗费八年绘制了此图，老燕子根据此图定的河策。然而，在实施时遇到了很多问题。比如这座通天山，坚固异常，根本凿不动；而这座黑松城，地势较低，此城分水后，南流多而北流少，从而导致……"

谢长晏接道："北段无水。"

公输蛙很是满意她的敏思："所以，我想要更好的舆图。不但可见地貌，更可知地势。但派出去的七个弟子全折了，一时间也找不到旁人可以代替……"

谢长晏怔了怔："你想让我去？"

"错，是我跟你一起去。"公输蛙说做就做，当即起身开始打包，"事不宜迟，咱们这就上路吧。"

"等等！我好像……没有答应吧？"

公输蛙满脸诧异："难道你要在此等死？"

"请不要说这样危言耸听的话。"谢长晏笑了笑，"正如先生所言，我命大。昨夜的刺客并未得手。陛下的千牛卫还是很尽职的。有他们在，我很放心。反而就此贸然地跟您离开玉京，离开了保护圈，才容易遭遇凶险。你那七个折了的弟子就是前车之鉴。"

公输蛙皱眉。

"还有，先生说得对极了，女子都是很麻烦的，因为要嫁人生子。我也不例外啊。"

公输蛙的眉头皱得更深了，盯着她看了好一会儿，才极为严肃地说："你难道真的不知道？"

"噢？"来了，契口马上就要打开了。谢长晏下意识地屏住了呼吸。

下一刻，她就听见公输蛙嘲讽地说道："老燕子根本没有娶你之心。你年纪小，身份低，见识少，易摆布，正好用作缓兵之计。"

汝母婢的！谢长晏在心中骂了有生以来的第一句脏话。

"我要考虑考虑，才能答复你。"谢长晏把各种话忍了又忍，最终这么说。

公输蛙不满意："那你最好快一点。明天，明天这个时间，不管你来不来，我都走。"

您还是自个儿飞吧。谢长晏在心中道，转身要走，想起来此的正事，只好客客气气地道："对了，先生您这儿可有玉京的舆图？要详细点的。"

公输蛙挑了挑眉："你没打开我的见面礼？"

谢长晏一愣。

公输蛙勃然大怒："多少人哭着求着想要我送他们点东西，你这不识好歹的居然收了我的礼却不看？你给我还回来！马上！立刻！赶紧的……"

谢长晏在他的一连串骂声中迅速退出了帐篷，假装没提过，叫上孟不离就回家了。

公输蛙说的话非常刺耳，但她不太震惊，毕竟，谢家从一开始分析燕王会选她为后的理由时，就猜出了这是帝王用的一招虚棋。再加上来玉京后所见所闻，无论是修运河，还是干旱缺粮，以及广修学堂力推科举，都呈现出一股子山雨欲来风满楼之势。

只是，她心中有桩怀疑，未证实时已心绪不宁，一旦证实，公输蛙的这句话就会变得十分可怕。

谢长晏回去的路上，满脑子都是祈祷，可那点侥幸，在打开公输蛙送给她的见面礼——那口半人多高的大木箱后，还是烟消云散了。

箱子里，是一整个玉京舆图的木雕沙盘。

七星大街盘踞其上，层台累榭鳞次栉比，护城河上撒了银粉，瑶林琼树涂了绿漆……若非心事重重，谢长晏真要惊呼一声巧夺天工。

然而，她的目光定在了某处，久久不动。

那是位于瑶光街尾的一座道观，名叫"紫霄"。从舆图上，正好可以一目了然地看到：在它正北方，隔着两重宫墙，赫然就是"陵光殿"——燕王宫的四大殿之一，传说中已经封闭多年的一座宫殿。

谢长晏伸出手指，从紫霄观划到陵光殿，再从陵光殿划回。

四十息后，安静无声——道观的北面无门，围墙外有一条窄窄的巷子，再无别的建筑。

一百息后，门开——巷长六寸，尽头便是燕王宫的宫墙。舆图此处也没有宫门，但若现实中这里有门呢？

三十息后，车停——第一重墙到第二重墙的距离约二寸。第二重墙后，就是陵光殿的庭院。

左拐二十步，右拐有竹，地面为鹅卵石——舆图上，果然雕着一簇竹林。

直行五十步后，进入书房——院深一寸三分。

至此，舆图陈设，跟她脑海中的记忆全部吻合。

谢长晏的身子摇了摇，踉跄后退了几步，"啪嗒"跌坐在地上。

不，不，还不能就此肯定。舆图为虚，眼见为实，我要亲自去看看！我一定要亲自看看，才能确定那天孟不离带我去见风小雅的地点，不是草木居，而是陵光殿！

心头狐疑的种子拼命挣扎着想要破坏而出，又被她死死按住。

谢长晏咬着牙，起身就要再次出发，但在双手按到门上的一刻，硬生生停住。

门外，在她看不见的地方，藏着陛下的千牛卫们。她的一举一动，尽在他们的监视中。

这一瞬间，无数段跟谢怀庸对弈打谱的记忆从脑海中飞过，他的教诲一一响起——

"等。"

"看不出对手的棋路，等；看出对手的棋路了，更要等。"

"不要着急说破，不要着急回应，不要让对方发现你已经发现了。"

"如你这般不擅谋略之人，只有等得足够久，才有一线希望赢。"

谢长晏深深地吸了一口气，才缓缓打开门，调转方向去了郑氏的住处。

晚饭后，谢长晏跟郑氏绕着湖岸赏景消食，说说笑笑间，谢长晏跳起来去够树上的积雪，结果乐极生悲，落下时没踩稳，滑了出去，整个人"扑通"一下掉进了湖里。湖面顿时裂了个大窟窿，将她整个吞了进去。

郑氏大惊失色，连忙呼救。

两侧的暗影中瞬间飞出四名红腰带护卫，纷纷跳下湖将谢长晏救起。等孟不离听闻动静赶过来时，谢长晏已被郑氏和丫鬟们抬进了卧室中。

"快去烧热水！快！晚晚，你没事吧？"紧闭的房门内，传来郑氏着急的哭泣声。

孟不离定了定神，当即转身离去。

与此同时，两个婢女抱着湿漉漉的衣衫鞋袜，匆匆从屋内出来，去厨房烧水。

走在后面的婢女在拐角处停了一下，没有去厨房，而是扭身去了后院。打开后门，门外拴着一匹马。

婢女从一团湿嗒嗒的衣服里抬起头，她的头发尚是湿的，在寒风中结成了冰屑，但她的眼神火热，带着一股不达目的不罢休的坚决——不是别人，正是谢长晏。

谢长晏把湿衣一扔，上马就走。

玉京的舆图在她脑中清晰罗列，她循着一条条小路，抄近道来到了"紫霄观"前。

天色已暗，长街冷清，紫霄观观门紧闭，有香火味，却无灯光。幸好天上还有明月，照着屋檐下的大钟，如斯清晰。

谢长晏隔着一条街将马留下，自己走上前，沿着紫霄观的围墙走了一圈，北边果然封死了，没有道路。也就是说，想要去陵光殿，只能从此观内走。

谢长晏不敢冒进，只能先找处灌木丛躲起来，身体抖个不停。

掉到冰窟窿，匆匆擦干身体换上婢女的衣服偷跑出来，在寒风中快马加鞭地赶路……一系列的颠簸于此刻变本加厉地反应出来，身体的每处都在叫嚣着疼痛。她咬紧了牙关，极力让自己不要发出声响。

就在这时，远处出现了一个黑点。

谢长晏的心沉了下去——孟不离！真的是他！他真的来了！来这个地方！

孟不离策马来到紫霄观，直接从怀里取出钥匙开了侧门进去。

谢长晏不敢跟踪，只能继续躲在灌木丛中，在心中默默数数：四十息、一百息、三十息。车停意味着马也要停，然后左拐二十步，右拐再直行……孟不离虽然跑得快，但如要禀事，会耽搁些许时间，那么预计再等一盏茶工夫，他就能出来了。

谢长晏牙齿"嗒嗒"地颤抖着，将身体抱得更紧了些。

不过，还是比想象的等得久了一些。等得她都生出些侥幸的希望时，观内传来了马蹄声，夹杂着车轮声。

谢长晏的心再次沉了下去，强打精神抬头，就见观的大门无声开启，孟不离赶着马车出来了。

一童子的声音依稀从车内飘出来："太医，药只带了……够吗？"中间的话没听懂，却已可断定：车中之人是太医。

也就是说，此观真的衔接王宫，孟不离去宫里请太医，走的不是正式的宫门，而是此观。

那么上次风小雅见她，就是在陵光殿。

谢长晏摇摇晃晃地站起来，眼前一阵阵发黑。她攥紧手心，不行，还得赶紧赶回去。娘亲帮她演了那么一出大戏，来让她验证心头的猜疑，自己怎能在这种地方晕过去，连累娘亲。

谢长晏拔下头上的簪子，狠狠扎了自己的胳膊一下，身上一痛，眼前的黑影便消散了。她打起精神找到马，飞奔赶回知止居。

马身颠簸，月夜下的雪路一片白茫茫。

视线也越来越模糊。

幸好脑海中还记着舆图，左拐，右拐，再右拐，到了。

她跳下马去开后门，门内站着个婢女，见到她松一大口气："姑娘可算回来了！夫人急死了，让我在这儿等着您……"

谢长晏精神一松，黑暗再度袭来，她晕了过去。

"呜呜"的笙声从白雾深处传来。

于是谢长晏知道,她又做梦了,做那个重复过无数次的梦。

她走进谢桥小筑,先朝游廊那头望去,二哥哥谢知幸果然在那里。他的脸上依旧带着精致的鹰面面具,只留出嘴巴和下巴,用来吹笙。

谢长晏忽然发现,他的嘴型长得跟风小雅很像,都是薄薄两片,唇角微垂,不怒自威的模样。

这个念头在她脑海里一晃即过,她惦念着屋中的谢繁漪,朝谢知幸挥了挥手后,便继续朝主屋走去。

她有很多话要问三姐姐。关于燕王,关于谢家,关于那无上荣耀的皇后身份……

然而,当她推开门,屋子里是空的。

没有谢繁漪,没有婢女,什么人都没有。只有一面铜镜,孤零零地摆放在空荡荡的房间里。

谢长晏朝那面镜子走过去,与人等高的镜子里就倒映出了她的模样。

一瞬间,凤袍上身,金冠压发,沉重如山。

谢长晏当即挣扎。

可那绣着凤凰的金红色长袍紧紧地裹了上来,一层接一层,像茧一样要将她活生生吞噬。

救命!谁来救救我!

耳旁还有笙声。对了,二哥哥!二哥哥在外面,快进来救我啊,救救我——

谢长晏突然睁开了眼睛。

耳旁听到了一个尖锐而急促的"呜"音,跟梦境中袅袅动听的笙乐相去甚远,像把锤子,一下子震碎了梦境。

谢长晏侧头看向声音来源处——

灯烛跳跃,那人坐在灯下,像吸收了所有的光,一时间,周遭场景尽数虚无，只有他熠熠生辉，异常明亮。他手里把玩着从花插里折下来的一片兰花叶子，放到唇边吹了吹，发出的声音显然他自己也不满意，蹙眉间便将之丢开了。

然后他伸手入怀，又掏出了一物，放在灯下端详。

谢长晏悄无声息地收回目光，闭上眼睛，心头难分是惊是疑，是悲还是喜。

身体热得厉害，有湿嗒嗒的汗不停地冒出来，整个人像泡在一个又热又闷的大瓮里，被慢火煮着，恨不得赶紧跳起来。然而手和脚都沉甸甸、软绵绵的，没有丝毫力气。

——无异于一场酷刑。

谢长晏默默地忍受着高烧带来的疼痛，一旁的风小雅却发现到了她的异样，起身走到榻旁，摸了摸她的头。

他摸到了一手汗。汗是冷的，底下的肌肤却灼得逼人。

风小雅当即扭身去拧了块新帕子过来，搭在谢长晏额上。

谢长晏的身子瑟缩了一下，睫毛蝶翼般轻颤了起来。

风小雅察觉到了："醒了？"

谢长晏的手在被子里握紧，再慢慢松开，同时，缓缓睁开眼睛。

"你……怎么……来了？"一开口，才发现声音哑得厉害，真是病来如山倒。想她从小到大几乎没生过什么病，这一次，也仗着自己身强力壮才敢玩冬天跳冰窟的戏码，结果就把自己作到了病床上。

"听说你病得厉害，所以来看看你。"风小雅的声音一如既往，不急不缓，从容镇定，说着关切的话时，也让人很难分辨里面带了多少感情。

谢长晏看了他一眼，又忍不住看了他一眼，看第三眼时跟他的目光撞了个正着。

风小雅扬眉："怎么了？"

谢长晏摇了摇头，被子里的手紧紧揪住了床单。

等。

看不出对手的棋路，等；看出对手的棋路了，更要等。

不要着急说破，不要着急回应，不要让对方发现你已经发现了。

——就像现在。

风小雅等了一会儿，没等到她说话，果然转移了话题，将手上的东西递到她面前："看。"

谢长晏定睛一看，是她的核雕。

核雕之前断成了两截，被此人不由分说地拿走，此刻再出现在她面前时，已焕然一新：芍药花被保留了下来，断折的冠身则被剔除了，取而代之的是纯金打造的一顶新冠。大小形状都跟原来的一模一样。如此一来，就是胡桃雕的芍药花镶嵌在金色的王冠上，比起原物的朴拙显得更加精致。

谢长晏却久久没有接，被子里的手一直在抖。

风小雅微蹙了下眉，道："唔……看来你不喜欢。"

突然间，福至心灵，谢长晏抬起头道："不是不喜欢，只是一时震惊……本想着此物作废了，都下决心要再雕一个了……"

她从被子中伸出手，带着几许余悸地接过那个核雕。

风小雅果然被她的话吸引，显得很感兴趣："噢？还雕这样的？"

谢长晏摇头："当初只想着雕自己喜欢的芍药，现如今得知陛下烦忧于明年的收成，便打算雕个圆顶粮仓，镂以盘龙，祈求来年风调雨顺……"说到这儿，她抬眼直直地看着他，"您看如何？"

"很好。"风小雅微微一笑。

谢长晏咬了咬嘴唇，低声道："我为其取名为……'蕴'，可好？"

"蕴，积也。不错的名字。"风小雅点了点头。

谢长晏心中一横，想着，死就死吧！当即掀被跳下床，走到案旁，拿起笔墨，在空纸上写了个歪歪扭扭的小篆体"蕴"字。

风小雅一看，果然眼角微抽。

谢长晏连忙补救，在上面描了几笔，结果却越描越糟。一旁的风小雅实在看不下去，走过去握住她的手，连带着运笔重新写了个"蕴"字。

他站在她右侧，虽未环拥，但靠得很近，鼻息几乎贴着耳朵传过来。

灯光投递在地，勾勒出他和她的影子，他们是如此亲近。

分明是十分旖旎的场景，谢长晏却如遭雷击，定定地看着这个字。种子在这一刻终于挣破沙土，探出了头，却迎面就是一阵狂风暴雨。

谢长晏的睫毛颤了几下，只觉脊背一阵阵地发着虚汗。她真的是病了。她想，所以才这么难受。这么这么难受。

耳中，听到风小雅笑问她："如何？"

"君……"她说了一个字，深呼吸，闭眼，然后再睁开眼睛，缓缓道，"君拈花示众，而我破颜一笑。"

谢长晏说完，回转身，凝望着风小雅。

她的右手还在他手中，他们握着同一支笔，他们近在咫尺，却从未真正地靠近过。

风小雅见她一副神游天外的表情，便用笔的另一端点了点她的鼻子："你能领悟，不枉我一番苦心。"

风小雅又满意地看了一眼新写的"蕴"字，眼角余光看见一物，整个人陡然一僵。

正对着几案的方向，是床，而床头的墙上，挂着一幅字——燕王亲笔书写的《齐物论》。

"万物尽然，而以是相蕴。"

那里，也有一个"蕴"字。

——一模一样。

风小雅的手一抖，松开了。

谢长晏的手便自然而然地落了下去，同时落下的，还有那支笔。

"啪嗒！骨碌碌……"笔掉到地上，不甘寂寞地滚动着，最后撞到谢长晏的鞋子，停住了，跟鞋面上的芍药紧紧挨在一起。

然后便再没了声音。

空气安静得仿佛凝固着了。

风小雅注视着烛光中脸色苍白、头发湿潮、嘴唇干裂，站都站不太稳但眼神亮如星辰的谢长晏，忍不住想：这，便是在蛹中了吗?

"破颜一笑，原来是这个意思啊……"他轻轻叹息。

"是啊，嘉言先生。或者，我该尊称您……"谢长晏异常平静地注视着他，"陛下。"

嘉言先生的《齐物论》挂在谢长晏的床头很久了。

每当她想起风小雅时，就强迫自己看一遍，以提醒自己不要忘记本分。

而同样的，风小雅的书信也在她的案头放了半年。曾经她拒绝见他，只通过书信来维持学业，因为那点难以言说的私心，又因为难以遏制的思念，他的每封信，她也都看了不下十遍。那时候他用的是楷书，横平竖直，形体方正。

所以，这么长时间，她都没有将二者联系起来。

然而，秘密从来不是天衣无缝，迂思回虑间总会有迹可循。比如公输蛙无意中漏说的两句话——

其一："老燕子说你有数字目力方面的天赋时，我不以为意。"

她与燕王不曾见面，他本不应该知道这件事。知道这件事的人，是风小雅。

"这是一辆四马独辕双轮车，宽四寸，长一尺，进深大概是二寸三……"

那一天，盛夏的蝉鸣喧腾，水榭的书房异常明亮。那人出现在门口，黑衣黑眸，神色冷淡，一副并不愿意跟她多言的模样。

直到她说出了这句话。

他本在漫不经心地翻书，听到这句话，动作微止，眸有惊色。

他侧过头，看了她一眼。

从那以后，他对她的态度发生了变化。

他在教课时有了十足的耐心，他安排孟不离带她去求鲁馆，让她见识了馆内的种种奇思妙想，让她知道运河的重要，让她知道燕王的担忧……

当然，谢长晏也想过，可能是风小雅告诉给燕王，燕王再告诉公输蛙的。毕竟，风小雅是燕王指派给她的老师，于情于理，关于她在学业上的表现都需要向燕王回禀。

但是，公输蛙说了第二句话——

"要不是我命大遇到你们，抠门鬼凿洞给了口气喘，今天就是我的百日祭。"

当日被压在屋子下的只有三人：公输蛙、她，和风小雅。挖洞将公输蛙拉出来的人，是风小雅。也就是说，公输蛙所说的"抠门鬼"本应指他才对。可求鲁馆一直以来都只追着燕王要钱，总是拖欠的吝啬鬼应是燕王，与风小雅无关。公输蛙虽然说话难听，但逻辑并不混乱，也不可能是口误。所以，一个离谱得几近可怕的结论在她心中升起——

如果，风小雅不是风小雅，而是……彰华呢？

这个结论像把梳子，一下子就将纠结成团的乱线梳顺理直了——

首先，风小雅总是很忙。

她本以为是因为他新娶了一位夫人，可一直以来她所接触相处的这位"风小雅"实在看不出是沉溺女色之人。

其次，风小雅并不孱弱。

虽传说中风乐天另辟蹊径让儿子练就了一身好武艺，然而融骨之症她查过医书，是一种非常痛苦的病，骑马射箭都是被禁止的，饮食绝不能沾惹荤腥。可她认识的风小雅，骑着马带她上山去竹屋喝羊汤——虽然他确实吃得不多。

还有，风小雅的书房太奇怪了。

那天她坚持要见他，蒙着眼睛被孟不离带去了他的书房。可里面所有的陈设都是新的，而唯一用过的一支笔，笔端微红。

当时一眼扫过，并未觉得有何不对。后来再想，为何会是红色？

——因为，蘸的是朱砂。

为何是朱砂？

——因为要御批。

那个箱子里装的，都是给陛下的奏书！

一旦内心生疑，就会想起更多细节：比如她来京半年，陛下始终不曾召见于她；比如风小雅显然对燕王过于了解，知他所知，忧他所忧；比如寿宴那天风小雅明明在殿外却没有进来帮她，行事作风与那个会主动寻出舞水蝶死因替她洗冤的"师兄"截然不同；比如燕王迟迟没有出现在寿宴上，因为——他在求鲁馆跟她一起埋着；比如如意时常欲言又止；比如商青雀总是含糊其辞……

一片片细节碎片，慢慢地汇集起来，最终，被她用一个"蕴"字，拼全了真相。

"师兄"，不是风小雅，而是——燕王彰华。

为什么要假扮成风小雅？

为何在得知她对"风小雅"的心意后，反而靠近，开始各种暧昧？

他在试探她？考验她？看看她到底够不够资格当燕国的皇后？还是，另有缘由？

"老燕子根本没有娶你之心。你年纪小，身份低，见识少，易摆布，正好用作缓兵之计。"

公输蛙的话成了很可怕的一种定论：燕王只是利用她，事成后就会将这个幌子皇后一脚踢开。而届时，还有什么比"红杏出墙"更好的理由？

谢长晏咬着牙关，注视着站在前方不足一尺远的伟岸男子，心却像飘雪月下的幸川一般，结了冰霜。

因为你一开始就算计好了，所以才从谢家的女儿中选了才十二岁的我，对吗？

你故意召我来京，吸引众世家的注意，处处表现出对我的恩宠，来让他们猜疑不安，对吗？

你故意选风小雅做我的老师，想借他那传说中"姑娘勿多望"的魅力来令我迷失，诱我犯错，到时候好顺理成章地废了我，对吗？

那么，为什么……最终换成了你自己呢？

烛火摇曳，风小雅的脸庞时明时暗，依旧复杂到不可解读。

慢慢地，那些细微的情绪全沉淀了下去，呈现出一种奇特的释然和放松。

他笑了笑，走过去将灯烛挑明。

"五月初一，本拟定鹤公为未来皇后授课，不离不弃于卯时敲开房门，却发现里面悄无一人——"

他的动作和声音一样慢条斯理。

"鹤公失踪，朕亲往草木居查看，疑与其新妾秋姜有关。折腾一夜，天已破晓，本要回宫，想起你，便携不离不弃来此一看。"

他……承认了。

一个"朕"字，出于他口，听入她耳，真真是百味掺杂。

彰华放下灯罩，回身凝视着她，一字一字道："朕从未说过，我是风小雅。"

谢长晏一惊。脑海中关于第一天的记忆快速翻转，然后竟真的发现，从始至终，彰华都没说过自己是风小雅。是她见他坐在滑竿上，错将他认作了鹤公子。

"可你也没否认！"她咬牙。

"那是因为……"彰华的目光闪了闪，"方便。"

谢长晏一怔。

"出入不必记录，不必劳师动众，不必让你……不安。"

两人目光交错，彰华露出些许愧疚之色："当然，也确实有私心，想了解一下，你是个什么样的人。"

谢长晏冷笑了一下："那么，我是个什么样的人呢？"

"你是一个……"彰华说到这里，忽然收声，眸底露出些许迟疑，不知是否错觉，谢长晏还似看到了一点悲伤。

彰华沉默了好一会儿，最终叹了口气，在榻上坐下了。

"朕四年前，见过谢繁漪。"

他这个时候提及三姐姐，令谢长晏有种不祥的感觉。

"太傅出了三道考题。第一题，水、火、金、木、土、谷，惟修。"

谢长晏知道这句话，语出《尚书·大禹谟》，是讲帝德的。意思是帝王需要处理好政务，把金木水火土谷这些东西都安排好治理顺，这样百姓就能安居乐业。但她也知道，惊才绝艳的谢繁漪肯定不会答得如此平庸。

果然，彰华接下去道："谢繁漪写了三千字，只用于说水。从大燕缺水开始，说到屯谷之弊，说到世家之奢，说到帝王之庸。哀梨并剪，不蔓不枝。太傅见卷，如获至宝。而朕，则在旁冷笑。"

谢长晏露出诧异之色。

"朕心想，这是考状元，还是选老婆？如花似玉的小姑娘，眼睛却比谏官还毒，满嘴德惟善政的，着实无趣。"

谢长晏一呆，万万没想到，陛下对三姐姐的第一印象，竟然不佳。

"太傅的第二题，让她随意施展一项才艺。而在那之前，我们早就耳闻她琴棋书画无所不精。"

谢长晏暗道那是真的。外人只是听说，她作为妹妹，可是知根知底的。不止如此，谢繁漪还精通音律，有一年的端午节，她在龙舟上扮作龙女的样子踏鼓持剑，真真是一舞倾城。

才华横溢的姐姐，无所不会的姐姐，会在当时还是太子的陛下面前展露哪一桩才艺呢？

谢长晏正在揣想，彰华已说了出来："她站了一会儿，忽然招手管宫女要了针线，然后走到朕面前，屈膝跪下，替朕补衣。朕这才发现，衣袍下摆不知何时裂了道缝。"

谢长晏简直要拍案叫绝。谢繁漪的刺绣，当然也是相当不错的。但更厉害的是她的心计。她用这个行为一下子证明了自己不但色艺双绝，更有一颗时时关注夫君的心。

彰华看着她脸上的表情，轻轻一笑——自从不用再假扮风小雅后，他整个人都放松了许多，时不时就会笑一下。

"父王和太傅都被此举感动，甚是宽慰地看着朕。朕却想——真可怕。"

啊咧？谢长晏无语。

"这女人何等可怕，如此工于心计，如此完美无瑕，写得了策论，补得了龙袍，简直天生就是为皇后二字而生。"

难道——不是吗？谢长晏发现，眼前的这个男人，以前是风小雅时，她看不懂；成了燕王，她更看不懂了。

"朕心中越发不满，当即跟太傅说，第三题，朕来出。"彰华说到这里，注视着谢长晏的眼睛，若有所思，"朕现在，也以此题问你。请你试答——朕许你后位，但此生绝无可能爱你——你待如何？"

谢长晏的呼吸，一瞬间，停止了。

长公主府内，同是冬夜。

长公主屏退了众人，独自一人走向寝宫。在门前她站了一会儿，将脸上的厌恶表情一点点散去，然后深吸口气，将门推开。

屋内没有点灯，只生了一盆炭火，一人坐在盆旁，往里面加了一勺水，借着蒸腾的暖烟烘手。

炭火的微光勾勒出细若无骨的腰身，盈盈一握。而放在烟上揉搓的双手，更是较常人修长，带着一种说不出的韵律。

长公主的目光闪了闪，朝那人走过去，跪坐在她面前："你为何要动谢长晏？"

那人低低地笑了起来，声音略哑，尾音撩人："听说是大燕未来的皇后，便忍不住看看。"

"你既要看，为何不做彻底，让她死了？"

双手从盆上挪开，规规矩矩地落到膝上。"现在杀她，不过杀一稚龄幼女；他日再动，就是杀大燕的皇后。我不杀贱民。"

长公主冷笑了一声："只怕他日你根本没有机会。"

"有您在，怎么会没机会？"那人眨了眨眼，她有一张神奇的脸，不说话时面目平凡，勉强清秀，但随着说话，会呈现出各种极致的模样。比如此刻，笑容甜蜜，带着自然的亲昵，谄媚，却不招人讨厌。

长公主看着这张脸，心中却是一叹，定了定神道："陛下那边的戒备越发森严了。"

"这岂非正是公主您要的？陛下以为是世家所为，世家则伤鸟惊弓，两边斗个你死我活，届时，渔翁得利者，是您。"

长公主眯了眯眼，"我不要利，我只要他死。"

那人"咻咻"地笑了："放心吧殿下。如意门既接了你的任务，就必定让您如意。"

长公主盯着她："但风乐天不死，陛下不会输。"

那人收起笑容，神色变得云淡风轻，往铜盆中慢悠悠地再加了一勺水："那老狐狸比他儿子还奸，他儿子是毫无破绽，他是浑身破绽，都不知从何入手……"

尾音未落，她已蹿出去，将房门一下子打开，抓住了一个人。

"朕许你后位，但此生绝无可能爱你。你待如何？"

谢长晏思考了很长一段时间。

她想起了很多事——

"能为陛下生儿育女，处理后宫事务者众，为何非要谢家女，非要你谢长晏？"

"你对自己毫无目标，毫无自信，才对别人的建议如此盲从。就算不做皇后，难道你这一生就碌碌无为，得过且过？"

"再说一遍——可为陛下生儿育女管理后宫者比比皆是，为什么非要是你谢长晏？"

他说过的那些话，当时以为是师兄对自己的指点训诫，现在再看，却像是在为她未雨绸缪地做铺垫了。

她想起飘雪月夜他带自己去幸川，她以为那是风花雪月，他却只是欣喜瑞雪丰年。

赠名马是为了让她继续修习骑射之艺。

赐住宅是为了更好地保护她监视她。

书房内的所有新奇玩件都用于为她开智。

求鲁馆也是因为发现了她在工学方面的天赋而用以拓技……

一桩桩，惹得人，自作多情。

但在今夜之前，这个问题反而有答案。她可以很坚决地回答说"没关系"。

她是雄心万丈的帝王立给世家看的一面幌子。他想树戒奢从简之风，她就以身作则；他表露出圣眷深隆，她甘愿被世家贵女们记恨。她对命运早已妥协，学会积极配合。

若燕王不喜欢她，她不会难过。因为，他们还是陌生人。

若风小雅不喜欢她，她虽难过但会庆幸。因为，风小雅是禁忌。

可现在，是燕王扮成的风小雅，这个教她拼装青铜马车、带她去太上皇的隐居之所吃美食、在坍塌之时第一时间保护她、为她查明舞水蝶死因洗脱冤名的"师兄"，跟她已有种种羁绊将来还要共度一生的男人……不喜欢她。

一切，只是利用。

一切，只是考验。

一切，只是利益旋涡王权霸业中的求和取。

明灭的光影里，还在发烧的少女，在这一刻，只想问一句——凭什么？

她直勾勾地看着彰华，彰华静静地等着，并不催促也不着急——他总是如此地从容，可恶地从容。

谢长晏咬咬牙，终于开口，却终归没有撕破脸："我想先听三姐姐的答案。"

当年的谢繁漪，是如何回答的呢？

她甘心吗？她不难过吗？她在得到未来夫君如此决绝的态度后，又是怎样回到隐洲安安静静地待嫁期，穿上太子妃的红衣的？

彰华缓缓道："她说——妾心向燕，是国，是民，是苍生，而非……君。"

谢长晏的手紧紧绞在了一起。

彰华的眼神中流动着某种微妙的情绪，令他看上去不再那么镇定："天生的皇后，对不对？冷静、大义，绝不沉溺私情。"

相比之下，她的妹妹却是这么情绪化，爱哭、爱笑、爱生气、会撒娇、会嗔闹。

若说是年纪有差，可当年的谢繁漪，也不过是十四岁。

她太早熟了，就像是集所有巧匠之能精心雕琢出的绝世瓷器，光滑冰冷，没有缺点。

谢长晏扬唇逼自己笑了一下："不愧是三姐姐啊……陛下必定满意这个答案。"所以三姐姐回家后就开始筹备婚事了。

彰华却摇了摇头："你错了。朕当时是太子，束发少年，桀骜自大，满脑子都是肆意率性，想着怎么轰轰烈烈地开天辟地。最烦后宫的端庄妇人，笑起来连牙齿都不露的假人们。朕……"说到这里，他凝望着谢长晏，眼眸深深，含着一点眷恋的光，来自四年之前，"朕当时喜爱的、向往的，是你这样的妻子。"

谢长晏的身体定住了。

"能陪我骑马爬山，毫无顾忌地当我面吃掉三大碗饭；为我的寿诞花费心思一刀一刀雕琢礼物；因我疏慢便生气跳脚，对我冷战却在再见我时红了眼睛；会跳起来用脚踩我，结果把自己掉进冰窟窿里的……这般鲜活的、充沛的、心思简单却又玲珑剔透的女孩子。"彰华每说一句，眼神中的光便熄灭一分，等他说完，那点四年前的眷恋便尽数消失了，取而代之的，是深深的疲惫。

"但朕现在……是天子，头压百年基业，肩挑千里江山，王座之下累累枯骨，龙椅之前血雨腥风。身为皇后的女子，需穿一件刀枪不入的盔甲，才能站在朕的身旁，并且，能在朕倒下后，继续支撑起广厦高堂。"

谢长晏整个人不由自主地发着抖，汗源源不断地从体内渗出来，浸透了她的头发和衣袍。

"所以，你是一个……来迟了的人，长晏。"彰华垂下眼睫，第一次唤了她的名字，轻轻的，低低的，恍若叹息。

"她如此聪慧，你为何不欢喜？"

彰华摸着箱子笑了笑。"见芽破壤而出，见蛹破茧生翼——怎会不欢喜？"

"可你在犹豫。为什么？"

"绝世之花，移入屋；无双之蝶，困于笼。我是多情之人，不忍于此。"

"别忘了，你的身份不允许你多情。"

"是啊……但……总要给她个选择的机会。"彰华说罢，看向对话之人——

那人正襟危坐于榻上，身姿异常端正挺拔——挺拔得过了头，如一把绷紧的弓。

他的眉毛很黑，眼角很长，鼻子高挺，脸庞消瘦，整个人像镀了一层白釉。

因为过于精致，从而俊美无匹，又因为过于冷白，而显得脆弱易碎。

若谢长晏在这儿，就会发现，此人的长相，完全符合她脑海中"鹤郎"的形象：阴郁的、冷淡的、像厌倦了整个世界，也厌倦了他自己一般。

而他，当然也就是真正的风小雅。

彰华于此刻想起那夜跟风小雅之间的对话，再看向眼前的这个女孩儿——

她长大了许多。

刚来玉京时，身量尚在胸口，如今，已到脖项。他在男子中已是高大之躯，想可见假以时日，她会长成一个高挑女子，走过寻常男子身畔时，会给他们带去一种无形的压力。

她的五官带着特点：飞扬的浓眉，上挑的眼睛异常明亮，看着人时，释放着天生的善意，嘴唇丰满，中间有一道鲜明的竖褶，显得天真而感性。她的头发极黑极多，边边角角顽皮翘起，从来没有顺直的时候。

这是一张即使在病中，依然活力四射的脸。

慢慢地，与脑海中另一张波澜不惊、喜怒不形于色的脸重叠在一起。

彰华的眼底起了些悲色。他未对风小雅说谎。他确实不忍心。

也许是因为自己曾经经历过那种覆茧重生之痛；也许是因为这个女孩儿有点特别，毕竟，她对他而言，是一笔旧债，在她未出世前便欠下了的；又也许，是因为他已习惯了孤单前行，有同行者很好，没有也无所谓。

那么，那么，那么……

彰华缓缓起身，打开门出去了，甚至没有等她的答案。

直到房门再次闭合的声音响起，谢长晏才如梦初醒，双膝一软，跌坐于地。

她终于明白了燕王的所有想法。

彰华喜欢她吗？

喜欢。

然而身为帝王的他，无法再纵容这样私人的喜欢。而这个样子的她，也无法成为他的皇后。

她需要变成谢繁漪那样，收起私情，收起弱点，心怀天下，没有软肋，才能同他一起执掌风雨飘摇的江山。

所以，半年来，他所安排的每件事情，确实是利用，是考验，是利益旋涡王权霸业中的求和取，只为将她栽培成第二个谢繁漪——就像谢怀庸和整个谢家期冀的那样。

可是，如果她真的变了，变成了谢繁漪，彰华不会爱她。

因为她身上吸引他、为他向往、被他喜爱的东西，通通消失了。

"朕许你后位，但此生绝无可能爱你。你待如何？"

本有答案的问题，在这一刻，变成了无解之结。

尤其是，人类如此贪婪。

若知无望也就罢了，偏又尝到了那么点甜头。那一句"朕当时喜爱的、向往的，是你这样的妻子"，真真能让十三岁的少女流干一生的眼泪。

这么想来，彰华真是无情之人。先编织一幕绝美幻境，再亲自敲碎它，直直白白地告诉她："爱情于朕是无用之物，我需要一个成熟的皇后。你也快快丢弃这些小情小爱，才能与我并肩同行。"

谢长晏伸出手，烛光落在她纤细的手指上，那上面纵横交错，摆着一局棋。黑子来势汹涌，步步为营。想要生，必须共活；想要扑，却无处着力。而她，终究是没有沉住气，没有等到转机，反而提早被逼入了绝境。

"认命吗？"谢长晏喃喃。

"啊！"伴随着一声惊呼，方宛被扔到了火盆旁。

她脸白如纸，手里的长条折册散了下来，凌乱不堪地挂在身上，而她犹自哆哆嗦嗦地抓着折册的一头，惊骇地看着抓她之人——

那是个看不出年纪的姑娘。

也许是十七八岁，也许是二十七八岁，也许更大，因为她的面庞是年轻的，一双眼睛，却显得很是苍老。

那也是个难分美丑的姑娘。

她的五官很平凡，却会随着表情千变万化。比如此刻，她看着方宛，唇角上扬，竟还带了点揶揄的笑意，显得亲切和善，像个邻家的小姐姐。

"壁脚好听吗？"她问。

方宛却遍体生寒，立刻跪直了看向一旁的长公主："殿下，我没有！我没有偷听！求你相信我，我真的没有！"

长公主的脸沉了下去："那你在门外做什么？"

"我、我……叔叔的忌日将至，我列了一份清单，本想让殿下看看合不合适，走到门前，见屋内没有点灯，便迟疑了一下下，就一下下，真的什么都没听见啊！"方宛跪着挪上前抓住长公主的下摆，"我没有偷听，我说的都是真的！"

长公主的目光落到她手中的折册上，拾起来，展开，看到上面的名字"方清池"三字时，脸上闪过一抹悲色。

抓人的姑娘抱臂一笑："我不杀贱民。殿下自己看着办。走了。"

说罢，身形一闪，消失了。

方宛被这鬼魅般的身法震撼，脸色越发白了几分。

长公主则陷入沉默，但方宛知道，这位殿下的表情越平静，就说明后果越严重。她连忙继续磕头："殿下，殿下，求您看在叔叔的面上饶我这一回吧，我真的什么都没听见！"

长公主看她哭得眼泪鼻涕无比狼狈，心中忽然软了一分。她忍不住想：这丫头，命真好，哭起来时，跟清池是那么相像……罢了。

"起来吧。礼单不错，就按上面写的办吧。"

伴随着这句话，折册递回到了她面前。

方宛心中一松，整个人瘫软在地，这才发现后背已被冷汗湿透。

危机过后，疑惑则生——那个女人，是谁？还有，我才不是贱民！可恶！

谢长晏不知在地上坐了多久，才挣扎着起身，朝床榻走去。

她太累了，她还在发烧，她需要休息，有什么都等醒来再说。对了，告诉娘亲，问问娘亲该怎么办。再或者，写信问问伯伯。他们是大人，都比她有办法。

最坏不过是假装今夜之事未曾发生过，继续老老实实地听从安排，做个彰华想要、五伯伯满意、娘亲放心的皇后。

天并没有塌下来。

天子也没有要责罚她的打算。

所以，一切都可以等醒来再想。

她跌跌撞撞地走到榻前，刚要躺下，膝盖压到一物，硌得生疼。拿起来一看，心一抖。

芍药核雕静静地躺在手心，严格说起来，又不能算核雕了。

金镶的王冠反射着点点弧光，显得核雕的芍药是那么黯淡。之前觉得很精妙的改动，于此刻却变成了嘲讽——

看，你真的与王冠般配吗？

一念戳破心堤，滔天巨浪席卷而来，眼泪再也绷不住，谢长晏一下子哭出声来。

自卑与自尊在她心中纠结缠绕，如带了刺的藤蔓不停翻搅，扎得千疮百孔，鲜血淋漓。

她的哭声太大，传出屋外很快惊动了郑氏。

郑氏熬药熬到一半，听婢女说女儿屋中有哭声，当即匆匆赶回。推门而入，见女儿伏地哭泣，吓了一大跳，忙上前抱住谢长晏，安抚道："晚晚？怎么了？娘在这儿，不怕，不怕……"

"娘……"谢长晏颤抖地抬起头，注视着郑氏：她的衣服带着外面的冰寒，发髻散乱，眼皮变成了三折，眼窝下有浓浓黑影，因为担心，眼球中满是血丝，比自己更为憔悴。

"怎么了？是不是痛？哪里痛？不怕不怕……"

郑氏的体温覆盖了冰寒，像一件在阳光下刚晒好的裘衣，将她软软地罩裹其中。于是谢长晏的眼泪，便神奇地止住了。

吉祥快步走上白玉石阶，来到执明殿，神色颇为罕见地带出些许焦灼。

"陛下——"

殿内，彰华正在与翰林院的几个学士议事，皇帝固然年轻，学士们也俱是二十出头的英秀少年，映得高阔威严的宫殿，呈现出一股子新气象来。

彰华合起奏书："且就如此，开春三月增设武举、医举。文举加重明算、明法比例。你们回去拟个章程，明日早朝宣读。"

"遵旨。"学士们识趣地退下了。

彰华抬手有些疲惫地揉了揉眉心，这才看向吉祥："何事？"

"郑氏求见。"

"哪个郑……"彰华随口答到一半，面色微变，"谢夫人？"

"是。她作盛装打扮，神色极为严肃。"

本来立在一旁昏昏欲睡的如意，闻言突然一个激灵，醒了过来："什么？她来做什么？是谢长晏又出什么幺蛾……"说到一半，见彰华面色深沉，连忙收了声。

彰华淡淡道："宣吧。"

吉祥退下。过不多时，便带着郑氏进来了。

说起来，这还是郑氏第一次进宫，穿了四品诰命的服饰。她这诰命跟女儿无关，而是谢惟善为国捐躯，太上皇追封的。不过郑氏为人极是低调，守寡这么多年，从未拿此身份说事，因此这套盛装压了十三年的箱底，还是头一回穿。

当年比着身量做的，如今却像个大口袋，空荡荡地套在消瘦苶弱的躯体上，风一吹就会飘走一般。

彰华看着她有些僵硬地走进来，脑中想的却是那一日她鼓足勇气走到"风小雅"面前来，提醒他要注意分寸。当时她脸上的表情，跟今日简直是一模一样。

于是他心里"咯噔"了一下，有些预感到郑氏所来何事了。

果然，郑氏入殿后，毕恭毕敬地跪下行了大礼，然后抬起头，直勾勾地望着他，眼中似烧着两把火。

"妾有罪，请陛下责罚。"

一旁的如意睁大了眼睛。

彰华不动声色："夫人有何罪？"

郑氏从袖中取出一卷描龙绣凤的婚书，沉声道："吾朝律例定，两家联姻，已报婚书而辄悔者，杖六十。而妾要悔的，是皇家之约，罪加一等。"

这下不止如意的下巴快要掉了，一向少年老成的吉祥也大惊失色。

彰华眼中闪过一线错愕，但他很快将这点情绪控制住了，端坐龙椅上道："原因？"

"小女出身卑微，性格莽直，虽聘名师教导却冥顽不灵，毫无长进。若她为后，一，无谋少智难以服众；二，跳脱任性难以肩责；三，软弱易制难以王佐。与其等她他日惹下滔天大祸累及全族，不如妾今日领了退婚之罪止损一身。求陛下成全！"郑氏说完，以头磕地，"咚咚"有声。

彰华定定地看着她，脸上没有丝毫表情。

一旁的吉祥跟如意对视了一眼，却都从对方眼中看到了惶恐。

郑氏不停地磕着头，没有停下来。

彰华也没有叫她停。

于是一时间，执明殿内回响着"咚咚"声，一下一下，如捶在人心上。

吉祥忽然扭身，悄悄地退出去了。

彰华放在龙椅扶手上的手指终于动了几下，然后支力起身，看也不看郑氏一眼就转身走了。

郑氏错愕抬头，目送着他消失在侧门，忍不住唤了起来："陛下！陛下——"

然而，彰华仿若未闻，就那么消失在了门口。

只剩下如意跟郑氏两两相望。

如意啧啧道："谢夫人，敢退皇帝婚约的，您可真是千古第一人啊。"

郑氏咬了咬牙，再次磕起头来。

如意望着她，最终叹了口气，喃喃道："真是有其母必有其女。放着好好日子不过，一个个都在折腾什么呢这是……"

彰华快步走进暖阁，伸手脱常服。他的动作有些不受控制地急躁起来，腰带解了好几下都没解开，索性一把扯断扔在了地上。然后换上麻衣木屐，进了蝶屋。

将门合上的一瞬，他靠在门上，慢慢地闭上了眼睛。

从天窗落下来的阳光正好照在了他的脸上，像无声的水流，细致耐心地冲洗着纹理间的污垢——那些刻意藏起的惊涛骇浪，在满目的绿色里，在蹁跹的蝴蝶间，一点点地归于平静。

就在这时，一个声音忽然响起："上一次见你如此，是三年前，太上皇要出家时。"

彰华睁开眼睛，余波尚未完全平定，瞳仁间还残留着汹涌的气息，看上去有点恍惚。

说话之人从绿藤间直起身来，竟是风小雅。

原来，那里摆放着一张矮几，此人以几为床，也不知睡了多久，此刻刚醒便正襟危坐，姿势端端正正。

彰华微皱了下眉："你怎在此？"

"我正'失踪'中。"

"朕知道你假装中计失踪，化明为暗，所以让你入宫躲避。但朕借你的似乎只有陵光殿，而非这里。"

"陵光殿阴暗寂寞冷，这里花团锦簇赏心悦目得多。"风小雅说完，从几下捞起一个茶壶，敲了敲壶壁，"来点吗？"

"朕现在不想喝茶。"

"巧了，我也是。所以，这是酒。"

琥珀色的琼浆倾入白瓷杯中，彰华拿起来呷了一口，眉心微动。刚要说话，风小雅已随手从身畔一株蕙兰上揪了片叶子下来放在唇边，轻轻一吹，天籁声起。

彰华便暂停了要说的话。

乐声一开始舒缓悠扬，如一弯冷月照着夜间的山谷，紧跟着，节奏变得轻快起来。似溪流潺潺流淌，柔柔地洗刷着晶莹如玉的鹅卵石，石缝中一株小花不知烦恼地摇啊摇。突然间，一颗松果从树上落下来，掉进水中，"扑通"一声溅起水花，小花的花瓣上立刻多了几颗剔透水珠。一只小松鼠跟着从树上跳下来，想要去捞那颗松果，但流淌的溪水已带着松果流走了。

溪水时急时缓，松果浮浮沉沉，松鼠紧跟其后锲而不舍地追，峰回路转间一下子撞在岩石上。等它捂着脑袋再起来时，松果已不知漂去了何方。乐声至此又一转，从紧张激昂变成了惆怅哀伤。小松鼠凝望着月夜下淙淙不息的流水，想着那颗一去不复返的松果，垂头丧气返回上游。它走啊走，走啊走，一抬头，看见了那朵沾满露珠的小花，如此意外之得，也算欢喜……

就在这时，如意的声音突兀地从蝶屋门外传来："陛下，谢夫人还在磕头！"

风小雅手指一抖，声乐立停。

彰华跟他彼此对视了一眼，风小雅继续吹了几个音，想要拐回到刚才的意境上，却发现回不去，只好放下叶子苦笑了一声。

"让她磕。"彰华沉声道。

如意"噢"了一声，脚步声远去了。

风小雅露出些许惊讶之色："你这是……要允她？"

"嗯。"彰华将杯中酒一口喝干，点评道，"这酒太甜，不过瘾。"

"这是婆娑酒。"

彰华一怔。

风小雅却是笑了，抬手为他又倒了一杯："东美公子的酒，我的乐，你的蝶。敬玉京三宝。"

彰华盯着杯中犹在荡漾的婆娑酒，眸光也似跟着一起摇了摇。刚才风小雅在吹叶子，整个蝶屋洋洋盈耳，让人浑然忘了身外之物。如今乐声停了，安静下来，便依稀可闻"咚咚咚"的磕地声，从墙壁那一侧传来，显得无比揪心。

风小雅叹了口气，拿起叶子道："我再吹一曲吧……"话音未落，彰华却按下了他的手。

风小雅的手跟他的人一样，极瘦极白，像上釉的白瓷。彰华的手却孔武有力，每根手指上都带着薄茧。看上去如此力量悬殊，胜负本无争议，可结果彰华刚压住，风小雅的手腕不知怎的一转，就从他掌下滑了出去，反过来用手中的叶子敲了敲彰华的手背。

彰华整个人如被针扎了一下，几乎跳起来，捂着自己的手苦笑连连："朕一时疏忽，忘了你这不能碰的毛病了。"

风小雅淡淡"嗯"了一声，不愿就此深谈，转向磕头声的方向道："你打算让她在那儿磕多久？"

"磕到谢长晏来。"彰华刚还嫌弃婆娑酒甜，这会儿一杯接一杯地喝了起来，"吉祥去请了。"

"等谢长晏来，你就当她的面退了这桩婚事。如此一来，不用到天黑，整个玉京圈就都收到消息——谢家终于知难而退，不愿再当你的挡箭牌，灰溜溜地退出战局。就剩下你孤家寡人，四面楚歌。"

彰华哈哈一笑："你说的朕马上就要输了似的。这才刚开始。"

风小雅直视着他："这确实才刚开始，而且你胜算很大，为何要舍子？"

彰华端起酒杯，将眉目藏在了杯后："朕说过，朕是多情之人。所以，会给谢长晏一次选择的机会。而她显然，已做出了选择。"

"是她做出的？"风小雅毫不掩饰脸上的嘲弄之色，"难道不是你诱她做出的选择吗？"

彰华不说话了，他专注地盯着手中的酒，像在琢磨它的配方一般。

"你故意扮作我去接近她，像孔雀开屏般炫耀你的学识、权势、体贴。她不过一十二三岁的小姑娘，哪里逃得过这种温柔杀，一颗芳心自是被你勾得七上八下，一方面情不自禁，一方面又纠结抗拒。如此翻来覆去折腾一番后，情根深种无法自拔间，突然发现——一切都是假的！"风小雅摇了摇头，感慨万千，"我那九夫人就是这样因爱生恨杀了她的玉郎。谢长晏只是要退婚，已经很大度了。"

彰华终于从酒上移开目光，瞪向风小雅："朕还未问，你连女囚都娶，这是什么嗜好？"

"陛下登基时大赦天下，不是赦免了她的罪吗？我娶她时，她已是良人。"

"那说说你的十一夫人吧。她总不是良人了吧？"

这下轮到风小雅不说话了，专注地盯着手中的兰花叶子。

彰华握杯的手紧了紧，似有犹豫，但最终还是说了出来："朕之所以舍子，多少也是因为她。"

风小雅惊诧抬眸。

"飘雪月夜，朕带长晏去了幸川。在那里……见到她了。"

风小雅端坐几上，脊背挺直，双腿并拢，连头发丝都像被无形之力绷得紧紧的，丝毫不动。唯独那片一度发出天籁之音的兰花叶子，不知为何突从他手中脱落，无法抗拒落叶归根的宿命，回到了草丛中。

"惊鸿一瞥，但朕可以肯定，就是她。朕知你一直在找她，当即追了上去。结果不但没追到人，反让长晏遭遇了暗杀。"

风小雅仿佛被定住了，一动不动。

"但那场暗杀很奇怪，只在路上系了根绊马索，人并未露面。虽说当时地上有冰，但以马车的速度，以及绊马索的角度，最多落个人仰马翻，不一定会致命。好像只是跟未来的皇后打个招呼，给个下马威——像不像你十一夫人的风格？"

"这不足以断定是秋姜所为。"

彰华转身，走到一排木架前，上面累累堆放着很多杂物，还有几个匣子，把最下面的匣子抽出来打开，里面整整齐齐地摆放着数十枚黑色的茧——那些没能破茧死在里面的蝶蛹最终都会变成这个样子。

此物出现在蝶屋，再正常不过。

但彰华拿起最左最下的一颗，一转，竟将茧旋开了，露出一张卷得很细很密的绢条。

风小雅脸上并无吃惊之色，显然也不是头回见了，当即伸手接过绢条，打开后，里面写了一句话："十二月初九夜戌时长房有女客。主质问刺后一事，客笑认。"

风小雅的瞳孔在收缩，原本就病态苍白的脸，在阳光下呈出一种罕见的透明来，几可看见下面的青色经脉。

"这是安插在姑姑府的密探早上刚送来的。朕正要知会你。"

风小雅的眼睛微眯了一下，似被阳光刺痛。

"看来，秋姜来燕的目的，并不单单只是你。"

风小雅露出了然之色："因如意门介入，所以要送谢长晏走？"

燕王的手指在装满死茧的盒子上有节奏地敲着，纠正道："现在是她要走。"

"谢长晏走了，公输蛙走了，我也要走。"风小雅说到这里，看向彰华，"谁……留下来陪你？"

彰华回视着他，两人的目光对撞在一起。

彰华比风小雅小一岁，看起来却要大一些。他的姿势是放松的，但眉间镇着威压，从骨子里透出收敛和克制。风小雅则截然相反，他的姿势绷得很紧，坐如钟站如松，因为不这么做就会疼痛，可他的精神是柔软的，散漫的，像被包裹在方盒中的不安分的棉花。

然而若干年前，两人都不是这个样子的。

彰华是太上皇摹尹唯一的儿子，从小就被立为太子，摹尹对他溺爱非常有求必应。如此娇惯出的天之骄子，变成了人见人愁的小恶魔。什么将沙子放到粥里让太监吃下去啦，躲在树上见侍卫经过把一盆水倒下去啦，在父王出行要用的骏马上画画啦……眼看就要奔着燕国阿斗长下去时，六岁的他忽然遭遇了一件事。

此事被摹尹严令镇压，烧去了典籍，处死了知情者，成了一桩秘而不宣的尘封往事。

自那后，彰华性格大变。

从一骄纵顽劣的骄童，变成了一个乐学向上的火热少年，怀抱着传承大燕、四海一统的壮志豪情，一心要做个功过五帝、地广三王的绝世明君。

然后，十七岁，他真的成了燕帝。

再然后，他就变得克制、严肃、深沉，再也不是当年裘马轻狂、俾睨天下的模样。

风小雅则跟彰华的成长路线恰恰相反。一出生就命运多蹇，得了个注定要死的病，从小在药罐子里苦苦挣扎，乞求一线生机。十岁时更是一脚踏进鬼门关，好不容易九死一生地回来，却发现命运跟他开了个天大的玩笑——他指腹为婚的未婚妻，在去幸川为他点冰灯祈福的路上，被人贩拐走了。十年追踪，等他终于找到她时，她已变成了一只怪物。

风小雅因为从小受的折磨实在太多，对此事的处理也跟常人不同。他布了一个局，引她入局，然后慢慢地、一点点地拔掉她的利齿尖牙，梳理她的浑身倒刺，重塑她的品性，为她铺设一条新生。

这过程想可见的艰难和漫长，但风小雅原本一直紧绷愧疚的心，因为有了可实行的目标而终于归复平静。剩下的，只是时间问题。他的时间随时会结束，也许完不成这件事，但是，人死灯灭，若真不成，反正都已经死了，也就不成牵挂了。

所以，经历了两种不同人生的人，此刻在这小小蝶屋中对望，就像照镜子一样，对对方的一切都心知肚明。

彰华想到这里，转身拿起一把夹子，拨了拨树枝上的一个褐色的蛹："你知道蝴蝶破茧前是什么样子的吗？"

不等风小雅回答，彰华便继续道："它会先疯狂地吃，然后停止进食。饿一到两天，排出体内所有的废物。然后爬上枝头，开始吐丝。在化蛹之前，会有一次预蛹，就是用几条丝线将胸部和尾部吊起来，然后开始蜕皮。"

风小雅的视线始终胶凝在彰华身上，显得有些悲伤。

"这过程很痛苦，但后面更甚。结茧之后，五到十天的羽化期，对蝴蝶来说，宛如炼狱。熬过去了，才能生出翅片，熬不过去的，就变成了死茧。"彰华从树叶间夹起一个死了的黑蛹，放入那个装满密报的匣子中。

最后，他将匣子重新放到架子上，转过身，再次回视着风小雅："所以，不必担心，朕已习惯了。"

习惯了一个人。习惯了独自挣扎。习惯了结蛹羽化。

第一次，六岁到十六岁。他怀抱无限希望，积极进取。但失败了。

第二次，十六岁到现在。他已看清现实，知道分寸，懂得取舍，克制欲望，这一次，薄薄的翅膀已在脊骨蛰伏，只等待破茧而出的那一天。绝不允许再失败。

所以，放父王走。放公输蛙走。放谢长晏走。放风小雅走。放这些无法跟他同行的人一一离开，长满荆棘的王座上，是压不弯的栋梁，顶天立地。

急促的脚步声终于再次传来，压不弯的燕王抬起头，注视着门口的方向，隔着薄薄一道门，心中已在提前跟某人告别。

步声停，响起吉祥清冽的少年音："陛下，谢长晏到。"

彰华走出蝶屋，在吉祥的服侍下重新穿上常服。他的脸上再无之前脱衣时的焦虑之色，蝶屋洗净了之前的情绪起伏，再出来时，戴上通天冠，又恢复成那个天命所归的大燕第一人。

等他再走到执明殿时，郑氏的磕头声果然已经停止了——因为谢长晏冲进来，第一件事就是"扑通"跪在她面前，用自己的双手盖住地面，抵在了母亲的额头上。

她大口大口地喘息着，脸颊因为奔跑而赤红，一双眼睛红肿未退，布满血丝。头发毛毛躁躁地匆匆一束，扎发的布带还是衣服上扯下来的，想可见来得是多么匆忙。

她定定地看了郑氏一眼后，拢好头发，整了整凌乱的衣衫，然后跪在了郑氏身边。

"长晏参见陛下，吾皇万岁万岁万万岁。"

算起来，这还是她第一次跟燕王正式见面——以君臣的身份，却是在这般不堪的情形中。

彰华眯了眯眼睛，尽量地不动声色："平身。"

"吾儿……"郑氏的额头因为磕的次数太多而破了皮，青青紫紫的一块，映衬着底下一双未老先衰的眼睛，显出凄苦却又温柔的气息，"吾儿还在病中，应卧榻休养。一切交给为娘……"

谢长晏冲她一笑，握了握她的手："母亲心意，女儿受领了。只是这退婚一事，却是万万不能的。"

此话一出，如意惊诧地睁大眼睛，跟吉祥交换了个眼神。

而彰华心中，除了惊愕，还有一丝莫名荡漾，宛如吹过河岸的风，催绿了幼芽。

他望向谢长晏。

谢长晏也正看着他。之前的仓促慌乱之色已退去了，她的小脸一片素白，却呈现出处事不惊的从容。

"母亲以三大理由退婚：一，无谋少智难以服众；二，跳脱任性难以肩责；三，软弱易制难以王佐。然而，恕长晏不能认同。"谢长晏转向郑氏正色道，"入京半年，师兄所授之课皆有进步，所留作业全部完成，所出之题虽答得不算太好，但也并无错漏。请问母亲，无谋从何说起？少智从何说起？"

郑氏愣住了，张了张嘴巴，却说不出话来。

"第二，跳脱任性我承认，难以肩责却是愧煞女儿。我今闻讯赶来，阻止此事，恰恰是为了肩责。虽说婚姻大事父母之命，但谢氏族规，嫁娶丧葬皆需族长批示。家父虽亡，但五伯伯尚在，母亲此举，可事先知会了五伯伯？"

郑氏面色一白。

"就算五伯伯同意，女方悔婚，杖责六十。此罚谁领？母亲向来体弱，如何能够承受？"

郑氏咬了咬牙："用六十杖，换吾儿此生安宁，娘觉得——值得！"说着还看了彰华一眼，"陛下是圣主明君，以法治国，必不会因私忘公。"

彰华沉默地看着这一幕。他心中早有决定，于此不过就是一番过场。只是没想到谢长晏的反应，出乎了他的预料。

她不肯退婚……吗？

她不肯退婚……啊……

一时间，心头涌起诸多滋味，竟是悲喜难辨。

谢长晏则握住郑氏的双手贴在自己胸口："母亲为何如此固执？我若真成天子弃妇，今后又有何面目苟活人世？您……是要逼孩儿死吗？"她眼中的悲愤，如海潮汹涌，几乎快要将郑氏淹死。郑氏像个溺水之人一般张着嘴巴，只觉呼吸都困难起来。

"既然如此，不如死了。"谢长晏说着，转身就要撞柱子。吓得郑氏一下子扑上去，紧紧抓住了她的手。

"我错了，我错了！为娘错了！"郑氏双腿一软，几乎挂在谢长晏腿上，眼泪一下子就流了下来，"娘只是想让你……活得轻松些。"

执明殿内，一片死寂。

殿外的侍卫刚要冲进来，吉祥一个眼神，便制止了他们的动作。

彰华注视着谢长晏，没有动。他当然看得出谢长晏是在做做样子，也看得出她是在逼郑氏改变主意。看她如此努力地要挽回这桩婚事，抹平这场闹剧，他那好不容易在蝶屋里沉淀好的心绪，又再次跌宕起伏了起来。

大殿内回荡着郑氏的哭泣声。

"我十五岁嫁入谢家，父母欣慰姊妹艳羡，都说是嫁入了名门望族。虽谢家这一代消极避世，并无权势，然百年书香，在文人心中却是地位尊崇，不亚天潢。但我得到了什么呢？"郑氏凄然一笑，恍如叹息，"守了十年活寡，又守了十三年真寡。换来此身诰命，换来世人称赞，换来仁义道德，换来……华发如霜。"

她抬手，就着四品诰命的锦袖，拢了下鬓角，果然已有了丝丝花白。

"我经历过，所以我知道那是什么滋味。我也得到了，所以我知道富贵荣华清白名声，抵不过夜幕降临时床头的一盏灯。二十三年，只有那盏灯，切切实实地照着我，暖着我，陪着我。"

郑氏说到这里，抓紧谢长晏的双手，低声道："晚晚，你要成为第二个我吗？"

谢长晏僵立原地，怔住了。

"这半年，娘陪你来玉京。目睹你身陷旋涡，目睹你收敛锋芒，目睹你……越来越不开心。但一开始我想着，天将降大任于斯人也，吾儿立于世，总要长大的。不想你竟爱上了……陛下。"

谢长晏整个人一颤，脸涨得快要溢出血来一般。她有些慌张地看了彰华一眼。彰华也未料到郑氏竟然敢当着他的面戳破这层纱，一时间，也是尴尬难言。

"我嫁了个英雄，虽不得志，但镇守滨海十年，击退程寇无数，最终用性命护住了千万人命……"

当郑氏提及父亲时，谢长晏觉得燕王的脸色有些变化，但那点变化一闪即过，恍如错觉。

"于寻常人而言的家国天下，于英雄，是国家天下，国在家前。而于陛下，则是天下国家，家在最末。所以，陛下并未欺你，你成了他的皇后，有名分有权势有一切女子所渴慕的东西，但独独没有……小爱小情。"

彰华摩擦着扶手上的龙头，凹凸起伏的雕纹硌到了他的手，他抬起手心，看见厚茧之上赫然留下了一个凹洞。既没破也没流血，还慢慢地恢复回原状。

他不由得想，郑氏说的真是一点都没有错。他的心早已摒弃了私情，奔着一个目标而去，不达目的誓不罢休。也因此，不会因外物而受伤，就像他此刻的手一样。

他曾一次次地暗示过谢长晏，陛下需要一个怎样的皇后。

他曾一度想要满足她的少女情怀，成全她在如此绮丽年纪中的一份圆满，可惜，终究是……做不到。

身负千山之人，虽见花而升起一瞬的欢喜，然而，如何带花风雨同行？

彰华垂下眼睛，遮住眼底的黯然。

而郑氏抬起手，摸了摸女儿的小脸，暖暖一笑："可吾儿，是小女子……是受了委屈会第一时间向母亲哭诉，是会抱着父亲的木偶一起入睡，是每年七月带着兰花去迷津海凭吊姐姐，是看见杀狗都会跟着哭，是个把日子过得如此敏感多情的……小女子。"

谢长晏松开手，无力地垂在了身畔。她不得不承认——娘亲说的是对的。竟然全部是对的！

"所以，吾儿，无谋少智也好，跳脱任性也罢，软弱易制，皆是因为多情啊！如此多情之人，成了天子之妻、大燕之后，会如何，你想过没有长晏？若陛下应你予情，则荒怠了朝政，你是天下的罪人！若陛下不应，你可能受得住孤寂？除了孤寂，还有嫉妒、陷害、凶险……"

谢长晏咬着下唇，忽然抬起一双燃烧般的灼热眼睛，直勾勾地看向彰华："若陛下应我，我只会倾力相助为您分忧，怎敢让您荒怠政务背负骂名？只要、只要……只要陛下……应我，我、我、我……什么都愿意做！"

最后一句话说得异常艰难，说完两条腿都在抖。但是幸好，谢长晏想，幸好，她终于把最重要的这句话说出来了！

一切烦恼纠结，不过源于此。

一切委屈悲愤，都可终于此。

只要彰华说一句喜欢她，那么，此后哪怕前路布满荆棘，她也敢赤足前行！

然而，彰华的脸像玉石雕刻的完美面具，眼瞳则是深不见底的幽潭，外人难以一窥其心。

他坐在龙椅之上，听到她如此撕心裂肺的宣告，却依旧波澜不惊。

他看着她，却又像是没在看她。

他听见了，却好像完全没有听见。

谢长晏的心，一点点地，沉了下去。

"当真什么都愿意做？"打破一片死寂的是如意。

如意睁着一双大眼睛，好奇地看着谢长晏："呃，我就问问，随便打个比方，若陛下跟你娘都中了必死之毒了，解药只有一碗，你给谁？"

吉祥变色道："放肆！"

"我就随便问问嘛……"如意委屈，看向谢长晏的眼神却又显得好生狡黠，"顺便一说，皇后的正确答案是救陛下噢。"

她当然知道皇后的正确答案！

不，甚至对所有大燕子民而言，天子跟母亲之间，选择谁，答案都只有那一个。

对她谢长晏而言，却……不是。

九死一生才将她生下来的母亲；

青春守寡含辛茹苦抚养她长大的母亲；

既是慈母又是严师还是密友般存在的母亲……

叫她怎能眼睁睁看她去死？

陛下是天子，是大燕之主，是万民之神，是她仰慕之人，但又……怎样？

谢长晏明晰了自己心中的答案，原本只是沉到谷底的心，这一下，彻底埋进了雪里。

彰华淡淡瞥了如意一眼，如意看出他眼中的警告和责怪，连忙垂下头去。

彰华想，罢了，郑氏的头磕得足够久了，消息想必也都被各世家的耳目们传出去了，到此为止，该做了断了。

是他太犹豫不决，还想磨炼谢长晏，期望她能长成他所需要的那样，但现在看来，是太贪心了。

既知她不是谢繁漪那块料，便应早早放她自由，免得磨了她的棱角，令她进退两难。

然而，当他将视线转向谢长晏，准备说话时，心又莫名一滞。

像把涂好糨糊贴上去的贴画，重新撕下来一般，贴的时间越长，撕下来就越难。

彰华的目光撕了好几次，都没能顺利移开，脑海中不合时宜地想起飘雪月下双目盈盈的谢长晏，心中弥漫出些许温柔。

若他不是皇帝，只是个悠然闲散的王爷就好了……

这样的想法在脑海中打了个转，就被硬生生地砍掉了。

再然后，又想起她在回知止居时遇到了秋姜。

那一点温柔立刻融化作热水，这一次，终于顺利撕下了贴画。

彰华转开视线，看向郑氏。

感应到他的目光，郑氏放开女儿，再次朝着彰华跪了下去："陛下，妾所言字字肺腑，冒犯龙威，还望恕罪。长晏之质难为帝妇，恳请陛下成全，退此婚约，赐她回乡。"

执明殿内再次静了下来。

这一次，连郑氏的哭泣声都没有了。

如意的大眼睛骨碌碌转动，一会儿看看谢长晏，一会儿看看燕王，一会儿再看看吉祥，吉祥给他一个"千万不要多嘴"的眼神。

彰华继续摩擦着扶手上的龙头，凹凸起伏的雕纹一个劲地往肉中钻，他有些心不在焉地想：这把龙椅真硌手，是不是该换个造型了？但公输蛙走了，求鲁馆又一时半会儿重建不起来，找谁做好呢？长晏雕工不错，可惜也要走了……

当他莫名其妙想到这一点时，心中忽然一悸，就像机杼再次出错，一条线崩了，眼看整匹布都要抽丝，彰华当机立断道："朕准奏。宣礼部和翰林院办置此事。至于一百二十杖……"

"我替娘受。"谢长晏直挺挺地跪了下去。

郑氏忙道："不行，媒妁之言父母之责，万万没有让吾儿……"

谢长晏握了握她的手，目光却轻轻柔柔地投向龙椅上的彰华，用同样轻轻柔柔的声音道："是我无用，令陛下失望，令母亲担忧。一切皆是长晏之错，娘亲体弱多病，受不得如此酷刑。求陛下责我一身，勿怪他人。"

彰华的目光闪了闪："杖刑除了伤人皮肉，毫无用处。削郑氏诰命，降为庶民，即日遣返，并其女谢长晏，永不得入京。谢氏子弟，不得参加科举。钦此。"

谢长晏呼吸一滞，愣愣地望着彰华。

彰华却似累了，不再多言，拂袖起身离去。

谢长晏僵立半晌，缓缓弯腰磕了一个头："谢……主隆恩。"

日近正午，雪已停，厚厚积雪覆满京州。

从皇宫回知止居的马车上，郑氏跟谢长晏彼此对坐着，相视无言。

如此过了很长一段时间后，郑氏忽然道："死心了？"

谢长晏唇角微微一勾，却如卸下了千斤重担一般。她将头抵靠在窗边，从飘拂不定的窗帘往外，看着执明殿离自己越来越远，心中没有不舍，只有惋惜。

"你啊，真是胆大妄为啊……"郑氏用袖子揉了揉自己的脸，揉出一脸的心有余悸，"敢用退婚来试探天子心意的女人，千古以来大概也就你一个。"

"我如此妄为，娘却还陪我演戏？"

郑氏一笑，伸出手替她将几缕乱发拨到耳后："除了我，还有谁能帮你呢？"

谢长晏看着母亲，原本堕到雪里的心，慢慢地回暖了。

昨夜，她与郑氏彻夜长谈，将她跟彰华之间发生的一切都告诉了娘亲，然后问她，自己该怎么办。

郑氏笑了笑，答道："这要看你求的是什么了。你若求的是敬重、是安稳、是富贵，那么，就把皇后作为一份职务去做，无私，为公，就当自己是女版的另一个宰相。"

"娘就是这么做的？"

"是啊，二十三年，兢兢业业，做得还不错。"

"那我若求的是恩爱白头呢？"

郑氏看她的神色很是心疼："那么，还是换个夫君吧。"

"陛下不行？"

"不行。"

"为何？"

"因为他已明确告诉过你。而且……他真的是个……好陛下。"

彰华此人，因为自律，心埋得极深。也因为自律，不会纵容自己犯错。那种爱上一个女人从此君王不早朝的事情，绝对不会发生在他身上。做他的皇后，会很辛苦很辛苦。

谢长晏听了母亲的话，沉默了许久，最后抬起头来："可是，我还是想试一试。"

之前觉得自己可以胜任皇后之职，是因为对燕王无爱。

而今知道了燕王就是"风小雅"，便知道了无爱的婚约多么可怕。

漫漫此生几十年，若无爱，怎么熬得过去？

家国天下的大道理她都明白，但她还是想要求一求——

求一段不一样的、帝后相爱并肩同行一生的传奇。

所以，她和郑氏，演了今天执明殿的一场"戏"。

她想求彰华一个承诺。

可是彰华……不给。

结局如此惨烈。

却又好像不那么痛苦。

毕竟，解脱了。

自此后，一别两宽。

"只是连累了族中的哥哥们……"谢长晏愧疚地低声喃喃。

"这倒不用担心，五伯本就不让儿孙们做官的。"郑氏却不放在心上。

谢长晏看着母亲，觉得她是个很神奇的女人。她在谢家几乎是恪守礼法的典型，平日里对女儿的教诲也字字不离圣人雅言。可是，她会为了让女儿可以寻查真相而帮她落水遮掩，还敢为了她上殿冒犯天子！

为了自己，娘亲什么都肯做！

这个认知，令谢长晏被彰华伤得千疮百孔的心重新修补了回来。

如此娘亲，十个彰华也不能换啊！

所以，现在这般结局，也蛮好的……

谢长晏望着窗帘外已经模糊得只剩下一道黑线的燕宫，淡淡地想着。

十二月十七日，谢族郑氏觐见天子，请退婚约。帝允。

此消息一出，满朝震惊。

这一夜的玉京，不知多少官员府邸书房灯火达旦，彻夜难熄。

而这一夜的玉京明德门，悄悄开了，放出了一辆朴素的马车。

车里坐的，正是被驱逐出京的前皇后人选谢长晏。

来时有多热闹，走时就有多冷清。连孟不离都没出现，还是知止居的车夫将她们送往渭陵渡口，再安排水路返乡。

离开明德城门时，谢长晏打开车窗往外看了一眼，只觉恍如隔世。

半年前，她带着满腔好奇抵达此地时，未曾想过，有一天，会落得个"永不得入京"的下场。

这座住了半年的都城，随着公输蛙的那箱舆图，无比深刻地烙在了她的记忆中。闭上眼睛，大街小巷，历历在目。

只是人生常有取舍。若必须舍一个的话，在十三岁的谢长晏心中，答案毋庸置疑。

"五伯伯，话说棋有象棋、围棋，为何我只需学围棋，而不用学象棋？"

时光回溯到年初，在袅袅升起的龙涎香旁，拈着棋子的谢长晏如此问。

坐在一旁磨丹砂的谢怀庸闻言沉思了一会儿，才答道："因为象棋要将军，围棋要目。围棋更如人生。很多事情，并不只有单一的处理方法，更可能一时间看不出输与赢。这时候，就需要细究此中的得与失，权衡、择取，何为重？何为轻？"

谢长晏睁大了眼睛："就像收官一样？"

"嗯。哪怕你看似放弃了最重要的位置，但只要最后你的目比对手多，你就赢了。为人处世亦然。对手所看重的，跟你看重的，未必相同。"

"所以，五伯伯真正教的不是输赢，而是取舍。"

一向严肃的谢怀庸至此微微一笑，点头道："对。"

"霜刀剪汝天女劳，何事低头学桃李？"谢长晏念了最后一遍，然后慢慢地将手中的镶金核雕放入匣中盖上，"别了，玉京。别了……陛下。"

泽地萃

第二卷

【卦辞原文】

亨，王假有庙，利见大人，亨，利贞；用大牲吉，利有攸往。

【译文】

顺利，王来到庙里，利于表现像个大人物，顺利，利于坚持下去；用大牲畜祭祀，利于有所前进。

白话：泽沃滥淹没大地，人众多相互斗争，危机处处潜伏，务必顺天任贤，未雨绸缪，柔顺而又和悦，彼此相得益彰，安居乐业。

渭陵渡口这几日罕见的热闹，尤其是镇上的大小客栈全部爆满，理由很简单——河冻住了，所有船只都没法走，大家都被滞留在当地——包括谢长晏。

车夫去渡口拥挤的人群中打听了半天，回来愁眉苦脸地禀报车上的母女："夫人，说是一时半会儿化不了，只能等。要不，先找家客栈歇下？"

谢长晏好奇道："往年冬日也这样？"

"不是，往年都不结冰，但陛下不是要修运河嘛，上流改了道，不从这儿走了，这一截就成了死水。天一冷，就冻上了。"

当车夫把车停到镇上最大的百祥客栈大堂前时，就听到里面的人都在抱怨此事，将玉滨大运河视作洪水猛兽一般，左一句劳民伤财，右一句断人生路。

谢长晏在车上，听得心情很是复杂。

这时，客栈掌柜正将一群投宿的客人送出来："抱歉抱歉，实在没有空房了，诸位去别家看看吧……"

车夫一听，扭头问："夫人，怎么办？"

郑氏道："去别地看看吧。"

谁知，老板送走那些人，回头看到他们的马车，连忙伸臂拦住："车上可是隐洲谢夫人？"

车夫勒住马，警惕地看着他："做甚？"

老板满脸堆笑道："夫人的客房小人早准备好了，就等着您来。快请进，快请进——"

谢长晏跟郑氏彼此对视了一眼。

谢长晏道："进。"

车夫赶车跟着老板进了百祥客栈的后院，其中有一进单独的院子，门前种着一株罕见的梅树，衬托得此地格外清幽绝俗。

"这已是渭陵最好的厢房了，还请夫人将就住下，有什么需要的，尽管跟阿祥开口。"老板说着，叫来一个伙计，叮嘱了几句后，正要告辞，谢长晏打开车门走下去，叫住他："是谁为我们订的这个院子？"

老板看到谢长晏，更是满脸堆笑："是个肩上蹲猫的客人，给了足足十两金，诸位想要住到明年开春都不成问题啊哈哈哈。"

肩上蹲猫四字太形象，谢长晏脑海中第一时间浮现出孟不离那张棺材脸。

没想到他竟然还在暗中保护她，还提前来此，帮她安置行程。这、这又是受何人之命？

答案隐约在心中跳动，然而谢长晏摇着头，逼自己强行将那点涟漪从心头抹去。

厢房共有四间，正好供她、郑氏还有两个自谢家带来玉京的婢女居住。两个主屋都十分宽敞明亮，尤其是谢长晏那间，一推窗，伸手可及梅枝。

她倚在窗边，看了会儿梅树，诧异地"咦"了一声。

"这是……要冻死了吗？"她折下一截枝干，看了眼断口处，几乎已没水分了。

"你怎么知道？"一个声音突然响起，紧跟着，一只手伸过来，从她身后夺走了那截枝干。

谢长晏连忙转身。

那是个眉目寡淡的年轻姑娘，穿了一件宽宽松松的月白僧衣，显得身姿极为窈窕，手拈梅枝正冲她笑。

谢长晏确定自己从未见过此人。"你是？"

"你先答我，如何看出要死了？"

"大燕梅子昂贵，源于梅树难种，尤其是北境冬寒，无法成活。这家客栈如此大咧咧地种在院子里，梅树怕冷……"

她刚说到这儿，僧衣女子睁大了眼睛："梅树怕冷？不是说映雪拟寒开吗？"

谢长晏笑了笑："梅树较别的花卉耐寒，但毕竟不是松柏。这么一场雪下来，这树冻得不行。再加上雪前久旱，水浇得不够多，如今底下的树根怕是已枯了。"

僧衣女子受教地点了点头："原来如此。"眸光一转，又似笑非笑地看着她，"都说隐洲谢家博学，只是不知未来的皇后竟连这个都懂。"

谢长晏的心陡然一跳，意识到某种危险，"你……是谁？"

僧衣女子比了个人仰马翻的姿势，狡黠地眨了下眼睛。

飘雪月夜遇刺的情形立刻从谢长晏脑海中闪过。是她？她就是那晚的刺客？一直躲在暗处的人？！

一瞬间，身体绷直，双手握紧，脚也不自觉地朝离得最近的矮几挪去，盘算着如果将矮几抄起来砸过去的话，能有几成胜算。

"妄动的话，恐怕不安全哟。"僧衣女子懒洋洋地用梅枝画了个圈。

"你想做什么？我、我已不是皇后了！"

"我知道啊。我不杀贱民。所以你现在，其实很安全。"僧衣女子看着梅枝，目光闪了闪，"你还知道什么有趣的事，再说点给我听呗。"

这人是什么恶趣味？！

谢长晏环视四下，母亲想必已睡下休息了，不到饭点婢女也不会擅自进来，也就是说，靠外力相助是不可能的了，还得自己想办法。

仿若一局新棋，在她面前打开，这一次的对手，跟彰华一样高深莫测。

一旦将之想成新棋，原本忐忑难宁的心就立刻镇定了下来——这是一种下意识的自保模式，源于上万次的对弈训练。

谢长晏咬了咬嘴唇，"你想听什么？"

"听……这样，你来猜我是谁。你若猜到了，我就给你个小奖励，如何？"

谢长晏发现，此女虽长得普通，但表情真是灵动极了，一挑眉一勾唇，都有股说不出的味道，让人很难将目光从她身上移开。

"若猜不到呢？"她下意识地屏住呼吸，不知道这局棋若是输了，会有怎样惨烈的结局。

"那就……"僧衣女子想啊想，目光微亮，"杀了你娘？"

谢长晏大惊："我娘已不是诰命了！"你不是不杀平民的吗？

"这样啊，那就抓了你娘？"

"你！"谢长晏的手握紧，又松开。

僧衣女子依旧笑吟吟的，一脸与人无害的亲善模样，但谢长晏知道此人是心狠手辣之徒，绝对做得出此事。

她深吸口气，慢慢地靠着矮几坐下，放松了身体，既然逃不掉，那就来吧。

僧衣女子见她如此从容，眼睛一弯，荡出盈盈笑意来，不像刺客，反像是她的闺中密友。

谢长晏的目光从她身上一一扫过，正在沉吟，僧衣女子已啧啧几声，凑过来摸了把她的脸："小姑娘，谁教你这样看人的？看得人心痒痒的……"

谢长晏挥手将她的手打开。

僧衣女子哈哈一笑，倒是没发怒，还待说话，谢长晏已开口了："你的僧袍是旧的，穿了有半年，虽然浆洗得很干净，但右袖重新缝补过。"

僧衣女子听言抬起袖子，果然看到了缝补过的痕迹。

"补袖子的线是好线，手工却差得很。"谢长晏说到这里，僧衣女子不知想起了什么，突然"扑哧"一笑。

"如此寒冬，你穿得这般少，刚才摸我脸的手，却很温暖，说明你不畏寒——你会武功。你手腕上的佛珠，是用程国的足镔打制。足镔提炼复杂，极为昂贵，铸兵器时仅用于锋刃那一处，而你以之做珠。"当然，也有燕王那样用来做沙漏的。

"我猜，那应该是你的武器。那夜你若用此珠击马，而非绊马索，我此刻已不在人世了。"

僧衣女子哈哈一笑："谁说我要杀你了？"

"知道，因为我是贱民嘛。"

僧衣女子不置可否地转动着梅枝，笑意淡了一些。

"你的鞋底虽然满是泥垢，但都干了，说明你进此屋起码有半个时辰了——在我之前。半个时辰前，差不多是孟不离替我订房的时候……你是跟踪他来的这里？"此人既能在飘雪月跟踪她和彰华，自然也能跟踪孟不离。

僧衣女子悠悠道："还有吗？"

"你跟踪孟不离，不是为了找我吧？如果打一开始目标就是我，直接跟踪不会武功的我，比跟踪孟不离要容易得多。你认识孟不离，又这副模样……我想，我知道你是谁了。"谢长晏的目光灼灼，宛如一面分毫毕现的铜镜。

"噢，我是谁？且说好，猜错了的话，你娘可就……"

谢长晏未等她说完，便叫出了她的名字："秋姜。"

僧衣女子的脸僵住了。她面无表情时，显得毫无生气毫无特点，像个殉葬用的石像。

谢长晏将袖中湿嗒嗒的手心慢慢松开，至此，松了口气。

她猜对了。

此人果然是秋姜。

"真正的风小雅"的新夫人。

其实以上推理都不过是表面说辞，她是靠嗅觉断定此女的身份的。因为一进屋，她就闻到了姜花的花香。可此地根本没有姜花。她怀疑会不会是闻错了，有可能是梅花，所以才盯着梅树一直看。直到此女靠近，那股姜花的香味才彻底明显。

大燕境内只有风小雅的住所有种姜花，用来讨好他的新夫人秋姜。

而因为一度吃醋，谢长晏对这位传说中的秋姜也是着实打听过的。

"秋姜，性灵貌美，擅酿酒，通佛经。"

——虽只打听出了这十二字，但从姜花香味再联系到此人的僧衣，还有她跟踪孟不离的行径，答案也就出来了。

随之而来的，却是更多不解：秋姜为何之前要暗杀她？此刻又为何会出现在这里？

陛下曾说风小雅失踪，怀疑跟秋姜有关，所以飘雪月他看见秋姜的身影时才那么急切地追了上去。那么现在的风小雅找到了吗？陛下还在找秋姜吗？

当她想到这个问题时，福至心灵，从一团乱麻中终于找出了线头。

她微微拧眉，看向依旧一动不动的秋姜："我已非皇后，对你而言已经没有价值，可你还耗在这里，跟我拖延时间……你在逃？而且也被困渡口了，对不对？"

僧衣女子盯着她看了好一会儿，最终啧啧一叹："小姑娘，这么聪明可是不长命的呀。"

这便算是默认了。

她果然就是秋姜！

谢长晏不禁看了又看。秋姜咯咯一笑，又伸手过来摸她的脸："都说了别这样看人，看得人受不了……"

谢长晏再次将她的手打开。

秋姜收手，吹了吹被打的地方："你怎么跟那病鸟一样，都不让人碰呢……"

病鸟？这个……不会是指鹤公吧？

此女到底什么来头？嫁给风小雅是另有目的的吧？还有……

眼看思绪又要变成乱麻，谢长晏连忙及时打住，告诫自己玉京的一切都已跟她无关。风小雅如何，陛下如何，跟她一点关系都没有。

谢长晏正色道："我猜对了，奖励呢？"

秋姜眸光流转："奖励就是……这个。"她将手中的梅枝调转了个方向，递还到她面前来。

谢长晏无语。不过她本就没想过真要什么奖励，此人诡异得很，还是尽量避开为好。就在这时，秋姜突然表情一变。

下一瞬，梅枝"啪嗒"落地，而她的人已不见了。

凭！空！消！失！

谢长晏揉了揉眼睛，几乎怀疑自己瞎了。"我刚才眨眼睛了？"也没听到风声，没听到衣物摩擦声，甚至鼻息间还残留着姜花气味，秋姜就消失了。

这是怎样的幻术？！

谢长晏还在震惊时，窗外依稀传来了车轮声。

谢长晏回头，就看见了熟悉的"左肩蹲猫"。

肩膀上蹲着小黄狸的孟不离将一辆全身漆黑的马车停在院门前，车角处有一个白色的仙鹤图腾。谢长晏眼神一热——风小雅的马车！

那么，车里的人是谁？风小雅，还是……"他"？

她的呼吸不禁为之一滞。不过，也仅是一瞬间的工夫。随即反应过来，不是彰华。

因为，他的身份已经暴露，无须再借壳出行。

马车停稳后，车门开了，跳下来的人是焦不弃。他和孟不离两个驾轻就熟地从车后取下一副滑竿，再从车内抱出一人，将他放在了滑竿上——就像当初抬着彰华出现在知止居书房那样地出现在了谢长晏面前。

而谢长晏也终于见到了风小雅，真正的风小雅。

原来，真正的风小雅，是这个样子的……

他虽坐在柔软舒适的滑竿上，给她的感觉却像是坐在悬崖的吊索中间，因为担心会掉下去，所以一刻都不肯松懈。

他的容貌极美极郁，还带着种独特的、谁也模仿不来的恹恹之色，仿佛当今世上没有什么事能让他感兴趣，更没什么事能让他开心。

谢长晏不由得想，幸好当初来授课的是陛下，要真是这么一位看上去一碰就会碎掉的瓷美人，她还真招架不住。

孟不离和焦不弃将风小雅抬进房间，风小雅的目光第一时间朝头顶的横梁望去。

谢长晏顺势抬头一看，屋顶上，不知何时多了个碗口大的小洞。

莫非秋姜是从这个洞离开的？除非她会缩骨，否则这洞也太小了点。

风小雅看过洞后就收回视线，看向了谢长晏。

谢长晏忽觉有点小紧张。若非阴差阳错，此人本应是她的老师。

"我来找秋姜。"

风小雅开口道。

谢长晏想：哇！如此直接！

"打搅了。"这是第二句。

谢长晏想半天，干巴巴地回了一句："不、不打搅。"

"若再见她，请代为转达一句话。"风小雅停了一下，不知在想什么，眉间郁色更浓，"她要的谱我有，若想听，正月初一子时老地方见。"

"我也想听……"谢长晏神往，但很快反应过来，忙摆手道，"啊是，那个，我若再见秋姑……夫人，一定将话带到。"

风小雅忽然笑了。

他不笑时，像只阴暗屋子里摆在博古架上的瓷瓶；他一笑，那瓷瓶便被挪到了阳光下，釉彩流光，令人挪不开眼睛。

谢长晏终于知道为何玉京美男众多，偏偏此人独占鳌头，号称春闺第一梦中人了。他既让人想保护，想珍爱，想把世间最好的东西都捧到面前博君一笑；又让人想摧毁，想放肆，想狠狠地折磨催逼令他失控哭出来。

绝世名瓷，有人小心翼翼呵护备至舍不得一丝划痕，也自有人手握巨锤追逐那一敲之后琳琅满地的毁灭快感。

就谢长晏观察来看，商青雀是前者，那个邪里邪气的秋姜是后者。

风小雅一笑之后，从袖中取出一物，递给她。

谢长晏接过来一看，是一根鹤翎。

"见面礼。"风小雅见她露出疑惑之色，便又解释道，"陛下与我同承家父所学，隶属一门。而你婚约虽废，师名仍在，算起来，也是我的师妹。若有所求，可将此翎随信寄回。"

谢长晏简直受宠若惊，连忙谢过。

风小雅不再多言，孟不离和焦不弃抬着他离开了。

谢长晏一路送到院门口才折返，进屋后不禁又拿出那根鹤翎看。

突然间，一只手自身后伸来，夺走了鹤翎。

如此熟悉的作风，谢长晏无须回头都知道是谁了。她在心中暗叹了口气。

那人把玩着鹤翎自行转到了她面前，果然是秋姜。

"你为何又回来？"

秋姜抿唇一笑："错，是我根本没有走。"

百祥客栈外，焦不弃将茶倒满，递到风小雅面前。

风小雅本闭目坐着，抬手接茶，睁开的眼睛里满是疲惫之色。

"适才公子与谢姑娘说话时，夫人就躲在帘后。"

"我知道。"

焦不弃有些不解："为何不直接抓人？"

"她要逃就逃吧。"风小雅呷了一口清茶，"反正正月初一，她必会回来。"

"那风……唔，师兄说的话，你也听到了，我就无须转达了。"谢长晏道。

秋姜漫不经心地睨了她一眼，忽似想到了什么，又将她从头到脚打量了一遍，最后看着手中的鹤翎，若有所思道："病鸟从不做多余之事，也绝不是什么重情重义之人……"

唉？她说的病鸟果然是指风小雅？

"但他将这么重要的鹤翎给了你一根……"秋姜眯了眯眼睛，"说明你对他来说今后还有大用……难道，退婚是假的？"

什么什么？这都说的什么？谢长晏莫名其妙。

"喂，你偷偷告诉我，你跟陛下的婚约，其实还作数的吧？"秋姜贴过来，笑嘻嘻地问道。

谢长晏伸手夺回了鹤翎："我不知道你在说什么。"

秋姜却一副懂了的模样："行行行，我知道，做样子给蛇精公主那帮人看的嘛。"

蛇精公主又是谁？长公主吗？人家的名字叫钰菁好不好？！

谢长晏沉声道："我真的不知道你在说什么。君无戏言。而且婚约大事，怎可朝令夕改？"

"可我看你眼中满是不舍啊。"

谢长晏一愕。

秋姜"扑哧"笑了："我就说嘛，天底下怎么会有不想当皇后的女人呢？"

谢长晏沉默了。此中滋味，实在难与外人道，更何况是来意不善之人。

"你到底要做什么？为何还不离开？风师兄约你正月初一见，你不去准备？"

秋姜轻笑了一下："准备什么？我才不去。"

谢长晏又一怔。

"至于我为何还不离开……"秋姜说着，凑过来搂了她的腰，姐俩好地将脑袋搭在了她的肩膀上，"因为，我要跟你一起出海的呀。"

谢长晏石化。

她有预感，自己也许、可能、或许、大概、恐怕……不能顺利回家了。

秋姜在她屋中的事情，晚饭时就被郑氏得知了。

谢长晏还在思索该如何告知母亲此事，便见秋姜举着托盘自行进了郑氏的房间，盘上一个盖得严严实实的大盅，里面似还在"咕噜咕噜"响。

"伯母您好。小女秋儿，与长晏一见如故，正好我也要出海，便约了携手同行。叨扰之处，还请见谅。"秋姜一开口，就是睁眼说瞎话。谢长晏顿觉头大如斗。

郑氏有些讶异地看了女儿一眼，不失礼节地回应道："姑娘客气，同行是缘，请坐。"

秋姜将大盅放到几上，掀了盖子道："小女擅做素斋，伯母旅途劳顿，怕是休息不好，喝一碗茯神粥，有助安眠。"

只见盅内满满一碗白粥，色如牛乳，香似龙涎，缀以大枣麦冬，点点红绿，衬得粥粒莹白。

郑氏犹豫了一下，不好拒绝，便小盛了一碗尝尝。一尝之下，眉间满是惊喜："姑娘好手艺！"

秋姜掩唇笑道："伯母喜欢，我可松了口气呢。"

谢长晏咬了咬嘴唇，忽然起身："我吃饱了，你跟我来。"当即不由分说将她拉走，带离郑氏。

秋姜一边笑一边被她拖出屋子："啊哟哟，这是做什么呀？"

"你要躲要藏要同行都由着你，只是——不许骚扰我娘！"这是她的底线。

"你管讨好叫骚扰？"

"谁知道你那粥里加了什么？"

秋姜面色一沉，忽然变得很是严肃："你可以质疑我的人品但不能质疑我的手艺。一粒米需七担水，对待食物，怎敢不敬？"

谢长晏一愣。

秋姜伸出修长如玉的手指，在她面前比了一比："更何况，若非这项手艺，怎勾搭得到鹤公子。你娘是有口福的人。你不跟着尝尝？"

谢长晏被勾动了心思，突然间就有点想尝尝那个茯神粥了。

谁知就在这时，一个声音突然冒了出来："她说谎，你别信。"

谢长晏扭头看向声音来源处，只见公输蛙神色严肃地从院外头走了进来。也就是说，现在是个人就知道她的落脚之处吗？

秋姜看了公输蛙一眼："哟，蛤蟆也来啦。"

谢长晏算是发现了，秋姜就像儿时族学里的坏孩子，以给人起恶毒的绰号为乐。

看看她都起了多少绰号！风小雅是病鸟，长公主是蛇精，公输蛙是蛤蟆……不知彰华又会得个怎样的绰号……不过话说回来，彰华跟公输蛙之间好像也是一个老貔貅一个老燕子地彼此叫，并没好多少……

谢长晏心中至此一叹：我为何又想到他？我为何总想到他？我还需要受他的影响多久？

正在走神，公输蛙已一把将她拖到身后："此女心如毒蝎口蜜腹剑，不知祸害了多少人，你若轻信，死无全尸！"

秋姜挑了挑眉："喂喂喂，蛤蟆，如此当人面说坏话，不怕我生气吗？"

公输蛙抬起一臂，袖中有个黑漆漆的筒口，对准了秋姜。秋姜神色顿时一变，身子也后退了一步。

公输蛙冷冷道："速离此地，不许再来。事不过三，看在鹤公面上，这是第三次。"

秋姜冷笑了一下："不想我还能托他的福苟活。"

公输蛙的手臂绷了绷，秋姜立刻像片羽毛一样横飘出了数丈远，到了院门口。

"也罢，好死不如赖活着，那我就先走了。小姑娘，下次再见。"

公输蛙目光一凛，秋姜已咯咯笑着翻过了院墙，空中飘来她的最后一句话："蛤蟆，看好你的袖里乾坤，可别大意弄丢了噢……"

公输蛙面色微变，慢慢地放下了手臂。

谢长晏好奇地看向他的袖子："袖里乾坤？"

"我的独门暗器。"公输蛙倒不藏私，"这贱人来偷过两次，全都铩羽而归，第二次差点死了，可惜鹤公为色所迷，非要救她。"

谢长晏正听得津津有味，公输蛙却又沉下了脸："你也是！我若不来，你差点就要上她当了！"

"我没有……"

"此女最擅蛊惑人心，她说的每句话都是有目的的，她做的每件事都是居心不良，今后若再见到她，能躲就躲，不躲就赶紧通知鹤公。听到没有？！"

"是是是知道啦……"一个两个都把她当小孩看。谢长晏心中有些甜蜜地抱怨了一句，然后问，"先生怎会来此？"

她不提还好，一提这个，公输蛙气得脸上的伤疤都歪了："你还有脸说？"

谢长晏一头雾水。

"我在求鲁馆等了你三天！"

不是说只等一天，等不到就自己走人的吗？谢长晏无语。

"不过，你倒是个人物。"公输蛙忽然赞许地看了她一眼，"也是，偷偷溜走麻烦多多，索性推了那桩倒霉婚事，从此海阔天空自在逍遥。"

等等，您是不是误会什么了？

"好！既然你有如此心志，我也不藏私，必当倾囊相授，我们一起沿着玉滨运河边看边学……"

谢长晏不得不出声打断他："先生，我要回乡的。"

"如此千秋大业，成了确实可以衣锦还乡。"

"不，我要回乡，等待及笄，然后另择一门婚事，好好嫁人。"

公输蛙愣住了。他有些不敢置信地将她从头到脚细细打量了好几遍："还要嫁人？"

"嫁人生子，本就是人生必经之事啊。"

"放屁放屁！"公输蛙脸上的伤疤彻底歪曲了，"婚姻的本质是稳定。当权者为了统治臣民，推崇此道，让百姓老实安分待家里。世家为了巩固血统，推崇此道，让姓氏得以延续。除此之外，啥都不是！"

谢长晏还是首次听到这种论调，整个人都惊呆了。"若是两情相悦呢？"

"哈！"公输蛙嗤鼻，"那是女人的想法。男人天性追求多多益善，为了繁衍，才编造出两情相悦的假象，让你们安分，听话，乖乖生孩子。你看你爹，骗了你娘待家生你，他自己出去各种潇洒。你娘，就守着那么一点两情相悦的念头，被骗这许多年……"

公输蛙说到这里察觉到谢长晏面色惨白，心想小丫头要开窍了，正在得意，却见她两眼一红，突然伸手推了他一把："住口！休要胡说八道！"

可怜公输蛙没防备，被力大如牛的谢长晏推了个狗啃屎，"啪叽"摔在一人面前。

那人穿着一双素白的鞋子，鞋子上半丝花纹都没有。

视线往上，是同样半丝花纹都没有的素衣。

再然后，他就看到了自己口中"被骗许多年"的女人。

此刻天色已暗，夕阳将沉未沉，从郑氏身后照过来，为她勾勒出暗金色的轮廓。她的眼睛，便像是黄昏下的湖水，泛着粼粼微光：凄凉、伤感，却又异常宁静。

郑氏弯腰伸手，将公输蛙搀扶起来，口中淡淡道："晚晚，不得无礼。快向先生道歉。"

"娘……"谢长晏着急，此人口没遮拦，那番言论尽数进了娘亲耳朵。娘亲表面上并无异样，心中不知会如何伤心。可恶，自己要是早点发现娘出来就好了……

公输蛙拍拍衣袖站好，训斥道："莽撞！你如此推我，若触动了袖里乾坤，此地就全是死人了。"

谢长晏一愣。

"还有你——"公输蛙转头数落郑氏，"你一无知妇孺，自己憋屈也就罢了，还尽耽误孩子。看如此美质良才，被你糟蹋成什么样子了？"

"公输先生！"谢长晏连忙上前，想要阻止他说出更可怕的话来，不想却被郑氏拉住。

郑氏冲她摇了摇头，然后向公输蛙行了一礼："请先生赐教，妾洗耳恭听。"

可惜公输蛙是软硬皆不吃之人，郑氏如此客气，他也没半点好脸色，冷哼一声道："谢家守着无为一道，若能贯彻始终，我虽不认同，但也敬一句了不起。但谢怀庸是钻营苟且之徒，打着避世的旗号，私下里将自家的女儿死命往天潢贵胄面前送。送了一个没成，再送一个……"

谢长晏皱眉，好家伙，此人竟是把五伯伯也给贬上了。

"你们这帮人，只想着将她调教好了当上皇后荣耀门楣，拼命灌输肃穆妇容、静恭女德之论，跟训象熬鹰般磨了她的本性，令她安于平凡，算什么长辈？"

郑氏脸色越发苍白，唇动了动，似想说话，却被公输蛙打断："也是，似你这般自己都活得一塌糊涂的人，又怎顾得了女儿？总之，把她给我，自此以后，谢长晏跟你，还有谢家，都无关系了。"

谢长晏气得笑了："且慢！"

公输蛙大手一摆："你不用说，我跟她说！"

谢长晏实在听不下去，当即伸手又是一推，"啪叽"一声，公输蛙再次摔在了郑氏面前。

"你你你！"公输蛙大惊。

"我避开你的右臂了。而且，袖里乾坤若是这么容易触发，你也不敢带身上。"谢长晏挑了挑眉，"现在，先生能听我说话了吗？"

公输蛙闷声闷气道："你说。"

谢长晏深吸口气，上前挽住郑氏道："先生说谢家待我，如训象熬鹰，我不认同。何为训象？是指将小象拴在木桩上，令它无法挣脱，久而久之，长大后的大象也会乖乖待在桩旁。它的巨力是天生的。同理，鹰的飞翔之力也是天生的。可我呢？"

她握住郑氏双手："先生之所以看上我，盖因我目辨远近，视达厘毫。但此技并非天生，而赖娘亲自小教导。"

公输蛙一怔。

"儿时，娘亲教我做游戏——撒一把豆子，一眼间选出最小的一颗；一排茶水，看出哪杯不够八分。再大些学临摹，要求一眼记住后再往墙上画，中途不得回头。娘亲知我于画技并无天赋，只说画得像就好。正是因为她的要求，我才能如今日这般分毫不差。"

公输蛙皱起了眉头。

"熬鹰，则是为了让鹰助人狩猎，代价是让鹰失去自由。而我，可骑马，可泅水，可做一切与皇后无关的事情，更甚至，当我不想当皇后时，是娘亲出面，替我退了婚事。"谢长晏心头波潮起伏，声音却越发平缓——师兄曾说，当你想说服别人时，语速一定要慢，慢是一种潜移默化的力量。

"先生看重我，我十分感激，但你辱我至亲，令我怒不可遏。我不会跟你走的，您请回吧。"

公输蛙的伤疤扭来扭去，把一张俊脸硬生生分成了两半："愚昧！愚昧！短视！短视！蠢材！蠢材！"说罢一挥袖，扬长而去。

他气呼呼地走到院门口，突又停步，回头恨铁不成钢地瞪着谢长晏道："天子妻都满足不了你，真当自己做得了凡人妇？浪费时间！"

说罢，他终究是走了，再没回头。

谢长晏垂头沉默了一会儿，朝郑氏展颜一笑："可算把他打发走了，他是怪人，不知红尘疾苦久了，他的话，娘亲千万莫要放在心上。"

"他有句话却是对的……"郑氏的目光落在女儿紧攥成拳犹在颤抖的手上，"吾儿心高气傲，要怎样的姻缘，才能令你心甘情愿呢？"

谢长晏心中一悸。

知止居内，吉祥提着灯笼引着彰华走进书房。

书房内，所有物件都在原来的位置上，看不出丝毫曾经换过主人的迹象，与此对应的是，属于谢长晏的气息完全消失了，仿佛她从不曾出现过。连挂在笔架上的笔，都洗得干干净净，理得整整齐齐。

可她，明明走得很是匆忙。

彰华抬头看向博古架最高一层，青铜马车摆在原位，取到手中，想起那天那人将它掉到地上时的惊慌表情，恍如隔世。

"谢姑娘没有带走任何东西，包括时饮。"吉祥低声道。

彰华将马车放了回去，负手环视了一圈："即日起，遣散仆婢，封锁此地。"

吉祥的目光闪了闪，恭声应了一句"是"。

正在这时，如意气喘吁吁地跑进来："不见啦不见啦！陛下不见啦！"

吉祥惊讶道："什么不见了？"

"字！谢长晏好不要脸，那幅字明明是借给她观赏的，又不是送给她的，她居然偷偷拿走了没有留下来啊！"如意气愤地说。

彰华闻言眉心微动，目光亮了一分："《齐物论》？"

《齐物论》平摊在灯下，谢长晏正在一个字一个字地临摹。

她此番离京，除了自己的物件外，就只带了这幅字走。以往只是挂在床头观赏，这一夜，实在不知该如何打发漫漫长夜，便取出来临摹。

才临了三个字，便停下笔，由衷感慨——彰华这幅小篆，真真是写得好。

正如他自己所言，写此书时心境平和，整幅字首尾连贯一气，呈现出理事圆融的从容气度。而她此刻心浮气躁，怎么可能写得好。

谢长晏放下笔，掩上了画卷。

她有点失落，还有点悲伤，并为这个样子的自己而感到有点失望。

难得陛下宽宏大度，放她自由，还她安宁。可她心底这股子黏黏糊糊的恋恋不舍又算怎么回事？

若真这般不舍，干吗要去试呢？做个得过且过的糊涂皇后不就好了吗？

眼角余光，看见窗外月光下的梅树，在寒风中瑟瑟发抖。

她退了彰华婚事是不甘心。

客栈掌柜硬要在这里种梅树也是不甘心。

这世间，不甘心之人、不甘心之举总是这么多。

谢长晏盯着逐渐枯萎的梅枝，突然起了执拗之心，当即提灯出去。先将地上的积雪铲掉，把碎枝干和沙石埋进土中，再用竹竿立了个三角将树干固定，缠上一圈圈绳索保暖。最后将所有枝条全部剪掉。

做完这一切后，天都亮了，她大汗淋漓，出了一身汗。

"都说梅树在北境活不了，呐，我尽力了，你也要争点气啊。"

手指从粗糙的树皮上划过，感应着指下的纹理起伏，像在触摸一颗不甘的心。

正思绪云骞时，听郑氏唤她："晚晚。"

谢长晏回身，就见郑氏一脸不满地走过来："你这孩子，天天不睡觉的，是不要命了吗？还有，你把梅树剪成这样，可知会过店家了？"

谢长晏一愣。她一时兴起就做了，倒忘记了还有此礼。"我现在去说。"

刚走到院门口，就听到外头一阵喧哗声。母女二人对视了一眼，郑氏示意她戴上帷笠，这才走出去。

只见大堂人潮汹涌，竟是比昨日还要多了一倍，群情激昂，显得十分激动。

谢长晏打听道："请问，出什么事了吗？"

周围七嘴八舌的议论声纷纷涌入耳朵，筛选之下拼出了大概：因为渭陵渡口不能用的缘故，部分商旅昨日改道去渭渠。谁知渭渠那边正在施工，将路封上了，那些人没办法，只好又折返回来这边。如此一来，原本就人满为患的客栈更加拥挤，实在是凑不出房间了。一个自称姓胡名智仁的商人提议闲着也是闲着，让精壮汉子们去渡口蹚冰拉船试试。

"打探过了，冰层也就十里左右，入海就没了。拉一拉，就出去了。"

如此，以客栈大堂为据点，在胡智仁的主持下，开始报名分工，倒也井然有序。

谢长晏想了想，对郑氏道："娘，我去看看。若能成，咱们今日就能走了。"

郑氏似有顾虑，但终未阻止，只是拢了拢女儿的衣服道："你且等等。"说罢回院取了一件狐裘过来，披在她身上："去吧。"

谢长晏发现这件狐裘从未见过，针脚崭新，不禁扬了扬眉。

郑氏叹道："这是九月时你猎来的狐皮，我缝啊缝，眼看就缝完了，却要离开玉京了。家那边用不上这么厚的冬衣，还在想要不要放弃算了，结果耽搁在了这里……最终还是穿在了你身上。"

谢长晏哈哈一笑："看来是我的就是我的，天意啊。"

她告别郑氏，骑上马跟那些精壮汉子一起到了渡口。冰层依旧坚挺，在旭日下闪闪发光，用铲子凿了一块，厚达三尺，大家都很受打击。如此一来，蹚冰的难度越发加大了。

胡智仁却早有准备，命人拉了一车烈酒和一车皮裤过来，将酒和皮裤都分派给大家。大家穿上裤子，喝了烈酒，头脑一热就下河拉船去了。

不知是谁先唱了一句："呦呦鹿鸣，食野之苹……"

其他人跟着和了起来："我有嘉宾，鼓瑟吹笙。"

"我有旨酒，嘉宾式燕以敖……"

"我有旨酒，以燕乐嘉宾之心！"

草木枯竭的冰河之上，百余名孔武有力的大汉，手握缰绳，齐心协力地拉着船蹚冰前行。东风酷寒，阳光却是那么明亮，照着每个人的脸，闪烁着希望的光。

谢长晏骑在马上，站在河边，望着这一幕，感受到一种前所未有的感觉。

——不甘心之人这么这么多！

但正因为不甘心，不安分，人类才披荆斩棘，走出了辽阔天地！

谢长晏突然摘了帷笠，下马奔进人群中帮忙。

一汉子笑道："姑娘家家的凑什么热闹，去去去。"

谢长晏握了一把他的手，该汉子面色一涨，顿时不说话了。

歌声欢快嘹亮，一声接一声，仿佛能传到天尽头。

然而，激情总是短暂的。很快，拉船就成了一件辛苦枯燥的事情。每走一步都似已到极限，两条腿灌了铅般沉如千斤，尤其是冰面滑得厉害，无处借力，走得异常艰难。谢长晏还在咬牙坚持，胡智仁在岸上已发现了她，当即一皱眉："那女人是怎么回事？"

一旁的小厮答道："不是咱们登录在册的人，好像是自愿下去帮忙的。"

"胡闹！叫她上来！"

小厮连忙跑到谢长晏身边："姑娘姑娘，我家公子叫你上去，这儿不用你。"

谢长晏抹了把额头的汗，摇一摇头："我急着出海。若真成了，请带我和我娘一起走好吗？"

小厮一怔，跑回胡智仁耳边低语。胡智仁若有所思地盯了谢长晏一会儿，道："告诉她，可以。让她回来，还没到让女人干体力活的地步。"

小厮再次将话带给谢长晏。谢长晏怔了怔，正在犹豫不定时，船的另一边突然响起碎裂声和惊呼声。

谢长晏连忙绕过去一看，原来是那侧的冰层突然碎裂，有几人掉进了窟窿里。大家连忙丢下绳子救人。

好不容易把人拉上来一数，少了一个："小孙六呢？"

"不会还在下面吧？"众人面色顿变。

其中一个汉子不假思索地一头扎回窟窿里，很快又手忙脚乱地爬上来，浑身直抖："摸、摸、摸不到……"

谢长晏咬了咬牙："让开，我来！"

"你？"众人震惊地看着她。

谢长晏反手将头发盘了起来，脱掉狐裘，把绳索系在腰上，"扑通"一下跳进了冰窟。

北境之人大多水性普通，有会游泳的，却不擅潜水。谢长晏不同，她自小随采珠人们出海，水下憋气可达一百二十息。

只是这水，也太冷了！

一下去就像有万千根针扎进体内，痛得差点没晕过去。谢长晏一边下沉一边莫名其妙地想到了一件事：同样是冬天的水，知止居的湖可比这儿暖和多了啊……

她睁大眼睛，极力张望，借着冰层上依稀透下的光看到了底下一个小黑点——正是胡智仁派发的皮裤。

找到了！

谢长晏拼命游过去，总算拉住那个名叫小孙六的汉子的手臂。然而下一刻，他就像所有的溺水之人一样，手脚并用地缠了上来，死命将她抱住。

谢长晏正要拉动腰上的绳子告知上面的人，小孙六的脚不知怎的缠在了绳子上，挣扎着踢了几脚后，绳子断了。

谢长晏顿时急得眼泪都要流下来。只好一边卡着小孙六的脖子，一边努力往上游。

这么一番折腾，气却是憋不住了。

似有千万只手在撕扯她的身体，又似有什么东西拖住了她的腿，无论怎么蹬，就是浮不上去。

谢长晏这才感到一丝害怕——难道会死在这里？

一个个气泡不受控制地从鼻子里冒出去，快点啊！快点啊！她是那么不甘心的人，不甘心地与天争过命，怎肯死在这里！

谢长晏咬牙，一掌将那个犹在挣扎添乱的家伙打晕，拖着他继续朝上方游去。

坚持！快了！快了！就要出去了！

就在这时，上方又"扑通"一下，跳下了一人。

那人如鱼般轻盈地分水而来，抓住了她的腰带。紧跟着，整个身体为之一松，被自然而然地拉出了水面。

清冽的空气涌入鼻息的瞬间，从地狱回归天堂。

谢长晏睁大眼睛，愣愣地看着来人。

来人穿着一身黑色水靠，抬手抹去了脸上的水珠，回眸朝她一笑："挺见义勇为的啊，小姑娘。"

黑色水靠勾勒出她完美之极的窈窕身躯，搭在脸上的那只手，也骨肉均匀好看得不像话。纵然眉目清淡，一笑间却颇有活色生香的韵味。这个危急关头救她之人不是别个，正是秋姜。

一旁的小厮连忙将狐裘披到谢长晏身上："你没事吧？吓、吓死我了！"这些拉船的汉子都是跟公子签过协议的，死了赔钱就是。可这不知哪儿冒出来的小姑娘没签过，万一有个三长两短，少不得要吃官司。

谢长晏"啊"了一声，这才扭头去看被她救起来的小孙六——只见他脸色惨白，躺在一旁，按了半天胸口也没反应。

一汉子喃喃道："怕是……时间太久了……"

谢长晏的心沉了下去，她那般拼命，自己都差点死掉，却还是没能救回人……有时候在命运面前，区区人类的不甘心，脆弱得真像一个笑话啊。

秋姜突然推了她一把："丑死了，丧脸。看姐姐的。"说着，她挤开众人，坐到了小孙六身边，从怀里摸出一袋银针来。

谢长晏一愣：此女还懂医术不成？

秋姜在小孙六身上扎了一会儿，只听"咳咳"几声，他蜷缩着翻了个身开始呕吐。

旁观的众人大喜："活了！神了神了！活了！"

"他虽活了，但也废了，赶紧抬走。"秋姜收起银针，拢了把头发站起来，环视众人道，"已经耽搁了半炷香，时间紧迫，其他人回归原位，听我号令，务必在天黑之前，顺利出海。"

一声令下，所有人都动了起来。

谢长晏呆呆地望着眼前的一切，忽然意识到秋姜是来干什么的。

她一出手就救了两人，掌控了全局，潜移默化地令所有人都听命于她。而在那之前，姓胡的商人又出钱又出裤子又出酒的，也没达到这种效果。

秋姜回头瞥了发愣中的她一眼："你也别闲着，回去换身衣服再来。"

"噢……"谢长晏转身往岸边走，走了几步又回过味来：等等，我怎么也听令于她了？

不过，好像也没有其他更合适的事可以做。谢长晏抿了抿唇，只好先骑马回客栈了。

回到客栈，自然引得郑氏一阵惊呼。

听闻她又跳到冰水里去了，郑氏整个人都在抖："吾儿，你的病才刚好啊！如此折腾，落下病根可怎么办？"

"但我救回了一条人命呢，娘亲。"

郑氏僵了一下，目光停留在女儿结了冰碴的头发上，鼻头酸涩："在娘心中，一万条人命，也不及吾儿啊。"

谢长晏心中一暖，当即伸手抱住了她："我这不没事嘛，娘。"

郑氏仍是哀愁："你可真像你爹……"都那么急公好义，都那么不顾后果。

"好啦好啦，娘快帮我快点擦干头发，我还要回去的。"

"回去做什么？"

"盯着船只，若能顺利出海，娘，晚上咱们就出海啦！"

郑氏凝望着她，低声道："你就这么急着……走吗？"

一语问中心事。谢长晏擦发的手停住了。

"吾儿可知，回到谢家，就不能再出来了。"

谢长晏闭了闭眼睛。她……知道。

"你得重回族学，继续修习琴棋书画女红持家。等上头的姐姐们都定好婚事，轮到你时，挑一个门当户对年纪相仿的。隐洲偏远，没什么太好的人家，学识见闻，自也不如京中子弟。最重要的是……"郑氏的声音恍如叹息，"再不可能如现在这般自由。"

这半年多来的谢长晏，可说是过得十分潇洒。想去哪儿就去哪儿，想做什么做什么。天子恩宠她，虽安排了各种考验给她，但也给了她无数特权。好比斗草投壶，直接给了夺魁神器，令她立于不败之地。

但回到谢家，失去准皇后的身份后，谢长晏只是个普通的女孩儿，甚至比别的孩子要劣势。毕竟，她没有父亲，母亲的诰命也被废免，无权无势无钱财。虽说谢家家风严谨，但人心有隙，歧视和欺凌在任何地方都存在。

如此回去后，面对的会是怎样一条路，每每想到，郑氏都夜不能寐。

谢长晏垂头沉默了一会儿，再抬眼时，却又是一笑："娘是怕我由奢回俭难吗？不用。我既选了回头路，就不会抱怨什么。最重要的是，能跟娘在一起。"

郑氏顿时说不出话来。

谢长晏擦干头发，换了衣衫后就又走了。郑氏倚在门旁，凝望着女儿的背影，直到看不见了，也没动。

她满脑子都是公输蛙的话——

"你一无知妇孺，自己憋屈也就罢了，还尽耽误孩子。看看如此美质良才，被你糟蹋成什么样子了？"

"跟训象熬鹰般磨了她的本性，令她安于平凡，算是什么长辈？"

"也是，似你这般自己都活得一塌糊涂的人，又怎顾得了女儿……"

郑氏靠着门框缓缓坐到了地上，看着院中那株被架在三脚竹竿中，裹得严严实实的梅树，眼瞳一点点地变深了。

"我……是吾儿的拖累……吗？"

谢长晏再次回到渡口时，船已经远得看不见了。她骑着马在冰上追了一会儿，才又看见秋姜他们。

秋姜不知从哪儿找来了一面鼓，架在甲板上，一边敲，一边带领众人喊口号："一二嗨！一二嗨！"

不得不说，这句简短干脆的口号比之前的歌效果要好太多。每次喊到"嗨"时，伴随着激昂的鼓声，众人往前一挪，所有动作整齐统一，更具力量。

谢长晏策马追上，高喊道："我做点什么啊？"

秋姜扭头看见她，随手从腰间解下丝带一卷，将她从马上卷到了鼓边。

谢长晏还没来得及反应，手里已多了根鼓槌。

"来得正好，我敲累了，你替我来。"秋姜歪头往船舷上一坐，开始揉捏自己的肩膀。

谢长晏愣了愣，倒也没拒绝，当即敲起鼓来。但她心中默数，总与常人不同，那鼓点，不是快了就是慢了，根本不能保持一致。因此敲了没几下，众人的口号声也变得有快有慢，难以统一了。

口号一乱，那股精气神也就散了。

"停停停！"秋姜跳起来，跺了跺脚，示意众人停下，然后，她用一种复杂的神色看着谢长晏，感慨道，"若非你也急着出海，我真以为你是故意来砸场的。"

谢长晏十分尴尬。秋姜将鼓槌接了回去："行了行了，你也就配干干体力活了，拉船去。"

谢长晏只好跳下船，正准备继续帮忙拉船，却见渡口方向来了一队士兵，领头之人赫然是孟不离。

谢长晏面色微变，再看秋姜的表情也不太好。

孟不离来到近前，比了个手势后，那队士兵当即加入纤夫行列帮忙拉船。如此一来，速度快了不止一倍。

谢长晏定定地看着孟不离，他一开始还想保持沉默，后来觉得不说点什么不行，只好开口道："上命，送你，一程。"

陛下命令护送你一程，助你出海。

谢长晏的手骤然握紧，想要拒绝，但看着那些纤夫隐含希望的脸，怎么也说不出来。然而，内心深处暗潮汹涌，翻滚着满满的卑微和不甘。

我竟是如此无用之人。

连回家都要依赖那个人帮忙。

离开他后，我果然就什么都不是了吗？

"女人都麻烦得很，好不容易教会了就嫁人生子去了，此后一颗心就全扑在了孩子身上。"

"你们这帮人，只想着将她调教好了当上皇后荣耀门楣，拼命灌输肃穆妇容、静恭女德之论，跟训象熬鹰般磨了她的本性，令她安于平凡。"

"你对自己毫无目标，毫无自信，才对别人的建议如此盲从。就算不做皇后，难道你这一生就碌碌无为，得过且过了？"

一语惊醒梦中人。

谢长晏直勾勾地看着秋姜，秋姜仍在甲板上敲鼓。阳光照在她翩跹如蝶的身姿上，所有人包括后来的士兵们看她时，也都带着尊敬和赞赏。

为什么？

因为，她有才华。

她高深的武功，出众的头脑，处事的果断，甚至过人的心计，都是她的才华。凭借这些东西，她无须依仗任何人——哪怕她的夫君是大名鼎鼎的风小雅，也说利用就利用，说离开就离开——她纯粹是为自己活着，而且无论在哪里，都可以活得很自在。

而我呢？谢长晏扪心自问。如果剥离了谢家女儿的出身，准皇后的桂冠后，我还剩下什么？我能否脱离家族和陛下而存活？我能否像秋姜这样潇洒，做自己想做的事，走自己想走的路？

我真的要回谢家读书绣花，然后嫁人生子吗？

这般平庸的我，能被下一个夫君喜爱，从而拥有恩爱白头的婚姻吗？

我究竟想要活成什么样子？我的理想是什么？我的心愿是什么？

一句句质问，在谢长晏心中翻腾，有什么东西就那么化开了，像蹚冰而过的船只，磕磕绊绊、历经艰险地驰向了海岸……

一个时辰后，船只划出冰层，飘在了泛着冰屑的海面上。

所有人都在欢呼。

胡智仁连连向孟不离致谢，孟不离摆手道："留间船舱，给……"他回头，想指谢长晏。然而，身后空空，那个一直在人群中帮忙拉船的少女，不见了。

孟不离大惊，连忙调动士兵寻找，这时一声娇笑从甲板上传来，却是秋姜趴在栏杆上，低头冲他笑："小姑娘走了，大姑娘还在呀。那间船舱留给我呗。"

孟不离瞪了她一眼，一言不发就上马寻人去了。

秋姜望着他的背影笑个不停。

胡智仁上前拱手行了一礼，温声道："这位姑娘，想要哪个房间？"

秋姜将鼓槌递到他手中，吐了吐舌头："留给别人吧。"

"唉？"胡智仁正在疑惑，却见此人脚尖轻点，像只海鸥一样从船上飞了下去，几个纵身，就消失不见了。

小厮在一旁惊叹道："怎么都走了？所以，这两个姑娘都是……纯粹来帮忙的？"

谢长晏回到客栈，在郑氏的门前久久徘徊，她心中有个想法，却不知该如何开口。

忽然间，房门开了，郑氏站在门内，用一双了然的眼睛温和地看着她。

"娘……"

"进来。"

谢长晏跟着郑氏进了屋子。郑氏将她的狐裘脱下，谢长晏看见上面好几处地方都磨损开裂了，想必是刚才拉船时弄破的。

郑氏坐下，将狐裘摊开，取出针线开始修补。

谢长晏愣愣地看着她。从小到大，娘亲给她最多的记忆就是在做针线活。她小时候十分顽皮，总是新衣穿出去，破破烂烂地回来。娘亲从不抱怨什么，默默地将衣服补好。娘亲的手非常巧，总能将衣服补得不留痕迹，让她可以继续肆无忌惮地玩。

她如今十三岁了，还在让娘亲做这样的事，让娘亲始终忧心，夜不成寐。

她给予她的安慰那么少，带给她的麻烦却是这般多。

"娘……"谢长晏忽然伸手，握住了郑氏的手，鼓起勇气准备跟她摊牌。

郑氏抬头，却赶在她之前开了口："吾儿，娘有一事，想与你商议。"

谢长晏满腹的话便卡在了喉间。

"娘马上就三十八岁了……"郑氏说这句话时目光投向一旁的镜子，镜子里的女子，久染风霜，委实不是一张三十八岁的脸。

"十五岁前，养于深闺，足不出户。十五岁后，安守夫家，不见外客。此趟随你入京，是我平生第一次出远门。"她的人生，先是绑在父母身上，然后绑在夫君身上，最后绑在女儿身上。这世间无数女子的人生，都是这样。

"我幼时喜爱读书，每每看到模山范水的文章，总是不胜向往。然而一直没有机会远游。日常所见，也不过是些花花草草，用于绣艺。"郑氏抚摸着狐裘，声音低柔悦耳，"我缝制此裘时，想着吾儿是如何快马扬鞭地穿梭于密林中，如何一箭射去正中狐喉，心中充满了欣慰，也充满了……遗憾。"

"娘亲……"谢长晏的心绷紧了。她有一种预感，娘亲接下去要说的话，可能跟她是一样的！

郑氏抬眼，目光灼灼地看着她："若我能亲眼见吾儿猎狐，该多好啊……若我能与吾儿把臂同游，该多好啊？大燕雄丽，北有至高之峰，南有至阔之海，西有至广之原，东有至美之林……若我用双眼亲自去看一看，若我能同吾儿一起去看一看，此生……无憾矣！"

谢长晏的眼泪一下子就流了下来。

她从渡口匆匆回来，就是因为心中有了这样的想法。她决定不回谢家，追随公输蛙学习技艺，若真有成，绝技傍身，就能无须依仗他人，凭借自己的能力给予娘亲富足的生活。

可是，这也意味着今后几年，她们都将居无定所，漂泊不定，还会遭遇各种突发情况。她天性外向，倒是不惧，却担心娘亲无法承受。

然而，如今，她还没开口，娘亲就先说出了这样的话。看似为她自己而说，但知母莫若女，谢长晏如何不知这是郑氏在久经考虑之后，为女儿做出的又一次牺牲呢？

她大概是全天下最幸运的孩子，虽然没有父亲，却遇到了这样的母亲！

一时间，愧疚感动悲伤振奋等情绪蜂拥而至，谢长晏什么都说不出来，只能哗哗地流眼泪。

郑氏连忙取出手帕为她擦脸："哭什么？为娘三十八岁后终于能出去见见世面，不是应该高兴吗？"

"是，高兴……我们每到一处，就去当地看看特色风景，尝尝风味美食，把这些都标记在舆图上——我亲自绘制的舆图！等回家后，你拿出舆图看一眼，就能想起那些经历，还能编著成书，留给后人……"

当谢长晏畅想翩翩时，一艘又一艘的船只在纤夫们的汗水中蹭冰离开渡口，驰向了一望无际的大海……

计划总是美好的。

但人生往往充满了意外。

比如，之前她不打算跟公输蛙走时，公输蛙自己来了；当她想找公输蛙时，却发现怎么也找不到他了。

谢长晏有些后知后觉地想起：求鲁馆内疑似有细作，所以公输蛙此行出来应是保密的。

郑氏有些着急："若找不到那位先生，怎么办呢？"

谢长晏沉思片刻，一笑道："我找他确实难于登天，但他找我很容易。"

"你要引他来？怎么引？"

谢长晏眨了眨眼睛。

她先是跑遍了镇上的车行，终于在一家店内找到了想要的车辆。

车厢长近一丈，宽达五尺，异常巨大。不过久未护理，脏得不成样子，还有好几处发霉了。

"这辆车本是去年一位客人订的，说是装棺材用。交了定金后一直没来取，我们催了好久，最后人说不要了，如今一直堆杂物用。"

谢长晏将车厢上上下下摸了个遍，沉吟道："我要改一改。"

"没问题。刘师傅你来，客人要改车。"店家叫了一个老木匠过来。谢长晏对他说出了要求后，所有人都睁大了眼睛。

"怎么？不行？"谢长晏问。

"行倒是行，但……之前没人这么改啊。"老木匠显得十分为难。

谢长晏抿唇一笑："现在有了。"

老木匠招呼着几个徒弟在谢长晏的指点下开始改装马车。虽然为了追求速度，做得很是粗糙，但勉强达到了要求。

车身被重新上漆，加了瓦顶，变成了一间小小的屋子。屋子分前后两部分，前面矮几软榻，用以会客休憩；后面折叠屏风一拉，就是卧榻，二人同寝还有富余。卧榻下方全是一格格抽屉，拉开木板，可放各种杂物。麻雀虽小五脏俱全，衣柜、妆台、茶海、棋盘等摆件全都用钉子固定在车上，还准备了脸盆马桶。独居匠心的是车顶架了个大桶，用于蓄水，有管子直通车内，落在脸盆上方。如此一来，便是行车中都可以接水洗漱。

除此之外，马车后壁装了三排箭支，按动机关，可阻挡后方来袭。箭支清空后补齐，可重复使用。车毂则装上了三尺利刃，平日缩于轮内，需要时按下，可用于陷阵冲锋。

这是一辆集战车和房车于一体的新式马车。起码，对刘师傅来说，做了四十年木匠，还是头回打造这么奇特的。

更令他惊奇的是谢长晏，这么大点小丫头，对马车的结构竟懂得比他还多。

"请问……您定制这样的车，是做什么用呢？"刘师傅犹豫再三，还是忍不住好奇，问了出来。

然后便见那个奇怪的小姑娘，慧黠一笑："以车代房，四处走走看看，顺便吸引某个人的关注。"

这么招风的马车，肯定会传到公输蛙的耳朵里的。他能忍住不来看一看吗？

对此，谢长晏极有把握。但她没把握的是……此车造价不菲，店家肯不肯给她优惠。

她鼓足勇气敲响了车行老板的房门，谈了不到半炷香时间，就被两名伙计架着手臂丢了出来。

"没钱你还要求这个要求那个？"车行老板气得鼻子都歪了。

"我可以将此车的图纸送你，你照着打造，必能开辟新客，财源广进。"

"呸！除了你这种疯子还有谁会要这种马车？滚滚滚！不要再让我看见你，尽耽误我们的时间！"

谢长晏急声道："那现在这辆车怎么办？"

"什么时候凑够钱什么时候来赎！滚吧！"

谢长晏被丢出了车行大门。刘师傅远远地看着她，想要说什么，但终究没说。车没卖掉，他也拿不到属于他的那份工钱，这些天等于做了白工。

谢长晏对他感到很抱歉。

在此之前，她并不觉得钱是问题。谢家节俭，母亲又有俸禄，衣食还算无忧。到得京后，一切支出都走宫廷账目，钱财更像是身外之物。

此番离京，马车是陛下准备的，客栈是陛下付账的，因此，直到此刻才发现娘亲和自己加起来，身上也不过二两金。

二两金想要搭船回隐洲，堪堪够用。想买这样一辆马车，却是远远不够。

因此，付了一两金的定金后，谢长晏就开始愁。愁啊愁的，就愁到了现在：车都弄出来了，却无余钱结账。

"甘罗智辩救祖父，冯谖弹剑得鱼车。怎么到我这儿，好口才都不起作用呢？"她连天子的圣旨都辩论说服过，却说服不了一个车行老板减免十两金。

谢长晏想到这里又叹了口气，起身拍拍衣服，决定先回客栈去。

没有钱等于没有车。没有车等于没有公输蛙。没有公输蛙等于没有未来的一切。

愁啊……

谢长晏边走边琢磨着怎样才能生钱，忍不住又自嘲，若五伯伯知道自己变成一个满脑子都是阿堵物的俗人，不知会是何表情。不过，她已经不用当皇后了，恐怕五伯伯连看都懒得看她一眼。

刚进客栈，还没到院子，就听那边传来喧哗声。

谢长晏心中"咯噔"了一下，以为娘亲出了什么事，当即冲过去。只见院门口围了好多人，正在啧啧称赞。

"开了开了！三朵呢！"

"真活了嘿！有生之年竟能在渭陵看到梅花，吉兆啊！"

一人不满道："梅通霉，哪里吉兆？"话未说完，便被其他人打了出去。

谢长晏挤开人群走进去，就见郑氏跟客栈掌柜在说些什么，掌柜一转眼看到她，当即满脸堆笑地跑过来，鞠了一大躬。

谢长晏连忙避让："掌柜何须如此大礼？"

"要得要得！我这棵梅树，全赖客官您的妙手才能活下来，还开了花！您可是我的贵人啊！"

谢长晏走到树前，果然，原本被修剪得光秃秃的树干上，不屈不挠地长出了几根细枝，其中一根上还结了三朵花苞，虽然又淡又小，却呈现出勃勃生机来。

谢长晏的眼眶不知怎的红了起来。再看客栈掌柜，也是双眼赤红："您有所不知，我那夭折的女儿就叫梅儿，她临终前的心愿就是看一眼梅花。于是我耗费巨资从南境运来，种在阳光最充足的这个院子里，可种一棵死一棵，如今已有八个年头了……她若还活着，就跟您一般大……"

不甘心之人，不甘心之举，终究是创造了奇迹。

谢长晏伸手小心翼翼地抚摸那三朵花苞，唇角扬了起来。

夜间，灯下，谢长晏正凭借脑海中的记忆画运河舆图时，郑氏走过来，将一个袋子轻轻地放在几边。

谢长晏打开袋子，发现里面竟是满满一袋钱，不由得一愣："这是？"

"收拾了一下行装，发现了一些无用之物，索性卖了。"郑氏说得轻描淡写，谢长晏却是心中一涩，目光从她耳上掠过——娘亲的耳环，果然不见了。

谢长晏惦了掂那袋沉甸甸的钱，将它推了回去。

郑氏诧异："怎么了？"

"娘留着傍身。我不需要。"

"可你的车……"

"若是跟着女儿，需娘亲变卖首饰衣衫才能度日的话，我又有何面目夸下海口说要励精图治？"谢长晏注视着自己画的舆图，展颜一笑，"相信我，会有办法的。"

郑氏凝望她半晌，慢慢地收回了钱袋："好。"

第二日，谢长晏又去了车行。车行老板正要赶人，她提出了一个建议。

"租赁？"

"是的。贵车行开在此地，无非是看中渡口人来人往。可此地该有车的人家都有车了，对马车的需求量不多。所以贵车行除了售卖外，还提供租赁，供往来商旅暂借车辆装卸货物用。"谢长晏分析道，"但以我看，此业一年，噢不，半年内势必消亡。"

"为什么？"

"因为运河。"这也是这些天谢长晏在此地观察得出的结论，"本来，从玉京想走水路回隐洲，只有渭陵渡口一个选择。但玉滨运河一通，所有人改道而行，再加上河道一改，冬天此地一结冰就废了，久而久之，此镇必定没落。人都不来了，您的车又能租给谁呢？"

车行老板听得连连皱眉："那你想如何？"

"每行每业，但有所成者，无非二术：一，实惠需求；二，新奇有趣。您应抢占商机，从现在起，就用我的这种大马车载客，收费要贵，随车者要机灵，务必令人印象深刻。然后前往运河沿岸抢先购买门面，处处放置这样一辆马车。届时只要看到这么大的车，就想到贵车行的字号，扩大岸口所需，博得新奇名气，才能立于不败之地。"谢长晏说得兴起，两眼放光，"而我，愿做先锋。给我一辆车，我将随运河南下，沿途招摇，为您亮旗。"

车行老板哈哈一笑，然后沉下脸，一挥手，再次命伙计将她赶了出来。

"看你是个姑娘家，不想竟满嘴扯谎，还敢忽悠到我头上！滚滚滚！再来胡说八道，就报官抓你！"

谢长晏被再次扔在了地上，灰头土脸，挫败难堪。

就在这时，有人在旁边轻轻一笑。

其实周遭指指点点的人不少，但这记轻笑，异常清晰地传入了她的耳中。

谢长晏心中一跳，赶紧回头，就看见秋姜坐在马厩的栅栏上，两条长腿一荡一荡地跟着众人一起看她的热闹。

她怎么还在此地？不是……跟人出海了吗？

两人目光交接，秋姜跳下栅栏，朝她走了过来，啧啧叹道："明明可以靠脸赚钱，非要靠脑子。"

谢长晏白了她一眼，咬牙走人。

秋姜却摇摇摆摆地跟在后头，继续揶揄："脑子虽然不错，眼光却是不好呢。"

谢长晏脚步一顿，扭头："怎的不好？"

秋姜咳嗽了一声："这是请教于人的态度吗？"

谢长晏想了想，拱手行了一礼："还请夫人赐教。"

秋姜大咧咧地受了她这一礼。"但凡扒手行窃，首选老人和怀抱孩子的妇人，其次选脸上写着心事眼神恍惚之人，再选呼朋唤友的富家子弟。因为这三类人最易下手。"

谢长晏听得一愣，自己真心求教，可她说的都是什么啊？

"同理，骗子行骗，首选贪婪之人，其次畏缩之辈，最末才选愚昧之徒。为何？"

谢长晏听出了些许门道。"容易？"

"所以，你要忽悠人送你马车，就得选好对象。"

"我不是忽悠，我是真心献策啊。"她忍不住辩解。

秋姜抿唇一笑："良策也要有慧眼识得才行啊。你画的那个饼太大，寻常商人第一从没想过，第二看到了也不敢吃。再看你选的这家车行，在此镇经营三十年还是这么点门面，说明什么？"

"不思进取，墨守成规。"

"是啊，所以你向他献策，等于将美人送给了瞎子。"秋姜笑盈盈地看着她，"甘罗智辩，若遇到的不是秦始皇；冯谖弹铗，若遇到的不是孟尝君，又有何用呢？"

谢长晏犹如醍醐灌顶，瞬间就想通了。

秋姜挑了挑眉："所以，现在你知道该做什么了？"

"知道。我去找姓胡的那个商人。"

"为何？"

"他于冻河之时第一个想出蹚冰出海，是个有主见有魄力更有执行力之人。我去向他献策，必能成功。"

秋姜一笑。

谢长晏犹如得到了莫大的鼓励，当即就扭身匆匆去找胡智仁了。跑到一半，突又想起什么，回头一看，只见街上空空，秋姜已经不见踪影了。

奇怪，她此番现身，难道就专为指点自己而来吗？

谢长晏这一次，终于顺利了。

胡智仁在花厅接见了她，从始至终礼数周全，听她一口气说完所有的话后，毫不犹豫地就让小厮取了十两金来。

"姑娘上次帮忙拉船，还未答谢，此番又为我指点迷津，区区十两不成敬意，若有所需，但请再来。"

谢长晏大喜："我这就去将样车买来给你看！"说罢告辞离去。

小厮望着她的背影，一脸狐疑道："公子，她说的是真的吗？此举真能赚钱？"

胡智仁至此才拿起几上的茶浅呷了一口，脸上的笑容敛去后，神色变得有些凝重："能不能赚钱还是未知数，不过此镇没落，势成必然。早做打算，终归是好的。"

"可很多人说运河没十年八年通不了的。"

"富贵险中求，正因人人都那么想，才要反其道而思啊。更何况……"他忽然笑了笑，"你可知此女是谁？"

"莫非大有来头？"

"那日来帮她拉船的是千牛卫队。"

小厮惊呼了一声："陛、陛下的私军！"

胡智仁点了点头，凝望着谢长晏离去的方向，目光微闪："听闻隐洲谢氏十九娘被选为帝妻，却以难堪重责为由推了这门婚事。如果我没猜错，就是这位谢姑娘。"

小厮的下巴都快掉下来："她、她、她就是……那位传奇的十九娘子啊！"

"所以，从天子身畔来的人的消息，怎能不听？"胡智仁想到这里，将茶杯一放，"你派人跟着她，若她有什么难处，暗中解决了。"

小厮明了道："公子想施恩于她。"

"经商人家，怎能不知奇货可居之术。去吧。"胡智仁挑眉一笑。

谢长晏自是不知胡智仁心中的弯弯道道，只觉被秋姜指点迷津后，一切都豁然开朗，变得无比顺利起来。

她顺利赎回了马车，告别了客栈掌柜，临别前，掌柜还送了她许多食物，将整辆马车都塞得满满当当的。

谢长晏交代车夫继续将两名婢女送回谢家，自己则带着母亲上了马车，朝着运河方向出发了。

在车上，她打开舆图。"公输先生曾说开河之时遇到许多难题，比如通天山，坚固难凿。但他已成功研制出了炸山的火药。如果我是他，必会第一时间去那儿实践。按照行程算，他此刻应已到了。所以，我们的第一站，就去通天山。"

郑氏沉吟道："我们过去大概要十天。"

"是啊。希望我们到时，他还在那里。"

然而，当谢长晏她们好不容易抵达通天山时，看见的是一地碎石——山，已经彻底没了。

这也意味着，公输蛙已功成身退。

她向河工们打听，有几人声称确实见过脸上有疤之人，不过他只露个面就走了，并未在此多逗留。

"唔……看来是我想偏差了。公输蛙为人自信又急躁，等不到山全部炸完才走。"谢长晏在舆图上搜索，指向一处道，"他的下一站应会去黑松城，解决分流一事。"

黑松城距离通天山三百里，山路十分崎岖。她们的马车太过庞大，更是颠簸难行。在郑氏第三次吐得天昏地暗后，谢长晏不得不改走大路，如此一来，耽搁了好几天。等她们来到黑松城时，公输蛙又已不在了。

一河工道："那个人前天就走啦，自己一人骑马走的，我们大人还亲自送到城外。"

"他有说接下来去哪儿吗？"

"没有。那人古怪得很，一来就各种挑剔责骂，我们大人被骂了个狗血淋头。送走他，就跟送走菩萨一样，大大松了口气哩。大人还说不知道谁是下个倒霉鬼。"

谢长晏道了谢，心事重重地回到车上。

郑氏很是愧疚："前天走的，若非为娘不争气，耽搁了行程，你们此刻已遇见了。"

"娘亲说哪里话，我们本就说好了要一路玩着来的。是我急于寻人，反令娘亲遭罪了。"谢长晏想到这里，心头微动。

我为何非要执着于寻公输蛙？

没错，他确实给了我一条捷径，可以令我在不依靠父族和陛下的情况下，依旧可以跻身于顶级领域中，笑视苍生。

我若一直寻不到他，又或者说，就算寻着了，但无法完成他的要求，最终发现那是一条死路，我就废了吗？

马车行驶在路上，若不定方向的话，天涯海角，几无不可去之处。

谢长晏索性从车辕处站起来，借着车壁上的梯子爬到车顶上。这梯子本是为了给木桶加水用，如今她坐在桶边，视线辽阔，万水千山都似在身下氤氲成了山水画卷。

世界如此之大。

——处处是前程。

水去云回，沧海桑田。

无论人世如何变化，更改不了花落花开，岁月悠悠。

天气回暖，阳光也格外充足起来，透过屋顶的琉璃照下来，映出一室春意盎然。

彰华将袖珍小水车放进挖好的池中，接好车头竖轮，水车成功地转动起来，一时间，整个屋子里都是潺潺水声，给本就祥宁的住所增添了几许活泼气息。

"此乃水转翻车，可日夜不息，比人踏翻车好用百倍。缺点是需借水势。此外，还有一种叫'高转筒车'，可用于陡峻无法别开水塘之地。"吉祥在一旁讲解道。

彰华注视着池中不停转动的水车，眸光深浓："都是她想出来的？"

"确切来说，是谢姑娘提了个头，胡家的匠人们帮忙完善，最终搞出来的。"吉祥说到这里，犹豫了一下，"听闻胡智仁这两年都没有回宜国，一直跟在谢姑娘左右，她去哪儿，他也在哪儿，殷、殷勤得很……"

彰华忽然笑了一下，别有深意地瞥了吉祥一眼："如此倒也不错。老貔貅没有同行吗？"

"同行过一阵，两人总是吵架，每次吵架后蛙老就赌气出走。谢姑娘则继续游山玩水，写她的游记。"说到这里，吉祥从怀中取出一本书。

彰华接过来，封面上写着"朝海暮梧录二"，署名"十九郎"。

"此书取'朝碧海而暮苍梧'之意，目前已出到第二本了。因为行文十分诙谐有趣，好评如潮，不止大燕，在别国也十分畅销。"吉祥停一停，补充，"当然，离不开胡家在背后的推手……"

彰华随手翻开一页，写的是"北境庙宇借宿指南"，涵盖了玉京到定洲四十九城内三百六十家庙宇，从如何借宿着手，讲解每家庙宇的独特之处。

"北境之内，当以银叶寺为首，僧多钱多屋多，又称'三多寺'。其客舍共计三十九间，天字三间推窗可观日出，奇雾拦腰，颇有红尘尽在脚下之感，实乃躲避俗事纷扰的绝佳之地。然主持富豪又清高，钱帛哭求皆不能动其心志，想要入住，需投其所好。问有何好哉？答曰一狗肉二狗肉三狗肉也……"

彰华看到这里忍俊不禁，笑出了声。

吉祥在一旁也笑道："此狗肉不是指主持爱吃肉狗，而是主持爱狗，生平最见不得有人杀狗。据说当年谢姑娘为了能住进天字房内，拎了条狗要挟，主持最终受不了只好应她所求。所以此书一出，银叶寺的门前多了无数持狗蹭住之人……"

彰华挑眉道："胡闹。"

"是啊，最后人实在太多，主持只好闭关，来了个眼不见为净。"

彰华笑着笑着，唇边的笑意却慢慢地消去了，手指轻轻抚书册，这一字一句，于他而言不过是纸上黑墨，于那个人而言，却是她这两年的一举一动。

吉祥看见彰华的表情，当即也不笑了，低声道："陛下，马上就……三月三了。"

三月三，芍药开。谢长晏的生日。

而这一年，她满十五了。

若当年没有退婚，过了这个及笄之日，她就会成为燕国的皇后，他的妻子。

而如今，硝烟将散，他却依旧孑然一身。

这两年的谢长晏很忙，这两年的彰华更没闲着。

他一共推行了三道新政。一是废除丁税并入土地；二是广修学馆开科取士；三是加强兵权，设立禁军，统领全由武举选出，由天子亲信指挥。

每道新政都受到了极大的反对，阻力重重。

不甘利益受损的世家们联合起来，或阳奉阴违或联名上书抗议，更有一头撞死在龙柱上以死明志的，各种手段层出不穷。

然而，年轻的新帝似乎摆明了不要名垂青史，以极尽强势的雷霆手段毫不手软地一个个剔除打压，更启用酷吏，接受告密文书，一时间，玉京笼罩在滥刑恐怖中。提及千牛卫，士族人人色变。

失意世家连同宗室旁支意图发动武装叛乱，还没实施就被禁锢下狱。剩下的李家励精图治，袁家识时务投靠，商家势微蛰伏，算是暂时分出了胜负。

但也仅仅只是暂时而已。

飓风来前，海面也总是平静的，其下暗潮汹涌，却是见微知著。世家不可能就此罢休。而他的姑姑，最大的幕后黑手，也始终不曾露出獠牙。

对此，风小雅曾提议道："长公主毕竟是陛下至亲，就算当年驸马死于陛下之手，但也是陈年旧事。何不化干戈为玉帛？"

彰华闻言沉吟许久，才低声道："昔日旧怨，与其追究个结果，不如忘记。姑姑想必跟朕一样，都假装已经忘记了那件事情。"

忘记方清池，忘记他跟长公主龃龉的由来，忘记他曾经是个畅快恩仇的少年。只有忘记了那些，才能心甘情愿地负甲前行。

两年。血雨腥风掌间过。

唯有小小蝶屋，是他的休憩地，躲进其中，暂忘己身。看着茧生茧死，蝶飞蝶栖。偶尔想一想那个他暗寄期待的姑娘，柔情蜜意仿佛已是上辈子的事情。

这么快，她就成年了啊……

彰华翻着手中的游记，给自己倒了一杯茶，一边浅呷一边看，身前的竹架上摆满锦盒。有一排的盒子颜色与别的不同，是红色的。

游记上写："北艳山有一奇景，曰悬棺。壁立水滨，逶迤高广，一具具船型棺材悬挂其上，饰以彩绘，栩栩如生。棺内有尸及随葬品，重达三百斤。邻边周村有部族名骨，代代守山，选神力者自小练习飞檐走壁，成功悬棺者封骨王之号。然骨族人丁凋零，又为战火所殃，此技现已没落。惋哉惜哉。"

这一段描绘的是南境部族的一项奇观。上面的"重达三百斤"不过寥寥五字，但彰华从红盒子中取出一枚死茧，打开后，露出里面的一张字条，上面写着："九月七，谢氏行至北艳山，壁上一悬棺忽坠，砸其右腿。养三月，愈。"

谢长晏在那儿养了三个月的伤，也没闲着，命人把坠落的那具棺木称重打开，将里面的陪葬品全都记录了下来，然后从陪葬品中发现蛛丝马迹，找到了那个名叫骨族的隐蔽村落。在此之前，邻边州县从不知属地之内还有这么个地方。

短短百余字，却堪称价值千金。

而这样的例子，还有很多很多……

她去了琅琊山，亲眼看见了青檀，亲自跟匠人们学习了宣纸的做法；

她去了彭州，亲手采摘了仙崖石花，炒成茶饼；

她去了宣城，拜会制笔世家诸葛氏，收获了全套的点青螺；

她去了黄冶，参观瓷窑，烧制了三彩马……

红匣中共有死茧三十二枚，意味着她遭遇过三十二次危机，但都一一挺了过去。再然后，便收获了这样一本字字珠玑的书。

这是游记，是趣闻，亦是财富。

彰华一点点地看着，想念着，感慨着，直到一旁的和尚敲钟摆件开始"当当当"地敲钟——这个摆件，已拿到蝶屋两年，每天都一丝不苟地向他报时，提醒他，该出去了。

彰华合上了书。

当书合起的一瞬，所有蹁跹遐想全都烟消云散。屋门开启，如意躬身立在门外："陛下，大臣们都到了。"

彰华将书连同红盒子一起放回木架上，转身走出去。

"你去滨州一趟吧。"他说，"赶在三月前。"

如意不解地睁大了眼睛："为什么呀？"

"送份贺礼。"

"滨州……三月……贺礼……"如意福至心灵，"啊"了一声，"给谢长晏的？她在滨州？"

彰华一边更衣一边淡淡地"嗯"了一声。

如意来了兴致："好啊好啊，我去帮陛下把《齐物论》要回来。"

吉祥在一旁笑："你还惦念着此事啊。"

"当然，陛下的东西我可是一直放心上的！我这就动身出发。"如意说罢高高兴兴地去了。

吉祥弯唇直乐："如意必会后悔。"

彰华瞥了他一眼："噢？"

"璧国新帝登基，同我大燕交好，欲遣使臣来访。如意若知那人是谁，必不肯离京了。"

说到此事，彰华唇角微勾，不以为然道："不过是个稚龄小儿，会投胎，生在了薛家。昭尹在薛氏辅佐下登得帝位，自要大力褒奖以安妻心。"

吉祥转了转眼珠："陛下的意思是，薛采盛名有虚？"

"虚不虚，见见就知道了。"彰华淡淡道。

华贞五年，二月初九，燕王与璧国使臣薛采的见面，最终被引为美谈，在街头巷尾口口相传。

那一天久旱的玉京难得下起了雨。

冬雨氤氲，料峭森寒，然而那儿从廊下款款走来，一袭白衣，携起了随心所欲的风，令原本灰青色的殿堂都为之一亮。

他的容貌非常漂亮，但比他漂亮的孩子彰华也见过很多。

他的衣饰十分精致，但比这精致的衣饰彰华自己就有很多。

然而，彰华从没见过这样的孩子。

——这是一个被千万人宠爱着的孩子。

被千万人宠爱，与被几十人宠爱，是不一样的。

这种不一样沉浸在他的一言一行、一举一动中，令他显得那么骄傲，让人好想磨一磨他的骄傲。

彰华两眼一弯，笑了："璧无人耶，使子为使？"

名叫薛采的童子抬起眼睛，灿灿星眸，剔透如璃："燕，乃国中玉；吾，乃人中璧。两相得宜，有何不妥？"

彰华忽然发现自己错了。

薛采低着头时，他想磨一磨他的骄傲，但当他抬起头，注视着自己时，让人忍不住就想惯着他的骄傲，好让他更骄傲。

"天之骄子啊……"他在心中感慨万千，仿佛看见了曾经的自己——那个六岁之前，万千宠爱集于一身的燕国太子。

"吉祥，去将我的玉取来。"

一旁的吉祥露出惊诧之色，但不敢多言，低头去了，不多时，捧来一个乌木盒。

　　盒子四四方方十分古朴，看上去并无什么出奇，但打开后，里面的玉让璧国的使臣们全都睁大了眼睛。

　　"此玉长于青鸾雪峰之巅，浸于冰泉近千载，由公输先生亲手雕琢，朕为之命名——"彰华注视着殿前仿若冰雪铸就的小小童子，微微一笑，"'冰璃'。今将此玉赠汝。当得这样天下无双的璧玉，才配得上这样一个天下无双的……妙人儿啊。"

　　自此，冰璃公子之号名动四国。

　　"话说那薛小公子就这样留在了宫中，陛下十分恩宠他，将他领到最珍爱的蝶屋中，跟他说：'你喜欢哪只？挑一只走吧。'"

　　"陛下竟然连蝴蝶都舍得送给他？"

　　"冰璃美玉都送了，更何况区区蝴蝶。"

　　"这你就想岔了，玉虽珍贵，毕竟死物，万年可存，蝴蝶却只生一季。对咱们这位陛下来说，蝴蝶明显更珍贵呢。"

　　"你们都别打岔，那冰璃公子最后选了哪只蝴蝶啊？"

　　黄昏时分，陆家酒铺内熙熙攘攘。出海打鱼的渔夫们满载而归，将鱼卖给收购的商人后，都喜欢来这儿歇歇脚吹吹牛聊聊天。

　　陆家在滨州沿岸已经卖了一百年的酒，祖孙三代全都守着这么一个小铺子，铁打不动的一碗酒七文钱，一百年都没涨过价，不富有也饿不死地靠这门酒技吃饭。

　　因此，谢长晏来到滨州的第一件事，就是尝尝这款著名的七文酒，不想却是听见了来自玉京的最新趣事。

　　她坐在角落，身穿青衫，做男儿打扮，听着众人七嘴八舌，也不禁心生好奇。她恐怕是此地唯一一个进过蝶屋之人，自比他们更清楚彰华有多么宝贝那些蝴蝶。她之前顶着准皇后的身份享尽恩宠，却也没能获赐美玉蝴蝶。那个叫薛采的小神童，还真是了不起啊。

　　不过……

　　谢长晏呷了一口酒，遮住眼中的揶揄之色：毕竟是性好娈童的陛下嘛！

　　来自北境的商人成功用此话题吸引了所有人的目光后，得意一笑："冰璃公子看了一圈，最后呀——一只也没要。"

　　众人发出"果然如此"的唏嘘声。

　　"不但没要，还说'我不喜欢活物'。陛下问：'为什么呀？'他道：'我照顾它，我累；我不照顾它，它死。'陛下说：'你可以让手下人照顾它们呀。'冰璃公子就反问：'借他人之手照顾，就不算真正属于我的。陛下建此蝶屋，亲自养育这些蝴蝶，不也正是这么想吗？'陛下当即就惊了，感慨万千道：'你这小小孩童，竟是朕的知己！'"

"哇——"酒铺内一时间感慨万千。

谢长晏却差点呛酒，连忙低头捂嘴，把咳嗽声埋在了胸腔中。这商人擅长讲故事，口吻语气描绘得十分到位。但因为谢长晏太熟悉彰华，所以无法想象他会如此情绪饱满地说话。唔，如果此事属实的话，想必那人定是轻轻挑一挑眉，问："为何？"然后淡淡道，"可令下人代为照料。"

而当薛采说中他的心事时，他大概会沉默片刻，然后一笑道："也好。那就出去吧。"

谢长晏在心中默默地描绘着那个场景，细致到他衣上的纹理都勾画得格外分明，最终一笑泯了种种思念。

她将喝空的酒碗翻过来盖在桌上，起身走人，迎面而来的风中，带着海域独有的咸湿气息。

行走在宽敞明亮的长街上，看着鳞次栉比的商铺房屋，感受着悠然自得的生活气象，内心深处涌起难以描述的自豪与悲伤。

这是……父亲豁出性命保护着的地方。

十五年前，父亲在这浴血奋战，没能回家迎接她的出世。

十五年后，她跟母亲来此拜祭他。

他救下的渔民们为他在海边立了一座碑。

谢长晏决定在碑旁行及笄礼。

现在，距离三月初三，还有三天。

就在这时，她听见有人唤道："十九郎君！十九郎君！"

十九郎是她写游记时的化名，后有部分知情人就会以十九郎君来称呼扮作男子行走的她。

谢长晏扭头，发现一家书铺里，一管事正兴奋地朝她挥手，满脸喜色道："十九郎君可算来了！"

"你是……胡兄的……"

"对对对，小的本是公子身边的小厮，叫阿城，托您的福如今做了南境这带书坊的管事。"

谢长晏心道难怪觉得此人面善，竟是当年渭陵渡口初见胡智仁时他身边的那个小厮，当即上前道："胡兄近日可好？"

"公子就在此地等着您呢，您且等等，我已让人去知会他了。"

"等我？"

阿城笑得含蓄："是。听闻十九郎君即将及笄，公子准备了薄礼。"

谢长晏笑了笑："胡兄总是如此有心。"这两年，她接触最多的外人除了公输蛙，就属胡智仁了。

一开始她坐着巨型马车帮他在运河沿岸招摇，获得了不错的反响。后来听闻她想写游记，胡智仁鼎力支持，一手包揽了付印售卖。可以说，虽然《朝海暮梧录》确实写得新颖有趣，能卖得如此好，却是胡智仁的功劳。再然后，每当谢长晏脑海中蹦出新想法遇到新难题时，胡智仁总是第一时间帮忙。他有钱有人有能力，最难得的是态度谦和，完全没有施恩的嘴脸，而是一副"你能找我是抬举我"的感激模样，让人如沐春风。

时间一久，连郑氏都注意到了，提醒她："无商不精。他如此帮你，若不是图钱财，就是图情分。你要想好，还不还得了这些情分。"

对此，谢长晏嘻嘻一笑："大不了以身相许呗。娘你不是正愁我嫁不出去吗？"

郑氏气得推了她一把："嫁做商人妇，谢家人得戳死我的脊梁骨！"

"咱们不老老实实待家里，出来四处玩，您那脊梁骨已被他们戳弯了。"

"是啊都弯了，还不快给我按按？"母女二人笑闹起来。

不得不说，这两年，虽然风雨颠簸，旅途辛苦，郑氏却明显比在谢家时开朗了许多，面庞也显得年轻回来了。

所以谢长晏无比庆幸自己的这个决定。

她偶尔会想起秋姜，想起那个让她痛下决心走出新生的女子。也不知她现在如何了。渡口一别，秋姜再没出现过。

谢长晏坐在书坊的隔间里边畅想旧事边等胡智仁，一杯茶没喝完，胡智仁就来了。

他穿了一身新衣，蓄着美髯，整个人显得精神奕奕，看到谢长晏时，目光更是亮了几分。

"十九郎君有礼。"胡智仁拱手一拜。

谢长晏"扑哧"一笑，回拜道："胡兄，许久不见，你的美髯终于留好了。"

胡智仁摸了摸脸上修剪得整整齐齐的须髯，笑道："在外经商，有点须髯显得稳重可靠。见笑了。"

阿城换上新茶，识趣地退下了，把隔间单独留给了她和胡智仁。

胡智仁抚摸着杯沿，一向从容的他难得一见地有些紧张。

谢长晏静静地等着。她有些知道胡智仁的心思，本应羞涩烦恼紧张无所适从，可她发现，这些情绪自己统统没有。

她所有的少女情怀似乎都终结在了玉京。如今，海阔天空，无有不可应对之事，无有不可应对之人。

因此，此刻看着胡智仁纠结谨慎的模样，还觉得有些有趣。他在她印象里，是个长袖善舞、游刃有余的人，没想到面对感情时，竟也青涩得像个少年。

谢长晏心念忽然一动：少年啊。

胡智仁跟彰华同龄，今年都是二十一岁。

虽然他留着胡须，但仍是个少年。

而彰华，她遇见他时，他已彻彻底底蜕化成了成熟稳重心思深沉的男人，再没有少年的时刻。

我还是喜欢少年。谢长晏想。太过深沉复杂的人，交往起来太累。她已经受够了。

胡智仁沉默了很长一段时间后，终于从袖中取出一个精美的锦匣，推到她面前，开口道："聊以微薄之礼，祝贺及笄。"

谢长晏打开匣子，里面是一根发簪。

簪子是纯金打制的，头上嵌了一颗水滴状的琥珀，色泽橙黄，难得的是里面竟还包裹了粒芍药种子。

如此一来，可真算得上十分有心了。

胡智仁叹道："本想找芍药花瓣的琥珀，但实在是没有……"

"这样更好。"谢长晏充满惊喜地凝视着琥珀中的种子，"比起已经成型的花，我更喜欢无限可能的种子。看着这颗种子，就能想出一百种不同的花来！"

胡智仁的惭愧立刻变成了欢喜。他目光灼灼地凝视着谢长晏，这个女孩儿的脑袋里装满了千奇百怪的想法，能神奇地让人感到愉悦和惬意。

幸好陛下放过了她。

实在无法想象，这样鲜活有趣的人，困在深宫内苑中，会变成什么样子。

她就应该这么快快乐乐、无忧无虑地在外面飞翔，她飞过的地方，景色会变得更加明亮。

而他，想当那个守护者，陪伴她，跟随她，保护她。

男人送女人发簪，本就是在表达情意。

那么，她会接受吗？

胡智仁的手不由自主地紧了紧，感觉自己的心跳得比送礼之前更加急促。他从小跟在叔父胡九仙身边，得天下首富亲自指点，被视作最有天赋的继承人，六岁起开始处理家族事务，十六岁时成为胡家在燕国境内的掌权者，见识了多少商界风雨，却还是第一次这么紧张。

他下意识地屏住呼吸，看向谢长晏。

谢长晏的目光终于从琥珀上移开，回视着他，展齿一笑："我好喜欢这根簪子！谢谢胡兄！"

胡智仁心中一松，刚要说话，谢长晏又道："不过，及笄时的簪子，娘亲已经选好了。是父亲当年送给她的定情之物，恐怕不能更换……"

胡智仁的笑容僵了一下："这样啊……也是……"

"但此簪我会好好珍藏的，谢谢胡兄。"

胡智仁握了握手心，决定再接再厉，鼓起勇气道："发簪作用，在于佩戴示人，若尘封匣中，岂非可惜？希望有一日，能看见你……戴它。"

　　谢长晏的目光闪烁了一下，随即笑得越发明朗："好。待我结束旅程，若是有缘的话。"

　　而我现在无心于此，望你海涵。

　　彼此都是聪明人，话不点明既知心意。

　　胡智仁得了回应，心中微宽。谢长晏虽是婉拒，却留了希望。他有些后悔地想，早了。这发簪应在她完成全部游记后再送。届时，她玩够了，累了，倦鸟想归林了，他再提出来的话，应允的概率会高得多。

　　他还是有些毛躁了。难怪过年拜见叔父时，虽一年来成绩斐然，叔父却道他仍需磨砺。

　　正在这时，隔间的门帘突被人掀开，一人携着寒风大步走进来，未开口，先重重地"哼"了一声。

　　胡智仁震惊地看着对方，不敢相信自家书坊竟有外人闯入，更不敢置信的是，这个无礼的闯入者还狠狠地瞪了他一眼，看上去比他还生气。

　　谢长晏见到来人，很是惊讶："呀，你……怎么来了？"

　　那人的目光落到了她手中的琥珀发簪上，冷笑了一声："送礼啊。怎么，就许他送礼，不许我送礼？"

　　胡智仁面色顿时一红，心头却越发惊诧：此人看着不过十二三岁年纪，长得就像年画上的善财童子，难道竟是自己的情敌？

　　谢长晏忍俊不禁："那么，礼在何处啊？"

　　"跟我来。"那人转身就走。

　　谢长晏向胡智仁歉然地拱了拱手，起身跟出去了。

　　阿城这才畏畏缩缩地进来，怯怯道："公子……"

　　胡智仁不悦："不是说我与谢姑娘说话时不许打扰吗？怎让外人闯了进来？"

　　"那人、那人是……宫里来的……天使……"

　　胡智仁一震。

　　这位天使当然就是如意。

　　如意大步走在前方，谢长晏不紧不慢地跟着他，她个高步大，如意的小短腿每每走上两步，就被她一步追上了。

　　走到后来，如意也觉出无趣了，当即放慢速度，回头瞪了她一眼："不像话！"

　　谢长晏"扑哧"一笑，好脾气地应道："是。"

　　"光天化日跟男人独处一室，不像话。"

"是。"

"随意接受男人的礼物，还是发簪那么私密的东西，不像话！"

"是。"

"一根琥珀发簪就受宠若惊，眼界之低，令人发指！"

"是。"

"你就算离了陛下，也不用这么自甘下贱地去当商人妇吧？那等卑贱之人……"

谢长晏本一直乐呵呵地应声，听到这里忽然上前一步，站到了如意跟前。

如意吓一跳："干、干吗？"

谢长晏伸出双手往他眼睛上比了一比："两年未见，公公高了。"

"真、真的？"如意惊喜。

"是啊，眼睛这么高，看不到人啊。"

如意这才听出讽刺之意，当即大怒："你讽刺我是狗吗？岂、岂有此理！"

谢长晏亲昵地捏了捏他的脸："眼睛往上看，是人；往下看，是蝼蚁。公公身居高位，更应伏低己身，才能看见芸芸众生啊。"

如意一愣，粉团子似的小脸腾地红了起来："你、你……不用你教我！"

他推开谢长晏的手，拂袖走了，走了几步，却又回头叱喝她："还不快跟上？"

谢长晏微微一笑，跟上前去。

两年未见，如意竟然半点变化没有，还是那副嚣张跋扈的模样。看见他，便如看见曾经的玉京岁月，点点滴滴，尽是珍贵的回忆。

真好，他一点也没有变。

岁月静好，透过他未经风霜的稚嫩脸庞，把那个人的平安和顺，一一带给她知晓。

因而无法生气。

因而满心欢喜。

谢长晏带着些许慵懒和漫不经心，跟着如意走到了海边。

然后，便看见了一艘红色的船。

船身不大，但因为整个海岸就停了这么一艘，又颜色醒目，故而一眼看到。

谢长晏跟着公输蛙耳濡目染，目力见识都已非昔日阿蒙，一眼就看出了此船的特别：平底方头，型深小而干舷低，装有多桅多帆——是一艘小型快船。

如意在船头停步，回身看她，脸上又恢复了得意之色："这是求鲁馆今年献上的贺礼，结构，那个，那是相当好啊。那个，头，嗯，那个底，那个拱、拱……"

眼看他忘词，谢长晏替他接了话："船用大梁拱，甲板能迅速排浪。平底浅吃水，能坐滩不怕搁浅，高桅高帆，能快速航行。好船。"

"对对对，就是这样！此船非常适合内海行走，且不说玉滨运河，便是去宜去璧，都很方便，正适合你写第三部游记用。"

谢长晏心中一动："你怎知我要去宜去璧？"

"这不明摆着的吗？燕你都走遍了，下本书当然要写邻国风情。"如意随口答了一句，然后傲慢地问道，"我这份礼物，比之那根破簪子，如何？"

谢长晏走上前，伸出手抚摸船身。船很新，尚带着原木的清香，她都能想象求鲁馆的弟子们是如何愁眉苦脸地在公输蛙的辱骂声中挥汗如雨，最终打磨出了这样一艘船的。

借助梯子登上船，此船所有船舱都在甲板之下，甲板上仅有一拱形小屋，用以观景望风。从屋中的木梯下行，共有六个舱区。与众不同的是每个舱区互不相通。谢长晏沉吟片刻，"啊"了一声。

坦白说，此船就外形看，并无太多新意。但公输蛙那人何等骄傲，怎会随随便便弄艘船出来砸求鲁馆的招牌？此船必定是他得意之物，才会作为新年贺礼献于君王。

看到船舱，谢长晏明白了：玄机就在此处。

"蛙老可有说此舱叫什么？"

跟在她后头的如意挠了挠耳朵："名字复杂得很，不记得了。但他说这种船航行时，哪怕一两个舱破损进水，船也不会沉。"

"确实如此。"谢长晏叹为观止，同样吃米，公输蛙那脑子到底是怎么长的！

如意见她满眼喜欢，不由得旧事重提："喂喂喂，你还没说我这礼物如何呢！"

谢长晏收了笑，深吸口气，回身恭恭敬敬地跪下了。

如意吓一跳："干、干吗？"

谢长晏行了一个大礼："民女谢氏，拜受此礼，谢主隆恩。"如此大礼，自不会是如意自己的心意，只会出自那个人的授意。

如意表情微变，眼神渐渐凝重起来，最后低声唤了她一声："谢长晏。"

谢长晏抬起头。

"这、这两年，很、很多人都走了。"如意结结巴巴地说，"太上皇走了，你走了，鹤公走了，太、太傅也走了……"

谢长晏一怔：风乐天也走了？

"陛下身边，没、没什么人了。你……"如意欲言又止，脸上的神色变了又变，最终讷讷道，"算了，好自为之吧。礼物送到了，我回去了。不管怎样，我和吉祥终是要在陛下身边的！"

如意说罢头也没回地走了。

谢长晏下意识追了几步，想唤住他，但追到甲板上时，如意已被一队护卫接走了。

谢长晏站在船头，望着如意的身影渐渐远去，抚摸着船上的栏杆，心中不知是何感觉。

海风呼呼，吹起了她的长发和衣衫，却吹不散幽幽思绪。

而这一幕，很快被阿城禀报给了胡智仁知晓。

"船？"

"是的。天使带来了一艘船，说赠予谢姑娘，以供她来年出国远游用。"

胡智仁愣了愣，半晌后，长长一叹："我怎么没想到……"

琥珀发簪虽心意十足，但在这样一艘应伊所需的船前，也黯然失色了。

阿城犹豫着小声问道："公子，不是说陛下退了跟谢姑娘的婚事吗？怎么还会送如此厚礼给她呢？"

胡智仁的目光闪烁了几下，最终惆怅一笑："看来，我的心愿想要达成，又难了许多啊。"情敌是君王，这条路漫漫，有的走了。

谢长晏雇了船夫，将船只整理了一番，然后将郑氏接了过来。

郑氏看到这艘船，听说是陛下所赐，表情变得十分复杂。沉默半晌后，问道："吾儿下一步打算如何？"

"先好好办及笄之礼，然后去璧国。有了此船，就可以走青海直入璧境了。如果时机好，没准还能在路上遇到璧国的使臣。我也好想见见冰璃公子呀。"谢长晏精神奕奕地回答。

郑氏见她神色自如，似乎并未因燕王的这份贺礼而有所动摇，心中微宽。"吾儿真的长大了呢。"

她始终陪在女儿身边，见过她为情所困的样子，见过她悲伤无助的时刻。正因为亲眼见过，所以她知道彰华于谢长晏而言，是多么地不可描述。

好不容易鼓起勇气断了的，好不容易过了两年清静时光的，陛下究竟在想什么，为何还要送这样一份贺礼来？

郑氏心中不禁有些生怨。似乎看出她心中所想，谢长晏嫣然一笑道："娘亲不必担心。虽然我跟陛下的夫妻缘分是断了，但毕竟还是同门师兄妹呀。此船对我十分有用，我受之无愧。"

郑氏提在半空的心，这才终于放下。

"再说了，娘你发现没？"谢长晏拍了拍船栏，眼眸清亮如缀星光，"陛下给我的礼物都很目的明确：马，用以督促我骑射；书房摆件，用以为我开智；商姐姐，用以带我交际；公输蛙，用以教我技艺……此船亦然，助我出行。"

"陛下他……"郑氏不知该如何描述。

"陛下将我看作女儿，看作妹妹，看作弟子，独独没有看作女人。"谢长晏说到这里，不禁自嘲地笑了笑，"若有一日陛下送我发簪了，娘亲再烦忧也不迟。"

　　这是她站在船头吹了许久海风后最终得出的结论。

　　这个结论再一次冷静地将她拉出旋涡，回归阳光明媚的前程。

　　谢长晏想，无妨无妨，再来几次也行。

　　她的心，终将在这样一次次的冷酷提醒中，磨砺成钢。

　　"你受了伤后，才会知道怎么治疗；你吃过苦后，才会知道怎样避免；你失去东西后，才会珍惜此刻拥有；你爱过人后，才会知道怎样才是真正的爱……你要经历很多很多事，变得越来越丰富，直至——柔滑圆润，无坚不摧。"

　　一语成谶。

三月初三，芍药花开。

谢长晏一早起来，却发现母亲已不在船上了。

船夫声称夫人大概是去集市买东西了，因为马车也不见了。谢长晏便没太放心上，开始梳妆打扮做准备。

她从抽屉里取出一个匣子，打开来，里面放着一支木簪。

沉香古木，雕琢成凤栖梧桐的造型，木是好木，雕工也相当出色，最最重要的是——这是父亲当年亲手雕刻，送予母亲的见面礼。

母亲将它带到玉京，又带来了滨州。在最穷困潦倒需要变卖首饰的时候，也没舍得卖掉此簪。

今天，她将在父亲的纪念碑前，由母亲亲手为她戴上此簪，以示成年。若父亲在天有灵，能够看见这一幕的话，想必也会十分欣慰的吧。

谢长晏小心翼翼地擦了擦簪子，又满怀期待地将它放回了匣内。

水车"骨碌碌"地转动着，清潭旁，一株芍药悄然绽放，几只蝴蝶落在上面，扇动着美丽的翅膀。

彰华疲惫地退朝回来，难得一见地没有更衣，直接走进蝶屋。

蝴蝶们被他衣裾扬起的风惊到，慌乱地飞走了，等他落座后，见他久久没再动弹，这才重新飞回来。

彰华伸出一根手指，一只蝴蝶慢悠悠地飞过来，停在了上面。

彰华极为专注地凝视着它，静默的面具逐渐剥离，露出其下的真实表情，有些茫然，有些怀念，还有些难以言说的悲伤。

"十五年。"他喃喃，顿了一下，"谢将军。"

这是谢长晏出生的第十五个年头。

也是谢惟善离世的第十五个年头。

更是他脱胎换骨，从阿斗变成嘉言的第十五年。

"臣来了。"那人对他一笑，像一道煦暖的风，能够拂去所有惊恐和畏惧，

"殿下，别怕。"

十五年来，那句"别怕"始终回荡在耳畔，激励他勇往直前，无所畏惧。

谢长晏不会知道，谢家女儿三十人，为何彰华会选中她。

命运的羁绊其实早在十五年前就已写好。

流年似水，一杯春露冷如冰。

谢长晏在船上等了许久，直到太阳从船头移到船中，郑氏也没有回来。

谢长晏终觉不对劲，命船夫们四处寻找。自己也没闲着，飞奔去集市寻人。

滨州的集市为早市，寅时开始，现已近午时，都已散得差不多了。郑氏是坐着那辆巨型马车走的，本应十分招摇，然而一路打听，都说没见过那样的车子。

最后，还是胡智仁闻讯赶来，发动手下所有的伙计寻找，才打听到确实有那么一辆马车，但不是奔集市走的，而是反方向去了海边。

谢长晏立刻想到了一种可能，当即问胡智仁借了匹马，策马赶往目的地。

滨州三面临海，陛下所赐的船从内河来，故而停靠在北域。除此外还有东南两域，南域邻接璧宜两国，互通商贸，十分繁华。东域则通外海，多为渔夫出海捕鱼用。又因程国就在海岸那头，故而也是战事多发之地。

谢惟善的碑就在东域。

谢长晏一路快驰，总算在一盏茶工夫后赶到了父亲的纪念碑前。

那辆巨型马车，果然就停在碑旁。碑旁靠坐着一个人，观其背影，正是郑氏。

谢长晏至此松了口气，察觉背脊上已是一片冷汗。

她跳下马，朝郑氏走过去："娘亲。"

郑氏的身子动了动，回转头来，脸上带着如梦初醒的惊讶："晚晚？"

"娘亲怎的不等女儿，先来了这里？"谢长晏走过去，握住郑氏的手，发现她两手冰凉。

"我……我昨夜突然想到，你的诞辰虽是今日，但你父是早了半天走的。所以想先来这里看看他。陪他一起看日出，结果等着等着不知不觉就睡着了。"郑氏歉然起身，整了整微皱的衣衫，"对不起，让吾儿担心了。"

谢长晏噘嘴道："娘亲确实过分，为何不叫上我一起？我也想陪爹爹看日出啊。"

郑氏闻言笑了："你来滨州祭拜你父多次，该看的早看了，我却是第一次来。"

"知道啦知道啦，你想跟爹爹独处嘛。不过下次要记得事先知会一声，免得又睡着了让我一通找。"

"是是是。"郑氏好脾气地应道。

谢长晏四处张望了一番："奇怪。"

"奇怪什么？"

"以往此地虽不及南域热闹，但也船只进进出出，人不少的。今日为何如此冷清，一个人也不见？"

郑氏闻言愣了一下："我来时，正好一帮渔民出海，想必是还没回来。"

"难道是海上出神风了？啊呀呸呸，我这乌鸦嘴！"谢长晏连忙朝谢惟善的碑拜了三拜，"爹爹保佑，大吉大利，让他们平安归来。"

郑氏见时候差不多了，便提议道："既你来了，趁着此地清净，咱们开始加簪吧。"

"好啊。"谢长晏摸了摸袖子，"啊呀，出来太匆忙，未带簪子。娘且等等，我这就回去取，很快！"

郑氏不放心地叮嘱道："骑马慢点。咱们不急的，左右也无人观礼。"

谢长晏翻身上马，回头嘻嘻一笑："怎么无人观礼？爹爹不是在吗？呐，再给你们一点二人独处的时间！"

郑氏白了她一眼："油嘴滑舌！快去快回！"

"一会儿慢一会儿快，娘你真难伺候。"谢长晏露出受不了的样子，挥鞭走了。

奔出十余丈，听郑氏唤她："晚晚——"

谢长晏回头："忘什么了娘？"

郑氏立在碑旁，海风吹起她的衣袍，不知为何，看上去似乎随时都会被吹走一般。

谢长晏心中"咯噔"了一下，莫名有点不安。

然而下一刻，郑氏朝她一笑，阴霾散尽，满是艳艳旭日："再带一盒胭脂回来。"

谢长晏先是一愣，随即明白过来，是一直素颜的郑氏要用，当即会心一笑，朝她眨了眨眼睛，驾马而去。

谢长晏回到船上取发簪和胭脂时，遇到胡智仁，连忙谢道："给您添麻烦了，我找到娘亲了。"

"那就好……"胡智仁迟疑了一下，才道，"不知……我是否有幸前去观礼？"

"啊，欢迎啊！太好了，娘亲见有客观礼，肯定很高兴。"

胡智仁展颜道："我带了琴。若不嫌弃，请让我充当乐者。"

谢长晏喜道："那就有劳胡兄了！"

一行人重新整装出发，前往东域。

谢长晏一马当先，高高兴兴地骑在最前面，因此，她也是第一个见到郑氏身影的。

"娘，我回来啦——"

她刚要加快速度，却被身后的胡智仁抢快几步，强行用马鞭挡住："且慢！"

胡智仁脸上露出罕见的震惊之色。谢长晏愣了一下，顺着他的视线看过去，就看到郑氏身旁的马车——是倒着的！

与此同时，背对着她的郑氏僵硬地转过身来，似乎想说什么，但一动，大摊鲜血从她脖子处喷了出来。

整个头颅就那么折了下去。

谢长晏睁大了眼睛，这一幕像被什么拉长了、噤声了，变得缓慢和安静——

她看着郑氏的头颅离开了躯体，掉到沙滩上，滚啊滚的，最终滚到了石碑旁。

她看着鲜血像瀑布一样从郑氏脖子的断口处喷出来，身躯摇晃着，也"啪嗒"倒在了地上。

她看着郑氏的手脚仍在抽搐，鲜血跟黄沙混在一起，满目红黄。

她看着郑氏的头颅抵在石碑上，两只眼睛却仍是直直地望着自己，似有千言万语要交代。

"娘——"谢长晏嘶吼了一声，推开胡智仁跳下马，朝数十丈远外的郑氏狂奔而去。

胡智仁拦阻不及，只好挥手示意身后的人全部跟上："快！"

谢长晏跳马时太急切，脚扭了一下，但她已感觉不到，就那么跌跌撞撞地冲到碑前，刚要俯身去捞母亲的头，一道黑影从倒着的马车后方冒出来，一把扣住了她的手臂。

紧跟着，一把弯刀架在了她的脖子上。

胡智仁立刻停步："你是什么人？放开她！"

谢长晏直勾勾地看着地上的头颅，脑海里只有一个想法：够不到，为什么？为什么够不到？

她开始挣扎，全然不顾脖子上的弯刀，一心只想去碰触娘亲。

锋利的刀锋一下子就割破了她的皮肉，鲜血流了下来。

胡智仁脸色立白："不要伤害她！你要什么？我都答应！"

"你？"劫持谢长晏的黑影终于扭转头，看了他一眼。而他的面容也被胡智仁等人看清了。

这是一个衣衫褴褛瘦骨嶙峋的黑衣人，四十左右年纪，狭长脸鹰钩鼻，只有一只眼睛，另一只眼睛被缝了起来，模样显得说不出的丑陋。

"在下胡智仁，乃宜春胡九仙之侄。好汉但有需求，尽管说。"

黑衣人"啊哈"了一声，眼中露出些许喜色来："竟是天下首富之后。那么，此女是谁？"

胡智仁沉声道："她只是个普通人，但是我心头挚爱。请你不要伤害她。"

谢长晏至此回过神来，她有些呆滞地看了胡智仁一眼，终于感到了脖子上的疼痛。

母亲死了！

是身后此人所为！

他是谁？为何这么做？

一连串的疑问涌上心头，谢长晏强迫自己冷静下来，不再无畏挣扎。

黑衣人看了温顺下来的谢长晏一眼，忽冷笑道："普通人？不是喊这个女人娘吗？这个女人是谢惟善的妻子，所以，她是谢惟善的女儿吧？"

谢长晏心头一跳。父亲虽曾是滨州刺史，且为民殉难，但出了此地，便不算什么名人，听此人意思，却是认识他的。他到底是谁？

"她不是……"胡智仁还在试图开脱。谢长晏当机立断道："我是！我叫谢长晏，谢惟善是我父亲。你是谁？为何杀我母亲？"

弯刀顿时在她脖子上紧了一紧，黑衣人一把将她转了个身，对向自己。

谢长晏终于看清了此人的脸，然后将之深深烙在了脑海中。

"我是谁？我兄弟十人，全死你父之手，而我被你父戳瞎一眼，虽侥幸逃脱，却被困在海岛十五年，天不亡我，终被我回来了！你这余孽竟有脸问我是谁？"

谢长晏彻底惊了——此人竟是父亲生前的仇敌？十五年前，岂非正是父亲殉国之时？

"我刚回到岸上，就遇到你们母女，这是老天给我机会报仇啊！"黑衣人大笑着，将谢长晏拖到了谢惟善碑前，恨恨道，"听说你死了，真是便宜你了！也好，那就拿你妻女开刀！给我看好了！"

胡智仁目眦欲裂，急声道："刀下留人！我有钱，我有很多很多钱，都给你！"

黑衣人不屑地"哼"了一声，半点没停，手中刀柄一转，眼看谢长晏就要命丧当场——

这一瞬间很短，却在谢长晏脑海中停顿得很长很长，长得她足够将一生的记忆都回想起来。

她想起与母亲孤苦相依的童年，想起族学中那枯燥乏味的时光，想起二哥谢知幸的笙声，想起九哥谢知微的笑容，还有五伯伯肃穆寡笑的脸。

接着，场景从隐洲转换为玉京。

她想起飘雪夜中那轮大大的月亮，想起万毓林上那锅鲜美的鲤鱼羊汤，想起灯下一刀一刀雕琢的核雕，想起跳进冰窟时那四下散开的碎冰。

再然后，她想起了三姐姐谢繁漪……

这些曾经的人和事，宛如一层层薄纱在她面前掀开，但她知道，还有一个人，藏在纱的最底层，必须掀到最后一层，才能看清他的模样。

然而……她已经没有时间掀到那里了。

锋利的弯刀冰冷地划进了她的骨肉之中。下一刻，她就会像母亲一样，整个脑袋从中折断，"啪嗒"坠地。

那样……也好。

爹爹，娘亲，地下见。

谢长晏闭上了眼睛，耳边传来胡智仁撕心裂肺的喊声："不——"

啊呀呀，真抱歉，胡兄，吓到你了。

谢长晏想着，感应到喉上一凉，再然后，身体突然失去了禁锢之力，栽向一旁。

等她重重跌在地上，被沙子擦疼了脸时，才反应过来：怎么了？

谢长晏睁开眼睛，第一眼看见的，是一只黄狸。

她有点茫然地眨了下眼，再眨了一下，然后认出了它。

是它啊！

黄狸来自玉京，生在知止居中，曾经娇小玲珑，身轻如燕，如今蹲在她前面，肥硕臃肿，艰难地扭着身子想舔爪子——当然是舔不到。

谢长晏的目光从它身上移开，望向黑衣人。

黑衣人踉踉跄跄地后退了十几步，才堪堪停住，他捂着自己的右肩，满脸惊骇，而右肩之下，已经空了。

他的右臂，连同握紧的弯刀一起，从他身上断离，落在了谢长晏脚边。

也就是说，刚才有个人凭空出现，一刀砍断了他的右臂，再将他狠狠地推了出去，在千钧一发之际，救了她。

而那个人成功之后，做的第一件事是走过来，捞起那只肥胖的黄狸，将它放在了肩头。

"你……还好？"他有些生硬地问，然后温柔地挠了挠黄狸的耳朵。

谢长晏的眼睛忽然湿润了起来。

她伸出手，捂住了自己的眼睛，也遮住了再也控制不住的崩溃表情。

她怎的忘记了，万水千山，漫漫两年，从玉京到滨州，从十三岁到十五岁，孟不离，背负着一个人的命令，始终默默地跟在她身旁，宛如一道看不见却又真切存在的影子。

层层白纱至此，终于掀到尽头。

最下面的人，有一张深沉得无法解读的脸，但他的眼神，很专注地望着她，望着她，须臾不离。

"朕当时喜爱的、向往的，是你这样的妻子。"

"但朕现在……是天子，头压百年基业，肩挑千里江山，王座之下累累枯骨，龙椅之前血雨腥风。身为皇后的女子，需穿一件刀枪不入的盔甲，才能站在朕的身旁，并且，能在朕倒下后，继续支撑起广厦高堂。"

"所以，你是一个……来迟了的人，长晏。"

"削郑氏诰命，降为庶民，即日遣返，并其女谢长晏，永不得入京。谢氏子弟，不得参加科举。钦此。"

他说了那样的话。

但始终不曾真正割舍。

他准备了最合她心意的礼物。

他派遣了一直默默保护她的随从。

他教她独立思考，他让她一展所长，他包容了她所有离经叛道的行为，他应允了她惊世骇俗的退婚请求。

他教会她飞。

而这一次，他救了她的命。

可是，可是，可是啊……他却不知，在这种情况下，她根本不想活下去啊！

谢长晏浑身战栗。

她手脚并用地爬到碑旁，抱起了母亲的头颅，号啕大哭起来。

三月三，芍药开。

她的生日，父亲的忌日，再然后，也变成了母亲的忌日。

谢长晏跪坐在甲板上，将胭脂一点点地涂在郑氏脸上。

胡智仁找了最好的入殓师，将郑氏的头颅缝回了脖子上，然后又为她修整了妆容，更换了衣衫。

郑氏闭上了眼睛，面容看起来慈和平静。

谢长晏一点点地涂抹着，看着那苍白的面颊有了嫣红的颜色，仿佛下一刻，娘亲就会重新活过来，然而，指尖感应到的温度在提醒她，不可能。

娘亲再也不会睁开眼睛了。

谢长晏的眼泪再次流了下来。

之前在碑旁，她哭得歇斯底里，哭得喘不过气，哭得口干舌燥时，以为自己的眼泪都流干了，不想竟然还有，这一次，却是哭得如此悄无声息。

身后的胡智仁挥了下手，示意众人全部退下，然后走到谢长晏身旁，迟疑再三，伸出手拍了拍她的肩。

谢长晏忽然开口道："娘亲叫我取一盒胭脂。"

她的喉咙被弯刀割了一道口，伤口不深，又做了及时包扎，所以还能说话。但说话之际偶尔会扯动伤处，隐隐作痛。

胡智仁有心劝她不要说话，但最终还是在她身旁跪坐下来，摆出洗耳恭听的姿态。因为他知道，此时的谢长晏，最需要的就是倾诉。

谢长晏果然说了下去："十五年来，她从没抹过胭脂。她今天忽然让我取一盒胭脂给她，我好高兴。"

谢长晏说着，伸出手为郑氏又梳理了一下鬓角被海风吹乱的发丝，目光缱绻而哀伤："但我万万没想到，有生以来第一次见娘亲涂胭脂，是这种情形下。"

世事无常，竟能残酷至此。

谢长晏不由得想：现在，她真的成了父母双亡的孤儿了。噢不，她已及笄，连当孤儿的资格都没有了……

胡智仁劝解道："谢夫人在天上看着，必不愿见你如此悲伤。你要节哀。"

"人死了真能天上有灵吗？"

胡智仁一愣。

谢长晏讽刺地扬起唇角："若真有灵，父亲眼睁睁看着娘亲死在他碑前，怕是会再死一次……会在及笄之礼时遇到这样的事，都是我的错啊……"

胡智仁心中一紧："长晏……"

"是我不肯回谢家，固执地在外面玩，娘亲因为担忧我，才说她想玩的。但其实我知道，她是在顺从我的心愿，让我过自己想要的生活……

"是我非要来滨州。娘亲本想回家办及笄礼，但我说父亲在这里殉难，他在这儿有一座碑，若我能在他碑前及笄，想必他会非常宽慰。我说服了娘亲，把她带来送死……

"是我一念之差，没将及笄的发簪带在身上，若我带着，就不用回船取，我不离开娘，有孟不离在身旁，娘就不会死……

"都是我的错。可做错了这么多的我，为什么还活着呢？"谢长晏说到这里，转头看向胡智仁，眼瞳中带着些许呆滞的不解，"胡兄，我这样克死父亲又害死母亲的人，为何还要活下来？"

"长晏！"胡智仁扣住她的胳膊，急声道，"这怎么会是你的错呢？有错的明明是那个凶手！光天化日杀人，手无缚鸡之力的妇孺都不放过，是他的错啊！"

一语惊醒梦中人。

谢长晏重重一震，涣散的视线重新凝聚了起来。

对了，是那个人！

她还不知道那个人是谁，跟父亲如何结的怨。

她要去弄清楚这一切到底是为什么！

谢长晏当即摇摇晃晃起身，急切地往舱下走。那人被孟不离砍断右臂后擒下了，就关押在船舱里，她要去问话！

胡智仁给船下的仆人们比了个手势，示意他们将郑氏装进棺木，自己则跟着谢长晏进了船舱。

谢长晏快步走到最里面的舱室门前，正要拍门，门从内开了，孟不离走了出来。

"如何？问到什么了吗？"

孟不离欲言又止地看了她一眼，摇了摇头。

谢长晏一把将他推开，冲了进去。

孟不离嘴唇微动，似乎想说什么，但忍住了，负手立在一旁。

谢长晏走进舱内，这间船舱堆满了压船的巨石，黑衣人就被绑在一堆石头中间，断了的右臂做了草草包扎，因为失血过多，原本就形如骷髅的脸显得更加惨白。

也不知孟不离对他做了什么，他看上去已是油尽灯枯疲惫至极。但在见到谢长晏后，那只完好的左眼一下子亮了起来，阴恻恻地笑了。

"我就知道你会忍不住，亲自来……"

谢长晏在离他一丈处立定，注视着这个苟延残喘的男人，心中生出一种难言的荒谬——就是这么一个蝼蚁般的人，让她一瞬间，从天堂坠至了地狱。

"你到底是谁？跟我父有何过节？"

男人大声咳嗽了起来，唇角溢出许多血沫，他的眼神却是得意的、愉悦的，仿佛丝毫感觉不到痛苦："你想知道？求我啊。"

谢长晏心中一沉。

男人哈哈大笑起来："求我！跪着求，舔老子的脚，老子高兴了，兴许就告诉你……"

后来的胡智仁听到这里，勃然大怒，冲上前一把揪住他的衣领，狠狠扇了他几巴掌。黑衣人当即又咳出了好几口血。

胡智仁沉声道："天宗府的衙吏听说过吗？看来要请他们来好好调教调教你。"

黑衣人笑容不改，悠悠道："尽管来啊。天宗府……算个屁！"

孟不离忽然开口："如意门。"

胡智仁一颤，震惊地扭头："你说什么？"

"他，如意弟子。"孟不离指了指黑衣人。

胡智仁变色道："你怎么知道？"

谢长晏却是一头雾水："什么如意门？如意弟子？跟如意公公有什么关系吗？"

黑衣人"咻咻"地笑："现在知道什么酷刑都对老子无用了吧。"

胡智仁的手紧了紧，突然一拳砸他脸上，黑衣人两眼一白，晕死过去。

"你这是做什么？"谢长晏不解，她还要问话啊。

"借一步说话。"胡智仁将她领出舱室，在走廊里走了好几个来回，脸上的表情变了又变，最后停下来，一脸严肃地看着谢长晏，"杀了此人，就当为谢夫人报了仇吧。至于其他的，不要再追问了！"

"为什么？"

"必须尽快处理此人，否则消息泄露，招来如意门，后果不堪设想。长晏，你信任我吗？"

谢长晏定定地看着胡智仁，他眼中有着极为罕见的一种惶恐。

"我，信你。"

"既如此，听我的，先处理他。"胡智仁当即就要回舱，谢长晏却伸手拦住了他。

"胡兄，我信你。但是，我不能杀他。"

胡智仁急了，刚要说话，谢长晏打断他："对我来说，他死，并不能抵消我的仇恨。我想知道原因……"

"能有什么原因？这种刀头舔血视人命如草芥的凶徒杀人根本不需要正常理由！"

"不正常的也可以。"许是因为哭够了，现在的谢长晏，就像狂风暴雨后的花园，虽然千疮百孔，却是平静的，"十五年前，我父亲为何杀了他的兄弟们，为何会戳瞎他的眼睛？他是疯子，我父却不是。我父一定有正常的理由。而那个理由，对现在的我来说，至关重要。"

否则，她真不知接下去该做什么。

所有的力气都随着母亲的惨死而消竭。

那些个游遍五湖四海，见历世间奇观，达人所未达处，知人所未知事的壮志豪情，都已变得不再有意义。

花团锦簇的世界已经崩塌。

现在她这躯体里的不过一具幽魂，因着一丝执念，还能留在人间。

而那丝执念，便是——死因。

胡智仁的眼眶微微红了起来："长晏，你不知道如意门的可怕……"

"那就让我知道它的可怕。"

"你会死的！"

"你觉得，我还怕死吗？"

胡智仁反手一拳无力地砸在了船壁上，以额抵壁，陷入了深深的纠结之中。

谢长晏见他如此为难，便转向另一边的孟不离："他不方便说，我不逼他。那么你呢？你能说吗？身为天子近侍，你也不敢说吗？"

孟不离的表情却跟胡智仁一样纠结，不，或者可以说，更纠结。

"你们都不想说……罢了，我自己去查，也是一样的。"谢长晏当即想重回船舱，唤醒那个黑衣人。

胡智仁转身一把抓住她的手："我说！"

谢长晏眼神一亮。

胡智仁用一种壮士断腕般的表情看着她，一字字道："我把我知道的，通通告诉你！"

"如意门在程国，门主是一个自称如意夫人的人，他们的宗旨就是'让你如意'。"

夜已深，胡智仁拨亮烛灯，开始向谢长晏讲述一个神秘的组织。

在此之前，谢长晏从不知道，唯方大地，四海之内，竟还有另一个世界，一个，藏在暗影里的世界。

"此门可追溯到一百二十年前，已经换了好几任门主，但统一对外的代号就是如意夫人。一开始，如意门是个普通的暗杀组织，只要给钱，就帮你杀人。经过百年酝酿，不断吞并别的帮派，扩展人脉，变成了庞然大物。"

谢长晏听到这里，问出了第一个问题："程王会允许这样的存在？"

"会。因为程国贫瘠，却又好战，穷兵黩武需要钱，钱从何来？"

谢长晏明白了："如意门。"

"我们胡家，虽号称天下首富，但做的都是白道上的行当，有三种生意，是不碰的，一赌二嫖三杀。"

"而如意门，就是做这三种生意的。"

胡智仁点了点头："他们从四国诱拐妇女儿童，送入程境。资质出众的，选入门中，接受训练，成为暗杀者和细作；资质普通的，漂亮的去青楼，不漂亮的卖为仆婢。门中弟子，则以'如意七宝'最为著名。"

熟悉佛法的谢长晏当即背出了七种宝物的名字："如意七宝？可是一金二银三琉璃四颇梨五砗磲六赤珠七玛瑙？"

"对。如意门弟子按能力高低，分为七类。杀谢夫人的那人，应是银门弟子。因为武功尚可，但不算顶尖；手段残忍，但没什么脑子。比起真正的核心弟子来说，相距甚远。"

谢长晏皱起了眉头："就算门徒众多，又有程王支持，也不过是一群见不得光的蝼蚁。为何你在听到如意门的名字时，会那般恐惧？"

胡智仁犹豫了一下，才道："不止程王。"

谢长晏睁大了眼睛。

"一百二十年，该组织的细作已渗透至四国，你并不知道谁是他们的人，也不知道真正的如意夫人是谁。这才是，最可怕的。"

谢长晏的手起了一阵颤抖："燕国也有吗？"

"庞家就是。但在庞家灭族前，没有人知道他们跟如意门有关系。"

谢长晏脸上的血色退了个一干二净。

"而璧国有个传言，姬家也是如意门的靠山，否则如何解释他们有四国谱？"

"四国谱？那又是什么？"

"具体是什么不知道，只说里面记载了许多四国内位高权重者不为人知的机密。但因为姬家势力实在过于庞大，所以无人敢去追问。而知道这事的，更是少之又少。"如非谢长晏穷追不舍，胡智仁也不会说出来。因为知道太多的人，总是活不长的。

谢长晏低声道："所以我父当年，是因为撞破了如意门的某些秘密，而被……杀的吗？"所谓的程寇，也许不是程的士兵，而是如意门的人？

"最怕就是……如此。"胡智仁沉重地点了下头。他怕她继续追查，怕她跟如意门对上，那是一群怪物，他们吃人时有千万种方法。一个十五岁的女孩子，如何能跟那样的怪物对抗？便连叔父胡九仙，提及如意门时，都只说"井水不犯河水"。而且，族中一直流传着叔父曾在如意门上吃过大亏的传闻。

谢长晏不说话了，低下头陷入沉思。

胡智仁也不再多言，转头看向门旁的孟不离。

他跟谢长晏密谈时，孟不离就守着舱门，不曾离开。但从孟不离的表情可见他对如意门知道得也不少，也许比自己更多，因此没要求他回避。毕竟，以孟不离的武功，若想偷听，他也绝不会发现。

只是，他的顾虑在于担心谢长晏，而孟不离的顾虑又是什么呢？

如果是燕王对上如意门，会如何？

这个假设在胡智仁的脑海中转了一下，又强行压下了。

胡智仁忍不住对谢长晏道："长晏，我叔父在我十六岁离开宜国来大燕经商时，给了我三句箴言。第一句，你要爱钱，钱才会爱你；第二句，你要让别人赚到钱，别人才能也让你赚钱。这两句都罢了，第三句，我现在转送于你。"

谢长晏果然抬头朝他看来。

"第三句——别太在乎昨天的钱，明天的钱才重要。"胡智仁忍不住伸出手，轻轻地压在了她的手背上，"同样的，别太在意过去的事，接下去如何生活才是最重要的。"

放弃追根刨底，就此杀了黑衣人为母亲偿命，此事就算终结。明日醒来，或有遗憾，但仍可笑对朝海暮梧。

倘若非要钻牛角尖顺藤摸瓜，去挑衅那只连胡九仙都不敢碰的怪物，今后的生活必是无比凶险，九死一生。

无论怎么想，似乎都应该选第一种。

谢长晏盯着覆在自己手背上的那只手，感应着来自胡智仁的温暖和体贴，半晌后，慢慢地抽了出来。

她缓缓开口道："杀人者止于偿命，但若杀人者是受雇于人呢？"

胡智仁顿时心中一紧。

"我若不知如意门，便也罢了。但知道那人是如意门弟子，他与我父的恩怨，便很可能牵扯了第三人。十五年前，是不是有人雇他来杀我父？那个幕后的买凶之人是谁？真正引起这一切因果循环的人，是谁？"

胡智仁眼中露出了绝望之色。

"我啊，是个受了委屈会第一时间向母亲哭诉，是会抱着父亲的木偶入睡，是每年七月带着兰花去迷津海凭吊姐姐，是看见杀狗都会跟着哭，是个把日子过得如此敏感多情的小女子啊……"谢长晏说到这里，摇摇晃晃地站了起来。她骤受打击，连站立都有些吃力，可她的眼睛是那么地坚定，像立于风暴中心的巨岩，岿然不动，"生亦何欢？死亦何惧？于我谢长晏而言——若无情，宁可死。"

她推门走了出去。

胡智仁僵坐在地，久久不能言语。

立在门边的孟不离也垂下了眼睫，他的手缩至袖内，那里藏着一枚茧——一枚写给燕王的茧。

谢长晏再次来到黑衣人所在的船舱前。

她在门口深吸了好几口气后，才收拾好所有情绪，将门缓缓推开。

黑衣人匍匐在巨石间，还未醒来。

谢长晏走过去踢了他几下，他没动。谢长晏想了想，摘下墙上挂的水囊，把水浇在他身上，他还是一动不动。

谢长晏意识到有点不对劲，连忙俯身去探他的鼻息，当即尖叫了起来。

孟不离很快就冲了进来。

"他死了！"谢长晏求助地看着他。

孟不离抓起黑衣人的左手搭了下脉搏，然后又去听他的心跳。

闻声赶来的胡智仁惊声道："不是我！我只是打晕他……"

孟不离一把卡住黑衣人的下颌，强行打开他的嘴巴，端详半晌后，从里面拔出了一根长长的针。

这根针从他喉间戳进去，一直戳到了胃。针上淬了剧毒，因此，黑衣人在昏迷间毫无反抗之力地就被毒杀了。

胡智仁盯着那根针，变色道："船上有他的同伙！"

只有如意门的人，才会杀此人灭口。

只有如意门的人，才会用这么阴毒的杀人方式。

谢长晏扭身要跑，胡智仁一把拖住她："做什么去？"

"此人尸体未冷，刚死不足一刻，杀人者必还在船上，我去揪他出来！"

"揪什么揪呀，此地不安全，先离开再说！"

"我为何要逃？对方只敢偷偷摸摸杀人灭口，摆明想息事宁人。现在要逃的人是他！"谢长晏挣脱手臂，径自冲了上去。

"长晏！长晏——"胡智仁唤不住她，只好看向孟不离。孟不离明白他的意思，朝他点了一下头，便追上去保护谢长晏了。

谢长晏来到甲板上，召集所有船夫集合。

她一共雇用了十二名船夫，却只到了十一个。一个名叫阿旺的舵手不见了。众人找了一圈，最后从海里捞起了阿旺的尸体，他的外衫不见了，尸身发皱，死了起码有半天。

谢长晏盯着阿旺的尸体，沉声道："今日没人见过他吗？"

众船夫面面相觑了一会儿，一人道："我见过他的背影……"

"什么时候？"

"就、就晚饭时……我负责分饭，分完后想起少了阿旺，然后就见他自己捧着剩饭走了，只看了个背影，现在想来，大概是别、别人穿了阿旺的衣服……"

谢长晏的心沉了下去。灭口者想必一直跟着他们，在他们将黑衣人擒到船上后，那人也摸上船来，杀了阿旺，换了他的衣服藏在暗处。然后，等孟不离不在时，进去毒杀了黑衣人。

孟不离只有一个时间离开那间船舱——陪她听胡智仁讲述如意门的来龙去脉时。

也就是说，有一双眼睛，从黑衣人在父亲碑前杀人时起就在注视着这一切，见黑衣人失手，便尾随过来，将他灭口。

再联系黑衣人那句"我刚回到岸上，就遇到你们母女，这是老天给我机会报仇啊"，简直不寒而栗。

世上的事，从无巧合。若有巧合，必是人为——这是九哥谢知微常年挂在嘴上的话。跟杞人忧天的五伯伯不同，谢知微是个因果派，认为没有什么"人在家中坐祸从天上来"之说，如果祸真的来了，只说明你家的屋顶不够牢。

谢长晏于此刻想起谢知微的话，整个人都情不自禁地抖了起来。

是谁？是谁在暗中促成了这一切？

对方的目的是什么？

十五年前究竟发生了什么？

对方能如此神不知鬼不觉地杀人灭口，为何不干脆一点杀了自己？还是说——对方的目的就是让自己"看"，借此将已经尘封了十五年的往事推到她面前来？

谢长晏急促地呼吸着，脑子飞快地转动着。

"看不出对手的棋路，等；看出对手的棋路了，更要等。"

"不要着急说破，不要着急回应，不要让对方发现你已经发现了。"

"如你这般不擅谋略之人，只有等得足够久，才有一线希望赢。"

谢长晏咬着牙，注视着夜色下浓黑如墨般的大海，突然一个纵身，跳了下去。

"不好啦！谢小姐跳海自杀啦——"

甲板上，众船夫惊慌成了一团。

谢长晏很快就被善水的船夫们救了回去，她没大事，就是浑身湿透了。

然而，船上没有第二个女人，谢长晏又一副心思恍惚完全不能自理的模样，派谁照顾她，就成了个大问题。

胡智仁吩咐阿城："快去传两名灵巧的婢女来。"

阿城连忙去了。

然而如此春寒料峭的深夜，若不及时沐浴更衣，恐会得病。阿城这一去一回，怎么也要一盏茶工夫，怎么办？

胡智仁正在为难，就见孟不离抱着一大桶热水朝谢长晏的船舱走了过去。

他心中一紧，连忙拦住："等等！你要做什么？"

"侍奉，沐浴。"

"什么？不行！你一壮年男子，怎能服侍姑娘沐浴？"

孟不离沉默了一会儿，放下水桶，将胡智仁拉到了一旁。

"这样吧，我还是去劝劝长晏，让她打起精神自己……"胡智仁话说到一半，孟不离解开了裤子，他的话顿时卡在了喉咙里。

孟不离给他看了想让他看的东西后，又神色自如地将裤子系了回去。这一次，他再抬着水桶进舱，胡智仁没再阻拦。

舱门"啪嗒"一下合上了。

胡智仁情不自禁地朝船壁磕了一下头，捂着自己的眼睛喃喃道："要长针眼了……也难怪燕王放心派此人跟着长晏，他竟是个……唉……"

舱内，谢长晏歪靠在榻上，仿若失了魂般。

自被救起来后，她就没再说过话。

孟不离走进来，将水桶放好，试了下水温正合适后，上前将她拉起来。刚才对着胡智仁时的坦然之色荡然无存，踌躇犹豫半天后，从衣服上撕了一条布带下来，蒙住了自己的眼睛。

然后他朝谢长晏伸出手，摸索着去脱她的衣服。

"你也觉得我要自杀？"谢长晏忽然出声。

孟不离吓得手一滑，碰到了不该碰的地方，脸腾地一直红到了耳朵。

他有些惊慌地摘下布带，就看见谢长晏眼神清明地看着自己，哪里还有半点失神的样子。

谢长晏忽然笑了一下，将手放在唇上，朝他比了一个噤声的手势。

孟不离反应过来。他想起了在知止居时，有一次，谢长晏也是这样，假装掉到冰窟里，然后使个金蝉脱壳，去探查了紫霄观。当然，他是事后才知道的，但从那时起，他就知道这女孩子的心计，半点也不比他的原主人少。

谢长晏拨了拨桶中的水花，低声道："那凶手若还在船上，你能察觉到吗？"

　　孟不离想了想才回答："五丈内。"

　　意思就是五丈内，若有人蛰伏，他都会发觉。

　　这就够了，但是为了以防万一，谢长晏还是决定双管齐下。她解开了衣衫，迈进桶中。

　　孟不离一僵，连忙背过身去。听到身后水声不断响起，原本就没退色的耳朵几乎滴出血来。这个时候他无比想念黄狸，想抓一抓它那身光滑柔软的皮毛，好对抗备受折磨的尴尬。

　　谢长晏却是一脸坦荡。或者说，她压根没意识到这个行为会给孟不离带去多少困扰。她的心就像这桶烟雾蒸腾的热水一样，燃烧着每丝力气，哪怕最终的结局注定是冷去。

　　"我有一事相求，请您允我。"她在水花缭乱声中轻轻说道。

　　孟不离有种不好的预感。每次谢长晏找他，总没什么好事。

　　"我知道你一直有跟陛下汇报我的行程。那么，下一封奏书，请你告诉他，我将乘船由玉滨大运河回京。"

　　孟不离一怔，下意识去看她的表情，头转到一半想起她在洗澡，又连忙转回去。

　　"我会在万毓林停驻，求他见我一面。多谢。"

　　孟不离又等了一会儿，然而谢长晏没再说话，径自擦干了身子出来，重新穿好了衣衫。

　　当孟不离终于可以回头看她时，已经看不出任何表情了。

　　她褪去了疲惫、悲愤、痛苦等种种情绪，穿起了优雅坚固的盔甲，并将以这样崭新的姿态，继续走下去。

寝宫内，彰华在如意的服侍下穿好了帝服，正要去上朝时，吉祥匆忙地捧着一个匣子走进来。

彰华道："回来再看。"

吉祥犹豫了一下，还是说了："是红茧。"

陛下的密茧分红黄黑白四类。黑茧是循例汇报，白茧是喜事，黄茧是急事，红茧则是最急最重要的事。吉祥已经许久没见过红茧了。

彰华当即停步，打开匣子，里面果然是一枚浓如血色的茧。他从茧中抽出布条，一看之下面色顿变。

如意好奇地踮起脚尖往布条看去，依稀看见"谢长晏"的名字。

吉祥低声道："陛下，可有指示？"

彰华的目光闪烁着，将布条揉成一团攥入手心，最后深吸口气道："退朝后再说。"说罢大步走了出去，脚步沉稳未见变化。

如意拉着吉祥小声埋怨："今日陛下要与诸位大人商议税赋一事，听说摊丁入亩施行不顺，本就够烦了，你怎的这么没眼力见，还拿谢长晏的事烦陛下？就不能等他回来再禀吗？"

吉祥看着如意，只说了一句话："谢夫人被杀了。"

如意顿时没了任何声音。

早朝按时开始。

彰华端坐龙椅上，听着群臣奏禀议事，有条不紊，赏罚果断，看似并未受到影响。

然而，如意留意到他的手里始终攥着那根布条，没有松开。

如意看着看着，长长地叹了口气。

好不容易熬到退朝，如意跟紧彰华，回到执明殿中，为他换了常服。正要问如何回复红茧，却见彰华召集翰林院学士们来此，为他写谕令。

彰华沉声道："向各洲、城、县发布谕令，将钱粮征收放在所负之责之首，丝毫颗粒皆百姓脂膏，不得任意苛索。若被上司察劾，或被科道纠参，必从重治罪，绝不宽贷！"

一学士迟疑抬头："陛下，如此苛令，恐会引起地方官的恐慌。"

"就让他们恐慌。他们若做不好，有的是等着填补的新举子代替。"

该学士顿时不敢多言，乖乖开始书写。

如此，等他们全部完成，彰华一一检阅过没问题，盖好玉玺宣发下去后，天都黑了。

吉祥端来了膳食。

彰华靠在榻上闭着眼睛，似乎睡着了。但吉祥刚放下托盘，他就出声道："召千牛备身唐喧来。"

"是。"吉祥依言出去了。

如意将筷子递给彰华："陛下，您一天没吃东西了。"

彰华终于放下了手心里的布条，拿起筷子用膳。他吃得依旧不多，如意在一旁看得两眼汪汪。

"陛下，您得多吃点啊，这两年吃得少睡得少，便是铁打的身子也熬不住啊。"

彰华看他一眼，笑了笑："没事，别担心。撤了吧。"

如意没办法，只好噘着嘴巴拿走了托盘。而这时，唐喧到了。

彰华吩咐道："你派一队人去万毓林巡戒，这些天任何人没有朕的手谕，不得入林。然后，你亲自去一趟风府，告知小雅，三天后，朕要带个人去陶鹤山庄。"

唐喧面无表情，应声道："是！"

"还有，调一队千牛卫来，在殿旁随时候命。"

"是！"

"去吧。"

唐喧走后，如意犹豫地问道："陛下，那、那给红茧的回复呢？"

彰华拿起几上已被揉得不成样子的布条，扔入了一旁的火盆中，火光点缀了他的眼睛，至此也照亮了他的疲惫与柔软。

"好。"他只说了一个字。而这个字，是在忙碌一天强行将之搁置在旁、不去深思、不去惦念后的最终回应。

一朵十五年前开始酝酿的云，终于攒够了令天地变色的重量，滂沱而下。

眼见它就要疯狂肆虐，冲垮一切。

而他也只能说一句"好"。

好的，允你所求。

来吧。

我们一起来处理。

孟不离赶着巨型马车，走进了万毓林。

坐在车中的谢长晏掀起车帘，只见暖日阳光下郁郁葱葱的树木，像个熟悉的老朋友，对她的回归摆出了欢迎的姿态。

三月底的京郊，姹紫嫣红地渲染出春的气息。自玉滨大运河开后，北境缺水的窘迫得到了极大的改善，呈现出一种朝气蓬勃的新生。

马车一直驰到溪边才停下，溪水潺潺，果然也比走时涨了许多。

谢长晏下车，走到一棵胡桃树下，挖了个坑。然后，从车中取出一件狐裘。

郑氏的尸体，她在滨州时海葬了，让娘亲的灵魂和爹爹一起永远安息在了蔚蓝色的大海里。

而此番回京，每到一城，都会埋一件娘亲生前用过的物品，以做纪念。

到了万毓林，选的就是狐裘。

她曾在此林中狩到狐狸，郑氏将之缝成了皮裘。她在渭陵渡口拉船时把衣服弄破了，郑氏也没舍得扔，一直放在车内当盖被，天冷时裹腿用。

此番从车中取出来，皮毛柔软温暖，仿佛还带着郑氏温柔祥和的气息。

娘亲，你要等我。

等我查明真相，为爹爹和你讨还公道后，就去找你们，到那时，就再没什么可以将我们分开了。

所以，要等我。

要保佑我。

谢长晏将狐裘放入坑中，正要去捡铲子盖上土时，一只手先她一步将铲子拿了起来。

那只手修长精壮，颇具力量，却不是孟不离的。

谢长晏的呼吸一滞，心脏不受控制地疾跳起来。她慢慢地、一点点地扭头，看见那个人黑色窄袖、圆领袍襟、折上头巾。而他的面貌，尚未来得及细看，黑袖里的手臂已朝她伸过来，一带——

抱住了她。

一阵风来，树林里全是树叶婆娑的沙沙声。

天地因此悠远，红尘因此沉静。

谢长晏因此，感应到了熟悉的气息。

曾经，在求鲁馆坍塌之际，这具身体抱过她。

在她的脚不慎掉进幸川的冰窟之际，这具身体也抱过她。

第一次，源于保护。

第二次，源于怜惜。

而这一次，源于安慰。

谢长晏被动地倚靠在宽广的胸怀中，感受到从对方身上源源不断地传来的热流，一颗心也慢慢地静了下来。

她曾爱慕这个人，渴望这个人。如今，爱慕和渴望都已消逝，可她靠着这个人时，依然感到一种发自肺腑的安心。

"师兄……"她缓缓开口，"对不起，我来给你添麻烦了。"

她知道自己要做一件多么复杂多么困难的事情，胡智仁无数次告诫她这件事会有多么可怕的后果，可她还是不顾一切地执意要去做。

而想要做成这件事，就必须向彰华求助。

所以，明明说好从此老死不相往来，说好情缘已断一别两宽的，可她还是厚着脸皮回来了。

她知道她是一个大麻烦。

她更知道彰华本身就已经有很多很多天大的麻烦要处理。

可是，实在没有别的办法，只好回来试一试。

对不起啊，我真是一个不受欢迎的、累赘般的存在啊。

而你，拥抱了这样的我……

谢谢。

彰华跟着谢长晏走上马车，彰华向赶车的孟不离比了个手势后，马车便继续前行了。

谢长晏将一个软垫推到他面前，低声道："请坐。"

彰华跪坐下，打量车内的一切。

这种谢长晏自创的巨型马车，这两年风靡了运河沿岸，人们亲切地给它起了个名字叫"走屋"，十分适合全家踏青游玩。只不过京中人流熙攘，此车太过庞大，不利出行，因此未在玉京流通。

彰华虽听说已久，却还是第一次得见。

谢长晏这辆，显然与胡家别的走屋不太一样，内设更为精巧独特。比如用来隔挡内室的折门上挂了一道布帘，就与寻常帘子不一样，五颜六色，各种材质，彰华不禁多看了几眼。

谢长晏留意到了，便在旁解说道："此帘是我每到一处，采选一款当地自产土布，汇编而成。全帘共计七十六块布，从材质上可以很清楚地看出各地的不同。北境酷冷，却好艳色，布料以皮草革绒为主；南域则爱淡雅轻薄，盛产丝绸；秦山多矿，所以百姓出于耐脏耐磨的需求，自产暗色粗布；滨州临海，则追求防潮易干……"

彰华的目光从帘子转到了谢长晏身上。

两年前，她还是个什么都不懂的小姑娘，来自清高避世的谢氏，满脑子诗词歌赋、礼仪法规，不知民生疾苦。

两年后，她为他讲解她的帘子，对大燕各地如数家珍。

彰华想起《朝海暮梧录》里那些洋溢着欢快风趣的字句，那本该是最适合这个女孩的生活方式。然而，海阔天空，终究一梦。一朝梦醒，身置囚牢。

——就像当年的他一样。

"……后来娘亲就把它们缝成了帘子……"说到这里，她的声音慢了下来，悲伤从她脸上闪过，再用微笑克制地取而代之，"总之，这两年，收获很多。"

红泥小火炉上的茶及时沸开，谢长晏找到了事情做，便停止了话题，一心一意地沏起茶来。

她拿了两个木头做的杯子盛茶，推给彰华品尝："自己摘的茶，自己雕的杯，味道一般，但算独一份了。"

彰华低头品了一口，得出结论：谢长晏自谦了。她本就是个极聪慧之人，那些需要缜密操作反复锤炼的事情，总是能做得很好。而且，年纪渐长，这优势在她身上就越明显。

彰华忍不住抬头再次细细地打量她。

跟他之前预料的一样，她长得非常高，仅比他低半个头，因为尽情地沐浴阳光，皮肤是一种健康的麦色——大燕最推崇的肤色。

她的五官已经完全长开，如果说，之前的谢长晏，是个长得有棱有角有特点的小姑娘，现在的她，几乎可说是光华四射。那些不符大众审美的特点，在她脸上全变成了的亮点：厚厚的嘴唇，显得是那么柔软，仿佛丰润的花蕊诱人深入品尝；乌发如墨，浓密如云，流泻着黛青色的光泽，引人伸手触摸；而最美的是她的眼睛，褪去了曾经的天真善意，染上了欲语还休的哀愁，几能激发任何男人的保护欲。

彰华的心，突兀而不受控制地"咯噔"了一下。

意识到对面之人已是个完完全全的成熟女性，不再是两年前那个羞恼嗔怒稚气未脱的小姑娘后，他下意识地挪了下身体，让彼此的距离稍微远了一些。

而就在这时，谢长晏决定切入正题——

"师兄，我能借阅甲库里的甲历吗？"

甲库，是燕宫用来保存甲历的档案库。凡入仕官员的出身、籍贯、履历、考绩全部记录存档于内。

彰华盯着她："你要借阅谢将军的甲历吗？"

"是。我想知道，十五年前，我父与程寇的那次战役，究竟是怎么回事。"

彰华低头看着手中的木雕茶杯，沉默不语。

"杀害我娘的凶徒死前说，我父在那次战役里，杀了他们兄弟十人，还弄瞎了他的眼睛，害他被困海岛十五年。"谢长晏正色道，"我解剖了他的尸体。他的胃已经缩得很小，且有溃疡，是常年饥饿所致。腿骨关节肿大、骨髓脓化，是海风侵蚀所致。眼膜发黄，皮肤多处皲裂……基本可以断定，他没有说谎。"

彰华定定地看着她。十五岁，同龄的名门闺秀们忙着斗草斗衣斗首饰，做一切吟风弄月的事情。而谢长晏的双手，则沾满了血污，执着地想要寻求真相。

"他下颌的第二磨牙是中空的，应是故意凿空埋入毒药用，但毒药不知何故用掉了，没有及时补充，空的时间太久，周边都已蛀蚀。也就是从那颗牙上，断定了他的身份。因为此填牙术十分了得，既要安全蓄毒，又要确保能第一时间咬碎牙齿自尽，用的材质很特别，是如意门的不传之秘。"

彰华忍不住想，她真的是查出了很多啊。在有限的条件下，竟查到了这么多……

"他的右眼虽被缝合，但眼珠还在里面，我检查了一下，是匕首戳瞎的，从切口推测匕首不会超过手掌宽。可我父的兵器是长刀，刀尖钝重。就算是他使得匕首，那把匕首也不是他的。"谢长晏说到这里，目光变得有些急切，"我想看看甲历，当年跟我父一起殉难的还有哪些官员，他们之中，谁使匕首。若有幸免存活者……"

彰华忽然开口："朕。"

"我想亲口问一问当年的……唉？"谢长晏愣住了。

时近黄昏，夕阳薄光透过车窗照进来，彰华的脸——曾经被认为是太过复杂而无法解读的脸上，终于露出了浅显直白的表情。

"朕，是唯一的那个，幸存者。"

他一个字一个字道，放下的木杯上，留下了两个入木三分的指印。

谢长晏彻底愣住了。

同观九年，燕王摹尹正英姿勃发，力推科举取士，想要取代原来的"九品中正制"。

而那一年，燕国的太子彰华五岁，正是猫嫌狗厌的年纪。

而那一年，长公主一眼看中了殿试第一的状元、出自寒门的方清池，点他做了驸马。

摹尹本不同意，长公主不停哀求，最后摹尹无奈地应了自己唯一的妹妹，就此断送了方清池的大好前程。

驸马不得参政，有富贵却无实权。作为第一届恩科的头名，方清池不仅文采斐然，面容俊美更是宛如谪仙。消息传出，无数学子为之扼腕。

而方清池温顺地接了圣旨，并未对这桩婚事表示任何不满。毕竟，长公主出身高贵，又是个难得的美人。

自那后，夫妻琴瑟和谐，也算是一段佳话。

再然后，到了十一月，宜王寿诞，因长公主思念远嫁宜国的姨母，故代表燕王前往贺寿，顺便见一见阔别多年的亲人。

次年三月，公主回燕。方清池决定亲去滨海迎接，给妻子一个惊喜。

他谁也没说，此行本是保密，不想车行一半，发现坐榻下方藏了一人，揪出来一看，竟是六岁的彰华。

方清池吓得不轻，当即要将太子送回，但彰华又哭又闹又恐吓又蛮横，无奈之下只好答应带他一起去滨州。

"那是朕第一次离开玉京，跟着出身寒门的姑父，心中充满了兴奋和期待，想看看书中被誉为唯方之鹰的大燕，是何等雄壮辽阔，国富民强。"彰华说到这里，却是苦笑，"然而，姑父节俭，又是秘密出门，这一路，是令我吃不好也睡不好。更糟的是，我所见的大燕，路有冻死骨。"

谢长晏对此深有体会。这两年，她去过很多很多地方，北境比南境好一些，原本隶属于庞岳两家的封地，因为世家已倒，土地还归乡农，呈现出了焕然一新之貌。而南境大部分州县的百姓还是生活得很困苦。

彰华所见，是在十五年前，必定比现在更糟糕。

"我简直不敢相信这就是我父的疆土，这就是我们大燕国的子民。它跟我脑海中想的完全不一样。姑父问我，苦不苦？若受不了，就送我回京。然而，我当时不知怎的竟生出毅力，不，我一定要见到海！"彰华看着谢长晏，眼神闪动，语声低柔，"你自小长在海边，可能体会不到北境之人第一次见到海的感受。我到滨州那天天气非常糟糕，狂风暴雨，姑父让我在客栈中休息，等天气好些再去看海。我不干，就那么顶着风雨去了，一瞬间，浑身就湿透了。而我，也终于看到了海——暴风雨中的大海。"

天是黑的，被层层乌云压得仿佛就在头顶上。

海也是黑的，像一张密不透风的毯子，翻滚着朝海岸卷来，带着包裹世间万物之势，直撞心魂。

六岁的彰华站在岸边，愣愣地看着这一幕，豆大的雨点噼噼啪啪地打在他身上、脸上，他却忘了躲、忘了动。

他第一次感到自己的渺小。

身为大燕国的太子，未来的储君，天之骄子般的人生，在这样的自然之力前，却跟蝼蚁没有任何区别。

六岁的彰华被吓到，被震到，被淋到，就此病倒，发了高烧。

"我一病就三天。三天里，脑海里全是那一幕，翻来覆去，有时候看见自己被海吞噬了，有时候却看见自己飞了起来……当我看见自己飞起来时，我睁开眼睛，就见姑父站在窗边，脸上带着我从未见过的紧张表情。我刚想喊他，他却神色慌张地打开门，一个裹着斗篷的女人走了进来。之所以说是女人，是因为她的脚上穿着一双红色绣花鞋。"

谢长晏一愣，意识到自己即将听到一桩皇族内不为人知的丑闻。

"我下意识闭上眼睛，假装自己没有醒。听见姑父很紧张地说让她不要再出现，自己不方便。然后那女人问有什么不方便的，接着她看见我，问我是谁。姑父回答说是小厮。然后他就将那女人送走了。我很奇怪，他为何说谎，又很好奇这个女人是谁。我心中有点兴奋，觉得自己抓到了姑父的把柄，想象着如果偷偷告诉姑母，他会露出如何惊慌失措的表情。"彰华说到这里，勾起唇角轻笑了一下，"我小时候竟是这般好事恶劣之人。"

也是如此心机深沉之人。

谢长晏在心中补充。

一个六岁的孩子，就知道要继续装病偷听大人的壁脚，可见心计于彰华而言，与生俱来。

"于是接下去几天，我继续装病，假装起不来。我等啊等，有一天晚上很晚了，睡下的姑父起来，偷偷穿好衣服出去了。我当即也穿衣追出去，跟着摸上马车。姑父不会武功，没有察觉，赶车到了某个僻静之地。我藏在车底下，看见有个人在等他，却不是女人，而是男人。那个男人问姑父，东西呢。姑父从车里取出一个包裹，递给了他。而就在那时，那个男人发现了我。"

彰华复述此事时，声音很平静，然而谢长晏还是听得毛骨悚然起来，忍不住问道："然后呢？"

"然后我就被抓住了。姑父看见我，大惊失色。男人当即要杀我，姑父拦阻，说出了我的身份。男人盯着我看了半天，将我打晕。等我醒来，发现自己浑身酸软无力，马车在行驶中。我质问姑父为何如此对我，他用一种很奇怪的眼神看着我，像在看一个死人。就在那时，马车停下了，车外有人说……"彰华说到这里，倒了一杯新茶，推给谢长晏。

谢长晏下意识接过来捧在手中，彰华看着她的目光有些古怪，似忧伤似怀念，沾染着满满的温柔。

"滨州刺史谢惟善，拜见驸马。"

谢长晏手一抖，终于明白彰华提前给自己一杯茶的用意。茶的热度通过木杯传到她的手心中，氤氲的水汽一瞬间模糊了她的眼睛。

十五年前，遇难的彰华就这样遇到了……她的父亲……

"姑父当即用布塞住我的嘴巴，并用帷幕将我遮住，下车同他说话。我知道这是个难得的机会。但是，我动不了，也无法出声，最后，我……"彰华犹豫了一下，还是说了，"我小解了。"

谢长晏脸上一红。这其实是很妙的一招，可无论是当时真实场景还是此刻复述，都令人有些尴尬。

她只好赶紧将此话题带过："那爹爹发现了吗？"

"他的声音停了一下，但没有进车，也没探头看，跟姑父客套了几句后，便离开了。"

唉？爹爹没有发觉？

"我十分生气，觉得此人真是蠢货。再然后，姑父将我带到一艘船上，把我交给了那个男人。我在舱底被关了整整三天，没有光，没有水，没有食物。"

谢长晏的心颤抖了起来。"究、究竟是怎么回事？"

彰华淡淡道："简而言之，方清池是如意门的细作，与银门弟子约见滨州，交付情报。不想被我撞破，当即决定将我秘送予程王，以做筹码要挟父王。"

谢长晏终是将杯中的茶洒了出来。

彰华取了一旁的抹布过来，将她泼出来的水渍擦去。从谢长晏的角度，可以看见他低垂的眉眼和挺直的鼻梁——这张她记恨过埋怨过遗憾过无数次无法解读的脸庞，原来，是被那样的过往修饰过、伤害过，所以才会变成现在这样。

她无法想象一个六岁的孩子被关在舱底没吃没喝三天的情形。

她无法想象养尊处优一帆风顺的太子沦为阶下囚的情形。

她更无法想象被自己姑父出卖的孩子的心情。

光动一动念头，就觉得心绞痛了起来，全身都会发抖。

"陛下……"她想说些什么，却又不知该说些什么。尽管她知道他后来逃了出来，回到玉京，平平安安地长大了，但时间抹不平伤痕。

尤其是，现在，他正在她面前，将那道伤疤冷静地撕开，露出底下的真实血肉给她看。

我是不是做了很残忍的事情？谢长晏忍不住问自己。

对不起，陛下。对不起。

彰华擦完水渍，抬头，看见谢长晏泫然欲泣的眼睛，忽然笑了笑，伸出手轻拍了一下她的额头——就像小时候那样。

"朕没你想的那么脆弱。事实上，这件事对六岁的朕来说，得远远大于失。"彰华看着她，像透过她的面庞看到了另一个人，满含感激，"因为……第三天时，你父亲来了。"

"吱呀"一声，舱门被人从外打开。

明亮的光一瞬间照进了黑漆漆的舱底。小彰华的眼睛被刺得一阵生疼。他一边不受控制地流着眼泪，一边恐惧地抬起头看向门口。

一个男人的轮廓出现在那里，手持长刀，身穿盔甲，是名武将。

"臣来了。"那人对他一笑，像一道煦暖的风，能够拂去所有惊恐和畏惧，"殿下，别怕。"

"你父是个十分机警之人，而且武功高强。他在街头与姑父对话时，便已察觉到车上还有一人，也听到了便溺之声。但见方清池极力遮掩，便假装无事，任其离开。与此同时，他接到太傅密笺，说太子失踪，要各地官员私下暗访，务必尽快找到我。"

谢长晏恍然道："所以我爹爹对方清池起疑了。"

"是。为了保密，他假借巡海为由，协同心腹包抄船只，将我救了出去。交战中，他杀了银门弟子中的九人，第十人也就是与方清池接头的那个男人想用匕首杀我，你父抱着我拼命躲避，匕首最终在我手上划过……"

彰华说着伸出右手手腕，谢长晏终于知道这道蜈蚣般的伤痕是从何而来了。原来也跟父亲有关啊……

"你父趁机夺过匕首，戳瞎了他的一只眼睛。"

线索至此连贯：匕首，九个兄弟，瞎了的眼睛，全部对上了！

"该男人眼见大势已去，跳海了。你父抱着我返航。谁知还未靠岸，船只就遭到了滨州水军的轰炸。"

谢长晏睁大眼睛："怎么会？"

"方清池得知你父秘密出海，便知道事情很可能败露了，决定一不做二不休，以滨海出现程寇必须清缴，好顺利迎接公主回国为由，哄骗副将召集水军跟他出海。我们的那艘船是程船，一被看见，就被他们射火箭诛杀。"

谢长晏的脸色变得惨白惨白。

"我们毫无抵挡之力，离得又远，连解释的机会都没有，就这样船只起火，沉了下去……"彰华似也被勾起了往日的思绪，双手骤然握紧，在膝上发抖。他不得不停下来，做了好几个深呼吸，才能继续往下说。

"你父将我藏在一个酒桶里，用力推离程船，而他自己，返回火海去救同僚。我在桶中号啕大哭，却只能眼睁睁看着船离我越来越远……我很幸运，在海上漂了半天，在快晒干前被渔民救起，带回家中。又三天后，太傅带人找到了我——你父出海前，给他回了密折。我问起此事，太傅告诉我……"彰华说到这里，又给谢长晏倒了一杯热茶，谢长晏明白，下面的话肯定很可怕。

"船只着火，谢惟善同心腹计二十人，烧死的烧死，没被烧死的被箭射死，无一人生还。"

谢长晏的眼泪滴进了热腾腾的茶水中。

"太傅扣住方清池，秘密带回宫中，向父王禀报了此事。父王虽然震怒，但为了顾及姑姑颜面，也因为顾忌程王，最终决定遮下此事。把整个事件描述成滨州刺史谢惟善发现程寇，为了保护渔民殉国。其他的，一概密藏。至于方清池，等姑姑回来再定罪处理。"

谢长晏看着自己的眼泪一滴滴地滴进杯中，感到一种深深的无力。

她无力去质问太上皇当年为何如此粉饰太平。

她无力判定这样的处理结果是对还是不对。

总觉得世事不应该如此。起码，天理昭昭，冤屈和委屈一样，都是不公。

可是，如今终于知道了真相的她，又能责怪什么呢？

责怪彰华不该调皮藏在方清池的马车上吗？

责怪大燕科举制查人不清引狼入室吗？

责怪滨州副将愚蠢服从为虎作伥？

还是责怪太傅来得太晚？

追溯根由，似乎只能怪方清池，怪如意门。

彰华看着谢长晏，目光闪动，忽然道："但我不甘心。"

谢长晏抬起头，直勾勾地回视着他。

"我不甘心，所以当夜，我走进关押方清池的天牢，用从船上带回的匕首杀了他。"

谢长晏的呼吸一滞，再然后，清新的空气源源不断地涌进鼻息，奇迹般击退了她的无力感。

"朕杀了他，没等姑姑回来。那是朕……第一次，也是唯一一次……亲手杀人。"杀人的滋味，尝过一次，便始知其痛，永承其重。

"陛下……"谢长晏忍不住伸出手，轻轻握住了彰华的手。这双手，就是这双手，为她父亲报了仇。

"姑姑回国后，迎到驸马凉透了的尸体，而她当时，正满怀欣喜地想要告诉他，自己有了五个月的身孕……她知道前因后果后，只问了我一句话：'清池非死不可吗？'我回答：'谢将军在天上看着呢。'自那后，她再没跟朕说过话。"

他跟长公主就此生了离隙，至今没有修复。

可谢长晏因为彰华的这一句"谢将军在天上看着呢"泪流满面。

马车内就此安静了好长一段时间，布帘随着颠簸摇摆着，宛如谢长晏此刻起伏不定的心绪。她有很多很多话想说，却不知该如何说。

最终，还是彰华先开口："朕从那天起，决定要……铲除如意门。"

谢长晏心头一颤，抬起眼睛。

视线中，彰华的表情无比凝重和严肃，却因为明晰了原因，变得亲近且温柔："而要除如意门，需先除程王，除此之外，还要拔出燕境内的如意爪牙。"

为了这个目标，阿斗摇身一变，成了嘉言——"圣谟洋洋，嘉言孔彰"的嘉言。

他励精图治，蛰伏十年。十年内，国力大增，力压三国，成为唯方之首。

而他登基后，更以铁腕之势除掉了跟如意门有关联的庞岳二族，把钉在燕国数十年之久的如意支脉连根拔起。

然而，这仅是开始。

改税赋、开运河、推科举、强水军，一切都有条不紊地奔着目标前行。

"幸运的是，在此过程中，朕找到了同盟者。"彰华说到这儿，却露出了几许悲伤之色，"他就是……风小雅。"

谢长晏却有些不解。风小雅名声虽响，但一来体弱二无权势，对陛下来说，能有何助力？

彰华的目光闪了闪，忽看向她："你知不知道自己为何能平平安安离开玉京，一路游玩无人找碴？"

谢长晏一怔，听其意，难道本来有人要对付自己？是秋姜吗？

就在这时，她还发现了一件事——马车出了万毓林后，一路上行，竟是来到了一座高峰之上。

虽已是三月底，但春色并未爬到此处来，山顶依旧树木凋零，残留着些许未化的积雪。玉京本就干冷，但此峰明显要比山下冷许多。

凋零的树木间，有一片高高的围墙。峰上竟有人家？难道会是太上皇的又一个隐居之所？

看出她的困惑，彰华做了解答："我们现在来的，是太傅的别苑——陶鹤山庄。他曾笑言，虽身居高位，一人之下万人之上，然官场苟利藏污纳垢，故而，戢鳞委翅后，他要住在此地，好好享受一下高处不胜寒之洁。"

谢长晏不胜向往道："风大人高风亮节，确为天下表率。"

然而，彰华的神色一下子悲伤了起来，定定地看着前方，没再说话。

谢长晏不知自己说错了什么，心中忐忑。这时，马车在门前停下，陶鹤山庄到了。

一名年过七旬的老妪已在门边等候，见到二人躬身行礼，将他们迎了进去。

庄内的景致十分荒凉。

院中青苔黄叶，颓垣败壁，显然疏于清扫护理。而且一路走来，除了这名步履蹒跚的老妪，再没看见其他人。

风大人退隐后，真的住在这里吗？

老妪行至一扇院门前，停下躬身行了一礼后便离开了，从头到尾没有说任何话。

院墙旁有几块搭在一起的石头，彰华朝谢长晏招招手，踩着石头爬上墙头。

谢长晏满腹狐疑地跟着爬上去，探头一看，大吃一惊——

院内只有一栋孤零零的小屋，院中也是杂草丛生，毫无景致可言。窗户是开着的，一个女人坐在窗边，就那么呆呆地注视着荒芜的景致，一动不动。

——此人不是别人，正是渭陵一别再没见过的秋姜！

秋姜怎么会在这里？为什么没看见别人？最最重要的是，她怎么会变成这个样子？

在谢长晏的记忆中，秋姜是个非常特别的人。如果要选她生平见过的美人，秋姜可排在第二，仅次于谢繁漪。

美人在骨不在皮。

若光说五官，秋姜没有一样出众的，偏偏组合在一起看着十分顺眼。而当这张顺眼的脸上一起表情，那可真就是万种风情勾人夺目了。

然而此刻小屋中的秋姜，被剥离了所有表情，像具失去提拉的僵硬木偶，没有丝毫生气。

"你之平安，要谢她。"彰华低声道，"是她对姑姑她们说，离开玉京的你，不过是一介蝼蚁，不值得浪费任何心力。"

谢长晏一怔，复一悸，脑海中浮现出秋姜坐在马厩的栅栏上，两条长腿一荡一荡笑嘻嘻的模样，再对比此刻眼前的这个人，恍如隔世。

"她怎么了？"

彰华沉默了一下，才回答："她是如意门弟子。而且，是七宝之一的……玛瑙。"

谢长晏大惊。

"夫君近日娶了个新妹妹。"

"听说是个沽酒的女郎，姓秋。"

"夫君新娶的妹妹，名字就叫'姜'。"

"鹤公失踪，朕亲往草木居查看，疑与其新妾秋姜有关……"

谢长晏想起飘雪月夜彰华看到秋姜时大惊失色急急离开的情形；也想起了风小雅突然出现在百祥客栈时欲语还休的情形。

"若再见她，请代为转达一句话。"风小雅当时说道，"她要的谱我有，若想听，正月初一子时老地方见。"

后来，秋姜再没出现在她面前，她曾猜度过她是不是赶赴风小雅的约会去了。对于这对夫妻的相处模式，她也曾困惑过，觉得有趣。

可她万万没想到，秋姜竟是如意门的人！而且还身居要位！

"小雅以四国谱为诱饵，引秋姜来到他身旁委身为妾，想借此顺藤摸瓜，查出如意夫人到底是谁。但秋姜极为狡猾，意识到小雅并没有四国谱后，就立刻逃离了。小雅耗费许多心思，才又一次于正月初一日，诱得秋姜出现。"

也就是说，秋姜最终还是去赴约了？

那么，在当年正月初一的老地方，发生了什么？

"正月初一，秋姜……"彰华停顿了一下，"误杀了太傅。"

谢长晏抽了口冷气。

"然后她被小雅重伤，再醒来时，失忆了。她已不记得自己是谁，不记得任何事情。小雅便将她关在了此地。"

彰华说完，转过头，沉默地望着远方。

谢长晏注视着他的侧脸，意识到了一个被她疏忽许久的细节——这样即使描述惊天秘密时依旧平缓沉稳的声音和表情，是怎样淬炼出来的？

"你要经历很多很多事，变得越来越丰富，直至——柔滑圆润，无坚不摧。"这句话，彰华说的原来不是她，而是他自己。

谢长晏心中忽然溢满了悲伤。

风乐天，死了。

他的老师他的重臣他最强有力的臂膀，没了。

死在一年前。

如意说："这两年，很多人都走了。太上皇走了，你走了，鹤公走了，太傅也走了……陛下身边，没什么人了。"

那么这段时间，彰华是怎么挺过来的？

在她纵情游乐寻奇访胜时，他在面对什么？做着什么？

谢长晏定定地凝视着彰华。她十三岁时，仰慕他，崇拜他，如今，她十五岁，仰慕崇拜消退，变成了更深一层的理解，而除此之外，又多了一份心疼。

再看向院中那个木木呆呆的秋姜时，脑海里想的不是善恶对错，而是"天意弄人"四字。

彰华立志铲除如意门，风小雅故而设计秋姜，可秋姜杀了风小雅的父亲，反令彰华受到重创。

世事因果，竟如斯循环，如斯残酷！

而追溯根源原罪，全都指向一处——如意门。

谢长晏的悲伤至此沉淀成了决心。她转身走下墙头，不再去看秋姜。

彰华见她离开，也随即跟下来了。

"我要去程国。"谢长晏道。

彰华脚步一顿，却终究没有停，继续跟她并肩前行。

"我的计划里，本来程国是排在最后的，但现在，我决定第三部游记，就写程。我要看看他们的风土人情，我要看看那片土壤为何会滋生邪恶之花。正如陛下所言，如意门不是一人之恶，而是一群人，甚至一国……我的力量很弱小，很多事都做不到，但是，我要去看，或许能对你有所助力。哪怕我知道，你并不需要……"

"朕需要。"彰华打断了她，"如意说，你跟他说过一句话——'眼睛往上看，是人；往下看，是蝼蚁。身居高位，更应伏低己身，才能看见芸芸众生。'朕去不了，所以，你替朕去。你就是朕的眼睛。"

两人四目相对，全都不再说话。然而万语千言从心间流过，谢长晏忍不住想：千山万水，兜兜转转，她终于开始了解这个人了。

而了解，意味着靠近。

她终于离他，这样近。

马车直入宫中，到了陵光殿。

谢长晏下车，看着眼前的殿堂庭院，虽是初见，却不是初访。

曾经，她被蒙住双目带来此处，得与分身乏术的燕王相见。而在当时，她只当他是因为金屋藏娇才故作神秘。

她以前的视野那么小，小得只看得见春花秋月。

而今，回首往昔，不禁感慨万千。

"你就暂住此地。去程不是易事，需做一些准备。待朕布置妥当，再出发。这段时间……"

谢长晏望着彰华，笑吟吟地接了下去："这段时间我能去求鲁馆吗？"

"当然。"彰华向车辕上从头到尾跟个隐形人一般毫无存在感的孟不离投去一眼，"不离会陪着你。"

"好。"

眼见得夕阳西沉，天色将晚，本应就此作别，然而，两人立在原地，又都沉默了。

有种舍不得就此分开的情愫悄无声息地扩散蔓延。

一旁的孟不离似乎感受到了，偷偷地滑下车辕，闪身进了陵光殿。

谢长晏和彰华同时留意到了他那此地无银的举动，不由得各自相视一笑，同时出声："用晚膳吗？"

话说出口，才发现对方竟然说了一样的话。

再然后，便真正同时笑了起来。

半个时辰后，吉祥捧着膳食走进陵光殿，为彰华和谢长晏布菜。

菜共九道，做得精美，但都是寻常菜系，不复谢长晏当年初来玉京时的奢侈。

然而，彰华仍是吃得很少。

他跟之前一样，吃了三口便停下了，专注地看谢长晏吃。

其实谢长晏这段时间胃口也不好，但今日不同。一来见到彰华心情欢愉，二来得知父亲的真正死因后有了新的目标方向，三来没吃午饭确实饿了，因此不消片刻，便将三碗米饭吃了个干干净净。

彰华见她如此好胃口，眼中涌动着既羡又喜的神色。

谢长晏放下筷子，用手帕净面后，望向彰华的饭桌。忽道："陛下，你可知燕境之内，何物最酸？"

"洪州的陈醋？"

谢长晏摇头。

彰华又说了几样，谢长晏还是摇头，卖够了关子后，才道："是李婆婆的三酸菜。"

"噢？"

"北境陈塘山下有个酒坊，当家人人称李婆婆，她家酒还算凑合，但下酒菜实在美味，乃是取杏、枣、柠三果，浸于酒中，调以秘方，窖藏三月后，沥酒留果，切拌成丝。尝一口，酸。再尝一口，辣。然而到了第三口，舌底喉间只留下了甜。"

彰华闻言不禁有些舌底生津。

谢长晏走过去，跪在他几前，将其中一道凉拌茄丝夹到他碗中："陛下尝尝看。"

彰华先是一怔，然后会意，不禁笑了笑。将那茄丝放入口中，原本清软咸香的茄子，却在口中化成了酸辣之味，再源源不断地分泌出更多津液来。他就着茄丝吃了一口米饭。

谢长晏又道："那么陛下知道何物最辣？"

"不知。"

"是南山居的蜀葵末。用蜀葵根研磨而成，味微苦，直冲鼻喉，眼泪一下子就流下来了。因此当地山人称呼它为'泼妇煞'，意思就是泼妇发脾气，而你只能受着。就像这个——"谢长晏夹起一筷芥菜，放入他碗中。

于是彰华便想着那辛辣之味，就着米饭将那口芥菜也吃了。

如此一个说一个尝，到得最后，彰华竟是将一整碗米饭都吃光了，菜也吃了近五成。一旁的吉祥感动得眼睛都湿了。

饭后，谢长晏又送上一杯自己磨的茶："明日，还请陛下再来同我一起用膳好吗？"

"好。你……"彰华注视着谢长晏含蓄的眼睛，说了一个"你"字后，却又停下了。

谢长晏问："什么？"

"没什么。"彰华笑笑，走出殿去。

吉祥连忙提灯走在他面前，灯笼里的光映亮了脚下的路。

彰华注视着那抹暖黄色的亮光，在心中完成了想说的话——你长大了。

以往，都是朕谈天说地，为你授学。

如今，你反过来告诉朕奇闻逸事，民俗乡情。

以往，朕总要思索如何潜移默化地让你开怀。

如今，你来别开生面地讨朕欢喜。

你长大了，长晏。你不再是昔日那个娇俏单纯，用仰视之姿注视朕的豆蔻少女。如今的你，跟朕平视间不急不怯。

你终于长成了朕所需要的样子。

可是，你父为救朕而死，你母亦受此事连累。

两条人命隔在你我之间，羁绊之上，写满了沉沉亏欠。

所以，朕知道，哪怕九死一生，哪怕就此远别天涯，此生再难相见，也要让你去程国。如意门就像一个盘踞在命运前方的怪兽，张开了血盆大口。如果不能除掉它，我们就无法走到终点。

夜月下，彰华缓缓闭上了眼睛。

他的肩头依旧沉如千斤，但和煦的春风吹得他的心暖洋洋的。

当他再睁开眼睛时，就看到一对燕子飞过夜空，啾啾叫着隐没于月色之中。

"噢？"长公主府内，长公主正在跟方宛下棋，听到下人的来禀后，微微扬眉。

而一旁的方宛则要震惊许多："你说什么，真的是谢长晏？你确定？"

下人忙道："倒没有见到她本人。不过那辆马车上，赶车之人是孟不离，所以猜测车内坐的应是谢长晏。"

方宛急道："光猜测有何用？赶紧确认啊！"

"马车入宫了，我、我们的人没法跟进去啊……"

长公主懒洋洋地落了一子，道："行了，知道了，不必理会。"

"是。"下人应声而去。

方宛忙道："殿下，咱们不管谢长晏了吗？陛下不是驱逐谢长晏离京，永不得回来吗？如果真是她，抓到她就可以治她的罪了！"

长公主睨了方宛一眼："治什么罪？陛下亲自带回宫的人，轮得到你治罪？"

方宛闻言面色一白。

"再说，要的就是她回来。她不回来，陛下不会动。陛下不动，我怎么走下一步？"

"恕侄女愚钝，殿下的意思是？"

长公主一笑，明眸流转："你以为，谢长晏是怎么回来的？"

方宛恍然道："莫非是殿下促成？"

长公主推开棋盘起身，走到架着旧剑的玉案前，伸出手，摸了摸上面的剑鞘。

"当年我跟你说，还要等一个人回来。而现在，时机差不多成熟了。"

长公主勾起唇，眼神中却充满了深深怨恨。

陵光殿中，谢长晏拿到了记录谢惟善生平的甲历，上面最后一行字写的是："同观十年三月初三，谢惟善率水军出海，为渔民护航，遇程寇，诛敌三百，力竭殉国。"

她抚摸着那行字，想着有朝一日定要重写此句，还历史以真相。

带着这样的信念和决心，谢长晏沉沉睡去，一夜无梦。

第二天，在得知陛下日间要同大臣们商议选拔新相之事，肯定没空过来后，谢长晏便去了求鲁馆。

这还是求鲁馆重建后她第一次来，馆门依旧未变，还是那三个奇形怪状布满机关的化形字。然而，谢长晏按照记忆中的解法碰触机关时，门没有开。

她只好拍了拍旁边的小门。

拍了许久，才有人应门，带着满脸的不耐烦，却是个不认识的陌生面孔："干吗？"

"请问公输老师在吗……"

她的话还没说完，那面生的弟子已不耐烦道："没空！"

"那……木师兄在吗？"

"也没空！"

"啪"的一声，小门被甩上了。

谢长晏吃了个闭门羹。她回头看了孟不离一眼，孟不离抬头望天假装自己没有看见。过得片刻，见谢长晏还盯着自己看，只好指了指一旁的围墙，然后摇摇头，意思是：这墙我跳不上去。

谢长晏虽是望着他，脑中却在思索馆门上的机关，并没有真的求助他的意思，因此也没气馁，而是转身再次去按"求"字上的机关。这一次试了几下后，"咔咔"几声，门终于开了。

谢长晏勾起唇角："原本只是奇门中找'开'门，现在却是找'死'门，公输蛙的趣味，可真是越来越恶了。"

她昂首挺胸地走进馆中。

求鲁馆依旧乱得像被千军万马蹂躏过一般，到处都是碎木残片。不过与之前有所区别的是，原来的庭院里摆的是水车，现如今摆了一艘船模。

跟送她的那艘沙船不同，这是一艘战船，形如海鹘，建有女墙，墙体上开有箭孔，攻守兼备。除此外，关键船身处都蒙着防御用的厚厚皮革。

此刻，求鲁馆弟子们正在测试那些箭孔，"嗖嗖"的射箭声不绝于耳。

谢长晏好不容易逮住一人问："老师在吗？木师兄在吗？"

那人却是认识她的，当即又惊又喜道："在屋里。你来得正好，老师正在骂师兄。"

谢长晏丝毫不感到惊讶，公输蛙常年焦虑，只能靠骂人发泄。哪天若见他心平气和了，才要担心。

谢长晏谢过那人，径自朝主屋走去。求鲁馆的格局跟之前一模一样，丝毫未变，然而抄手游廊的墙上，画的不再是玉滨运河图，而是改成了"乘风破浪图"，新式的沙船和院中的战船都在画上出现了。

走过长廊，还没到门，就已听到了公输蛙招牌式的咆哮声——

"婚婚婚！婚什么婚！不许婚！"

"传宗接代传宗接代，你家一贫如洗，还想传宗接代，接乞丐的江山吗？"

"你唯一的价值就是这儿，离开这儿你就是个废物！"

期间偶尔夹杂着木间离唯唯诺诺轻如蚊子哼的争辩声。谢长晏叹了口气，推门直入。

木间离正满头大汗，看见谢长晏，如见救星："谢姑娘！"

公输蛙正骂得痛快，看见谢长晏，愣了一下，随即变得更加暴躁："你怎么来了？不是说要跟我一刀两断，老死不相往来吗？滚滚滚！滚出去！"

这是谢长晏跟他上次不欢而散时说的气话，难为过去了三个多月他还记得。吵架原因是公输蛙嫌弃她的水转翻车华而不实，她争辩了几句，最后说道反正胡智仁那儿卖得不错。公输蛙骂她竟跟胡智仁那种虫子打交道，大怒挥袖而去——唔，士农工商在他的定义里，士是只会说废话吵闹不休的鸭子；农是愚昧未开化的牛；商是吸血的水蛭；只有工，开天辟地，继往开来……

对于他本职学问以外的话，谢长晏素来是左耳听右耳出的。

因此，谢长晏闻言微微一笑，问木间离道："木师兄，怎么了？"

木间离苦笑。原来是他家给定了门亲事，让他下月返乡完婚。于是他来请假，却被公输蛙骂了个狗血淋头。

谢长晏惊了，没想到公输蛙不但反对女子嫁人，还反对男子娶妻！难怪此人二十好几，如此英俊却还孑然一身。

公输蛙见骂不走谢长晏，便将气出在了木间离身上："我这儿正是忙碌之际，你一走就要一个月，谁来替你的位置？要走也行，走了就别回来了！"

木间离愁眉苦脸道："老师，父母之命媒妁之言人伦之礼，你就通融通融吧。"

"我的字书里，没有通融二字。"

谢长晏解围道："师兄去吧，我替你。"

"什么？！"木间离跟公输蛙双双一惊。

"一个月而已，我替他。反正我要在京中逗留，左右无事，来此帮忙也好。"

公输蛙眯眼斜睨着她："你，能顶替他？"

木间离立刻道："谢姑娘才思敏捷，远胜弟子！"

"他吃苦耐劳，能搬重物，你……"公输蛙的话还没说完，谢长晏已轻轻松松举起了一旁的几案，顶在手上转了几个圈。

公输蛙面色一僵，最后只好冷哼一声："明日寅时过来！一个月，他不回，你不许走。"然后径自扭身进了内室，又不知去捣鼓什么了。

谢长晏跟木间离相视一笑。

木间离边送谢长晏出去，边擦汗道："真是天降及时雨。若不是你，我可真不知该如何办了。"

"老师醉心于工，不为外物分心，便觉得门中弟子，都该走火入魔。亏你能忍受他这么多年。"

木间离却摇头道："能跟在老师身边学习，是我的福气。只是人生在世，父母恩大于天，总要对他们也有所交代才行。"

谢长晏心想完了，这眼看就是第二个公输蛙。自己也许做了错事，不该放他回去完婚。他那妻子的未来，想可见会多凄惨。

"师兄完婚后回来，再要回去探亲就不知是什么时候了，留老弱妇孺在家中，真的放心吗？"

木间离沉默了一会儿，才叹了口气道："不然又如何呢？人生在世，短短几十年，总不能就吃饭穿衣传宗接代地活吧。想留点什么，不是自己的名字，而是真实有用的东西给后人。比如班祖师爷的钻、刨、曲尺、墨斗，到现在我们还用着。那么我们做的水车、船，几百年、几千年后的人也能用着……世生万物，人为首灵，不就灵在此吗？"

谢长晏大受震撼。她注视着眼前这个形貌平平、性格温润，看起来并无任何出奇之处的男人，却觉得他前所未有得高大。是啊，世间万物都会延续。人会延续，蚊子也会延续，一代又一代。然而，人之所以跟蚊子不同，就在于人除了留下了血脉，还留下了文明。

而这种文明，是要用时间为代价去探索、去淬炼、去保存的。

谢长晏终于有些明白公输蛙的偏执了。有些人的人生，意义在于天伦之乐，有些人，则注定要孑然一身披荆斩棘。

扪心自问，我是哪种人呢？谢长晏觉得自己有点不上不下不干不脆。她既想要家，又想成材。二者若能兼顾就好了。

带着这样的想法，谢长晏告别了木间离准备回宫。明日起就要入馆接受公输蛙的奴役了，今天她要早点回去做一件事。

谁知马车行到途中，孟不离突然停车。

谢长晏掀帘，竟看到了胡智仁："胡兄？你怎在这里？"

胡智仁牵着马，站在车旁，冲她歉然一笑："有辱使命，前来请罪。"

三人就近找了一家酒楼，要了包间。

各自落座后，胡智仁从怀中取出一封信，递给了谢长晏。

此番谢长晏假装落水生病，拜托胡智仁安排人扮成自己留在沙船上，以吸引藏在暗处的凶手的注意，自己则跟孟不离坐马车回京。因为这类巨型马车已在运河沿岸流行开来，所以她混在其中反而不引人注意。

那么，本该在滨州帮忙掩护的胡智仁，为什么此刻却会出现在这里呢？

看到这封信，谢长晏就明白了。

信封上写着"长晏亲启"四个字，龙飞凤舞，连绵回绕——正是出自当世第一书法名家谢怀庸之手。

"你走后第三天，谢家主便来了，上船非要见你，说要接你回家。他是你的伯父，无人敢拦，结果……就那么露了馅。"胡智仁满脸愧疚道，"而且他来滨州的消息不知怎的传了出去，当地士绅名流纷纷投帖求见……总之最后大家都知道了，谢家主来找亲侄女，但亲侄女不在船上。"

"此乃我的失误，我本该想到才是。"谢长晏看着熟悉的字体，内心软成一片。

谢怀庸曾亲自教导她半年，他的许多金玉良言，对谢长晏来说，至今受用匪浅。

退婚一事后，谢怀庸曾写信斥责郑氏纵女胡闹，要她们尽快回家。言辞虽然严厉，却随信附了十片金叶子。在最初毫无收入来源的日子里，那十片金叶真是救急救命。

再然后，第一本《朝海暮梧录》出了，谢知微来了一封信，说父亲极喜此书，放在床头时时翻看，再不提要郑氏回家。所以让她放心继续玩，若能顺便打探一下二哥谢知幸的下落就更好了。

说也奇怪，同样游历在外，谢长晏却始终不曾遇见谢知幸。此人就跟失踪了一般，除了每年过年时往家修书一封报个平安外，谁也不知他在何处，在做什么。

再再然后，便是这封信了。

谢长晏拆开信封取出里面的信纸，谢怀庸破天荒地没再用草书，而是字字端正，落笔凝重。

"闻弟妹为歹人害，不幸离世，你虽及笄，却仍年幼，当安寄翼下，以挡风雨……吾一生平庸，前无以长技振兴家门，后不能护族人安身立命，甚愧……愿以残烛之年，言教身授，为汝另择佳偶，以尽父职……"

谢长晏看完，默默地将信纸重新折好，放入袖中。

五伯伯真是仁善啊……那么严厉的脸，那么温柔的心。

然而，对于他的这番苦心，她终究是要辜负了……

"若有回信，可交于我。"胡智仁道。

谢长晏想了想，管小二要了一张纸，折了一只鸟，递给他："那就劳烦胡兄将此物送至隐洲吧。"

胡智仁看着那只鸟，明白了她的意思，心中不禁有些黯然。若谢长晏能答应谢惟善，乖乖回家，也许他去提亲，便能成了。

可谢长晏现在，摆明了是要继续在外飞翔。

他忽道："我有一个不情之请，实在有些不好意思开口。"

谢长晏嫣然："你我之间有什么不好意思的，尽管说。"

"能否将这个信封送给我？"胡智仁指着几上写着"长晏亲启"的信封道，"实不相瞒，我心慕三才先生的狂草已久……"

谢长晏哈哈一笑，将信封递给他："那我就借花献佛，博胡兄一笑了。"

"多谢多谢！"胡智仁无比珍爱地将信封用丝帕包好，才放入怀中。看他那小心翼翼的样子，谢长晏不由得又是一笑。

"对了，你的行踪泄露，若那凶徒追踪而至……"胡智仁有些担忧。

谢长晏淡定道："我想过了，躲不是办法，只有将那黑手揪出来，才能真正安全。"之前，她不知前因后果，只能化明为暗，以图安身。如今从彰华处得知了真相，知道了自己跟如意门的所有瓜葛，那么，就要化被动为主动了。

说到这里，她走到包厢的窗旁，将窗户轻轻支起一线，望着底下人群中的某处，勾唇一笑："看来，已经来了呢……"

楼下一堆临街叫卖的小贩里，有个中年肥胖货郎，吃力地扛着个插满糖葫芦的竹竿，偶尔拨动一下手中的鼓。

谢长晏朝孟不离招手："你来看，面善不？"

孟不离走到窗边看了几眼，一脸茫然。

"此人的体重从一百二暴增到了一百七，但卖东西时还是这么不上心……"

"啊！"孟不离想起来了，是燕王寿诞那天跟踪他们的那个卖橘人！有一阵子，为了找他，谢长晏还画过他的画像。此人身上发生了什么？竟从竹竿变成了水桶！

"胖了这么多你还认得出来？"胡智仁惊讶。

"体形虽有变化，但看他的眼睛，仍是左眼较右眼大，耳垂肥厚，头发稀疏，下巴光洁……最重要的是，身高不会变化，仍是五尺五分。"谢长晏说着比了一下自己的眼睛，微微一笑。

胡智仁的目光闪烁着，由衷感慨道："你的目测力……真是天赋异禀……"

谢长晏未再逗留，跟胡智仁告了别后，继续坐马车回宫。

孟不离问："不抓？"

"抓这种小喽啰没用。等车进宫，我自行入殿，你寻个机会跟着他，看他回哪里，见谁。不要打草惊蛇。"

"是。"

如此谢长晏回宫，入宫门后孟不离离去，她自行赶着马车前往陵光殿，途中见到一人，当即眼睛一亮，用马鞭拦住那人的去路道："如意公公，又见面啦。"

如意正捧着一堆丝帛，没好气地睨着她："你可算回来了，害我差点白跑，喏，给你的！"

谢长晏拈起丝帛看了看，笑道："呀，宜国的贡品墨锦啊。给我的吗？谢啦。不过，我还想要点东西，可以吗？"

如意皱着眉，一副"你怎么如此麻烦"的表情道："还要什么呀？"

"我要……"谢长晏附耳过去，如此说了一番。

黄昏时分，当彰华来到陵光殿时，就见谢长晏正在摆膳，如意本在一旁帮忙，见到他连忙蹦蹦跳跳地迎过来："陛下！谢长晏亲自做了几道游历途中学到的特色菜，陛下你可要给面子多吃点啊！"

彰华微讶地看向谢长晏。当年，他带她去万毓林竹屋喝羊汤时，她还是个十指不沾阳春水的闺秀，如今却能亲自动手做饭了。

谢长晏笑道："还请陛下品鉴。"

彰华坐下来，看着眼前的四道菜——

第一道，是冷盘切片，不知是什么肉，白白软软，小小一盘，看上去平淡无奇。

彰华正要提筷，谢长晏道："这道菜，烦请如意公公先试吃一口。"

如意愣了愣，还是过来试吃了。一吃之下，眼睛睁得极大极圆，他咀嚼了好一会儿才咽下去，露出十分复杂的表情道："这是什么？味道、味道……真不知该怎么说呀！"

"如意公公吃了，看来安全了。陛下请。"谢长晏将筷子递给彰华。

"等等，你这是什么意思？"如意还在莫名其妙，彰华已夹了一片肉吃下，他的眉头也微微皱了起来："这是……鯪鲐。"

"啊？那不是有毒的鱼吗？！"如意脸色顿时一白，吓得赶紧抠喉咙。

"是。三月是鯪鲐最美之时，也是最毒之时。而这道菜正是至毒至鲜融于一体的鯪鲐肝，清蒸切片。陛下觉得如何？"

如意抠了半天喉咙，没察出有何不对劲，便也冷静下来，再看向那盘冷切时，又有点跃跃欲试。

彰华慢慢地品着，过了好一会儿才咽下去，抬眼道："宛如战车碾过喉舌，披坚执锐，摧枯拉朽。"

谢长晏拍手道："确实。我第一次吃也是这种感觉——天下怎会有如此奇物？多亏玉滨大运河，如今玉京也能买到此鱼了。"

彰华再看第二道，还是鱼，却是一股怪味，似臭非臭。

如意在旁捏鼻道："又是毒又是臭的，谢长晏你做的菜真是猎奇。"

"御厨炊金馔玉，我不猎奇如何敢献于陛下？"谢长晏说罢介绍第二道菜，"此乃鳜花鱼，常用于清蒸。但我去徽山时，见当地山人有一种独特的腌制之法。虽然气味奇怪，但吃起来无比鲜美。陛下想必不曾尝过这种做法，请——"

彰华尝了一口，只觉香鲜透骨、肉质酥软，与寻常吃到的鳜鱼口感确实完全不一样，当即赞道："好吃！"

第三道，是汤。

剔透无杂质的清水中沉淀着一个白色圆球，形如满月，旁边缀着一棵碧油油的芥菜。色泽清雅，赏心悦目。

彰华喝了一口，不禁挑眉："鸡汤？"可这明明看起来就是一碗清水。

"这道汤叫鸡汁豆花，非常费时，将老鸡配料磨成肉浆，反复过滤去掉杂质，最终豆花洁白无瑕，清汤澄明如水，达到'吃鸡不见鸡'的境界。"谢长晏说着不禁一乐，"这是永泉寺的住持教我的。他想吃荤，又怕人发现，就绞尽脑汁地想出这么一道菜，跟人说自己喝的是清汤，其实……"

"是被你发现后被逼无奈教你的吧？"

两人会心一笑。

而第四道就是主食了，一碗杂米饭，融合了莜麦青稞糯米红豆，色泽鲜丽，但每一颗都异常饱满，看上去油光锃亮，吃起来却毫不油腻，只觉清香鲜美，颇有嚼劲。

"陛下常吃精米，想必多有厌烦。这碗粗粮饭正适合换换口味。"

两菜一汤一饭，许是味道实在很好，又许是蕴了谢长晏的心意，彰华最终全部吃完了，还觉得有些意犹未尽。

如意在一旁看得十分欢喜，对谢长晏道："陛下难得如此好胃口，以后你就天天做吧！"

"天天怕是不行，因为我跟公输老师定好，要接替木间离，接下去的一个月都要去求鲁馆帮忙。不过，我可以将食谱一一写出来，以供御膳房参考。"

如意还待说什么，彰华却道："你要出海，多学点船舶知识很好。而且……"他停了一停，正色道，"公输蛙现在在造的，是战舰。"

谢长晏立刻明白了他的意思。火药成功后，第一步用于运河开山，第二步，就用于战舰。想可见届时若与程寇交战，一边射的是寻常箭，另一边用的却是威力惊人的火箭，会是何等碾压。

程国之强，在于兵器。想要打败他们，只有让燕的剑更利盾更坚，如此才能降低人员伤亡，缩小损耗，速战速决。这也是彰华为何如此重视求鲁馆，而公输蛙能够如此恃才傲物的原因。

一时间，谢长晏浮想翩翩，只觉手都有点发抖——不是害怕，而是兴奋。

彰华也发现了，或者说，从她第一次拼装战车时就发现了，这个女孩儿，对于战事毫无畏惧，还颇感兴趣。这点大概遗传自谢惟善。

彰华心中不禁升起一种难言的宿命感。仿佛冥冥中，上天知道他孤独，故而安排了这对父女来到他身边，一个在幼时更改他的命运，一个在此刻伴他同行。

十五岁的女孩跪坐几前，明眸善睐，巧笑嫣然，比一般女孩儿聪慧，比一般女孩儿勇敢。她本可以过另一种平坦的、快乐的、自由的人生，却偏遇造化，不得不跟他同行。

天将降大任于斯人也啊……

绝世之花，移于泥潭；无双之蝶，囚于幽谷。用全部心神，去换取道路尽头的一点微光。而除了继续往前走，没有第二条路可以选择。

这是宿命。是他的，也是谢长晏的。

　　彰华离开后不久，孟不离就回来了，一回来就跪在了谢长晏面前。
　　谢长晏心中"咯噔"了一下："失败了？"
　　"死了。"
　　原来，孟不离跟着那人，一路都很正常，直到经过某个农舍时，窗内突然射出一枚毒针，将那人射死。
　　孟不离着急之下喊出了可能是平生最快的一句话："谁杀你？谁？"
　　然而，那人抽搐了几下就瞪着眼睛没了呼吸，最终没能说出一个字来。
　　孟不离带回了毒针。谢长晏用手帕包住手后拈起毒针，针尖犹带一点蓝光，显然是非常厉害的毒。
　　"明日我去求鲁馆，看看能否查出毒源。那人的牙齿看过了吗？可有如意门的标记？"
　　孟不离先点头，再摇头。
　　也就是说，那人的牙齿没问题，不是如意门弟子。也是，此人应是混在玉京，跟滨州监视她的不是一拨人。
　　"那也不能排除他跟如意门无关。你我再出门时，要更加小心。"还要提醒公输蛙注意防范，也不知那个细作弟子揪出来没有。否则战舰一事泄露，后果非同小可。
　　谢长晏抬起头，天边彤云重重叠叠，仿佛压在她的心上一般。

　　"啪！"清脆的耳光声在公主府的花厅里响起。
　　方宛捂着脸连忙求饶："殿下息怒！殿下息怒！"
　　"我都说了不用理会谢长晏，你为何擅作主张派人跟踪她？"长公主很生气。
　　"我没别的意思，就是派远叔盯着她，想看看她回来做什么……对不起殿下，是我的错！我、我、我就是太紧张了，一对上谢长晏，我、我就坐立不安，不知如何是好……"
　　"你可知谢长晏过目不忘，天生慧眼，无论如何乔装打扮，都瞒不过她的眼睛？"
　　"我、我不知道……"
　　"你打草惊蛇，谢长晏必定提防戒备，如此一来，等她真有所行动时，我们反而不好监视。废物！"长公主当即踢了她一脚。
　　方宛痛哭流涕，抱住她的腿道："殿下恕罪！原谅我这次吧，婶婶……"
　　长公主在听到"婶婶"二字时，身子一僵，脸上的震怒之色渐渐散去。
　　"婶婶，我错了，求您原谅我吧……"

方宛继续痛哭。就在这时，门外太监叫传道："荟蔚郡主到——"

长公主当即连最后一点怒色都收了起来，冷冷道："还不擦干眼泪起来？要让荟蔚瞧见吗？"

方宛连忙擦干眼泪站起来，强行露出笑容。

下一刻，荟蔚郡主就气呼呼地冲了进来："娘！这日子我是一点都过不下去了，我要和离！和离啊！"

荟蔚郡主已于去年春天出嫁，然而婚后跟夫君范玉锦成天吵架，不止一次发脾气回娘家闹和离。

因此，长公主倒也不慌，倒了一杯热茶过去，柔声道："这又是生哪门子的气了？不气不气，说给娘和宛宛听……"一边说，一边使个眼色给方宛。

方宛连忙讨好地上前："是啊，郡主，这次范郎君又做什么荒唐事了？"

"宛宛，你可千万听我经验之谈——不要嫁人！这没嫁人前金枝玉叶如珠似宝，嫁人后就是草！娘啊，让我和离吧，我就能回来陪您了，咱们一辈子相依为命不也挺好的吗？为何让我去受那范家人的气啊！"荟蔚郡主说着，哇哇大哭起来。

长公主的眉毛立刻竖了起来："你说，范家人给你气？"以往荟蔚闹脾气，皆是因为跟范玉锦不睦，范尚书跟其夫人却客客气气，不敢不敬。可看女儿这意思，范家人也开始摆谱了？

荟蔚郡主当即将事情的来龙去脉说了一遍。

范玉锦作为京城赫赫有名的纨绔，每日里没啥事，就是吃喝玩乐。前阵子迷上斗马，一日外出看见一匹瘦马，他眼神毒辣，一眼看出是匹好马，当即缠着主人要买。主人不但不卖，还揍了他一顿。然而正所谓不打不相识，那人竟是韩丰——新科武举状元，范玉锦就此死皮赖脸地要跟人做朋友。

"不顾身份要跟穷山沟里出来的武夫交朋友也就算了，还要跟人一起从军，娘，你说说他是不是疯了？更疯的是公爹，不阻止，竟还鼓励他，一口一个男儿有志向雄鹰当飞翔。飞飞飞，就范玉锦那拔了毛的公鸡样，能飞得起来吗？"荟蔚郡主边说边哭，拉着长公主的手道，"娘，你要为我做主啊……"

"你说，玉锦要从军，而范尚书答应了？"

"是啊，当晚婆婆就来我屋，唠唠叨叨地劝我。我一听就怒了，这是好日子过够了，自寻死路啊。边境那种苦寒之地，岂是范玉锦那种弱鸡能待的？"

长公主沉着脸若有所思。

"而且他一走就要好几年，我怎么办？守活寡吗？与其如此不如和离，他爱吃苦受累他只管去，我回府来侍奉娘亲！"

长公主长长一叹，拍了拍女儿的肩："你有这份心，娘就知足了。但婚姻大事，岂能说离就离，你且忍忍，娘试试看，能不能让玉锦改变心意。"

长公主又劝了半天，最后以妆容乱了为由让侍女们带荟蔚郡主去沐浴梳妆。

荟蔚郡主哽咽着去了后，长公主陷入沉思。

一旁的方宛也不敢走，小心翼翼地问道："殿下，需要我如何劝郡主？"

长公主的目光闪烁不定，过了许久，才又叹了口气。

方宛自入公主府以来，还是第一次见到长公主如此沉重的模样，心中狂跳："怎、怎么了？"

"范玉锦从军之事，怕是无能更改。你这几日陪着荟蔚，试着劝她接受吧。"

"为、为什么啊？"

长公主情不自禁地去摸架上的剑鞘，眼神幽深："陛下比我们想得更远，而范临钧那老狐狸怕是察觉到了什么，做出了选择。"

"殿下的意思是？"

"你可知我为何执意将荟蔚嫁给范玉锦？"

方宛慎重地思考一番，才回答道："一来范家家业殷实，范临钧又是出了名的老好人，不会亏待郡主；二来范玉锦虽然纨绔，但品性纯善，是可托付之人；三来范夫人性格绵软，不难伺候。"

"你说得都对。但最重要的是，范家是保皇派。无论时局如何变化，他们永远站在当权者那边。皇兄在位时，他们对皇兄忠心耿耿；陛下继位后，他们对陛下一心一意。而陛下，也很清楚他们的忠诚。"

方宛面色微变，听出了言外之意。从偷听到秋姜和长公主的对话时起，她就有了一个大胆的猜测——长公主有不臣之心！可这两年来，又没看见她有什么举动，还以为是自己多想了。现在听长公主的意思，分明是在为日后留后路啊！

"我所图之事，若输了，自是粉身碎骨，但若成了，也未必能有善终。将荟蔚托付给范家，希望到时候大厦倾覆之时，能留她一线生机。"

方宛不禁结结巴巴道："殿、殿下？您所图、图之事是……是、是什么？"

长公主的目光在她脸上扫了一圈，看得方宛心惊胆战。

"我所图之事……你真想知道？"她朝方宛走了一步。

方宛吓得双腿一软，"啪"地再次倒地："侄女知错，再不问了，再不问了！"

长公主冷笑道："幸好你悬崖勒马，及时打住。否则，如此愚蠢，我怕是不能助你登上后位了。"

"我、我还有机会成、成为皇后？"虽然害怕，但听到这个，方宛的眼睛还是亮了起来。

长公主将她的期冀全部收入眼中，一笑道："当然。"

"侄女必定一切都听殿下安排！"方宛千恩万谢。适逢侍女来报，荟蔚郡主找方宛，方宛便跟着出去了。

长公主注视着她离去的背影，目光变得森冷："不仅愚蠢，还贪婪，迟早坏我大事。"停一停，却又叹，"荟蔚却离不开她，罢了，看在荟蔚和清池的面子上……"

　　提及方清池，长公主再次伸出手，抚摸那把剑："快回来了吧？也该回来了啊……二十一年了……"

　　浮生如梦。

"水密隔舱，当世最伟大的创造！"密室中，公输蛙举起双手大声感慨道，"没有之一！"

谢长晏问："是你想的？"

"是木间离提出了构思，而我将之完善并最终实现！"

谢长晏看着密室中的战舰模型，它有五尺长，三尺高，共计十四道隔舱板，分为十五个舱，隔舱板下方近龙骨处各有两个过水眼。板与板中间的缝隙中不知装了何物，属于首见。

"这是什么？怎不是桐油灰加麻绳艌密？"一般为了确保水密，当世船只多用此法。

公输蛙得意一笑："桐油气味臭，麻绳性能差。我将之改成了鱼油调厚绢，更胜一筹！"

这……怕是成本也更胜许多吧？不过，看到这样的创新，谢长晏还是由衷佩服的。她爱不释手地抚摸着船身，指着女墙上的孔道："这里就是射火箭之处吗？"

"嗯。"谈到这个，公输蛙就收敛了笑容，正色道，"我集车船、海鳅、十棹等舰之大成，造就此船。长八丈三尺，宽一丈八尺，底厚一尺，用桨四十支，可载甲士二百人，江河湖海均可用。最重要的是这里——"

他将后半截的两舷侧帮板打开，腹内竟是空的，还藏着一只小舟！

"这是？"

"虽然我认为此舰一出，不可能输，但为了以防万一，做成了子母舟。母船沉后，可驾子舟逃生。"公输蛙说到这里皱了皱眉道，"不过老燕子很不喜欢这个设计，觉得动摇军心。所以正式建造时，想必会删去。"

谢长晏点头道："确实，若将领们全想着战机不妙就乘小舟逃跑，底下的士兵可怎么办？"

"哼，战争这种东西一方输即可止，还不如输得快点，少点伤亡。"

"唉？老师你到底是哪国的？"

"真不知你跟老燕子是怎么想的，对于发动战争竟如此积极。你可知战事一起，流血千里，多少人要颠沛流离？"

谢长晏沉默。她有无数条理由可以义正词严地申辩为何要攻程，然而，在面对公输蛙的眼睛时，一个字都说不出来。

公输蛙跟木间离一样，想的从来不是国，不是民，而是人。对于这类看得见千年后的未来的人而言，一时的纷争利益都是笑话。

所以他会做子舟，为了救人，留下一线生机。

陛下考虑的却是赢，最大可能地赢。

公输蛙肯定是对的，但陛下也没有错。因为，芸芸众生，能看见未来的就那么几个，绝大多数人，都只能活在当下。

在当下，程寇即是罪!

谢长晏咬唇，长时间沉默。

公输蛙似看透了她的想法，忽道："长晏，求鲁馆毁过三次。"

什么？上次坍塌不是首遇？

"每次，我都想着，算了，以后就喝喝酒种种花，不捣鼓这些了，累。可每次烂醉醒来后，又心有不甘，问自己——因何而生？因何而活？因何而要活得久？然后，我就走，走得远远的。"公输蛙凝视着她的眼睛，一字一字，说得格外慢，"你这两年也在外游历，但所见所闻，仍在人间。而我去的那些地方，很远很远，远得都看不见其他人。有整个玉京城那么大的蓝色冰洞；有冰川上绵延而下的血红色瀑布；有在盛夏季频繁打雷的紫色天空；有喷薄不息全是烈焰熔浆的火山；还有古木参天一望无际的远古森林……若有机会，你也要去看一看。看过之后，就知道人类何其渺小，而生存，何其艰难。"

"求鲁馆的存在，我们所做的一切事，都只是为了让人，可以走得更远、活得更久。

"所以，长晏，这句话我跟老燕子说过，现在也对你说——手握生杀大权的人很可怕。而当你一念即可定人生死时，别急，想一想求鲁馆的三次灭亡，想一想求鲁馆的三次重建，再做决定。"

谢长晏在此后的岁月里，时常会想起公输蛙的这些话。

然后就会想，她是多么幸运。先有谢怀庸的公正和郑氏的温柔为她垫下纯正的基础；后有彰华的慷慨引导，令她格物致知；再遇到悲天悯人的公输蛙，在她走上悬崖时，总有那么一根线，能及时拉住她。

她这一生，确实遇到了很多很多人。

很多很多……改变了她的命运的人。

三天后，公输蛙招来一个名叫孟长旗的弟子，告诉谢长晏毒针的出处。

"谢姑娘送来的两根针，上面所淬的毒是一种，都是箭毒木的汁液加上弗兰花粉提炼而成，真真的见血封喉。"

谢长晏面色顿变。她送的两根针，一根是杀黑衣人的，一根是杀卖货郎的。这两种毒如果一致的话，说明出手的是同一伙人。

孟长旗又道："弗兰花常见，但箭毒木树十分罕有，只在程境内有。"

如意门就在程境，也就是说，确系如意门的人干的？

公输蛙挥挥手，不耐烦地让他滚了，神色十分厌恶。"这小子不干正事，一天到晚就喜欢捣鼓毒药。"

"不也挺好吗？为我解了疑惑。"毒药出处虽是弄明白了，谢长晏心头却越发沉重了起来。

如意门的人果然一路跟来了玉京。他们想做什么？如果是为了报仇，为何不直接杀了她？还有那个卖货郎，他口中没有毒牙，说明不是如意门的，那么为何如意门人要杀他？是怕他泄露什么吗？

"老师，求鲁馆的细作都拔干净了吗？"

公输蛙瞪了她一眼："不干净我能安稳坐在这儿？"

"那可不一定，没准还有漏网之鱼，藏在暗中等着你炸船时再开一次石门呢……"话未说完，公输蛙已脱下一只鞋朝她砸了过来："乌鸦嘴，滚滚滚！"

谢长晏落荒而逃，逃出密室后，小心翼翼地将机关门重新合上，长长一叹。

她有预感，程国一行必定会险象环生，极不顺利。

冥冥中似有一只手，牵引她往那儿走。

往往这样的，都是陷阱。

然而除了等待，又没有任何别的办法。

一个月时间眨眼即过。

如意门的人没再出现，求鲁馆也一切如常，除了馆内弟子时不时会围观他们的老师脱鞋子打谢长晏。

身为求鲁馆内唯一的女弟子，不但没有特权，反而更受嫌弃。众弟子看在眼里，心中无不对谢长晏肃然起敬。

在木间离回来的那一天，谢长晏去向公输蛙告别，公输蛙埋首于一堆杂物中，头也没回地说了一句："等会儿见。"

谢长晏以为他说错了，也没太在意。等她回到宫中，竟发现彰华破天荒地已在等她，见面后第一句话就是："跟朕去个地方。"

谢长晏没问去哪里，便戴着帷帽跟着戴斗笠的彰华一起骑马走了。这一骑就是一个时辰，最后竟是到了老地方——渭陵渡口。

正如她所推断的那样——玉滨运河建成后，此地就没落了。曾经熙熙攘攘的渡口如今冷冷清清，路过曾经为她造车的车行时，发现店门上锁，竟是倒闭了。

谢长晏不禁多看了几眼车行外的栏杆。

人生的际遇就是如此神奇，若当年车行老板采纳了她的建议，如今雄踞运河沿岸的车行，恐怕就不姓胡了。而当年，秋姜就坐在这道栏杆上，神采飞扬，音容笑貌，历历在目。

由于上游河流改道的缘故，渡口的水线也低了许多。谢长晏沿岸打马前行时，想起曾在这冰面上帮忙推船，还跳进冰窟救了一个人……

彰华注意到谢长晏的异样表情，问道："在想什么？"

"秋姜。"谢长晏指着一处，"当年有个纤夫掉进冰窟，我去救时，气不够用。眼看要完蛋时，秋姜跳下来救了我一命。"

彰华显然已从别的渠道得知此事，因此只是淡淡地"嗯"了一声。

"救命之恩，本该回报，可是……"

"她的事你不介入是对的。"彰华皱了皱眉，"除了小雅，怕也无人能管得了她。"

谢长晏想起秋姜杀了彰华的老师，若非有风小雅的关系，只怕陛下早就处死秋姜了。当即轻叹一声，不再说了。

二人策马，沿着越渐荒芜的河岸继续前行，前方出现了一重围栏，上挂木牌，写着"决堤危险，闲人勿进"的字样。

彰华没有理会，用马鞭卷开一道栅栏进去了。

谢长晏便也跟了进去。

又走了三个岔口后，再次看见了水岸，也看见了水上停的一艘红色的船——谢长晏一眼认出，那不是陛下送给她的沙船吗？

然而，又与她那艘沙船不太一样了。

彰华吹了记口哨，船舱内走出一人，竟是公输蛙！

谢长晏这才回味过来他之前那句"等会儿见"是什么意思。

"你怎么比我快？"

公输蛙白了她一眼："废话，我走水路。"

"这儿有水路？"谢长晏立刻寻味过来，"改水道是假的？你们在此修建了秘密基地，用于试船？"

公输蛙看向彰华："我就说瞒不住她。"

"本就打算告诉她。"彰华下马，把手递给她，"走，上你的新船看看。"

谢长晏心中一动，当即牵了彰华的手上船。公输蛙的视线在二人相握的手上掠了过去，冷哼一声："所以你们两个，这是打算复婚？"

"什、什么复、复婚？"谢长晏大窘，连忙松开彰华的手。

彰华的目光闪了闪，没说话。

"那你送她船做什么？送艘沙船不够还让我私下改成战舰做什么？改成战舰不够，还做了个子母舱出来做什么？"

"子母舱是什么？"谢长晏决定只拣自己喜欢听的说。

"井底之蛙，来见识见识吧。"公输蛙一脸倨傲地点灯带路。

三人走下船舱。谢长晏注意到船舱间的密封物果然也从桐油灰升级为鱼油厚绢了，不禁心中一甜。

"老师对我真好。"

"少来这套，你此去程国，事情忙完赶紧回来，你那个水转翻车还得再往下钻研，做成这个鬼样就算完成啦？"

"是，知道啦！"

说话间，公输蛙走到最后一个舱室内，推开门，里面却是一个形如海鸟的大箱子。

"这是什么？"

"子母舱，是子母舟的升级。你要出海，小舟行于海上，若无人接应，就是一个死。但舱不同，大船毁了时按动此机关，整个舱室就会脱离船身飘走。舱内有充足的干粮水，可供一人坚持十日。而这里、这里、这里，各设三处机关，分别是诱鱼灯、吓鱼梭和拖鱼网。顾名思义，就是遇到小鱼吸吸吸吃吃吃，遇到大鱼吓吓吓射射射。就这样你一边吃一边漂一边发焰火求救，操控此舱看好方向，只要不太倒霉，不被人救也能漂回岸。"

谢长晏不由得道："老师，您说得我好像此行肯定会遇到海难一样，真不吉利啊……"

"我为了最大限度地保住你的小命，头发都白了几根。"

"白就白，反正你也不娶妻生子，外表不重要。"

"你！"公输蛙气得脸上的疤痕又歪了。

彰华看着二人斗嘴，却是饶有兴致，忽然一笑。

"你笑什么？"公输蛙立刻将怒火对准他。

"没什么。我让你准备的书呢？"彰华一边说着一边出去了。

谢长晏问："什么书？"

"老燕子怕你在海上漂着无聊，让我给你找了些消遣的书……"公输蛙一边说着，一边漫不经心地打开隔壁舱室的门。对于让他找书，比让他改造子母舱的兴趣度明显降了九成。

然而，谢长晏自小饱受谢怀庸的杞人忧天荼毒，对灾难没发生前就琢磨如何逃生实在心有抵触。因此对他辛辛苦苦琢磨出的子母舱兴趣寥寥，却对他搜罗的这一屋子异闻怪志兴奋不已，翻看之下更是惊喜连连："啊！楚狂生的《小娥传》！居然完结了？还有《东洲异闻录》，不是已经绝版了吗？我一直想看啊！"

彰华靠在门边道："朕就知道她喜欢这个。"

公输蛙也靠在门边，继续冷哼："不求上进！有这时间多雕雕木头也好啊！"

说到这个，谢长晏想起一事，当即放下书，从怀中取出一个小盒子，递给彰华。

"陛下，一月之期已到，船也改好了，我这便要上路了。这个，是我这些天闲暇时间雕的，送予陛下做饯别礼。"

"什么？你在我身边竟还有闲暇时间偷懒？还有，饯别礼怎么没我的份？"在公输蛙的不满声中，彰华打开盒子，里面赫然又是一枚核雕。

这一次，雕的不是寄语相思相付相托的芍药，也没有隐含期待期冀期许的王冠，只有圆圆仓体盘龙屋顶，上刻一个篆书体的"蕴"字——

"得知陛下烦忧于明年的收成，便打算雕个圆顶粮仓，镂以盘龙，祈求来年风调雨顺……您看如何？"

"很好。"

"我为其取名为……'蕴'，可好？"

"蕴，积也。不错的名字。"

——她完成了两年前许过的诺言。

彰华心中却波涛起伏，再难将息。

直到这一刻，他才无比鲜明地意识到一件事——他一点也不想让谢长晏去程国，一点也不想让她走，不想让她……离开。

蝴蝶扇动着美丽的羽翼，离开了精心准备的花草，振翅向上飞，一直飞一直飞，飞到琉璃天窗处，停在了上面。

它可能在注视外面的世界。

而彰华注视着它。

一人一蝶，就此默默静止着。池塘里的袖珍小水车被取了出来，放在一旁的地上，不再翻转。因此，整个蝶屋静寂无声。

"殿下，您觉得当世最幸运和最不幸的人，是谁？"

还记得某年某月的某一天，太傅在为他授课时，忽然问了这样一个问题。

彼时他刚过十五岁生辰，父王正在为他的婚事发愁，满朝文武或观望或运作，太监宫女们私底下也无不互相揣测，谁会是那个幸运的新娘。

他是心怀大志的少年，情窦未开，却已阅尽千帆。对于自己的婚事，没有丝毫犄旎之心，所想所思尽是天下。故而，他去问他最信任也最敬重的太傅："我当选谁家女为妻？"

太傅反过头来回问他："殿下，您觉得当世最幸运和最不幸的人，是谁？"

他答不上来。

风乐天便告诉他："当世最幸运之人，是您啊，太子殿下。"

他觉得这个答案很有道理。

他身为摹尹独子，生来就是大燕储君，将来继承大统，坐拥千里壮阔山河，足下匍匐万万温顺子民。

"那么，不幸者呢？"

风乐天用一双满是皱纹却水般温润的眼睛看着他："也是您啊，太子殿下。"

于是他想到了自己的童年，想到六岁时的遭遇，想到自己背负的使命。"是因为如此，太傅才说我不幸吗？"

风乐天摇了摇头："那只是人世千劫中的一道而已。殿下之不幸，乃是由幸而来。

"一出生就什么都有的人，就像攀到顶峰的旅人，之后的路，只有'下坡'二字。

"而您，会在此后的岁月中，体会何为'失去'。

"您会眼睁睁看着一些东西溜走，一些东西陨灭，一些东西破碎，一些东西消失。有些您可以阻止，有些您不能阻止，有些您不愿阻止，有些则是您拼尽全力也阻止不了的……

"太子殿下，您勤勉发奋，明察沉断，老臣其实没什么可以教您的。唯一能在您耳旁劝诫的，大概便是——放松二字。

"创业难，守业更难。千古帝王中，开国者皆圣明，二代之后起起落落，子孙难兴。为何？并不是因为才不及先祖，而是……要求高了啊……

"因为先祖们爬到了这样的高度，所以百姓会要求继位的您，爬到更高的高度。哪怕原地踏步，都是无能。您会很累，一天比一天累。然后您就会发现，终您此生，只有出生时那一刻，是最幸运也最幸福的。

"殿下，选一物喜爱吧。把您所有的压力、悲伤、痛苦、绝望，全都投注到那样东西中去，当您在做那件事时，能令时间静止，能让大脑放空，能忘记一切，能喘一口气。

"只有这样，您才能走下去，扛着越来越沉的重担，一直走下去。"

他听完了这样长的一番话后，皱起了眉头："太傅的意思是，让我选一个真心喜爱的女子为妻？"

风乐天笑了："情缘可遇不可求。陛下还是另选一物吧。易得的，可以源源不断补充的，但又永远收集不齐的。比如名家字画，比如神兵利器，比如奇石古玩，比如……"

"蝴蝶。"十五岁的彰华望着窗外庭院中飞翔的蝴蝶，悠然出声。

风乐天若有所思："有点意思。蝴蝶这小玩意，出生时是虫，然后变成茧，最后变成蝶。一物三态，煞是有趣。"

"不。我只是觉得，字画兵器古玩，拿到了就得到了，只要保存得当，一辈子都在。可蝴蝶，再怎么珍爱都不过一季。那么一旦我沉溺于其中某一只蝶，也不过一季。等它死后，便自觉抽离了情感，可以回归正常了。"

风乐天笑了起来："殿下真是老臣平生见过的最自律之人。"

"那么太傅，我到底应该选谁家女为妻呢？"

风乐天揶揄道："陛下都有蝴蝶了，妻子……随意吧。"

彰华已不记得他当时有没有笑了。以他十五岁时那心高气傲的性子，八成会不屑地一笑置之。最终按照父王、门客和大臣们共同商议的结果，选了谢家的谢繁漪。

但他当时真的很不喜欢谢繁漪。那女孩看上去完美无瑕，无可挑剔，于他而言，却是一枚死茧，看不到鲜活跳跃的将来。

不过皇后什么的女人什么的，也就那么回事，并不会改变什么。

他相信自己，他是天之骄子，他无所不能——

再然后……

翻惊摇落，大梦方醒。

仿佛再次回到六岁时，站在狂风暴雨的海边，看见地坼天崩，人生如寄。

年轻的燕王，日间沉稳老练，威仪四海；午夜醒来，在蝶屋里，看蝶生蝶死，不笑不动，如一具离了魂的木雕。

他有很大很大的志向，他有很多很多的抱负——在白天。

他什么都不想，什么都不要——在夜晚。

"您觉得当世最幸运和最不幸的人……是您啊，殿下。"太傅的话久久在他耳边回响。宛若先知的预言，宛如命定的诅咒。

照着他这一生，光彩又阴暗。

再再然后，谢长晏出现了。

这三个字，从那么长的谢氏闺秀名单中，一下子跳到了他眼中。

他的大脑有些慢半拍地反应着：啊，是谢将军的女儿啊。既然是只要娶谢家女就行，那么为何不选她呢？

她是恩人之女，年纪也合适。招到京来，慢慢调教，日后便能多个贤内助。

因他一念，十二年岁月轮回，像机关上的齿轮，重新吻合在了一点，然后，"咔嚓"声响，不可抗拒的命运之门再次开启，他与她终究是站在了一条路上。

可她那么小，天真无忧，不合时宜地径自灿烂着。

又那么倔强，敢向君王索要爱情。要不到便走，风风火火，干干脆脆。

反是他近不得、远不得，接不得又离不得——最后变成了舍不得。

而在他独有的帝王书典里，第一个被风乐天抹去的词，便是"舍不得"。

他早已学会认命。

父王出家时，他愤怒、悲怆，痛苦得无以复加……最后，认命；

太傅意外惨死时，他震怒、暴跳，甚至拿着剑决定再去亲自杀一次人……最后，认命；

风小雅为了秋姜人不人鬼不鬼意志消沉再难振作，他劝解、告诫，甚至破戒揍了他一顿……最后，还是认命了……

作为帝王，本无不可舍之物，无不可弃之人。

至亲，恩师，重臣，好友，眼睁睁地看着自己一一失去。

那么这一次，会是失去谢长晏的开始吗？

彰华凝望着琉璃上的蝴蝶，突然动了。

他把角落的梯子搬了过来，架在天窗上，爬了上去。

蝴蝶受到惊动，振翅飞开了。

阳光透过琉璃照在他的脸上，斑驳而斑斓。

"哐当——"

一阵声响震破蝶屋的静谧，琉璃碎片四下坠落。真正的阳光落了下来，带来了自由的风。

蝴蝶们立刻闻风而动，从破了的天窗飞了出去……

"砸碎了？那、那蝶屋没啦？！"得知此事的如意惊得一下子从榻上跳了起来。

"蝶屋还在。但以后蝴蝶从茧中出来后，就任由它们飞走，再不养在屋里了。"值班归来一脸疲惫的吉祥打来热水，脱去鞋袜开始泡脚。

"也就是说，陛下以后不养蝴蝶啦？"

"不知道，陛下什么话也没说……"吉祥往垫子上靠去，却被如意冲过来一把抢走了垫子。

"这么大的事，你怎么还有心情泡脚？！"如意瞪大了眼睛。

吉祥无奈地看着他："不然呢？我去帮陛下把谢姑娘追回来？哭着抱着她的大腿求她别走？跟她说因为她离开了陛下心情郁卒，连蝶屋都拆了？"

如意更加震惊："什么？！你说这跟谢长晏的走有关系？还有，谢长晏走了？什么时候？"

"走了。一早。"

"我怎么一点都不知道？我是被你们联合起来排挤了吗？"

吉祥白了他一眼："你每天忙着去御膳房以试吃为名品尝谢长晏的那些奇怪食谱，哪有心思在别处。"

如意脸上一红："才、才没有……"

"肚子都肥一圈了。"

"真的？！"如意连忙扭身去照镜子。

吉祥索性也不泡脚了，倒头要睡，却又被如意推醒："等等再睡，你说陛下拆蝶屋，是因为谢长晏走了，真的吗？陛下真的喜欢她啊？"

"不喜欢她，难道喜欢你啊？"吉祥迷迷糊糊地应道。

如意的脸再次飞红了："我、我我才、才没那、那……"

"别想了。就算没有谢姑娘，还有薛采呢。轮不到你的……"

"什么？你说谁？璧国那个小鬼？你把话给我说清楚呀。别睡了，吉祥！吉祥！起来啊——"

华贞五年六月初一，传闻燕王拆蝶屋以自省。

而如意公公，唔，一如既往地烦恼着。

同一时间的谢长晏，正站在船头，享受着迎面而来的海风，惬意地闭上了眼睛。

初夏的阳光像一把沾了水的刷子，令万物越发明艳的同时，还呈现出晶莹剔透的光泽来。

孟不离的黄狸在甲板上慵懒地翻了个身，大咧咧地晒着肚子，却又猛地惊坐而起，循声看向落在船帆上的海鸟。当即飞檐走壁想上去捉捕，却忘记了自己已是中年油腻肥硕猫，足下打滑，"啪嗒"掉下来。

——落在了飞来救驾的孟不离的手上。

谢长晏看着这一幕不禁"扑哧"笑出声来。她抬手摸了摸髻上的乌木发簪，心中道：爹爹，娘亲，我这便出发了。不用担心，虽然海上未知风雨，但我有当世最好的一条船呢。

所以，她什么都不怕。

她带着祝福和信念前行。

【未完待续】

图书在版编目（ＣＩＰ）数据

祸国. 式燕：全2册 / 十四阙著. -- 南京：江苏
凤凰文艺出版社，2018.10（2025.7重印）
ISBN 978-7-5594-2290-3

Ⅰ．①祸… Ⅱ．①十… Ⅲ．①长篇小说－中国－当代
Ⅳ．①I247.5

中国版本图书馆CIP数据核字(2018)第130256号

书　　　　名	祸国. 式燕（全二册）
作　　　　者	十四阙
选 题 策 划	北京记忆坊文化
责 任 编 辑	姚　丽
特 约 策 划	暖　暖
特 约 编 辑	诗　杰　朱　雀
营 销 编 辑	杨　迎
责 任 监 制	刘　巍　江伟明
封 面 设 计	80零·小贾
封 面 绘 图	无　轩
人 设 绘 图	猫　树
版 式 设 计	段文婷
出 版 发 行	江苏凤凰文艺出版社
出版社地址	南京市中央路165号，邮编：210009
出版社网址	http://www.jswenyi.com
印　　　　刷	三河市国新印装有限公司
开　　　　本	670毫米×970毫米　1/16
字　　　　数	645千字
印　　　　张	31
版　　　　次	2018年10月第1版，2025年7月第6次印刷
标 准 书 号	ISBN 978-7-5594-2290-3
定　　　　价	72.00元（全二册）

影视版权抢订热线　　010-57194853
江苏凤凰文艺版图书凡印刷、装订错误可随时向承印厂调换

MEMORY HOUSE

记忆坊文化

祸国

HUOGUO

式燕

十四阙·著

江苏凤凰文艺出版社
JIANGSU PHOENIX LITERATURE AND
ART PUBLISHING, LTD

「眼睛注上看，是人；注下看，是蝼蚁。

身居高位，更应伏低己身，才能看见芸芸众生。」

——谢长晏

目录
CONTENTS

风水涣

第三卷

【卦辞原文】

亨，王假有庙，利涉大川，利贞。

【译文】

亨：祭祀，洪水到来，君王到宗庙祭祖祈祷。有利于渡过大江大河。吉利的占问。

白话：涣卦木漂于水，水面起风，船行于水上。涣散，离散。但随波顺行，王到了宗庙，利出外跋涉大川，只要贞正是有利的。

第十八回 | 风雨晦暝

"梆梆梆梆，丑时四更，天寒地冻——"更夫提着梆子走过天璇大街，突见前方两匹快马奔过，当即大惊，小跑着便想上前拦阻，"什么人？宵禁时竟敢……"

话未说完，后一匹马上之人长鞭飞出，将他卷起。

更夫不禁闭上眼睛，心想着我命休矣。但下一瞬，身子轻轻落在了街旁，竟是毫发未伤。

等他再睁眼时，两骑已驰远了。

更夫连忙收拾梆子跑去报备巡夜军，巡夜军当即全城搜寻。

而那两骑，此刻已过万毓林，直上岁寒山，最终在陶鹤山庄门前停了下来。

这是华贞六年的五月，距离谢长晏去程，正好一年。山上积雪刚消，夜色如墨，仍带着沁骨的寒。

山庄门口焦不弃正在躬身等待，见二人到了，忙将马牵过去，转身带路。

彰华这才摘下斗篷，脸上带着难以掩尽的焦灼之色，甫一进屋，便开口问："究竟怎么回事？"

焦不弃带他们进的，是一间偏僻的小屋，屋内一人跪在另一人脚边，正是孟不离和风小雅。

风小雅朝孟不离投去一个眼神，示意他不用动，这才转头看向彰华："陛下，先坐。"

彰华深吸口气，平复了下心跳后，坐到了风小雅对面。

"不离不善言辞，但他要说的事很复杂，所以回京后，先来找我，再由我禀奏陛下。"风小雅又示意焦不弃倒茶，等彰华将茶杯接入手中后，才说了下半截话，"谢姑娘……失踪了。"

"咔嚓。"茶杯在彰华手中破裂，里面的热水立刻溅了一身。

站在彰华身后的吉祥连忙掏出手帕为他擦拭，彰华示意不用，转头看向跪在风小雅脚边的孟不离，低声道："全部过程细说一遍。"

"那就由我来代他说吧。"风小雅坐在椅上，腿上盖了厚厚的毛毡，脸色较三年前更苍白。

一旁的焦不弃取了三样东西来，摆在几上。

第一样，是程国的舆图。

"我从头开始说。去年六月，不离陪同谢姑娘去程国，途中遭遇飓风、海盗，后巧遇宜商胡智仁，一起结伴抵达芦湾。在那里，她与胡智仁作别，寄留了船，带着不离骑马游历。此后经历，皆在这本《朝海暮梧录三》中，想必陛下已看过了。"

第二样，便是新出的《朝海暮梧录》。

同以往两册的诙谐有趣截然不同，这本写得极为克制，用词冷静，不加任何个人观点，对比其所描述的悲惨事件，笔法甚至隐透出一种慈悲的温柔来。

彰华自然是看过的，甚至比所有人都看得早。因为，里面的每一节谢长晏都是写完后先寄给他，才集结坊刻的。

里面有这样的段落："山北有村，名'男娃村'，家家户户世世代代皆生子。因无女子，至年关时，有一风俗曰'搜媳'，意指搜罗个媳妇回家过年。而邻边州县女子皆闭门不出，怕被搜走。另村中有一生子泉，泉下骸骨累累，皆为女婴之骨。"

里面也有这样的段落："二月中，东生县有重生祭，所有成年男子皆需赤身裸体，跳进东山寺旁的丰谷冰川中，以冰水净身，再将桐木搭成高台，点火后撒上盐和芝麻，以火浴净身，以佑新年风调雨顺，子孙平安。另：说来稀奇，如此酷寒折腾，却无一人得病。"

里面还有这样的段落："永平县男子成年，需猎杀兽类取其头颅悬挂于门上。兽愈猛则民愈敬。迄今最强乃猎鲨者，鲨骨达五丈，县中妇女逢年过节领童子至门前参拜，求祈强壮。"

这一年，谢长晏正如她自己所说的那样："我要看看他们的风土人情；我要看看那片土壤为何会滋生邪恶之花。"她走过了很多地方，看到了很多罪恶与不公。总体来说，程国是个推崇强者、重男轻女的国家，不计其数的女婴一出生就被溺死，而等他们的男子长大后，因为无妻可娶，要从别处买，故而催化了最开始的人口贩卖。

他国之恶，可引为本国之鉴。

故而年初，燕王颁布了新法令，禁止民间略卖人口，一经发现，无论是否已卖，都处以磔刑，知情收买者与同罪，不知情者黥为城旦舂，举报者赏帛三匹。十岁之下孩童，不管其父母是否自愿，皆视为略。

此令一出，临海几个洲简直成了重灾区。短短三个月，从那儿就搜捕到类似略卖人口的船只七十余条，查处诱口奸人三十余人，最令人崩溃的是还从船上找到三大箱药丸，一审之下才知道都是用杀死的孩童的骨头炼制的。

白生生的骨丸抄船时漏撒在地，围观百姓无不掩面痛哭。

燕国尚且如此，更难想象其他三国。

薄薄一本《朝海暮梧录三》，如同一记重雷，砸向了粉饰出来的清平盛世。因此，此书面世后，褒贬不一，有人拍案大骂，有人抱书哭泣，还有人嗤鼻道"写的什么玩意"。

作为书作者的谢长晏，对于这些全不在乎。她所在意的，只有一个——如意门。

如意门在哪里？如何运作？如何接触？如何才能端掉他们不留后患？

"四月初七，谢姑娘收到邀请——程国大皇子麟素，在拜读了《朝海暮梧录三》后，想见一见十九郎。"风小雅看向长几。

几上摆的第三件东西，便是麟素的请柬。

"三位皇子中，麟素性格绵软，并不为程王所喜。但此人比涵祁和颐非要有仁善之心。邀谢姑娘，是想向她了解书中所写的那些骇人听闻之事是否属实……"

彰华听到此处，冷笑了一声："是否属实，他心中能不清楚？"

风小雅笑了笑："那便是想听听她的意见吧。毕竟，他邀请她时，不知十九郎是女子。"

彰华听出风小雅话中另有所指，不禁愣了愣，两人目光交错，彰华垂下了眼睑。他知道自己失态了，也知道风小雅看出他失态了，更知道这失态是源谢长晏而起。

因为她离奇失踪，遍寻不着，生死未卜，所以此刻的他其实忧心如焚。

然而，如此忧心之下，还介意麟素邀请谢长晏见面这种小事，可见是源于不可说的嫉妒。

彰华深吸口气，恢复了镇定之色，抬眼道："继续。"

"谢长晏欣然赴宴，她也想听听未来掌权者的想法——虽然，我们都知道，麟素不可能是下一代程王。"

彰华抚摩着焦不弃新倒给他的一杯茶，没有作声。

"但是到了地方，没见到麟素，而是见到了程国的公主——颐殊。原来，麟素临时病倒，未能赴约，只能请妹妹代劳。两人相谈甚欢。事后，颐殊公主亲自将谢姑娘送回了客栈。"

彰华微微皱眉道："听说若论受宠爱程度，颐殊远胜三个哥哥。"

"是啊，一个出了名的重男轻女的国家，君王却偏爱女儿，这很有趣，不是吗？"

彰华没回答他的话，而是转向跪在地上的孟不离："然后长晏便失踪了？"

答话的依旧是风小雅："回客栈途中，谢姑娘似看见了什么，整个人显得很是震惊。跟颐殊告别后，她便跟不离说要睡了。第二天早上，不离见她未按时起床，进去看才发现她不见了，未留下只字片语。"

彰华注视着孟不离："以你的武功，不可能有人偷偷潜入客栈掳走她而不被你发觉。"

孟不离的唇动了动，露出羞愧之色，最终匍匐在地。

"你当时不在？"彰华的眼神一下子尖锐了起来，"你做什么去了？"

"他的猫……死了。"

彰华一怔。

风小雅轻叹道："他将猫葬在树下，走了一刻钟。就那么，一刻钟。"

"猫怎么死的？"

"病了好些天，那一夜熬不住，喘息着走了。"

"不似人为？"

"不像是。"

彰华的目光闪了几下，陷入沉思。

"自发现谢姑娘不见后，不离召集船上待命的暗卫们四下搜寻，没有发现任何蛛丝马迹，而且查证排除了麟素和颐殊的嫌疑。也就是说，如果不是谢长晏自己离开……"

彰华打断他："她不是那么不稳重之人，若有急事离开，必会知会一声。"

"那么……只有一个答案——她落入如意门手中了。"

只有如意门才能做得那么神不知鬼不觉。

也只有他们有理由那么做。

"咔嚓"一声，彰华第二次握碎了杯子。而这一次，流下的不止茶水，还有血。

"陛下息怒！"吉祥连忙为他包扎伤口。

风小雅看了孟不离几眼，才缓缓道："不离失职，任凭处置。但他有个请求——能否在找到谢姑娘之后，再处置他。活要见人死要见尸，终是要给你一个交代。"

"她不会死。若真是如意门的人将她掳走，那么，一个活着的谢长晏，远比死了有用。"彰华至此站起身来。

风小雅见他要走，连忙推着轮椅跟出来："你打算如何做？"

此刻天已微亮，薄光从云雾间隐透出来，照着荒芜的庭院，也照着彰华的脸。他一字字道："程王寿诞，给朕发了请柬，所以——朕决定亲自去程国走一趟。"

华贞六年五月初九，燕王抱恙，遵医嘱前往骊山静养，政事交付李范袁三臣共理。无人知晓，他是秘密带了吉祥如意及千牛卫二十人，远赴程国。

六月初二，彰华抵达芦湾时已入夜，直接去了谢长晏失踪时落脚的那家客栈。客栈坐落在繁华的云翔大街，就叫云翔客栈，算是芦湾最昂贵的客栈之一。昂贵，在程国，即也意味着安全，更何况，此客栈隶属于胡家所有，正是胡智仁一手为谢长晏准备的。

客栈分上中下三层，共有伙计仆婢六十人，人眼复杂，想偷偷掳走一名客人，几不可能。谢长晏的房间在三楼的最东间，顶着头，门框上盘绕着两条蛇形雕纹，闹中取静，布置十分舒适。

自谢长晏出事后，胡智仁第一时间封锁了房间，不允许再有客人入住。因此，当彰华来时，房间还维持着之前的样子。

与风沙漫天的北境不同，地处南海的芦湾空气湿润，十分整洁，虽一个月没打扫也没什么灰尘。在彰华无意掀开枕头时，还在床单上发现了一根头发。

他一眼便断定，这是谢长晏的头发，又黑又粗，还有点天然卷，因为疏于保养，跟宫里头那些油光锃亮的柔顺长发不一样。

她的头发，曾在冰点以下的水中荡漾，曾穿梭过万里风沙，经常随随便便擦干，经常用手胡乱梳理，因此有些干涩，有些毛躁，烙印着主人的漫不经心。

然而落在彰华眼中，这大概便是世间最美的一根头发了。

他小心翼翼地捡起来，放在了随身携带的锦囊中。

那边吉祥做了初步的查视后，回来禀报道："陛下，此地共有东南两扇窗户，南窗对着客栈里面，没有打开过的痕迹。东窗外是一条死巷，人迹罕至，堆放着杂物，还有一口枯井。如果对方是带着谢姑娘从东窗离开，除了那口井，想不出其他途径。"

"命人爬下井去看看。"

"是。"吉祥说罢又匆匆去了。

如意则留在房间里，睁着乌溜溜的眼睛问："陛下，咱们不去驿站吗？"

"今晚先住这里，看看入夜之后，会是什么情况。"彰华抚摸着东窗的窗棂，望着在死巷中探索枯井的千牛卫暗卫们，目光微闪。

然而这一夜没有任何事情发生。房间安静极了，月光透过窗纸洒进屋中，空气里浸淫着海风的湿润气息，像一只温柔的手，令人卸下防备和疲惫。

彰华躺在榻上，注视着那根长发，心头一片空荡荡。睡不着时，他便起身走到东窗处，外边一片深幽，月光淡淡地照着夜色中的芦湾，枯井方向全被阴影所覆盖。

天亮时分，吉祥回来了。

"枯井中确有密道，不过已经坍塌，挖掘许久才重新连通，密道尽头，抵达的是一处琴行的后门。"

一夜未眠的彰华立刻起身。

琴行就在云翔大街上，距离客栈不过百丈，布置十分奢美，却门庭冷落，并无客人。

因此，当彰华带着吉祥如意到时，所有的伙计全都精神一振，殷勤地上前招待。

彰华的目光从厅中依次排列的琴上掠过。

不得不说，此琴行确实有点水准，款式众多不说，还有几具珍贵古琴。然而，彰华志不在此，因此只看了一眼，便道："还有更好的吗？"

"这具雷我琴，乃小店的镇店之宝……"伙计刚待介绍，吉祥打断了他："我们公子，想要更好的。"

伙计愣了愣，说了句"稍候"，便进内室去了。

吉祥靠近彰华道："隔壁的蔡家铺子，似有异样。"

"什么异样？"

"发现了麟素的私卫。他们似在等谁。我们进来，被盯上了。"

彰华一笑："所以，密道是故意通至此地，好祸水东引吗？"

吉祥愣了愣。而这时，伙计去而复返："公子，我们老板请您进去——"

彰华当即带着二人走进内室。内室中，坐着一个人，光影暗淡，身形微偻，穿着极厚的衣服，还在轻轻咳嗽。

如意不由得睁大了眼睛："你就是这家琴行的老板？"

彰华替那人做了回答："是。不仅如此，他还是程国的大皇子。麟素殿下，又见面了。"

"燕王陛下，好久不见。"那人转过头来笑了笑，眉长如画，秀美自矜，有着模糊性别的美丽。

这下不仅如意，吉祥也很震惊——没想到坐在琴行里的人，竟是麟素！

为什么云翔客栈东墙外的枯井，会有一条密道通至此地？为什么此地会是麟素的地盘？难道掳走谢长晏的是麟素？还是，如意门早料到会有人查，所以如陛下所说的那样祸水东引，嫁祸到麟素身上？

一连串的疑惑在他心头浮起。相比之下，彰华却很是镇定，在麟素对面自行坐下，悠然道："你们在等朕吗？"

"坦白说，并不是。"麟素为他倒了杯茶。

"那是谁？"

"唔……"麟素说到这里，转向了外室方向，"等她。"

话音刚落，只听外面传来伙计的招呼声，然后，一个女声轻轻道："我要试琴。"

如意眼睛一亮，只觉这声音如黄莺出谷，清丽婉约，好听极了。

不久后，那女子似是坐下了，开始弹奏。第一记琴音跳起时，彰华眉心便是一动。

她弹的是《获麟》中的第一段，名《伤时麟兮》。

> 麟兮麟兮，合仁抱义，出有其时。
> 不陷于阱，恢恢网罟而无所罗。
> 麟兮一角五蹄，时其希，气钟两仪。今出无期，食铁产金空其奇……

同谢长晏一样，彰华自己虽不擅弹奏，却是个一等一的听乐人。燕宫中的乐师虽不及璧国多，但也算高手云集。更有风小雅那样当世不二的音律天才，自小在他身边耳濡目染。可以说，能入彰华耳的乐，已不多矣。

然而，这曲《获麟》实是弹得太好，悲愤若铿锵涛鼓，凄凉似叹息若虚。勾起了彰华的一些心事，不禁大为恻动。

他想起了在万毓林的溪边再见谢长晏时的情形——

当时，她跪在胡桃树下，挖了一个坑，将郑氏缝制的狐裘放入坑中。

在那之前他们曾相处过大半年，他教导她，磨砺她，他见识了她的轻颦浅笑，娇憨嗔怒，也见识了她的羞愧懊恼，青涩天真。

然而，直到万毓林再相见，他看见那个样子的谢长晏时，才第一次感应到内心的悸颤。

想保护她。想安慰她。想擦干她的泪水。想抚平她的忧伤。

想立刻铲除了如意门，了断了恩仇，再将世间的一切都捧到她面前，博她一笑。

——他大概是从那时候开始，才真正爱上谢长晏。

然而，如今佳人音讯全无，不知还有没有再见的机会……

伴随着弹琴人最后一记弦声的悠悠消逝，彰华抬起手，鼓起了掌。

"峨峨兮若泰山，洋洋兮若江河……如意，去把那把琴买下，送给弹琴之人。"

早就好奇的如意立即冲了出去，而吉祥则是诧异地看向彰华。

麟素在一旁扬眉道："陛下竟如此喜爱这首曲？"

"嗯。"正所谓凡音之起，由人心生。是他的心有了这样的顿悟，再借助弹奏者的琴声令他看清。

长晏，你在哪里？可饿到？渴到？被伤害了吗？

不用怕，朕一定会找到你的。

就算把整个程国掘地三尺翻个个儿，朕一定会救你出来，然后，带你回家。

彰华不再说话，起身离座。

麟素道："陛下，我的话还没说完。"

"有什么事，驿站再见吧。"彰华从后门走了。

麟素望着他的背影，半晌，打了个响指，招来侍从："查出燕王为何秘密来程了吗？"

侍从跪地答道："他来此地前，去了一趟云翔客栈，似在找人。"

"云翔客栈？为何听起来如此耳熟？"

"殿下忘了？三公主曾借你之名约见十九郎，那个十九郎就住在云翔客栈。三公主回来后还大发了一通脾气，因为那个十九郎竟是个女人……"

麟素的目光闪了闪，掠向外室，那个弹琴者似也告辞离开了。"不管如何，派人盯紧燕王。父王寿宴在即，绝不能出任何差错。"

"是。"

马车上，如意显得极为兴奋："陛下！弹琴者是个很年轻的姑娘，如果不是脸上有红疤的话，当真算得上是个绝色美人呢！你说她跟鹤公比，谁弹得好？"

"当然是鹤公。"吉祥答道。

"你能听出门道？"如意斜睨了吉祥一眼，"我觉得这位姑娘弹得更好，陛下都听得快哭了呢，陛下听鹤公弹琴时，可没哭过。"

彰华淡淡道："确实小雅更高一筹。"

"为什么呀？"

"因为此女年纪尚稚，阅历尚浅，听音辨人，想必是个被家里保护得很好的姑娘。"见如意还是不明白，彰华便笑了笑道，"刚才那曲《获麟》，若小雅来弹，朕便不会想哭，而会万念俱灰。"

如意一怔，似有所悟。

吉祥转移话题道："陛下，我们现在要去驿站吗？"

"嗯。"

"那寻找谢姑娘一事……"

"等。"彰华掀开车帘，望着天边风起云涌，低声道，"此地将有大乱。一动，不如一静。"

彰华抵达驿站不久，就收到了程王的请柬。

他将镂有银色图腾的请柬翻来覆去地看了好一会儿，然后给了吉祥一个眼神。

吉祥立刻招来一名暗卫："把你打探到的消息全部说出来。"

"是。我们打听到宜王也是亲自来的程国，中途落水，为璧国使臣所救。璧国派出的是东壁侯江晚衣和大将军潘方。随行的还有个叫虞氏的小姑娘，据说是江晚衣的师妹，在使臣中很有威望。"

彰华听了一耳朵，本没太放心上。谁知，暗卫又道："就是先前在琴行弹奏之人。"

吉祥惊讶道："这么巧？"

"不仅如此，她跟宜王也交情匪浅，昨夜程三皇子邀她单独赴宴，一夜未归，今早是宜王亲自去接她回来的。"

彰华失笑起来："是吗？能令赫奕如此殷勤之人，必不会只是弹琴弹得好。早知道就出去见一面了。"

吉祥提出疑惑："程大皇子说他在等虞氏，这又是何故？"

彰华翻转着手中的银蛇请柬，轻轻嘲讽道："看来，程王活不久了。"

吉祥一惊："陛下的意思是，三子夺嫡，璧国支持的……是麟素？"

"十有八九。"

"那……宜王呢？"

彰华沉吟了一会儿："赫奕本质上是个商人，谁能给他的利益最大，他就支持谁。"

"那么……陛下您呢？"

彰华反问吉祥："你觉得呢？"

吉祥斗胆道："陛下肯定要选一个贤者。"

"噢？为何？"

"只有如此，才能帮您跟谢姑娘对付如意门。"

彰华注视着吉祥，再看看一旁榻上已经呼呼睡着的如意，明明是孪生兄弟，一模一样的两张脸，在如意那儿至清如水，在吉祥这儿至明如镜。

他忍不住抬手拍了拍吉祥的肩："你们兄弟二人的脑子，怕是都长在你一人身上了。"

吉祥也看了眼打呼噜中的如意，"扑哧"一笑。

"走吧。"彰华勾了勾嘴唇，"去看看命不久长的程王。"

彰华在程宫看到铭弓时，他正坐在椅上晒太阳。

半年前，这位野心勃勃的帝王突然中风倒下，从此一病不起。他的脸上有两道非常深的法令纹，眼角下垂，看上去像一只愁眉苦脸的老豹。

陪伴在其身边的，只有两名娇俏的宫女。

"陛下，燕王到了。"一名宫女凑到他耳旁道。

铭弓有些呆滞地转过头来，目光却掠过彰华，没有焦距地投向远处，并不说话。

宫女有些歉然，向彰华道："陛下刚吃过药，可能困乏了……"

"无妨，朕陪他坐坐。"彰华一掀袍子，在铭弓身旁坐下了。

两个宫女彼此交换了个眼神。

彰华又道："茶呢？怎么？你们的陛下不喝茶，朕便也没有茶吗？"

一名宫女连忙惶恐地去取了。另一名宫女伏在铭弓脚边，为他轻轻捶腿。

一时间，花园内安安静静，只有夏日的阳光，晒得人昏昏欲睡。

彰华再次看向铭弓，想到自己六岁时，差一点就被如意门的人送到此人手中，再看此人如今毫无生气的模样，不禁一叹。

唯ский四国风云交际，程王蓄力已久，想要攻打宜国。而燕在他的布局下，亦造船增兵，打算乘虚而入，就此灭了程国，结果程方突然折帅。

一场大战就此落空，程王虽垮，程国却暂时安全了……此中玄机，着实令人感慨万千。

如果他没有猜错，此刻的程国已陷入了夺嫡的内乱中，表面风平浪静，底下暗潮汹涌。而最有可能胜出的皇子，必是如意门所支持的那一位。甚至，如意门正是从燕的布局中嗅到了危险的气息，所以提前出手毒倒了任性妄为的铭弓，打算扶植一个听话的新帝。

那么，谁会是他们的下一个傀儡？麟素？涵祁？还是颐非？

而铭弓私下约见他的目的又是什么？

照理说，铭弓都病成这样了，应已失去了自主权。那么，是谁借他的名义将自己引入宫中？还是……

彰华想到这里，心中一动。他转头顺着铭弓的视线看过去，发现他看的乃是一棵树。树非常高大，约有十丈高，树皮灰黑，上面横七竖八地交错着许多割过的痕迹。

彰华若有所思地看向铭弓，而铭弓这时也看了他一眼。这一眼，眼神极尽复杂。捶腿的宫女突然低声道："燕王陛下，我们君主为大皇子所控制，不得自由。求陛下相救。"

彰华挑了挑眉毛，看着铭弓，铭弓却又垂下眼，似未听闻。

彰华便笑了笑，道："我凭什么救？"

宫女急声道："事成之后，便将陛下所要之人还给您。"

彰华骤然起身，手在袖中握成了拳，纵然面色不显，但一颗心已狂跳起来——长晏在铭弓手上？！

然而，铭弓于此刻再次看向了那棵树。

彰华微微眯眼，就在这时，取茶的宫女回来了，捶腿的宫女立刻低下头去，再没说一个字。

彰华沉默半晌后，缓缓坐下。

而这时远处传来太监的通传声："大殿下到——"

彰华回头，就看见麟素有些行色匆忙地走了过来，未待行礼，便已先斥责宫女道："父王吹不得风，你们难道不知？还不快推父王回殿！"

宫女们连忙跪下请罪，然后匆匆推着铭弓走了。铭弓低着头，脑袋一点一点，似已打起了呼噜。

麟素这才转向彰华行礼道："燕王陛下，父王这半年来神志时好时昏，此番给您下帖，想必是一时糊涂所致。失礼之处，还望见谅。"

彰华将请柬从袖中掏出，递给了麟素："难道不是你下的帖子吗？"

麟素面色一白，嘴唇动了动，最后竟是将请柬接过去，默默坐下了。

彰华见他默认，不禁又是眉心微皱。

麟素沉默了好一会儿，才似终于做出了决定，开口道："燕王陛下，说来唐突，但我一直……很仰慕您。"

彰华轻笑出声。

麟素的表情却正经得不能再正经："我三岁时，被父王带至兵器库中，他将一把长刀递给我，那把刀很沉，我拿不动，跌倒在地。父王反手打了我一记耳光，骂道：'废物，如此荏弱，将来如何继承大统？'自那时起，我便一直很惶恐。"

"所以，你之所以请朕来，是为了倾诉心事的？"彰华虽在微笑，话却无情极了。

麟素的嘴唇又动了几下，凝视着他，因为皮肤极尽苍白，所以眼下的阴影便显得更加明显。"陛下，您在心中恐怕觉得是我囚禁了父王，把控朝纲，想要取而代之，是吗？"

彰华慢条斯理地给自己倒了杯茶，没有回应。

"恐怕天下人都是这么想的……也罢，打搅陛下了，来人，送燕王回驿站。"麟素说罢起身，黯然离去。

彰华望着他的背影，目光沉沉，却始终未做挽留。

回驿站的马车上，彰华闭着眼睛靠在榻上，整个人显得说不出的疲惫。

一旁的吉祥不敢多问，正在忐忑之时，彰华低声道："朕的错。"

吉祥一愣。

"朕竟未能及时察觉程国内的纷争，令长晏在这种时候卷入此中。"

"不是如意门掳走的谢姑娘？"

"就算是，也是冲着朕来的。"掳走一个写游记的十九郎能做什么？对方看重的是"燕王前任未婚妻"的身份。

虽然他们已经解除了婚约，但有心的话还是能查出一些蛛丝马迹。比如谢长晏身边始终有燕王的暗卫在随行保护；比如谢长晏有一艘燕王相赠的船；再比如燕王迄今未娶……

如果，铭弓真的是被麟素软禁，那么他此番通过如意门掳走谢长晏的目的很明显，就是引燕王来救他。但，那个宫女的话真的可信吗？

还有麟素，已经得到璧国支持的麟素，看似已经胜券在握，却为何目光阴郁隐透绝望？他也试图在对燕王求助，求的又是什么？

不管如何，谢长晏因为自己而被抓走，这一点毋庸置疑。如果他不能在这场博弈中走对棋的话，谢长晏必成弃子。

一想到这点，彰华的手不由自主地有些发抖。

事实上他从不曾像表面看得那么风光。都说燕王生来顺水顺风，登基之后从善如流，功绩卓然。然而谁能知道光鲜事迹背后，暗藏了多少凶险龌龊，生死攸关。

他曾无数次愤怒，也曾无数次彷徨，双手颤抖地握紧拳头，再不得不逼自己慢慢松开。

二十二年来，他失去的东西不计其数。每一次都只能默默凝望，独自承受。而这一次，命运睁开猩红的眼睛，再次朝他嘲弄地笑，仿佛在说——

再重生一次啊。

你不是自诩蝴蝶，能二度破茧重生吗？那么，再来一次吧。

彰华突然抬眼："小雅那边，准备好了？"

"是的。滨州、隐洲、鞍洲三地水军已经集结，随时等候调令。"吉祥说到这里，面有迟疑，"不过……太傅在时曾言'止戈为武'，咱们大燕真要主动发起干戈吗？"

"主动？"彰华眼中闪过一抹凛冽之色，"你错了，干戈已起，我们已被动入局。"

在如意看来，燕王从程宫回来后心情虽然不好，但精神很振奋，目光格外地亮，而且秘密接见了好几拨人。

至于陛下在做什么，他却是不知道的，或者说，故意没去掺和。

虽是双生子，但无论体力还是智力都似在娘胎里就被吉祥抢走了，认字习武都落弟弟一大截，时间一长就索性自暴自弃了。练武多累啊，烈日暴晒风雨无阻睡眠不足；背书多累啊，枯燥乏味昏昏欲睡头疼欲裂睡眠不足。他是宦官，这辈子再叱咤风云建功立业又能如何，不如及时行乐。

而燕王，也不需要他的智慧武力，大多数时候，他在陛下身边，只是个逗乐解乏的存在。从某种角度来说，他跟蝴蝶的唯一区别大概就是他会说话，蝴蝶不会说话。

可是，如意又很崇拜燕王，在他看来，再没有比彰华更英明神武和善可亲的君主了。尤其是年初的禁掠卖令一出，他当场在殿堂之上大哭起来。

他和吉祥是孪生兄弟，母亲难产而死，父亲又娶后娘。五岁时父亲病死，后娘便将他们卖入宫中当了阉奴。虽然后来他跟吉祥因为八字好而被太上皇选中，陪伴在彰华身侧，得了无上恩宠，但如此残破之躯，终是毕生之憾。可惜他们被卖入宫中不久后娘也病死了，想报仇都没对象。

如果这道"十岁之下孩童，不管其父母是否自愿，皆视为略"的政令当时就有，该多好啊！

如意在殿堂上泣不成声，以至所有大臣都不得不停下议事，尴尬地看着他哭。

有个大臣提议"要不要请如意公公去后殿休息休息"时，彰华一笑道："这便看不得了吗？他还能哭给诸位爱卿看，而有多少被私略的孩童，哭天抢地却无人听闻。诸位爱卿，是时候好好看一看，听一听他们的哭声了。"

当时大臣们的表情，各种各样，精彩极了。

退朝后，如意再次向燕王表达感激涕零之情，彰华却有些悲悯地看着他，低声道："你只觉后母无良，才令你落得如此境地，却为何不怪皇家阉人为奴？"

如意一愣，睁大了眼睛不明所以地看着他："可是，要侍奉后宫的太后娘娘们，不就得干干净净的吗？"

彰华闻言不禁失笑，半晌后，拍了拍他的头："玩去吧。"

如意不禁看了一旁从头到尾沉默的吉祥一眼，摇摇头，将想不明白的事情全部丢于脑后，真的玩去了。

他有很多事情不明白，很多事情也不想明白。从某种角度来说，彰华真正倚重的心腹其实只有吉祥，他是沾了弟弟的光顺带的。但有时候如意又觉得，他比吉祥更能感知彰华的喜怒哀乐。

比如今早起来，接到一封密笺时的彰华，几乎是雷霆之怒。

虽然他的脸上一点表情也没有。

可如意就是知道，陛下气极了！

彰华将信笺放到蜡烛上烧了，等信笺彻底烧成灰烬时，肃然起身道："通知千牛卫暗部，行动。"

吉祥当即遵命而去。

如意宛如天生直觉的小动物感应到了山雨欲来之势，不由得放浅呼吸，大眼睛眨巴眨巴地看着彰华。

彰华在几旁站了半天，才扭头看向他："害怕？"

如意下意识地点了点头。

"怕什么？"

如意咬着嘴唇道："因为……陛下……在害怕……"

彰华目光微闪，忽一叹："你说得对。朕确实害怕。因为……程王的宫女求朕救他，但千牛卫暗部夜探皇宫，程王已不见了。"

"程王不见了？谁？谁那么大胆子？"

"表面看是三皇子颐非。但据暗部回禀，中途另有一拨势力出现，掳走程王。"

"也就是螳螂抓虫鸟在后面？"如意震惊，"那鸟把程王抓去哪儿了？"

"不知。"

"那、那咱们怎么办？"

"我们该走了。"彰华说着拿起了他的行囊。

如意一愣："啊？"

"朕来前便已命滨鞅二洲水军入迷津海，现他们已过长刀海峡，伺机从西北二侧包抄芦湾，再过一个时辰便会海上交兵。此刻不走，便走不了了。"

如意小跑着追上彰华的步伐："可、可是陛下，谢、谢长晏还不知在哪儿呀！"

"既然查不出她在何处，那么，便逼他们让她亮相。"彰华勾起薄薄的唇角，缓缓道，"一味被动，玩阴的，可不是朕的行事作风。"

如意听明白了，陛下这是要用水军向程施威，届时谢长晏就是最好的人质，擒她之人必会主动将她送出来好跟陛下谈条件。虽说兴师动众，却又不失为快刀斩乱麻之举。毕竟，如今的程国一盘散沙，是最乱之时，也是最可乘之机。

说话间两人上了马车，如意跳上车辕，习惯地去拿手套，但转念一想，又觉得什么时候了，还讲究仪容，刚想把手套收回怀中时，却听彰华道："戴上吧。记住，只是出去逛逛，跟平日里并无不同。"

如意当即又开心地戴上了手套，挥鞭赶车，出发前行。

这一天是六月初七，他们来到芦湾的第四天。天色将晚，海风咸湿，云层压得很低，街道行人都似被罩上了一层灰纱，显得十分黯淡。

如意赶着马车，按照彰华的指示兜了好几个圈，慢慢地朝渡口方向走去。如此过了大半个时辰，眼看渡口就在前方，如意心中一喜正要加速时，前方青石板路上突然跳出两名黑衣人，单膝下跪，拱手行礼——也拦住了去路。

如意连忙勒马，竖起眉毛叱喝道："大胆！你们是什么人，竟敢……"

他的话说到一半戛然而止。

因为他看清了黑衣人手上的东西，那是一张名帖，浅紫嵌银的纸张右下角，绘了一个白泽的图腾。

白泽！

唯方四国，唯有璧国姬氏的公子婴独享此荣，受封白泽。因此，世人看见白泽，便知这是姬婴到了。

说起姬婴，那可是太傅生前十分头疼的一个人。

十五岁的彰华某一日上课时，突问风乐天："老师，璧宜程三国，你认为将来谁会是本宫的对手？"

风乐天沉吟片刻答："两个半。"

"愿闻其详。"

"一是程王。此人暴戾凶残，毫无道义，不出十年，必有一场大战，不是与宜，就是与璧。"

"为何不是燕？"

风乐天笑了："燕有殿下，十年可保强盛。"

受到如此盛赞，彰华却并无喜色，他这位老师，天生笑面，甜言蜜语从来都跟不要钱似的各种泼洒，从小被他夸到大，他早已习惯。

"那么还有一个半人是谁？"

"一是宜国太子赫奕。"

彰华的表情顿时一肃。他虽一出生即是太子，但父王正值壮年，因此权力有限，大多时候都是听命办差，跟臣子也没什么区别。赫奕却不一样。宜王一向体弱，赫奕从十岁便开始掌权，鼓励发展商业，实行了一系列的轻商税政策。原本位于四国之末的宜国竟然很快崛起，尤其是这几年，颇有赶超璧国之势。

"赫奕此人开明亲民，幽默风雅，颇得民心。他若为帝，宜国必兴。但此人仁慧有余，沉稳不足，太过圆滑的人虽然会得到很多机会，但也难成霸业。所以，以殿下的本事，不用惧怕他。反而是那半个……"风乐天说到这里，笑嘻嘻的表情也没有了，显得凝重起来。

"为何只有半个？是荇枢吗？"

"荇枢老矣。臣说的半个，是璧国姬家的公子……婴。"

"他的身份还不足与本宫相较。"

"是，他不可能称帝，所以只算半个。但老臣出使璧国时，他来拜会过三次。此子风神之美，实乃生平仅见。"

"比小雅还美？"

风乐天失笑起来："小雅阴郁似雪，姬婴磊落如月。雪会冻死人，月却能照亮夜啊。"

彰华皱起了眉头。

"不过，璧国形势复杂，姬家未必能笑到最后。所以，殿下留意就好，不必介怀。"

两年后，彰华跟赫奕差不多同时称帝，登上了风云变幻的历史舞台。而璧国，还在苻枢的掌控之中。姬婴虽有贤达之名，却无实权。因此，彰华未将其放在心上，反而在见过赫奕后，对他十分欣赏，曾对翰林院学士们道："四国之内，苻枢如千年古树，苍姿英阔；铭弓乃寒漠孤鹰，难加析赏；唯有赫奕，镐镐铄铄，赫奕章灼，若日明之丽天，可与吾相较也。"

此话传到程王耳中，程王不屑："不过两个黄毛小儿尔。"

璧王则笑："赫奕的确像太阳。而他最像的地方就是——只要阳光照得到的地方，就有他宜国的生意。"

赫奕听了立刻动手写了一封信给彰华，上面只有四个字："日月同辉。"且附带一个同心结。

此信一出，燕宫流传的小道消息里又多了一条燕王是个断袖的"铁证"——看，他跟宜王打情骂俏！两人自比刺日暗月，是对恋人哩！

然后，随着苻枢暴毙，太子无道最终与皇位无缘，而薛姬两家推了一位之前默默无闻的皇子昭尹出来称帝。昭尹登基后，极为器重姬婴，几乎对他言听计从。正如风乐天担心的那样——姬婴一跃而上，位极人臣，开始大放异彩。

但彰华冷眼旁观后，私下对吉祥道："昭尹心气极高，不会允许这些世家骑在他头上太久。姬婴虽秀，姬家却烂到了根里。看着吧，姬薛二家必会步吾朝庞岳二党的后尘。"

一语成谶。

年初璧王昭尹便以雷霆之势铲除了居功自傲的薛家，那个曾获彰华赐璧的冰璃公子小薛采自然也跟着遭了殃。不过说来稀奇，姬婴却于那时给彰华写了一封信，请他为薛采去昭尹那儿求个情。

彰华收到信，第一反应是诧异地扬眉："姬婴凭什么认为他求，朕就会答应呢？"

如意点头道："就是就是，璧国自家之事，跟咱们大燕何干？"

谁知彰华下一句却是："但小薛采毁不得。"

如意无语。

彰华叹了口气："朕是多情之人。既然多情，怎能见死不救，浪费朕的冰璃？"

如意当即一跺脚，扭身气呼呼地走了。

他至今还在介怀此事。吉祥那个吃里爬外的，明明知道璧国访燕的使臣中就有薛采，却对他只字不提，任凭他去滨州给谢长晏送船，就这么错过了见一见薛采的机会。而在他离开期间，薛采果然跟陛下闹了段轰轰烈烈的"佳话"出来，坐实了陛下的"恋童"之名。

陛下也真是的，明明知道庞岳余党贼心不死在民间各种散布谣言抹黑他，却也不加收敛，放纵流言蜚语横行，这是铁了心不想娶妻啊。

之前不娶，姑且认为是他肩责太重，忙着打压世家，无心于此；后来，姑且认为他是在等谢长晏及笄；再后来，谢长晏退婚了，世家们也安分听话了，朝堂上下一片清明，他还不大婚，愁坏了一堆太妃大臣们……

总之，因为燕王为薛采求情，昭尹不好意思不给面子，就把薛采赐给了姬婴为奴。此后就没再听说什么新的消息。

此趟来程，璧国的使臣也不是出自姬、姜二家，而是派了新臣潘方和江晚衣前来，显得对程王的寿宴十分不上心。

既如此，为何姬婴的名帖此刻竟会出现在他们面前？

如意不由得握紧马鞭，狐疑地瞪着两个黑衣人。

黑衣人毕恭毕敬，做着极无礼节之事却显得很有礼节："我家公子求见燕王陛下。请陛下移驾一叙。"

如意冷笑："姬婴要见陛下，那就自己来啊。哪有让我们去见他的道理？"

"公子现有急事不得脱身，还望陛下恕罪。"

"那就等他解决了急事再来找我们吧。"如意当即挥鞭继续走。两个黑衣人对视一眼，继续跪在路中央一动不动。眼看马匹就要撞上，车内彰华吹了记口哨，训练有素的马立刻停蹄。

"去吧。"彰华的声音从车内传了出来。

如意一急：他们不是要去渡口吗？不是说再不出去就出不去了吗？但他不敢抗命，只好调转马头，跟着黑衣人前行。

此刻天色已黑，街上行人寥寥。马车越走越偏僻，最后来到一条极为僻静的深巷。深巷尽头是一道红色的小门。黑衣人上前叩门，三长一短后，门开了。

黑衣人转身行礼道："请燕王陛下下车。"

如意没好气地白了他们一眼，打开车门，本想扶彰华下车，不料一眼看见吉祥竟也在车内。

如意惊讶地张大了嘴巴，被吉祥用手按了回去。

吉祥跳下车，扶着彰华一起走入门内。

如意跟在二人身后，一头雾水地想着：吉祥什么时候上车的？他不是被陛下派出去办事了吗？

难怪陛下敢赴姬婴的约，想必是吉祥将一切都安排好了。

一行人七绕八拐地走了很长一段路，进了一间小屋。屋子中间摆着一张矮几，几上点着一盏灯，此外，还有三扇呈品字形摆放的屏风。屏风全都折了一半，后面布置有软榻，可供三四人同坐。而此刻，屋内并无他人。

彰华微微扬眉："还请了别的客人？"

"是，还有宜王。"

如意睁大了眼睛：好个姬婴，请了自家陛下不够，还请了赫奕？他这是要干什么？！

彰华听了，反而心中一定，没再说什么，走到北侧的屏风后坐下了。

宜王很快就来了，一个人来。笑着推门而入，笑着扫视屋子，笑着望向北边的屏风："哟，已经有客在了？"

彰华刚要回答，却听外面又传来一连串脚步声。

赫奕也听到了，挑了挑眉道："看来，今晚人不少啊。"

"宜王陛下请上座。"带路的黑衣人道。

赫奕想了想，走到东面的席位上坐下了。

如意不禁抿唇一乐。

吉祥低问道："笑什么？"

如意答："北为尊，咱们这儿才是正统帝位。"

吉祥扶额叹了口气："照你这么说，右乃宾师之位，宜王还是老师不成？"

如意一愣。

而在他的这一愣神中，门又开了，两个人走了进来。第一个人个子很高，穿着一袭白衣。第二个人比他矮了整整一个头，身形纤细，似是个女子，因为灯光暗淡，两人的面容俱都看不清晰。

这两人到后，黑衣人们全部退了出去，且关上了房门。

于是如意明白——正主来了。

这最后到的，想必就是白泽公子姬婴。

不知是谁熄灭了灯，整个房间陷入黑暗之中。如意下意识抓住吉祥的手，吉祥安抚地拍了他几下。

一片沉默中，赫奕先开了口："不如我们来抓阄？"

彰华闻言一笑："多年不见，你还是如此游戏人间。"这几年，他跟赫奕常有通信，谈的基本都是闲事。赫奕就像他的一个老朋友，保持着不近不远、不亲不疏的距离，不谈心，只怡情。

因此，当赫奕接下去说"怎比得上你？如果世人知道你此番来程国的真正目的，恐怕都要吐血"时，如意不禁奇怪地握紧了吉祥的手——宜王怎么知道陛下真正的目的呢？

吉祥给了他一个少安毋躁的回应。

彰华笑道："好说好说。我最多也不过是玩物丧志了点，虽然不是什么光彩的事情，但总比某人被追杀到只能落汤鸡似的躲到敌人的船上要好些。"

如意这才松了口气，听这意思，宜王恐怕不知陛下是为谢长晏而来。

"啊呀呀，我临危不乱化险为夷，恰恰说明了我智慧过人福大命大，百姓们知道了也只会更加爱戴与敬重我。但某人抛下一国子民，赶赴他国，借祝寿为名，行不可告人之事，那才是真正地让百姓失望啊失望……"

如意的心又紧了起来——看来宜王还是知道啊！

这时一个声音忽然响起："我们说点正事吧。"

这是一个鲜冰玉凝般的声音，低柔、悦耳，带着从容不迫的节奏。虽是初次耳闻，但如意一下子就断定了——此人就是姬婴。

黑漆漆的屋子里于是安静了片刻。

最后，还是赫奕先笑了起来："看，你我在此忙着叙旧，倒是冷落了淇奥侯，他吃醋了。"

彰华"哈哈"笑了起来。如意也不禁捂唇，笑得两眼弯弯。这句话的乐趣，必须结合之前的"日月同辉"看。赫奕不但揶揄了彰华的"断袖"之名，还将白泽也拖下了水。

姬婴的声音却丝毫没有变化，依旧清润平静："十年之内，广渡、汉口、斌阳、寒渠、罗州五个港口全线开放，允许宜国在此五处设置市舶司，所有交易税率再降七成。"

赫奕的笑声便停了。

"这个条件，是否比程三皇子所开出来的每年三十万金的让利，更加符合宜王陛下的心思呢？"

如意很震惊。没想到宜王竟跟程三皇子颐非暗中有勾结，程三皇子居然给宜国那么多钱！难道燕国不是四国里最强大的吗？这帮人最该找的靠山不应该是陛下吗？他们一文钱都没有给陛下啊！

如意气得整个人都在抖，一旁的吉祥低下头忍俊不禁起来。

而赫奕沉默了许久，才淡淡道："我的心思如何，你又怎猜得到？"

"我不需要知道陛下的心思，只是开价而已。"

"你什么时候起不但是璧国的夜帝，便连这程国，都可以做主了？"

"从程王成为我的客人时起。"

如意倒抽一口冷气——程王原来是被姬婴给半道劫走的啊！他想做什么？他劫走程王，又请陛下和宜王来此，这这这是要一网打尽吗？

那怎么办？他们岂非羊入虎口？

吉祥见如意一会儿得意一会儿气愤一会儿紧张，心中暗道莫怪陛下喜欢他，如此凝重时刻，能看到这么个一惊一乍的活宝，确实解压。

这时，赫奕终于再次开口了："果然……是你。"

"为什么不可以是我？"

"我一直在奇怪，昭尹年少轻狂、野心勃勃，加上刚平定内患，正是雄心最盛之时，连我偶尔路过璧国都要来暗杀一番，怎么对程国这么大的一块肥肉却如此怠慢，只派一个没有根基的侯爷和一个屠夫出身的将军随随便便走一趟……"

事实上，这些燕王跟吉祥谈及时也说过。而如今，答案终于浮出了水面。

"果然是另有暗棋。"赫奕轻叹道，"我原本以为那枚暗棋是虞姑娘，因为她太聪明也太神秘。"

如意愣了愣——他们在说陛下赐琴的那个姑娘吗？

"她的地位毋庸置疑，十分高贵也十分重要。然而，她身上说不通的地方太多，谜题太多，所以，我后来反而第一个就排除了她。也许对很多人来说，看事情要看全局，但对我而言，我只注重于看人。我看了虞姑娘的人，我就敢肯定，她或许与某些事情有关联，却绝非牵动。因为，她太善良了。一个为了不想同船者牺牲，宁可破坏自家君王的计划也要放过别国皇帝的人，再怎么聪明，对当权者来说，也绝对不可靠。她今天会为了两百条人命而违抗命令，明天就会为了两千条、两万条人命而再次背叛。所以，虞姑娘不是。"赫奕说了一大串如意都听不懂的话后，最终做了结论。

而这时，始终默默聆听的燕王似想到了什么，忽也发出一记轻笑："顺便加上一点——她的琴弹得太好。一个能弹出那样空灵悲悯的琴声的人，是操纵不了血腥、龌龊和黑暗的政治的。"

如意趁着黑翻了个白眼，想着要是谢长晏在就好了，得让她听听陛下的这番话，最好还能亲眼看到陛下赐琴给那个什么虞姑娘。不过转念一想，以谢长晏那说得好听叫洒脱、说不好听就是傻不拉几的性子，看见了估计也不会有什么作为。再想到谢长晏如今生死未卜，如意便呼吸一滞，不由得清醒了几分。

陛下此刻之所以还留在此地，还被区区一个白泽掌控着，不得不听他这许多废话，想必是还没放弃寻找谢长晏的最后一丝机会。既然程王能落入姬婴手中，那么，谢长晏也许也在他手上。

一想到这种可能性，如意不禁睁大眼睛，一颗心"扑通扑通"地跳了起来。

而赫奕那边，已说到了尾声："……你开出的条件，也确实诱人。我本没有拒绝的理由，可惜……"

"可惜什么?"

"只可惜,我嫉妒了。"赫奕字字带笑,却又笑得格外尖锐,"我实在是太嫉妒了,而我一嫉妒,就不想考虑哪边的条件更好,利润更丰。更何况即使是商人,也是要讲诚信的。我既然已经先答应了颐非,在对方没有毁约的前提下,断无反悔的道理。所以——所以抱歉,淇奥侯,让你白忙一趟啰。"

姬婴沉默了。

彰华轻轻咳嗽了几声,开口道:"这么说起来,我似乎也有嫉妒的立场。因为我曾说过当今天下唯有赫奕可与我相较,如今竟然连赫奕也开始嫉妒起某个人来了,这趟程国之行,果然是收获颇丰呢。"

如意有些意外,今晚的陛下,是在演戏吗?他所说的这些轻佻的玩笑话,都与他的本性相距甚远。

而赫奕立刻嚷了起来:"喂,你这个家伙不要什么都学我跟风好不好?"

"胡说,我什么时候学过你了?"

"还说没有?当年我夸赞越岭的猴儿酒最好,你就万水千山地派人去那抓猴子给你酿酒……"

如意又一愣——什么时候的事?没有啊,陛下从没有去抓过猴子酿过什么酒。这些年,除了蝴蝶,他几乎是毫无他趣。

然而,彰华接道:"你还好意思说?我为了抓那猴子大费周章,还要偷偷派人去,瞒过太傅和诸位大臣的耳目,谁料抓回来后根本不会酿酒!"

"猴儿在山中才会酿,你抓到宫里,天天派人看着守着,它们怕都怕死了,会酿才怪!"

两人就这样你一句我一句地争执起来。

如意慢慢地有些明白了——陛下这是跟赫奕在联手对付姬婴呢。

姬婴果然打断了他们:"燕王为何不先听听我的条件?"

彰华笑呵呵道:"条件?我看不必吧。就算你把整个程国都送给我,我也没兴趣。我大燕地大物博,万物俱全,兵强马壮,自给自足。这区区隔海一座孤岛,土地贫瘠,又尽是凶徒暴民的未开化地,要来何用?"

如意心中呐喊——喂陛下你可真是睁眼说瞎话啊!你心里根本不是这么想的!你不是从小就想灭了程国吗?这会儿滨鞅二洲的水军都包抄到程门口来了,你还在这里故作清高,这、这这……真是太绝了啊!不愧是大燕的王!

姬婴想了想,道:"如果,我提的条件,不是国呢?"

"不是国,那是什么?"

"唔,其他的,比如说某样……"姬婴慢吞吞道,"活物?"

彰华面色顿变。他身侧的如意第一时间察觉到了他的紧张。

完了完了,谢长晏肯定在姬婴手中!如意跟着提心吊胆。

姬婴开口道："你还在等什么？"

只听"吱呀"一声，房门再次开启，明亮的光照进了黑漆漆的小屋，与之一起出现的，是一个人。

那人手中捧着一个盒子，慢慢地走进来，月光勾勒出他的身形，瘦瘦小小一道。

如意不敢置信地睁大了眼睛，有些猜到此人是谁了，他不禁"啊"了一声，刚要开口问，就被吉祥捂住了嘴巴。

而彰华皱了皱眉，叫出了那人的名字："薛采？"

如意一直很想见见薛采。

从他听说薛采的名字时起。但薛采来使燕时，他错过了。所以他心中的期待就变成了嫉妒和懊恼——那块冰璃，陛下连谢长晏也没给，却给了他国的一个小孩，这叫什么事啊？

再加上所有见过薛采的宫女太监都在夸赞薛采的风姿，如意就很不服气。一个小毛孩子，就算再漂亮再聪慧，能超过鹤公吗？

鹤公才是如意心中的第一风流人物！一介白衣身有重疾还能有那么多妻妾，简直是男人中的男人！

于是，当彰华确定了来人确实就是薛采后，如意就睁大了眼睛，细细地看，久久地看，想要看看这位冰璃公子的真容。

然而，他看见的是一个瘦骨嶙峋的孩童。

一身浅褐麻袍罩在此人身上，就像口布袋套着一根竹竿，简极而陋，陋极生丑，哪里有半点风华可言。

孩童走到彰华的屏风前，立定，掀袍，屈膝，跪下了。"璧国薛采，拜见燕王陛下。"

如意嗤鼻道："原来他就是薛采啊，我以往听说，还以为是多么了不得的人物，没想到，今日一见，真是大失所望……"

吉祥在一旁拉了他一下："如意，闭嘴！"

"我为什么要闭嘴？我又没说错！你看看他，又干又枯，瘦得跟只骷髅鬼似的，什么明珠玉露，什么芝兰玉树，什么玉树琼枝，什么玉容花貌，什么琼林玉质，什么良金美玉……呸，明明一个都不沾边！"

吉祥不禁咋舌："哇，如意，你第一次说成语没有出错，还一口气说了这么多个……"

"哼，我可都记着呢！陛下平日里怎么夸他的，我都记住了。"如意想了想，索性绕过屏风冲到了薛采面前，居高临下地仰着下巴睨他，满脸的鄙夷。

离得近了，看得也就更加清楚了。什么嘛，不过就是眼睛大了点鼻子高了点脖子长了点，长得也就那么回事吧。

薛采很平静地回视着他。那种平静，令人很不舒服。

如意于是挑衅："怎么？我说的你不服气吗？"

薛采连眉毛也没有动，只是淡淡地从唇边吐出两个字："矮子。"

如意顿时如被踩了尾巴的猫一般跳了起来："啥？你说啥？矮、矮、矮子？你居然叫我矮、矮、矮子？明、明、明明你比我还要矮啊啊啊啊啊……"

屏风后，吉祥终究还是破了功，笑出了声音。

彰华忽然咳嗽了一声。

声音很轻，但吉祥立刻收了笑，若有所思地看着自家陛下。戏演足了，胃口也吊得够久了，接下去，该借坡下驴好好谈谈了。毕竟，陛下从不浪费时间。他既来此听了这么久的话，就是为了等着看，姬婴的真正目的是什么。

跟什么都不知道的如意相比，吉祥自然是知道很多的。他之前听从燕王的吩咐派暗部监视颐殊，发现了一些事情，于是连忙秘密折返上了马车。

正是因为知道了颐殊的事，燕王才最终决定来这里，跟白泽谈谈。

这一夜，其实发生了许多事——许多如意没有看见，也没法想象的事情。

能坐在这里，三方商谈，其实已是无数次博弈的后果。大燕一开始是被逼卷入其内的，但吉祥相信，最终能决定这一切的人，也只有他们的陛下——燕王。

彰华道："如意，退下。"

如意只好极不甘心地回去了，嘴里嘀咕道："什么嘛，为什么一个比我还要矮的人居然敢这么嚣张地嘲笑我的身高啊，讨厌……"

回到屏风后，看见彰华的表情时，如意一惊，立刻收起了所有的声音。

直觉告诉他，陛下要开始切入正题了——

果然，房间里安静了一会儿，彰华再开口时，声音变得一本正经："冰璃。"

这两个字一唤出来，不止跪着的薛采，坐在姬婴身后的女子也跟着身形一震。

薛采微微抬起了眼睛，平视着屏风，回应道："在。"

彰华缓缓道："冰璃，若我为你当年打上九分，你认为，现今的你，有几分？"

负分。如意心中道。

薛采却不答反问："当年，陛下为何会给我九分？"

彰华正色道："你少年才高，天赋异禀，文采风流，言行有度，此为三分；你仪容出众，秀美绝伦，锦衣盛饰，赏心悦目，此为三分；你无所畏惧，谈笑风生，有着同龄人所远不及的从容与傲气，此亦为三分。"

薛采笑了。巴掌大的脸庞，素白的脸，乌黑的眼，原本看上去像一潭死墨，而今笑容一起，就如墨汁散开，挥抹游走，轻挑慢捻，有了极致灵动的轮廓。

"原来如此。如今我才华屈尽、仪容已失、傲骨不存，将那九分全都丢了，所以，对陛下而言，我就不值一文、毫无价值了，是吗？"

如意忍不住冷哼道："那是当然。"

薛采继续笑："所以，陛下是断断不肯以程国来换我的啰？"

如意跺足道："做梦做梦做梦！想想也是不可能的事情了！喂，我说你这个人怎么这么厚脸皮啊……"

他的话还没说完，薛采已眉毛一扬，眸光流转悠悠道："但是，为何陛下会认定我家主人口中所说的活物，会是……我呢？"

如意心中顿时一紧："你说什么？"

薛采自行站起，往前走了几步，将手里一直捧着的那个匣子平举过头，恭声道："我家主人愿以此匣中之物，换取燕王的一个承诺。"

彰华给了如意一个眼神，如意当即走出屏风，接过盒子时，又盯了薛采几眼："你可不要玩什么花样，这盒子里装的什么？我先看看……"说着打开了盒盖。

盒子里，装着一只四四方方的碗，碗里盛满了水，碗沿上停着一只蝴蝶。

黑底紫纹，近身体的地方各有一道由浅至深的白色波纹。

如意顿时睁大了眼睛，惊喜不已地捧着匣子冲回到屏风后。"陛下你看！"

舞水蝶！如意之前只见过一次——还是死的。

而此时碗边的这只，是活的，正微微地扇动着美到极致的翅膀，显得又脆弱又妖娆。

"天啊，真的是！啊啊啊啊，居然是真的啊！"如意感动不已。

然而，彰华的目光落在了碗下。碗下压着一根头发：又粗又黑，带着微卷弧度的长发。

他的手骤然攥紧。

如意还在叽叽喳喳地感慨万千，忽觉有些不对劲，忙抬头看向彰华，直觉告诉他，陛下此刻又是生气又是害怕。怎么了怎么了？发生什么了？

彰华不禁闭上了眼睛，睫毛跟舞水蝶的翅膀一样，不停颤动。半晌后，才长叹口气，道："罢了。"

姬婴笑问："燕王陛下同意了？"

"嗯。"

"陛下还没听我要索取的承诺是什么。"

"我答应你不插手程国的内乱，完完全全、彻彻底底地做个局外人——难道这还不够？"

姬婴笑了一下，道："不够。"

彰华霍然睁开了眼睛，如意感觉出来，他的愤怒快到极点了。

然而，彰华的目光最终落到了碗下的头发上，将那愤怒又慢慢地压了下去："朕……不喜欢与人讨价还价。"

如意敏锐地注意到——这是今晚在这个房间里，陛下第一次自称"朕"。在此之前，他都亲切地同宜王一样自称"我"。这说明，他是真的生气了。

姬婴却似浑然未觉，抑或者说，全不在乎，悠然道："很荣幸，在这一点上与陛下同样，在下也不喜欢讨价还价。"

赫奕插了"哈哈哈"三声干笑，嘲弄意味十足。

姬婴没有理会他，继续对彰华道："其实我的条件很简单——只是请二位颁旨，声援一个人而已。与袖手旁观也没太多区别，只是动动嘴皮子。"

彰华微微垂眼："朕之所以刚才答应你，并不是真的因为你所送的这份礼物。"

姬婴笑道："我知道。区区薄礼，仅博燕王一笑尔。"

"我之所以答应你，是因为三个原因。第一，我此行私密，而你能探查到我的真实目的，说明你在我身边安插了眼线，并且，还是个很重要的眼线。"彰华说到这里，停了一下。

如意下意识道："不是我！"

彰华轻轻一哼。

如意连忙摆手强调道："不是我啊不是我，真的不是我！"陛下身边只有他们兄弟二人，吉祥那么聪明，绝不会说漏嘴。可他虽然笨，也知事情轻重。关于谢长晏的事他是真的咽在肚里半点没敢外泄啊！

彰华沉下脸，轻叱道："闭嘴。"

如意用两只手捂住自己的嘴巴，既诚恳又委屈地摇了摇头，表示自己不再说话。

见他如此不安，彰华放柔了表情，继续道："关于那个眼线是谁，我现在不想追究。第二个原因，我为了寻找……"他的视线从头发移到蝴蝶上，目光闪烁了几下后，改口道，"这样东西……其间不知耗费了多少人力、财力，而你竟然能先我一步到手，我由衷钦佩。"

姬婴似笑了笑："在下只是撞对了时机。"

"幸运也是一种实力。所以，直觉告诉我，最好不要与你为敌。而第三点，也是最重要的一点——不得不说，你选了个最好的送礼者。"彰华说到这里，苦笑着，黯然道，"你明明知道，我是不忍心拒绝薛采的要求的。更何况……是现在这样的一个……小、薛、采。"

如意捂着嘴巴，虽然不敢再说话，却极力睁大了眼睛来表达自己的不满。

彰华没看他，而是望向了屏风外的薛采——那个形如骷髅的孩童负手垂头，以一种标准的奴仆姿态站立着，碎乱的刘海垂下来，遮住了他的眼睛，因此看不到他脸上的表情。

他脑海中不禁浮现出初见薛采的情形——

冬雨氤氲，料峭森寒，六岁的白衣童子穿过长廊款款而来，世间万物都因他而明亮。

而如今，仅仅过去了一年。

才一年。

彰华仿佛从薛采身上看见了儿时的自己。

这便是……蛹化成蝶啊。

就在这时，姬婴忽问道："小采，你愿意跟燕王走吗？"

彰华一怔，微微皱眉，有些拿捏不好姬婴这话的真实用意。

姬婴又道："只要你愿意，我就放你走。"

彰华当即看向薛采，心中不由得生出些许期待。若此趟来程，能带个薛采回去，倒也不失为一大收获。

然而，薛采一口拒绝："不。"

彰华忍不住问："为什么？"

"因为……陛下身边有个我讨厌的矮子。"薛采转向如意方向，挑眉恶意一笑。

气得如意当即就跳了起来："什么？！陛下！他他他故意的！他是故意拿我当借口的啊，我我我明明比他高啊啊啊啊啊……"

彰华心中叹了口气。

"而且，"薛采又道，"对于奴仆而言，一位出尔反尔的主人，远比少恩寡宠的主人更难伺候。"

彰华皱眉："你说什么？"

"先前，我家主人问：陛下同意了？陛下回了一个'嗯'字。也就是说，陛下已经明确表示了，会同意我家主人的要求——任何要求。但是，当后来听闻我家主人要求的不仅仅是置身事外，还有声援某人时，陛下就开始迟疑，甚至顾左右而言他……"薛采说到这里，凉凉一笑，"睹微知著。虽然我家主人是得寸进尺了些，但君无戏言，两相对比，孰去孰从，很容易得出答案吧？"

彰华顿时无语。

如意立刻护主心切地吼道："大胆薛采！竟敢这样污蔑我家陛下！顶撞天威可是死罪！来人，将他给我拿下！"

一语喊完，想起此地不是燕国领土，不过没事，周围肯定有千牛卫暗部。

如意信心十足，提高了声音："来人——"

结果，四下一片静谧，千牛卫暗部并没有跳出来应声。

如意怔了一下，转向彰华道："陛下……"

吉祥朝他摇了摇头。如意这才发现彰华异常沉默——他半垂着眼睛，看看盒中的碗，又看了看薛采，有种无力的悲痛。

陛下为什么悲痛？为薛采，还是……为了谢长晏？又或者，是二者皆有？因为他既救不了薛采，也救不了谢长晏……吗？

如意咬着嘴唇，也不说话了。

吉祥悄悄地朝他挪近几步，心有灵犀地拍了拍他的肩膀。

彰华没说话，其他人都没再说话，光影暗淡的小屋，一下子变得很安静。

安静中，却有什么，潜移默夺，见了分晓。

最终，彰华抬起一只手，揉了下自己的眉心，低低地笑了起来，边笑边叹道："好，好一个淇奥侯。"

姬婴则依旧没什么表情。

彰华盯着碗，仿佛要把它烧出一个洞来："说吧，你要我声援谁？"

"且慢——"赫奕出声打断，"淇奥侯果然了得，不但运筹帷幄雄才大略，连降奴术都高人一筹，这么一个恃才傲物天下皆知的小冰璃，都被你调教得服服帖帖，连自由都放弃了，还帮着你反过头去咬自己的恩人，有趣啊有趣。"

如意心中一暖，顿觉宜王不愧是陛下推崇之人，关键时刻见真情啊！

薛采淡淡道："救命之恩，没齿难忘。然现在事关社稷，关系到四国的所有利益，关系到天下百姓的安危，薛采不敢以私人之情偏天下之势。同样，宜王陛下可以嘲笑我，但不可以嘲笑时事。"

赫奕冷笑起来："好，好一个心系天下的小薛采。真是颇得你主之风，什么龌龊事都套上社稷二字，就都显得大义凛然了。"

没错！就是这样！形容得太好了！如意忍不住心中抚掌。

薛采道："两位陛下既然肯来至此处，说明你们已经有了与我方谈判的心理准备，我方开出条件，你们裹足不前，更反过来嘲笑我方虚伪龌龊——试问，在这场内乱爆发前，两位又做了什么？一位以贺寿为名行私谋之事；一位则与程三皇子做了暗中交易——两位分明都已经预见了这场大乱，一个袖手旁观，一个推波助澜。袖手旁观者并非不重利益，而是利益不多看不上眼；推波助澜者，都是趁火打劫，又何须说什么商人要守诚信这样的话语？究竟是谁更虚伪？"

这毛头小孩，说话还真是一套一套，好生令人烦厌啊！你都懂个屁！我们陛下哪里是袖手旁观，看不上蝇头小利？我们陛下那是、那是……如意看了眼彰华静默无波的脸，心中一叹：算了，不能说。

那薛采继续滔滔不绝道："既然都是利益，就没什么不可以摆上来谈的。燕王虽然看不上荒岛小国，但就不想知道程国秘不外传的锻造冶铁术？燕之所以为泱泱大国，除了人才济济之外，更因为虚心接纳众集所长，可以自强自给，但绝对不是刚愎自大；而宜国的商贩之所以能遍布天下，有阳光的地方就有宜国的商铺，难道不是一点一滴权衡得失争取来的？如今你在此放弃了七成降率，他日，你也许就会放弃更多。筑潭积水，连续千日；决堤山洪，却是一泻千里。宜王陛下真的不在乎？"

如意翻了个白眼，心中接话：那冶铁术我们还真不想知道，谢谢……不过也不好说，起码公输蛙肯定想知道，而谢长晏……没准也想知道。唉！

薛采说到这里，忽然沉默了一会儿，才再度沉声道："程国的这场夺嫡之乱，与我们三方而言，不过是一念之间，但于程国的百姓而言，很可能就是妻离子散、国破家亡……帝王之威，不是体现在'一语灭天下'，而是——'一言救苍生'。"

彰华的眉毛动了动，似被这最后一句打动了，但仍是盯着碗，一个字都没说。

最后还是赫奕开口道："你们想怎么做？"

"很简单。"这回，终于轮到姬婴说话，"快刀斩乱麻。"

"怎么个斩法？"

"齐三国之力，迅速扶植程国一位王孙成为下一任程王，处死叛党，平定内乱。"

彰华终于将视线从碗上移开，望向姬婴："你想扶植谁？"

赫奕轻哼道："肯定不是颐非了，否则他何需如此大费周章。"

"颐非的确是个人物，表面看似荒诞不经，但胸怀大志，可惜，聪明得过了头，也任性得过了头。以他的实力，本无须装疯卖傻，他却偏要，或者说嗜爱特立独行。这样的人，可以是最好的名士，却绝对不能当帝王。帝王……"彰华说到这儿，微微眯了下眼睛，"要必须舍得，舍得放弃自己的一部分特征。不中庸，无以成表率。所以，如果让他当上程王，程国将来民风如何，难以想象。"

赫奕道："那涵祁更不行！就他那种好战的性子，当上程王后，活脱脱又是一个铭弓，到时候频频开战，不是给我们添麻烦吗？"

彰华道："不错，涵祁是万万不行的。"

赫奕道："那么只剩下了麟素。他虽然为人庸碌懦弱了些，再加上身体不好，当了皇帝后，虽然对子民无益，但也不至于变成祸害。也罢，就选他吧，咱们也都省心些，太太平平地过上十年。"

彰华盯向姬婴，他很清楚，麟素也不可能。

果然，姬婴笑了一笑，悠然道："不。"

赫奕的声音里顿时带了点怒气："你究竟想怎么样？"

"麟素是万万选不得的。"

赫奕和彰华同时问道："为什么？"

"因为他很快就要死了。"清冷的语音绽放在空气中，却宛若一道惊雷劈落，震得天崩地裂。

彰华缓缓闭上了眼睛——等了一夜，终于，等来正主！

只听一阵"咯咯"声从大厅中央的那把椅子上传出来，灯光慢慢上升。

如意惊骇地睁大了眼睛，发现不是灯光上升，而是椅子在上升，连同着椅上的灯也越来越高，灯一高了，照着的地方也就越大，室内也就越来越明亮。

原来，椅子所摆放的地方是个设计精巧的机关，此刻露出了一个直径三尺的圆柱，圆柱上有一道门，而刚才那句话就是从这门内传出的。

姬婴缓缓道："不错，我请两位陛下下旨声援支持成为程王的人，就是——你还不出来？"

"吱呀"一声，圆柱上的门开了。

一个人慢慢走了出来，顺便抬手轻绾了一下头发。

如意还在心想这谁家狐狸精呀，就听坐在姬婴身后的女子终于开口，说出了今晚的第一句话："颐……殊公主？"

"呀！是那个弹琴的姑娘！"如意也认出了姬婴身后的女子。

彰华抬手示意他噤声，视线再次落到绾下的头发上，目光隐晦不明。

"我请诸位声援公主为帝，理由有三——"姬婴的声音回荡在小小的房间里，显得格外清晰。

"其一，程国之乱，于吾三国而言，非幸，乃难也。二十年前的四国混战，给各国都带去了无比重大的损失，二十年来，我们休养生息，好不容易稍有起色，目前正应该是一鼓作气继续上升的阶段，于各国而言，都宜静，不宜动。宜王陛下，如果程国就此战乱下去，你的子民如何在此继续经商？要知道战乱期间，只有一样东西能够赚钱，那就是——军火。但非常不幸的是，军火，非宜所专，它是程的特长。至于燕王陛下，程乱一旦开始，百姓流离失所，必定会大批搬迁，到时候灾民妇孺老残全部跑去燕国，赶之失德，留之隐患，对你而言，也是一个极大的困扰吧？"

"止戈为武……"吉祥喃喃了一句后，有些期待地看向彰华。

彰华勾唇无声地冷笑了一下，没作声。

姬婴又道："其二，程国目前，谁是军心所向？涵祁？没错，他是名将。但他同时也是个眼高于顶性情暴躁的皇子，崇拜他的人虽然多，不满他的人更多。他寡恩少德，又自命不凡，看不起那些出身贫民的将士，因此，他的军队虽然军纪严明，但也遭人嫉恨。颐非？他是个聪明人，可惜有小谋略，无大将才。麟素？对举国崇武的程国而言，完全废人一个！所以，谁是军心所向？答案只有——公主。她出身高贵，礼贤下士，兵无贵贱，一视同仁，而且，文采武功样样不弱。呼声之高，可以说，在程国，她是独一无二！

"其三，程国目前，谁是民心所向？众所周知，程王宠爱的是公主，百官巴结的是公主，子民爱戴的也是公主。是公主，而不是她的兄长们。"

姬婴一口气说完极长的三段话，室内再次陷入静默。

彰华伸手，小心翼翼地将那根头发从碗下拉了出来。头发很长，他拉了好久。最后那根黑发蜷曲成圈，温顺地蛰伏在了他的手心上。

而这时，赫奕开口说话了："你说得都很动听，但是别忘记了，颐殊为帝，有个最大的缺陷，而那个缺陷，足以抵消她所有的优点。"

彰华接了话："因为她是女子。"

赫奕道："没错。女子为帝，没有先例。就算你能说服我们两个，又如何说服天下？"

姬婴笑了笑："女子为帝，没有先例？那么如何解释女娲造人之说？如何会有共工氏与女娲争帝之说？又如何会有女娲补天之说？"

"那是传说！"

"没错，那是传说。"姬婴沉声道，"然而，谁能说，现在就不可以再起一个传说？如果一个女子，是仅剩的皇族血脉，且又能力才华样样在诸位之上，为什么，她不能称帝？最重要的是，有三位君主的支持，她怎么就不能称帝？别忘了，三位陛下，才是当今之世的主宰。"

彰华轻轻抚摸着手心里的那根头发，眼神难得一见的温柔，他似乎有点想笑，但笑到唇边，便沉淀成了牵挂。

"公主，告诉两位陛下，为什么你，非要坚持称帝不可。"姬婴道。

面带浅笑一直在旁聆听的颐殊，闻声走了几步。几个程国的侍卫走进来，撤走了宜王和燕王前方的屏风，然后又退了出去，将门窗全部关上。

彰华下意识合上了手，不想让人看见他的秘密。

此刻的房间里依旧只有一盏孤灯，光影斑驳地照着大厅。而站在灯旁的颐殊，伸手轻轻地解开衣带，脱去了外衫。

如意"哎呀"一声用手捂住了眼睛，然后从手指缝里偷偷看。他的表情先是羞涩，然后变成了震惊，再次"哎呀"叫了一声。

只见颐殊只穿肚兜站在原地，裸露在外的身体上布满了伤痕。

圆的、扁的、长的、短的、深的、浅的，一道道，一条条，就像狰狞的虫子，爬在她身上，又因为她的皮肤极为白皙，所以就显得十分触目惊心。

素来怜香惜玉的赫奕腾地站了起来，惊道："谁干的？"

颐殊面无表情地答道："父王。"

"什么？程王？"彰华皱眉。

如意惊道："你不是他最宠爱的女儿吗？"

颐殊扬唇一笑："没错，我是。而且这些伤痕，都是他对我的'宠爱'的证明。"

赫奕和彰华彼此对视了一眼，神色复杂。

姬婴道："铭弓此人禽兽不如，连自己的亲生女儿都不放过，公主从七岁起，就受他虐待至今，无法对人言说。诸位，就算不为时政，对这样一个柔弱女子，你们两位身为男子，难道要袖手旁观？"

灯光落在颐殊身上，她低垂的眉眼，窈窕的身姿，无不衬托出她的美，而她越美，身上的伤痕就显得越为可怜。

美丽与柔弱两相交织，当真是太令人震撼。

如意捂着胸口，感觉自己的心"扑通扑通"快要跳出嗓子眼来。而这时，彰华站了起来。

他朝颐殊走过去，却未在颐殊面前停留，继续往前，一直走到了姬婴和虞姑娘面前。这是他第一次见姬婴，太傅的话仿佛又在耳边回荡，告诫他，需要提防此人。

是他轻敌，未将其视作对手，才遭遇了今日的致命一击。

彰华做了个深呼吸，然后将目光掠向姬婴身后的少女。他虽听过她的琴，却也是第一次见她的人。她叫什么来着？对了，虞姑娘……此女也是姬婴的暗棋。

程境的水，竟如此之深，深到即便命水军攻进芦湾，也无法更改现在的局势。更何况——长晏很可能在此人手中。

"朕同意扶颐殊为帝。"彰华一个字一个字地说道。

颐殊脸上顿时露出狂喜之色。

姬婴也似松了口气，微笑起来："燕王一言九鼎。"

赫奕自看见虞姑娘后，就显得有些心神不定，此刻目光在姬婴和虞姑娘身上打了个来回，也悠悠起身走了出来："朕也同意，扶颐殊为帝。"

他说这话时，灼热的眼神一直盯着那位虞姑娘。而虞姑娘则微微低下头，往姬婴身后挪了一些。

如此，孤灯将他们五个人的身影照在了地上。

——这是当今天下，最有权势的五个人。

然而如意想，他们每个人，此刻的心中都藏了挺多痛苦。也许只有即将称帝的颐殊公主是真正开心着的，可对比她身上的伤痕，她的开心又像是一场无声的讽刺。

三方会晤的时间并不太长，马车再次从红门内出来时，月挂中天，不过戌时。

彰华临别时，问了姬婴一句话："她在哪里？"

他没说姓名，乍听起来十分突兀，但姬婴似早有准备，答道："就在碗中。"

彰华盯着姬婴看了片刻，最终没再说什么，上了马车。

在车内，他一直盯着舞水蝶的碗看。碗是长方形的，分内外两层，推合在一起，便成了正方形。

彰华就这么推开，合上，推开，合上，忽然间，眉心一动："调车！去云翔客栈！"

"唉？怎么了怎么了？"如意忙问。

而吉祥已挥鞭调转车头，驰向东方。

"你看此碗的造型，是不是有几分眼熟？"

如意当即盯着碗看了又看，却完全不觉得哪里眼熟。

彰华只好继续提示："像不像门？"

如意又看，合起时碗壁一侧确实像道门，上面还镂刻盘绕了一对蛇。脑海中顿时灵光一现，他"啊"了一声："谢姑娘的客房门！"

云翔客栈，谢长晏住过的那间屋子的门，就跟这碗壁十分相似！

可是，这又说明什么？如意还是不明白。

不过他很快就明白了。

因为，到了云翔客栈后，彰华来到三楼东，并没有进客房，而是走到门外的东墙上，盯着那堵雪白的墙壁看了半天，然后一脚——狠狠地踹了上去。

看着十分坚固的外墙竟然一踹就破，砖石飞落后，露出一个洞，洞的那一头，黑漆漆的。

"给朕砸！"

彰华一声令下，被吉祥召集而来的千牛卫们立刻开始砸墙。跟在后头的店伙计们吓得面色惨白，不敢拦阻，只好急匆匆去找掌柜了。

墙很薄，没几下就砸开了，后面竟然还有一段走廊，还有一个房间。

而如意至此，终于明白了那个碗的意思——

谢长晏失踪时住的确实是三楼最东边的厢房，但在走廊上有一道机关，能够横移出一道假墙。如此一来，绝大部分人在走到墙前时就会下意识觉得到头了往回走。

这是一个很简单的障眼法，却骗过了孟不离，和所有保护谢长晏的暗卫们。也骗过了第一次来查看的他们。

彰华走进真正的"最东第一间客房"，里面的布置跟第二间一模一样。而这儿，才是谢长晏真正住过的房间。

"搜！"彰华挥了一下手。

经验丰富的千牛卫们很快就发现床榻下方有密道，里面用于照明的油灯已熄了，地上残留着一些脚印。

吉祥立刻带人分拨去追。

彰华和如意则等在客栈中，准备审讯客栈的掌柜，但一名惊慌失措的伙计在后巷枯井里发现了掌柜的尸体，他的眼睛睁得极大，脸上满是惶恐之色。

六月初九，这个晚上对程国来说，尤其是对芦湾的百姓来说，简直是惊心动魄的一夜。

中郎将云笛率三千铁甲军在永兴长街伏击杀死了二皇子涵祁。

大皇子麟素于东宫服毒自尽。

三皇子颐非仓皇逃走，不知所踪。

而燕王，则封锁了云翔大街，不允许任何人外出。能住此地的客人们大多非富即贵，怎受得了这种挟制，有个不怕死的富豪在客栈大堂破口大骂了燕王整整一夜。等到破晓时分，街上巡戒的千牛卫们终于散去。富豪当即骑马准备另寻住处，才发现隔壁街竟然风云变色，鲜血淋漓，一地尸体。

该富豪吓得从马上跌落，大病一场。

再然后，程国护卫军们来了，抬走了死尸，清扫了街道，仿佛什么都没发生过一般，并将新的皇榜贴在了告示墙上。

百姓们这才知道，大皇子和三皇子叛乱，杀了二皇子。程王暴怒之下，将皇位传给了公主。他们的颐殊公主，将成为四国有史以来第一位女王！

燕王和宜王都将亲自为她加冕。

至于燕王为何封锁云翔大街，那就不在关注之内了。

浅绿色的清茶缓缓注入白玉瓷杯中。

持壶的少年倒完茶，便负手回到了主人身后，低眉敛目，规规矩矩。

然而，这样标准的奴仆模样落在彰华眼中，是说不出的感慨。他望着姬婴身后的薛采，明明自己一堆破烂事都没法处理，却还想着如果此刻只要薛采肯开口说一句，他便带他走。

曾经他觉得薛采像他，像六岁前不曾受过磋磨的他；

现在他觉得薛采更像他，像遭遇巨变从天堂堕至地狱的他。

正因为经历过那样的变化，所以看见此刻的薛采，就很想、很想伸手拉一把。

让他不要像他这般不幸，从始至终，全是沉沉责任。

然而，彰华心中清楚，骄傲如薛采，也如他自己，必是不会稀罕这种帮助的。

彰华只能拿起他倒的茶，缓缓咽下，咽下这份不该有的惦念和设想。

这时，与他对坐的姬婴开口了："陛下没找到吗？"

彰华心中一紧——他确实，没有找到谢长晏。

密道尽头是大街，四通八达，人来人往，谁也不知道他们会将她带到何处。而云翔客栈的掌柜死了，线索断了，店伙计们都是临时工，最长的也不过在此干了两年，对假墙机关一事一无所知。负责清扫三楼东的七旬老妪，是个傻子，除了干活吃饭，什么都不懂，问什么都没回应。如今，吉祥正派人去请胡智仁来问话，据说已在路上。而彰华则先回驿站见姬婴。

"对如意门，你知道多少？"彰华直视着姬婴，沉声道。

"并不太多。陛下知道的，我大概也知道。陛下不知道的，我也不知道。"姬婴说到这里，想了想，又道，"而云翔客栈的机关一事，是颐殊公主无意中说的。她说她曾见过十九郎君，没想到是个女人，更没想到她居然住在云翔三楼东的天字房里。我问那间房怎么了，她道……程王曾在那儿凌虐少女。"

彰华表情微变："但程王已经病了半年了。"

"是，所以这半年他没再去过。也因此，看见十九郎君住那儿，颐殊公主虽感异样，也没太放在心上。只是后来陛下带人去客栈搜寻，在下觉得这是个有用的讯息，故而告知。"所以，舞水蝶不过幌子，他真正献给燕王的礼物是十九郎失踪的关键线索。

燕王来程国，既不为给程王贺寿，也不为娶颐殊公主，更不是为了蝴蝶，而是为了写《朝海暮梧录》的十九郎君。

这个消息，被白泽暗卫禀报上来时，姬婴也着实震惊了一会儿。于是他命人调查十九郎的真实身份，最后发现——十九郎居然就是谢长晏。

燕王……在找他的前未婚妻……

这可真是一件细想起来十分有趣的事情。

姬婴微笑。

彰华皱眉看着他的微笑，觉得真是碍眼。就在这时，吉祥匆匆而来，附到他耳旁道："找到了胡智仁，和谢姑娘的踪迹。"

彰华惊得再也坐不住了，当即起身："在哪里？"

"谢姑娘的船上。"

"什么？"

"我们这些天都住驿站，谁也没想起那艘船。三日前此船出海了。据可靠消息，当时船上就有胡智仁，而且他带着一个女子，就是谢姑娘。"

"等等，你重说一遍。"

"是。我们去找胡智仁问话，发现他不在芦湾的私宅中，老仆招供说他三日前出海走了。我们追到渡口，有个乞丐告诉我们胡老爷是坐着一艘红船走的，与此同时，我们发现谢姑娘的船不见了。乞丐声称，胡老爷上船时身边还有个姑娘，个头比胡老爷还高。我给他看了谢姑娘的画像，他说就是她，对了，那姑娘还掉了一个东西。"

吉祥说着，从袖中掏出一物，是各色丝线扎在一起的绳结，扎得十分粗糙，显然很不用心。

谢长晏素来手巧，很难想象这是她编的。

然而，彰华注视着这个绳结，心一点点地沉了下去。

而这时，姬婴身后的薛采忽然来了一句："私奔？"

两字一出，全世界都寂静了。

四月初七晚，谢长晏声称自己要休息，关上了客栈的房门。第二日，不告而别，没有留下任何音讯。

客栈是胡家开的。胡智仁身为胡家的核心人物，自家客栈有机关一事，伙计也许不知，他肯定是知道的。

他安排谢长晏住进天字号房。

他带着谢长晏避过千牛卫暗部的第一波搜寻；然后用一根头发的障眼法瞒过了彰华的第二波搜查；最终，在彰华被程国内乱吸引注意力时，将谢长晏带上船，扬长而去……

——这是迄今为止查到的所有线索。

回到驿站房间的燕王，看着从锦囊中取出的那根头发，以及谢长晏留下的绳结，眼神明明灭灭。

偏偏吉祥还在一旁雪上加霜："据乞丐回忆，胡智仁身边的女子行动自由，并未受限，上船时还有说有笑，不像被劫持……"

如意大惊："所以真是私奔？"

吉祥冲他使了个眼神。

如意叫了起来："这不可能！陛下！谢长晏虽不怎么样，但她眼睛不瞎啊！怎么会跟胡智仁跑了？"

吉祥迟疑道："胡智仁是不是曾送过琥珀发簪给谢姑娘？"

"那又怎样？能跟咱们陛下的船比吗？"如意瞪眼，"而且她上次回京，住在陵光殿时，明明跟陛下两情相悦，怎么突然就变心了？！"

吉祥听到"两情相悦"四字，眼角抽搐，忙不迭地看向彰华："陛下，我们的水军就在海上，此刻已展开搜寻，只要那艘船还在海上，必能截住他。"

彰华轻轻抚摸着那根头发，然后又取出另一根——被舞水蝶之碗压着的那根，做个对比，最终低声道："此事既非私奔，也非劫持。"

如意道："啊，那是什么？"

"你还记不记得，孟不离当时说，长晏见过颐殊后，回客栈途中表情大变，似是看到了什么。"

"记得。"

"那么我们如此推断——她看到了什么人，十分意外，但又觉得自己是看错了，所以没有真的去找。等她回到客栈，准备休息时，那个人再次出现了。以长晏的性子，会如何？"

如意道："必定叫上孟不离，第一时间追上去。"

吉祥摇头道："错。她不会刻意叫孟不离，因为，在谢长晏的认知里——孟不离是一流高手，必会第一时间主动跟在她身后，无须招呼。"

"没错。"彰华点了点头，"问题就在这里，她太过信任孟不离，她以为孟不离肯定就在身侧，但没想到……"

如意明白了："孟不离的猫当时死了，他去后院葬猫了。"

"所以猫病了很久，是事实，但猫死在那一刻，绝非巧合。吉祥——"

吉祥立刻会意，刚要出门吩咐千牛卫们去挖猫的尸体，就发现孟不离竟然站在门口。

孟不离脸上，带着一种极为复杂的表情，似愧疚似愤怒又似悲伤："我，去，挖，猫。"

他抛下四个字后就扭头走了。吉祥看着他的背影，不由得叹了口气，将门合上，重新回到彰华榻旁。

彰华用手指下意识地敲击着几案，思绪仍沉浸在分析中："谢长晏追人途中，终会发现孟不离没有跟上来，她会如何做？"

"她不是一个鲁莽之人，应会回客栈叫人。"

"但她没有。为什么？朕觉得，只有两种情况——一，她路上遇到了胡智仁。胡智仁，也是她十分信任的一个人，而且，是一个很有能力的人。"

吉祥点头："还是一个很殷勤的人。"

如意再次瞪眼："所以她就跟胡智仁一起，继续追那个人了？"

吉祥道："胡智仁会说，我安排人去通知孟不离，我们继续追。他们追啊追，最后那人出海了，谢长晏便提议登她的船继续追。"

"此处有说不通之处。"彰华指出其中的漏洞，"胡智仁去通知孟不离，长晏确实会放心，但是，那是四月初，而今六月，两个月过去了，孟不离还没来到自己身边，她难道不会起疑？"

"那……会是什么情况呢？"

彰华竖起第二根手指："第二种情况——她找的那个人，被她找到了，而且是一个非常特别的人，能令她更信任，放下所有戒备，甚至是欢喜。所以，她才会在跟胡智仁乘船出海时，有说有笑，因为……那个人，也在船上。"

如意只觉头大如斗："我都糊涂了……陛下的意思是，谢长晏找到了一个老朋友，所以跟着人家走了？胡智仁帮她在客栈做了手脚，瞒过了我们的视线，就是为了让她能顺利跟那个人离开？可为什么啊？我们又不是她的敌人，她为什么要瞒着我们啊？"

房间里安静了一阵子。彰华好一阵子沉默。

吉祥迟疑再三，开口道："我觉得，谢姑娘还是被劫持了，就算不是被劫持了，也是被蒙蔽了。因为她没有理由摆脱陛下派给她的护卫们。至于有说有笑，没准是乞丐看错了，又或者，谢姑娘在虚与委蛇……陛下，为今之计，还是尽快拦住那艘船。"

如意附和道："对对，只要找到谢长晏，就什么都明白了。"

彰华长叹一声，凝视着那个绳结，紧锁的眉心中依旧是一派担忧："这可真是……大海捞针啊。"

六月廿九，程王铭弓于寿宴日，传旨禅位于公主颐殊。

彰华身穿衮服，同赫奕同登帝台为伊加冕。

就在大臣们全部跪下三呼"万岁"时，吉祥匆匆出现在远处的人群中，朝彰华比了个手势。

彰华一眼看出，那是个非常特别的手势，意思是"十万火急，需要立即处理"。因此，彰华毫不犹豫地转身离去，没有留下参加后面的一系列庆宴。

对他的早退颐殊很不高兴，心中越发地记恨虞姑娘——彰华对她这个女王如此敷衍，连加冕时都心不在焉，却光凭一首曲子就送了一把雷我琴给虞氏！

当然那位善妒成性的女王并不知道，彰华此次来程国，不是为了蝴蝶，而是为了另一个姑娘。

"什么事？"跟吉祥碰头后，彰华连忙问道。

吉祥眉间有喜色："找到船了！"

彰华的呼吸都几乎一滞："在哪里？"

"迷津海东南距离长刀海峡十海里处。根据陛下的吩咐，发现谢姑娘的船后，没有贸然拦截，而是暂时跟在了后面，调动其他船只伺机包抄。"

"走！"

迷津海临近燕国，衔接璧国的青海，海中多暗礁，海上多飓风，是个凶险之地。因此，在玉滨运河开通后，除非为了去程国，内河船只都已不再走这片海域。

然而，自从年初燕王开始严打诱口奸人，为了躲避搜捕，许多做此勾当的黑船会铤而走险地避入迷津海，再通过长刀海峡去程国。

此时正是六月底，飓风多发之地。

因此，随同燕王一起登船的如意十分提心吊胆，再加上颠簸，吐了个天昏地暗。自我预感，再颠下去，谢长晏没找到，他就先挂了。

船行两天，抵达长刀海峡，顾名思义，形如一把长刀，西边隶属宜国，东边隶属程国。程王就是因为这个，跟宜屡屡开战。出去后，往北就是迷津海，隶属燕国，往南就是青海，隶属璧国。

一艘海鹃战舰很快迎上，打出了燕国的旗帜。两船靠近后，一个三十左右、身穿水军盔甲的英武男子领着几名随从登上船来，拜见彰华。

"臣鞅洲刺史袁定方，拜见吾皇万岁万岁万万岁。"

彰华看着他的脸，想到的却是另一个人："袁炅是你什么人？"

"回禀陛下，他是臣的叔父。"

原来是兵部尚书袁炅的侄子。自庞岳二党失势后，袁家立刻韬光养晦，夹着尾巴做人。一度想要跟谢家联姻，却被谢家拒绝，自那后便对彰华唯命是从，可谓是十分会投机。

彰华见是袁家子弟，便未再追问，而是切入正题道："形势如何？"

"我们已将那艘船包围，但是……那船非常古怪。我们摇旗子表明了身份，要求登船，却被拒绝。因为陛下吩咐不得强攻，故而现在只是困着他们。"

"开过去。"

因着彰华这声吩咐，前方围成铁桶般的燕国战舰慢慢散开，让出一个空缺来。

如意抓着栏杆一边呕吐，一边看向包围圈中的那艘红船："陛下，谢长晏会不会不在船上了呀？"

毕竟，人是半个月前出海的，而他们是七天前才发现这艘船的，中间有好几天的疏漏，没准就换船了。

彰华注视着远处那艘被公输蛙视为得意之作的红色沙船，手在袖中慢慢攥紧。

船越来越近，吉祥吹了三声号角，然而红船依旧没有任何回应。

彰华微微眯眼："去告诉他们，朕亲自来了。"

吉祥放下号角，拿起甲板上的一卷缰绳，手臂一甩，缰绳飞出去，套住红船的栏杆，然后他便借着绳索施展轻功"腾腾腾"地飞了过去。几个跳跃，极为干脆利落地落在了红船甲板上。

如意不禁鼓掌叫好："漂亮！"低下头，又小声嘀咕了一句，"肯定是在娘胎时他把天赋都抢走了，不然我也能……"

吉祥拱手行了一礼，朗声道："燕王在此，船中何人？出来回话！"

船舱内沉默了一会儿后，终于传出一老妪的声音道："燕王陛下真的来了？"

"那是自然。吾主就在那边的船上。"

那个声音呵呵笑了几声，紧跟着，舱内传出一连串脚步声，最后，舱门打开，却是一个头发花白的老妪抓着个女子走出来。

而那女子不是别人，正是谢长晏！

吉祥面色顿变。

十丈远外的彰华也是看得心中一紧。

谢长晏脸色苍白，头发参差不齐，似被人剪掉了，身上虽无绳索，却似行动艰难。她个头已很高，那老妪却比她还高了许多，身形挺拔像竿瘦竹，脸上却是坑坑洼洼极为丑陋。

如意叹为观止："这张脸是被雨点砸过吗？"

谢长晏看到吉祥，再顺着吉祥的目光扭头看到彰华，想说什么，却一个字都说不出来。

"朕来了，别怕。"彰华冲她点了下头。

谢长晏的眼眶一下子就红了。

彰华看向那老妪道："阁下何人？为何挟持吾妻？"

"吾妻"二字一出口，所有人都很惊讶。吉祥如意是惊讶于陛下就此将他跟谢长晏的私情公之于众，而其他不知情者则是一头雾水——这个谢长晏不是陛下的前未婚妻，已经退婚了吗？

老妪眼中闪过一丝恨意，冷冷道："陛下的妻子，不是谢繁漪吗？"

如意喊道："谢繁漪已经死了！"

"此女也很快就死。"老妪说着，将一只手慢慢地按在了谢长晏的天灵穴上。

如意大惊失色："你做什么？住手住手！有话好好商量……"

彰华沉声道："你想要什么？"

"老身想看看，陛下会为此女做到何等地步。你，过来。"

如意立刻道："陛下，不要去！"

袁定方也变色道："陛下，切勿中计！"

彰华盯着老妪，一字字道："交出长晏，朕饶你不死，任尔离开。"

老妪闻言放声大笑，"死有何惧？正好老身也活腻了，就带此女一起走。"

如意尖声道："你到底是什么人？"

老妪忽然伸手在谢长晏身上拍了几下，谢长晏发出了一声呻吟，竟是能出声了。

老妪笑着摸了摸她的头："十九小姐，告诉你的好陛下，老身是谁。"

谢长晏的表情极尽复杂："她是……她是三姐姐的乳母，翁婆婆。"

彰华微微皱眉，打了个响指，身后立刻有一名千牛卫上前禀报："翁氏，年六十二，为谢繁漪生母张氏之婢，一直服侍在谢繁漪身旁，得其敬重。谢繁漪出嫁时，翁氏染病，未能随行。后得知谢繁漪陨难，泣离谢家，不知所踪。"

如意目瞪口呆："不会吧？她的女主人被飓风刮死了，她觉得是陛下和谢长晏的错？所以来寻仇？"

翁氏耳力极好，将这船上的话听得一清二楚，当即重重"哼"了一声："若不是陛下催婚，繁漪怎会上船？若不上船，怎会遭遇飓风？你既定了她，就该天长地久，怎能另择她人？还非要选她的妹妹？三小姐在天有灵，不知会多伤心！"

如意越听越震惊："这老太婆疯了吧？"这都是什么跟什么啊！

彰华微微眯眼，沉声道："原来如此，明白了。朕已跟此女退除婚约，现毫无瓜葛，你先放了她。"

如意叹为观止——陛下这改口的速度，也着实感人。

翁氏咭咭笑了起来，突然一把揪住谢长晏的长发，扯到身前，卡住了她的脖子："你当老身是瞎子？你们两个暗通款曲暗度陈仓的，瞒得过天下人，瞒不过我这双眼！"

谢长晏忍不住发出痛苦的呻吟声。

"朕这就上船。"彰华当机立断，就要登船，袁定方和如意双双将他拦住："陛下不可！"

彰华扫了二人一眼，如意立刻改变立场，反手拉住袁定方："陛下请。"

"如意公公！"

在二人的拉扯中，彰华已从踏板上走了过去，来到红船上。"朕来了。"

谢长晏定定地看着他，心中五味掺杂："陛下，她……"刚说了三个字，翁氏便点了她的穴道，顿时又发不出声音了。

谢长晏睁着一双大眼睛，拼命使眼色，想让彰华离开。

彰华却没有回应，反而看向翁氏道："还有何要求？"

翁氏一指他身旁的吉祥："让他下去！"

彰华道："他不会水。"

吉祥一惊。翁氏冷笑起来："下去！"

吉祥二话不说掉头就跳，"扑通"一下落入海中，溅起极高的水花。

如意吓得趴在栏杆上直喊："弟弟弟弟！老妖婆，你害死我弟弟，我跟你拼了！"

这回，换作袁定方死命地拉住他。

谢长晏瞋目欲裂，苦于身体受制，怎么也动不了，只能眼睁睁地看着。

彰华握紧双拳，深吸口气："还要什么？"

翁氏从怀中摸出一把匕首，扔到他脚边，然后比了比心脏的位置道："往这儿，扎自己一刀。"

"老妖婆老妖婆你不得好死……"隔壁船传来如意一连串的叫骂声。

彰华则沉默了。

翁氏狞笑道："你不扎也行，那我就扎她！"说罢拔下谢长晏头上的乌木簪子，一下子扎在了她的左肩上。

血立刻渗透了谢长晏的青衣。

彰华眼角一跳，忍不住道："她是繁漪的妹妹！"

翁氏的回应是扬起簪子又狠狠地扎在了谢长晏的右肩上。

彰华几乎是立刻弯腰捡起了地上的匕首，对准了自己的心口。

"陛下陛下！你别中这老妖婆的计啊！你死了她也不会放过谢长晏的！"如意嘶声大喊。

"不。正如你说的，她是繁漪的妹妹。只要你这个罪魁祸首死了，我就会放过她。"翁氏笑眯眯道。

彰华的目光闪烁着，最终将匕首往心口推了进去。血一下子流了出来。同时流下来的，还有谢长晏的眼泪。翁氏发出仰天大笑。

"小姐，你看到了吗？这就是燕王！你的夫君！你看到了吗？但见新人笑哪闻旧人哭？他们都忘了你！族长忘了你，兄弟姐妹们忘了你，你的所谓良人也忘了你，只有我、只有老身还记得你啊！我的繁漪小姐！"

翁氏笑到后来，却变成了泼天怒意："不够深，再给我刺！"说罢收紧了掐在谢长晏脖子上的手。

谢长晏立刻就透不过气来，视线开始模糊。

模糊的视线中，依稀看见彰华将匕首从心口抽了出来，然后再一次地——推进去！

"陛下——"如意等人的哭喊声，混在呼啸的海风中，听起来是那么遥远和不真实。

你上当了，陛下！不是这样，不是这样……

然而，就在下一刻，翁氏的笑声突然停了，被什么东西切断了，掐在她脖子上的手，也一下子断掉了。

彰华冲过来一把接住往下掉的谢长晏，用满手的血污为她拨开了散在眼前的乱发："没事了。"

谢长晏这才得以看清身后的情形——浑身湿漉漉的吉祥不知何时摸上船来，从后方一剑断了翁氏的手，再一剑戳穿了她的心。

翁氏就像竹签穿物一样被穿在了他的长剑上，血和水在二人脚下汇集，洇成一团。

谢长晏拼命张嘴，想要说话，但还是什么声音都发不出来。

如意已跌跌撞撞又哭又笑地从踏板处爬了过来，一把抱住吉祥："弟弟，弟弟！你没死！我还以为你淹死了呜呜呜……"

吉祥无奈地看着他："你对我真是太不了解了！"

"我也依稀记得你好像学过水，但陛下说你不会水，我就信了……"

"他不那么说，这老妖婆能放心让我跳海没有防备？"吉祥嫌弃地挣脱开如意的怀抱，走过来检查谢长晏，试了好几种办法都没法解开她的穴道。

"奴无能，只能回岸另请高人想办法了。"

"嗯。"彰华当即就要抱谢长晏起身，谢长晏拼命眨眼使眼色，神色焦灼极了。

"陛下，她这是得了癫痫？"如意挠头。

彰华仔细辨析谢长晏的神色，面色突变："小心！"

话音未落，只听"轰"的一声巨响，天崩地裂，巨浪四起——

红船炸了！

以红船为中心，海面起了一个大旋涡，连带着周遭的船只也要一并吞噬。

袁定方连忙吹动号角，指挥附近船只撤离。等他们手忙脚乱地划出百丈开外，再回头看红船方向时，却见大火熊熊燃烧，直将海面都染成了鲜红色。

"陛下！快！快回去救驾——"副将当即就要再吹号角，号角却被袁定方一把夺过，扔进了海中。

副将一惊，就见袁定方神色淡然地冲他一笑："那你就去救驾吧。"

下一瞬，两个水兵抓住他用绳索捆紧绑上巨石。

副将又惊又怒："大人，你你你……你为何这么做？"

"去问龙王。"

副将被扔下船。

"砰"的又一串巨浪溅起，再复平静。

袁定方握紧栏杆，注视着远处四分五裂燃烧着的红船，嘴角轻轻勾起："还以为是明君，结果是个为个女人自投罗网的废物。"

大火烧了足足两个时辰才停歇。

几十条小船划过去搜检了一番，然后陆陆续续地回来禀报。

"大人，捞到了翁氏的尸体。"翁氏虽已被烧成了一具焦尸，但断了的右手，和那极特别的身高，都充分说明了她的身份。

袁定方点了点头。

又两个水兵抬着个大水桶过来，水桶里趴着一人，头发烧掉了一半，昏迷不醒。

"这是……如意，还是吉祥？"

水兵检查了一下："回大人，是如意公公，腰上有如意的牌子。"

"蠢货就是命大。也好，留着他，有用。抬下去看着。"

如此又等了一会儿，所有水兵都回来了："大人，没找到人。"

袁定方面色微变："没了？"

"会不会沉到海里去了？"

"继续打捞。一日找不齐尸体，一日不得离开。还有，封锁海域，不允许任何船只靠近。"

一声令下，百艘战舰齐齐忙碌了起来。

这时，从临舰的舱底走出一人，通过衔接的踏板走过来，走到袁定方面前："你们在这儿弄死了燕王，玉京那边怎么办？"

"放心，稳得住。"袁定方说着转头，看向来人，"倒是你，谢长晏死了，心痛吗？"

那人冷冷道："我给过她活命的机会，她自己选错，怪得了谁。"

"是啊，老老实实嫁做商人妇就好了嘛，非要贪图皇后的位置。"袁定方笑了。

阳光照到来人脸上，原本斯文和善的脸，此刻却爬满了嫉恨和冷酷。不是别人，竟是——胡智仁。

靰洲水师在长刀海峡盘旋了十日，始终没有打捞到彰华、谢长晏和吉祥的尸身。袁定方的表情也从一开始的镇定逐渐变为不安。第十日，忽有一艘战舰来报："在某岛疑似发现吉祥身影。"

袁定方立刻亲自带了一半战舰出发，前去某岛抓人。

又三日后，剩余的战舰收到燕国朝堂传来的命令，收队归航。

阳光下的海面平静得好像什么都不曾发生过，秘密和罪恶如沉船，被埋进了泥沙下。

第二十一回

白云苍狗

爆炸的瞬间，谢长晏的意识已经有些模糊了。

只感觉遥远的地方似有一声很轻的声音，然后整个人就往下坠落，在快要触地的时候一个人扑过来抱住了她，带来熟悉的体温和力度。睁开迷迷蒙蒙的眼睛，那人果然是彰华。

彰华的嘴巴张张合合，似在对她说什么，可她什么都听不见。两条被废的胳膊沉如千斤，直欲将她拖进深渊去。

"长晏！长晏！"彰华拍打她的脸颊，然而谢长晏的眼睛半睁半合，瞳孔涣散。四下燃起了大火，热浪一波波地席卷而至。

彰华只好强行忍住心口上的疼痛，抱着谢长晏穿过起火的甬道，前往最后一间船舱。

这个时候就突显出水密船舱的好处来。船身从前三分之一处断成两截，火和水蜂拥而至的时候，还有几间船舱安然无恙。

但甬道狭窄，浓烟滚滚，伤口的血滴滴答答地淌到地上，饶是彰华武功不错，短短十丈距离，也如同走了万水千山般艰辛。

他终于来到最后的船舱前，却连踢门的力气都没有了，双腿"啪嗒"一折，跪在了门口。

彰华不甘地盯着近在咫尺的门，咬着牙，用尽最后一丝力气用肩膀顶开了门，连同怀中的谢长晏一起栽进去。

谢长晏的额头在地上重重一磕，终于清醒了一些。一眼扫过将彰华的疲惫和目前的处境全部明了后，双臂无法使力，她便用脚去够子母舱的机关。"咔嚓"一声，子舱的门开了。

而这时，船身再次一震，二度爆炸了。

两人被震得在舱内滚来滚去，就是够不着子舱的门。眼看大火烧了过来，若再不离开，两人都逃不掉，彰华咬牙滚过来抓住翻滚中的谢长晏，用最后的力气将她扔进了舱内。

谢长晏定定地看着彰华，趴在地上的彰华朝她笑了笑："走！"

火苗从他身后卷了过来，一下子就把他的头发和衣服烧着了。彰华在心中暗叹了口气，大脑却是一片空白。在这生死攸关的瞬间，什么都想不起来，什么都不想做。

视线中只有谢长晏泪流满面的脸庞。

下一瞬，一张巨网突从子舱射出，罩在了彰华身上，然后一拖，将他拖进舱内。紧跟着，舱门合上，谢长晏用脚踩下了第二个机关，子舱宛如一条鱼，脱离了母舱，往海下沉去。

就在这时，红船第三次炸开了，正好炸在最后一间船舱，借着这股推力，子舱在海面下被推出了数十丈，再慢慢漂起来时，便出现在了包围圈外。

负责包围红船的燕舰上，有士兵朝这边看了眼，然而子舱不过一张床榻大小，在辽阔海面上看起来毫不显眼，因此他只将之当作残船碎片，未多想，又把头转过去了。

子舱就此漂荡着离开了长刀海峡。

"陛下……"谢长晏心头无比愧疚。

"道歉的话等会儿再说。这里可有药？朕的伤……"彰华坚持到这儿，一口气泄了，再也压不住喉间的腥甜，吐出几口血来。

谢长晏连忙挣扎着调转身体的方向，用脚打开舱尾处的一个暗匣，里面罗列着许多木罐。"只有止血的伤药……"

"够了。"彰华爬过去将木罐取出，谢长晏想要帮忙，却苦于双手无法动弹。彰华先给自己心口上的伤做了包扎，然后再为她包扎。

待做完这一切后，两人俱都满头大汗。

直到这时，劫后余生的喜悦感才从心底升起，两人对视着，忽然双双笑了。

彰华眨了眨眼睛："惊不惊险？刺不刺激？"

"真要多谢老师的先见之明，否则这回真是……对不起陛下，现在，道歉的话可以说了吗？"

彰华的笑容收敛了一些，凝望着她，眼神深沉，却又隐透温柔："比起道歉，朕更想知道……你这两个月来，经历了什么？"

这两个月来啊……

谢长晏长长一叹。

"那就从跟颐殊公主见面讲起吧……"

四月初七那天，她以十九郎的身份赴约，见到的却不是大皇子麟素，而是公主颐殊。这就罢了，她这个客人还没怎么样呢，公主反而露出了失望之色："不想赫赫有名的十九郎君竟是女子。"

她笑了笑，答道："女子游历、撰书，太过惊世骇俗，故而用了化名。"

"也是。世人对女子比对男子要苛刻得多。"不知是不是这句话勾起了公主的感同身受，此后二人由男娃村和生子泉开始，聊了许多。颐殊本是当趣事听的，听到后来神色渐渐凝重，最后沉默不言。

后来，她亲自送谢长晏回云翔客栈，临下车时忽低声道："十九郎君，若有一日，我能改变世人重男轻女的想法，程……是不是，就有救了？"

谢长晏微讶，很慎重地想了一会儿，才回答她："这要做了才知道。"

谢长晏走下马车，对颐殊拱手行了一礼。

就在这时，眼角余光看见了一人。

那人身穿白衣，袅袅地从街对面走过，虽只一个侧影，却已令谢长晏大惊不已。

她连忙扭头，定睛去看，然而街道空空，白衣人已不见了。

颐殊从车内探出头道："怎么了？"

"没、没什么。"眼花了，怎么可能是那个人呢。谢长晏自嘲地笑了笑，与公主告别。

当得知她住天字号房时，颐殊眼中惊讶之色一闪而过："你住那间？"

"胡兄安排的，说是此地最好的客房……怎么了？"

"没、没什么。"颐殊一笑道，"昔有卫玠谈道，平子绝倒，今日听卿一番话，令我收获颇多。希望下次还有再见的机会。"

"荣幸之至。"谢长晏对这位公主印象不错。虽然一开始公主摆明了是猎男来的，但真谈下来，又觉得此姝心中颇有丘壑，不是一般刁蛮无知的深宫公主。难怪程王最宠爱她。

可惜，说服公主容易，说服程王却难。这一年里，关于那位暴君的所作所为，她可是听了不少，也见识了许多。对比之下觉得，燕国子民得遇彰华，实在太幸运了。

谢长晏一边思索一边走进客栈，跟孟不离说了句"要睡了"便关上了门。

去屏风后刚摘了束发的玉冠，就看见地上多了一条影子。

谢长晏立刻转身，一道白影从柱旁飞过，掠到了榻上。紧跟着，床帐垂落下来，无风自荡。

这一幕跟传说中的撞鬼很像。尤其是那个鬼，竟长了一张那样的脸……

然而，谢长晏久经公输蛙的熏陶，对鬼神之说敬而不崇，因此并没有太害怕，而是带着更多的疑惑上前扯开床帐，道："什么人？装神弄鬼的？"

床榻"咔嚓"一声，露出条密道，紧跟着，一只手伸出来，一把抓住她，将她也拉了进去。

谢长晏眼前一黑，就此不省人事。

谢长晏说到这里，看向对面的彰华。

彰华一脸倦乏，他极力想要保持清醒听她的话，眼皮却一个劲地往下耷拉。

"陛下？"谢长晏轻轻叫他。

"朕……听着呢，听着……"他闭着眼睛，如是说。

于是谢长晏便继续讲了下去——

谢长晏再醒来时，发现自己被绑在一辆马车里，嘴巴里还塞了团布，出声困难。

这是什么？绑架？

谢长晏震惊。

难怪颐殊公主得知她住在天字号房时那么惊讶，莫非她早就知道那间客房的床榻下面有密道？那胡智仁知道吗？还有，是谁绑架她，为何绑架她？她之前看到的那个白色人影，到底是怎么回事？

就在这时，马车停了下来。谢长晏立刻装晕。感觉一道风来，有人打开了车门："她还没醒。"

"小心点，别出差错……"

于是车门又关上了。

谢长晏睁开眼睛，悄无声息地靠到车窗边，用脑袋顶开车帘，透过窗户缝隙往外看——外面正值黑夜，马车在一条僻静小路上跑着，四下没有行人。

车辕处坐着两个赶车的汉子，想必就是说话之人。

谢长晏继续不动声色，却缩起双脚，慢慢地用一只鞋踩下了另一只鞋上的绣花，鞋底立刻弹出一根针来。

用针在绳索上轻轻一划，蛇般粗的绳子立断。

先是双脚，再是双手……得了自由后，谢长晏又踩了踩那朵绣花，将针缩回鞋内，然后她挖出口中布团，伺机反击。

她将断绳打个结，一脚踹开车门后甩出去套中一人脖子，一扯，将他扯下车去。

另一人大惊，当即扭身飞扑过来想要抓住她，被她一脚踢中心口，也掉下车。事出突然，加上谢长晏虽不会武功但力气极大，因此二人不备，被她一击而中。

谢长晏当即跳上车辕继续赶车逃离，那两人从地上爬起来直追，眼看要被追上，谢长晏"咔嚓"几下捶断车轴，将马跟车分开了，然后跳上马继续逃。

刚跑出两条街，就见前方来了一队人，为首之人骑在马上，正在跟身旁的人低语些什么。

谢长晏一见之下大喜，当即喊了起来："胡兄！"

那人闻声转头，果然是胡智仁。

谢长晏驾马冲到他们中间，飞快地将遭遇说了一遍，胡智仁的下属们立刻赶往邻街想要擒住那两人，但对方已不知去向。

胡智仁显得非常震惊："你说，天字号房间的榻下有密道？"

"是啊！"

胡智仁立刻沉下了脸："叫客栈掌柜速来见我！"一个下属立刻应声去了。

谢长晏反而有些不好意思："你也是出于好意。那间房确实不错。"胡智仁长年在燕，程国这边的事恐怕他也被蒙在鼓里了。

"既然发生了这种事，你先去我的别苑小住吧。待我查明真相，必给你个交代。"

谢长晏一想也好，便点了点头："那还劳胡兄知会一下孟兄，他找不到我，必定着急。"

"好。"胡智仁调转马头带路，忽想起一事，问道，"对了，你说你是因为见到白影才没防备的，那白影你认识？"

谢长晏迟疑了一下，才道："此事说来不可思议，那个白影是……我的三堂姐。"

她看见之人，是谢繁漪。

已经死了七年的谢繁漪！

第一次看见，以为是眼花。

第二次再见，就变成了震惊。

因为实在太过震惊，所以才中了圈套。三姐姐难道没死？若是没死，为何七年都没有音讯？为何不回家？不不不，肯定是有人假扮她，只是跟她长得很像而已，但会是谁，为何刻意扮作她？

谢长晏忽觉自己太急了。她不应该这么快逃脱反击，她应该就那么留在车里，看看对方到底要将她带往何处，也许就能知道真相了。

但转念一想，她毕竟不会武功，自保能力有限，而孟不离不在身边，一切还是要以安全为主。否则命都没了，还怎么查寻真相。

谢长晏就那么思来想去地在胡智仁的别苑住下了。

第二天，胡智仁告诉她一个不怎么好的消息——孟不离带着千牛卫们坐船回燕了。

"想必是他们找不到你，只好先回国跟燕王报备一下。"胡智仁推测道。

"不会吧？孟兄这么快就放弃了？"

"快？"胡智仁一怔，继而露出了然之色，"今天是初五。"

"什么？！"她明明感觉自己才昏迷了一会儿，结果却是过去了三天吗？难怪孟不离会走。

"我会继续追查掳走你的人的下落。云翔的掌柜来了，要不要亲自见一见？"

谢长晏便见到了云翔客栈的掌柜，一个姓李的憨厚中年男子。他躬身站在大厅里，满头都是汗，显得十分惶恐。

"……天字号房陛下曾住过一段时间，那段时间房门紧闭，里面有敲打声，小的不敢阻拦，也不敢偷看，没想到竟、竟有密道……后来陛下中风后，就没再来了……"

谢长晏半天才弄明白：程王会私自出宫，偶尔在天字号房小住，因此，那个密道是他命人挖的。至于他为何不住行宫而住客栈，在客栈里都干了些什么，就无人敢问了。不过身为程王的女儿，颐殊公主想必是知道一点的，所以才在听说她住天字房时露出古怪的表情。

胡智仁很是生气："既有此等前因，为何不事先报备于我？为何我让你安排最好的房间出来，你偏挑中那间屋子？"

李掌柜当即扑地跪了下去："公子派人来吩咐时，整个客栈就那么一间空着的上房。我心想着程王中风已久，不会再来了，所以就、就……小的该死！小的失误！"说着，拼命扇自己的耳光。

谢长晏连忙劝阻道："此事牵涉宫廷私密，确实不可言说，掌柜亦是受害者。"

李掌柜感激地看着她。

谢长晏心中却道：程王为何不挑别的客栈，偏偏挑中云翔？这个李掌柜只怕未必清白。但当着胡智仁的面，她没好意思直说。

然后就听胡智仁皱眉道："程王偶尔留宿云翔客栈，如此重要的事你却不向本家报备？"

"这个……"李掌柜迟疑半天，喏喏道，"此事其实、其实族长是知道的。"

李掌柜说的族长是胡家当家胡九仙，也就是他的叔叔。也就是说，此事叔叔知道了，却没透给这个视作接班人的侄子知道……谢长晏没敢再往下想。

胡智仁的脸色果然不太好看，最后挥了挥手，让李掌柜走了。

谢长晏转移话题道："既如此，还是要从掳我之人处查。那匹马还在，俗话说老马识途，也许它能给点线索。"

胡智仁深以为然。

随后的几天里，他们就循着马的线索查下去，最后查到此马是一户周姓人家的。周家住在距离芦湾五十里的凤县，抵达时已近黄昏。

胡家的奴仆们上前拍门，好半天才有个老头来开门，看见谢长晏就躲，谢长晏追，最后追到一处小屋内，看见一个老妪在喝药。

那老妪抬起头来，却是翁氏。

"翁婆婆……"谢长晏认出了她，此人是谢繁漪的乳母，三姐姐出嫁时她染病在身，打算病好了再上路，结果躲过一难。后三姐姐的死讯传回时，哭得最伤心的就是她。又过了几个月后，她向五伯伯告老，五伯伯允了，自那后再没见过。

她怎么会在程国？

翁氏也显得很惊讶，起身相迎："这不是……十九小姐吗？"

谢长晏将来龙去脉说了一遍，翁氏一把握住她的手："你真的看到了三小姐？没看错？"

她脸上的惊骇不似伪装，谢长晏不禁一愣：难道不是她派人假扮三姐姐引自己来此的吗？

翁氏道她回老家后，才知道女儿跟夫婿做买卖搬到了程国，她便也来了程国帮忙照看孩子。如今孙儿大了，女儿女婿想回燕让孩子考科举博个功名，无奈她却得了风心病，大夫说此地气候适合养病，建议她留下。如今这宅子里，就剩一个老仆照看她。那马是买来拉车，出入看医用的，平日里也无他用，丢了就算了。没想到老马识途，又回家来了，还带来了他们。

谢长晏问不出更多，与翁氏寒暄一番后，便起身告辞了。

回去的马车上，越想越觉得这事诡异透了。

胡智仁问道："那位翁婆婆的话，能信吗？"

"我不知道……她是三姐姐的乳母，深得三姐姐的敬重，又是谢家的老奴，本是可以信任的。但是……"

"但是说不通的地方实在太多了，对吗？"

"是啊。"谢长晏分析道，"一，她年纪这么大，老仆年纪也大，若要外出就医，坐牛车不是更稳妥吗？牛还能耕地。二，看那宅子落魄，也不是什么富裕人家，丢匹马怎么就算了？要知道，对寻常百姓来说，马可比房子还珍贵。三，那老仆为何见我就跑？心虚什么？"这些都说不通，可是，翁氏毕竟是三姐姐的乳母，她拉不下脸逼供，只好假装信了再说。

胡智仁注视着谢长晏，轻叹道："确实疏漏太多。"

接下去的日子里，谢长晏时不时就去找翁婆婆，以聊天为名暗中观察。到底也没发现什么蛛丝马迹。一晃就是月底。一次回芦湾途中，看见官府衙役张贴告示，说程王大寿，各国使臣来贺，为了保证安全，出入都将戒严。

这么说，燕国也有使臣来。谢长晏心中不禁雀跃。

虽说这阵子住在胡智仁家中，锦衣玉食安排得妥妥当当，但内心深处始终感到不适，总觉得全世界好像只剩下了她一个人。

当年离开玉京四处游玩时，有娘亲做伴；娘亲去世后，还有孟不离和他的猫。从某种角度来说，孟不离也算她的半个亲人。如今，亲人不在，她独在异乡，还遭遇了这般奇怪的事情，思乡之情油然而生。

尤其是见到那个酷似谢繁漪的白影后，她突然就很想五伯伯、二哥哥、九哥哥，很想很想回隐洲。

谢长晏带着这样的情绪，怅然地上车，结果就在城门口看见了之前掳劫她的两个车夫——他们正被守城的士兵拦住，在搜身。

谢长晏努力回想了一下，当时天黑，匆匆一瞥，很多细节都是缺失的，因此后来也就没有画他们的画像出来供胡智仁追查。但此刻再见，一下子就将记忆中的残影补齐了。

没错！就是这两个人！

谢长晏见城门处站了不下二十名士兵，当即跳车指着二人喊道："他们两个是劫匪！"

士兵们闻声一怔，两个车夫双双变色，扔了行李就跑。

谢长晏跺足："抓住他们啊！"

士兵们这才反应过来，立刻追缉。然而那两人跑得极快，一前一后眨眼间就冲出了十余丈，眼看着要汇入人潮之中，突然一把枪破空射来，穿过前面那人的心口后不停，又射中了后面那人的脖子。

鲜血飞溅，两人同时倒地。

与此同时，一个身穿红色盔甲骑着白马的男子策马而来，经过后一人身边时，随手将插在他脖子上的红缨枪拔了回去。

周围有人鼓掌，有人吹口哨，大家都显得十分兴奋。

而士兵们看见来人，纷纷下跪："拜见二皇子。"

男子凛冽的目光从谢长晏脸上掠过，却什么话也没说，径自出城去了。

士兵们这才上前查看倒地的二人，然后回头看向谢长晏："死了。你说他们是……什么劫匪来着？"

谢长晏顿时也很想死一死。

她本想借守卫之力擒住二人，好从他们口中问出真相。结果倒好，程二皇子涵祁恰好经过，一出手就要了两人的命。他倒是出够了风头，她的线索却又断了。

不愧是程国，皇子当街随手杀人，百姓们还都看得津津有味。

谢长晏被士兵们带去纠问，刚坐下，胡智仁就塞钱来赎了。胡家在程国颇有势力，府衙内上上下下见到他都很谄媚，当即爽快地放了人。

胡智仁笑问她有何感受。

她无奈地叹了口气："那两人罪不至死，程二皇子连问都没问一句就出手，一出手就是杀招，真令人不寒而栗。"

一个没有法制约束的国度，难怪彰华说它是"未开化之地"。

"下次还敢如此冒进吗？"

谢长晏苦笑："事不过三。我连失两次良机，还间接害死了两个人……罪孽啊。"

线索至此又断。虽说衙役们答应查清二人身份后就第一时间告知，但对于他们的办事能力，谢长晏完全不抱希望。她只好一边写信给吉祥，一边继续找翁婆婆聊天。

如此又过去了半个月，依旧线索全无。燕国那边也没回信，于是谢长晏去找胡智仁，跟他说要回燕。

胡智仁很惊讶："可是奴婢们侍奉不周？"

"不不，怎会？而是两个月了，一无所获。此地毕竟人生地不熟，多有不便。反正游记也写完了，该回燕了，顺便向五伯伯汇报翁氏和白影的事情，也许他能有什么线索。"

胡智仁拧眉道："那孟不离那边……"

"之前托您送信去燕，想必此刻他收到了。他若来程，劳烦你再派人知会一声——我回谢家去了。"

胡智仁沉吟片刻，一笑道："也好。不过，请再稍等几日，待我处理完手头的事情，跟你一起回燕。"

"你不必刻意陪我……"

"不是陪你，而是我也该回燕了。跟我同行，船快人多，就算再遇到劫匪或者如意门的人，也不用怕。"

谢长晏行礼道："如此多谢胡兄。"

第二日，谢长晏左右无事，决定再去看看翁氏。

到那儿后翁氏却不在家，据说外出看病去了。谢长晏心想来都来了，就等等吧。于是熟门熟路地摸到后院，踩着石头翻过破败的矮墙。

她怕晒，坐在院子的草棚下等，然后感到蒲团坑坑洼洼，坐着很不舒服。拿起来一看，下面塞了本书，赫然是她的《朝海暮梧录三》！

谢长晏一怔，打开书，只见扉页上盖着一个印鉴——上邪。

她的手立刻抖了起来，连忙往后翻，竟看到了一些批注。墨渍尚新，可见是最近写的。字迹清秀平和，娴雅婉丽，堪称上品。

谢长晏一见之下，霍然惊起，手里的书也"啪嗒"掉到了地上。

——这是……三姐姐的字！

初夏阳光熏人，她却浑身冰冷：那个白影……竟真的是谢繁漪不成？！

谢长晏将书抓起，再次辨认，最后确定这就是谢繁漪的笔迹。

谢繁漪有个习惯，写得兴起时，会将"三点水"的偏旁连成一笔，宛如瀑布蜿蜒而下。这本书的批注里，有一句"不落窠臼"，那个"落"字的三个点，就被连成了一笔。

面容也许是相似，笔迹也许能模仿，但这种不经意的小习惯，是不会雷同的。如果不是翁氏为人谨慎，连细节都考虑周到，丢下这本诱饵引她入局的话，那么，很有可能就是——谢繁漪真的活着！

她们要做什么？为什么出现在她面前？为什么要绑架她？为什么任凭她找到此地？这一切的一切，到底是为什么？

谢长晏想不明白。

但她心中十分清楚，对方必定是在下一盘很大的棋，很可能，不仅仅只是针对她。

当她想到这种可能性后，忽然福至心灵，脑中飞快地闪过了一个念头。

她没再逗留，将书塞回蒲团下便离开了。

她坐着马车回胡府途中，让车夫刻意绕道去云翔客栈，没上楼，打包了一份该客栈的招牌点心果馅皮酥。然后又去渡口，找了艘当晚出发去燕的船，付了船资。最后回到胡家，跟胡智仁把今天的发现说了一遍，道："我三姐姐很可能没死，就在此地。"

"那你打算如何办？"

"既然牵扯三姐姐，我不能再等，得立刻回去请五伯伯做主才行！"

胡智仁面色微变，有些踌躇。

"我知道你可能还没准备好。无妨，我自己搭乘别的船只回燕，船都找好了，我还给五伯伯他们带了此地的点心。"

"这……"胡智仁挽留了一下，见她去意坚决，只好答应了，"那好。我送你上船。"

谢长晏收拾好行囊，跟胡智仁一起坐着马车前往渡口，结果却被告知，那艘船今日不走了。问及原因，说是老板家出了点事。

谢长晏没走成，胡智仁便吩咐马车先回府。

"看来天意让你再等一等。"

"是啊，看来是的……"

"我这边最迟后天就能走，你要不要……再等等我？"

显得闷闷不乐的谢长晏闻言抬起头，注视着他，最终一笑："看来也只能如此了。"

再次回到胡府时天已黑透了，胡智仁将她送到小院门口，这才离去。

谢长晏目送他的背影消失在拱门尽头，看着布置精美的厢房，花团锦簇的庭院，和温顺灵巧的婢女们，脸上的笑容一点点地消失。

她回到房间，注视着从云翔客栈买来的果馅皮酥，心中不知是何感觉。一块大石头终于落了地，却又很不甘心，想要把它搬掉。

她一点也不想怀疑胡智仁。

可是，偏偏的，所有的一切都在告诉她——此人有问题。

首先，在滨州遇到如意门的银门弟子时，胡智仁就在。

后来，在玉京二度遇到监视她的那个卖橘人时，胡智仁也在。

此番，遇到白影，胡智仁还在。

此人每每于危难之时出现在她身边，一而再再而三地帮助她。一开始她以为是因为他们之间有合作，随着胡智仁对她表现出倾慕之情，她便将这一系列偶遇当成了追求者的小小心机。

但如果——不是倾慕之情呢？

如果他是故意结识她，讨好她，那么有什么借口比"喜欢"更能不动声色地跟着她？

他用三年时间取得了她的完全信任，如今时机成熟，终于可以开始收网。

首先安排她住进有密道的天字房；然后让"谢繁漪"出现在她面前，趁机掳走她；再假装半途救了她，让她搬进他家。

这么做的好处是，被别人掳走，她肯定会千方百计地逃。但住在他家，她就会安心等。

如此再安排翁氏出现，拖住她的全部注意力，眼见她耐心快要耗尽时，再放出谢繁漪的笔迹为线索。

按常理推断，她在看见谢繁漪的字迹后会改变主意，留下来继续追查。谢长晏当时的第一反应也是不走了，然而就在那时，她想起了一件事——

那时孟不离刚开始养那只黄狸，有一天黄狸外出玩，染了疾病。某日她在搭建舆图，猫跳上几案，咳咳几下吐了一大摊污物在上面。她又好气又好笑，正收拾时，孟不离跟阵风似的进来将一碗药灌进了黄狸口中。

"它怎么了？"

"它得了钩虫病。"回答她的是在一旁看书的"风小雅"彰华。

"你怎么知道？"

"我请兽医给它看过。"

"多久了？"

"半个月。"

她看看孟不离再看看彰华，有些郁卒："为何没第一时间告诉我？"

彰华放下书，淡淡地瞥她一眼，似笑非笑："为何告诉你？你养它？你会看病？"

"我、我、我起码跟它住在一个屋檐下啊！"

"事件发生时，人们最先找的，是能解决难题的人；其次，是相关人；最后，才是不相关的人。所以，你不算最晚知道此事的，好比令堂，就不知道。"

谢长晏无语，只好瞪着他。

那是她在知止居时很小的一件事情。现在想起时，却是字字掷地有声，令她整个人为之一绷。

"事件发生时，人们最先找的，是能解决难题的人。"

以此推测——为什么谢繁漪要出现在她面前？

如果谢繁漪没死，应该先回燕，找五伯伯；其次，是相关人——她的亲生父母，她的长辈，她的同胞兄妹……怎么也轮不到排行十九的妹妹！

除非整个事件是专门针对谢长晏而来，绝非善意。

这本书的出现，最可能造成的后果就是谢长晏不走了，继续追查此事。也就是说，书出现的目的是为了拖住她。

因此，谢长晏去渡口试着找了一艘船，装出要走的样子。

如果对方的目的真是拖住她，必不会让她走成。

果然，当晚船老板家出事，出海取消了。

验证了这一点后，再反过去思考：谁在一直拖着她？

胡智仁。

谁能精准地知道她什么时候去翁氏家？

胡智仁。

谁帮她查到那匹马的下落？

胡智仁。

谁在劫持事件发生时没有追上两个车夫让他们逃走了？

胡智仁。

谁给她安排有问题的房间？

还是胡智仁。

所有的答案全指向了这个人。

谢长晏霍然起身坐不住了。他想做什么？他想得到什么？如果只是她，不必如此大费周章，她一不会武功二没有权势，唯一与常人不同的不过是燕王对她的那么点牵挂……

等等！陛下！

对方的目的是陛下吗？

谢长晏迅速将所有的事情全部回想了一遍，最后断定一切是从滨州开始。

滨州，被困孤岛十五年的银门杀手突然出现，在父亲的纪念碑前杀了娘亲，被孟不离擒住后，虽被灭口，却留下了如意门的线索。

而她，果然对此穷追不舍，循着线索返回玉京，从燕王口中得知了当年的经过。

燕王早有除程之心，再加上她复仇心切，当即来了程国。

她在程国已近一年，对如意门一无所获。这个组织真如传说一般藏匿得十分深，一百二十年，足够它改头换面，毫无破绽。

如果那晚掳走她之人是如意门的，为何对方早不出现，非挑这个时候出现？

对了，是程王的寿诞！程王寿诞，三国来贺，这是一个很大的契机。

如果她这个时候在程国出点什么事，燕王很可能会亲自前来……

所以，对方的目的是——把自己拖住，拖到燕王抵达芦湾。

然而，这其中最大的说不通的地方在于——手段太温柔了。

她虽有些小机关，但毕竟孤身一人，又不会武功，对方大可将她真的擒住关押起来。为何要胡智仁出面，还要找人假扮谢繁漪，甚至模仿谢繁漪的笔迹呢？

除非——对方想借此宣告什么。又或者……谢繁漪真的没有死。

但后者可能性太低，三姐姐若活着，没理由不回家，更没理由对付她。那么，如果是前者的话，对方想借谢繁漪之事表达什么呢？

谢长晏想不明白。

她最终咬紧牙关，狠狠地捶了一下床榻。

"看不出对手的棋路，等；看出对手的棋路了，更要等。"

"不要着急说破，不要着急回应，不要让对方发现你已经发现了。"

"如你这般不擅谋略之人，只有等得足够久，才有一线希望赢。"

她等。

谢长晏本以为肯定还要等几天。结果第二天，胡府的婢女来通知她，一切准备就绪，可以出发回燕了。

她很惊讶。

心中满是狐疑地拿起行囊跟着婢女去见胡智仁，就见他一脸笑容道："有个好消息，你的船回来了。"

"也就是说，孟不离回来了？"昨天去渡口订船时，她还找了一圈，没看见自己的红船，想必是孟不离乘它回燕向陛下禀报她失踪一事了。

等等，孟不离回来了，也就是说——陛下很可能来了！

他们等到了真正想要的对象，所以，要开始下一步了！

谢长晏的心沉了下去，脸上却还要若无其事，开心道："那还等什么？快带我去见他！啊，等等，我忘了个小物件，给他的猫准备的，回去拿。"

谢长晏寻了个理由回房间,随手扯了几团绳子带上。在马车上时,她便一边笑眯眯地打着绳结一边同胡智仁说话:"那只猫太懒了,又胖得厉害,所以我便搜罗了很多不一样材质的绳子,编成结逗它玩……对了,见到不离,我是跟你的船走,还是坐自己的船?"

"你觉得呢?"胡智仁显得有些心不在焉,但回应的语音仍然温柔。

"坐我的船吧。那艘船是公输先生特地为我做的,比同类船要快。"

"还载有新式火箭,对不对?"

谢长晏编绳的手指停了一下,下一瞬,嫣然一笑:"别说,还真遇到过海盗,射了两排火箭,便跑了。"

"那太好了,沾你的光,我也能坐一坐当今世上最强大的战船了。"

谢长晏扬了扬眉,显得很得意,心中却暗道不妙。看来对方不止要人,还要船。于是她又多打了一个结。

马车很快到了渡口,谢长晏趴在车窗处,远远就看见了万灰丛中一点红——她的红船,果然停在岸旁。

谢长晏连忙露出喜不自禁的样子,不等马车停好便跳下车冲向红船。

果然,胡智仁急忙跟上,招呼奴仆帮她拎行李。

而谢长晏便在小跑之时,将那条绳结顺着长袖子神不知鬼不觉地落到了地上。希望有人能看见她,记住她的脸,捡到这样东西,交到陛下手中。虽然可能性很低,但终归是一线希望。

那条绳上,共有六个结:第一个是蝴蝶结,第二个是双联结,第三个是如意结,第四个是藻井结,第五个是万字结,第六个是同心结。

连起来的意思就是:"胡跟如意门有关联,设了陷阱,万万小心!"

时间仓促,又在对方眼皮底下,实在没法说得更清楚,只盼陛下能心有灵犀,悟得其中真意。

但坦白说,谢长晏心中并无多少把握。

她来到船前,仍带了些许希望,希望孟不离还在船上,或者留了金吾卫在上面。然而,船舱中走出的船夫将踏板放下,纷纷弯腰行礼尊称公子时,她就知道,不可能了。

胡智仁自然是等到孟不离离开,完全控制了此船,才会带她过来。

谢长晏露出失望之色:"孟兄不在了吗?"

"我已派人去客栈等他了,若见到他,第一时间带他过来。我们上船等吧。"

谢长晏没办法,只好登船。脑中盘算着实在不行就跳海,以她的水性,应能游回岸求助。

然而,就在走进船舱的瞬间,一个人由内掀开了帘子,笑道:"十九小姐可算来啦!"

　　此人竟是翁氏,这也就罢了,翁氏笑容满面地示意她往里面看。顺着翁氏的目光,她看过去,然后,就整个人僵住了,再不能动弹半分。

　　海风和阳光透过开着的窗吹进舱内,那人跪坐在几旁的软榻上,正在插花。

　　一个剔透无瑕的白玉瓷瓶。

　　几把颜色形态各异的花枝。

　　那人信手拈来,插得随意极了,然而当她放下最后一枝花时,整瓶花疏落有致,令人望而惊艳——一如她的人一样。

　　谢长晏定定地望着此人,几连呼吸都停止了。

敛骨吹魂 ｜ 第二十二回

谢繁漪，谢氏最璀璨的明珠，在十五岁时香消玉殒了的传奇，如今，活生生地出现在了她面前！

不是白影！不是鬼！

活生生的一个人！

谢繁漪插完花，用一块素白的丝帕擦净了手，然后抬头朝她一笑："意不意外？惊不惊喜？"

谢长晏僵硬地朝她走了过去，越走越快，最后几乎是扑到了几案面前，注视着近在咫尺的这张脸，颤声道："三姐姐……真的是你？"

不是相似！不是乔装！

这就是谢繁漪，她的三姐姐啊！

虽然与记忆中的模样有了些许变化：当年她离开时，十五岁，芳华正好，如今她二十二岁，完全褪去了青涩，美貌到了巅峰，比从前更美！

"我以为……看错了，或者，是个很像你的人……我以为……"谢长晏因为太过震撼而语无伦次。

"我有苦衷，只能以这种方式请你来。"谢繁漪说罢，向翁氏比了个手势，"开船吧。"

谢长晏一怔，刚要说什么，谢繁漪轻轻盖住了她的手："十九，你可信我？"

"我、我自然是信姐姐的……"

"那么，等船出海后，我再与你细说。"

于是谢长晏便没再阻止。过得片刻，船身开始轻摇，逐渐离开了人声鼎沸的渡口。等一盏茶喝完，周遭便只剩下了海浪声。

谢繁漪挽了她的手，邀她走上甲板。

当年，她是跟在谢繁漪身后的小尾巴；如今，谢繁漪半倚着她的手臂，比她矮了整整一头。

060

世事竟玄妙至此。

"十九，为何要退婚啊？"谢繁漪抬起头，柔柔地问。

谢长晏心中一沉：来了，果然逃不开陛下的话题。还有，三姐姐没死，那么她和陛下的婚约岂非还作数？

"陛下……我……"

谢繁漪静静地看过来，一直看得谢长晏心虚地低下头，这才笑了笑："傻妹妹，若你是顾忌我，大可不必。我大难不死，既选择了隐居此地，便不会再回去。"

"为什么啊姐姐？"

谢繁漪一字一字道："你，做了我不敢做的事。"

一刹那，谢长晏的脑海中浮现出当日谢繁漪站在镜前试穿婚衣的模样——她就那么静静地站在镜子前，眼眸沉沉，不喜、不悲，没有表情。

天啊！

原来秘密早已书写在镜面上，而彼时九岁的她看不懂。

三姐姐，其实并不想嫁给燕王？！

"我在迷津海遇到海难时，以为自己必死无疑，松了口气，想着这便是天意吧。天意知道我不想嫁，所以赐我一死。"谢繁漪扶着桅杆，望着盛夏丽日下宛如一块蓝晶石的平静海面，笑得感慨万千，"结果天意又发生了改变，竟让我活了下来，被来程的船只救了。一开始我还想着回燕，结果外出时，发现人人都在议论我的事，都说燕国的太子妃谢繁漪死了，死了，死了。"

她一连重复了三次"死了"，一次比一次释然，最后朝谢长晏灿烂一笑："十九，你能明白我当时的感受吗？"

"能。"想必是得道飞天，从此心无拘束的感觉吧。

然而，谢繁漪摇了摇头，低声道："不，你不能明白。没有人能明白的……这是天意啊……天意要我重活一次，为自己，为所爱。"

"所爱？三姐姐另有所爱？"谢长晏敏锐地抓到了某丝异样。

谢繁漪却笑着扫过她的脸庞，将视线投向了远方："总之我便留在了程国，一切从头开始。过得半年，竟遇到了乳娘，原来她也来了程国。"

谢长晏回头看了翁氏一眼，翁氏站在船舱口上，正一脸慈爱地望着谢繁漪。

"姐姐，你这些年过得好吗？"看她仪容精致，应是过得不错，可头发依旧披散着，并未盘髻，显然还是未出阁的姑娘。她没有另嫁？那以何为生？

谢繁漪忽抬手，摸了摸她的头："这七年……寒夜饮冰水，冷暖唯自知。但是，现在的我，才是真正的我。"

谢长晏定定地看着她，不知为何，明明是姐妹重逢的温情时刻，明明是一个询问一个倾诉，将多年心事娓娓道来，该哭的哭该笑的笑……明明应该是这般感人至深的画面，她心中却没有想象的那么激动。

大概是源于彰华和公输蛙的教导，他二人都讲究导人理性，裁抑宕佚，慎其所与，节其所偏。拼装马车，要从正确的分类开始；面对难题，要从内中的逻辑想起。故而，久经熏陶的她这些年来，除了郑氏被杀那次，很少有被情绪冲撞得失去思考的时候。

因此，此番再见谢繁漪，震惊之后，便习惯性地开始质疑。

这里面说不通的地方实在太多了！

"姐姐究竟有何苦衷？"再想保持神秘，也不用装鬼捞人啊。

"妹妹可是为如意门而来？"

谢长晏的心"咯噔"了一下——终于切入正题了。

"妹妹来程已一年了吧？可有查到什么？"

谢长晏摇了摇头。

谢繁漪很含蓄地笑了笑："那么，你就没有怀疑过吗？"

"怀疑什么？"

"如意门……是个谎言。"这个声音是从船舱里传出来的，谢长晏扭头，就看到了说这句话的胡智仁。

"如果我没记错，最早告诉我如意门相关讯息的人，也是你。"她还记得他当时面色骤白的样子，怎么这会儿就改口了呢？

"因为当时我并不知道——如意门，确实存在过，但已经消失在历史的长河中，不复存在了。"胡智仁走过来，跟谢繁漪对视了一眼，才一脸正色地看向她，"而今的如意门，只是个借口——燕王为了起兵吞并程国而想出的借口。"

谢长晏下意识后退一步，脊背撞上了栏杆。

胡智仁连忙伸手扶住她，脸上毫不掩饰紧张。

谢繁漪的目光在他和谢长晏脸上转了个来回，抿唇一笑："我们还是进舱说吧。长晏也需要看一些证据。"

谢长晏有些木然地跟着他们走进船舱，翁氏将一个大箱子搬了进来，放在几旁，并为三人倒好了热茶。

谢繁漪打开箱子，里面一堆东西，最上面的是一封信笺，年代久远，纸张微黄。

"这是风乐天写给太上皇的密笺，可惜只弄到了一封。"

谢长晏打开信笺，信笺写于十七年前，也就是彰华六岁时，发生在方清池事件后不久。

"……经查，如意门已不复存在，组织成员散落民间，隐姓埋名另辟生路。其中银门一脉为璧国姬氏所控，方清池通敌一事，蹊跷颇多，恐另有缘由。然，太子被掳，滨州刺史谢惟善被杀，可以此为由，追责程王……"后面便是如何兴建水师，训练水兵，提升战船等一系列方案。

谢长晏沉吟了一会儿，看向箱子，最上方的是本册子。拿起来翻开一看，缺了上半本，后半本里有一些名字、年龄、经历，看起来是本名册。

谢繁漪道："这是这些年来燕王秘密遣往程国的细作名录，以八岁到十二岁的少女居多。她们假装落入人贩之手，被卖入程，随着机遇造化渗入各地。这些少女全都容貌不俗聪慧可人，大多成了权贵的姬妾。她们每个月起码要送一条情报回燕，而送的方式妹妹应该见过——死茧。"

谢长晏的睫毛颤了颤。她确实见过——孟不离就是用茧给燕王传讯的。

"可惜只有后半本，前半本里的人蛰伏时间更久，肯定更有用处。据说还有几个入了程国的皇宫，成了妃子。"

谢长晏仍是沉默，翻完半本手册后，将之放到一边，去看第三样东西——那是一个乌木盒子。

盒子里，有半枚已经风干了的丹丸。

"玉露丹，服食后精神大振，金枪不倒。但长年服食，则会气血逆乱，脑脉痹阻。"

谢长晏蓦然扭头，谢繁漪冲她点了点头："没错，程王就是因为吃了太多这种仙丹，才中风瘫痪。"

"此丹何人所献？"

"一个姓冯的道士，已经死了。但调查得知，二十年前，他跟辇尹有交集。"

谢长晏的目光闪烁着："姐姐想说，程王的中风，也是陛下的一步棋吗？"

"妹妹若不信，再等三天即有答案。"

"为什么？"

"燕王会借贺寿为名，滋事出兵。按照行程，三天内，燕的战舰必出现在长刀海峡附近。"

谢长晏终于问了出来："就算燕王处心积虑想要伐程……此事，与姐姐何干？"

"与我何干……"谢繁漪的眼神有了一系列的变化，她缓缓起身，走到谢长晏身边，按住了她的肩，"宁为太平犬，不为乱世人。燕是我的故乡，程是我现在的家，你说，与我何干？"

"姐姐想以一人之力阻止此战？"

"我想借你之力，阻止此战。"

谢长晏忍不住自嘲一笑："姐姐如此看重我，真是惶恐。"

"人生百年，生则欢，老无惧，死无苦，情非物。身为谢家的女儿，人世苦乐，本就求一个无负苍生……"谢繁漪轻轻握住她的手，继而手上慢慢用力，

"你若能做到，为何不做？"

谢长晏感受着手上传来的逐渐加重的力度，抬起眼睛，与她对视，谢繁漪的目光是那么深邃，像把钩子，直将人的勇气全部勾起。

"无负苍生……"谢长晏低吟着这四个字，分明已被打动，下一刻，却越发悲哀，"那么姐姐你告诉我……孟不离的猫，何辜呢？"

谢繁漪脸上的表情僵了一僵，有些错愕，有些始料不及。

"猫，也算在苍生内的吧？"谢长晏直勾勾地盯着她，"姐姐为了将我从孟不离身边带离，杀了那只猫吧？"

她在对胡智仁起疑后，做了三件事。第一件，去云翔客栈买点心。买点心是假，打听黄狸是真。

在店伙计包点心的工夫里，她避过门外车夫的视线，假装随口说道："你们家的果酥做得极好，连猫都爱吃……咦？怎不见那只经常蹲这儿吃果酥的黄狸了？"

包点心的伙计是新来的，加上她戴着斗笠，因此没认出她，随口答道："那只黄狸病死啦。"

"死了？"

伙计慌张道："啊，那猫来前就病了，可不是吃了我们家的果酥得的病！"

"什么时候的事啊？"

"两个月前呢。好了，姑娘，承惠十六文钱。"伙计将包好的点心给她。

谢长晏拿着点心回马车，心中有点难过。她知道黄狸早就病了，这次来客栈，其实是想亲自打听一下孟不离的下落。但明说的话，怕人起疑，只好旁敲侧击问猫，没想到猫在她离开后就死了。

等等，也许不是离开后，而是离开"时"？！因为猫死了，所以孟不离才离开她身旁，幕后之人才顺利将她掳走？

对，肯定是这样！

于是，带着更大的狐疑，谢长晏又去了渡口租船。结果当晚，那船果然不开了。

但她还抱了一线希望，也许胡智仁也是被人利用，并不知情。因此，第二天当胡智仁说红船回来了，可以出发时，她回屋拿了几条丝带，当着他的面说要给黄狸准备礼物。

胡智仁没有对此做出任何回应——就是这一点，令谢长晏确定了——胡智仁果然有问题！

猫明明早就死了，胡智仁却一副不知道的样子。怎么可能？！她明明让他派人找过孟不离。但凡见过孟不离的人都知道，那猫对他多么重要，不可能不向胡智仁回报此事。胡智仁是个精明的商人，可他这两个月来所表现的一系列事件都是疏忽、疏忽、疏忽！一个十六岁就爬到胡家继承人之位的人，会这么疏忽大意？

此刻，船上，谢长晏的目光掠过谢繁漪的肩膀，看向她身后的胡智仁。他那温柔的、殷勤的、总是带着含蓄讨好的目光果然消失了，此刻的他，眼眸深邃，唇角微垂，近乎冷酷地沉默着。

相比之下，谢繁漪却仍在微笑，笑得云淡风轻："那猫本就要死的，我只是替它早些解脱。"

"那程本就是要亡的，陛下也只是让程国的百姓们早日解脱。"

谢繁漪的目光闪了闪，片刻后，叹了口气："我以为你主动退婚，是对燕王没有感情。现在看来，却是我错了。"

谢长晏道："你错的可能不止这一件事。"

两人目光相对，一瞬间，沧海桑田，浮光掠影而过。

谢繁漪眼中忽然起了许多涟漪："十九，你的变化……真大啊。"

你的变化也很大，三姐姐。

"我还记得小时候，你是所有妹妹里最活泼的一个，会爬树，会泅水，淘气地上屋顶放风筝差点被雷劈……族学里有人欺你无父嘲讽你，你也不争辩，笑嘻嘻地砸了她的几案……那时候的你，总跟在我身后，一口一句三姐姐。我出嫁的前一天，你独自一人跑来见我，倚在门旁看我，满脸的不舍……"

谢长晏打断她："我每年都去迷津海祭拜你。"

谢繁漪的浅笑被这句话击碎了。

"我带着兰花出海，祭拜你。从九岁到十三岁。甚至在出发去玉京之前，心中想的还是——我会替你好好活的。你没完成的事，我来完成。我可能做不到你那么好，但是我会背负着五伯伯和全族人的希望，做下去的。"

谢繁漪的目光尖锐了起来："但你并没有。"

"是的，我没有。因为后来，我发现自己并不想变成你。现在我知道，原来，你也不想当那样的你。"

曾经的谢繁漪是什么样子的呢？

琴棋书画无所不精，诗词歌赋信手拈来，丰容盛饰绝代风华，品行端正德才兼备。她那么完美。

然而谢长晏知道那么完美的背后，是多少心血汗水、刻苦委屈。

她曾见过她寅时起来在灯光下对镜练剑的样子；她曾见过她一次次从马上摔下来双腿青肿的模样；她曾见她饿得背书时都瑟瑟发抖的模样；她曾见她月事来时强忍疼痛主持大典的模样……

比起不知情的外人，她见过谢繁漪完美之下的缕缕伤痕。正因如此，当人们羡慕嫉妒地说谢家的三女儿真好命，竟能被选为太子妃，将来成为大燕的皇后时，谢长晏心中却只有祝福没有嫉妒。

——那是谢繁漪该得的。

谁能像她那么自律自强，都会成就非凡。

可如果，她的自律自强并非源于自愿呢？

谢长晏注视着一几之隔的三堂姐，忽觉悲伤。为十五年前的谢繁漪，也为此刻的自己。

"你想做什么，姐姐？"她一个字一个字地问道，"你放弃姓名、身份、皇后之荣，在此沉淀七年，设计将我弄到这艘船上来，想要的只是安宁吗？"

"你不信？"

"无所谓信不信。若你的目的只在于此，我可以配合。"此言一出，翁氏和胡智仁脸上都出现了一抹讶异之色。

谢繁漪则欢喜道："好妹妹！"

"我已跟你出海，下一步是什么？在长刀海峡等着燕王陛下吗？一，他若不来，你当如何？二，他若真的亲自来了程国，你又待如何？三，他来后你打算如何说服他？让我跟他谈？还是以我为筹码跟他谈？四，若谈不成怎么办？杀了我，还是——杀了他？"谢长晏每问一句，谢繁漪的脸色就难看一分。

谢长晏却看不见似的，伸手将花插中的花枝拔了几根出来，开始调整："姐姐棋艺绝佳，自不会走一步算一步。走我这步棋前，想必全局的棋路都已想好了。这些问题，你心中早有答案，对吧？"

谢繁漪直勾勾地盯着她，半晌后，扬唇又笑了："自然是有的。但你确定要听吗？"

"听不得？"

"听不得。不听的话，事成之后，放你下船，继续做你逍遥江湖的十九郎君。听了……只能永远将你留在船上了。"

谢长晏叹了口气，将最后一枝花折去，徒留下一截枝干。如此一来，原本已是望而惊艳的一盆花，经她调整后，少了七分唯美，却多了三分空灵，呈现出另一种独特的风格来。

谢长晏将它推到谢繁漪面前。

谢繁漪注视着这盆截然不同的插花，面色凝重，不知在想些什么。

"这盆花我给起了个名字，叫——朝闻道。姐姐以为如何？"

朝闻道，夕死可矣。

若你能将所有计划告知于我，我便将性命留在这船上又有何妨？

谢长晏相信谢繁漪一定听懂了她的话，因为三姐姐的脸色越来越难看，最后，她用一种很复杂的神色看了自己一眼后，起身离开了。

踏出船舱的一刻，谢繁漪开口道："看着她。"

谢长晏忍不住哈哈一笑。

谢繁漪便加快了脚步，匆匆消失在舱门外。

翁氏和胡智仁对视一眼后，双双也跟了出去，将门重重关上。

谢长晏笑了一会儿，收了声音。她始终背对着门跪在几前，因此无人看见，她的脸上，已满是眼泪……

谢长晏就这样被关在了船舱内，脚上藏有尖针的鞋子也被摘走了——因为之前对胡智仁没有防备，曾告诉他自己是用鞋上的针割断绳索逃出车夫之手的。

再加上翁氏竟然一身武功，徒有蛮力的谢长晏被她一推，就像纸人一样倒在了地上，半天爬不起来。

如此海浪声声，船身摇摇，红尘俗世都似被隔在了门外。

翁氏将一日两餐从舱门上的小窗推进来。这让谢长晏忍不住想起彰华六岁时的经历。

"我比你幸运多了。同样被困船上，我有饭有水还有花相陪。"她忍不住伸出手碰触几上的花插，结果，枯萎的花朵一下子就从枝头掉落，花瓣撒了她一手。

"可你只被关了三天，我父亲就来救你了。而我，已被关了……唔，十天又四个时辰。"翁氏每送一顿饭，她就在船壁上划一笔，以此推算时间，距离她登船，马上就三个"正"字了。

谢繁漪没有再出现。

她是绝顶聪明之人，很多话无须深谈，便知道绝无可能。而且，如果谢长晏没猜错的话，她的计划十分庞大，要牵扯的范围极广，根本没有时间浪费在自己这种小卒身上。

只是联想起彼此的命运，竟是如此翻天覆地地变化着，真真让人感慨一句——浮生若梦。

"什么？都是因为我太笨了才落进陷阱？"谢长晏盯着船壁上刻在三个"正"字旁的一只青蛙，嗤鼻道，"那可是我姐姐啊，亲姐姐。她要算计我，我能有什么办法？"

因为无聊，除了"正"字，她还在船壁上画了好多壁画：一只燕子，一只青蛙，一朵姜花，一只鹤。没事就跟这些画说说话，以打发漫长得让人窒息的囚禁时间。

此刻，就是青蛙在"骂"她，她反驳。

燕子则在一旁摇头叹息："你又沉不住气。"

"是啊，我真不是下棋的料。明明知道她说的全是假话，明明知道她图谋很大，却仍做不到虚与委蛇……"谢长晏沮丧，"我应该假装什么都不知道，上演一出姐妹重逢相亲相爱的戏码，乖乖听她话，她让我干吗就干吗。就不用被关，还能舒舒服服洗个澡……"

燕子仿佛看着她，很温柔："你起码应该等到我来，我会来救你。"

"但我不希望你来。你若不来，她的计划永远不会实现。你来了，无论是你输，还是她输，我都会伤心……"毕竟是同胞手足。毕竟同姓一个谢。毕竟除了这一次的见面，谢繁漪所留给她的，全是美好温暖的记忆。

谢长晏忍不住伸手摸了摸燕子的翅膀："不好意思啊陛下，我又拖累你了。"

这是彰华登基的第六年。

他在世人心中的评价已从众口交赞变得褒贬不一。他的独断专行铁血无情，和他的勤勉开明慷慨仁慈同样出名。世家们恨他惧他，学子们谢他骂他，百姓们爱他赞他……然而新政下大燕的强盛有目共睹。

他已强大到无懈可击——除了她。

所以，想要对付燕王，唯一的突破口就是她。

可她怎么也想不通，三姐姐为何会跟燕王为敌？

船壁上的姜花嘻嘻一笑："你亲姐姐真是个人物，能隐忍七年来图谋大事，了不起啊。"

"她是你同门吧？她那样的人物，不进如意门则已，进去了就肯定是七宝之一。啊！没准还是门主？"谢长晏本是嘲弄，却在说完之后，心头发凉。

谢繁漪确实没有与燕王作对的理由。

可是如意门有啊！

如意门如果洞悉了燕王的计划，肯定不会束手待毙。但想要对付燕王，在燕的疆土上不太可能。那么，还有什么比借程王寿辰三国来使，以谢长晏做人质，诱彰华过来更好的机会呢？

如果谢繁漪也加入了如意门，那么这一切就都说得通了！

可是，原因呢？

只是因为她不想当皇后，不想嫁给燕王，然后便走上了另一条傀儡之路吗？

"这是天意啊……天意要我重活一次，为自己，为所爱。"

所爱？谁是她的所爱？她爱的会是什么？

谢长晏不由得屏住了呼吸。就在这时，舱门忽然开了，进来的人，竟是胡智仁，手中提着一个食盒，人未进，香气已至。

谢长晏不由得笑了："断头饭？"

胡智仁看着她，没有回答。径自从盒内取出四样菜，摆在几案上：糖酪浇樱桃、蟹毕罗、椒盐鸭和莼菜汤。

谢长晏一看，都是她最喜欢吃的，难为如此海上还能做出来。

胡智仁将一对象牙筷递给她。谢长晏却没有接，淡淡道："我还是喜欢青竹筷，不怕摔。"

胡智仁笑了。笑容一起，他又似恢复成以往那个温润谦和、令人如沐春风的雅商。

"我第一次见你时，你披着狐裘跳下岸，跟一帮五大三粗的汉子们一起拉船，汗把你的刘海打湿了，黏在你脸上。你很狼狈，但你的眼睛，那么亮，亮得似乎能一直射到人的心里来……"

谢长晏打断他："有话直说吧胡兄。我是急性之人，受不了百转千回。"

胡智仁凝视着她，眼眸深沉，在势在必得与犹豫温柔间闪烁不定："只要你戴上我送你的发簪，我保你平安下船。"

谢长晏"啊哈"一笑，摊了摊手："真不好意思，没带身上。"

胡智仁从袖中取了琥珀簪子出来："我已找到了，就在船上你的梳妆盒中。"

谢长晏收了笑，接过簪子，琥珀里的芍药种子沉睡了千年，给人一种永恒的错觉。但其实琥珀是多么脆弱的一种化石，连玉都比它坚固。

谢长晏抬眼，看向胡智仁："你是真的喜欢我？"

胡智仁沉声道："我从未对哪个女人，花费如此多的心思。"

"所以不是喜欢，而是不甘吧？"

胡智仁沉默了。

"不甘心耗费了三年的心力在我身上，不甘心对我虚情假意，不甘心付出了这么多却得不到回报……就像这根簪子，你既然送出去了，就一定要拿回点什么来，否则怎么对得起胡家的家训——'付出一定有回报'。"

现在想来，这真是狗屁不通的一句话。然而，从小受这句话熏陶的胡智仁，把这种想法渗进了骨子里，对待感情也如此。谢长晏注视着近在咫尺的这张脸，心中难掩黯然。她一直很喜欢胡智仁。他身上有很多让人赞叹的特性：聪明、敢想、敢搏、稳重。作为朋友和东家，都无可挑剔。偏偏他却想做夫妻。

若从寻常女人的角度去看，他也算良配了：富有，专一，并不寻花问柳，相貌堂堂，又有情趣，擅长讨好人，能给妻子富足安定又温柔体贴的生活。

可谢长晏的起点太高，以至追求的东西不一样。即便尊贵如帝王，都无法左右她的决定，更何况其他人。

"知道我为什么喜欢陛下吗？因为他从不威胁我。"谢长晏说着双手一掰，发簪从中断开，琥珀从簪头坠落，"啪啪啪"地掉在地上，发出一连串的蹦跶音来。

彰华对她，从无威逼，而是愤悱启发、循循善诱，令她找到兴趣所在，然后加以拓展深造，最后更是放她自由，任凭她做想做之事。

经历过那样的仰止高山，怎会甘心受缚于龌龊小人？

胡智仁骤然变色，欺身上来，一把抓住谢长晏的手臂将她压向墙壁。谢长晏挣扎了几下，竟挣脱不开。

"谢长晏，这可是你自找的，不要后悔！"

谢长晏自嘲一笑："我已经后悔了。后悔当年眼瞎，错将你当作伯乐，结交往来。"

胡智仁眼中顿时露出癫狂之色，手上用力，只听"哧"的一声，她的外衣被撕开了。

"我倒要看看，没了贞洁，你的好陛下还要不要你！"说罢，他的唇便重重地吻了下来。

谢长晏说到这里，再次停下了。

她看着身旁的彰华。

时间已过了三天。三天前，彰华低着头睡着了，再也没有醒过来。

伤口的血虽然止住了，但并没有好转，体温高得厉害。谢长晏十分艰辛地拖着残废的手臂给他喂水、换药。到后来，储备的清水没有了。她便捕鱼，将冰凉的鱼身放在彰华额头，为他降温，并从鱼肉里挤出汁液来代替水。

眼看着捕鱼网也越来越破，坚持不了多久了，而他们还漂在一望无垠的大海上。

"若有幸活下去，再见老师时，得跟他反映一下更换渔网的材质，也太不牢固了……"谢长晏喃喃。

她的身体也已到了极限。

她的肩膀只涂过一次药，剩下的药全留给了彰华。这几日各种动作，伤口一次次被撕裂，再加上食物匮乏，白天热得要死，晚上冷得发抖……公输蛙在说那句"遇到小鱼吸吸吸吃吃吃，遇到大鱼吓吓吓射射射。一边吃一边漂一边发焰火求救，操控此舵看好方向，只要不太倒霉，不被人救也能漂回岸"时，肯定没想过进舱的两人全都身受重伤。

"逃过了陷阱，逃过了火药，逃过了沉船，最后还是逃不过漂流啊……"谢长晏感慨。刺眼的阳光通过碗口大的琉璃小窗照进来，七月初的海面上，封闭的狭小空间里，阳光酷热得能将万物蒸腾挥发。

她的视线最终一黑，也晕了过去。

晕过去前，脑海里最后一个想法是：看来陛下真的醒不过来了，竟然听到胡智仁对她用强都没反应……

七月初七，宜国，柳芽村。

村民们在几个主要街道上搭建了高台，设坐具，摆上瓜果酒浆，准备祭祀牛郎织女二星。

"阿溪阿溪，九孔针和五色线都准备好了吗？村长让你赶紧送去，乞巧比赛等着用呢！"邻家的童子踮着脚尖探头进窗问道。

屋内两个女子，正在忙着分线，年轻的那个随口应道："知道啦知道啦，一刻钟内就好。"

童子这才走了。年轻的少女抱怨道："柳婷婷每次都这样，仗着是村长的女儿，什么都大包大揽的，事到临头了才说做不完，急急忙忙分给别家做。做不好还骂你无能，气人！"

年长的女子双手不太方便，分得有点慢，闻言一笑道："没事，喜蛛时赢把大的气死她。"

少女顿时喜上眉梢："那是！话说回来阿燕你真厉害，你怎么知道那样做，蜘蛛结的网就密呢？"

宜国盛产丝绸，临海的柳芽村又有"织女之乡"的称号，宜国的贡品"墨锦"便出于此地。小小村落百余户，家家都有一手绣艺绝活。因此对乞巧节也格外重视。每逢七月七，纳七水、穿针乞巧、喜蛛应巧、拜织女牛郎，一系列庆典绝不含糊。

其中，穿针乞巧是让姑娘们上台排排坐，对着月光将五色线穿过九孔针，谁最快就是当年的"巧娘"。

喜蛛应巧则是各家各户抓蜘蛛放在小盒子里，等到天亮时打开，谁的蜘蛛结的网最密，谁就是当年的"织娘"。

谁要能当上巧娘和织娘，那可真是出去时都走路带风，骄傲得不得了。

喜蛛年年比，蜘蛛结网谁能赢，多半还是靠运气。柳溪万万没想到，居然有人就不靠运气，抓了三只蜘蛛，关进三个盒子，每个盒子打开后，蛛网都能密密麻麻。

这个人，就是跟丈夫一起遭遇海难漂来柳芽村的阿燕。

柳溪还记得那天天刚亮，她跟阿爹出海捞海带。海带没捞到，小船撞到了一只大箱子。

那箱子"咔嚓"一声，竟从里面打开了一扇琉璃窗，窗户里，一个蓬头垢面、脸上有伤的女子睁着乌溜溜的眼睛打量着他们，半晌后，松了口气："谢天谢地，终于遇到人了。"

阿爹用绳索把那箱子系在自家船尾上，一同划回岸来。

在那女子的指点下费了好些力气，砍卷了三把斧头，才把箱子砍开。

这才发现，箱子里居然还有一个男人。

一男一女，女人能走，但双肩受了重伤。男人则是心口受伤，高烧昏迷。

阿爹说，也不知这两人在箱子里漂了多久，怎么活下来的。总之，请大夫来看，阿燕没啥事，养养就好了；那男人的伤却拖得太久，虽然愈合了，人却始终昏迷。大夫束手无策，说只能听天由命吧。

就这样，阿燕跟那男人留在了她家。箱里除了那个碗口大的琉璃窗，没有任何值钱的东西，琉璃典当成钱请了大夫后，也没了。阿燕十分过意不去，想干活抵债，可她双手受伤，能干什么活啊？

阿爹年轻时走南闯北做生意过一段时间，眼睛很毒，跟她说这两人非富即贵，恐怕是遭遇了什么大事才流落到柳芽村来的。收留他们，是大福气，但恐怕也是大祸端。

阿爹犹豫了整整一夜，最后带着她去阿娘坟前烧了三炷香，求阿娘保佑，最终还是留下了二人，并叮嘱她莫要对外多言，就说是远房亲戚来投亲的。

"你看见那姑娘的眼睛没？"阿爹对她说，"那眼睛太灵了。你跟她多接触接触，没坏处。"

就这样，眼看乞巧节快到，她硬着头皮去抓蜘蛛，怕得哆哆嗦嗦时，阿燕突从墙外探出头来，问："你在做什么？"

得知喜蛛的风俗后，阿燕道："这只恐怕不行。"

为啥？她不服气。这还没关盒呢就诅咒她赢不了，柳溪有点生气。

结果第二天，打开盒子一看，里面只有一根丝。

柳溪当即捧着盒子去找阿燕，阿燕正在给她男人擦脸，她偷瞄了一眼，啊，那男人长得可真好看，比村东的张大哥还要俊。

难怪阿燕对他不离不弃的。

柳溪心中嘀咕了几句后，便厚着脸皮向阿燕求教。阿燕将男人的被子盖好，眨眼道："走，咱们抓蜘蛛去。"

阿燕手不方便，只能她抓，吓得她哇哇大叫。最后天都黑了，凑齐三只。第二天盒子打开后，密密麻麻全是完美的圆网。

"这到底是怎么回事？"她惊呆了。

阿燕抿唇一笑："很简单。你之前抓的那只是长妩蛛，本就不爱结网，用几根粘丝就能狩猎。而这三只，都是圆蛛，擅长结圆网。还有，蜘蛛喜欢有风的地方，要把盒子开几个小口，对着风吹，它们就会织得勤快。"

柳溪震撼地看着这个比她也大不了多少的高挑姑娘："阿燕，你懂的可真多呀。"

如此过了几天，阿燕肩膀上的伤好些了，她便写了封信，信里好像还夹了根鹤翎，托阿爹去县里卖绣品时寄。结果邮驿的信使一看收信地址，就说要三匹帛。阿爹没有那么多帛，只好又把信给带回来了。

阿燕那天坐海边看了整整一夜的海。

第二天，便来打听有什么赚钱的法子。赚钱？绣花呗。阿燕说她不会绣花。那描花样也行。一个新花样三文钱，她要赚够三匹帛，少不得要画个上千幅。

阿燕当时就撞了几下墙，然后去推她男人，嘴里嘀咕着："你快醒醒啊，我一个人应付不来啊……"

柳溪想，是哩，那男人要是老这么病着不醒的话，长再俊也是个累赘，还不如早点升天的好。

一晃就是乞巧节。阿燕的手还没好彻底，三天才描了一个花样出来，还歪歪扭扭的。她叹了口气，自暴自弃，索性就来陪柳溪分线了。

如此一刻钟后，线分好了，天也快黑了。柳溪捧着线盒准备走，道："你也跟我一起去吧，见识见识我们这里的乞巧节，保管比哪儿都热闹。"

"我好想去。但是……"阿燕的目光飘向里屋。

"我阿爹看家，会帮你看顾着他的。走吧走吧，去看我赢个织娘回来呀！"柳溪说着将阿燕拖了出去。

村落里到处张灯结彩，映得地面五色斑斓。

阿燕看着欢喜热闹的人潮，心中无限感慨：这里是宜国，本是她游记计划中的最后一站。结果阴差阳错地漂到了这里，还身无分文，行动不便，滞留在了此地，连送信的钱都没有。

——此人当然就是大难不死的谢长晏。

就在这时，柳溪重重一拽她的胳膊道："开始了！快，帮我拿着篮子，我要上台了！"

思绪瞬间消散，场景回到眼前。谢长晏抱着柳溪塞来的放蛛盒的篮子，站在人群中，看着柳溪上台参与巧娘的比试。

二十六名少女，在台上一字排开，正襟危坐，全神贯注，也着实是道靓丽风景。

不得不说，宜国跟燕和程相比，民风更显自由，区区一个乞巧节都办得如此热闹，官府重视民众积极，难怪能短短十几年就从最弱小的国家一下追到第二。

然而现在彰华身陷此地，不敢贸然暴露行踪，又无钱送信，真真愁人。都十天了，他还不醒，若再耽搁下去，只怕就真的回天乏术了。

必须要想个法子才行……

沉思间，台上的少女们已比出了快慢。柳溪果然夺了第一，众人围上去拥簇她又笑又跳。

这时人群中有人撞了谢长晏一下，转头一看，是个慌慌张张的小男孩。小男孩很快就跑走了，柳溪则挤开人群飞奔过来跟她报喜。

"阿燕！你看见了吗？我得了巧娘之名！等会儿再得了织娘，我就是双冠王啦！"

话音刚落，一旁立刻有人嗤鼻道："瞎猫碰到死耗子地得了一个，还想得织娘！做梦！"

柳溪叉腰睨着对方道："我就是能得双冠王，你不信，打赌啊！"

此人正是她口中的柳婷婷："赌就赌！你想要什么？"

柳溪看了谢长晏一眼："三匹帛！敢不敢？"

谢长晏心中一暖，这位淳朴的渔村织女是在帮她凑邮资呢。

柳婷婷冷笑："好啊，就三匹帛。来，上台！"

"上啊，谁怕谁？阿燕，给我盒子。"

谢长晏刚将篮子递上，就发现重量不对，掀开盖布一看，里面的蛛盒竟然不见了！

"怎么回事？蛛盒呢？"柳溪大惊。

谢长晏立刻想起了刚才撞她的那个小男孩——被偷了？

柳溪咬牙："家里还有两只，我回家取！"

柳婷婷挺胸一拦："别走啊，马上就要登台了，赶不上就当你输。"

"你！"柳溪家一来一去怎么也要一会儿，眼见是赶不上了，正在着急，谢长晏道："上去吧。"

"可是我没蛛盒啊！"

谢长晏附到她耳旁道："蛛盒等会儿会自己出来的，别怕。还有……等会儿你就如何如何……"

柳溪将信将疑，还在迟疑，台上敲锣了，她看了眼盛气凌人的柳婷婷，一咬牙，硬着头皮上了。

柳婷婷有些敌意地盯了谢长晏几眼才跟上台去。

锣鼓声停，数十名女孩子列队站立，而评者有三位，俱是村中德高望重的前辈。因为人多，分拨上前开盒。

台下的谢长晏给了柳溪一个眼神，柳溪看懂了，站在了最后一排。说是最后，其实也很快，不一会儿，就轮到了她们。

评者一声令下，女孩子们全都打开了手里的盒子，只有柳溪两手空空，急得额头冒汗。

柳婷婷得意地瞥她一眼，从袖中取出蛛盒，柳溪在一旁越看越眼熟，当即明白了谢长晏那句"蛛盒等会儿会自己出来"是什么意思。

她尖叫一声，扑了过去："这是我的盒子！你偷我的盒子！"

柳婷婷连忙护住盒子反驳道："胡说八道！你发什么疯？"

柳溪一扭身，冲到评者们面前道："三位，柳婷婷偷了我的盒子！那个蛛盒是我的！"

"我没有！她胡说！"

"我有证据！"柳溪说着从袖中取出一条布带，蒙住了自己的眼睛，"柳婷婷拿出盒子时我只看了一眼，为了证明自己没有说谎，我现自蒙双目，请三位把她的盒子拿过来，看跟我说的特征对不对得上！"

众人见她如此，不由得信了几分。

柳婷婷有些慌张，下意识后退，评者中一个三十左右的青衣妇人冷冷地看着她："过来！"

"姑姑……"此妇是她亲姑姑柳月，柳婷婷不敢违抗，只好把盒子送了过去。

盒子很普通，是柳芽村随处可见的柳木做成，没有涂漆，四四方方，并无特点。非说跟别人的盒子不一样，就是盒子侧面处开了几个小孔。

柳月端详一番后，看向柳溪："说吧，你为何说婷婷手里的蛛盒是你的？"

"上面开了孔。"

柳婷婷"扑哧"一笑："当然要开孔，不然蜘蛛不就闷死了？"

"十二个，三个是簪子扎的，孔眼较大，九个是针扎的，孔眼较小。"柳溪这句话出来后，柳婷婷的笑容消失了。

柳月看了一下孔，果如柳溪描述，当即沉下脸来。

柳婷婷忙道："姑姑！这个、这个孔数我、我之前告诉过她，所以她才知道的！"

"什么？为了赢你竟睁眼说瞎话！"柳溪气得摘下布条就要冲过去揍她，柳婷婷比她高壮，反手将她推倒在地。

柳溪又气又急又痛，正挣扎着想爬起来时，一双手伸过来扶起了她。

柳溪回头，发现谢长晏不知何时上台来了，不由得委屈道："阿燕……"

谢长晏给了她一个镇定的眼神，然后朝柳婷婷笑了一笑："也对，孔数确实不足以证明这个盒子是柳溪的。不过，既然是这位姑娘的盒子，自然知道里面的蜘蛛什么模样，对吧？"

柳婷婷面露警惕："你想说什么？"

"我想请问姑娘，这盒子里的蜘蛛，是什么颜色？有何特点？你亲手抓的蜘蛛，不会不记得吧？"

"我当、当然记得！是、是黄色的！"

"没有花纹？"

柳婷婷面色顿变："自、自是有一点的，那个黑色的斑点……你到底想说什么？姑姑，此人不是咱们村的！"

谢长晏转头看向三位评者："盒内是一只金圆蛛，身上有七道褐色斑纹，而她的四对足分别是七、七、四、五道褐纹。倘若不信，可开盒数数。"

柳月当即打开盒子，里面果然是一只金圆蛛，众人当即数了起来，果如此人所言。

柳婷婷慌道："她、她偷偷数过！"

"蛛在盒内，盒在你手，我哪来的机会？"

"你、你在我家数、数……"

"我与你素昧平生，怎好上门打搅？"

"你！总之这蜘蛛是我抓的！谁、谁有事没事去数蜘蛛身上的花纹呀！姑姑，不能就此说是我偷啊……"

"确实。"谢长晏悠悠道，"一般人确实不会去数蜘蛛身上的花纹。"

"你……"柳婷婷见她如此轻易就放弃了这个把柄，不由得惊讶。而柳溪看着谢长晏，只觉她这种慢条斯理似笑非笑的劲儿简直生平首见，太炫目了！

"不过——"谢长晏话题一转，转得众人兴致大增——来了！又来了！"既要喜蛛，比谁的蜘蛛结网最密，总会数一数，自己的小蜘蛛织了多少根丝吧？"说着，她"啪嗒"一下，盖上盒盖放入篮子里。

柳婷婷的脸"唰"地白了。她刚拿到这盒子，才看了一眼，只看到里面密密麻麻全是丝，心中欢喜，便把自己的扔了，厚颜无耻地拿此盒参赛。虽料到柳溪没了蛛盒肯定不甘心，但一来盒子都长得差不多，二来柳溪没有证据证明是她的，所以才有恃无恐。谁承想，她们竟然连蜘蛛上的花纹都数过，听这女人的意思，连蛛丝都数过？

谢长晏笑嘻嘻地看着她："我若说对了，如何？"

柳溪接过篮子帮腔道："对！如何？还不能证明是我的吗？"

众人跟着在台下起哄："快说快说！多少根蛛丝啊？"

柳婷婷毕竟还是个十六七岁的小姑娘，被众人一催一逼又一吓，顿时有点扛不住了："我、我也不知道，这个盒子不是我偷的，是我捡的！对，姑姑，我是从路上捡的……你相信我，我不知道是柳溪的……"

柳月一阵头疼，众目睽睽下，她也不好偏袒，只好训斥道："胡闹！捡的东西怎能占为己有！"然后歉然地看向柳溪，"溪溪，既是你的盒子，快拿回去吧，下次别再不小心弄丢了。"

柳溪刚要上前，谢长晏拉住她的袖子："谁说我们是不小心丢的？明明是——"她突然从台上跳了下去，冲到一个小男孩面前，一把抓住他的手臂。

小男孩本在人群中看热闹，哪料她说下来就下来，没有防备，被抓了个正着。

谢长晏将他一路拖上了台子。小男孩拼命挣扎："干什么？放开我！放开！"

柳月一下子站了起来："元元！你这是做什么？"

"娘……"小男孩委屈喊道。

"哟，认识啊？那更好了。"谢长晏弹了弹小男孩的头，"小弟弟，说说，刚才是怎么顺手牵羊把柳溪的蛛盒送到你表姐手上的啊？"

此言一出，众人再次哗然。

柳月脸上顿时也挂不住了："元元！到底是怎么回事？！"

柳元的眼珠骨碌碌直转，却比柳婷婷要镇定得多："我没有！娘我没有，我不知道她在说什么！"

"这个盒子，看起来平平无奇，其实为了让蜘蛛好好结网，抹了一种药粉。那种药于蜘蛛无害，对人却有毒。所以你看，我之前是用篮子提着的，不敢直接碰触。"

柳元一愣，柳婷婷则尖声叫了起来："什么？你说什么？"

"不过也别担心，有解药。就是解毒时会有点痛，忍忍就好。"谢长晏说着从袖中取出一个药瓶，打开盖子，倒出三颗朱红色丹丸，先给了柳溪一颗。柳溪会意，当即塞入口中吞下。

谢长晏又递给柳月，柳月面色变了又变，也接过吃下了。

谢长晏托着剩余的药，朝柳婷婷一笑："你要吗？"

"废话！快给我！"柳婷婷说着就要伸手拿，谢长晏却看向柳元道："解药只有最后一颗了，不过，既然这位小弟弟没碰过这个盒子，自然无须解药。"

柳月闻言顿时脸色一白。

柳元却嗤鼻道："你吓唬谁呢？你敢拿个毒盒子上台参赛？"

"确实不敢。本想上台时用手帕包住说明一下的，没想到会路上丢了。那这解药就给这位姑娘吧。"谢长晏说着将最后一颗红丸往柳婷婷手中送，柳月却突然伸手拦住了她："解药真的只剩最后一颗？"

"姑姑！"柳婷婷意识到不妙，连忙叫了起来。

柳月反手一把将她推开，怒斥道："我还不知道你的臭德行吗？你自己闯祸就算了，要连累了我家元元我跟你没完！元元，快，把这解药吃了！"

柳元还待辩驳，但柳月不由分说地将药丸给他喂了下去。柳元无奈，只好狠狠地瞪了谢长晏一眼。

柳溪啧啧道："真是知子莫若母啊……"

柳婷婷面色发白地从地上爬起来："那、那我怎么办啊姑姑！溪溪，解药还有没有？"

"有啊，三匹帛来换。"

柳元大怒："我就说她们使诈，想诈小爷……"

"你给我少说几句，还嫌不丢人？"柳月当即评者也不当了，揪着儿子的耳朵回家去。

柳婷婷的脸一阵红一阵白，最终跺了跺脚："好，你等着！"

柳婷婷匆匆下台，沿途所有人都对她起哄，嘘声一片。

柳溪笑喊道："记得，三匹帛，快点，过时不候噢——"

柳婷婷扭头，含恨瞪了谢长晏一眼，跑远了。

谢长晏将篮子里的盒子取出来，递到柳溪手上："喏，得罪了村长的女儿和侄子，怕不怕？"

柳溪嘻嘻一笑，反问台下的看客们："叔叔婶婶哥哥姐姐们，你们说我要不要怕？"

"怕他们个鬼！"

"村长要找你麻烦，我们帮你出头！"众人笑应。

柳溪打开盒子，露出里面密密麻麻的蛛网："那我是不是今年的织娘？"

"是——"

"双冠王——"

人们冲上台，将柳溪抛了起来，柳溪哈哈大笑，更有人放起了烟花庆祝。

焰火"嗖"的一声蹿到半空中，"砰"地炸开，变成了一座弯弯的小桥，再然后，桥身一变，变成了喜鹊四下飞散……

"宜国的焰火可真是巧夺天工啊……"谢长晏深深感慨。

月挂中天，所有的庆典都结束了。

柳溪挽着谢长晏的手臂一同回家，一路上兴奋得不得了："阿燕阿燕，这回真是多亏了你啊！"

"我弄丢的蛛盒，我负责找回来而已，谢什么？"

"总之我就是好高兴。这么多年的窝囊气，全出掉啦！而且有了双冠王的名号，我的亲事肯定能成！"

谢长晏微讶："你议亲了？"

"我喜欢村东的张大哥，但他娘看不上我。这回好了，我让爹爹再去说说看。"

谢长晏挑了挑眉毛，心想宜国果然开放，女孩子都能为自己提亲。

二人正在说说笑笑，远远看见柳婷婷带着几个人站在她家门口。

柳溪喜道："柳婷婷送帛来了吧？"

谢长晏却眼尖地看到那几个人腰间别着刀，心中"咯噔"了一下。

果然，柳婷婷一扭头，看见二人尖叫道："就是她！她没有手实也没有路引，来历不明！"

柳溪气得大骂："柳婷婷你！你不要脸！竟然报官！"

"我爹被你们蒙蔽，我可不会。此女一口燕音，没准是燕国的细作！差大哥，你们可得查仔细了！"

衙役们打量着谢长晏，谢长晏心中叹了口气：该来的，迟早会来。

不等衙役拔刀，她立刻配合地举起双手道："我知道了，我跟你们去府衙。只是柳溪家跟此事无关，还请不要牵扯无辜。"

柳婷婷厉声道："呸，她和她爹收留你们，还对外说是远亲，成心包庇，怎么就无辜了？"

谢长晏哭笑不得地睨着她："姐姐，做人留一线，日后好相见啊。"

"留个屁！差大哥，屋里还有个男的，是她相好，两人一起出现的，快快一并抓走！"

柳溪跺脚急道："柳婷婷你不要解药了？"

"我抓了你爹，看你敢不敢不给我解药！"

柳溪大怒，还待说话，被谢长晏拉住："没错，解药……各位差大哥，其实这对父女也是被我用毒控制的，想知道什么带我走就够了，屋里那个……病了许久，至今昏迷不醒，带走他也没用。"

领头的衙役生就一张冷面，倒三角眼，一看就是不好说话之人，冷哼一声道："不用你教怎么做！都给我带走！"

一声令下，他身后的两名差役冲进茅屋，谢长晏好生着急，当即就要跟进去，却被领头的衙役一把扣住手臂，几个小擒拿，就把她抓住了。

谢长晏想要挣脱，冷面衙役沉声道："再反抗罪加一等！"

这时屋内传出一阵打斗声，紧跟着几声尖叫，两名衙役从屋内横飞出来，摔在地上直呻吟。

紧跟着，一个声音从屋内传了出来："你们是什么人？为何抓我？"

谢长晏整个人都愣住了。

这是彰华的声音，却又不似他的声音了。

彰华说话时，总是压三分，沉三分，不怒自威，即使是笑，亦很克制。此刻屋里传来的这个声音，却是年轻的，带着困惑和怒气，把所有情绪都表达得很充分。

彰华醒了？真的是他吗？

冷面衙役厉声道："你敢拒捕？"

"端午哥小心，那人很厉害！"一倒地的衙役提醒道。

冷面衙役端午冷笑一声，放开谢长晏，拔出刀刚要进去，就见屋门"吱呀"一声再次打开，一个人扶着墙壁慢慢地靠站在了门槛处。

谢长晏的眼睛不由得一热——真的是陛下！他、他他终于醒了！

这段时间来的焦虑、着急、恐惧、悲伤、期许，都随着他的苏醒而烟消云散。仿佛溺水之人重回陆地，仿佛屋舍重有了栋梁。

一瞬间，她有好多好多话想要跟他说。

然而，当月光和衙役手中的灯笼彻底照亮彰华的脸时，谢长晏的心又"咯噔"了一下——她从没见过这样的彰华。

只见他半倚着门框，身体显得有些虚弱，苍白的脸上一片茫然。他的眼睛一改从前的深沉，变得又亮又清澈，不像二十二岁，反像个十六七岁未经人事的少年。

"你们……是谁？这里……是哪里？"彰华环视四下，目光从谢长晏脸上掠过时，也没有停留。

"陛……比我预想的醒来得早了……"谢长晏连忙上前，想去抓他的手。对方却下意识地一闪，避过了跟她接触。

"你是？"他困惑且防备地说。

谢长晏颤声道："你、你不认识我了？"

柳溪在一旁急声道："怎么回事啊？他不是你男人吗？你们不是一起的吗？"

"男人？"彰华错愕。

端午不耐烦起来，当即喊道："都给我带走！有什么话衙门里交代去！"

他冲上前准备动手，却被彰华一个反扣，擒住了他的手臂，再一拍，拍掉了他手中的刀。

"你……"他刚说一个字，膝盖一疼，"啪嗒"跪在了地上。

彰华眼中似有精光一闪而过，但随即一怔，连忙松手，把端午扶了起来："对、对不起，你、你没事吧？"

谢长晏简直没眼再看。她想彰华大概是昏迷太久，烧坏脑子了。这两年游历时总听说谁家的谁遭遇某某事后醒来就什么都不记得了，性情大变。没想到有生之年竟能亲眼见证此事。更没想到，这么狗血的事会发生在彰华身上。

天要亡燕啊！

"少来这套！"端午打开彰华的手，自己爬了起来，此人倒不怕死，对着武功高过自己数倍的彰华还敢亮刀叫嚣道，"你们两个身份不明，还敢拒捕！真不把王法放眼里吗？"

彰华听到"王法"二字，又怔怔了一下："是这样吗？对不起，我刚醒来，脑子昏昏的，什么也想不起来……既然你们是官府的人，那就怎么说怎么做吧。我跟你们走。"

谢长晏想：得，毕竟是陛下，对王法的看重和维护是刻在骨子里的。

端午半信半疑："真的？真跟我们走？"

"是。"彰华友好地朝他笑了笑，温顺地伸出双手。

端午当即拿了镣铐将他锁了。

柳溪拉了拉谢长晏的袖子道："不会吧？你男人真的傻啦？"

谢长晏叹了口气，眼看端午的目光朝这边转来，连忙也识时务地伸出双手。

就这样，谢长晏、柳溪、柳溪她爹柳栋，和左顾右盼对一切都似乎感到很好奇的彰华一起被押上囚车，送往县衙。

此事惊动了整个柳芽村的人，村子一共三百多人，同姓柳，全沾着亲。见柳溪家出事了，大伙儿全跟着囚车纷纷求情。然而端午不为所动，连柳婷婷她爹——柳芽村的村长柳富来都不管用。

最后柳富只好焦头烂额地冲柳栋喊道："二哥你放心，我明早就去赎你们回来……"

柳溪靠着谢长晏，却半点都不害怕，反而很兴奋地说道："天啊，没想到我还有进府衙的一天啊。"

谢长晏内疚："是我连累了你们。"她不该出那风头的，要是五伯伯在，肯定要气得骂她朽木不可雕。宁可得罪君子，不可得罪小人，明知柳婷婷品性不端，却非要当众揭穿令她下不了台。结果好，被告发了吧，连累柳溪父女不说，陛下也跟着遭殃。

“没事。今晚我真觉得特别痛快！柳婷婷弄虚作假，偷鸡摸狗，还睚眦必报，是她的错。咱们可没错！”柳溪昂首。

一旁的彰华听到这儿，好奇地问道：“谁能给讲讲发生了什么事？”

赶车的端午板着脸回头道：“不许讲话！”

彰华乖乖地“噢”了一声。

谢长晏一个趔趄，跪在了木笼子里。一旁的柳溪吓一跳，忙扶她坐好：“怎么了？”

“发现新世界了。”

“唉？”

银月弯弯，照着彰华的脸。谢长晏心中却觉得暖洋洋的。人说祸兮福之所倚，果然诚不我欺。若不是今夜冒失替柳溪出头，怎会招来这帮人，若没有这帮人，彰华又怎会意外醒来？虽然他失忆了，虽然他不认得自己了，虽然他们进了府衙会有一连串麻烦事，但是……好奇怪，只要这个人醒过来了，她就什么都不害怕了。

她只觉得开心。

开心得像是重新获得了全世界一样。

锦绣县虽只是个小县城，却经济富裕，交通便利，驻扎着宜国很厉害的一支地方军——绣旗军，在屡次对抗程寇中竖立了赫赫威望。因此，府衙半点不小不说，衙役还个个厉害，一看就是刀上沾过血的。

四人被押入府后，进了一个黑暗幽深没有窗的小屋。不多时，端午领着一个白面青袍书生模样的年轻男子进来：“张主簿，中间两个就是从柳芽村抓回来的身份不明之人。”

彰华问道：“这么晚了，你们还处理公务？”

端午冷冷道：“维护治安，不分早晚！”

彰华赞赏道：“当真是官吏之典范！”

冷面衙役却被他那个赞赏的眼神给恶心到了，作势呕了几声。

而那位姓张的主簿随身携带茶壶，对着壶嘴灌了一肚子茶后，才耷拉眼皮看向四人：“说吧，怎么回事啊？”

“我不喜欢你的官腔。”彰华道。

一旁的柳栋急忙拉了他一下：“少说两句吧大爷！”

彰华诧异道：“咦？你为何叫我大爷？你认识我？你是谁？我又是谁？”

端午当即拔刀：“别再废话！好好回答大人的话！”

彰华乖乖“噢”了一声，然后一摊手：“我什么也不知道。”眼神诚恳至极，令一旁的谢长晏"扑哧"笑了出来。

张主簿叹了口气："有能说事的明白人吗？"他看向柳溪，柳溪连忙躲到了谢长晏身后。他又看向柳栋，柳栋的嘴唇动了动，刚要开口，谢长晏抢在他前道："我姓谢，名长晏，燕国隐洲人氏。谢怀庸是我五伯伯。"九哥曾自傲说，天底下的读书人，可能不知道皇帝是谁，但没有不知道谢怀庸的。

张主簿果然一挑眉毛，一改之前的懒散之态："三才先生是你伯父？"

"三才先生是谁？"彰华问道。

"你闭嘴！"端午吼他。

谢长晏忍俊不禁。

张主簿呻吟："还能不能审下去了？"

"是。"谢长晏一指彰华，"这位是我的二哥——谢知幸。"

柳溪惊讶道："什么？你哥哥？他不是你的男人吗？"

"男人？"彰华震惊，看了谢长晏几眼，"我觉得还是兄妹比较好。"

"这能随便你选吗？"端午气得又想拔刀。

张主簿连忙对谢长晏道："快细说啊！"

谢长晏心中得知既入官府，没有侥幸可能，与其编造身份，不如坦白直言。但彰华的身份实在太特殊了，如今又失了忆，虽说看似跟宜王交好，可谁知宜王有没有称霸之心。事态未明前还是再藏一藏吧。幸好二哥一向行踪成谜，又因为面有残疾的缘故，从小戴面具，除了特别亲近之人无人知道他的真实长相。

"我们去程国游玩时遭遇海难，随着箱子漂到宜境，幸得这对父女相救。但我二哥病重，昏迷没醒。我们所有的东西都丢了，没法证明自己的身份。想要写信回家，又没有邮资，就这样混到了今天……民女所言句句属实。"

张主簿忽然起身，绕着谢长晏走了几个圈："你说你是……谢长晏？谢家的十九娘？"

谢长晏没有回避他的目光："是。"

张主簿嗤笑，笑到一半觉得不好，收了表情，对端午道："叫孙典史来。"

端午迟疑了一下："老孙头这会儿恐已入睡了。"

"睡什么睡？难得有个案子，犯人还自称是燕国前皇后，多大事啊，快叫起来。"

端午闻言一惊，连忙去了。

柳溪父女也都震惊地看向谢长晏。

彰华更震惊："我的妹妹是皇后？！"

谢长晏心中无语，表面还要一本正经地纠正他道："那个，不是皇后，我退婚了。"

张主簿又想嗤笑，抓起茶壶"咕噜咕噜"灌了一通，才道："那更了不得了，唯方大地千百年来唯一一个敢退皇帝婚约的谢十九娘。你说你冒充谁不好，非冒充她？"

"为何大人不信我就是谢十九？"

"谢十九风华绝代美绝人寰才华横溢高贵优雅，跟她三姐谢繁漪并称谢家的并蒂兰。你看看自己，从头到脚哪点符合啊？"

彰华附和道："确实……"

谢长晏听得嘴角一抽，转头问柳溪："溪溪，你也不信吗？"

"我、我、我不知道……不过，我觉得你也挺好看的，真的，很好看！就是、就是……你的手上那个，全是茧子，还有你腿上，好多疤，还那个、那个不修边幅……不像千金小姐。"柳溪的声音越说越小。

谢长晏叹了口气，对上柳栋的视线，柳栋没说话，用一种别有深意的眼神打量她。

——这个人相信。还是老人家见多识广啊。

谢长晏冲他一笑。柳栋慌忙垂下头，避过她的目光。

这时一连串脚步声从远而近，门被撞开，两人夹带着风一起刮了进来。

"在哪里？在哪里？谢长晏在哪里？"走在前头的是个眉发皆白的驼背老头，身形极为瘦小，脸上全是褶子，唯独一双眼睛又大又亮。

他带着满脸兴奋，冲到众人面前，从柳溪脸上扫过，移向谢长晏，然后便定住了。

谢长晏刚要说话，被他伸手阻止。孙典史的目光移向她的衣服和鞋子："从芦湾来？"

"是。"

"芦湾今年流行驼色，一个个整得跟和尚尼姑似的。你这身布料，一看就是芦湾染的；还有这鞋，轻薄防水，为程境内行人常穿。"

谢长晏鼓掌道："典史大人好眼力！"

端午冷冷道："少拍马屁。你从程来，但不代表你就是谢长晏！"

张主簿则笑眯眯地问："老孙头，你看她可有隐洲谢氏的芝兰之风？"

孙典史皱起眉头，继续打量谢长晏，半晌后，摇头道："实是看不出来。"

谢长晏心想鼓掌鼓早了。

孙典史又去看彰华，一看之下神色骤变："这位是？"

"此人在我们缉捕时突然醒转，然后自称什么都不记得了。据此女交代说是她的兄长，叫什么、什么来着？"端午还在回忆，孙典史已一拍膝盖道："此子不凡啊！"

"典史大人会看相？"谢长晏惊讶。

"看相不会，但会看人。你看他穿的这件外衫，看似平常，其实是稀罕物。

挺括不说，不易起皱，遇水立干，还轻软舒适，此乃燕国贡缎——云霓！还有他的靴子……"孙典史说着对彰华道，"脱鞋。"

彰华愣了愣，温顺地脱了一只靴了。

孙典史捧起他的靴子，摸了几下道："是用最好的胎牛皮所制，内衬极软绵羊皮。一双值十金啊……"

谢长晏忙笑道："我的这位二哥，确实喜爱享受……"

彰华却皱了皱眉道："我觉得我不是这种人。"

谢长晏扶额。

"他是你哥哥？"孙典史立刻扭头看她。他的眼睛又大又亮，像两颗水汪汪的黑葡萄，却生在那样一张老脸上，看上去着实格格不入。

但谢长晏此刻有些怕了这双眼睛，不敢与他对视，只好硬着头皮道："他是五伯伯的长子，是我堂哥。"

"你们长得……"孙典史在她和彰华之间转了个来回，谢长晏的心都快提到嗓子眼了，却听他来了一句，"是有点像。"

唉？怎么可能？她跟彰华哪里相像了？！

"你们两个身上，都有种……唔，类似的劲儿。你们肯定同一个老师，受过同样的教育，在一起生活过一段时间。"

谢长晏心中叹服。真是高手在民间，这么个小地方区区一个连品级都没有的典史，竟生有如此一双毒眼！

彰华则有些茫然又有些好奇地看着谢长晏，看得谢长晏狠狠瞪了他一眼。

然后彰华便笑了，露出了洁白的牙齿。

算了，谢长晏想，有生之年能看到陛下如此坦然的笑容，其他瑕疵就忍忍吧。

而这时，孙典史做了总结："你们来到柳芽村小半个月了，其间大门不出二门不迈，什么也没做，也不好定罪收监。既自称是燕国人，遣送回燕吧。"

谢长晏大喜，谁知张主簿却皱眉道："不行呀，知县大人说，程王新立，看似关系有所缓和，实则更要提防有细作潜入。这两人既然来自程国，就该核实确是燕国人后才能放。"

"我们真的只是去程国玩的……"

"是不是，很快就知道了！"端午一挥手，叫来几个兄弟，"押走！"

彰华第一个听话地走人，走了几步，又转回到孙典史面前："那个……靴子……"

孙典史端详着手里的靴子，冲他诡异一笑："八寸的鞋啊？归我了。把那只也脱下来。"

彰华一愣："你说什么？"

孙典史挖了挖耳朵，看向谢长晏："你哥不懂事。你懂不懂？"

"我懂我懂！"谢长晏忙走到彰华面前，把他另一只靴也脱了下来，彰华想说什么，被她用眼神堵了回去，"别说话！"

孙典史得了靴子，高高兴兴地哼着小调走了。

张主簿摇头叹气，却什么也没说，呷着茶慢悠悠地离开了。

彰华怒道："他们这是盘剥疑犯！"

"谁说的？是我们主动孝敬的。"

"那就是受贿！"彰华看向一旁面无表情的端午，"你们的知县在哪里？我要举报……"

话未说完，谢长晏跳上前一把捂住他的嘴巴："少说几句吧哥哥！差役大哥，您带路，劳烦费心了……"

彰华虽会武功，能轻易就甩脱她，但不知是不是因为顾忌她是自己的妹妹，最终乖乖地跟着她走了。

四人被关进同一间牢房。

大概因为她说出来的身份很特殊，再加上没犯什么大罪，因此给了个最僻静的单间，打扫得也还算干净。

谢长晏对人间的不平事见识已久，虽沦落至此，却新鲜感大于愤怒感，尤其彰华醒了，她心情放松，当即安慰柳溪父女道："伯父，溪溪，给你们添麻烦了……"

柳栋忙道："不麻烦不麻烦……"然而目光躲避，挪得离他们远了些。

谢长晏知道他的想法，之前他虽看出他们身份不凡，但出于善良，还是收留了二人。如今听说她竟是燕国前准皇后，那身份在小老百姓眼中实在太高不可攀，因此就生了敬畏之心，再也不能平常心待她了。

谢长晏心中若有所失，一回头，对上彰华的视线。彰华正在很认真地打量她，然后得出一个结论："我觉得我们并不像兄妹。"

"那像什么？"谢长晏来了兴趣。她很想知道，在失去记忆，恢复纯真本性后的彰华眼里，自己会是什么样子的。

彰华想了半天，正色道："你给我的感觉很熟悉，很亲切……就像、就像……我的女儿。"

"谢谢抬爱。"谢长晏一笑，然后抓起一把稻草撒在了他头上。

一夜无事。

第二天一早，柳芽村的村长柳富满脸堆笑地跟着端午进来了。

"多谢端午哥，小小心意，哥几个打酒喝。"柳富塞了个荷包到端午的袖子里。

端午依旧一张棺材脸，却没有拒绝，瞥了身旁的两个侗役一眼，侗役们当即打开门锁将柳溪和柳栋提了出去。

柳溪不解道："爹，咱们能走了？"

柳富训她："不走等着在这儿吃午饭啊？"

"那阿燕呢？"

"她又不是我们柳芽村的，我才不管。光捞你们两个就够费劲的了……快走快走！"柳富推着二人离开。柳溪回头似要说些什么，但被柳栋按了回去。

如此一来，牢中就剩下谢长晏和彰华二人。

两人互相对视了一会儿。彰华开口道："他们果然贪污受贿！"

"我还在这里！"端午敲了敲铁栏。

"我要举报你们！你们知县……"话未说完，谢长晏又扑上去捂住了他的嘴巴，回头冲端午谄媚道："他脑子撞坏了，差大哥见谅！我觉得你们这种风俗特别好！真的！其实吧，我真的是谢长晏，所以呢，我其实也挺有钱的……"

"你想说什么？"

谢长晏豪气冲天道："只要你放了我，等我回到家，要多少钱，随便说！"

端午冷冷一笑，转身走了。

"差大哥！我说真的啊！他脚上那种靴子，我送你一百双，噢不，一千双、一万双都行啊！"谢长晏趴着铁栏大叫，也没把他叫回来。

彰华好奇道："咱们家这么有钱？"

谢长晏将头抵在栏杆上，懒洋洋道："富可敌国。"

彰华面色顿变，却是露出了不悦之色，两道英武的眉也皱了起来："我们家是贪官，恶霸，还是奸商？"

谢长晏不由得乐了，饶有兴趣地看着他："要是，你打算如何？"

彰华一身正气："当然是依法治罪、依律判刑！"

谢长晏走向他，在距离他极近的地方才停下。彰华有些不自然地后退了半步，目光闪烁道："你看什么？"

"我在想……一个失忆了都不忘本心，坚持律法公正的皇帝，果然是个好皇帝啊。"

彰华皱眉："你说什么？"

"我说，你不是我哥，你是燕国的帝王彰华，今年二十二岁，是我曾经的未婚夫。"

谢长晏在一步远的距离里，凝视着彰华，一个字一个字地如是道。

"你失忆前，爱我爱得要死要活呢。"谢长晏告诉彰华。

"我十二岁时，你一见到我就惊为天人，不顾群臣反对钦点我为皇后。

"我十三岁时，你相思成疾，一道圣旨，强行将未及笄的我召入玉京，金屋藏娇，养在你做太子时的住所——知止居内。

"你不顾礼法，亲自为我授学，对我做尽了不可描述之事。

"我无法忍受没有自由，拼命逃脱，你虽然不舍，但忍痛割爱，派暗卫一路保护，还送我一条当今世上最好的船。

"我去程国游山玩水，你不放心，私自离宫，到程国找我，然后在众目睽睽下宣誓，愿意为我生、为我死。"

她每说一句，彰华的眼角就抽搐一下。

他必须用尽全力，才能绷住表情，问道："后来呢？"

"后来啊……"谢长晏脸上的戏谑之色缓缓沉淀，凝视着他，眸光如夜月下的雪地，覆住万物，只剩下一片幽幽冷冷的安宁。

"后来，你就真的为了我赴死……我们两个一起跳海殉情，结果没死成，漂到了这鬼地方。"

彰华紧皱着眉，半晌后，才低声道："你说的，我一个字都不信。"

谢长晏"扑哧"一笑。

"你在说谎。"彰华面容严肃，语气笃定。

"为何不信？"

"虽然冒犯，但是——我不可能喜欢你。"彰华有些厌嫌地看了她一眼，"你无论从哪方面看，都不是我喜欢的类型。"

胡说八道！你明明说过我就是你年轻时一心想要的妻子！现在你的心态明明变年轻了，却说不可能喜欢我，气死我了！

谢长晏气鼓鼓地瞪了他一眼，然后扭身，走到墙角里蹲下了。

彰华见她生气，有些后悔，挠了挠头，轻轻挪了几步，挨近她："生气了？"

"你道歉。"

"我道歉。但你真的不符合我的……"

谢长晏抓起稻草，第二次往他头上丢去。

丢完之后，谢长晏想，若彰华没失忆，她是绝对不敢这么做的，再看眼前这个被稻草挂了一身却一脸无辜无奈无害的彰华，还是忍不住"扑哧"笑了。

这么多年，兜兜转转，我曾遗憾未遇你在青涩时。

而如今，命运垂怜，令你重回少年。

你会喜欢我的。

你一定会喜欢我的。

因为……我们是被命运紧紧系在一起的人啊。

谢长晏和彰华一共被关了十天。十天里，谢长晏抽空向他讲述了自己所知的关于燕王的所有事情，而这一次，没再添油加醋扭曲事实。

彰华全程保持严肃，只偶尔提几个问题。

第十天晚上，谢长晏终于说完了，拍了拍膝盖上的稻草道："我所知道的全部讲完了。接下去如何，看你的。"

彰华沉浸在惊世骇俗的变故中，沉默了很久。

在此过程中，谢长晏一直看着他，心情微妙。她既担心补上记忆空白后的彰华会重新变回深沉克制的燕王，又担心他变不回去。如果是从前的陛下，肯定有一万种解决困境的方法。但如果他变回去了，她又会遗憾于再难见他如此直率可爱的模样。

呸呸呸，我在想什么呢！燕王失踪，多大的事，干系到整个大燕的国计民生！我怎能如此自私，只为享受此刻相处，就置万千百姓于脑后？

一念至此，谢长晏拍拍彰华的肩膀道："总之当务之急，我们要尽快离开这里，回燕国。"

沉浸在思绪中的彰华被她一拍，回过神来，看向她的目光有些复杂。

"怎么了？干吗这么奇怪地看着我？这次说的都是真的！"

"虽觉不太可能，但……如此看来，从前的我……确实……"彰华目光闪烁，异常艰难地道，"深爱着你。"

谢长晏的呼吸在这一瞬间，停止了。

那些被掩藏起来、不曾挑明的、纠结十心的过往，在若干年后，在失忆了的他口中，得到证实。

她想着她的十三岁，遥远得像是一场梦，一切都那么虚无缥缈。然而，因他此刻的四个字，变成了烙在岁月里的碑文，每一笔每一画，都有迹可循。

她曾经觉得彰华待她像女儿、像弟子、像师妹，却独独不像恋人。

在她曾经用退婚做威胁，来恳求他的爱情时，他毫不留情地拒绝了。

可是，十六岁的谢长晏再回过头去细想当年，得出了此刻跟失忆了的彰华同样的结论——如果那都不是爱，会是什么呢？

一时间，泪盈于睫，想哭，心情却是欢愉的；想笑，眼泪却止不住地往下掉。

彰华见她如此激动的模样，顿时慌了："喂，我只是说从前，那是从前！"

"现在如何？"

"现在……"彰华犹豫再三，还是没忍心说出太冷酷的话来。谢长晏注视着他纠结的表情，心中不由得又笑了。若这真的是十六七岁的彰华的话，那么他确实是个多情之人，柔软而温暖。那么，后来是发生了什么事情，令他有了那么大的改变呢？

会有什么，是比六岁时的那件事对他刺激更大，从而诞生了此后那个喜怒不形于色的帝王呢？

就在这时，彰华面色一变，低声道："有人来了。"

如此过了一会儿后，外面果然传来了脚步声。

端午带着一个人走进来，来到他们这间牢门前，指着彰华道："认认看，是他吗？"

谢长晏心中一紧，打量来人。此人约莫四十左右年纪，满脸风霜，带着习惯的谄媚皱纹，一副被世情摧折了腰的市井模样。

她不禁问道："你是谁？"

端午倒没藏着，对那人道："给谢大小姐讲讲。"

"小人姓张名进，是本地人，早些年在程经商，开了一家小小客栈。程国税高，又时不时有恶霸来收账，实在承受不了，就卖了店面回来了。现在以打短工为生。"张进说着，挤出一脸笑来，"得蒙端午哥照顾，这两年还算凑合……"

端午打断他："讲重点！"

"噢，是是。小人在程国开客栈时，曾招待过谢二公子。"

谢长晏的心一下子提了起来——不会吧？这么快就找到人证了？

"因为当时谢二公子受了重伤，倒在我家门前，我给抬进的房间，还找了大夫给看了病，印象深刻，所以记得。"

"我二哥出行，一向戴面具的。"

"确实，但他病重，小的要给他擦汗，就斗胆摘了一回……"张进说着，眼神就往彰华脸上瞟了过去。

完了，谢长晏心道，这下糟糕了！

谁知，张进却朝彰华哈腰道："公子怕是不记得小人了，但小人还记得公子呢。公子当年病好,给了小人一锭金子,小人这才下了决心,卖了店面回宜来的。"

彰华一脸莫名地看向谢长晏。

谢长晏也是惊讶不已——此人怎么回事?

"看清楚了?确定就是他吗?"端午沉声道。

"看清楚了,这位确实就是谢二公子谢知幸。"

谢长晏忍不住也看向彰华,忽然想起有一次做梦,也意识到彰华跟二哥有点像,尤其是嘴唇和下巴,一模一样。小时候她见过几次二哥的脸,后来年纪渐长,二哥便不摘面具了,细究起来,她十三岁离家,差不多有五六年没见过他的真容了。

是此人认错了,还是二哥确实长得像彰华?

端午拍了拍张进的肩膀:"行了,滚吧。"

"谢端午哥,有事尽管再叫我。"张进笑嘻嘻地出去了。

端午打量着谢长晏和彰华,片刻后,取出钥匙开了牢门:"既然有人为你们做证,按照律例,遣送你们回燕,交由燕的府衙核实身份。走吧。"

谢长晏跟彰华对视了一眼,彼此满腹狐疑地跟他走。

"差大哥,我们怎么回燕啊?"

"由衙役押送,坐朝贡船去滨州。"

谢长晏想起在滨州南域岸口处,确实见过许多宜国的朝贡官船。没想到事情会变得如此顺利,能够一分钱不花地回国。

"差大哥,今天就走吗?"

"嗯。"

"那谁负责押送我们啊?"

端午扭头看了她一眼,忽然露出一个奸诈的笑容:"不是说一万双靴子吗?我等着呢。"

果然还是冲着钱啊!

"我没有答应!"彰华果然不干。

谢长晏给了他一记警告的眼神,"我答应了!这谢礼我给!"

彰华不悦道:"你如此同流合污,与帮凶何异?"

"大哥,这是宜国,你管他污不污垢?更何况,宜本就以商为本,商人重利,有何不对?"

彰华的目光闪烁着,忽有些瘆人:"既如此,不如吞并之。"

谢长晏仰天长叹,终于明白了一句话——

"朕当时是太子,束发少年,桀骜自大,满脑子都是肆意率性,想着怎么轰轰烈烈地开天辟地。"

陛下，草民见识到了。

宜国府衙办事效率极高，在端午的带领下，二人很快办好手续，登上了开往燕国滨州的官船。船上多是去燕贸易的官商驿使，如他们这样身戴枷锁之人极少，因此上船时人人瞩目。彰华还在左顾右盼，谢长晏低声道："低头！被人认出了怎么办？"

"那就能直接回宫了。"彰华信心十足。

谢长晏无奈地想，看来这心态倒退了，智力也跟着倒退了啊。

说话间，端午拉开脚下的舱门，露出一个黑漆漆的洞口，冷冷道："下去！"

"差大哥，给个好点的房间住呗。"

"没收到靴子前，一切免谈！"端午抬脚，一人一脚，将二人踹了下去。

谢长晏只觉身子一沉，还没来得及有所反应，就掉进了一大堆柔软的稻草里。紧跟着，彰华也掉了下来，却是半空一个翻身，稳稳落地。

二人环视四下，光线昏黑，好一会儿才能辨认出四周堆满了箱子，箱子上贴着封条，还盖了官府的戳，都是些运往燕国贩卖的货物。除此外，还有好些压船的巨石。

谢长晏不禁啧啧道："此情此景熟不熟悉？跟你六岁时一样的遭遇啊……"被关在了船底的货仓里，真真是暗无天日。

彰华背对着她，久久没有说话。

谢长晏走过去，发现他在研究身上的枷锁，片刻后，他的手不知怎么一动，枷锁"咔嚓"一下分开了。

谢长晏震惊："你还会这种技能？"

彰华道："感觉应该可行，就试了一下。"他解开自己的锁后，又来帮她。过多时，谢长晏的枷锁也打开了，被扔在了地上。

"要是被端午哥看到，估计我们的饭就没了。"

"我去上头找点吃的。"

"找？"是偷吧？

彰华的脸果然红了一下，在偷不偷食物间纠结了一会儿，道："那等他快进来时我们再把枷锁戴上吧。"

谢长晏忍不住笑。其实彰华说的并不是多好笑的话，但因为实在跟他之前反差太大，所以看在她眼中，总觉好笑。

彰华没再说话，低头去看他身边的箱子，封条上写着里面的货物是蓝焰。

"宜国的焰火还真是巧夺天工，独树一帜。蛙老时常感慨他们的匠人不务正业，心思全耗费在了享乐上。说到这个，他跟你可都是务实派。"谢长晏拍拍箱盖，忽想起之前的事情，神色微肃。

"对了，我还没跟你说正事。难道你不觉得奇怪吗？"

彰华的手缓缓从箱盖上抚过："什么？"

"今天七月十九，距离长刀海峡红船爆炸已过了大半个月。为何这半月里，如此风平浪静，没有听到任何传闻？"谢长晏分析道，"这说明，燕王遇难失踪的消息被刻意封锁了。那么，会是谁封锁消息呢？"

彰华沉默。

谢长晏便把自己想的全说了出来："两种可能。一是保王派干的，为了避免政局动荡引起恐慌，只能私底下找你；二是反王派干的，用我为饵引你上钩杀了你，趁机夺取政权。我本以为是第二种，现在却又不好确定了。"

"为什么？"

"如果是第二种，他们应该抓紧时机改朝换代，对外散布燕王遇难的消息，选个新诸君出来，尽快登基。可这么大的事，不可能宜国这边半点风声都没有。"

彰华拧起两道好看的剑眉，陷入沉思。

说到这里，谢长晏有点内疚："是我对不起你，害你落得这般境地……"

彰华终于侧过头来，暗淡的光影中，他的眼眸亮得有些惊心动魄："你还没有告诉我。"

"告诉你什么？"

"你被令姐关在船舱里的那一天，胡智仁进来对你用强……"他的声音停了停，再响起时，带着几分怒意，"然后呢？"

谢长晏脸上一红，紧跟着，心急促地跳了起来。

两人坐在子舱里在大海上漂时，她对着昏迷不醒的彰华描述了两个月来发生在她身上的事情时，讲到那里就停下了。在牢中，对醒来却失忆了的彰华描述往事时，则轻描淡写地避过了这一段。

他本不该注意到这个细节，现在却问出了口。难道……

"你想起来了？"

彰华直勾勾地盯着她："看见这些个箱子时，脑海里突然跳出了一些片段，似乎你曾跟我说过此事。那么——后来呢？"

谢长晏心中不知是松了口气，还是有些失落，最后揶揄地眨了眨眼睛："你希望如何？"

彰华不说话。

谢长晏便笑了起来："好了不逗你了，事实是——"

她的话没能说完。

彰华突然伸出双手抓住她的肩膀，然后一带，将她抱入怀中——这是一个无比熟悉的动作，在万毓林他们再次相见时，他就曾经这样抱过她。

明明已经足够坚强地面对任何事情，明明已经学会了豁达从容地看待人性，明明不会为不该伤心之事伤心……却在这样一个拥抱下溃不成军。

谢长晏想，原来她心中竟是那么在意那天胡智仁对她做的事情。

哪怕他并没有真的得逞，哪怕其实那只是很短的几息之间，当他刚撕开她的外衣时，谢繁漪就进来了，沉着脸逼他出去。

胡智仁满脸不甘，却不敢违抗谢繁漪的话，抹了把被谢长晏咬破的嘴唇后挥袖而去。

谢繁漪则走到衣衫凌乱无比狼狈的她面前，淡淡道："你本不必受这样的委屈，只要你肯配合我行事。"

她记得她当时也笑了，笑得不见丝毫悲伤："我不委屈。因为，姐姐你来救我了呀。"

不知是不是那句话触动了谢繁漪，谢繁漪没再说什么就出去了，此后，再没有任何人来打搅她。直到燕王来，翁氏才进来把她抓出去……

谢长晏回忆那段往事，明明只过去了半个多月，却感觉已是上辈子的事情了。

而此刻的她，像个反应极为迟钝的孩童，被咬破了心，在半个月后才疼痛地哭出来。

"姐姐、姐姐她连同胡智仁，故意、故意那样对我……之前发生的一切，都是她跟胡智仁设计好了的……连用强那一幕，也是她的手段之一……"她不再是当年那个什么也不懂的傻瓜了，纵然棋艺没有多少长进，对陷阱却训练出了敏锐的感应。胡智仁看似失控的情绪里，动作却极有分寸，该脱的全脱了，不该碰的都没碰。谢繁漪进来的时机又是那么好，好到分明就是一场精心算计的戏码。然而，看穿那点，只令人更悲伤。

谢长晏在彰华怀中哽咽，眼泪浸透了他的衣衫："我是她妹妹，她为什么要这样害我？要不是你救我，要不是你牺牲自己来救我，我已死了……"

如果不是彰华刺自己心口两刀，阻止了翁氏继续对她施虐；如果不是爆炸之时彰华扑过来救她；如果不是蛙老事先制造了子母舱……她谢长晏此刻已是一缕孤魂，跟父母一样，满含冤屈地死去了。

而置她于死地的人，是她从小到大视为楷模的姐姐！

谢长晏哭了个天昏地暗，淋漓尽致。最后哭累了，依偎在彰华怀中哽咽。就在那时，彰华忽然竖起一根手指"嘘"了一声："有人来了！"停一停，又补充，"不是端午。"

谢长晏连忙止住哽咽，坐直身体，看向舱门处。

不一会儿，那处的门板果然偷偷拉开了一线。紧跟着一根小竹筒伸进来，吹出了团团白烟。

角落里的两人对视了一眼，彰华示意她屏住呼吸。

谢长晏点头。憋气是她的长项，在潜水时能长达一百二十息之久。此刻静坐着不动，能坚持更长时间。

而彰华因为会武功的缘故，显然比她更轻松。大概坚持了二百息后，谢长晏有点憋不住了，身子无法遏制地颤抖起来，眼睛也不由自主地往外冒泪。

再坚持一下！就当是在海里捞珍珠，还有冰下救人！那么困难的时候都熬过去了，这次也可以的！再坚持一下！

她在心中拼命给自己打气。

然而，胸腔越发紧绷，感觉下一刻就要炸掉。

正要豁出去时，彰华忽然俯身过来，渡了一口气给她。

这下子，胸腔得到了松缓，大脑却"砰"的一声炸开了。

谢长晏定定地看着渡气之后就退回原地的彰华，只觉两耳嗡嗡，嘴唇麻麻，一时间，心中竟溢出了满满的甜。

她就知道他会喜欢她！

他果然是会喜欢她的！

若不喜欢，怎会用这么亲密的方式为她渡气？

谢长晏正在欢喜，彰华却已纵身扑了出去。与此同时，舱门全部拉起，陆续跳下四个人来。

未等他们落地，彰华已扣住一人，一推，此人倒向其他三人，将他们全都撞倒在地。

然而，四人的反应亦很快，立刻翻身跳起冲向彰华。

"他们没中迷药！"一人喊道，"抓女的先！"

彰华连忙缠住三人，但还有一人趁机冲到了谢长晏面前，刚要动手，一口大箱子迎面砸来，重重砸中他的胸口，将他整个人都打飞出去。

砸箱的女壮士见此招奏效，当即又抓起另一口箱子自卫。

而这时，一个声音从门外传来："吵什么吵？再吵不给饭吃！"

谢长晏一听大喜："端午哥救命啊！"

端午果然加快脚步冲过来，一俯身看到舱下的打斗，当即面色一沉，拔刀跳了下来："你们是什么人？为何动手？"

四名刺客不答，手上越发狠厉。

端午加入战斗，帮彰华分去了小半压力，再加上谢长晏虽不会武功，却能自保，不多时，端午腿上中了一剑，但同时也擒下了一人。正要审问，那人"咔嚓"咬碎牙齿自尽了。

这死状虽是第一次见到，但听过很多次。谢长晏顿时变色道："他们是如意门的！"

"什么是如意门？"端午果然不知道。

其他三名刺客见机不对，扭身要跑，却被彰华堵住舱门。眼看逃不掉，三人同时咬碎牙齿，直挺挺地倒了下去。

端午点燃火折，一瘸一拐地走过去照清四人的脸，俱是二十出头年纪的英武男子，身穿船夫的衣服，除了口中那颗毒牙，没有任何其他鲜明的特征。

端午皱眉，不悦地看向谢长晏和彰华："你们是如何得罪他们的？"

"差大哥，是他们莫名其妙就下来杀我们啊！我倒要请教一下，这不是你们宜国的官船吗？怎么会有刺客？"

端午沉着脸，目光突然一利："你们的枷锁呢？"

彰华正要答话，谢长晏拉了他一把："这四个刺客先是吹迷烟，我们假装昏迷，他们就下来解开了我们的枷锁，想把我们背走。我们趁机出手，跟他们打了起来。幸好差大哥您及时赶到，否则我们就被他们带走啦！"

端午狐疑地扫视了一圈舱内的情形，还待追问，谢长晏道："差大哥，你不及时上药吗？"

端午看了眼还涔涔流血的腿，冷哼一声："此事非同小可，我须向上头汇报。你们给我好生待在这里……"

"那万一还有刺客来怎么办？"

"那你们跟我一起去见此船船主！"

谢长晏道："行，不过不能这么去。"

半刻钟后，谢长晏跟彰华换了刺客的衣服，打扮成船夫的模样，跟着一瘸一拐的端午离开底舱，来到上层。

此船比起谢长晏的红船要大了足足一倍，然而谢长晏一路走过看过后，低声对彰华道："宜国的造船术真是华而不实。"

彰华答道："是你眼界高了。"

谢长晏一想也是，毕竟这年头水密船舱还真是燕国独一份。

端午警告道："闭嘴！不许多言！"

说话间，三人已来到最高层的一间独立舱室前，端午敲了敲门，朗声道："锦绣县巡检郑端午，求见市舶使李大人。"

门内无人回应。

端午又说了一遍，还是没有回应。

"不会也出事了吧？"谢长晏嘟哝道。

端午面色顿变，当即说了一句"得罪了"，就用刀劈断门闩冲了进去。

房内空空，并无人影。所有物件都整整齐齐的。除了几上摆着一盘围棋，黑棋快要赢却没有下完外，再无异常。

"李大人去巡船了？"

"李大人这几天风湿病犯了，巡船事宜都交给副手做，一直待在舱里。"端午盯着棋盘，神色焦灼起来，"而且，他是个臭手，最受不得输棋。"

"也就是说，不可能下棋下到一半自行离开？"不是自己离开的，那就是被人劫走了……

端午当即转身要走，被谢长晏一把拉住："做什么去？"

"找人一起找李大人！"

"万一船上还有刺客同伙，不但来暗杀我们，还劫持了李大人，你这么嚷嚷岂非打草惊蛇？"

端午拧眉，却又狐疑地瞪着二人："你们究竟是什么人？"

"我真的是谢长晏！为何遇到这种事我比你还纳闷呢！当务之急是先探查一下船上的情形，看看到底什么情况！"

彰华推开窗户，窗外就是海，此刻艳阳高照，风平浪静。"没准那位李大人已被扔到海里了。"

端午变色，最后同意了谢长晏的建议："我们分开查，一刻钟后回此地集合！"说罢跳窗而出，像只壁虎一样抓着船壁爬向别的舱室。

谢长晏心想此人武功不错，行事也果断，窝在小小府衙里真是屈才了。

彰华道："我们也走。"

"去哪儿？"

"去厨房。"

"真要偷吃的啊？"谢长晏笑嘻嘻地调侃了一句，乖乖地跟着彰华走了。一路低头快走，倒也没有引起旁人的警觉，很顺利地来到了厨房。

正值饭点前夕，厨房里的人都在忙碌，独有一人窝在门外的角落里优哉游哉地喝酒。谢长晏还没看清楚，彰华已过去将他抓住，迅速退到了隔壁的舱室内。

谢长晏连忙跟过去，将门关上，再细看那个被抓的倒霉蛋，竟是张进！

"怎么是你？你怎么也在这船上？"

张进手里还抓着半壶酒，脸色变了又变，刚要大喊，被彰华一记手刀切在后颈处，顿时晕了过去。

谢长晏连忙掰开他的嘴巴，心中一沉："他也有毒牙……"

也就是说，张进也是如意门的人。他在牢中认出了彰华，故意不说破，好让郑端午按照流程将彰华送回燕国。然后再控制这艘船，换上一批如意门弟子，伺机捉捕他们。

不过短短十日，如意门就布置好了这一切等他们入局，可见在宜国也渗透颇深。

彰华检查四周，这是一间堆放蔬果清水的舱室，紧挨着厨房，随时可能来人。于是给了谢长晏一个眼神，两人扶着张进走出去。

　　谢长晏往张进手里塞上那瓶酒，如此一来他看起来便像是喝醉了被两名船夫扶回房间。

　　一路顺利地回到市舶使的房间，端午还没回来，谢长晏用酒泼醒张进。张进呻吟着睁开眼睛，看见二人，当即就要咬牙自尽，被彰华眼疾手快地卡住了下颌。

　　谢长晏勾唇一笑道："两条路，自己选。一条，你死，船上所有的如意门弟子都死。另一条，我们活，你也活，而且，享不尽的荣华富贵。"

　　彰华扬眉道："我没答应……"话没说完，谢长晏一手按在他脸上，把他按得偏过头去。

　　"你知道我们的身份，也知道我们做得到。怎么样？选哪条？"

　　张进的目光又惊又惧，最后恐惧占了上风，疲软地点了点头。

　　"很好，识时务者为俊杰。"谢长晏给了彰华一个眼神。彰华会意，"咔嚓"一下，拔出张进嘴里的那颗毒牙，又反手扣在他的后颈处，以防止他逃脱。

　　谢长晏忍不住在心中鼓掌，只觉失忆后的彰华除了不太会说话以外，其他各方面都很称心，尤其这种令行禁止的默契感，简直不要太爽。

　　我们果然是一对。天造地设。

　　谢长晏心中甜蜜，审起张进来也就笑得越发亲切了些："说说，为何跟我们上船？"

　　张进还待犹豫。谢长晏看着他的鞋道："据我所知银门弟子都是孤家寡人，你却是有家室的人，为何不好好做人，非要助纣为虐，与天子为敌？嗯？"

　　张进露出震惊之色，颤声道："你、你怎么知道我、我有家室……"

　　一旁的彰华也露出好奇之色。

　　谢长晏柔声对他解释道："你看此人衣衫整洁，还穿了一双新鞋。鞋子针脚朴素，手工一般，他却很是爱惜，上船后还特地擦过鞋底，可见是至亲之人亲手做的。而看鞋的配色，应是年轻女子的审美。所以不是妻子，就是女儿。"

　　张进的脸色一下子暗了下去，半晌后，红着眼睛看向彰华，臣服道："陛下！小人罪无可赦，愿将功赎罪，知无不言言无不尽，只求您能救救小女！可怜她才十二岁……"

　　原来，此人确实是宜国人，早年也确实在程国开客栈，但跟如意门并无瓜葛。只是天降横祸，七年前的一天，有个人倒在了他的客栈门前，他一时心善，收留那人。见那人病重，便擅自摘下了他脸上的面具，看见了那人的真容。那人后来病好了，反在他牙里装入毒牙，威胁他不得将此事告诉任何人。他自知救错了人，惹来大祸，连忙收了客栈回宜国，夹着尾巴做人。就这么战战兢兢地过了七年。但这七年里，那人再没出现。当年在程国发生的事也跟做梦一样。

正当他以为事情就此翻篇时，三天前回家，却发现女儿被一帮人抓了。那些人将一个面具放到他面前，他便知，是七年前的大祸来了。

那些人要他去府衙找郑端午，在他面前指认牢中的一个人是谢家二公子谢知幸。如不照办，就杀了他女儿。他没办法，只好照做。

然而那帮人还不放人，还逼他一起上船，说要到燕国后才放他女儿。他心中愁苦，只好喝酒度日。

彰华听到这里，问道："他们一共几人？"

"五个。四个下属，一个领头的，叫四十；四个下属分别是四十一到四十四。"

"还真是人丁兴旺啊……"谢长晏叹气。

彰华沉吟道："如果真只有五人的话，那领头之人必定是去对付李大人了。"

"他劫持李大人，最大的可能是要挟舵手改航，把我们带回程国？"

两人目光一对，同时想到了答案："舵楼！"

彰华立刻将张进打晕，二人匆匆赶往舵楼。

经过甲板时谢长晏看了眼海面，脚步微停。彰华问道："怎么了？"

"船行的方向仍是燕国。"这说明对方还没有成功！两人当即加快脚步。

这艘船的舵楼位于船艉，比艏舷要高许多，如此一来，方便舵工站在高处操舵，但也导致了二人不得不冲上楼后，才能看清里面的情形——

船艉共有舵手数十人，分两排操桨，听闻声响，数十人同时转过头来。

谢长晏的心蓦地一沉——中计了！

果然下一刻，楼门"啪"地合上，数十名舵手拔出兵器将二人包围，行动间训练有素，脚步轻盈，哪里只是普通船夫？

谢长晏数了数，有三十九人，不禁冲彰华苦笑了一下："看来领头之人叫四十，是有原因的。这里正好差一个。"

彰华微皱了下眉，还没说话，楼门突然开了，张进一边揉捏着脖子，一边慢条斯理地拎着酒壶走进来："不，正好四十，我没说谎。"

谢长晏怒目而视："你果然在骗我们！"

"那么记住这个教训——下次别这么容易轻信别人。"张进笑了笑。一名舵手搬了张软榻过来，他便靠坐在上面喝酒，一扫脸上的窝囊之色，看上去就像只优雅的狐。

谢长晏情不自禁地看向他的鞋。

张进索性将鞋子踢落："这鞋，和这衣服，都是死人身上剥来的，沾了血，所以才擦了擦。让你失望了，抱歉。"

谢长晏用手捶着自己的额头,简直无颜面对彰华。

不过,失忆了的彰华,虽然心计城府大不如前,胆子却依旧不小,镇定自若地环视四下,提问道:"你们是为我而来的?"

张进一笑道:"是的,尊贵的燕王陛下。"

"目的是什么?"

"原本是沉船,让你死于悄无声息。"

"现在呢?"

"现在呀……"张进呷了一口酒,笑吟吟地看着彰华,"听说陛下失忆了,从前的事,都想不起来了?"

谢长晏立刻反驳道:"谁说的?!胡说八道!什么失不失忆的?"

张进轻轻笑了几声,一张满是褶皱的老脸,却硬生生被他笑出了温文尔雅的味道:"其实从在孙典史那儿见到陛下的靴子起,我们就安排人在你们的隔壁牢房,偷听了你们的全部谈话。"

谢长晏忍不住瞪彰华:"有人听壁脚,你察觉不出来?"

彰华张了张嘴巴,没能说出什么来。

谢长晏暗叹:这失忆了果然还是不行,戒心也少了九成九。"就算失忆了,你待如何?"

"还是让你死于悄无声息。"

"这有区别吗?"

"有。"张进的表情却变得有些悲哀,"本来,要杀一位帝王,我们这船人全要殉葬。现在,杀一个无名之辈,我们这些人可以继续苟活了。"

谢长晏冷笑道:"那真是恭喜你们了!"

张进没再说什么,而是挥手比了个手势。三十九名舵手当即一拥而上,眼看谢长晏和彰华就要死在乱刀下时,他们脚下的木板地突然出现个大洞,一声音道:"走!"

谢长晏和彰华掉了下去,就看到端午持刀转身带路:"这边!"

楼上的舵手们也都纷纷跳了下来,彰华连忙抓起谢长晏的手跟着端午狂奔。

端午沿途砍断许多桅杆,阻挡了追兵。然而,当三人冲到甲板时,没看见任何人。

"你们的人呢?救兵在哪里?"谢长晏急道。

"谁告诉你有救兵?"端午怒道,"船上的人都死绝啦!"

谢长晏一愣。刚去查看厨房时,明明还看见许多活人啊。

"那怎么办?"

"跳海!"

谢长晏连忙拉住端午:"别傻了!这样跳下去死定了!"

一直没开口的彰华突道："跟我来！"转身就往舱底跑。

端午用一种古怪的表情望着他的背影，被谢长晏一巴掌拍在后背上："他们追来啦！快走！"

三人将一重重舱门上锁，边跑边退地到了最开始关他们的舱底。四具尸体还在，端午扛过去堆起来堵住舱门，气喘吁吁道："来这儿做什么？"

谢长晏目光扫到那些装蓝焰的箱子，有些明白了："要炸船？"

"船留给他们，我们跳海，必死无疑。船亡，所有人跳海，我们反有生路。"彰华说着撕去箱上封条，打开盖子，里面果然装着整整齐齐的焰火。

"把装焰火的箱子全聚在一起！"

彰华一声令下，谢长晏和端午连忙找了起来。而这时，追兵也突破了最后一道锁，来到舱门外，开始劈门。

眼看那四具尸体顶不住，端午又搬了几块石头过去顶着："你们找，我顶着！"

装焰火的箱子一共四个，全部推到了舱门前。谢长晏这才想起自己没有火折子，彰华也肯定没有，因为二人入狱前全被"清洗"过。

"你有火折吗？"她寄希望于端午身上。

谁知端午也惊恐地摇了摇头："之前用后不知道放、放哪儿了……"

就在这时，彰华已"啪"地点燃了火折。

"哪儿来的？！"

彰华冷静地答道："尸体身上摸的。"

不愧是陛下，危急时刻还是很靠得住啊！

"别废话了，快点，顶不住了！"端午额头青筋都绽出来了，眼看上头那门越来越破，刀尖剑柄全往下戳，更有人疯狂踩踏其他木板，企图弄个大洞下来。

"你们全进这箱子里！我数到三就炸！"彰华将另一个空箱搬到舱尾处，朝二人比着手势道，"一、二——"

端午转身飞奔，但受伤的腿被地上的某个凸起物一绊，顿时倒在地上。

这时"砰"的一声，舱门破了，两个舵手先跳了下来！

"不用管我！你们走吧！"端午大吼起来。

然而，谢长晏跟彰华双双交换了个眼神，谢长晏跑回去扶起端午继续往空箱子跑，彰华则抓起两枚焰火点燃扔向舱门口。

先跳下来的舵手被火花吓一跳，各自朝两旁跳去。

就这一眨眼的工夫，谢长晏和端午终于钻进了空箱里，而彰华也将点燃的稻草扔进了四口装焰火的箱子里。

导火索们引爆出一连串的火花，照亮了像饺子一样跳下底舱的舵手们。

一人大叫道："不好！回去——"

话音未落，巨大的爆裂声响了起来，与此同时整个船身重重一震，四口箱子全部炸开了！

彰华是最后一个跳进舱尾空箱子里的人，他顺手盖上了箱盖。箱里的谢长晏只觉耳朵"嗡"的一声，身子前扑，跌入彰华怀中。再然后，就什么都听不见、看不见了。

"嗡嗡"的声音拖得很长很长，再然后，慢慢地远去了。

谢长晏一个激灵，清醒过来，然后就发现箱盖打开了，他们三人挤在一个大箱子里，她还整个人扑在彰华怀中，姿势无比放荡。

一旁尽量蜷缩身体的郑端午，用一种古怪的眼神注视着二人，见谢长晏醒了，冷哼一声别过脸去。

"什么情况了？"谢长晏支起身头探头往箱外看。

彰华扶了她一把，好让她的姿势更舒服些："一个坏消息，一个好消息，先听哪个？"

之前骤醒，思维还在呆滞状态，因此没有注意，此刻探头出去看，才发现热风习习，熏得脸都红了——宜国的官船正在熊熊燃烧，而且，距离他们的箱子，不足十丈！

"快划快划！划远些，免得烧过来啊！"就算不烧过来，这么热也受不了啊。

"这就是坏消息了，我们的箱子被爆炸波及，裂了一条缝。"

谢长晏低头一看，果然箱底三分处，有一条手指长短的小缝，临时塞着一团布。如此一来，根本支撑不了多久。

"那、那好消息呢？"

"好消息就是——焰火太美太绚丽，估计不用一个时辰，就会有其他船过来查看。"

谢长晏还在疑惑，郑端午已冷冷道："这里可还是宜国海域，绣旗军向来都是一日十巡，保护域内平安的。"

谢长晏肃然起敬，不由得问彰华："咱们燕的水师也这样吗？"

彰华很认真地思索起来，谢长晏忙道："算了，当我没说。"她怎忘了，陛下失忆了。

郑端午看着二人，忍了又忍，终于还是忍不住问道："你真的是燕王？"

"啊哈，哪里……"谢长晏还待遮掩，郑端午已冷冷补充："我在舵楼下听到你们和如意门的人的话了。"

谢长晏只好闭嘴。

"如意门到底是什么东西？为何追杀你们？"

"这个问题我觉得应该问他们。"

"什么？"郑端午一愣。

而彰华已推开谢长晏跳了出去，踩着海面上的碎木几个纵身，从海里捞起一人，带着他回到箱旁，拆下箱盖让他趴在上面。

此人正是三十九名舵手之一，水性一般，半个身子全被烫得起了水泡，本以为必死无疑，没想到会得救。然而等他看清彰华的脸时，顿觉还是死了好。

见他眼中露出求死之色，彰华驾轻就熟地"咔嚓"一下扳下他的毒牙，卡住他的脖子，然后朝谢长晏做了个请的手势。

谢长晏清了清嗓子，开始审讯："名字，籍贯，年龄？"

此人犹豫了一下，还是回答了："无名无姓，代号十九，程国人，今年十八岁。"

谢长晏挑眉笑道："你排十九？我也排十九……"

话没说完，被郑端午一把推开，追问道："如意门是什么？"

谢长晏无奈地看向彰华，彰华给了她一个爱莫能助的表情。谢长晏想算了，她本也不是能忍心刑讯逼供的人。

叫十九的少年讷讷答道："是、是我们的组织。"

"共有多少人？"

"不、不知道……"

"你们的头就是张进？代号四十？"

"是……"

"你见过多少同伙？"

"五十个。听说每组就五十个，我们这组长年住在锦绣县待命。这几年陆陆续续折了几个，剩下的四十四人全上船了。"

"你们平日以何为生？"

"织、织布。"

谢长晏忍不住"扑哧"笑出声，立刻换来郑端午的一记眼刀，她连忙在嘴上比了个封条的手势，继续保持安静。

"张进听命于何人？"

"不、不知道……"许是身受重伤，许是太过惶恐，又或许是拔了毒牙没了最后的依仗，十九忽然崩溃地哭了起来。

谢长晏正要劝导几句，眼角余光扫到海面异样，当即惊呼道："小心！"

几乎同时的，水下突然蹿起一人，双掌朝趴浮在箱盖旁的彰华拍去。彰华一个扭身，从箱盖上滚落，坠入水中，避过了那雷霆一击。

那人反应极快，鱼般紧随而下。

谢长晏顾不得多想，当即也跳进了海里。仔细一看，那刺客赫然就是张进，因为没了武器，只能徒手追击。

彰华武功虽不错，但水性明显普通，眼看就要被他追上，谢长晏一个急蹬，蹿上去抱住了张进的一条腿。

张进连忙用另一条腿踢她。然而，谢长晏可是能在海下采珠的人，一个旋身，将他的另一条腿也抱住了，随手扯下腰带，将他两条腿紧紧捆在了一起。

彰华见机游回来跟张进交手。如此三人在水下折腾了几个来回，张进气不够了，拼命挣扎想要浮出海面。

谢长晏心知成败就在此时，死死拖住他的腿不让他走。彰华趁机探头出去缓了口气再下来帮忙。

眼看张进的挣扎越来越无力时，谢长晏也熬不住了，彰华再次游过来，渡了口气给她。

然而这一次，双唇贴合的瞬间，谢长晏情不自禁地手一松，被张进趁机逃脱了。

谢长晏连忙推开彰华，追上去。结果还是被张进浮出水面，眼看要糟，一把长刀突从天而降，正中张进头颅。他整个人一僵，就那么张着大嘴倒向了一旁，再然后，整个人沉了下去。

海面上荡漾开一连串的红色纹理。

趴在箱盖上近距离目睹这一幕的十九，惊骇地睁大眼睛，顿时忘记了哭泣。

郑端午依旧板着棺材脸，收回长刀，在裤腿上擦干血迹，冷冷道："你们太磨叽了！"

谢长晏扭头看向浮出水面的彰华，朝他比了一个"二"。

"什么？"彰华不解。

谢长晏狡黠一笑，并不回答。然而心中难掩欢喜：事不过三，你亲了我两次，陛下。看来咱们两个，不得不复合了。

十九突然喊道："杀了我吧！连我一起杀了吧！我知道的都告诉你们了，活着也没意思，让我跟四十哥一起死吧！"

"好。"郑端午当即举刀就要如他的愿，谢长晏连忙游过去抬手一挡，看着十九那张满是水泡又是血又是眼泪的脸，叹了口气道："你也未曾真的'活'过啊。"

十九一怔。

谢长晏费劲巴拉地爬进箱子，一边绞着头发和衣服，一边道："你见过整个京城那么大的蓝色冰洞没有？见过从冰川上绵延而下的血红色的瀑布没有？见过盛夏时会频繁打雷的紫色天空没有？见过喷薄不息全是烈焰熔浆的火山没有？见过古木参天一望无际的远古森林没有？"

不止十九，郑端午也听呆了。彰华的目光微闪，则显得有些讶异。

"生而为人，却什么都没见识过，就谈生死。早了点啊，小哥哥。"

郑端午冷哼道："你见过？"

"还没有。不过迟早有一天，我会一一看见的。"谢长晏抬头抿唇一笑。阳光照在她的脸庞上，显得异常明媚而灿烂。

而下一瞬，她更灿烂地跳了起来，朝远处挥手道："真的有船来啦！这边这边这边——我们得救啦——"

远远的海平线那头，果然出现了一个黑点。那黑点直奔这艘仍在燃烧的船只而来，越来越近，越来越近……

郑端午突然面色一紧："不是我们绣旗军的！"

黑色的船身上，几面黑色的旗帜迎风飘摇，右下角绣着白色的鹤图腾。虽然宜国又称鹤国，但他们的图腾是金色的，图案上的仙鹤也是振翅飞翔的姿势，呈现出一飞冲天贵不可言之势。而这个图腾是黑底白纹，画的是鸳鹭梳翎，一派慵懒模样。

然而此时此刻，这只慵懒的鸳鹭看在谢长晏眼中，比任何东西都要光辉灿烂，因为——

"鹤公！陛下！"谢长晏激动地去抓彰华的手，"是鹤公！鹤公来救我们了！对了，你还记得鹤公是谁吧？我跟你讲过的……"

彰华果然不似她这般欢喜，望着逐渐靠近的船只，微微蹙起了眉头。

船靠近了，将一行人救了上去。

来人却不是风小雅，而是个三十多岁的红衣女子，容色美艳，气度雍容，宛如一朵盛开的牡丹。

谢长晏奇道："鹤公呢？"

红衣女子挑了挑眉："这位姑娘认得外子？"

什么？此女也是风小雅的妾室？第几号人物？

红衣女子抿唇一笑，欠身行了一礼："妾姓龚，名小慧。"

"啊！你是风夫人啊……"谢长晏愣住了。时隔多年，她终于见到了龚小慧——风小雅的正室。

在对曾经的"风小雅"起了仰慕之心后，她打探过他的十一位夫人。对秋姜自是无比在意，而除了秋姜外，最好奇的便是这位大夫人。

一来，她比风小雅大整整八岁；二来，她出身卑微，是个渔夫的女儿，而她嫁进门时，风乐天正是燕国一人之下万人之上的宰相。能当宰相家儿媳的女人，绝对不会简单。而能纵容丈夫纳那么多妾的女人，更是万里挑一。

所以，她一直想见见这位风夫人。可惜风夫人常年在外经商，很少回京，因此也就一直没见成。如今在海上遇到了，终于一圆当年心愿。

龚小慧则注视着彰华道："这位公子好眼熟，似是见过？"

彰华淡淡道："也许，但我不记得了。"

见彰华不愿表露身份，谢长晏有些惊讶，连忙扯开话题道："多谢夫人救命之恩。不知夫人此行去哪里？"

"几位想要去哪儿？我此番从璧国来，正要回玉京。"

"我是隐洲人氏，夫人如果方便，在滨州将我们放下船就好了。至于这位——"谢长晏看了眼同样被救上船的十九，"你想去哪儿？"

十九一脸茫然。

郑端午则奇道："你们两个不回京？"

龚小慧道："两位若去玉京的话就太好了，正好同行。"

谢长晏看了彰华一眼，做出了抉择："不，我们在滨州下船就行，先不去京城了。"

龚小慧为四人分别安排了房间，并送上了清水食物和换洗的衣衫。

谢长晏站到铜镜前才发现自己有多狼狈，也难为风夫人见多识广，竟没被他们的模样吓到，还收留了他们。

不过，彰华的反应好奇怪。他为什么不告诉龚小慧自己的身份，然后跟着她的船回玉京呢？是因为失忆了所以对她没有信任？还是想起了什么有所保留？

谢长晏心中存了疑惑，便匆匆梳洗完毕，头发胡乱一擦就去敲隔壁彰华的门。

彰华过了好一会儿才来开门，也是一副刚刚沐浴完毕的样子，但头发已梳得整整齐齐。

他看到谢长晏，目光突然一变，转过脸去，耳根微微有些发红。

谢长晏低头看自己——龚小慧为她准备了一套红色女装，但因为她的个头比寻常女子高挑，因此不太合身，露着手腕和脚踝。可亲都亲过了，这点露肉算什么呀。

谢长晏便冲他一笑，自行挤进屋去："看来在龚小慧心中你的地位比我高，安排的房间也比我大，尤其是这张榻，比我屋里的大好多。"

谢长晏在那张过分大的榻上坐下，拍拍旁边的空位，示意彰华坐。

彰华叹了口气，乖乖走过来坐下。

谢长晏其实挺想问问那两个"吻"的事，奈何还是要先谈正事，只好按捺住内心的甜蜜，正色道："你不以燕王的身份跟龚小慧相认，是有什么计划吗？"

彰华注视了她一会儿："我……我听了你跟我说的那些事后，心中有些疑惑。"

"噢？是什么？"

"有三点非常可疑。一，滨州水师。他们见船爆炸，而天子在船上，应第一时间捕捞抢救，没道理任由子舱漂远。"

"没顾得上？毕竟大海茫茫嘛。"

"可能性很低，但说得过去。二，燕王失踪，朝廷毫无异样，看宜燕两国的贸易，仍在有条不紊地进行。你上次说，两种可能，若是保王派所为，谁是保王派？"

"风小雅？"

"反王派呢？"

"你姑姑长公主？"

彰华的眼中闪过一丝犀利之光："有没有可能，二者联手？"

谢长晏的呼吸顿时一滞。

"你说风小雅跟我私交颇深，你亲眼见过吗？太傅已经去世了，而他是个白衣，有什么可以证明，他不会背叛我？"

谢长晏摇了摇头。

"三，龚小慧的船出现在这里，是偶然，还是巧合？不查明这一点，就贸然把她划为自己人一派，岂非危险？"

谢长晏怔怔地注视着彰华，注视得他都有些不自然起来，忍不住扬眉道："你为何这么看我？"

"你……知道吗？你以前从不会跟我说这些话的……"谢长晏低下头，去揪榻上的锦缎流苏，那密密麻麻的针脚，像一个个小细节，编织出她和他的过往。

"你总是把所有的怀疑、猜忌、困扰、艰难都独自一人藏在心里，藏得难受了，就去蝶屋看蝴蝶们吐茧。它们总是能把自己包裹得很好……"谢长晏看了彰华一眼，眸色深深，"你也是。"

彰华静静地听着，并没有发表什么看法。

"那时候跟你相处真是累啊，做什么都要自己猜。你总是喜欢给我出题，虽然我答对了，你会很高兴；但如果我答错了，你也不会责备我。从某种角度来说那是你的仁慈和温柔，你对我总是那么慷慨，但另一方面来说，是因为你并不……真正地……信任我。"

彰华的眸光终于起了一点变化。

谢长晏深深地望着他："可是现在的你，连风小雅都会怀疑的你，为什么……信任我呢？也许我所告诉你的都是假的，也许我隐瞒了你很多事，也许我已经跟谢繁漪联手了，准备了更大更糟糕的陷阱在等你……"

彰华低下头去抚摸手腕上的伤疤，再抬头时，一双眼睛如星辰大海，浩瀚广阔，令与他对视之人，也情不自禁地豁达起来。

"我当然相信你。"他如是道，"我看到你的第一眼，就知道，自己可以信任你。"

谢长晏的视线一下子就模糊了。

"我放任你在柳芽村昏迷，迟迟没有往外汇报你的行踪……"

"你没钱，不是吗？你尽力了。"

"我对端午他们撒谎，说你是我哥哥，不想让他们向宜王通报此事……"

"敌暗我明，敌我未分。你是为了保护我。"

"我连累你在外耽搁了这么久，现在还不能痛痛快快地回玉京……"

这些天来，这是谢长晏心中最焦灼的担忧。住在陵光殿的一个多月，她亲眼见过身为一国之君的他是何等忙碌。然而此番，为了她的缘故，让他离开了足足三个月，若燕国真起内乱，何其罪过！

谢长晏情不自禁地揪住衣襟，眼眶发红了。

彰华突然伸出手指弹了一下她的额头——就像从前弹她那样。

谢长晏愣了一下。然后便见彰华一笑，云淡风轻——

"你跟我说，太傅曾告诉我世间最不幸之人就是我，因为一出生就什么都有的人，会在此后的岁月中，体会何为'失去'。眼睁睁看着一些东西溜走，一些东西陨灭，一些东西破碎，一些东西消失。有些可以阻止，有些不能阻止，有些不愿阻止，有些则是拼尽全力也阻止不了的……所以，现在的我难道不是重新获得了幸运？可以慢慢地、一样一样地把想要的捡回来。"

谢长晏捂着被弹过的额头，有些呆滞地睁大眼睛。这番话宛如一块巨石，在她心中溅起了滔天巨浪。

"我想，肯定是因为上苍知道我失去了一些不愿失去的东西，才安排了这样一场劫数，给了我一个机会——只要能够成功渡劫，那些东西，就会回来。"彰华说着走过去推开了窗，阳光顿时披了他一身。

然后他转身，朝谢长晏招手。

谢长晏走过去，跟他并肩站在一起往窗外看——此刻已近黄昏，太阳在海平线上将落未落，小小一颗，却那么璀璨明亮，让她想起五伯伯炼丹炉中的仙丹，凝炼了这世间最极致的追求。

渡劫……吗？渡劫……啊……

"你弄丢的东西……是我吗？"她的小心脏"扑扑"直跳，恨不得立刻跟此人就此说清山盟海誓地久天长。

彰华脸上错愕的表情一闪而过，突然"哈"地笑出声，将她反手推开了："别闹。都说了现在的我不喜欢你，你不是我喜欢的类型。"

"啪"的一声，窗户被重重关上了。

紧跟着，又"哐"的一声，房门也被关上了，却没关好，反弹开了。

然而关门和关窗的始作俑者已气呼呼地走了，回了自己的房间，发出了第三记重击声："砰！"

彰华站在关了的窗边，看着被震破了一个小口的窗纸，不由得笑了一下。

"她真是谢长晏？"郑端午忽出现在他门外。

"为何这么问？"

郑端午犹豫了一下，才道："我曾听过谢十九勇退帝王婚的绝世佳话。"

"佳话……吗？"

郑端午一脸梦想幻灭："所有说书人口中，她都是个风华绝代美绝人寰才华横溢高贵优雅的女人。"

彰华想了想，问道："我可否请问那段佳话中的我……什么形象？"

郑端午盯了他几眼，突然露出更加幻灭的神色，一言不发地回自己屋去了。

"看来很难以启齿啊……"彭华摸了摸自己的鼻子，将房门关上了。不知为何，想起谢长晏刚才的模样，唇角的笑便又自动浮现，怎么也收不回去。

"不喜欢……吗？"好像，也不是。

沉着脸的谢长晏回到自己房间，甩上门，在门边站了好一会儿。

然后，她的表情突然一变，从愤怒转为欢喜，几乎是打着滚地倒进了柔软的被子里，抱住了枕头，用手指戳啊戳，像在戳那个人的脸颊："口是心非！装模作样！不承认！不坦白！以为这样就能瞒过我？明明、明明喜欢我喜欢得要死了！"

千里迢迢放下国事来程国找她。

宁可自伤也要保护她。

爆炸之时不顾一切地救她。

哪怕失忆后都把她的安危放在首位，还亲了她。两次！足足两次！

如果这都不是喜欢，还有什么是喜欢呢？

人生好像突然间就变得不一样了，那些患得患失的卑微、摇摆不定的未来，在这一刻，不复存在。剩下的，只有想跟着此人继续前行，厮守一生的坚定。

娘亲，你跟爹爹在天上有没有看见啊？

谢长晏抱着枕头喃喃。

看见了吧？十六岁的我，好像比十三岁时，更了解、更靠近，从而也更喜欢那个人了……

像是磨难都已熬尽了，接下去的旅程顺利得不可思议。不到十天，就抵达了滨州。在这里，他们将与龚小慧告别。

龚小慧准备了丰厚的礼物，一一分赠给四人。分到郑端午时问道："他们回隐洲，您呢？"

郑端午看了谢长晏和彭华一眼，将礼物揣入怀中："他们还欠我一笔账。我跟他们走。"

谢长晏翻了个白眼。

龚小慧又问十九："那么你呢？"

这些天十九一直把自己关在屋内，几不见人。此刻终于出来了，脸色虽然极尽苍白，但眼睛终于恢复了些许精气神："我、我不跟他们走。"

"那你可有去处？若没有我这儿倒少几个人，可以安排……"

龚小慧的话还没说完，十九已摇了摇头："救命之恩，没齿难忘。但我若留在您这儿，恐会给您带去祸端。"

"真正救他的人不是我吗？"谢长晏忍不住扭头问彰华。

彰华弹了一下她的额头做回答。

十九深吸口气，忽扭头看了谢长晏一眼："我打算去看看！"

"什么？"

"看你说的那些罕见的景色，看看是不是真的存在，看看到底怎么回事！而且，比你早看到！"

"你说什么？"谢长晏当即就抬腿要踹，然而十九已一个纵身跳下船，飞快地跑走了。

阳光照着他年轻而充满力量的修长身躯，海岸旁的草木浓翠欲滴，万物蓬勃的夏，恍若隔世的故土，就这么撞入了谢长晏的眼帘。

——她回来了。

历经波折，却终究是带着大燕的王平安归来了。

谢长晏心中涌起无限豪情，当即跟彰华道："走，姐姐带你回娘家！"

彰华挑眉："姐姐？"

谢长晏心想按你现在的心智也就十五岁，比我小一岁，怎么就不能叫姐姐了。但当着众人面，终究不好意思，连忙一拽彰华的手："走不走？"

彰华叹了口气："我愿意。可惜，怕是走不成。"

"为什么？"

彰华朝岸上投去一瞥。

谢长晏定睛一看，远远驰来一辆马车，全身漆黑，唯独轮上绘了白鹤图腾的马车。赶车的是两个人，左边那个一抬手，摘下了斗笠，直勾勾地望过来。

下一瞬，他将斗笠一扔，纵身从车辕上跳起，就那么几个纵跃跳上船头，气喘吁吁地停下来，看着谢长晏，脸上万语千言。

"呀，孟兄，好久不见啦！"谢长晏笑着朝他打招呼。

孟不离的眼眶却骤然一红，半晌后，慢慢地朝她行了一礼，退到了一旁。

而这时，另一名车夫焦不弃将马车停在岸边，抱着一人上船来。

孟不离这才如梦初醒，扭身搀扶。

那人在焦不弃怀中，对谢长晏道："莫要怪他失礼，这几个月，不离一直在找你。"

此人不是别人，正是风小雅。

彰华看着他，目光探究，如看陌生人。

谢长晏则看向龚小慧急声道："你？！"

龚小慧歉然一笑："抱歉，虽不敢确认，但像陛下这样的人，见过一次又怎会忘记？而陛下出行，又怎能不妥善准备？为了确保万一，还是告知了外子。"

谢长晏虽然无奈，但并不意外。其实回到燕国，身份被揭穿是迟早的事。然而如今彰华心中对风小雅的忠诚存疑，若风小雅真的背叛了他，能否脱身尚是其次，就怕他……会伤心。

他当年谈及这位至交知己时的柔软表情，至今铭刻在她的记忆中。那是她所能想起的燕王难得的几次温柔之一。

谢长晏不由得有些紧张，生怕再目睹一场反目成仇。

然而，没等他们质疑风小雅，风小雅先凉凉一眼看向彰华道："你说此人……是陛下？"

什么意思？谢长晏一愣。

风小雅上下打量着彰华，发出一记冷笑："确实像。但陛下如今好好地待在宫中。你好大的胆子，竟敢冒充天子！来人，拿下！"

话音未落，焦不弃已跟龚小慧同时出手，攻击彰华。

谢长晏心中一紧："你果然背叛了陛下！"

风小雅道："我没有。他是假的。"

"胡说八道！你才是假的！"谢长晏跺了跺脚，当即就要冲过去帮彰华，却被孟不离挡住了去路。

谢长晏怒道："你敢拦我？！"

孟不离明明一脸不敢，身子却半点不退，把谢长晏气得够呛，伸手推他，推不动，踹他，没反应。谢长晏索性扭身冲到风小雅面前，想要劫持他。

然而，眼睛一花，还没来得及做什么，整个人就"啪"地倒了下去，倒在了风小雅脚边。

风小雅从袖中取出一根笛子，将笛子的一端轻轻点在她的脖子上，轻轻道："住手。"

正在以一敌二的彰华见此情形，只好住手。

谢长晏无比后悔，她怎的忘了，传说中风小雅可是会武功的。她见他一副病秧子样，想劫持他，结果反让自己成了彰华的拖累。

"他不敢杀我的。你快逃！"她冲彰华喊道。

彰华没有动。

谢长晏急了："燕国跟程国不同，就算天子亦不能随便杀人，风小雅不敢动我的，真的！"

风小雅叹了口气："你错了，我明明是敢的。"说着，手腕一动，笛子一点，谢长晏顿时眼前一黑，什么都不知道了。

叮咚、叮咚。

有水珠从屋檐上凝聚了足够的重量，落下来，滴在玉盘上，发出清脆悦耳的声音。再然后，声音连绵起伏，无数水珠在盘上蹦跳，那些水珠溅到红木长几上，顺着几脚滑落，一路滚向青石地面……

一双光滑白嫩的脚突然踩在了亮如镜面的地上，脚尖旋转，荡起白色的长裙，乌黑的长发。

紧跟着一个个美人翩然而至，会聚在一起，载歌载舞，动作虽整齐统一，眉眼却不尽相同，春兰秋菊，各有特色……

谢长晏看得目眩神迷，情不自禁地想要抬步朝那些美人走去，结果一脚踏空，整个人从榻上滚了下来。

"哎哟！"她睁开了眼睛。

这才发现自己躺在船舱的地上，一旁坐着风小雅，风小雅正在吹笛。她在梦中所见的幻境便是源于他的笛声。

不过，他并不是吹给她听的。因为，彰华就坐在风小雅对面，静静地听着这首曲子。

这是谁的房间？不是她的，也不是彰华的，难道……是风小雅的房间？

谢长晏心中疑惑了一下，随即又被笛声吸引了，忘记了思考。

一曲终了，地上的谢长晏这才爬起来，鼓掌道："不愧是玉京三宝。鹤公的乐，当真妙绝天下。"

风小雅看着彰华道："这首曲子叫《玉钩栏》，是十四岁那年，你送给我的寿礼。"

谢长晏震惊：陛下的叶子吹成那德行，居然会谱曲？

彰华则面无表情。

风小雅放下笛子道："你果然不记得。"

谢长晏忍不住辩解："他失忆了！"

"宫里的那位，却记得。"

谢长晏一怔，脑中似有什么"轰"地炸开了，一瞬间，风雪扑至，遍体生寒。

她终于听懂了风小雅的意思。

之前风小雅说燕王在宫中，她还以为是几个朝臣控制了深宫，对外借口陛下抱恙什么的，制造出燕王还在宫中的假象。然而，风小雅这一句，充分说明了他见过如今的"燕王"，也就是说，玉京王宫中真的有一位"燕王"！

那位燕王大大方方地出现在众人面前，主持日常事务。所以燕国才如此风平浪静，毫无波澜。

"长得一模一样？"谢长晏不敢置信。

风小雅的回答却让人绝望："一模一样。不仅如此——"他看一眼彰华，补充道，"你不记得的东西，他都记得。"

"我姐姐……费了那么多心思，要杀你，是因为她、她找到了你的替身？！"原来如此！原来如此！

难怪她肆无忌惮，敢杀燕国的君王！

难怪她千般遮掩，力求做得天衣无缝！

谢长晏情不自禁地去抓风小雅的轮椅扶手："那我姐姐呢？她是不是也出现了？是不是？"

"是。这个月来，燕国最大的逸事便是——七年前的太子妃谢繁漪原来没死，回来了。而且，燕王决定……跟她破镜重圆。"

谢长晏脸上的血色瞬间退尽了。她有些僵硬地扭转脖子，看向彰华。

彰华的神色依旧平静，低声道："你不用难过，我并不在乎。"

谢长晏的眼泪落了下来："我不是为你。我是、我是……为、为谢家……"

谢家完了。

心中一个声音沉甸甸地响起。仿佛看见五伯伯书房门上写着"悬阁"的那块牌匾，绳子摇摇晃晃，终于断裂，"啪"地掉下来……

谢繁漪谋逆！

无论输赢，谢家都……完了……

百年芳兰的名声，至此，坠入淤泥。

其实一切并不是无迹可寻。

谢长晏靠坐在榻和墙壁之间的角落里，抱着双膝，将额头抵在船壁上，淡淡地想着。

三姐姐并不想嫁给燕王。她试穿嫁衣的时候，脸上没有喜悦。小时候她看不懂那种表情，但长大了，尝过情爱的滋味后，就知道了。那是——爱非所爱，黯然销魂。

然后，族学的岑夫子说那几天海上多飓风，建议把行程调一调。可是五伯伯又算了一次卦，卦象说必须七月初一出发。

再然后，姐姐一上船就病了，命船夫降速。所以当七月初三他们途经迷津海时，正好遇到了飓风。所有人都死了，尸沉大海，毫无踪迹。

一过七年。

为什么偏偏挑在今年？

因为今年程国换了皇帝。

姐姐必定是跟如意门勾结了，或者她也加入了如意门，所以在今年，他们先除掉程王铭弓，再向燕王下手。

胡智仁也是他们的人。胡智仁安排了她在程国的一切行程，算好日子，让她回到芦湾。然后，谢繁漪出现，胡智仁趁机控制住自己，伪造成自己失踪的假象，诱燕王亲自来程。

燕王来后，他们炸毁船只，赶尽杀绝。

然后，三姐姐回到燕国，带着彰华的替身，回宫主持大局。

一切其实都有迹可循！

谢长晏将身子蜷缩得更加厉害了些，眼睛又干又涩，却再也流不出泪来。

她并不是爱哭之人，更不愿意纵容自己沉溺于软弱的悲伤。只是这个打击实在太大，几乎比母亲被杀还要石破天惊。

母亲之死，对手是没有感情的敌人。这一次，对手，却是亲人。

谢繁漪如此，那么……五伯伯呢？知不知情？他所一直忧虑担心的杞人忧天，其实恰恰是因为对这一幕早有预见？九哥哥呢？知不知情？其他人呢，他们都知道吗？

好一个不求累世门阀，只求诗书传家的谢氏！

好一句"膏以朗煎，兰由芳凋"的家训！

若那一切都是谎言……

"父亲，你是因为这样，才坚持入仕从军，游离于谢家之外的吗？"那么父亲呢？父亲……生前，知不知情？

他被杀真的只是为了救陛下？

母亲被杀真的只是因为银门杀手报仇？

如意门跟谢家，到底是什么关系？

谢长晏腾地站了起来，顾不得双腿发麻，就要往外冲，没几步就倒在了地上。

于是她用手往前爬，想要爬向舱门，爬下船，爬去隐洲，找五伯伯、找九哥、找所有人问个清楚明白！

舱门"吱呀"一声开了，原来是郑端午听到响动过来看看。他微皱着眉，看着在地上爬行的谢长晏："你的腿受伤了？"

谢长晏一震，心中憋着的一口气突然就泄掉了。

她停了下来。

好半晌，看着微微摇晃的地板——船只在前行，只是四周的物品，却给她一种怪异之感。"我们这是在哪里？"

"谁知道？我人生地不熟的。"郑端午想了想，告诉她，"不过，在你之前晕过去时，风小雅带我们换了艘船。"

换船了？！难怪她有陌生感。

谢长晏再一细看，顿时惊了——水密船舱！鱼油厚绢的封闭层！纹理精致的木板！这是、这是……

"我的船？"不，不是她的船。她的船在长刀海峡炸没了。这是另一艘红船，跟她那艘一模一样。从漆上看，制作的时间都差不多。这是怎么回事？

郑端午见她久久趴在地上，想了想，走进来，扶了一把。

谢长晏简直要感动了："知道了这么多秘密，还打算跟我们走？"

"知道了这么多秘密，你们敢放我走？"郑端午反问。

谢长晏一想确实，此刻就算他要离开，恐怕风小雅也不会放人的。

郑端午板着脸道："所以，为了我的小命，为了一万双靴子，咱们现在是同一艘船上的了。"

谢长晏有些愁："你说鹤公是我们这边的吗？"

"我怎么知道？"

"你不是衙役吗？靠分辨谎言、判断真相吃饭啊。"

"别傻了，我们一向靠刑讯逼供、贪污受贿吃饭。"

"你还真是坦白。"谢长晏瞪着他，瞪到后来，便笑了。那股子想要立刻赶回家问个清楚明白的冲动消失了，理智回到大脑，像重新启动的水转翻车一样开始运行。

"那么走吧，污吏大人。"

"干什么去？"

"想要一万双靴，总要出点力。"谢长晏起身，带着郑端午去找风小雅和彰华。

之前她情绪失控，彰华和风小雅便离开了，虽不知去了哪里，但按照谢长晏对此船结构的了解和对二人行为的推测，觉得他们是去另一间私密的舱室议事了。而整艘船里，以那个房间私密性最好——

她推开船尾最后一间舱室，彰华果然在里面。

而谢长晏也终于找出了此船跟自己那艘红船的唯一区别——没有子母舱。

彰华站在窗边，望着窗外的景色默默出神。此刻，天色渐晚，房间里暗淡不明。

谢长晏进去后，也不多说，径自点起蜡烛，从书案上取了纸笔，开始画图。

郑端午在一旁磨墨，过得片刻，看出些许端倪："你画的是舆图？哪里的？"

"玉京。确切来说，是大燕的皇宫。"草草画了个大概后，谢长晏又开始列表。

"这又是什么？"

"下个月，也就是八月间玉京的大小庆典。其中，最重要的当然是中秋节。天子会在丹凤楼与全城百姓一起祭月迎寒，拜谢一年庄稼收成。"谢长晏说到这儿，扭头看彰华，"如果此时出现了两位皇帝，会如何？"

郑端午明白过来："你打算悄悄潜入，再伺机亮相？"

"假皇帝现已把控朝堂，我们与其在暗，一路被追杀，不如公开亮相，众目睽睽下，孰真孰假，立分高下。”

郑端午皱眉朝彰华头去一瞥："可他不是失忆了吗？"

"记忆没了，技能却在。我不信如意门手掌通天，找的替身除了长得像，还会养蝴蝶、写小篆。"谢长晏越想越觉得此计可行，"我们先去万毓林，或者陶鹤山庄藏着，等到中秋节前一天，通过紫霄观的密道，前往陵光殿，再出其不意，出现在丹凤楼。"

"那条密道有多隐秘？你能保证如意门的人就不知道？"

"这个……"

"还有陶鹤山庄，你就这么信任风小雅？没准他也跟如意门联手了呢？"

"这个……"谢长晏不由得拉了拉彰华的胳膊，"你也说两句呀，陛下。"

彰华这才将目光从窗外收回，看向她画的舆图和列表，目光闪了几下，淡淡道："不用了。"

"陛下？"

"风公子告诉我，如意已背叛。那条密道……已经不是秘密了。"

谢长晏一怔："怎、怎么会……"

如果让她给彰华身边的人排个忠诚度的话，如意肯定是第一名。那样一个心无城府、嘴硬心软的孩子，怎、怎么可能背叛？

"而且风公子……虽然没有背叛，但也不打算帮我们。"

谢长晏又是一怔。

"他跟如意门达成了协议，如意门还秋姜自由，他则不插手此事。"

谢长晏大怒："他疯了？！他忘了杀父之仇？！为了一个女人，忠孝仁义都不要了？！"

"他本就是白衣之身，没有功名，与朝政无干。"

"大燕兴衰，人人有关！"谢长晏当即就要去找风小雅，被彰华拉住。

"你放开我，我去骂醒他！"

"若骂不醒呢？"

"那就动之以利！一个龌龊肮脏、恶贯满盈的如意门，凭什么还秋姜自由？秋姜本就是自由的！如果风小雅所求的只是秋姜的平安的话，我们比如意门更有资本给他！而且，我要告诉他，太傅的英灵，在天上看着他呢！"

彰华定定地凝视着她。

谢长晏因为愤怒而脸颊通红，但一双眼睛是那么亮，清澈一如初见时。

就在这时，有人鼓掌。

谢长晏一僵，转头看向声音来源处——床榻上，垂下的幔帐被一只手轻轻挽起，风小雅就端坐在榻上，没有离开过。

"你……都听了？"

"是。"

"那你醒了吗？"

风小雅低笑起来，片刻后，却叹了口气："秋姜从陶鹤山庄逃走了。"

谢长晏心中一紧："什么时候？"

"一个月前。"

也就是说，三姐姐把秋姜都算计在内了？！用秋姜要挟风小雅不得轻举妄动？！

"她落入如意门手中了？"

"不确定，但凶多吉少。"

"所以你就背叛陛下？"

风小雅看了彰华一眼，笑了："如果我真的背叛，就不会出现在这里。你们也不会还安好地站在这里说话。"

"我知道，所以我才更奇怪，你到底打的什么主意？"

"理由只有一个——"风小雅盯着她眼神骤然一变。

谢长晏顿觉好像有一把无形之剑穿胸而过，身体不由自主一抖，紧跟着，双腿一软，情不自禁地跪下去，好不容易扶着墙壁站稳时，额头冒出了颗颗冷汗。

好可怕！以往总听说书人说某某大侠的眼神能杀人，竟是真的！

谢长晏情不自禁地摸了摸心口，而这时，彰华挡在了她前面，挡住了风小雅的视线："别再吓她。"

风小雅一笑，收回了目光。

谢长晏拉了拉彰华的衣袖，彰华回过头，用袖子替她擦掉了额头的冷汗："他怀疑你跟令姐一伙，故而试探。"

谢长晏看向风小雅："那……现在相信我了？"

"我信不信很重要？"

谢长晏哼了一声："当然不。反正有陛下信我，就够了。"说着，冲彰华甜甜一笑。

彰华放下衣袖，回了她一个笑容。

两人的目光一经对上，便像黏住了，再难分开。

一旁的风小雅不得不咳嗽了几下，道："无意打搅，但实在时局紧迫，可否开始我们的计划？"

谢长晏不解："什么计划？"

彰华将她拉到窗边让她看外面，虽天色已暗，但周遭景物还是依稀可辨。第一眼陌生，第二眼则看出些许端倪，在脑中迅速搜罗，居然慢慢地找出了吻合点——她来过这里。去年，在风陵渡口附近，公输蛙把加好子母舱的红船给她后，她便是沿着这条被外人以为已经废弃了的河道直接出的海。

一瞬间，福至心灵。

风小雅一笑："这才是——如意亦不知的真正的密道。"

八月，玉滨运河沿岸州县的学子百姓们，都在翘首以盼。

传说中写《朝苍暮梧录》的十九郎君，完成第三册程国篇后，在近期将乘坐他独一无二的红船衣锦还乡，沿玉滨运河北上，接受燕王召见。

《朝苍暮梧录》堪称唯方大地这三年来影响最大、传播最广的书。而且如今的街头巷尾还在流传十九郎其实是个女儿身的小道消息，令人热议。

因此，听说红船到了，好事者、仰慕者都纷纷赶往岸口，想一睹真容。

当然，绝大部分人是见不到人的，只能见到船——一艘红色的、造型精巧的沙船。隔日，说书先生的段子里就多了一段关于那艘船是如何如何快、技术是如何如何领先，从而进一步推测十九郎君的真实身份，究竟是何方人士，能一直吃喝玩乐不干活。

过了几天，传闻再次升级——十九郎就是谢十九！勇退帝王婚的谢十九娘！

也就是说，她退了燕王的亲事后，便女扮男装游历去了，果然活出了不一样的人生。

如此一来，去岸口等红船的人群里又多了一帮视她为楷模的女子。

而好事的人也更多了——陛下知道十九郎就是十九娘，竟还要召见她？这是要做什么？陛下不是打算跟谢繁漪再续前缘吗？

谢三娘谢繁漪，谢十九谢长晏，这对姐妹还真是了不起啊，不愧是百年谢氏的并蒂兰！

无数人翘首以盼着燕王对谢长晏的这次召见，无数人猜度着陛下到底喜欢的是姐姐还是妹妹，一时间，人人都在关注和谈论此事。又几天后，玉京那边传来消息——燕王将在丹凤楼前与十九郎设坛，公开讲座，人人可以聚而听之。

这下子，整个大燕都沸腾了！每天都有好多人涌向玉京，就为亲眼见识、亲耳旁听这一场前所未有的大盛会。

执明殿中，坐在龙椅副手位置的长公主狠狠地将手中的茶杯掷在了地上："废物废物废物！"

殿下列队站着十几名官员，神色全都惶惶不安。

"怎么就能让这种假消息流传出去的？怎么就能闹成现在这样一发不可收拾的？你们都是聋的？瞎的？死的？这么大的事，就没在第一时间发觉？"

一名官员唯唯诺诺道："要、要不，咱们现在赶紧出个告示，说此事纯属子虚乌有，再装模作样地抓几个说书的，追究一下？"

"能止住那些涌入京城的人吗？"

"那再下个戒严令，这段时间不许外地人随意进京？"

长公主气笑了："然后呢？再编个谣言，说陛下改地方了，决定去船上接见谢长晏怎么办？"

另一名官员斟酌道："釜底抽薪，此事不能从陛下这边断。要断，也要断在谢长晏那儿。"

长公主缓了缓表情："如何断？"

"派人埋伏河中，等红船经过，凿船杀人，制造成沉船之象。只要谢长晏死了，就什么都平息了。"

长公主想了想，看向站在队尾的一人："袁御史，你觉得呢？"

此人正是袁定方，短短两个月，他已从鞅洲刺史调回京城，成了大将军，统领京岳五州的府兵。

被长公主点名，他出列行礼，沉声道："月初，当此传闻开始流传时，臣已派人去查看过那艘红船。船上之人，并不是谢长晏。"

"听到了吗？也就是说，风小雅那个反贼，弄了个假壳吸引众人视线，其实是用别的方式秘密进京，以图谋逆！偏偏我们现在，眼睁睁看着舆情为他所操控，毫无招架之力！"

一官员道："可鹤公……"被长公主瞪了一眼，连忙改口，"噢不，风小雅为何如此想不开？他一介白衣，没了太傅做靠山，一无兵权二无人脉的，怎么谋逆？"

"是啊是啊……陛下一向恩宠他，为何突然就反目了啊？"

"要不，咱们几个找找他，私下劝劝？"

"我看这个可行！"

眼看一帮官吏越说越不像话，长公主气得又抓起一个杯子砸在了地上："胡说什么呢！乱臣贼子，诛之后快！你们忘了陛下被他刺了一剑吗？你们当时全在旁边看着，我还道是你们反应不过来，现在看，难不成，你们跟他是一伙的？！"

此话一出，群臣惶恐，纷纷跪了下去："臣不敢！"

"滚滚滚！全给我滚！一帮废物，要你们何用！"

官员们彼此对视了几眼，当即退了下去。

"袁御史留下。"长公主开口留住袁定方，疲惫地揉了揉眉心。

袁定方的目光闪了闪，走到长公主身后，帮她揉肩。他的动作亲昵而熟练。长公主没有拒绝，慢慢地放松了下来。

"这帮蠢货不明真相，我却又不能明说……"

"其实，臣本也觉得让替身来冒充陛下这个举动，很是不智。"

"噢？为什么？"

"陛下这些年虽独断专行，但修运河、推新政，确实很有魄力，而且也颇见成效。如今换了人，短时间内没问题，但时间一久，必出乱子。殿下可想好了下一步如何做？"

"所以本宫才急着让谢繁漪尽快跟陛下完婚。到时候她诞下太子，就可以……"

袁定方打断她："这也是臣更不解的地方——为何殿下如此信任谢繁漪？"

长公主眼底闪过一丝冷意。

袁定方手上一停，连忙屈膝下跪："臣逾越了，殿下恕罪。"

长公主扭头，斜睨着他。此人生就一张棱角分明的脸，因为常年习武，躯体修长，充满了力量。眉眼气质，与清池没有半分相像。又也许是因为这点，不会令她想起亡夫，反而能够心无芥蒂地同之欢好。

长公主伸出手，摸上袁定方的脸，袁定方脸上，有仰慕，但并不浓烈，展露更多的是坦荡和忠诚。这也对，毕竟不是十七八岁血气方刚的少年。三十多岁的男人，对女人的欲望远远不及他们对名利的欲望。

长公主想到这里，轻轻一笑："放心，我心中有数。你回去吧。此事我另有安排，你随时听命就好。"

"是，臣告退。"袁定方起身，毕恭毕敬地退了出去。

直到殿门重新合上，一个声音才从东侧的暗门里飘出："袁炅知道他的侄子成了殿下的入幕之宾吗？"

长公主挑挑眉，懒洋洋地靠在了软榻上："怎么可能不知道？那老东西，若不是他年纪太老，巴不得自己上呢。"

那人笑了，推门走出来，风华绝代，倾国倾城，正是谢繁漪。

"所以，此人不可贴心？"

"这世间哪有那么多贴心之人？"长公主叹了一声，看向谢繁漪，却是露出了几分赞赏，"除了你我这样的痴情女子。"

谢繁漪一笑，将手中空了的药碗放到几上，坐下了。

"陛下的伤好些了？"

"伤不致命，风小雅只是试探他，并不是真要杀他。"

"我早说过，不该让风小雅见他，那小狐狸比他死了的爹还精明，必定露馅。"

"但身为燕王，怎能不见最宠爱的鹤公？我只是没料到，风小雅竟胆子那么大，真敢拔剑。"

"也许是因为他知道，如果是真的彰华，就算被他刺了一剑，也不会怪罪他。"

两人说到这里，彼此对视了一会儿，俱都收起了笑意，变得严肃起来。

长公主问道："谢长晏很快就要进京了，必定是跟风小雅串通好的，要为彰华验明正身来。你想好怎么对付她了吗？"

谢繁漪从袖中取出一根发簪，正是郑氏送给谢长晏的那根乌木发簪，沉船前，她带走了这根发簪，本想在谢长晏死后留作纪念，结果现在，却成了一个活生生的嘲讽。"她太命大，两次沉船都不死，这让我有些畏惧。"

"确实。一个时运加身的人。彰华也是。"长公主忽冷笑起来，瞳孔如针，"这一点，陛下在二十二年前就领教过了，不是吗？"

谢繁漪的睫毛颤了一下，视线再从发簪上抬起时，已冷如寒冰："您说得对。既是时运，总会高低起伏时来运转。所以，现在该是彰华还债的时候了。"

长公主回到府邸时，方宛和荟蔚郡主正在等她，荟蔚郡主远远就迎了过来，急切地问道："娘！陛下的伤好些了吗？他真要娶谢繁漪？那宛宛怎么办？"

方宛忙拉了她一把，但看向长公主的眼神，也难掩幽怨。

长公主见了这个眼神，不知想到了什么，嘲讽地笑了笑，屏退宫奴，在榻上坐下。

荟蔚郡主忙讨好地上前帮她揉肩。长公主心中想，男人的手，虽然孔武有力，按得很舒服，但跟女儿这双手相比，又算什么呢？

长公主再从手一直看到荟蔚郡主的脸——年轻的、娇俏的脸。虽已梳髻做了妇人打扮，但眉梢眼角依旧又骄纵又天真——这才是女人该有的脸，受尽宠爱的脸，不用经历风霜，看不出任何不幸。

长公主拉住女儿的手，流露出些许温柔："还喜欢时饮吗？"

荟蔚郡主愣了愣："当然啦！不过娘为什么好端端地提它？"

"娘把时饮给你带来了。陛下说，以后，它就是你的马了。"

"真的？"荟蔚郡主立刻扭身冲出门去看马了。

一旁的方宛咬着嘴唇，默立片刻后，上前半步，屈膝跪下道："殿下，我有话说。"

长公主慢条斯理地给自己煮茶："我就料到你快忍不了了，说吧。"

"殿下曾说，没了谢长晏，我就有机会。可是谢长晏退婚后，陛下并未再选皇后，朝臣们也都半个字不提。那时殿下告诫我说，时机仍未到。"

"我是说过。"

"现在……谢繁漪回来了，陛下要跟她复合，我、我还要继续等吗？"

长公主看着她，目光像一旁静静舔食着茶壶的炉火，不动声色，却又饱含杀机。

方宛看懂了她的眼神，身子一下子颤抖了起来。

这时，荟蔚郡主一阵风似的回来了："娘！谢谢娘！你是怎么说服陛下把时饮给我的？噢不，我得给它换个名字，它爱喝酒，就叫它酒酒，娘你觉得怎样？"

荟蔚郡主说着，注意到方宛的异样，立刻想起了正事，忙又道："对了娘，你还没告诉我陛下跟那个谢繁漪的事呢！"

"陛下的封后诏书已下，如今，谢繁漪已是大燕之后。"

方宛面色一白。

"那宛宛呢？你不是答应过想办法让宛宛当皇后的吗？我不喜欢谢家的女人，我不要她们当我皇嫂！尤其谢繁漪，比她妹妹还讨厌！"

长公主似笑非笑地看了她一眼："噢？"

"真的！陛下不是被鹤……鹤公刺了一剑吗？我听说后第一时间就去探望了，那个谢繁漪却拦着我，不让我进去。脸上笑嘻嘻，怎么看怎么虚伪！谢长晏虽也讨厌，起码不虚伪啊！总之娘，宛宛喜欢陛下喜欢了那么多年，你就成全她吧！"

长公主将茶壶里的茶倒入杯中，从容道："陛下下个月会选秀扩充后宫。方宛是名单上的第一人。"

荟蔚郡主大喜："真的？"

"娘什么时候骗过你？行了，满意了？"

荟蔚郡主连忙拉着方宛答谢："满意满意！宛宛，我就说娘不会出尔反尔的，答应了帮你，就一定能帮你入宫的！"

长公主深深地注视着方宛："若没有谢繁漪，皇后之位自是你的。但她既然回来了，让她一步也无妨。今后的路长着呢，只要你能比她先诞下龙儿，就能笑到最后。"

方宛又是激动又是感激，轻泣道："谢谢婶婶！"

"行了，我累了，你下去吧。"

"是。"方宛毕恭毕敬地退了出去。荟蔚郡主也要跟着离开，长公主唤住她："荟蔚，你留一会儿，再帮娘按按肩。"

"好嘞！"荟蔚郡主给了方宛一个"你先走"的眼神，乖巧地回来帮长公主按肩，边按边赞美道，"娘，你果然有办法，连陛下的心意都能左右。"

"谁说我能的？"

"咦？那时饮，还有宛宛入宫的事是怎么说服他的？"

长公主眸光微沉，低声喃喃道："正因为知道说服不了，所以才换人。"

"什么意思？换什么人？"

长公主拉女儿在身旁坐下，放软了表情："这段日子，在夫家可还好？"

提起这个荟蔚郡主就一脸无聊："玉锦从军去了，我守活寡呗，有什么好不好的。"

"你恨娘吗？明知你喜欢的人是风小雅，却逼你嫁给范玉锦……"

荟蔚郡主愣了一下，抬头看着长公主："娘你怪怪的，怎么突然说这话？"

"看你这么帮宛宛，一心想让她达成所愿地嫁给陛下，便不由得想，是不是因为你心有遗憾。"长公主无比怜爱地抚摸女儿的鬓发，感慨道，"荟蔚从小要风得风要雨得雨，唯独风小雅一事……娘没有尽力，没有让你如愿。"

荟蔚郡主睁大眼睛，不说话了。

"若只是要他娶你，其实不难；若要他为你而休了其他的妻妾，也不难；但要他真的爱你，如玉锦那般宠着你、顺着你、供着你，荟蔚，你觉得可能吗？"

荟蔚郡主不服气道："女儿喜欢鹤公，就是因为他不会宠我顺我供我。"

"也对。这世间宠你顺你供你的人太多，你自不稀罕，所以才对不搭理你的风小雅另眼相看。但那种滋味，一次两次，是新鲜；一年两年，是情趣；一辈子呢？你能忍受一辈子？"

荟蔚郡主腾地站了起来，一脸烦躁："娘你不要再说了！反正我都嫁人了，已经跟鹤公彻底没戏了，你为何还要说这些来弄乱我的心呢？我哭给你看噢！"

"不，娘说这些，是为了告诉你，若你还想要风小雅，过段时间我可以把他送到你手中。玩到你腻了，再扔掉就行。"

荟蔚郡主惊呆了："娘，你到底在说什么啊？"

长公主勾唇一笑，摸了摸她的脸，极尽温暖又极尽冷酷："我和清池的女儿，这一生，怎么可以不如意？很快，很快就能，一切如意。"

荟蔚郡主说不出话来。

"你……见过那个替身，真跟陛下长得一模一样吗？"小小一艘梭飞船里，谢长晏把目光从正在操桨的彰华和郑端午身上收回，看向舱内唯一一个不干活的人——风小雅。

这些天，红船被放出去沿着运河北上吸引视线去了，他们一行则乘坐小船从此秘密河道去风陵，行程可能会慢一些，不过红船会沿途各种停靠，算起来差不多能同时抵达玉京。

唯一不好的是为了隐秘安全，彰华谢长晏风小雅再加一个强行被拖进这趟浑水的郑端午，就四个人上路。不过，幸亏拉上了郑端午，否则连操桨都没人能换把手。

谢长晏想到这儿，不禁又好奇地盯着风小雅的手看。此人肩不担手不提，连碰都不让人碰一下，是怎么学会武功的？还有他跟他那些夫人，又是怎么亲密接触的？

风小雅端端正正地坐在几旁闭目养神，闻言睁开眼睛，淡淡地"嗯"了一声，然后问："看什么？"

"没什么。"谢长晏连忙收回目光，收起脑海中那些不合时宜的疑问，回归正题上来，"声音、性格也很像吗？比如说如意和吉祥，虽然长得一模一样，但还是有很大差别的，熟悉的人一看就能分别出来……对了，吉祥呢？只听说了如意的事，吉祥在哪里？"

"长刀海峡沉船后，至今杳无音信，凶多吉少。"

谢长晏有些难过。她跟如意接触的次数多，喜爱如意胜过吉祥，但吉祥从翁氏手上救过她，于她有大恩。没想到短短一个月，物是人非。如意背叛了，吉祥失踪了……

"真不知这整起阴谋背后，谋划了多久……"要找一个跟陛下长得相像的人，本就不易，还要让他的言行举止都跟本尊一样，需要更长时间的训练。

风小雅闻言，微皱了一下眉，似想说什么，但看了眼外面的彰华后，终复沉默。

"那我们再来复盘一遍计划吧，看看还有没有什么疏漏之处。"谢长晏掏出自己画的舆图，在几上摊开。这也是她在求鲁馆时培养出的好习惯，任何运算都要隔时、隔日、隔月地审核三次。

而这次的计划其实很简单——就是让"真陛下"出现在众人面前。

要知道，谢繁漪和那个假替身回到燕宫才短短一个月，还没来得及替换朝臣掌控军权，风小雅也正是因为担心这点，索性刺了替身一剑，令他不得不卧床静养，至今没能好好上朝。

只要彰华能在臣民面前现身，众人还是以他马首是瞻的。

但谢繁漪是不可能让他得到这个机会的，必定会千方百计阻碍他回京，公开亮相。

所以，第一步棋是找一个理由，让"燕王"能够合理地从宫中走到宫外来公开亮相。再找一个跟燕王一样有名的人跟他同行，如此当大家看见那个人时，会自然而然地认定：他身旁的人就是真的陛下。

那个人，当然不能是因为刺了陛下一剑而被软禁，又私自逃走了的"谋逆者"风小雅。

幸好，还有谢长晏。

在燕国百姓心中，她可是极富传奇色彩的奇女子。

只可惜，见过她真容的人很少，无法一看就能认出她的身份。

幸好，谢长晏还有一个很有名，也许在读书人心中更有名的身份——十九郎君。

就这样，他们定下"燕王将于丹凤楼前召见十九郎君设坛清谈"的由头，并极有技巧地将消息一波三折地推出，不断引发民众兴趣，最终闹得沸沸扬扬，家喻户晓。

风小雅派不离不弃开红船沿运河北上，以吸引众人视线，而真正的他们，则从秘密河道回到风陵渡口，由明转暗。

第二步棋，谢繁漪查过红船，就会发现船上并无谢长晏和彰华，必要另外搜捕二人。如此一来，红船反而能平安抵达玉京。到了玉京后，肯定会有无数人去岸边一睹十九郎的风采，现场会有很多很多人。谢繁漪必会以维稳为由调动千牛卫队守在岸旁。孟不离伺机凿船，让红船在众目睽睽下沉没。而焦不弃拿着彰华的亲笔密旨命千牛卫跳河救人。现场必定大乱。但千牛卫乃彰华私军，几个统领都对他的笔迹无比熟悉，见到密旨必会服从焦不弃号令，谢长晏就可以趁机从河中出来，假装被救起，暴露在千万人的视线中。

再然后，乔装混入千牛卫中的彰华闪亮登场，谱写一出痴情帝王对前未婚妻余情未了的佳话。

第三步棋，彰华牵着谢长晏的手跟百姓一起步行进城，前往丹凤楼开坛清谈一番，公开召集三品以上在京官员全要到场聆听，不来者斩。如此，有了民众、有了官员、有了私军，王即成王。

谢长晏把这三步翻来覆去地计算了好多遍。此局看似简单，但实施起来困难重重。

她需要提前藏在河下，等着红船凿沉。为了瞒过谢繁漪的耳目，她需要在一里开外的一个小支流里就开始潜水前行，秘密游到红船下，期间耗费掉大量体力不算，还要在水中一直等到船沉，千牛卫们下水后才能现身。

　　因此，彰华当时立刻反对："时间太久了，不可行。"

　　风小雅看着谢长晏："你最长能坚持多久？"

　　"采珠出海时，最长在水下待过一个半时辰。"

　　"那给不离不弃的命令，就是半个时辰内必须沉船、跳水、救人，三步全部完成。"

　　彰华仍是反对："那也不行。此中变故太多，万一现场负责维稳的不是千牛卫队……"

　　"我会安排人促成当日出现在岸口的军队，只会是千牛卫队。"

　　"万一谢繁漪察觉不妙，提前动手……"

　　"替身那天喝的药会出点问题，让谢繁漪不得不在宫中多耽搁些时候。"

　　"万一……"

　　谢长晏打断他："这个世界上的万一多了去了，如果因为惧怕万一，而不去做，就真的什么都做不了了。我对我的水性有信心，对鹤公的能力有信心，也对千牛卫的忠诚有信心！"

　　彰华看着她，不说话了。

　　谢长晏冲他嫣然一笑："最最重要的是，我对我们的运势有信心！我们可是世间最幸运的两个人呢！"

　　风小雅闻言，眼中也不禁露出些许笑意："这点倒比前两点有说服力。"

　　谢长晏正色道："不过，官员们没问题吗？我姐姐不过一介白衣，就算凭借如意门的能力混进宫中，弄了个假替身瞒过大家的眼睛得了势，但我不信，满朝文武，只有鹤公一个人看出那不是真正的陛下。她必定有同伙，有内应。比如……"

　　风小雅淡淡道："长公主。"

　　谢长晏点点头，看向彰华，彰华脸上没什么表情，可能因为失忆的缘故，对那位姑姑的所作所为反应十分淡然。

　　"还有李范程袁商五族，之前修运河、推新政，折损了他们不少利益，他们会不会也跟我姐姐联手了？陛下公开亮相后，真的能一呼百应吗？"这才是决定此计是否能成的关键所在。

　　谢长晏一想到其中的利害牵扯，就头疼。

　　风小雅却似成竹在胸："放心，自然是一切都安排好了。只要你能顺利完成任务，我就保证此局必赢。"

　　谢长晏盯着他看了一会儿，问彰华："你信他吗？"

彰华点点头。

"好，那我也信。"

就这样，出发上路，一路竟然顺利得不可思议，眼看就要到风陵渡口。

谢长晏看着舆图，指着上面的一条支流道："我们到这里了吧？那我是从此处潜入？"

风小雅点头道："嗯，还有半个时辰就能到。现在，打开那边的第二个抽屉。"

谢长晏依言打开他身旁一个矮柜的第二个抽屉，里面有个大匣子："什么？"

"帮助你水下潜行的工具。或者说，陛下要求的帮助你水下潜行的工具。"

谢长晏扭头看了看在勤勤恳恳划船中的彰华，心中一甜，当即打开盖子，里面有熟悉的也有不熟悉的，熟悉的有鲛皮水靠、鸭蹼靴，不熟悉的就多了。比如一根十丈左右的长绳，细如芦苇，中空，头上拴着一块枯叶形状的木头。

"这是？"

"把木头那端扔出去后，会自动浮起，通过绳子呼吸，在浅距潜水时比猪尿泡好用。"

谢长晏爱不释手地把玩着这根绳子，果不其然地在木头下方找到了一个"蛙"字。

此外还有一个鲛皮头套，眼睛的位置上镶了两块极薄的琉璃，可在水下视物，但看到的东西会斑驳变形。

还有一个小盒子，里面有几颗丹药。

"护心丹，若觉心跳过速或者过缓，含一颗。"

谢长晏叹为观止地盖上匣子："这套工具应该给那些采珠人都配一套。"

"单这根呼吸绳，造价便在两万钱。"

谢长晏顿朝箱子合手拜了一拜："多谢民脂民膏，我一定好好珍惜。"

风小雅沉吟了一下，缓缓道："你还有什么想要的吗？"

谢长晏眨了眨眼睛："鼓励？赞美？或许为我解点惑？比如你的大夫人为什么会嫁给你……"

风小雅打断她："知道了。"说罢，竟然起身走了出去。

换梭飞船的这十几天来，谢长晏第一次见他走出船舱。只见他走过去不知跟彰华说了什么，彰华将桨交到了他手中，朝舱内走来。

谢长晏忙朝他招手："快进来快进来！别挡着……"

彰华凝视着她。

谢长晏却眼巴巴地望着风小雅那边。

彰华想了想，忽然伸手，扳过她的脸。

"鹤公他会不会划船……"谢长晏还待观察，却在对上彰华的目光后，忘了后面的话。一时间，桨荡了水，水荡了她的心。

风小雅其实多么善解人意，问她还想要什么。她顾左右而言其他，他就直接将她所求送到眼前。

"你还有什么想要的吗？"

有啊。

我要跟彰华，好好地告个别。

曾经，没有这样的机会。

第一次是退婚时，他冷着脸，她含着泪，有千言万语，全都压在了舌底。

第二次是去程国前，她在红船上与他分别，第二天他去早朝，她自行离开，没有留下只言片语。

算起来，这是他和她的第三次分别。也许很快就能再见，又也许……

所以这一次，要好好地倾诉一下离愁别绪，恋恋难舍——在他不再克制冷漠，她也更为坦然从容的现在。

谢长晏抚摸着膝上的匣子，这里面，装着他对她此行的满满担虑，却压得她的心，扬扬得意。

"你别担心，这一年我在程国，多行水路，时时泅水，水性比从前还好，保证顺利完成任务！"

彰华依旧捧着她的脸，闻言一笑，"嗯"了一声。

她不由得想，挺好，失忆了也挺好的。从前的陛下，从不这么慷慨地不要钱似的频繁对她笑。

"反而是你，要切切小心，若时机不妙，就先离开，不用管我。只要你是安全的，我们就都能安全。"

彰华的笑收了起来，但仍是温顺地"嗯"了一声。

"还有什么要交代的呢……也没什么了，其他的都等事成再说好了。事若不成，呸呸呸，大吉大利，总之，你就等着咱们在万人面前重遇，好好教教他们，什么叫作真正的——破镜重圆……"谢长晏越想越觉有趣，正笑出声，一瞬间，笑声被吞掉了。

彰华的手往上一托，两人的唇便贴在了一起。

因她在笑，唇齿轻开，因此，毫无防备地被打开，含住，汲取。

与以往两次不同。

这是一个真正的吻。

电光石火，耳鸣嗡嗡，除了一开始的惊悸，紧接而来重重酥麻，令谢长晏有些跪坐不稳。

然后她就斜倒了，倒在他怀中，却又被握住了腰，像灯笼被提着线，维持着必要的高度，灯光所能映到的前后左右，全在晃荡。

一时间船身颠簸得厉害。

谢长晏睁开眼睛，却只看见了万物静谧。

握在腰上的手忽然挪开，掌风轻扫，原本挽起的舱帘垂了下来，遮住外面明晃晃的光——日光和目光。再然后，那手上移，到了她的衣襟，伸进去。

谢长晏呼吸一滞，却被他吻得更深，晕晕乎乎，视线模糊，便也再想不起阻止。

衣服被灵巧地、缓慢地从她身上剥离。

她有些慢半拍地想起这不是彰华第一次脱她的衣服。曾经，求鲁馆坍塌时，二人被孟不离救出去，在阳光下见到她穿着孟不离的衣服时，他就脱下自己的衣服换了她身上的灰衣。

往事历历，闪烁出隐秘的蛛丝马迹。

从前有多局促难过，现在便有多柔软欢喜。

她飞红了脸，再次极力睁开眼睛，想再看看今时往日，他的模样有何不同。然而，彰华一直在亲她，各种花样地换，近在咫尺，又耳鬓厮磨，除了他额头微微渗出的薄汗外，什么都看不清晰。

忽想起外面还有两个人。

她一惊，浑身绷紧，连忙推他。

"嗯？"他的鼻音从她胸前传来，配着湿漉漉的一双眼睛。

"有……人……"她窘迫极了。

彰华却笑，轻轻挪到她耳旁，说了三个字："管他呢？"

声音震得耳朵好痒，然后那股痒意便从耳根一直蹿到了四肢八脉中。谢长晏抖得不行，然后自暴自弃地想罢了。

反正自己就是个不成体统的人，更何况，若是从前的陛下，怎么可能对她如此胡闹？

那可是个飘雪月那么好的气氛里，想亲她都要三思前缘后果家国天下从而最终放弃的人啊。

"你以前……绝不会这么做的……"她忍不住嗔道。

他的眼神却忽然正经："那么，喜欢现在的我，还是从前的我？"

谢长晏定定地看着他挪开了两寸的脸，这样的距离刚刚好，鼻息缠绕，眸光相连，看得见彼此的面红耳赤，春情激荡。

她心中突有勇气万丈，主动迎上去，吻了吻他的唇："只要是你，我都喜欢。"

我本就爱慕你。

从十三岁，直至如今。

彰华用鼻尖蹭了蹭她的鼻尖，覆在她身上的手没有停，将她脱光后，再把一样东西慢条斯理地、极致亲密地套在了她身上。

冰凉光滑的鲛皮，跟他火热的手掌，真真是冰火两重天。

谢长晏被折磨得出了一身汗，这才知道上次帮她换衣服的彰华有多克制。那次她都没感觉到他的手指，外衫就被换掉了。而这一次，他的手指轻挑慢捻，明明是在给她穿水靠，却穿出了十二分的香艳。

好不容易等到穿好，她的头发根都湿透了。

彰华终于停下来，瞧着她，拢了把她湿嗒嗒的发根，又笑："粉融香汗流山枕，可惜不能尽君今日欢。"

谢长晏心智回笼，连忙扯回自己的头发："哪来的淫词艳曲？"

"自是书上看的。"

"只怕不止看过，也以身体行之了吧？"话说完，自觉也有点酸，正要收回来，却见彰华收了笑意，皱眉做出一副沉思的模样，最后茫然地看着她道："这个……就不清楚了。你知道的，我失忆了嘛。"

谢长晏气得当即推了他一把，掀开帘子走出去。

出去后，看见船尾默默划着桨的郑端午和端坐一旁眺望远方的风小雅，二人全都神情自若，一副"我们什么也没看见、什么也没听到"的模样。

于是，谢长晏也做出一副"我什么也没做，是个清清白白好姑娘"的圣洁模样，上前想要跟郑端午一起划桨。

风小雅却突然起身道："可以下水了。"

"这么快？"谢长晏一愕。

"嗯，趁着你刚热完身。"

等等，你不是什么都没看见什么都没听到吗？为什么不假装到底啊？谢长晏窘迫之下，看见彰华端着匣子也出来了，连忙恨恨地一把夺过他手中的匣子，三下两下戴上头套，拿着呼吸绳就往水里跳了下去。

水面几乎没有溅起什么水花，就恢复了平静。

彰华盯着谢长晏消失的地方，过了很长一段时间，谢长晏都没有浮起来，看起来是按着线路图游走了。

风小雅走到彰华身旁，跟他并肩站在一起，注视着平静的水面，眼眸深沉："下面，该我们行动了。"

彰华脸上的清浅笑意、款款温存慢慢地消失了，岁月的增长在他脸上浓缩成了短短一瞬，一瞬之后，他就从少年回到了青年。

"嗯。"他说。而这一次，再没有任何温顺乖巧的影子。

谢长晏几乎是迫不及待地逃离了那条小船，按照之前拟定的线路朝西边的分流游去。

身体中的燥热随着清凉的水一点点消散，幽静的水下世界一开始是蓝色的，再慢慢地变成了黑色。再往下的话，就会出现醉酒般的感觉。采珠人们都很惧怕那种感觉，因为很多人会真的意识不清。她却在这方面得天独厚，越深越冷静。

因此，尽管风小雅说会安排孟不离在红船上时不时闹腾些许动静吸引沿途监视者们的注意，为了保证体力无须潜得太深后，谢长晏还是沉了下去，沉到呼吸绳所能达到的最长距离——十丈。

不得不说，这次的装备实在出色，因此带来了全新的感觉。以往泅水时谢长晏觉得自己是条鱼，那么现在，她觉得自己是一条蛟龙，能率鱼飞置笱水中。

谢长晏一直游，途中看见了好几个潜伏在水里的暗卫，想来是谢繁漪派来监视红船的。她借助黑暗的掩护和同行的鱼群不动声色地从他们身下游过，就那样一路有惊无险地抵达约定点——红船会从这里经过，投下一个锚，数二十息后，准点沉船。

谢长晏静静地等待着。并没有等很久，甚至，比约定的还要早一些——孟不离一向是个可靠的人。

一个大铁锚分水而下，出现在视线中。

就在这时，意外突生！

锚落水的位置太巧，正是呼吸绳的浮木所在处，绳子就那么缠在锚上，被一起带了下来。

谢长晏第一反应是心疼——这可是两万钱的宝贝啊，千万不能就这样破了！第二反应才是糟了，要没气了。

她连忙稳住心神，尽量减少多余消耗，继续忍耐。

锚晃晃荡荡，却似比平日里要慢得多。等它好不容易垂到尽头，谢长晏游上前抱住，将呼吸绳解下来仔细检查。

还好还好，没有破。赶紧放出去。浮木悠悠升起，过程里的每一息，都极尽煎熬。

当那枯叶形状的浮木终于浮出水面时，快憋不住气的谢长晏抓着绳子这头深吸了好几口，这才觉得又活了过来。

而这时，上头的水起了一连串大震动，荡得绳子也旋转了起来。谢长晏心知这是沉船了，连忙将绳子收回来。

她静静地等着，等孟不离跳下船来找她，一边等一边在心中背诵《齐物论》，脑海里浮现出的全是彰华的字迹——

"昔者庄周梦为胡蝶，栩栩然胡蝶也。自喻适志与，不知周也。俄然觉，则蘧蘧然周也。不知周之梦为胡蝶与？胡蝶之梦为周与……"

正背到这儿，上面有人游下来了！

谢长晏警觉，然后戒备，但那个人身形她太熟悉，熟悉到一下子就认出来了——孟不离！

谢长晏大喜，当即朝他浮上去，孟不离拉住她，递给她一团衣服，然后带她往上游。谢长晏放心地把全身的重量都交给他，自己则不慌不忙地套上衣服，脱掉鞋蹼，摘掉头套塞到怀里……

四周的水越来越亮、越来越亮，最终，"哗啦"一声，浮出了水面。

谢长晏放目一扫，四下果然人山人海。

一艘临时救援用的小船上，两个千牛卫双双俯身来拉她，抬头一看，又是熟悉的两张脸——当年飘雪月马车被绊时救过她的那两个千牛备身！

一颗始终悬在半空的心，终于落到了实处。

她被拉上船，被柔软的布巾包起，被人往手中塞了热茶。依稀听到岸上人声鼎沸，大家都在对她指指点点。

这就算是成功了吧？

第二步棋，属于她的任务部分，圆满完成！

谢长晏喝了口热茶，泅水过久带来的身体酸疼像水汽一样往上顶，但是，管他呢？她成功了！她完成了很艰难的一件事！

谢长晏忍不住转身，朝岸上乌泱泱的人头挥了挥手，果然引起了一连串尖叫。

有女孩朝她扔了一朵花。

其他人纷纷效仿。

由于距离过远，那些花全掉到了水里。

谢长晏看了孟不离一眼，孟不离点点头，谢长晏便吩咐那两个认识的千牛卫把船划回岸。

接下去，该是彰华闪亮登场的时候了。

为了醒目和抢眼，孟不离给她披上了一条大红色的披风，披风如火，映得她的眼睛亮晶晶。

这时，岸上的人群中爆发出了更响亮的喧哗声。

是陛下来了吗？！

谢长晏忍不住催促："快点！"她迫不及待地想见他。

千牛卫加快速度。

随着船只离岸越来越近，乌泱泱的围观人群被千牛卫们强行分开，让出一条路来。

——一辆辇毂出现在视线中。

拉车的十六匹马中，当头那匹便是步景。

"不会吧？这么大阵仗？"之前风小雅说的是让彰华假扮千牛卫混进来再现

身的啊。这是……临时改变了计划?

不过,如此一来效果更好。

谢长晏满心雀跃地望着那辆马车,站在船头抱拳行了一礼,朗声道:"十九郎奉召来京,意外落水,不成体统,还望陛下恕罪。"

一记轻笑从车中传出,紧跟着两名车夫拉开车门,扶着一人缓步下车。

听到笑声时,谢长晏就僵住了。

等那人下车后,谢长晏更是整颗心都沉回了水底。

——下车之人,巧笑倩兮,仙姿玉色,正是谢繁漪。

谢长晏没有动，低声问身旁的孟不离："什么情况？"

孟不离的表情跟她一样震惊。

也是，他一直在红船上，又是沉船又是救她的，哪里知道岸上的情况。

风小雅不是说能把谢繁漪留在宫里的吗？这是怎么回事？还有彰华呢？为何不出现？

谢长晏咬了咬唇，索性直接问道："三姐姐？怎么是你？陛下呢？"

此言一出，人群里本不知道谢繁漪身份的人，也都知道了，窃窃私语之余，全都目光灼灼地在二人身上扫来扫去。

"陛下有事不能来了，命我接你入宫。"

众人中有许多是千里迢迢就为了开坛清谈而来的，当即不满地窃窃私语了起来。

谢繁漪环视四下，浅笑道："放心，只是今日突然有事。三日内，定另择佳期。"

大多人还是失望，情绪却明显稳了许多。

这时小船靠了岸，千牛卫们放下踏板。孟不离跟谢长晏交换了个眼神，二人相处甚久，早有默契。谢长晏立刻读懂了他的意思：继续拖延时间，另，绝对不要跟谢繁漪走。

谢长晏踩着踏板向岸上走。

谢繁漪姐妹情深地迎上来要扶她。

谢长晏避过她的手，最后两步索性省了，纵身一跃轻盈落地，红色披风荡起优美的弧度，飞起，又落下，夏日的艳阳下，她绾了把因为湿润而显得越发乌黑的长发。

这是谢繁漪在玉京百姓面前的第一次公开亮相，又何尝不是谢长晏的。

谢繁漪确实倾国倾城，令人目眩。但众人发现，站在她身旁的谢长晏竟也不输气势。

谢长晏的发是湿的，脸是红的，衣衫是不整的，连鞋子都没有，光着脚就那么大咧咧地站在优雅如兰的姐姐身边，却半点不自在的样子都没有，唇角含笑，抬手跟众人打招呼。

两相对比下，谢繁漪像月夜下的珍珠，娴静、神秘、蕴含着光。

谢长晏却是艳日下飞翔的鸟，灵动、灿烂、燃着火。

难怪陛下当年会在失去谢繁漪后，选了谢长晏——不少人心中如此想。

谢繁漪被拒绝，脸色不变，目光依旧暖暖地落在谢长晏身上："看你，头发湿着，还光着脚……车上有我的备用衣服，快跟她换了。"说着，要再去拉她的手。

谢长晏却一个旋身，退后半步，又一次地避开了她的手。

众人眼睛一亮，原本因为陛下没来而有些失落的心，重新变得热情高涨——这对姐妹之间，有戏啊！

"姐姐你饶了我吧，好不容易离了宫，还那么多讲究。我这可是褒衣博带，自得风流。"

"好！"人群中一名同样散发敞怀、一看就是玄派子弟的书生鼓掌。

"十九郎君！十九郎君！"更有少女们娇声叫着，再度将花投过来。

谢长晏跳起，接住了其中一朵红芍药，闻了闻，插到头发上，朝那掷花的少女一笑。

那位幸运的少女顿时捂着心口晕倒在朋友怀中。

"不臣事于王侯，此女倒真有林下风气啊。"一名老者感慨道。顿时引得周遭众人纷纷点头。

"但谢繁漪真是绝色，只怕唯方四国，也就璧国那位曦禾夫人，可与之相比了。"另有人如此道。

"曦禾不过落魄书生家的卖花女，如何能与谢三娘相提并论？小人有幸见识过三娘子的画，真是春云浮空、迁想妙得！"

"确实确实。三娘的画，十九娘的书，还有三才先生的字……隐洲谢家，真是集钟灵毓秀于一家啊！"

众人的议论声中，谢繁漪低叹道："看来妹妹是不肯跟我走了。"

彰华迟迟不出现，谢长晏心中其实无比担忧，根本不耐烦陪她继续做戏："我就住在求鲁馆，若陛下想好了何时召见，派人来求鲁馆知会一声就好。不离，咱们走吧。"

谢繁漪似想再说什么，谢长晏却朝四下的人群笑道："长晏此番归来，劳烦诸君久候。有什么想问的？坛没开成，咱们就走着清谈呗。"

"好一个走着清谈！"书生们闻言大喜，纷纷涌了过来。

谢长晏就那么被众人拥簇着边走边聊，放荡不羁地走了。除了孟不离，两名千牛卫备身各自领了一队千牛卫紧跟着她，以防不测。

虽然也有很多人留在原地，继续围观谢繁漪，但一动一静，两相对比之下，静的这方明显弱了气势。

不少好事者心中暗笑：看来姐妹不睦，人前此番相争，终究是妹妹技高一筹啊。

赶辇毂的一名车夫走到谢繁漪身边，低声道："主人，要不要……"

谢繁漪抬起一只手，望着谢长晏离去的方向，眸色渐浓："让她走。等她知道究竟发生什么事，反应过来后，会回来求我的。"

伴随着一声"回宫"，谢繁漪上了辇毂，垂帘落下，遮住了她的绝世美颜，也结束了这场万众瞩目的见面。

然而，关于这场见面的过程和细节，从上千见证者口中，迅速传播了开来——

"谢繁漪跟谢长晏不和呀！"

"难道是陛下始终不能忘情于姐姐，所以妹妹才一怒之下退了婚，姐姐回来后想跟陛下重续前缘，却发现陛下又在后悔惦念妹妹……所以才有了心结？"

"兄台好烂俗的高见！"

"那陛下到底喜欢哪个啊？"

"谁知道呢。不过男人嘛，总是惦念得不到的那个的。"

"要你选，你选姐姐还是妹妹？"

"两个各有各的好，真是难以抉择啊！"

"当然是选姐姐啦。妹妹你是没见到，太高了，放浪形骸的，普通男人真吃不消。"

"那是你无能！要我就选妹妹，那长腿，那细腰，那股子说不出来的劲，上了榻必定放得开……"接下去的话便越来越不成体统。

而女孩子们谈论的，又是另一番风格了。

"十九郎君好想嫁！"

"冷静，她是女人。"

"那又如何？真的好想嫁！陪她到处走走看看，给她磨墨，看她写书。以往见的著书人全酸腐气得很，她却完全不同，整个人闪闪发亮的……"

"那姐姐呢？你们怎么不谈谈谢繁漪？她是不是真有传说中的那么美？"

"是挺漂亮的，但跟个瓷人似的，可远观不可近玩。十九娘就不一样，我跟着她问她下本游记写哪里，会不会去璧国，她说当然要去，去见冰璃。"

"天啊！志同道合啊！"

"是吧是吧？我都去不了，她却能去，做我想做又做不成的事。好羡慕！好喜欢！好崇拜……"

总之，这一天的玉京，非常热闹。

而热闹缔造者之一的谢长晏，也终于进了求鲁馆。

同行的众人虽恋恋不舍，但也知求鲁馆是玉京的禁地，还时不时会有坍塌的危险，只好散去。但还有很多执着不走的，席地而坐等在馆外。

孟不离通过小门看到馆外的景象，皱了皱眉。

谢长晏也凑过来看了一眼，却并不在意："他们等在外面也好。众目睽睽的，谢繁漪更没法动我。当务之急是联系陛下和鹤公，他们那边肯定出事了！你去找，我去见老师。"

孟不离摇头，不肯走。

"我在蛙老这儿，你还担心什么？"

孟不离一字一字，执着地说道："我、不、离、开、你！"

谢长晏惊了一下，改口道："好，那你随我一起去见老师。"

走在求鲁馆乱糟糟的小路上，谢长晏看着地上那个始终紧跟着自己的影子，心中感慨万千。

最早接触孟不离时，觉得他性格古怪，几次三番故意捉弄他想逼他说话。后来看到他被一只猫缠上，明明怕猫怕得要命，却始终不离不弃，就觉得此人外冷内热，好生温柔。再后来，外出游历，他始终陪伴左右，频频救她于危难之中，在娘亲走后，更是悉心照料，做了很多娘亲才会做的事情……

从入程以后，他就成了她在这世间最亲密也最信任的人。

而后，她被谢繁漪掳走，与他暂时分开，再相见便是此番回燕了。匆匆一面，他就为了任务再次离开。

在梭飞船上，风小雅对她说了一些孟不离的事情，一些孟不离从不曾说过的事情，令他所有的怪异都得到了解释，而那些被刻意埋藏的真相，却令她唏嘘又难过。

孟不离和焦不弃是风乐天从如意门买来的杀手。

在风小雅追寻秋姜的下落中，打听到有那么一个组织后，风乐天便以要买人照顾体弱的儿子为由，通过中间人牵线，从如意门买了一对训练好的杀手。

风乐天当时提出的要求是：武功高，话少，机警，忠诚。

焦不弃性格稳重，而孟不离性格活泼，因为饱受残酷严苛的训练，更习惯用说话来削减压力和恐惧，久而久之变成了一个话痨。这一点当然不符合风乐天的要求，所以，交人的前一天，如意门给孟不离吃了一服毒药，毁去了他的嗓子。

可惜他身体底子太好，在榻上足足高烧了七天后，痊愈时，嗓子却还能出声，只是吐字艰难，需一个音一个音地说。

对于一个爱说话之人来说，这简直是世间最可怕的酷刑。因为时时都要忍受煎熬，一直熬到死。

他逼自己沉默。

逼自己忍耐。

逼自己不要犯了忌讳。

最后，就变成了谢长晏见到的样子——明明眼神中有千般情绪，偏偏，不能说，也说不畅快。

"他没恨你爹吗？"谢长晏当时听后，如此问道。

风小雅注视着她，在炎热的盛夏天里眸光冰凉："如意门的杀手，忠诚是第一位。他们永远不会憎恨主人。"

而彰华当时划船划累了，赶着饭点进来小憩，闻言补充了一句："他们早已习惯对所经历的一切逆来顺受，不懂何为拥有，何为侵犯，自就无所谓憎恨。"

谢长晏听得心惊。

风小雅又道："以不离不弃的武功，本该进另外五宝，进了五宝，就是如意夫人的嫡系弟子。但因为训练过程中性格太过温顺，所以最后进了金门。"

银门弟子负责外出执行任务，金门弟子则留在门内护卫安全。因为买主太过特殊，是风乐天，所以如意夫人最终还是从金门的新弟子里挑了两个，想要搭上风家这条线。

如意门的规则，在这样那样的细节中，被一点点地彰显。而知道越多，就越触目惊心，也就越发感慨起秋姜。

孟不离如此身手，也仅是金门弟子，而秋姜，是玛瑙——七宝中最顶尖的那一类，据说是被当作下一任如意夫人栽培和养育的。她有多出色，又有多艰难，由此可窥见一斑。

也只有那样的女子，才会令风小雅这样的人物魂牵梦绕、爱恨难分、刻骨铭心吧……

谢长晏收回飞散的思绪，重新回到孟不离身上。她想起风小雅说过她被掳走后孟不离很内疚，对陛下承诺找到她后就自杀谢罪。这家伙，现在还这么想吗？

想到这里，谢长晏突然止步，回身看着孟不离。

孟不离安安静静地看着她，一双全神贯注、随时待命的眼睛。

这样的保护者无疑能让人很安心。但如果这种安心是被剔除了人骨、泯火了人性才换来的，又让被保护者情何以堪？

"我是个很笨的人……"谢长晏回视着他，缓缓开口，"浑浑噩噩，后知后觉，开智太晚，又生性懒散。我只知道你一直在保护我，却没想过凭什么安然地享受这份保护……"

孟不离露出困惑的眼神。

谢长晏想，不能说深了，说深了，他听不懂。可想通这一点的她，越发悲哀了起来。

她将手搭在孟不离的肩上，谨慎地选择措辞："总之……我会努力让自己变得更好，像那只黄狸一样好，而你，会是因为喜欢我、尊敬我才发自内心地想要保护我。到了那时，你就不会再介怀一次小小的疏忽，不会在意那是出自谁的命令，因为你在做你真正想做的事情。老师曾告诉我——人，只有做自己想做的事情时，才是开心的。只有开心地去做一件事时，才会做得更好。未来还很长，别轻言生死，孟兄。"

孟不离定定地看着她。他跟彰华和风小雅不一样，彰华和风小雅看人时，被看人完全解读不了他们的眼神。而他看人时，目光清澈得没有任何虚伪和防备，谢长晏很容易就看出他此刻心中的惊讶、茫然、感动、悲伤……以及更多的惶恐。

他听懂了。但他从前从没想过这样的事情。所以他在本能地害怕。

谢长晏拍了拍他的肩膀，想要给他些许温暖，就听一个声音十分煞风景地在身后响起："我没这么说过！"

谢长晏抚了下自己的额头，心中却难掩欢喜，迅速转身看向那个煞风景的人："老师！好久不见！我好想你呀！"

她口中的老师，自然就是公输蛙。

不过一年未见，公输蛙的鬓边竟冒出了几缕银发。

"老师，怎老了这许多？"

"胡说八道！"公输蛙沉着脸反驳，随即却又从怀中取出一面镜子照。这也恰恰是谢长晏一直以来很想不通的一点——你说你一个都不求偶结婚繁衍的世外高人，为何还要如此在意自己的容貌？

"老师，从哪里又弄了这样一面宝镜来？"谢长晏瞥见那是一面水银镜，便想拿来细看，结果公输蛙立刻将镜子放回了袖中，吝啬地完全不给她看，脸上更是半点不给好色："你回来做什么？"

"此事说来话长，容我长话短说。"谢长晏环视四下，并无其他弟子在，便坦言道，"我们在程国中了圈套，现在宫里头那个陛下是假的，真正的陛下跟我回来了，但又失去了联络……不知我这样说老师你能否明白？"

公输蛙嗤笑了一声："不就是斑鸠谋害老燕子，霸占了他的巢，结果老燕子命大没死成，想夺回他的巢吗？"

谢长晏震惊："老师你都知道啊！"

"所以我才问——你回来做什么？"

"我当然是要帮……"谢长晏说到这里，面色顿变，盯着公输蛙，"你知道宫里的陛下是假的？你见过他？并且……不准备揭穿他，甚至，在帮他行事？"

她说的虽是问句，却全是肯定的语气。

公输蛙一脸坦荡："那是自然！"

"为什么？"

"老燕子一心要干大事，搞得生灵涂炭。斑鸠却肯守着小巢安享太平。只要求鲁馆屹立不倒，能够安心继续做事，龙椅上坐的是谁，跟我有什么关系？"

谢长晏立刻放弃了说服他的想法，道："那你再给我一双暗藏利刃的鞋子，一枚装着毒针的戒指，几管改良过的蓝焰，对了，还要最新的玉京舆图……"一口气说了十几样东西。

公输蛙脸上的伤疤又开始扭曲了："你怎么不说把求鲁馆搬空给你算了？"

"给不给？"

公输蛙几次张口，明明想说"不给"，但对上谢长晏的眼睛，最终忍住了，沉着脸转身，一言不发地带路。

孟不离自觉地留下了——公输蛙的屋子，一向是不许人随便进的。

走了两步后，公输蛙突然脱下自己脚上的木屐，光脚走上干净整洁的木廊，同时丢下一句话："穿上，免得踩脏我的地。"

明明整个前院都跟狗窝没有区别，但进了公输蛙的自留地盘，就一切都干干净净井井有条。

而谢长晏看着他留下来的那双木屐，再看看自己满是泥垢尘灰的两只脚，眼眶突然红了。

"你可别来这套，我最讨厌女人哭。"在前方大步行走的公输蛙冷冷道。

谢长晏将脏脚踩进木屐，忍住了眼泪，也学他的样子大步前行："我拿了东西就走，急着找陛下呢，没时间哭。"

前方的公输蛙眼中掠过一丝心疼之色，但谢长晏在他身后，没能看见。

进屋后，谢长晏很快找全了想要的东西，顺便还多搜刮了几样。公输蛙远远坐在一旁看，并不阻止。

谢长晏顺便还换了套他的衣服穿，公输蛙也没阻止。

当最后谢长晏打开门就走时，公输蛙终于忍不住开口道："长晏。"

"干吗？"

"手握生杀大权的人很可怕。"

这是他第二次说这句话了。谢长晏一愣之后，转回身去，认真地看着他。

"你跟老燕子，其实不是一路人。"

谢长晏的心飞快地跳了起来——老师是不是知道些什么？他知道了什么？

"名利旋涡不适合你。你有如此天赋，又与我有师徒之缘，为何不留在为师这边？"这是公输蛙说出口的。

谢长晏听懂了。公输蛙没有说出口的是：为何你要卷入皇权相争中？为何义无反顾地选择彰华？现在与彰华斗的人是谢繁漪，也许还是整个谢家，你身为谢家的女儿，夹在中间不痛苦吗？来老师这边，两不相帮，做这碌碌红尘的看客，明月清风，流芳百世，不好吗？

是啊，那样多好，不用跟姐姐反目，不用担心家族安危，不用泗水游上整整一个时辰，不用在海上漂荡挨饿十几天……

她此番所有的磨难艰辛，都源于跟彰华在一起。

只要她抛下彰华，就会安全、轻松、和顺。更何况她还有公输蛙，还在享受这世间最极致的东西，也许还能在漫漫历史长河中留下自己的名字。

王权霸业，功名利禄，最终敌不过鲁班师祖的一把刻尺。

可是、可是、可是……

"我喜欢彰华啊。"谢长晏很努力地冲公输蛙笑，"喜欢的人有了危险，我怎么能视而不见呢？"

公输蛙缓缓道："也许他并不值得你这般喜欢。"

这下子，谢长晏真的笑了："老师，天工造物，自要算计，但做人嘛，我娘说了——为人一世，得失得失，事事算计，哪算得过来啊？所以，小女子我只负责喜欢，不负责算。"说罢，她轻巧地踩着他的木屐出去了。

嗒嗒嗒嗒，木屐轻快地敲打着木廊，一路远去了。

公输蛙却坐在原地，久久不动。如此过了许久，他终似回过了心神，啐了一口："果然还是不能收女弟子。烦人！烦死了烦死了，唉，我的心好烦……"一边摸着心口，一边往地下密室寻求安慰去了。

谢长晏走出木廊，孟不离还等在路旁，低头注视着一节栏杆，神色专注不知在想什么。谢长晏拍了拍他的肩："想什么呢？"

孟不离连忙收回视线，眼神有些窘迫、茫然，但很快又恢复成了专注，只不过这次专注的目标换作了她。

"鹤公有没有跟你说，如果计划出错，去哪里碰头？"

孟不离摇头。

这可不像风小雅的性格啊。谢长晏心中琢磨，不过算了，她也有她的办法。她朝孟不离一招手，索性就在木廊上坐下了。此处四面通风，毫无遮挡，藏不住人，自也不必担心有人偷听。毕竟，求鲁馆也不是铁桶，谁知道有没有谢繁漪的耳目。

二人坐定，谢长晏拿出最新的玉京舆图，问孟不离："除了紫霄观这条，你还知道别的可以进宫的密道吗？"

孟不离摇头。

"陛下没有在约定的时间内出现，两种可能：一，他逃走了；二，他被抓了。如果是第一种，他会想办法主动联系我，而所有人都知道我们现在在求鲁馆，等着就行。可如果是第二种，我们就不能一直干等着，他需要我们的帮助。"

谢长晏提笔画了两棵树，然后就着第二棵树开枝散叶。

"想要入局，就要先弄清楚如今的局势是什么。谢繁漪、假陛下、长公主，他们一伙；鹤公、陛下、我们一伙。李范程袁商五族，谁在他们那边，谁在我们这边，谁在观望能够倒戈，谁是蛙老这样两不相帮的？你觉得这些，找谁问最快也最清楚？"

孟不离想了想，眼睛一亮。

谢长晏提笔在第二棵树的枝干上，画出了一支如意。

"没错，就是他。我现在只有你和外面不足百名千牛卫队，他们还不见得多可靠。所以，只有你能做事。而如意，恰恰是个你勉强能抓到的棋子。只要我们想出一个令他们无法防范的办法。"

谢长晏说着，在如意旁的枝干上画了一匹马，然后抬眸对孟不离一笑。

荟蔚郡主跟方宛策马走进天香坊，身后带了几名侍卫，在最大的万熏阁前停了下来。

荟蔚郡主自行下马，然后扶着方宛下马，露出头疼之色道："你自个儿进去挑吧，我在外头等你。里面那一屋子的香味，我闻不惯。"

方宛歉然道："我很快就出来。"

"不急，挑到心仪的再走，省得再跑第二趟。"

方宛进去后，荟蔚郡主便揉捏着时饮，噢不，现在叫酒酒的耳朵，笑道："酒酒，来一壶？"

酒酒用嘶鸣声表达了欢喜。荟蔚郡主哈哈一笑，取了酒壶喂马。

一旁的侍卫有些担忧："郡主，这都第三壶了……"

荟蔚郡主不满地睨了他一眼，"怎么，管着我喝不够，还管我的马喝多少？"

"不敢不敢……"侍卫忙缩着脑袋退后了。

荟蔚郡主"哼"了一声，揉揉酒酒的鬃毛道："看到没，人活着多不自在。你也是，从小生在皇宫，出来就是名驹，蹄子没长好就先钉上钉，跑再快也只能林子里遛一遛……难怪你跟我一样爱喝酒……"

正在念叨，旁边有个路人牵着一匹马走了过去。

荟蔚郡主的视线顿时被吸引了。

马很普通，但背上的马鞍十分精致，鞍花竟是用贝壳雕的，在玉京很是罕见。

荟蔚郡主连忙叫道："站住，那人，就你！"

谁知牵马之人回头看到她，反而吓了一跳，撒腿就跑。

"喂！"荟蔚郡主连忙翻身上马去追。等侍卫们反应过来时，她已追出很远了。侍卫们连忙仓促跟上。

荟蔚郡主骑马，那人则是牵着马跑，拐过两条街后就被追上了。

荟蔚郡主纵身跳到那人面前，扣住他的肩道："跑什么？我就想问问你，这马鞍卖不卖？"

那人哆哆嗦嗦，一脸恐惧。

荟蔚郡主还在奇怪，上方突然罩下个大布袋，紧跟着后颈遭到重击，就什么都不知道了。

等侍卫们追到时，巷子里只剩下酒酒一匹马在，再无其他。

"郡主呢？"侍卫们大惊，而酒酒打了个酒嗝，喷出一片熏人的酒气来。

布袋被送上街旁悄然等待着的马车。马车是趁着长公主府的太监外出采买时灌醉了偷来的，上面带着公主府的标记。

而车内，侍女打扮的谢长晏已等待多时。她将布袋解开，看到里面昏迷不醒的荟蔚郡主，心放下了一半："长公主最多一刻钟就会知道爱女失踪。我们要快。出发。"

戴着斗笠的孟不离点点头，赶车前往皇宫。

谢长晏有些不舍地从车窗看了小巷一眼："我的时饮……"目光转到荟蔚郡主脸上，笑着拍了拍她的脸，"抢了我的马，就帮我做点事吧。"

荟蔚郡主仍在昏迷。

一刻钟后，马车终于抵达宫门前。门卫例行检查，谢长晏掀帘骂道："大胆！荟蔚郡主病了，急着入宫找太医诊治，还不快放行？"

门卫们定睛一看，车内之人果是荟蔚郡主，正闭眼靠在侍女怀中，双颊赤红，看样子病得不轻。

门卫哪敢再拦，连忙放行。

如此一路顺利前行，专挑僻静道走，倒也没出什么岔子，遇到守卫盘查，只要亮出荟蔚郡主的脸，无不乖乖放行。这让谢长晏对如今长公主的权势有了进一步的认知——以往长公主府的马车，可是不能驰入宫的。

眼看快到执明殿，如意的住处就在大殿西侧的后院内，方便陛下随时召唤。孟不离停下车，示意谢长晏等着，自己则几个纵身，消失在了灌木丛中。

谢长晏拿出沙漏，此时长公主应已知道女儿失踪了，正派人全城搜寻，快的话一刻钟内就会知道郡主入宫。时间十分紧迫。

正在算计，忽见宫女们拥簇着谢繁漪朝执明殿走来。

谢长晏心中"咯噔"了一下。

而谢繁漪行走中，也果不其然地看到了停在殿前的马车——偌大的广场上就这么一辆马车大大咧咧地停着，想不注意也难——之前谢长晏的想法是越嚣张跋扈越不会引起怀疑，毕竟，荟蔚郡主名声在外。

但如果那人是谢繁漪的话，必会看出端倪。比如，荟蔚郡主居然没骑马，而是破天荒地坐车；再比如，只有孤单单一辆马车，居然没有随行的仆婢侍卫，而这会儿，连赶车的车夫都没了……

谢长晏拔下荟蔚郡主头上的发簪，抵在她脖子上，以防万一。

这时就听见谢繁漪问道："荟蔚郡主又来了？"

一声音答道："是的，说是病了，进宫找太医看看……"

谢长晏咬牙，完了，这借口肯定瞒不住三姐。荟蔚郡主若是病了，只有太医纷纷赶去看她的份，哪用得着她自己进宫找太医？

谢长晏不由得紧盯着车帘缝，全身进入戒备中。

谁知，谢繁漪听了并未露出怀疑之色，而一旁的宫女们更是掩唇偷笑起来。

一宫女道："郡主每次都用这借口进宫，总这么咒自己好吗？"

另一名宫女道："她来了，皇后怕是又要头疼了……"

"先不管她，总不会是什么大事。"谢繁漪说罢，带着众人继续朝执明殿走去。

车中的谢长晏松了一大口气，将发簪从荟蔚郡主脖子上撤回，给她重新插上："傻人多福，托你的福啦。"

谁知就在这时，荟蔚郡主嘤咛一声，就要醒转，谢长晏连忙以手为刀想再次将她打晕。结果手刚触及肌肤，就被对方反扣住，一股内力针般扎进掌心，震得整条胳膊顿时失了力气。

荟蔚郡主翻身跳起，一下子就将她反压在了榻上："大胆！竟敢打本郡主！"

谢长晏心中暗暗叫苦，荟蔚郡主的武功虽不怎么样，但也不是她能应付的。孟不离这次怎没算好分寸，让她提前醒了过来。

"你是什么人？"荟蔚郡主说着去扳她的脸，一见之下大吃一惊，"是你！"

这声尖叫实在太响，本已走过去的谢繁漪一行人立刻停了下来。

谢繁漪回头注视着几丈外的马车，疑惑道："荟蔚郡主在车里？"

一名宫女当即小跑着上前，刚要掀帘查看，就被探头出来的荟蔚郡主啐了一口："干吗呢？滚！"

小宫女被啐了一脸唾沫，忙不迭地捂脸归队了。

谢繁漪打量着紧紧抓着车帘只露了一个脑袋在外的荟蔚郡主，起疑道："郡主，车里有别人？"

车内被压在榻上的谢长晏一颗心几乎提到了嗓子眼。

谁知荟蔚郡主却瞪了谢繁漪一眼："关你什么事？"又冷笑，"皇帝表哥都不管我，你少对我管东管西的！"

谢繁漪淡淡一笑："好吧，若有需求再来找我。我们走。"说罢带着众人继续走了。

眼看她上了台阶进殿了，荟蔚郡主才从车外收回脑袋，松开谢长晏。

谢长晏有些狼狈地爬起来坐好。

荟蔚郡主瞪着她道："是你把我打晕弄进宫来的？"

谢长晏揉着被压疼的腰："我可以解释……"

"谁耐烦听你解释？打晕我的账稍后跟你算，你先帮我做件事！"

谢长晏一愣，然后就见荟蔚郡主紧张兮兮地靠过来，低声道："你那个三姐姐不是什么好人吧？"

这……如何回答？

"她失踪七年，突然回来，皇帝表哥一见到她，就被她迷得神魂颠倒，对她言听计从……你好歹也是皇帝表哥的前未婚妻，当知表哥他可不是那种会哄女人顺女人听女人话的人。"

这个……不得不说，荟蔚郡主在这方面还是很有见解的。

"再加上鹤公刺了表哥一剑，自那后表哥就一直养病，奏书都是那女人代批的。我几次带太医去给表哥看病，那女人总阻挡着不让看。"荟蔚郡主的小脸无比严肃，"所以，我怀疑皇帝表哥中邪了，被她用邪术控制了！"

"此事……唔，令堂怎么看？"

"我娘跟我表哥关系不好，也不爱掺和朝堂上的事，我跟她一提，她就叫我别管。"

谢长晏定定地看着荟蔚郡主。

荟蔚郡主挑眉道："你这么古怪地看着我干什么？"

"没什么……"看来这位郡主对她的娘亲大人是一点都不了解啊，谢长晏心中叹了口气，正色道，"那么郡主你，希望我做点什么呢？"

"我等会儿想办法拖住谢繁漪，你偷溜进去看看表哥，看他是中邪了被下毒了还是其他。"

谢长晏听到这儿很为难，那可是个假皇帝，一看到她肯定会杀了她。

荟蔚郡主却误会了她的为难，道："皇帝表哥那么喜欢你，不会责怪你的。没准见到你，神志就恢复了。"

"唉？"谢长晏更为难了，"唔，陛下……并不喜欢我。"

"少来这套！当年你退婚后，蝶屋第二天翻修了储水池，那玩意麻烦死了，得把地板撬开，水管一节节地重铺——就因为表哥把酒失手倒了进去。要知道表哥可从不在蝶屋里喝酒的。那次为什么喝，就因为你！"

谢长晏眼睛一亮，还有此事？

"还有去年，你偷偷回京来了吧？然后又偷偷走了吧？你走第二天，蝶屋又倒霉了。表哥爬到梯子上砸碎了琉璃天窗，把蝴蝶都放跑了。"

谢长晏的眼睛更亮了——这些她都不知道！

"还有吗？"

"你还听得来劲了？你这么在意，为何不自己去问表哥？事不宜迟，快走！"荟蔚郡主当即推她下车。

谢长晏无奈，打不过也逃不掉，只好走一步算一步。不过……若真能凭此机会见一见那个假皇帝，也好。

"跟着我，低着头。别怕，没人敢查你！"荟蔚郡主低声嘱咐了一句后，便也高昂头颅地朝执明殿走去。

谢长晏不禁问道："陛下现在还住执明殿？"

"不然呢？他哪舍得那些蝴蝶？"

谢长晏一想也是，假皇帝怕改变了习性，会让人起疑。在执明殿就好，这里她很熟悉。

说话间，二人到了殿前，殿前的侍卫们迟疑着，不知是否该拦阻。

荟蔚郡主傲然道："你们可想好了，拦我的后果。"

殿内很快传出谢繁漪的声音："郡主请进吧。"

荟蔚郡主给了谢长晏一个眼神："去那边等我！"

谢长晏低着头，朝一旁的暖阁小门走去。但那里也有侍卫看守。谢长晏一边做出畏缩的模样站得远远的，一边探手入袖摸到了一个小球——这是她从求鲁馆顺来的小机关之一。

谢长晏垂下长袖，那小球就神不知鬼不觉地落到了草丛中，滚出几步远后冒出了火苗，再然后蹿起了滚滚白烟。

守在暖阁外的侍卫们大吃一惊，连忙冲上去扑火。谢长晏趁乱飞闪进门，驾轻就熟地打开蝶屋，躲了进去。

进去第一眼，就看到原本镶着琉璃的天窗果然没了，只在原来的洞上支了个小雨棚，没有再封口。

谢长晏心中一喜，果然如她所料。她当即搬来梯子，轻轻挪开雨棚，从那个洞口爬了出去。

要知道执明殿跟蝶屋是相通的，下面看守重重，又紧邻书房，她是绝无可能偷偷潜入的。但是屋顶就不一样了，此刻天色渐晚，没几人会刻意抬头往上看。而且屋顶极大，匍匐得当，也根本看不到她。

谢长晏迅速计算好了距离和方向，慢慢地在屋顶上爬行着。爬到一半时停下，脱下一只鞋子，用鞋子里暗藏的利刃悄无声息地切开瓦片，挪出一条缝来。

往下一看，正是书房。

此刻荟蔚郡主正在下面大吵大闹，所有人都如临大敌地看着她。

依稀听到荟蔚郡主吵的是扩充后宫的事，大骂谢繁漪不贤良，只收那么几个良家女。

谢长晏忍俊不禁，却又不敢多看，忙将瓦片盖上，继续往前爬。

等她再次停下，用利刃切开瓦片，往下看时，心中一紧——到了！

下面是小小一间暖阁，没有窗，除了一张榻、一张矮几和两个柜子外，没有其他东西——这也是燕宫的特色，皇帝的寝宫素来小，意在不让帝王享乐贪欢，疏慢了朝政。

而作为临时住处的暖阁，自然更小。

屋内只有一个人。

那个人静静地坐在几旁看奏书，如此酷夏，还穿着长袍戴着帽子，时不时地轻轻咳嗽。

这就是那个替身！从背影上看，确实挺像彰华的。

谢长晏忍不住将瓦片全部挪走，露出个碗口大小的洞，然后将手上的戒指对准了他。这枚戒指是她去程国前想出来的，按动机关后可弹出一根毒针，淬的是见血封喉的剧毒，但只能用一次。可惜在程国时没派上用场就在上船时被谢繁漪搜身摘走了。因此这回找公输蛙又拿了一个。

戒指的射程只有三丈，正好是她现在跟替身的距离。只要她能射准，一针就能解决所有问题。

谢繁漪他们所依仗的不过就是这个长得跟彰华一模一样的替身。凭借他们自身的实力，根本无法改朝换代。与其等到兵戈相见祸国殃民，不如一针解决此人。

只要此人死，彰华必赢！

谢长晏微微眯起眼睛，这个距离，这个视线，此人还一动不动地坐着，天赐良机。她伸出另一只手，慢慢地开始旋转戒指上的机关。

不要急。沉住气。数到三。

一。

二……

电光石火间，耳畔突响起一个声音："手握生杀大权的人很可怕！"

谢长晏的手，顿时僵住了。

那声音还在继续："当你一念即可定人生死时，别急，想一想求鲁馆的三次灭亡，想一想求鲁馆的三次重建，再做决定。"

谢长晏只觉浑身血液都在一瞬间冻结。

脑海中，伴随着公输蛙的声音同时出现的，是滨海纪念碑旁，郑氏被杀的画面——

背对着她的郑氏僵硬地转过身来，似乎想说什么，但一动，大摊鲜血从她脖子处喷了出来。

整个头颅就那么折了下去……

谢长晏连忙翻身坐了起来，背上冷汗浸湿了衣服，再被屋顶上的风一吹，冷到了极点。

"我刚才是要……杀人？毫无忌惮、兴奋无比，甚至是期待万分地……杀人？"

她整个人都颤抖起来。

"我何时变成了一个用'杀'来解决问题的人？

"是从我对战争的漠然开始的吗？

"我不再认为生命最珍贵，认为坏人就该死，为了达到目的，甚至不惜跃跃欲试自己动手？

"可是，那就是个坏人！"谢长晏的眼神由迷茫重新转为坚定。

"为了陛下，为了大燕万万子民，此人必须死！若我一人之罪，可消苍生之劫，这小小罪孽，算什么？"

谢长晏再次俯下，将戒指对准那人。

一、二……

谢长晏的手再次抖了起来，视线也跟着模糊，额头的汗一颗颗地流下来。

她颓然翻身闭上眼睛，眼泪一下子就流了下来，跟汗一起滑进脖子。

"再优柔寡断下去就没机会了！谢长晏！"

"我知道我知道。我只是控制不住，我手抖。"

"想想死在如意门弟子手里的父亲！娘亲！还有差点死了的你和陛下！"

"我知道我知道，你不要说了，不要再说了！"

"杀人其实很简单，一点也不难，按下去就完了，别怕。杀了人后，你就真的长大了！"

"可杀了人后……我，还会是我吗？"

两个声音在她脑中交战，谢长晏睁开眼睛，天已经完全暗了下来，蓝黑色的夜幕中闪烁着无数星辰，一轮弯月缓缓升起，温柔地注视着苍生大地。

谢长晏注视着夜月繁星，不由得想起了一段过往——

那是她上次回玉京住在陵光殿时发生的事。当时，她已从彰华口中得知了父亲的死因，也知道彰华用匕首亲手杀了方清池，为父亲报了仇。

那是彰华第一次，也是唯一一次亲手杀人。

他当时说得云淡风轻，她午夜梦醒，回味那一句话时，却品出了千般滋味。

于是有一天，月色星光如今夜这般疏朗，彰华难得闲暇，在陵光殿用了晚膳后，还陪她小坐了一会儿。

她兴致勃勃地把刚做好的戒指给彰华看，告诉他里面的毒是孟长旗根据如意门的毒研制出来的，同样见血封喉，十分可怕。

彰华接过戒指，端详了许久后，再看她时，眼神深幽。

她敏锐地注意到了，不禁问："陛下有话想说？"

彰华想了想，让如意去取一物。过得片刻，如意便捧着匣子回来了。

谢长晏打开匣子，里面是一把匕首。她的心一下子绷紧了。

"这就是那把……"

彰华点了点头。

谢长晏将匕首从匣内拿了出来，匕首已经很旧了，久未保养，锋刃都生了锈，纹理间还有清除不尽的血迹。

这把匕首，戳瞎过仇人的眼珠，划伤过陛下的手腕，最后，插进了方清池的心脏。

小小一物，压在手上，沉如千斤。

"为何……给我看这个？"她抬起头，注视着他。

夜月星光下的彰华眨也不眨眼地回视着她，缓缓道："若当年朕没有动手，而是将姑父的罪行公开，以国法律例处决他，即便困难重重，也问心无愧。可朕亲自动手了，杀人的滋味，尝过一次，便始知其痛，永承其重。长晏，朕不希望你，重蹈覆辙。"

他伸出手，将戒指套回她的手指上："朕希望这枚毒针，是你的盾，而不是你的剑。"

谢长晏忍不住喃喃道："如意门杀人时，可从不想这些……"

"所以，我们跟他们，不一样。"

谢长晏于此刻想起彰华当时脸上的表情，之前不是很明白，现在却顿悟了。

他既担心她遭遇危险，又担心她因为持有利器而成为危险。

越有能力，越要克制——这几乎是彰华一直以来的行事准则。哪怕庞岳二党犯下了滔天大罪，也只是终身囚禁和流放千里，并没有诛杀九族；哪怕他为了推行新政起用酷吏，也只是量刑定罪削爵罢官，始终留有一线余地。

谢长晏躺在执明殿的屋顶上，明月清风吹去她一身战栗，也吹开了她心中因为仇恨而聚起的重重阴霾。

她抹了把脸上残留的眼泪，忽然勾唇一笑。

"难怪让我去求鲁馆进学，陛下，你是不是一开始就想让公输蛙来影响我？好让我在得知父亲死亡真相后，不会为了复仇不顾一切……"

不得不说，虽然她很多时候并不认同公输蛙的思想，然而公输蛙的话在她心中扎了根。在她走上悬崖之时，巍巍颤颤地伸出枝蔓，拉了她一把。

谢长晏心中正在百感交集时，就听下面传来了"吱呀"的开门声。

有人进来了！

于是她知道自己失去了一个天大的机会。

心中却又不是太遗憾，反而有一种清风徐来水波不兴的冷静。

她决定继续静观其变，当即慢慢转身，贴在洞口往下看。

进入暖阁的人是谢繁漪。

她一进来，便脱去外衫，拔下发簪，将长发披散了下来，往榻上一歪，揉捏着眉心道："那个荟蔚郡主……应付她一个，比应付满朝文武都累……"

谢长晏有些错愕地睁大眼睛——她从不曾见过谢繁漪如此"不端庄"的模样。小时候无论什么时候去找三姐姐，她都是衣冠楚楚、落落大方。而此刻她在替身面前所展露的，除了慵懒，还有一股子说不出的亲密。

替身轻轻一笑。

谢长晏耳朵一抖：不得不说，真是连声音都像极了彰华啊！

"不过，她说得也不无道理，历来后宫三千佳丽，这次选秀却只选一百人，确实委屈你了……"谢繁漪说到这里，凝望着替身，忽用一只脚轻轻地踢向他的腿。

替身没有躲。

于是那只穿着月白色绣花鞋的脚便一点点地往上挪，挪向他的大腿根部。

谢长晏张了张嘴巴，第一反应是赶紧闭眼，又生怕漏过什么，只能再次睁眼。她万万没想到，谢繁漪竟真的跟这个男人有关系！

眼看鞋子就要碰到某个私密部位时，替身终于伸出手抓住了谢繁漪的脚踝，轻轻地放回榻上。"别闹。"

谢繁漪笑了起来："又心烦了？不就是又被彰华逃了吗？起码我们抓到了风小雅。别担心，我已布下天罗地网，彰华逃不掉的。"

屋顶上的谢长晏心头直跳——陛下果然出事了！鹤公被抓住了？关哪儿了？

替身沉默不语。

谢繁漪扑到他背上，抱住他撒娇道："你再这样沉闷，我可要生气了。不是说好了对我时只有笑吗？我进来这么久，半个笑脸也不给，让人心里慌慌的。虽然我确实没办好差事，但更需要你的鼓励和安慰啊……"

谢长晏心中啧啧。谢繁漪原来不是真的瓷人啊。若让彰华见识了三姐姐的这副模样，不知心中是会失落还是庆幸。

替身似也僵住了，一时间没说什么。

"我知道你烦什么。老皇帝没找到，长公主不知藏着什么样的祸心，而彰华又死里逃生……"谢繁漪将头靠在他的肩膀上，声音低柔，"筹谋了这么久的事，却没一步是走得顺利的，你着急生气。"

替身反握住她的手，轻轻地揉捏。

"但越是这个时候，越要沉得住气。局势对我们有利。彰华就算再不甘心也不敢公开与你对峙。所以，谁能熬得住，谁就赢……"谢繁漪说到这里，侧头亲吻他的耳朵，然后身子一倒，在替身腿上躺下了，一边继续亲吻他的脖子一边伸手去解他的衣带。

谢长晏脸上一红，正不知该不该继续偷窥，不料躺倒的谢繁漪脸正好冲着屋顶，目光好巧不巧地看了上来。

谢繁漪一眼看到屋顶上的洞和洞里的一双眼睛，当即尖叫起来："屋顶上有人！"

谢长晏扭身就跑，却已来不及。"嗖嗖"几声，四面八方跳上来数名侍卫。谢长晏不会武功，又不能用戒指，没几下就被擒住了。

侍卫们将她押进执明殿。

谢繁漪已整好了容妆，端庄优雅地等在殿中，看到她，很是意外："原来是十九妹啊。"她示意侍卫们松绑，然后命所有人退下。

"还想着怎么能请妹妹来，结果妹妹倒自己来了。"

是啊，我真是自投罗网的猪。谢长晏黯然。

"妹妹虽不会武功，却真是个能干大事的人。不但偷摸进宫，还爬上了执明殿的屋顶。"

谢长晏心中接道：还差点看了一出活春宫呢。

此刻谢长晏再见谢繁漪，满脑子都是刚才她慵懒浪荡主动求欢的模样，顿觉无法直视，只能将目光侧开。

谢繁漪也想到了这一点，目光闪烁着，忽来了一句："他便是我所爱之人。"

谢长晏一怔。

谢繁漪直视着她的眼睛，重复了一遍道："天意要我重活一次，为自己，也为他。"

谢长晏一时间不知该说什么好。也就是说，那个长得跟彰华一模一样的替身，是三姐姐真正的爱人？为了他，三姐姐才做出了这一系列错事？

正这么想着，暖阁的门开了，该替身一边咳嗽一边走了出来。

谢繁漪连忙转身搀扶："病还没好，出来做什么？"

替身没回答，只是静静地看着谢长晏。

谢长晏也看着他。刚才在上面，他从头到尾都是背对着她的，因此没看到脸，此刻面对面直视，令她震惊到了极点——

世界上怎么会有这么像彰华的人？！

难怪文武百官都认不出来，连她都找不出纰漏。

谢繁漪凝望着替身，忽似明白了什么，一笑道："十九是不是变化好大？都快认不出来了？你之前还遗憾没能再见她一面，现在心愿得偿了？"

谢长晏听出了话外之音——什么什么？此人认得自己？见过小时候的自己？还跟自己有渊源？

怎么可能！长成这样，若是见过，怎么可能不记得？！

等、等等……

脑中突有什么一闪而过，谢长晏上前几步，将手抬起，隔空轻轻挡住此人的上半张脸。呈现在她面前的嘴唇和下巴，顿时有了新的定义。

谢长晏仍不死心，伸手想去摘他的帽子，却被他抬手挡住了。

谢长晏的眼眶一下子红了。

"这不可能……不是真的……不可能……"她颤抖着后退了几步，然而视线中的脸，跟记忆中的一张脸慢慢地重叠了。

那张脸上，有一个精致的鹰眼面具。

"你是……"谢长晏听到自己的牙齿被咬得咔咔作响，几乎难以成音，"二哥？！"

二哥哥。

谢知幸。

小时候遭遇火灾，从左鬓角到后脑勺有一块手掌大小的伤疤，不长头发。所以，为了掩饰伤疤，常年戴着帽子，再后来，便戴起了面具。再再后来，所有人都淡忘了他的五官长相。

她曾在梦中重见他十五岁时的模样，他坐在谢繁漪的院子里吹笙，她还想着二哥哥的嘴巴下巴跟陛下挺像……

现在再看，何止嘴巴和下巴，分明是一模一样的一张脸！

"怎么可能？"这世间怎么可能有两个如此相像的人？而这个人偏偏是她的堂哥！五伯伯的亲儿子！

许多困惑随着这张脸而有了答案。

为什么谢繁漪出嫁前夕谢知幸会坐在院中吹笙？

——因为他们本就是亲密无间的情人。

为什么他的笙声听起来无限哀愁，却又隐含欢喜？

——因为他们约好了假死私奔。

为什么谢繁漪死后，谢知幸也就出门远游去了，再也没回过家？

——因为他们两个在一起。

然而，有更多的疑问升起：为什么谢知幸会跟彰华长得那么像？为什么他会和谢繁漪乱伦？他们可是堂兄妹啊！他们到底跟如意门是什么关系？他们找老皇帝做什么？

谢长晏捂着心口拼命呼吸，然而鼻腔和咽喉似被什么东西堵住了，压得几乎透不过气来。

谢知幸见她如此，眼中露出担忧之色，上前几步想要抓她的手。

谢长晏却拼命后退："我就问一句，就一句——五伯伯知不知道这件事？知不知道你形似陛下？"

谢知幸的目光闪了闪，还没来得及回答，一旁的谢繁漪已"扑哧"一笑："自然是知道的，不然，他何需面具？"

心中一直绷紧的那根弦"咔嚓"一声，至此终于断了。

谢长晏双腿一软，跪在了地上。

谢怀庸常说："人活一世命悬一线，须思危，方居安。"

不不不，真相是"因居危，故偷安"。他们谢家，其实一直笼罩在巨大的危机中，除了个别几人，其他子弟浑然不知，还总笑话谢怀庸杞人忧天。

为何这一代的谢家要致仕退隐？为何要远离京城蜗居隐洲？为何族内弟子除

了一个谢惟善全未为官？

答案都在谢知幸的脸上。

谢长晏看看他又看看谢繁漪，忽然失去了所有的斗志。

我跟陛下……完了。

若只是谢繁漪一人谋逆，是她走错了路，吾族无辜，尚可求情。

若只是谢繁漪跟谢知幸二人谋逆，是他们鬼迷心窍，本就是与吾族断了干系的一个死人一个活死人，尚可撇清。

可现在……分明是族长带头图谋造反，养了一个酷似储君的人，再把一个女儿送进宫当太子妃，攀上干系，伺机里应外合偷天换日换了皇帝……

如此滔天大罪，如此居心险恶，如此惊世骇俗，怎么可能不连坐全族？！

"我们家是贪官，恶霸，还是奸商？"

"要是，你打算如何？"

"当然是依法治罪、依律判刑！"

彰华说这句话时的认真表情浮现在眼前。谢长晏想笑，却一瞬间湿了眼睛。一个连失忆了都把国法律例挂在嘴边的帝王，遭遇了这样的事情，怎么可能因为她而徇私？她也不可能允许他徇私。

我跟陛下……完了。

这个认知涌上心头时，谢长晏忽然有点后悔。

后悔这么多年来总是跟彰华聚少离多，后悔还没有把情人间该做的事情全部做了。下一次，若有下一次再见，只怕已是君王反贼，咫尺天涯。

"你们两个，还真是……"她看着眼前的这对璧人，弯了弯唇角，声音恍若叹息，"挺辛苦的。"

两人见她震惊过后不哭不闹，一晃神就恢复了清明，还有空打趣自己，不由得彼此对视了一眼，眼神都有些古怪。

谢繁漪忍不住道："你没有什么想问的了吗？"

谢长晏万念俱灰之下，竟是什么都不想问，不想知道他们的狼子野心，不想知道他们的阴谋诡计……于是她摇了摇头，淡淡道："未知的，我可以去天上问爹爹和娘。"

谢繁漪皱了皱眉："你怎认定我们会杀你？"

"你们已经杀过我两次了。"

谢知幸和谢繁漪闻言全都一震。

谢长晏看着二人，一笑："若还念一点儿时的情分，就别再用我威胁陛下了。赐我一死。我去了，不恨你们。"

大殿内静默了好一会儿，谢繁漪和谢知幸都没说话。

直到殿门被紧急拍响，一人在门外喊道："小姐，不好了！风小雅逃了！"

谢繁漪面色顿变，冲过去一把打开殿门，喊话之人竟是翁氏，只见她上半身都是血，头发也散了下来，显得无比狼狈。

"他假装病发要死，我上前查看时，被他一掌击中，晕了过去。等我再醒来时，身边的侍卫全晕倒在地，而风小雅不见了！"

"什么时候的事？"

"有、有一刻钟了！"

"废物！"谢繁漪当即提裙要走，回头想起谢长晏，对翁氏道，"你在这儿看着她，等我回来再说。"

"是！"

谢繁漪走了几步，却又扭身回头，不放心地看了翁氏一眼道："还有，叫个太医来给自己看看！"

翁氏抹泪道："老奴酿成大错，哪还有脸看。"

"我说看就看，别再让我废话。"谢繁漪说罢匆匆带人走了。

翁氏朝小太监交代了几句后，便朝谢长晏走去。

谢长晏知道此人武功古怪得很，被她用手指一点自己就动弹不了，也说不了话。风小雅却能把她打成这样，风小雅的武功，果然跟传说的一样可怕。

翁氏走到谢长晏面前，目露厌恶之色，刚要抬手点穴，谢知幸忽道："且慢。我还有事问她。把她送进来。"说罢，缓缓走回暖阁。

翁氏只好先抓起谢长晏，将她拖进暖阁。她有伤在身，谢长晏又较一般女孩儿沉，拖得气喘吁吁，正累得够呛时，一个花插突然砸在她头上，翁氏晕了过去。

谢长晏吓一跳，愣愣地看着砸花插的人——谢知幸。

"坐。"谢知幸将花插放回几上，却是浑不在意，也不解释。

谢长晏不明其意，只好顺着上榻，与他对几而坐。

谢知幸看着她，忽道："为何刚才在屋顶上不动手？"

谢长晏一惊——他知道？！

他的视线落到她的戒指上："你有三次下手的机会，但都放弃了。为什么？"

谢长晏情不自禁地握了一下戒指："本还有些后悔的，但现在知道是二哥，幸好刚才没动手。"若真的射死了谢知幸，纵然事情能解决，但心头的纠结痛苦，恐怕也不是杀个陌生人所能比拟的。

此刻，她虽是输家，却只觉心中一片坦荡，竟品出了些许先祖们的豁达风流来。

"也就是说，你并不是因为认出了我，才放弃的。"谢知幸却追问，"为什么？"

谢长晏一笑，将双手伸到他面前摆了摆："看见没？我这双手，绘得了精研舆图，写得了寻秘游记，雕得了贡品核雕，做得了风味佳肴……这样一双手，怎么能杀人呢？"

谢知幸果然笑了，抬手揉了她的脑袋一把。揉得谢长晏一怔。

说起来，她小时候跟二哥的关系较别的女孩儿亲近。因为她从小没有父亲，而谢知幸从小没有母亲。二哥经常会吹笙给她听。可随着他年纪越来越大，性格就越来越沉闷，两人也就慢慢疏远了。

此刻重逢，水火敌对，他却忽来这么一个亲密的举动，让她真是好不适应。

随即想起那手刚才是摸过谢繁漪的，越发不自在起来，下意识地挡了回去。

谢知幸也不介意，继续睨着她微笑，眼中带着难以掩饰的亲近之色。谢长晏看着他这张形似彰华的脸，再想想他跟谢繁漪之间的乱伦，再见他用这种怪异的眼神看自己，忙不迭地朝后挪了一些，拉远距离。

不知为何，有点恶心……

这时太医的声音从外传来，谢知幸便道："进来。"

太监领着太医进来，看见翁氏倒在地上，不由得一愣。但他们俱是久经调教的宫奴，自然知道谨言慎行，因此一句话没说，便将翁氏抬到外面诊治去了。太监还贴心地将暖阁的门重新合上。

谢长晏想，这是什么个情况？二哥想干什么？她不禁又去摸了摸戒指，犹豫着要不要给自己一针得了，如此等着真是煎熬。谁知下一刻，谢知幸就伸手过来，将那戒指摘走了。

"唉，你……"

"这样的一双手，既不能杀人，更不应杀自己。"谢知幸说着将戒指放入了自己的袖子。

谢长晏却听出了他的言外之意："二哥不杀我吗？"

谢知幸凝视着她，不知为何，眼神看起来颇有些含情脉脉："怎么舍得？"

谢长晏顿觉鸡皮疙瘩全起来了！

谢知幸见她一副受到惊吓的恶心模样，不由得哈哈笑出声。

谢长晏刚要问他笑什么，他却突然收了笑，又恢复成那副病恹恹的、眉间忧虑的模样。变脸如此之快，也着实不容易。

下一刻，谢繁漪夹带着风冲了进来，兴奋道："找到风小雅了，他跟彰华一起去找老皇帝了！太好了，瓮中捉鳖，正好可以一网打尽！公主的人马已跟过去了，我也马上出发。"

谢长晏的脸"唰"地白了。

谢繁漪瞥了她一眼:"你怎么在这里?奶娘她……"

"她伤势过重晕过去了。没事,有我看着长晏,你去吧。我等你好消息。"

谢繁漪转了转眼珠,忽伸手将谢长晏拉了起来:"不,我要带她一起去。"

谢长晏急道:"不是说好了不再拿我当人质吗?"

"我可没答应。"

"我答应了。"谢知幸道,"我答应了长晏。"

谢繁漪一怔,眼神一下子犀利和尖锐起来:"你答应了?"

"是。"

谢繁漪在他跟谢长晏之间扫了个来回,忽然抬手拍掉了谢知幸的帽子,连同帽子一起掉落的,还有一块贴在头皮上的假发。

谢知幸几乎是立刻将帽子捡起来戴回了头上,因此,谢长晏只看到一块巴掌大小、满是伤疤的头皮一闪而过。

"放肆!"谢知幸怒了。

谢繁漪表情一松,却笑了起来:"我不是故意气你,只是刚才你说话的样子,陌生得很,让我以为你是彰华呢……你从前,都是叫她十九的。"

谢知幸沉着脸道:"勿再耽搁,速去速回!"

"知道啦。但是……"谢繁漪拉紧了谢长晏,"十九我还是要带着,以防万一。"转向她又道,"不是用你威胁彰华,而是万一彰华他们搞点什么计,借你脱个身。你也很想见他一面的,对不对?"

谢长晏确实想再见一见彰华,便没有反抗。

谢知幸皱着眉,似想说什么,但最终没说。

于是谢繁漪就把谢长晏的手捆住了,带她同乘一骑,左右都有千牛卫,一行人轻装出发。

谢长晏见一路往西,不由得想,难道是去陶鹤山庄?应该不会吧。作为太傅的别院和关押秋姜的地方,那里必是谢繁漪的重点监视之地。为何还要自投罗网?还是,他们觉得最危险的地方就是最安全的地方,偏偏反其道而行?

带着疑惑,谢长晏全程沉默。结果真就是往陶鹤山庄去的。到了山脚下就看到了乌泱泱的军队。根据着装,除了天子亲检的千牛卫,还有京岳五州的府兵和长公主府的府卫。一时间,竟是将玉京和邻边州镇最重要的三支军队全部调了过来,人人手中握着火把,着实声势喧人。

谢长晏将这一切看在眼里,觉得自己恐怕要跟长刀海峡那次一样,再当一次祸国殃民的罪人了。幸好,戒指虽然没了,鞋子还在。到时候形势不妙就自刎,算是还了陛下的恩情。

因为打定了这样的主意,谢长晏反而镇定极了,有些期待地望着山上,想见彰华最后一面。

见她如此平静，谢繁漪忍不住露出赞赏之色道："十九小时顽皮爱闹，长大了却真是令人刮目相看。"

"要多谢三姐姐，若非姐姐退让，将机缘让给我，我又怎会经历奇遇有此造诣？"

谢繁漪低声道："十九，不管你信不信，两次下令杀你，我都心如刀割。"

谢长晏笑道："我信啊。"

谢繁漪的目光闪了闪。谢长晏便笑得更不在意了些："姐姐，我信你心中确实因为杀我而难过，但也信哪怕再痛苦该杀就杀，你不会手软的。你如果想看我抱着你哭诉姐妹道义，恐怕会失望。因为……我见过的痛苦，太多。所以，比起常人，我可能更能理解痛苦。"

谢繁漪凝视着她，半晌后，轻笑了一声："是啊，我看过你写的《朝苍暮梧录三》。"那本书里记载了很多很多荒诞的真相，有着千奇百怪的痛苦。见识过那些、写出了那些的谢长晏，更柔软，却也更坚强。遇到了这样的事，也不会哭了。

说话间，陶鹤山庄已出现在视线中，被军队重重包围。

谢繁漪停下马，立刻有士兵将她和谢长晏接下马，而那边停了一辆长公主府的马车，车门开后，方宛提灯扶着长公主走了出来。

长公主看到谢长晏，顿时皱眉："怎么把她也带来了？"

谢繁漪道："我带她，好歹有用。你带的那个，算什么？"

方宛面色顿变，怯怯地看了谢繁漪一眼，想往后退，长公主一瞪，她又不敢动了。

长公主换上一副笑吟吟的表情道："她可是个痴情人，知道了一些事情后，哭着要一起来。"

谢长晏一看，还真是，方宛的两只眼睛都是肿的，显见是狠狠地哭过。

"别坏事才好。"谢繁漪未将她放在心上，径自带着双手被绑的谢长晏进庄去了。

长公主回头，看着方宛一副哀莫大于心死的模样，叹了口气："十六年前，我未能见驸马最后一面。"

方宛咬着下唇，低声道："宛宛知道。所以……多谢殿下成全。"

"有趣。我还以为你只是想当皇后，谁是陛下并不重要。但现在看来，你还真喜欢彰华。"

方宛垂下眼睑，绞着提灯的手，半晌才道："陛下……救过我。"

长公主有些意外地挑了挑眉。

"四年前，跟郡主去万毓林骑马，骑术不精，差点摔下来时，陛下正好路过，救了我……"方宛的手绞得越发紧了，白嫩的肌肤上抓出了好几道指甲印。

长公主心中一软，转身往前走："知道了。那么，就远远地看着，跟他……告个别吧。"

方宛颤声回了一句"是"。

月近中天，四周火把云集，亮如白昼。方宛却始终抓着灯笼，像是如果不抓点什么，就无法遏制身体的颤抖。

长公主带着她走进大门，里面也全是重重士兵。领头之人一个是袁定方，另一个却是一身黑衣，正在跟谢繁漪汇报情况："他们一盏茶前进了山庄。我们按照主人的吩咐，任由他们进去了，没有打草惊蛇。庄内有个地下密室，建在曾经关押秋姜的院中。他们进了这个院子后，再无动静。"

谢长晏定定地看着这个黑衣人，脸上的表情非常震惊。

谢繁漪不由得笑着瞥了她一眼："怎么？认识？"

"小易牙……"谢长晏不知道他的名字，只听彰华这么叫过他。他是住在万毓林竹屋里，陪伴太上皇的那个少年。她当年还吃了他一锅羊肉，让他很是不快。

彰华说此人生性高傲，不收贿赂拒绝接济，连羊都要辛辛苦苦一点点地攒钱买。

然而，那样高傲的一个人，如今在谢繁漪面前屈着膝低着头，俯首称臣。

他，也是如意门弟子吗？早早就安排到了太上皇身边吗？所以风小雅他们的行踪，才这么快就传到谢繁漪的耳朵里吗？

谢长晏望着此人年轻英俊的脸，心中没有愤怒，也没有怨恨，只有深深的疲惫。

谢繁漪却很是满意她的失落表情，得意一笑，继续问小易牙道："可有密道通往别地？"

"没有。我们之前将山庄彻查过，没有密道。而且这么高的山，也挖不了密道。"

谢繁漪又问："确定进去的是他们吗？"

"是的。一共三人，太上皇、风小雅和……那个人。"小易牙当着那么多士兵的面，终究没有说出彰华的名字。

而这时长公主走过来道："风小雅那个反贼！竟然劫持皇兄，简直罪无可赦！定方，你速带一队精兵进去，命他交出皇兄，饶他全尸！"

谢长晏看到袁定方和长公主的眼神，也明白了——这两人是一伙的。难怪当初长刀海峡那么多水兵跟着，却硬是让船给炸了，没救下彰华。而现在，长公主这是让袁定方进去杀人灭口呢。

谢繁漪对小易牙道："你也带一队人进去。"

长公主嫣然道："皇后这是不放心定方吗？"

"哪里，是为了随时可以接应袁大人。"

袁定方跟小易牙对视一眼，彼此防备又彼此合作地带人跳围墙进去了。

谢长晏看着那道围墙，想起上次彰华带她来看秋姜时的情景，仿佛已是上辈子的事了。

我当真什么也不做吗？就这么眼睁睁地看着陛下落难？

可我又能做什么呢？不成为他的负累就不错了。

谢长晏心中摇摆，目光扫了又扫，实在不明白风小雅那般聪明的人，为何要逃到这里来。这是山顶，被包围后没有任何退路。

还有陛下，虽然失忆了，但智力未减，为何会同意此举？难道此院另有什么机关？

很有可能，否则怎么困得住秋姜？

现在，就看两边谁能赢了。虽然看起来力量悬殊，但细想之下，三军中绝大部分是忠于陛下的，只要彰华能找到时机亮相，军心必定动摇。谁会笑到最后，真不好说。

唔，莫非风小雅和彰华故意将三军全部引到这里来，为的就是找机会在三军面前亮相？可这也算不上什么好办法。起码，完全不像是彰华的布局。

彰华想坑一个人时，对方是毫无招架之力的，断不可能留这么多漏洞和短板。如此回想起来，之前风小雅那三步开坛清谈的棋似也充满了漏洞。

谢长晏心中"咯噔"一下，莫名有了些许离谱的想法。

——就像之前发现"风小雅"其实就是彰华时那样离谱，却又靠近真相。

院中有了些许响动。

小屋内似有斗殴声。

谢长晏抬头，紧盯着夜色中孤零零的小屋。外面星光火把，屋内却一片漆黑，除了声音，看不到任何端倪。

突然间，屋中蹿起一道白光，紧跟着，一连串巨响，地面震动起来。

作为应对此事有过好几次经验的人，谢长晏第一时间趴下，并喊道："卧倒！通通卧倒！"

她下意识拽了谢繁漪一把，想让她也趴下，谁知谢繁漪反手将她推开，厉声道："都不许动！敢动试试！"

砰砰砰砰！小屋四下飞散，连带着外面的院墙也倒了。

包围在外的士兵们恐慌起来，却又不敢动。

谢繁漪极力稳住身形，睁大眼睛看着眼前的一幕，脸色很是难看。她万万没想到小屋内竟埋有火药！更没想到风小雅和彰华竟会引爆火药自掘坟墓！

她的精锐心腹全派进屋中了，若全死了，损失可谓惨重！

长公主那边也是，好不容易扶起了一个袁定方，若折在了里面，一时间去哪里再弄第二个心腹大将军？

长公主和谢繁漪对视一眼，都从对方眼中看到了不祥。

此时震动停了，屋中燃起了火，眼看火势就要扩大，士兵们连忙十人一组地上前扑火。幸好附近就有水井，一通手忙脚乱后，终于将火扑灭。

整个小院全是断壁残垣碎石焦木，湿嗒嗒一地狼藉。

长公主道："来几个人，进去看看！"

一队士兵硬着头皮走进去，将残破的门板踢开，浓烟翻滚。好不容易把烟驱散，进去搜罗后，陆陆续续地抬出尸体来。

谢长晏一看，那些人都被炸得血肉模糊，死状可怖，不由得紧张起来——彰华在里面吗？

谢繁漪沉着脸走到长公主身边："我有不祥的预感。"

"我也是。"长公主紧盯着一具具被炸死的尸体，"死的全是我们的人。"

"可他们三个明明进去了，颇梨亲眼所见！"

"你那个颇梨，可靠吗？"长公主冷笑。

两人正在僵持，士兵们抬着一个人出来，竟是袁定方。只见他心口中了一剑，五官扭曲，正在痛苦呻吟。

长公主连忙上前，抓起他的一只手："定方！怎么回事？里面发生了什么？"

袁定方咆哮起来："中计了！那女人阴我们！我们中计了！"说着，手指指向一旁的谢繁漪。

长公主面色顿变。

谢繁漪沉下脸道："你说什么？"

"你的人引爆了火药！那个穿黑衣的，还刺我一剑，咳咳咳咳……"袁定方"噗"地吐了大口血。

长公主盯着谢繁漪道："你如何解释？"

谢繁漪也在震惊，就在这时，士兵们又抬了一人出来，一身黑衣，下半身都炸没了，赫然就是小易牙！

谢繁漪快步上前，急声道："怎么回事？颇梨！颇梨！"

小易牙睁开眼睛，竟然还没死，嘴唇颤动，挣扎着想说话。

谢繁漪忙从袖中拿出一瓶药给他灌了下去。小易牙咳嗽着，涌出大团血沫来。

躺在地上翻滚呻吟的袁定方看见他，勃然大怒，当即就要拔剑报仇，但人还没站起来，就又倒了下去，心口血如泉涌。

见他如此，小易牙忽然一笑。

谢长晏看到这个笑容，顿有所悟。

谢繁漪也明白过来，不敢置信地看着小易牙："你骗我？你竟敢背叛我？！"

小易牙哈哈大笑，一边笑，一边眼睛鼻子嘴巴都涌出血来。

谢繁漪大怒，抬脚就踹，抬着他的两名士兵连忙松手，于是只剩下上半身的小易牙就被踢到地上滚了几圈，鲜血流了一地。

谢长晏连忙跑过去，跪在他面前用捆住的双手去抓他的手："陛下呢？陛下到底在不在里面？在不在？"

小易牙目光微亮，认出了她："是你啊……"

"陛下没来，对不对？你没有背叛太上皇，对不对？"

小易牙又笑，朝她眨了眨眼睛："下辈子再请你喝汤。走了。"

谢繁漪冲上来，把谢长晏推开，想要做什么，然而小易牙脸上挂着笑容，竟干脆利落地断了气，半点机会也没留给她。

谢繁漪大怒，刚要再踢，被谢长晏抱住。

"放开！"

"他已经死了！"

"那又怎样？"

"你就非要沾这么多血吗？"谢长晏生气地大吼了一声。

谢繁漪一愣。自再遇谢长晏一来，从没见她生气，哪怕明明已经反目成仇，谢长晏依旧是笑眯眯的，想得开，也够洒脱。可如今，她为了此人大发雷霆。

谢繁漪看着谢长晏红了的眼眶，再看向自己的鞋子，白色的鞋子上，果然已满是血污。

她收回脚，心中却恨意难消，咬牙道："我不会输！我绝不会输的！我们走！回宫！"

然而，除了寥寥几人跟着她动了外，其他大部分人都茫然地立在原地。

谢繁漪环视着众人，意识到了什么，转头看向长公主："你什么意思？"

"不是我……"长公主也很意外。

而这时，重重包围着的士兵从外散开，火把映亮了中间的路，两个人由远而近，一步一步，从模糊转为清晰——

风小雅，和彰华。

风小雅推着轮椅，轮椅上坐着彰华。彰华裹在一袭披风中，只露出惨白的脸，双目紧闭，似是晕过去了。

谢长晏很是震惊。既震惊于彰华看起来受了重伤，又震惊于风小雅竟然会走路！会推车！

谢繁漪见彰华如此暴露在大庭广众下，也是心头乱跳，但她很快控制了慌乱，扬声道："大胆反贼！还不快放了陛下！"

风小雅一笑："谁是反贼？"

"当然是你！你劫持了太上皇和陛下！"

"噢，是吗？"风小雅转身，看向后方。

三拨人出现在视线中，缓缓走过来。

第一拨，李东美搀扶着他的祖父李放南。李放南颤颤巍巍，步履蹒跚，脸上神色十分沉重。

第二拨，范临钧和范玉锦。范玉锦一身戎装，一改从前的纨绔做派，显得很是英武。

长公主看到他们大吃一惊："玉锦！你……什么时候回来……的？"

范玉锦看了她一眼，却没回答，而是低声跟父亲说了句什么。范临钧点点头，范玉锦便上前走到了风小雅身旁。

长公主的脸顿时白了。

第三拨，是袁炅。他一个人来的，神色憔悴，目光落到半死不活的袁定方身上时，欲言又止。

如此三拨人，一一走到了风小雅身后。士兵们看到这里，也察觉到了巨变，越发不安起来。

最后，袁炅沉声道："卸甲！"

士兵们连忙将手中的武器扔到地上，一时间，"哐当"声不绝于耳。

谢繁漪死死地盯着风小雅，咬唇道："好，很好。看来你不但自己造反，还连同李、范、袁三家一起造反！"

风小雅轻笑出声："事到如今你还能颠倒黑白，也真是个人物啊。"

长公主扭头看了方宛一眼。方宛浑身一抖，面色惨白。长公主又瞪了她一眼，方宛拼命绞着双手，最后含泪点了点头。

这是个很小的动作，除了她们自己外，谁也没注意到。

大家的视线全被谢繁漪和风小雅的对峙吸引了。

谢繁漪看向李放南，沉声道："李大人，你不是告病辞官了吗？"

李放南没说话，反是李东美冷哼了一声："祖父的身体一向硬朗，却在上个月突然病倒，你派的那几个太医更是胡乱开药，想置他于死地！幸好老天有眼，祖父倔强，不肯吃药，再加上鹤公暗中知会，这才慢慢好转。谢繁漪，今日，我们李家倒要好好跟你算算这笔账！"

谢繁漪嗤笑道："证据呢？捉贼捉赃，抓奸抓双。李大人年事已高，有个小病小痛太正常了。太医无能，与本宫何干？"

李东美怒道："你！"

李放南握住他的手，摇了摇头。

李东美只好按下性子，狠狠地瞪着谢繁漪。

谢繁漪扭头看了范临钧一眼，转头对长公主道："这位亲家公，还是殿下来吧。"

长公主沉默片刻，抬眸道："范大人，你难道看不出陛下是被风小雅挟持着吗？你不同我们一起救陛下，还要为虎作伥吗？"

范临钧叹了口气，低声道："殿下，回头是岸。"

"范大人这话，我可真是一点都听不懂……"长公主又去看范玉锦，"还有玉锦，你不是从军去了？什么时候回来的？为何没告诉荟蔚？"

范玉锦微微一笑："我若不说从军，怎么从盘丝洞里脱身？"此人笑得很是温文，但说出的话异常刻薄难听。

"盘丝……洞？"一个声音突从远处传来。

谢长晏心中"啊呀"了一声，抬头望去，就见荟蔚郡主骑在时饮背上，站在大门旁，气息尚急，头发毛躁，显是刚刚疾奔赶来。

长公主看见女儿，顿时一惊："荟蔚，你怎么来了？"

荟蔚郡主翻身下马，走了过来，所到之处，士兵们连忙退让。而她一路笔直地走到了范玉锦面前，眼中有怒火闪耀。

范玉锦却神色不变，依旧面带微笑："听见了？也好，那就直说吧。你我夫妻缘分到此为止，从今往后，一别两宽，各还本道。"

荟蔚郡主抬手就要打，却被范玉锦一把扣住，紧跟着一振，荟蔚郡主顿时站立不稳，被推倒在地。

这下子，荟蔚郡主惊呆了。从小到大，范玉锦都对她打不还手骂不应口，如今居然翻脸至此。

长公主连忙上前扶起女儿："荟蔚，没事吧？荟蔚，疼不疼？"

荟蔚郡主愣愣地看着范玉锦，说不出一个字。

长公主怒道："范玉锦！你好大的胆子！竟敢打郡主？！"

范玉锦微笑："是她想打我，我不同意了而已。同理，公主殿下，你想要做的那些事，我们范家，也绝对不会同意的。"

长公主的表情变了又变。荟蔚郡主突然暴怒，朝范玉锦扑了过去："你想跟我和离？做梦！"

荟蔚郡主虽然武功没范玉锦高，但她这会儿正在气头上，招招不留余地，范玉锦一时间也躲不开，两人就此在众目睽睽下扭打起来。

方宛哆哆嗦嗦地上前想要劝架："荟蔚，别打了……荟蔚……郡马，别打了……"

风小雅看向范临钧："要阻止吗？"

范临钧又长叹了口气："让郡主出了这口气吧。"

"出气？"长公主听见了，怒极而笑，"你们如此羞辱我们母女，不报此仇，誓不为人！"

说话间，方宛被荟蔚的袖子扫到，向后栽倒，正好栽到了轮椅上的彰华怀中。

下一刻，她手中突然翻出一把匕首，架在了彰华的脖子上。

一直紧密关注着彰华的谢长晏是第一个发现的，当即惊叫出声："放开陛下！"

所有人都惊呆了。

连扭打中的荟蔚也停下了动作，急声道："宛宛你做什么？"

方宛将匕首抵住彰华的脖子，颤声道："现、现在，大、大家都静一下！"

现场顿时一片安静。只有火把燃烧的噼噼啪啪声，和众人的喘息声。

无数双眼睛望着昏迷不醒的彰华和看上去弱不胜衣的方宛。

方宛朝长公主讨好地点了点头："殿下，你有什么话，可以尽情地说了……"

长公主心中一喜。而谢繁漪也微松了口气。就算风小雅带来了当朝重臣，控制住了军队又如何？只要彰华一死，哪怕前面输了九十九步，第一百步，还是她们赢！

长公主当即朝荟蔚郡主招手："荟蔚，过来娘这边。"

荟蔚郡主却不动，只是睁大眼睛望着方宛："宛宛，你疯了吗？快放了表哥！不许伤害他！"

方宛避开她的视线，转头求助地看着长公主。长公主沉下脸道："荟蔚，过来！"

"娘，你们到底在搞什么？表哥他怎么了？你们为什么反目？"

范玉锦微笑着叹了口气："本以为你跟你娘是一伙的，虽然歹毒，但还算聪明。没想到，你是真傻啊。"

荟蔚郡主听出些许端倪来："你什么意思？"

范玉锦收起了笑，那样一张斯文俊秀的脸，一旦不笑，就显露出十二分的冷酷来："你娘伙同皇后谋反，你是从犯。"

荟蔚郡主的表情微变，当即反驳道："你胡说！我娘没有！娘，你告诉我，这不是真的！"

"当然不是真的！"答话的是谢繁漪，谢繁漪走到彰华旁，握住他的手，眼眶一下子红了，"是他们，他们联合起来要逼宫！"

荟蔚郡主糊涂了。

在场的士兵们看起来也跟她一样糊涂。

谢长晏直勾勾地盯着方宛手上的那把匕首，心中巨浪滔天，却比目睹双方对峙还要惊骇。

——方宛用的匕首，正是彰华当年用来杀方清池的那把！

那把匕首不是尘封匣中了吗？为何会在方宛手上？方宛用它来对付陛下，是为了给她叔叔报仇？

还有陛下，他到底怎么了？如此重要的时候，他却迟迟不醒！

谢繁漪握着彰华的手，发现他双手冰凉，再看他的气息，十分荏弱，不由得更是欢喜。

她心中一稳，神色越发镇定起来，下命道："陛下被风小雅刺伤后，伤重难愈，此人便趁机伙同李范袁三家造反！你们还在等什么？速将反贼拿下！"

长公主加了一句："你们连皇后的命令都不听了吗？"

长公主府府兵中有个胆大的，当即捡起地上的武器朝风小雅冲去，其他人被他带动，也纷纷捡起武器，将风小雅和三拨大臣都围了起来。

长公主趁机将荟蔚郡主拉到了自己跟前。荟蔚郡主魂不守舍地站着，脸色十分苍白。

谢繁漪看向被再次包围的风小雅："你还有什么话要说？"

风小雅想了想，问袁炅："袁大人有何要说的吗？"

袁炅环视着千牛卫们，被他目光扫到，大家的手都有些抖。他最终将目光转到了长公主身上，缓缓开口道："老夫膝下无子，视定方如己出，对他寄予了无限厚望。"

长公主看了眼地上已经疼得昏死过去的袁定方，淡淡地"噢"了一声。

"定方从小与族中其他孩子不同，刻苦勤奋，耐得住寂寞。为了更好地磨砺他，老夫将他调去鞅洲从军，风吹日晒，海上艰辛。去年老夫五十大寿，他回京贺寿，路上，惊到了殿下的马车，救了从车上掉下来的殿下……"袁炅说到这里，长长一叹，"就那样地着了魔。"

荟蔚郡主吃惊地睁大眼睛，不敢置信地看着母亲。

"不过，定方既已投靠了殿下，那么我们袁家……自然也以殿下马首是瞻。"袁炅说着，竟推开士兵们，走到了长公主身边，躬身行了一礼。

谢长晏看得十分无语。之前见他满脸悲痛，还以为他要痛斥长公主勾引侄子犯下大错呢，没想到风头一转，立刻就倒戈了。难怪彰华曾说袁炅惯会投机，靠不住。

谢长晏忍不住瞪向彰华：快醒醒啊！关键时刻你这样置身事外真的好吗？风小雅他快撑不住了啊！

结果这一瞪，瞪出了问题。

彰华垂着眼耷拉着脑袋坐靠在轮椅上，似乎睡过去了，因为被方宛劫持着，斗篷扭曲着扯开了，露出了他的右手手腕。

谢长晏心中"咯噔"一下，之前那个离谱的想法在心底"噌噌噌"地长成了大树。

而谢繁漪这边，因为袁炅的加入，得到了京岳五州府兵的支持，再加上长公主府的府兵，如今，就剩千牛卫还在摇摆不定。

谢长晏注意到那两个千牛备身也在场，而他们彼此探讨一番后，做出了决定。

左备身冲方宛道："不管如何，你先放开陛下！"

长公主道："宛宛，我们的话说完了，你可以松手了，勿要伤到陛下。"

谁知，方宛却摇了摇头："我不敢。"

长公主一愣："什么敢不敢的？刚才形势紧急你是被逼冒犯，待陛下醒来，我自会向他解释，不会怪罪于你。"

方宛冲她腼腆一笑："可我还是不敢。万一陛下不肯原谅我怎么办？"

长公主意识到有点不对劲，跟谢繁漪对视了一眼。

荟蔚郡主道："宛宛，你这是要做什么？"

方宛幽幽道："我一直在想，殿下做了那么多事，若有一天郡主你知道了，会不会疯掉？"

"什么？什么意思啊？"荟蔚郡主不明所以。

长公主厉声道："住嘴！方宛！"

方宛将匕首往彰华脖子上紧了紧，立刻就划破了一道口子，渗出些许鲜血来。"我，也，要，说，话！"她咬着牙，一个字一个字地道。

如此一来，形势再次逆转。反倒是被府兵们包围的风小雅"哈"的一声笑出来。

荟蔚郡主道："好，你说！"

"不能让她说！"长公主立刻阻止。

荟蔚郡主急得大叫起来："表哥在她手上啊，娘！你想表哥死吗？！"

长公主一僵。

荟蔚郡主不敢置信地看着她，颤声道："娘，你到底在做什么？或者说，你到底做了些什么？"

"别怪你娘，她只是想为你爹报仇而已。而我，也是为了给叔叔报仇！"方宛看了彰华一眼，脸上爬满了怨恨。

"为爹爹报仇？我爹有什么仇？"

"他是被陛下杀的。就是用这把匕首杀的。"方宛的目光落到手中锈迹斑驳的匕首上。

"你说什么？表哥杀了我爹爹？怎么可能！娘，宛宛说的是真的吗？！"

长公主有些着急，不想将此事公开，但见方宛那架势，是铁了心要捅破秘密了，心中正在纠结，谢繁漪忽然给她使了个眼神。

这是要她吸引方宛的注意力，好暗中安排人从后方绕过去偷袭？长公主明白了她的意思，当即深吸口气，承认了："是，驸马确实是陛下手刃。"

荟蔚郡主大惊失色："为什么？为什么表哥要杀爹爹？"

方宛盯着长公主："继续说。"

"你真的是为了给清池报仇吗？"长公主忍不住道，"说出那件事，对清池有什么好处？"

"这个不用你管。说！"方宛的匕首又往彰华的肉里深入了些许。

长公主其实心中巴不得彰华死，却不能是这个时候死。这会儿彰华要是死在了众人面前，宫里头那个谢知幸怎么办？这出偷梁换柱的戏还怎么演下去？可是，如果把真相说出来，荟蔚怎么办？要让荟蔚知道生父是个细作，她今后可怎么活？

因此，她只好硬着头皮含糊其辞地拖延时间道："同观十年三月，我使宜归来，驸马秘密去滨州迎我，想给我一个惊喜。不想陛下竟然躲在他的马车上，被带到了滨州。出了意外，落入程寇之手……"

方宛果然被激怒："说真话！到底是意外，还是故意……"

她的话还没来得及说完，两名暗卫已摸到她后方，双双扑了上去，扣住她的肩膀，"咔嚓"两声，她的肩膀就脱臼了。

谢繁漪更是趁机扑过去，抱走彰华。

方宛一脚踢飞其中一名暗卫，扭身用双腿跟另一名暗卫打了起来。

荟蔚郡主大惊道："宛宛！你、你竟然会武功？！"

正当众人的注意力都被方宛吸引时，抱着彰华的谢繁漪手指间多了一根针，毫不犹豫地将那枚针扎进了彰华的心口。

一直昏迷不醒的彰华受此刺激，一个激灵睁开了眼睛。

只有谢长晏的视线一直在彰华身上，距离又近，正好将这一幕看得一清二楚，当即跳了起来："三姐姐！"

彰华定定地看着近在咫尺的谢繁漪。谢繁漪朝他露出一个极尽冷酷的笑容，温柔地说道："陛下累了，继续睡吧。"说着，将针全部推进了肉里。

彰华终于反应过来，脸上的表情震惊到了极点，也古怪到了极点。他张开嘴巴，想要说什么，却发不出声音。

谢长晏冲过去，苦于双手被捆，只好用头试图将谢繁漪顶开。

谢繁漪反手一巴掌拍在她身上："滚开！"

谢长晏被打得踉跄后退了好几步，痛心疾首地喊了出来："姐姐，他是二哥啊！"

谢繁漪重重一震，看向怀中的彰华，彰华整张脸变成了灰黑色，眼睛却睁得极大，充满了错愕和不解。

谢繁漪伸出手，慢慢地掀起他头上的斗篷，再在左额上方一摸，摸出一片假发。她的手顿时颤抖了起来，不敢置信地看着那片假发，再看向"彰华"，然而他已经无法说话了。

谢繁漪吓得蓦地后退，"彰华"整个人就"啪嗒"倒在了地上。

谢长晏连忙扑过去探他鼻息，发现他尚有呼吸，只是眼神涣散，肢体僵硬，显见是中了剧毒："你在针上抹了什么？解药在哪里？"

谢繁漪呆呆地怔着，似乎没有听到她的话。

而那边眼看方宛要被暗卫抓住时，风小雅突然出手了。

谁也没看清他是怎么动的，只知道他前一刻还好整以暇地站在包围圈中，下一刻已出现在暗卫身侧，一指头点在暗卫耳根处，该名暗卫便倒了下去。

紧跟着，他伸出手"咔咔"两下，将方宛的断臂重新接了回去。

方宛冲他抿唇妩媚一笑："多谢夫君相救！"

纵然今天的震惊一波接一波，但这一句还是让长公主和荟蔚郡主都惊呆了。

荟蔚郡主颤声道："宛宛，你叫他……什、什么？"

方宛朝她笑了笑："忘了告诉郡主，我根本不是方宛，我姓李，叫李宛宛。"

李宛宛这个名字谢长晏自是听过的，她是风小雅的第二位夫人，也是最神秘的一位。据说没有人见过她的模样，据说她嫁过去后就失宠了，据说她心灰意冷下出家修行去了……谁也没想到，她竟然变成了方宛。

陛下之前说公主府有密探，就是她吗？！

难怪陛下寿诞日她的舞水蝶会死掉，难怪她会当着长公主的面用那么漏洞百出的伎俩陷害她，除了向长公主表达忠心外，还有撮合她和彰华之意。

还有第二次回京时那个监视她的卖货郎，想必也是李宛宛安排的，意在提醒她"如意门的人在附近"……

谢长晏心头震撼万分。

而长公主则在这一刻也想起了初见方宛时的情形——

下人告诉她，一个自称是方清池侄女的人来投奔，就在花厅里。她有些意外，驸马父母双亡，虽曾听说他有个兄弟，但他幼时被人贩拐走后，跟哥哥也没了联系。

等她走到花厅，那时天色已经晚了，厅里宫女们正在点灯。灯光中的少女听到脚步声，转身回眸，眉眼五官，竟似方清池又活了一般！

她内心一悸，脱口而出："清池？"

可等宫女们将灯笼一盏盏分开挂好，当光晕均匀地落到该少女身上时，又真切照出了她的模样，跟方清池还是有区别的。

"你说，你是清池的侄女？"

"是的。"少女不过十四岁，说起话来柔柔怯怯，带着天然的风情，"家父方文，叔叔本名叫方武，清池大概是他后来另改的名字。"

长公主看到她的脸，已有五分相信，再听这一句，变成了七分。

"你怎么会找到这里来的？"

"我年前带父亲的棺木回乡安葬，听乡邻们说十年前有个自称方武的人回来寻过亲，但我父在外，没能联系上。叔叔留下了公主府的地址。我埋好父亲后，举目无亲，便想着来京投奔叔叔。这才知道……叔叔已经过世很久了……"少女说着，拿出了一封已经很旧了的书信。

长公主接过书信，看到上面熟悉的字迹时，眼眶便红了。

至此，她对方宛再无怀疑。

谁能想，是假的！

她竟然是假的！

李宛宛朝长公主笑了一笑："这些年，承蒙殿下照顾了。"

长公主则双目赤红地瞪着风小雅："你、你竟然给我下套！你竟然让你的夫人来我府做细作！"

风小雅挑了挑眉："彼此彼此。方清池可以是细作，方宛为什么不可以？"

"你、你！"长公主说了几次都没能说下去，只觉胸膛堵得快要晕过去。

比起长公主的愤怒，荟蔚郡主的脸则是红了又白、白了又红，喃喃道："你是他的……夫人？你、你竟然是他、他的夫人……而我对你说了所有关于他、他的事……你、你……"

李宛宛看着她，眼中多了些许歉然："抱歉郡主。不过，我并不在意，真的……"

一旁的范玉锦打了个哈哈："看，爹，这就是你逼我娶的女人，心心念念惦记着别的男人的女人！"

范临钧头疼无比，只能闭目叹息。

谢长晏抱着僵硬的谢知幸，比起方宛就是李宛宛来，谢繁漪亲手毒杀了谢知幸，这才是今天真正的悲剧。

她是从手腕上发现轮椅上的这个人不是彰华的。

彰华的右手，被匕首狠狠划过，留下了难以抹除的狰狞伤口。刚才方宛扯动他的斗篷，露出他的右手，却是干干净净什么伤疤都没有。

于是她意识到，轮椅上的人，不是彰华。

如果不是彰华，那么只会是谢知幸了。

这也充分说明了为什么谢知幸一出场就昏迷不醒，坐在轮椅上——因为风小雅怕他露馅。

可是，如果这里的是谢知幸，那么宫里头那个呢？

更离谱的答案在谢长晏心中跳跃，伴随着她在屋顶上看到的画面，恐惧和震惊姗姗而来。这一刻她才意识到，之前一念之差，真正被救赎了的人，是自己。

如果她当时射出了毒针……

射死的，就会是彰华了！

可如果那个是彰华，他、他为什么不对自己直言呢？是隔墙有耳不方便？

难怪他用花瓶砸晕翁氏，也难怪他摸了一把她的脑袋，还说舍不得杀她……

等等！谢长晏可没忘记，在亲昵地揉她的脑袋前，彰华还被谢繁漪从耳根一直吻到了脖子呢……

谢长晏想到这里，看向谢繁漪，莫名有点同情。

谢繁漪一心想要杀彰华，结果却亲手杀了自己的情人。这个局，怎一个狠字了得？

而布下如此狠局的风小雅，心情难得一见的愉快，连那原本阴郁的眉眼，都似明朗了几分。

他未再理会长公主，而是走到谢繁漪面前，轻轻道："如意夫人。"

谢长晏一震——什么？三姐姐是如意夫人？！

"秋姜在哪里？"

谢繁漪原本呆滞的表情因这句话而恢复了清明，她将目光从谢知幸身上收回，扭头看向风小雅，半晌后，扬唇一笑："我凭什么告诉你？"

这就是承认了？谢繁漪就是如意夫人？如意夫人就是谢繁漪？！

饶是谢长晏久经风浪，遇事沉稳，也不禁于此时跳了起来："你是如意夫人？什么时候的事？原来那个如意夫人呢？"父亲死在十六年前，而当时谢繁漪才六岁，自不会是如意夫人。如意门的门主无论换成谁，对外的统一代号都是如意夫人。也就是说，谢繁漪是近几年才当上的。难怪她能拥有暗部势力，能做出这么惊世骇俗的事情来。

谢繁漪却理也不理她，径自盯着风小雅，笑得妩媚又残忍："你这么有本事，自己去找啊。"

而风小雅一句话，就让她的微笑崩裂："我能解开他身上的毒。"

"真的？"谢长晏大喜。饶是已知谢知幸也不是什么好人，但见他如此下场，心中还是很不好受。

谢繁漪瞥了她一眼，却冷冷地拒绝了："不必。"

"三姐姐！"

"一败涂地至此，还醒来做什么？等着被彰华羞辱吗？"谢繁漪注视着风小雅，"但你不同。你永远也找不到秋姜了。"

风小雅突然伸手，一把掐住了谢繁漪的脖子，两人瞬间移动了数丈，再停下来时，谢繁漪已被抵在了残垣上，美丽的脸被掐得开始扭曲。

长公主突然抓起荟蔚郡主，一把将她丢在了时饮背上，同时踢了时饮一脚。时饮吃疼，撒蹄就跑。

荟蔚郡主在马上大惊道："娘！娘——"

"快走！不要回来！"长公主捡起地上的一把剑，竟朝李宛宛刺了过去。但她养尊处优惯了，虽会一点武功，却哪里是李宛宛的对手，不到三招就被擒住了。

而那时，马背上的荟蔚郡主拼命想要让时饮停下来。

长公主急喊道："走啊！"

时饮冲散人群，狂奔下山。

长公主眼中露出了些许希望，下一刻，时饮却停了下来，长嘶一声后亲热地与另一匹马并肩回来了。

那匹马，正是步景。

而上面坐了一人。此时已近寅时，夏天天亮得早，陶鹤山庄又在峰顶，晨曦撕破暗幕声势喧人地降临，压得火把的光瞬间黯然。

步景上的人身穿衮服，头戴帝冠，面容沉稳，不怒自威——正是彰华。

四下一片寂静。

只有整齐的马蹄声。

彰华不是一个人来的，他带着监门卫、羽林屯兵和飞骑军。

三支军队的到来，顿时令原本就乌泱泱的山头显得越发拥挤。银甲黑骑的监门卫，紫衣白羽的羽林军和红袍白马的飞骑军，宛如水墨画里最后三笔亮彩，一下子震慑住全场。

彰华走在最前面，时饮紧跟其后，而它背上的荟蔚郡主已因为太过震惊而僵化。

不止她，除了极个别知情者外，所有人都很震惊，不明白陛下明明倒在地上，怎么又来了一个？

谢长晏情不自禁地站了起来，直勾勾地盯着由远而近的彰华。彰华的目光搜寻一圈后，也找到了她。

他似松了口气，在马背上一按，如燕子般飞到了谢长晏身边。

紧跟着，那根捆了她一夜的绳子就被他解开了。彰华在她被勒得又红又肿的手腕上揉了揉，低头看向她脚边的谢知幸。

谢知幸依旧睁着眼睛，但他眼瞳中没有任何神采，跟个活死人也没什么区别了。

一旁的袁昃突然跪倒在地，颤声道："吾皇万岁万岁万万岁！"

被他提醒，所有人都跪倒在地，声音一声接一声，如海浪般扩散开来。

彰华轻轻一笑，用谢长晏熟悉的方式——克制了傲慢，温柔了威严，故而显得平和无害："平身。"

谢长晏却觉得有些别扭——因为他仍在揉她的手腕。

谢长晏想收回来，彰华却握得更紧了些，然后走向风小雅。

谢长晏没办法，大庭广众下不敢拉扯，只好被逼跟着一起走过去。

风小雅立刻松了手。

谢繁漪站立不稳，滑倒在地，大口大口地喘着气。

彰华朝她伸出了一只手。

谢长晏想不会吧，你还抓着我呢，这是要一手抓一个吗？当即又想挣脱，彰华朝她投来一瞥，那眼神含笑带着宠溺，像是在说"别闹，看戏"。

谢长晏心中"咯噔"——看来，仅让谢繁漪亲手杀了谢知幸还不够，彰华现身是来继续收债的。

谢繁漪"呼哧呼哧"地抬起头，果然狠狠地打开了彰华的手，眼中满是悲愤。

彰华道："你输了。"

谢繁漪的表情起了一系列的变化：憎恨、屈辱、不甘、疑惑、茫然。她的视线扫过围观的众人，从面如死灰的长公主，到惶恐不安的袁昃，到表情各异的官员士兵们，最后落在地上的谢知幸脸上。

这一瞬间，她就像一朵花，肉眼可见地枯萎了。

她忽然朝谢知幸爬了过去。彰华没有阻止。于是风小雅也没有动。

谢繁漪抱住谢知幸，怔怔地看了他半天后，将他抱在了怀中。

而天，终于彻底大亮了。

红日从云层中一跃而出，逐退了群星与残月。

第四卷

乾为天

【卦辞原文】

乾：元，亨，利，贞。『大通顺，占问有利。』

【译文】

天：元始，亨通，和谐，贞正。

白话：天道运行周而复始，永无止息，谁也不能阻挡，君子应效法天道，自立自强，不停地奋斗下去。

然而阳光并没有驱散一些东西。

比如，笼罩在谢长晏心中的阴霾。

她坐在执明殿外的台阶上，在九月的艳阳下看着上了药的手腕，长长的睫毛垂下来，遮住眼眸。

自彰华现身，六军臣服，谢繁漪和长公主被双双擒下后，陶鹤山庄之乱算是彻底平息。

她跟着众人一起回到皇宫。彰华第一时间命人将谢繁漪、谢知幸和长公主押进了执明殿。没有人来指引她该做什么，于是谢长晏便坐在了殿外。

她被太阳晒得有点晕乎乎，有点饿，还很渴。

忽然间，一个托盘递到了她面前，上面放着一杯水。

谢长晏抬头，来人竟是如意。

如意手上也缠着纱布，脸上还有个掌印，模样看起来比她还狼狈。

谢长晏接过水，好奇地问了一句："怎么伤的？"

如意盯着她："拜你所赐。"

谢长晏顿时被水呛到，咳嗽起来，然后才想起她被谢繁漪擒住前，曾让孟不离去抓如意，莫非……

如意在她身边坐下，牵动伤口，不禁咧了咧牙。

谢长晏扳过他的脸，看着秀美小脸上瘀青的掌印，叹了口气："孟兄一向很有分寸，明明知道你最重视这张脸，怎么还专打这儿？"

如意却沉默了，只是静静地看着她。

谢长晏突然领悟过来，抓起他的手翻到掌心这面，看到了上面的茧："你不是如意！你是吉祥？！"

面前的少年点了点头，一笑，露出些许羞涩之意——果是较为内向的吉祥。

"一直是你？"

吉祥再次点头。

"那所谓的背叛，也是假的？"其实问出口之时心中便已有了答案。众人皆知如意是个草包，在燕王身边就是个逗乐的玩物，偏又知道燕王的很多秘密。所以他落入谢繁漪手上，只要肯背叛，就能活命。吉祥却不同。吉祥不但武功好，脑子也机警，这样的人，就算投靠过来，也不敢用。

所以，吉祥在落水后，第一时间换了如意的令牌，被水兵们捞起来。然后一直假扮懦弱无能的如意，被送回燕宫，成了一件证明"谢知幸就是彰华"的摆件。

也因此，很多宫里头的消息反而经由他之手传达给了外头的风小雅，最终跟彰华里应外合，翻盘取胜。

谢长晏想通了这一点后，第一个反应就是："那真正的如意呢？"

吉祥的表情顿时变得说不出的悲伤。

真正的如意……

那一日，吉祥从翁氏手中救下了谢长晏，如意当即又哭又笑地踩着踏板冲上红船，一把抱住吉祥道："弟弟，弟弟！你没死！我还以为你淹死了呜呜呜……"

"你对我真是太不了解了！"

"我也依稀记得你好像学过水，但陛下说你不会水，我就信了……"

"他不那么说，这老妖婆能放心让我跳海没有防备？"吉祥嫌弃地挣脱开如意的怀抱，如意咧嘴直笑，心情却好得不得了。

然而，吉祥解不开谢长晏身上的穴道，谢长晏拼命朝他们眨眼使眼色，如意看见了笑嘻嘻地打趣道："陛下，她这是得了癫痫？"

话音刚落，彰华突喊一句"不好"，紧跟着，红船炸了——

天崩地裂，巨浪四起，海面起了一个大旋涡，连带将周遭的船只一并吞噬。

吉祥第一时间冲过去抱住不会游泳的哥哥，两人一起掉入海中。

吉祥抱着如意拼命往外游，想要脱离旋涡。如意吓得脸色惨白，颤声道："怎、怎么回事？"

话没说完，灌了好几口海水，连连咳嗽起来。

"别怕，照我说的做！"吉祥临危不乱，抓住了一块碎板，给如意抓着，然后带着他继续游。

如意抓着碎木，再也不敢说话了。吉祥让他吸气他就吸，让他呼气他就呼，配合得不得了。然而，人力在这样的巨力之前，实在太过渺小。尽管吉祥很努力地划，但拖着个大累赘，再加上还要躲避时不时飞溅过来的碎木残片，还是越来越慢。

这时一块碎木飞过来，"噗"地刺入了如意后背，他整个人一僵，睁大了眼睛。

吉祥没注意到，继续拉着浮板，边游边道："别怕！挺住！前面就是咱们的船，他们会来救我们的！"

"我、我……"如意的声音颤抖得很厉害，"我不怕！"

然而，视线范围内的燕国战舰不但没有过来救人，反而掉头离远了些。

吉祥留意到了这个变化，心中一沉。

如意趴在浮板上有气无力地问道："弟弟，还、还要多久啊？"

"快了！挺住！"

"陛、陛下他在哪儿呀？"

"陛下不会有事的，等会儿就来救你了！"

"那就好。但我好冷啊……"如意的声音越来越轻。吉祥终于意识到了不对劲，扭头去看，发现一块碎木残片正好扎进了如意的心脏，已不知流了多久的血，身下的木板一片猩红。

吉祥呆呆地看着这一幕，一时间，讷不能言。

如意睁开眼睛，迷迷蒙蒙地看了他一眼："怎、怎么不游了？快、快点啊……我、我好担心陛下啊……"

"是。"吉祥抹了一把脸，抹掉上面冰凉的海水和泪水，转身抓着浮板继续游。

"弟弟……"如意软绵绵地叫唤他，与其说是阉奴的嗓音，不如说是未变声的雌雄莫辨的少年音。

吉祥又抹了把脸："我在。"

"陛下会没事的吧？"

"肯定没事的！"

"那……谢长晏也会没事的吧？"

"没事的！"

"那就好。要是谢长晏出点什么事，陛下身边就真的没人啦……"

"还有我们呢！"

如意如梦初醒，笑了起来："啊对，还有我呢……我啊，是要永远永远陪在陛下身边的呢……"

"嗯！"

"下辈子……"他用很轻很轻的声音说，"下辈子我要当富贵人家的小公子，像那个薛采一样，很神气很了不起地出现在陛下面前……你说好吗，吉祥？"

"好！"

"下辈子咱们还要一起投胎啊，弟弟……"

"好……"

水声凌乱，海风幽幽，身后却再没了声音。

吉祥终于承受不住地哭了起来。

他素来坚强，当年被卖入宫排队等净身时，如意哭天喊地，他在旁边却始终镇定。七年来，跟在燕王身边，受其教诲，越发处事不惊。他是那么那么努力。因为他知道哥哥天赋有限，生怕陛下不满，只能加倍努力。如果燕王始终器重他的话，想必就也能留给哥哥一席之地。

他做到了。

燕王对他们兄弟十分宠爱。

吉祥心中非常清楚，陛下确实很欣赏他的机智沉稳，但更喜爱如意的天真活泼。如意，从某种角度来说更像陛下的蝴蝶，活得甜美而灿烂。

如今，他终于也像蝴蝶一样，飞走了。

吉祥深吸口气，转过身抱住如意。如意的表情十分平静，闭着眼睛，仿佛只是趴在浮板上睡着了一般。

吉祥咬了咬牙，伸出手，慢慢地将他身下的浮板抽走了……

"……我把哥哥的令牌带在了自己身上，放开了他的手。他就沉下去了……那时候船还在燃烧，海水很烫，我游了一大圈，幸好找到一个漂浮的木桶，就爬了进去。如此又过了大概一个时辰，有小船过来捞尸体，把我捞走了……"吉祥的声音十分平静，跟彰华一样，他也是个不习惯表露情绪的人。

可谢长晏被如此平静的口吻，虐得泪流满面。她万万没想到，真正的如意，竟已不在了！

耳畔依稀回响起如意的一句话，他说："这、这两年，很、很多人都走了。太上皇走了，你走了，鹤公走了，太、太傅也走了……陛下身边，没、没什么人了……不管怎样，我和吉祥终是要在陛下身边的！"

谢长晏鼻子一酸，低头看着自己红肿的手腕，如果不是谢繁漪和谢知幸，她不会遭遇那样的事情，如果不是为了救她，陛下和如意不用赶来长刀海峡，如意就不会死。

细究因果，最终还是谢家的罪孽。

笼罩在谢长晏心头的阴霾至此，越发沉重了。

两人都沉默了好一会儿。

最终，还是吉祥先调整好情绪，转移话题道："你为什么不进殿去？"

谢长晏挑眉道："进殿看审讯谢繁漪吗？"

"你不想知道整个事情的来龙去脉吗？不想知道谢繁漪谋逆的原因吗？"

"知道她是多么情非得已，多么被逼无奈，多么痛苦挣扎……又如何？理解她？原谅她？"谢长晏笑了，笑容里却满是苦涩的味道，"我既不是公输蛙那样的智者，超脱红尘外，可以无视礼法人伦；也不是风小雅那样的情痴，即使秋姜杀了他父亲，还能深爱着她。我、我半点也不在乎谢繁漪的心情想法，也不关心她的命运结局。我只想着一件事……"

她抬起头，让阳光照耀着她的脸，仿佛如此就可以消抵沁入骨髓的冰寒："我要如何做，才能不让陛下为难。"

不让他在律法和私情中犹豫。

不让他纠结于该如何处置谢家，处置虽然与谋逆无关却是谢家人的自己。

不让如意和被卷入此局中的无辜者们枉死。

不让如意门还有漏网之鱼继续逍遥法外……

吉祥静静地看着谢长晏。

他还记得第一次去城门口迎接她时的情形，她坐在马车上，故作矜持仪态端庄地朝他微笑，可那双灵动的眼睛，蕴含着好奇，饱含着期待，还有点无知者无畏的大胆。

还是个孩子啊。

他当时心中这么想。

而现在，那孩子长高了，眉宇间染了喜怒哀乐，有了怨憎愤恨，有了知而畏的悲伤。

可只有这样才是大人。

才是皇后。

自古以来，公主都是少女，皇后才是女人。能当皇后、当好皇后的女子，都有一颗千锤百炼的心。

"但你应该进去的。"吉祥开口道，"不是为了倾听谢繁漪，而是为了倾听陛下。"

谢长晏愣了一下。

"你总应该听一听，陛下这局棋是怎么赢的。你能活着，能毫发无伤地坐在这里，不是因为幸运，而是……陛下在前方，替你挡住了风雨，负重前行。"

于是谢长晏最终走进了执明殿。

吉祥的话像一道霹雳，重击过后，阴霾的心终于承受不了重量，开始"哗啦啦"地下起雨来。

是宣泄，是坠落，却又是解脱。

当她走进大殿，看到里面的情形后，很是意外——殿内并没有在刑讯逼供。

有个年轻的青衣男子正在为谢知幸施针。彰华和风小雅都坐在一旁等着，焦不弃站在风小雅身后，孟不离却不见人影。谢繁漪坐在榻旁的地上，定定地望着那个青衣男子，表情分辨不出悲喜。

整个大殿安静极了。

因此她的脚步声，便显得有点响。

彰华立刻转头朝她望来。

谢长晏也望着他。

两人的视线，就这么黏在了一起，难舍难分。

风小雅在一旁懒洋洋地开口道："我正在跟陛下打赌，赌你会不会主动进来。"

谢长晏只注视着彰华："陛下赌的是？"

"他赌你会。"

谢长晏心中一软，正要感谢彰华对自己的信任，就听风小雅道："然后他就眼巴巴地派吉祥去给你送水了。"

所以，这算是……作弊？！

谢长晏一愣之后，却是"扑哧"一声笑了，笑得两眼弯弯："真的吗，陛下？"

彰华淡淡道："就算吉祥不出去找你，你也会进来的。只是时间早晚的问题。"他的眼瞳深处，似有一把钩子，钩开了她心底原本被堵塞的沟渠，让这场心雨在坠落之后，可以随着沟渠四下疏流，不再沉积。

谢长晏忽然不知道该说什么好。

幸好这时，青衣男子施完了针，起身了。

风小雅问道："东璧侯，如何？此毒可解否？"

被唤作东璧侯的青衣男子点点头："能解。不过药材稀罕，可能要费些工夫。"

此话一出，谢繁漪原本木然的眼中一下子迸出了光，然而，喜悦之色一闪而过，很快又变成了恐惧。

风小雅道："能解就好。再稀罕的药材，我们都能给你找来。"

东璧侯笑了笑，笑容极是清雅温润。他将目光转到了谢长晏手上，看了看她红肿的手腕，扫过，又看向彰华，注视了几眼后，再看向风小雅。

风小雅挑了挑眉道："我也要医吗？"

"你的病，我医不了。"东璧侯轻笑着，却是朝谢繁漪走了过去，盯着她看了一会儿后，将手指搭在了她的脉搏上。

谢繁漪当即就要挣脱，风小雅使了个眼色，焦不弃立刻上前按住她，不让她动弹。

东璧侯把了一会儿脉后，神色很是严肃："你也中过跟他一样的毒？"

此言一出，谢繁漪面色顿变。

风小雅跟彰华对视了一眼。

东璧侯沉思道："但你现在身体无恙，应是早已解了。你既有解药，为何不第一时间给他吃？"

谢繁漪咬了咬嘴唇，不说话。

东璧侯见她如此，便不再追问，背起药箱起身道："罢了。我还是先去太医院一趟，劳烦带路。"

焦不弃遂领此人出去了。

谢长晏好奇地望着他的背影道："我还是第一次听说东璧侯的封号。"

彰华道："他是璧国人，因治好了曦禾夫人的病，今年四月由璧王昭尹破例赐封——而当时你正失踪。"

风小雅补充道："他叫江晚衣，算是当今天下医术最好的三个人之一。"

原来如此。谢长晏看向榻上的谢知幸，心中却跟谢繁漪一样，先喜后忧。如此情形之下，还不如不醒。

她再看向谢繁漪，只觉心中大雨依旧滂沱，不知何时才能停歇。

谢长晏想了想，走到彰华面前，缓了缓心神才开口道："我有好多好多问题想问，但又不知该从何问起。"

彰华注视着她，笑了一笑："真巧。朕其实也不知该从何说起。"

"陛下恢复记忆了？"

彰华点点头。

"什么时候？"

彰华眼中的笑意又深了几分："你愿不愿意猜一猜？猜中了有赏。"

这句话让谢长晏觉得好像又回到知止居授课时，他出考题，她来回答。他的每道题其实都别有深意。而她从一开始不知所措，到后来越答越好，逐渐跟上了他的思维和想法。

往事如风，却丝毫未改故人貌。

他如今仍含笑看着她，带着十足的耐心、含蓄的指引，和入骨的温柔。

这和谢长晏脑海中所想的情形完全不一样。

在她满心纠结于谢氏的谋逆时，他却似毫不在意，不纠结，不痛苦，甚至还带了些许懒散地倚靠在榻上，敛了威仪，透着随意。

为什么？

谢长晏若有所悟。

她在脑海中飞快地回忆了一遍这些天来跟彰华相处的情形，甚至有些不合时宜地想到了梭飞船上的临别之吻……

啊！是那时？

因为想起了一切，所以才确认了对她的心意，才会亲手为她更衣，肆无忌惮地亲昵？

"你以前……绝不会这么做的……"

"那么，喜欢现在的我，还是，从前的我？"

……

就是那时候！

看着谢长晏骤然涨红的脸，彰华知道她猜到了，不知为何，当时手指所碰到的光滑触感，近在咫尺的温热呼吸，一下子回聚在了脑中，忽也有些耳根发烫。他心中不由得暗叹了一声：记忆虽然找回来了，某些方面却还没跟上，竟还有毛头小子般的青涩反应。

彰华想了想，起身，站到谢长晏面前，从袖中取出一支发簪。

谢长晏一看，正是母亲所赐的乌木簪，之前不是被谢繁漪拿走了吗？

"朕替你拿回来了。"彰华说着将簪子仔细地插回到了她头上，"奖励。"

谢长晏脸颊红红，羞羞涩涩又甜甜蜜蜜地笑了起来。

两人情趣正浓，风小雅却极煞风景地去问谢繁漪道："看到他们两个如此恩爱，你作何感想？羡慕吗？嫉妒吗？失落吗？"

谢繁漪沉默了一会儿，才冷冷一笑道："我若对彰华有情，哪里还轮得到十九？这两个鸠占鹊巢、夺了他人机缘的人，倒也是天生一对。"

谢长晏忍不住道："鸠占鹊巢的，难道不是二哥吗？"明明是他们假扮彰华篡权揽政！

谢繁漪的笑容越发嘲讽起来："彰华和知幸，究竟谁是鸠谁是鹊，你真的知道吗？傻妹妹。"

谢长晏的心狂乱地跳了起来，终于问出了心中的猜测："二哥哥……跟陛下……是孪生兄弟？"

彰华点了点头。

谢长晏想：果然如此，难怪两人如此相像……

彰华承认后，却看向谢繁漪，从容不迫地说道："即便如此，皇位仍是朕的。"

谢繁漪被激怒，当即跳起来朝他扑来："呸！若知幸当年没有遭遇不幸，若他也能跟你一样长在皇宫，若那老东西能顾念一点父子亲情，何至如此？知幸比你强一千倍、一万倍，大燕之主是他，不是你！"

彰华没有动，眼看谢繁漪就要扑到他身上，谢长晏正要阻拦，一旁的风小雅扬了扬袖子，谢繁漪顿时被衣袖带起的风推倒，重新跌回到地上。

风小雅道："你那情郎手不能提肩不能挑，连字都写不好，哪一点比得上陛下？"

谢繁漪怒道："那是因为他被彰华夺了元气，又被狠心的老东西活埋，从小落下了病根！"

风小雅一笑："我也从小体弱。"后半句没出口，人人都知道，鹤公子虽然体弱，却既会武功又写得一手好字。

谢繁漪一噎，半晌后，凄然道："罢了。成王败寇，随你们怎么说了。"

彰华牵着谢长晏的手，带她走到榻旁。

只见谢知幸平躺在榻上，离得近了，还是能看出些许区别的。除了左后脑勺处的伤疤外，他比彰华要矮小，面色苍白，不似彰华这般强壮。难怪风小雅之前带他出现在陶鹤山庄时，会故意弄晕他，给他穿上斗篷，坐在轮椅上，否则不可能骗过谢繁漪的眼睛。

彰华注视着这张跟自己一模一样的脸，眸光闪烁，也不知在想些什么，过得片刻，缓缓开口道："朕十五岁时，有一晚父王突然召朕去他的寝宫。朕到那儿后，见他穿着道袍，在整理衣物。"

谢长晏呼吸一紧，彰华这是要告诉她前因后果了。她连忙配合地提问道："太上皇要出家吗？"

"是。"

"你很震惊？"

"是。我追问他为什么。他称帝十九年，百姓们都很爱戴他，正值英年，为何要退？父王告诉我，近几个月来他常做噩梦，身体外强中干，已是强弩之末。在梦中，有一人不停地向他索命。他无可逃脱，只能皈依，祈求天尊保佑。"

一旁的谢繁漪听到这里，冷冷一笑。

谢长晏心中立马猜到了几分："是二哥吗？"

彰华点点头，继续道："同观四年九月初八，父王做了个梦，梦见龙王吐了一颗龙珠给他。正高兴着，忽然发现龙珠上爬着一只虫子，正在啃食龙珠，那虫子吃了龙珠，身体开始发光发亮，也变成了珠子的模样，跟剩下的半颗龙珠并结在一起。父王惊醒过来时，就听说母后要生了。"

谢繁漪的冷笑尖锐了起来。

"父王心有余悸，召来他当时很宠爱的一个名叫冯淹的道士，将梦境告诉他。冯淹掐指一算，面色大变，称龙子必有危险。母后果然难产，熬了一天一夜，才把孩子生下来。而当时的朕，跟弟弟的头颅这一块……"彰华说着指了指谢知幸左后脑勺的伤疤，"连在一起。"

谢长晏的脸"唰"地白了。

谢繁漪也不笑了，眼神越发幽深。

"冯淹见此情形，立刻要求父王斩杀一子，否则，龙子性命难保。父王问他，哪个才是真正的龙子。冯淹道先出生的是。而先出生的是朕。"

谢繁漪恨声道："昏君佞臣，桀犬吠尧！"

"幸运的是，我们只是头皮相连，里面的头颅各自完好。父王便召来当时宫中第一剑术高手，命他动手。那人剑法了得，内心更是强悍，半点不惧，一剑，干净利落地将朕跟弟弟分开了。"

一旁的风小雅露出些许骄傲之色："我的老师，自是绝世的高手。"

谢长晏忍不住问道："令师现在在哪里？"

风小雅收起笑，低声道："他老人家已经过世了。"

谢繁漪大笑三声，说了两个字："活该！"

"弟弟血流如注，很快没了呼吸。父王下令封锁消息，处死了在场的所有宫奴。知情者，除了他和母后外，就只有三个人。"

"冯淹、鹤公的师父，还有谁？"

彰华沉静又温柔地看着她："三才先生。"

果然！果然跟五伯伯有关系！谢长晏的手难以遏制地颤抖了起来。

"谢怀庸当时是冯淹的徒弟，跟他学习炼丹和占卜。所以处理弟弟的尸体时，冯淹交给他去办。"

"结果五伯伯阳奉阴违，救活令弟，带回家当作自己的儿子养大了？"

彰华点头："谢怀庸很快就辞官归隐了，举家搬迁去了隐洲。而天下人都以为，皇后只生下一位太子，就是朕。"

"虎毒尚不食子，老东西却只因为一个梦，就杀死自己的亲儿子，还杀了那么多人陪葬！如此暴君，大燕为何不亡？凭什么不亡？还有你——"谢繁漪瞪着彰华，厉声道，"你凭什么安然活下来？凭什么享尽这世间的荣华富贵？"

彰华回答道："凭朕运气好。"

"你，你……"谢繁漪气得整个人都在抖。

谢长晏算是看明白了，彰华在陶鹤山庄的债没收够，这是要接着收呢。他根本无须刑讯逼供，因为他已经什么都知道了，而现在之所以复述一遍，除了讲给她听外，还有个目的就是气死谢繁漪。

这可真是、真是……

谢长晏有些错愕，觉得彰华对待此事的态度很奇怪。谋逆是一等一的大罪，他更是几度差点丧命，好不容易反败为胜，擒住了凶手，却不急着追究定罪，还慢悠悠地在这儿说话。

但转念一想，又觉得这确实是彰华会做的事——一个一切尽在掌握的人，有什么好着急的呢？

该着急的人是谢繁漪。又或者，她还有后招没使出来。陛下，这是在故意拖延时间，等着她的最后一步棋？

电光石火间，谢长晏忽然想到了一件事——秋姜！

对了，风小雅还没有找到秋姜！而秋姜的下落，当世只有如意夫人知道。所以，彰华的局还没有完。

仿佛为了验证她的猜测，一旁的风小雅看着彰华插话道：“我记得你小时候身体也不好。”

　　“是。兴许是连体双生子的缘故，朕比一般婴儿要荏弱得多。冯淹却道那是因为朕的命数被邪物夺走了一半，所以需要一水二金三凤相辅，补回命数才能平安长大。太傅便选了那么六个人，取了他们的头发镇在朕的枕头底下。而其中的二金比较特别，是一对孪生兄弟，时刻陪伴在朕左右。说也奇怪，自那后，朕便一天天地强壮起来了。”

　　谢长晏心中接了一句：不止呢，到了五六岁时，还成了个让人头大如斗的小太岁！

　　风小雅对谢繁漪道：“看来，三才先生还是没有学到其师的本事，竟没补全谢知幸的命格。”

　　谢繁漪睨着彰华冷冷一笑：“可你真的补齐了吗？”

　　“在父王被噩梦所困的那段时间里，二金突然死了，死得十分蹊跷。这让父王更加恐惧，觉得是恶灵回来索债。”

　　谢长晏听到这里，不禁望向谢繁漪：“是你吧？你从假死起，就开始谋划此事，而你的第一步，就是杀死陛下的命格侍卫？”

　　谢繁漪咧嘴一笑：“你猜？”

　　谢长晏心中一沉，果然是她。谢繁漪假死后，所谋划的第一件事就是找太上皇报仇，只是没想到太上皇当机立断地退了位。

　　彰华继续道：“朕并不信鬼神之说，因此彻查二金侍卫的死因，又调查了父王的起居，果然发现是有人在熏香之中掺杂了致幻之物。可当朕再往下查时，线索到了庞家便断了。”

　　于是彰华登基的第一年，就拿庞岳二族开了刀。

　　“既查出是人为，为何太上皇还要出家？”

　　“当朕审讯庞家是如何得知朕有个早死的孪生弟弟时，他老人家在一旁吐血晕厥了。原来熏香中不但有致幻药，还有慢性剧毒。父王长年吸食，已无药可医。”

　　谢长晏忽然伸出手，覆在了彰华手上。

　　这些年来，她一直在猜，是什么让十五岁的彰华从意气风发、张扬傲慢的少年变成了后来的彰华。现在终于知道了。在经历六岁被至亲之人背叛的痛苦后，十五岁的他再经劫难——得知了最敬爱的父王，曾愚昧地做了一桩亏心事；得知了自己的太子冠冕上，顶着胞弟的骸骨；得知了大燕国的命运从此只能沉甸甸地压在他一个人肩上……

　　人生的意义于他，再次天翻地覆。

　　很……难过吧？

很……愤怒吧？

也很……委屈吧？

被世人传为最幸运的你，从小到大就活在算计和阴谋中，其实是何等的不幸。

但只因为是太子，是帝王，所以，别无选择，只能承受。

然后暗暗积蓄着力量，勇敢反击。

彰华反握住了她的手。这是一双二十二岁成年男子的手，完全褪去了十五岁时的青涩柔软，更具力量，也更懂克制。"都已经过去很多年了，朕没事。"

"但我们都知道并没有真的过去。"那只是如意门伸出的一个触角，被彰华当机立断地砍掉后，蛰伏重生，卷土而来了。而这一次，它推出的必杀是——谢知幸。

然后，真正的棋局终于开始。

谢长晏低头，注视着二哥的脸，感慨万千："陛下是什么时候有所察觉，开始布下此局的？"

"朕登基后，虽除掉了庞岳二党，但剩下的五族人心不齐。朕便连同太傅一起借修运河、推新政，试一试众士族的心。"

"然后你发现他们果然各怀鬼胎？"

"此中缘由复杂，有如李家这般自恃功高而喜欢谏言的；也有袁家这般油滑试不出深浅的；更有范家这般中立的……朕是天子，天子当行天道，不耐烦与他们玩阴的。可直到你在程国失踪，朕才发现了一件事……"彰华说着，去看谢繁漪，"阳光总有照不到的地方。想要阴影中的东西亮出来，就要撤掉光。"

谢长晏的眼睛亮了起来："所以你决定，转明为暗？"

谢繁漪也紧紧盯着彰华。

"朕去程国前，故意将行踪透露给五族掌权人知晓，然后集结滨州、隐洲、鞍洲三地水军，做出一副随时都会攻程的架势。"彰华说到这儿，对谢繁漪笑了一下，"给你们机会，从中作乱。"

谢繁漪的身体抖得越发厉害了。

"朕到程国后，发现时局比想象的更复杂。当时铭弓约朕见面，见面后，他别有深意地看向远处的一棵树，那是棵箭毒木。"

谢长晏立刻想了起来："如意门弟子的毒牙！"

"朕意识到，铭弓的中风很可能是如意门下的手。麟素不过是具傀儡，真正跟如意门有瓜葛的人在幕后。"

谢长晏震惊地看着谢繁漪："颐殊公主？她是你们的人？"

谢繁漪嗤笑了一声："那个荡妇，有什么资格入我门？不过也是个傀儡，一具更年轻、更好控制的傀儡罢了。"这是谢繁漪第一次亲口承认她是如意门的人。那么，她是不是就是如意夫人？

彰华继续道："虽然表面上看，颐殊得到了朕、赫奕和姬婴的支持，但其实没有我们，她也能弄死铭弓和三个哥哥，顺利登基。在看透那点后，朕便卖了个顺水人情给姬婴。毕竟，朕去程国最大的正事是……找你。"

谢长晏心中一暖，继而又对如意门这一石二鸟之计不寒而栗。如意门一方面控制了程国，扶植了新的程王，另一方面借此事诱彰华入程，再以她为饵，将彰华弄到长刀海峡杀了。计划成功的话，燕程两国都在如意门的掌控中，那后果……实在不敢想象！

"姬婴给了朕云翔客栈有问题的暗示，朕找到了你真正的失踪之地，从而意识到胡智仁可能也跟如意门有关。"

说起这个谢长晏便有些郁卒：她的东家，她的朋友，她的追求者，结果……通通是假象！

彰华却笑了，一边笑着，一边走到壁橱前，从抽屉里取出一物："而且，朕还收到了这个。"

谢长晏一看，正是自己上红船前，特地留下的那条绳结。"你……你猜到我的意思了？"

"费了些许工夫。幸好，还是猜出来了。"彰华将绳结放入谢长晏手中，上面有六个结，寓意着"胡跟如意门有关联，设了陷阱，万万小心"。

她编结时那般匆忙，是抱了最后一线希望丢在路上的，本有无数种可能让这根绳结就此蒙于尘埃。可它还是落到了彰华手上，而且，彰华也真的猜出了她的用意。

如果这不是灵犀，是什么？

如果这不是缘分，是什么？

谢长晏的目光从绳结移到了彰华脸上，心中又是甜蜜，又是难过。甜蜜于如此天定的姻缘，难过于生死未定的谢家。

彰华看出她欢喜过后的黯然，便继续讲了下去，以分她的心："朕既知红船必是陷阱，自不会就那么去。得知红船停在长刀海峡的消息后，朕便让孟不离去通知小雅，再率一支水军埋伏在远处，见机行事。"

风小雅听到这里，一笑道："说来也巧，我带着水军出发途中，发现一只小商船在长刀海峡附近鬼鬼祟祟地盘旋，便命不离上船打探了一下。那是胡家的商船，船中住了一位尊贵的客人，正是——前太子妃。"

谢繁漪死死咬着嘴唇，脸色十分难看。

"一个死了七年的人居然复活了，我实在很好奇，便忍不住多看了一会儿。就那么一会儿，陛下就出事了……"

彰华佯怒地冷哼了一声。

风小雅却笑了："歪打正着的是，这么一耽搁，看到了袁定方的背叛和太子妃的图谋。更让陛下跟前准皇后，破镜重圆了。"

谢长晏的脸又红了起来。

当日红船炸沉，她和彰华躲进子舱中逃生，其实是一段十分凄惨狼狈的时光，忍饥挨饿，寒热交加，还都受了伤。等到后来被柳家父女救回家，彰华也是长时间昏迷不醒，留她一个人面对困境。好不容易熬到彰华醒了，他却失忆了……

即使是那样危机重重的旅程，现在回想起来，却变得弥足珍贵。

她见识到了彰华年轻时的模样；

她跟他再一次从陌生到亲近，再一次变成了彼此最重要的人；

她和他志同道合地行走在荆棘上，披着阳光，背着信任和希望……

所以，正如彰华自己说的："上苍知道我失去了一些不愿失去的东西，才安排了这样一场劫数，给了我一个机会——只要能够成功渡劫，那些东西，就会回来。"

如今，他找回了记忆，找回了皇位，找回了她，也找回了他的……弟弟。

彰华也想到了这些，忍不住握了握她的手，像握着失而复得的珍宝。

　　大殿静幽，只有风小雅的声音在继续："我放出假消息说在某岛发现了吉祥的行踪，引走袁定方，本想趁机寻找陛下，但一直没有找到，只好先跟如意碰头，这才知道原来他是吉祥，并从他口中得知——有一位跟陛下长得一模一样的替身，太子妃带着那位替身堂而皇之地回了玉京。"

　　谢繁漪的脸色越发难看了，她的手指紧紧地抠着地面，似乎想在那上面挖几个洞出来。

　　"我一边派人继续搜寻陛下的下落，一边也回到玉京，暗中观察太子妃的动向。发现袁定方是长公主的入幕之宾，而长公主，明显是太子妃在玉京的接应人。"

　　谢长晏这才发现长公主不在殿内。彰华明明将她和谢繁漪还有二哥一起带走的，为何此刻却不见长公主的身影？

　　正在猜度，彰华微俯下头，对她低语道："父王要单独见姑姑，所以送她去陵光殿了。"

　　原来如此……不过，彰华是如何得知她在找长公主的？

　　谢长晏抬眸，彰华冲她一笑，千种默契，尽在这一笑中。

　　"看长公主的样子，对该替身更为看重和信任。而该替身回宫后，第一件事就是找太上皇——当然，太上皇行踪不定，他并没有找到。我猜测此人恐怕是太上皇的私生子，便试探刺了他一剑，令他只能留在宫中养伤。"

　　谢繁漪恨声道："都是你！风小雅！风小雅！你怎么不死？你爹都死了，你未婚妻被你祸害成了那样，你的骨头越来越歪，无时无刻不在痛，都活成这德行了，为什么还不去死？"她一下一下地抠着地板，仿佛那就是风小雅的眼珠。

　　风小雅轻轻道："因为你啊，如意夫人。"

　　谢繁漪的手指一僵，停住了。

　　"不将你绳之以法，不将如意门连根拔起，我不死。"

　　谢繁漪盯着风小雅，双目赤红，"呼哧呼哧"地喘着气，像个破了口的风箱。

谢长晏看到这里，有些难过。有生之年见到谢繁漪如此丑陋的模样，令得记忆中那个完美的姐姐彻底消失了，不但消失，还把那些美好温暖的往事撕成了碎片，不复存在。

为什么谢繁漪会变成如意夫人？

谢家跟如意门之间，究竟有着怎样的瓜葛？

见谢长晏的眼神再次变得悲伤，彰华给了风小雅一个眼神，示意他继续说。风小雅会意地笑了笑，道："后来，我接到小慧密函，称在海上救了你们，便立刻赶去滨州会合。当时我心中怀疑你跟令姐是一伙的，所以什么都没说。虽带你回玉京，安排了三步棋给你，但也不过是试探，并借你吸引太子妃，噢不，皇后的视线。"

果然……难怪她当时就觉得那个计划怪怪的……

"你走后，陛下忽然告诉我，他恢复记忆了。我问他，下一步如何做？他说——"

彰华接道："以彼之道还施彼身。朕在吉祥的帮助下潜入宫中，打晕知幸，扮作他的样子。然后让小雅带着知幸逃离。为了一网打尽，我们将地点定在了上山容易下山难的陶鹤山庄。"

谢长晏忍不住问道："那太上皇是怎么回事？"

"如果只是小雅和朕，令姐未必会亲自出马，有父王在就不同。知幸最大的执念便是要见父王一面，只有加上父王，令姐不敢疏忽，才会亲自前往陶鹤山庄，而姑姑害怕计划失控，也会亲自到场。"

风小雅点头补充："这个计划需要一个如意门的人作为传话者，才能让皇后毫不怀疑地入局。吉祥做不到。幸好，我们还有小易牙。"

"小易牙是如意门的人？"虽然答案已知，谢长晏还是忍不住确认。

"是。父王出家后，需要一个擅做素斋的人陪伴，太傅便从千万人中挑了小易牙。小易牙到朕面前的第一句话就是：'我是细作，你敢用？'"

"陛下如何回答的？"

彰华一笑："朕什么也没说，让他去做了一碗粥，喝了那碗粥后，朕就决定是他了。"

这……还真是毫无畏惧的燕王啊！

"小易牙在父王身边多年，朕一直等着如意门调动这颗棋，却迟迟没有动静。本还觉得奇怪，后来才知是在等知幸。可惜……"

"可惜，谢知幸来了，小易牙却不想再受如意门控制了。"风小雅睨着谢繁漪，目光嘲弄，"见过自由的鸟，怎么可能甘心再被关进牢笼？"

谢繁漪一直气呼呼地听着，直到听到这里，才抓到了反击的机会，挑眉一笑："怎么没有？秋姜不就主动回笼了？"

风小雅果然面色一变，袖子再次挥出，隔空抽了谢繁漪一记，直将她抽得翻了好几圈才停下来。

　　谢繁漪忍了又忍，还是咳嗽出声，吐出几口血沫来。但她的表情越发愉快了："哈哈，怜香惜玉的鹤公子也会打女人啊？"

　　"你是人？"

　　谢繁漪仍是笑："是啊，我是跟你的好秋姜一样的人呢。"

　　风小雅的神色快绷不住了，谢长晏想，再厉害的人也有软肋。对风小雅来说，秋姜就是他的软肋。

　　彰华忽道："小雅，你该服药了。"

　　风小雅定了定神，垂下眼睫，一言不发地转身出去了。

　　彰华看向有些得意的谢繁漪，淡淡道："朕并不想找秋姜，如果可以，朕希望她死。如此，没有弱点的风小雅，才能更好地为朕办事。"

　　谢繁漪表情一僵。

　　"所以，秋姜并不是你的撒手锏。"

　　"那什么是？"谢繁漪不怀好意地看了谢长晏一眼，"十九吗？"

　　谢长晏心中一沉。

　　"谋逆之罪，株连九族。黄泉寂寞，带着十九一起也挺好。好妹妹，姐姐可不愿跟你分开呢。"

　　谢长晏想了想，甜甜答道："我自然是要陪姐姐上路的。不过，姐姐假死过一次，妹妹也想效仿一下，看看换个身份继续游山玩水是不是别有滋味。"

　　谢繁漪的笑果然消失了。

　　谢长晏忽又"扑哧"一笑："不行不行，用这种口吻说话我好想吐……三姐姐，咱们就别互相伤害了。就算立场不同，也能正正经经地好好说话吧？"

　　谢繁漪的表情变得古怪起来，怔怔地看了她半天："十九，你真的……变化好大。"昔日在谢家时，虽觉这个妹妹跟别的妹妹不同，多了几分随性，但也没想过，有一天，她会长成这样优秀的姑娘。遇到挫折不气馁，承受痛苦还能欢笑，这么这么……强韧。

　　她忍不住又看向彰华，是他的功劳吗？这个男人挖掘出了璞玉，然后慢慢地、一点点地将它雕琢成了绝世之珍。

　　视线中，彰华温柔地看着谢长晏，眉眼五官都柔和到了极点——谢繁漪回忆自己跟彰华的几次见面，哪怕是昔日选定她为太子妃时，都不曾见过这个男人如此模样。那时候的她，心中想的是：虽然长着一张跟知幸一样的脸，却毫无知幸的温柔体贴。

　　而今知道了，其实彰华也可以如知幸一般温柔体贴的，只不过柔软的对象，不是她。

一时间，心中百感交集，竟觉浮生如梦。

彰华问谢长晏道："还有什么不明白的？"

谢长晏沉吟起来。事到如今，彰华这边的棋路已经全部看清：他借此事一举拿下了长公主和谢繁漪，确认了李袁商范程五族的立场，完美收官。接下去就只剩一件事——他会如何处置他们？而这个问题跟谢繁漪的棋路有关。她那边，为何叛，为何谋？

"你做了这些，后悔吗？"

谢繁漪反问："你觉得我是会后悔的人吗？"

"你是什么时候加入如意门的？"

谢繁漪邪恶地勾起了唇角："你猜？"

彰华看在眼中，突道："此事与三才先生并无关联。他们两个所做的一切，都是瞒着谢怀庸的。"

谢长晏惊讶地睁大了眼睛。

"所以，不用怕。"

不得不说，这可算她入殿之后听到的最好的一句话了。谢长晏的眼眶一下子红了起来。

偏偏谢繁漪在冷笑："噢？何以见得？别忘了，可是他救了知幸，瞒着天下人养在谢家。"

谢长晏咬唇道："如果五伯伯真的另有居心，为何要避世退隐？"

"为了由明转暗，方便行事啊。"

"那么，为何会给二哥取'知幸'这样的名字呢？"

谢繁漪愣了一下。

"知幸者，知道自己幸运从而感恩。同理，悬阁，人活一世命悬一线。五伯伯是在用这两个名字，时刻提醒自己，也提醒二哥，不要误入歧途！"

谢繁漪冷哼了一声："那么，请问一个避世之人，为何要把我推上太子妃之位？"

"这难道不是三姐姐跟长公主的计划吗？"

谢繁漪的脸色变了。

"当年，提议太子娶谢家女儿的人，是长公主吧？"陛下跟她说过，当年他问风乐天该选谁当妻子时，风乐天给的答案是随意吧。所以最后，是门客和朝臣们推出了谢家，而谢家当时最出色的女儿，就是谢繁漪。能在玉京运作此事的人，不可能是白衣之身的谢怀庸，只可能是长公主。

"那时候，你就跟长公主有了联系。是长公主先发现了二哥的身世，找到了你们，告诉你们身世的。对不对？"

谢繁漪抠地的手，终于慢慢地松开，放回到了膝盖上。

她跪坐在地上，脊背挺得笔直，目视着榻上的谢知幸，眼底一片迷蒙……

同一时刻的陵光殿中，长公主也用同样的姿势跪在地上，面色惨白，神色木然，仿佛失去了所有的力气。

她对面的榻上，斜躺着一个人，穿着一身朴素的道袍，满头白发，眼皮耷拉，面颊下垂，看起来像有七八十岁高龄——但其实，此人今年不过四十九岁，正是辇尹，彰华的生父，燕国的太上皇。

孟不离捧着一盒金丹过来，辇尹拿了一颗，用水服下，然后闭目喘了好久，随时都会断气一样。

而他面前地上的长公主，从头到尾，一动不动。

辇尹终于缓和过来，睁开眼睛，看向长公主："没话要跟我说吗？"

长公主没有焦距地望着前方的地，仿若未闻。

"我却有话要跟你说……"辇尹一边说着，一边示意孟不离扶着他，靠坐起来，好更方便地看着她。

"你小时候，特别喜欢吃一个叫允娘的宫女做的青团子。后来允娘病死了，你伤心得一直哭，怎么也哄不好。父王母后命人做了各种各样的青团子给你，你通通扔了。并且自那之后，再也不吃青团子。那时候起，我就想，这个妹妹如此专情，长大后，怕是祸不是福。"

长公主没有任何回应。

"后来，你长大了，聪慧乖巧，我就想着什么样的人才配得上你。我一定要给我最喜欢的妹妹，挑一个全天下最好的驸马。于是，方清池出现了。"

这个名字一说出来，长公主的表情终于变了，像被阳光照到的雪人，开始慢慢融化。

"那可真是个翩翩少年，才貌双全啊，可惜被你看上了。我想完了，这下不得不割爱了。果然，你来求我，求我把你嫁给方清池。于是我召他入宫，私下问他，同不同意娶你，他说……不同意。"

长公主浑身一颤。

"我跟他说，娶公主，做驸马，和除功名，撵还乡，两条路，选。他最终接过赐婚圣旨的时候，脸色惨白如纸。从那一刻起，我就知道，这个男人有野心，他不会甘心只当驸马，你最终会被这桩婚事伤害。"

长公主的眼中升起了一层灰蒙蒙的雾气。

"后来，华儿果然出事。我虽震怒，却也松了口气。若你知道方清池是那么个玩意，也许能及时抽身，再换一个驸马。可没想到，华儿把他给杀了。而你，有了他的孩子……"

长公主的眼泪流了下来，但她依旧一言不发。

"你带走了方清池的尸体，给他安葬，独自生下荟蔚，抚养长大，再不提嫁人之事。我因心有愧疚，对你和荟蔚格外纵容。我想，虽然你是那么死心眼的人，允娘死了就再不吃青团子，方清池死了就再不另嫁，但是时间终会抹平一切。你是大燕最尊贵的女人，连皇后都不及你风光。我以为，你虽长情痴情，但好歹分得清是非，没想到……"辇尹的表情终于严肃了起来，眼神与其说是愤怒不如说是失望，"你竟会为区区一个细作，报复你的亲侄子！国家、亲人、百姓，对你来说，都不如一个死了的男人重要！"说到最后，又剧烈地喘了起来。

长公主抬眼，看着他，终于幽幽地说话了："哥哥不也是吗？哥哥迷信冯淹的话，不也是非不分地杀了自己的亲儿子吗？"

辇尹面色顿白，一口气没吸上来，眼看就要晕倒，一旁的孟不离连忙扣住他的手腕，将内力输了进去。

辇尹捂着心口，一时间，似又苍老了几岁。

"我不是只为了清池，也是为了知幸。他做错了什么？凭什么要为你那个荒诞之极的噩梦去死？彰华，又凭什么杀清池？就因为他是大燕唯一的太子？我啊……真是讨厌你和彰华，讨厌你们这样的自以为是啊。"长公主笑了，一边笑，一边流眼泪，五官扭曲得不成样子，"你凭什么逼清池娶我？你凭什么又不告诉我清池不愿娶我？你擅自做主，以为是对我好，可你知不知道，我婚后过的都是什么日子？！"

辇尹一怔。

"你知道所爱之人一直在你身边，但眼睛里完全没有你的感觉吗？你知道他每次跟你上床都敷衍了事当作任务来完成毫不顾虑你的感受吗？你知道我整晚整晚以泪洗面，却还要在人前强颜欢笑吗？我是做了什么孽，要为自己轻率的喜欢付出这么大的代价？仅仅因为我是公主？"

"你为何、为何不说？"

"我为什么要说？我选的人，我做错的事，我认。而且，清池根本不是你想的那样！身为细作，他就算没当上大官，也该好好讨好我，利用妻子的权势获得更多情报才是。为何要苛刻于我？他是被逼的！他跟风小雅那个倒了八辈子霉的未婚妻一样，本是好人家的孩子，被人贩拐走被逼入了如意门！"

"你如何得知？"

"因为半年后，我的痴情终于打动了他，他忍受不了内心的煎熬，把一切都告诉我了。我这才知道他为何对我那么冷漠，为何天天郁郁寡欢。他不是不喜欢我，是不敢喜欢我！而皇兄，你逼他娶我，等于逼他断了自己的活路啊！如意门花费了那么多心血栽培出那样一个人杰，怎么甘心只当一个驸马？于是我跟他说，我会救他！我会想尽办法救他！"

"你为何不告诉我？"

"我怎么告诉你？告诉你，你会放过清池吗？"

摹尹的目光闪了闪，再次急促地喘气起来。

"所以，我只能去宜国求姨母，希望能够倚仗她的权势为清池换一个自由身。如意夫人看在姨母的面子上，终于开了个价——十万缗。"长公主说到这儿，凄然一笑，"可是，当我满怀希望，带着肚子里的荟蔚回到燕国，以为苦尽甘来，从此就能真正长相厮守时，看到的却是一具尸体！十万缗，换了一具尸体！皇兄，换作你，恨不恨？"

摹尹怔怔地看着长公主，再也说不出话来。

"没错，清池是错了，他不小心让彰华发现了他的秘密。可如意门的人执意要带走彰华，他能做什么？就算他有罪，将他关押好了，等我回来，一切就都还有挽回的余地。可彰华太狠了，六岁，一个六岁的孩子，那么干脆利落，一刀毙命。为什么？"长公主的目光再次变得尖锐，"因为你！你在两个孩子中，选了他。所以他肆无忌惮，所以他铁血无情！"

"你是如何知道谢知幸的？"

"清池死了，如意门派人来问我，想不想要回那十万缗。我当时万念俱灰，哪里还有心思计较钱的事。于是如意夫人就送了一个情报给我——原来大燕，可不止一个储君。"

"你就这样踏进了他们的陷阱？"

"是陷阱又如何？起码那是我亲侄子不是吗？一个没有被你和彰华玷污的亲侄子！"

"你！"

"我就去隐洲偷偷看了谢知幸一眼。他太可怜了！皇兄，你知道他有多可怜吗？他啊，这里有一个这么大的疤，这个伤虽然结痂了，但他的脑袋，时不时就会疼，疼得痛不欲生，疼得满地打滚。病发的时候，没有药可用，只能生扛。等他再大些，便连脸都不让露了。谢怀庸还骗他，说他命格不好，需要戴面具镇邪。于是他独来独往，没有朋友，也不敢跟家人亲近。"

摹尹的眼眶红了，身子也开始发抖。

"只有谢繁漪不怕他。因为他的笙吹得好，时常去找他。少年少女，情窦初开，偷偷摸摸，又甜甜蜜蜜。但因为是堂兄妹，自知于礼难容，便约好了一起殉情。"长公主说到这里，眼泪再次流了下来，"看着他们，我就好像想起了我和清池……我的侄子，我可怜无辜的小侄子，就要死第二次了……哥哥，换作你，会如何做？"

摹尹的气息越发急促。

长公主凄然一笑："不，哥哥这样无情的人，想必是会任他们去死的。可是我做不到啊。我没能救清池，但我能救知幸。我告诉他他的真实身世。我告诉他们，他们可以有第二种选择！"

摹尹的手重重一挥，榻旁矮几被他推倒，上面的茶水杯盏顿时滚了一地："所谓的第二选择便是弑兄篡位吗？！"

长公主深深地凝视着他，似是要一直看到他的心中去："良才善用能者居之。彰华残暴不仁，令世家瑟瑟发抖。他们可都是当年追随先祖打下大燕江山的功臣啊！可得到了什么结局呢？"

"他们谋逆！"

"是君王逼他们的！"

"妇人之见，你懂个屁，咳咳咳……"摹尹气得身子一歪，俯在了垫子上。

长公主见他终于动怒，笑了："你做的错事，我来扳正！我没得到的幸福，我要谢繁漪和谢知幸得到！所以，此事从头到尾，错的是你，是彰华！"

"你、你……你可想过，知幸登基，将终身受制于如意门，我们大燕百年基业，就要断送在你手上！"

"你错了。知幸的身份，加上谢繁漪的才能，还有我的辅佐，大燕才能进一步走向兴盛。何惧区区一个远在程国的如意门？"

摹尹气急而笑："你可真是高看了自己啊，钰菁。你这种徇私枉法之徒，和那两个偷鸡摸狗之辈，怎么可能赢得了……彰华？"

长公主剧烈地抖了起来，凄声道："皇兄，你没见过知幸吧？你去见一见，真的，他一点都不比彰华差……"

"我不会见他！"摹尹一个字一个字道，"我既在两个孩子中，选了华儿，就没另选他子的道理。"

"皇兄！你真的毫不承认当年之错吗？"

"我没有错！"摹尹说着强撑起身，孟不离连忙上前扶着他走了。

长公主跪在地上，哭得无比悲伤。

就在这时，一个人从旁边的屏风后轻轻走出来，慢慢走到她面前，跪下，抓住了她的手。

长公主泪流满面地抬起头，看到来人的脸，一惊："荟、荟蔚？"

荟蔚郡主脸上也全是眼泪。

"荟蔚，对不起……"长公主哽咽，"娘真的太恨了，你父死得那么惨，他是无辜的……还有你的二表哥知幸，那么惨，那么可怜……娘错了，娘知道错了……"

"娘，你别哭。"荟蔚郡主抬手擦掉母亲脸上的眼泪，抱住了她，"是舅舅无情无义、偏听轻信。是他的错。娘，放心，我会理解你的，我不怨你。无论皇帝表哥怎么处置你，我都陪你一起……别哭了。我会替爹爹，一直一直陪着你的……"

长公主听了这番话，表情却变得无比悲伤，她的眼泪，一下子，停止了。

谢繁漪沉默了许久，忽然摇摇晃晃地站起来，朝谢知幸走过去。

"知幸……一直想见太上皇。我以为他是想向生父讨个说法，问问为何那么狠心，在劈伤他后，都不给好好安葬，任由道士带走他的尸体，把他真的当作一个邪物去镇掉……"

谢繁漪在榻旁跪下，伸出手，缓缓抚摸谢知幸的脸庞。她脸上所有的戾气都消失了，取而代之的，是谢长晏十分熟悉的、烙印在记忆中的温柔。

"但知幸回答说，不是。他不是要问这些。他要问——二十二年前，太上皇在两兄弟中选了哥哥，二十二年后，他能不能重选一次。这一次，选他。"

谢长晏一怔，继而又觉得，这才符合二哥的性子。

二哥……是个慢吞吞的人。可能因为总头疼的缘故，言行举止都比常人慢半拍，因此很多人私底下都笑话他。但他又是族长嫡子，身份尊贵，所以大家被谢怀庸惩罚过一次后，便都起了敬畏之心，疏远他。

可他的笙吹得多好啊。

有一次，她去找谢繁漪，进了谢桥小筑，看见二哥哥和谢繁漪在联奏。谢繁漪的琴已弹得极好，二哥哥的笙却毫不逊色，琴笙交融，浑然一体。

一曲完，谢繁漪看见了她，招她坐到身旁，递给她一个柚子。她正要掰时，二哥哥伸手过来，想帮她。虽然她力气大，区区一个柚子完全不在话下，但也喜欢这种被照顾的感觉。只可惜，二哥哥掰了半天也没打开，最后还是她拿回来自己掰的，分了一瓣给他。

一旁的谢繁漪忽然笑出声。

她有些内疚，生怕二哥哥被折损了男儿的自尊心会不高兴，结果二哥哥摸了摸她的头，咬了一口她递过去的柚子，也笑了……

是啊，二哥哥本是个那么温暾温柔温和的人啊……

"都是我的错。"谢繁漪深吸口气，转过头来，一本正经地望着彰华，"是我得知他的身世后，不甘心他遭此不幸，逼着他回来报复！是我不甘心要以堂妹的身份跟他偷偷摸摸，不见天日！是我执意要与他长相厮守！是我觊觎皇后之位！是我丧心病狂，是我异想天开，一切都是……我的错。与知幸、与谢家……无关。"

谢长晏心中松了口气，谢繁漪可算是改口了，不再拖整个谢家一起下水了。但还有一个问题，不得不问："你真的是如意夫人吗？"

谢繁漪眼中有很古怪的神色，半晌后才道："如意夫人去年死了，她没有把衣钵正式传给我。我猜她本想传给秋姜，但秋姜那会儿被风小雅藏起来了。所以，我虽算得上是如意门目前的掌权人，但真正的核心五宝是谁、在哪里，都不知道，也使唤不了他们。"

若谢繁漪能使唤五宝弟子的话，恐怕陛下的这局棋，便不会赢得如此轻松了。谢长晏一想到这点，心有余悸，然后感慨——彰华的运气真心不错。

"所以，现在的如意门是一盘散沙？"彰华问道。

"可以这么说。"

彰华眯起眼睛，看了谢繁漪半天，才又道："你还有什么想说的吗？"

"有。"谢繁漪俯下身，竟然毕恭毕敬地行了叩拜之礼，"若知幸醒来，请……让他见太上皇一面。"

彰华望着她，既不答应也不拒绝，最后提高声音道："来人。"

吉祥走了进来。

"把皇后收押，等待后审。"

"是。"吉祥带着谢繁漪出去了。

殿内安静下来。好一会儿，彰华和谢长晏都没有开口说话。两人各怀心事地沉默了片刻后，彰华忽然抬手摸了摸谢长晏的发簪："在想什么？"

"陛下呢，在想什么？"

彰华的眼眸瞬间深沉，然后，又因想起了眼前之人是她而慢慢地放松，露出些许真实情绪来："谢繁漪的话，不必全信。"

"巧了，我也这么想的。"谢长晏笑了笑，下一刻，却控制不住地变成了悲伤，"有个问题，刚才没问。因为我怕问了，就会像鹤公那样，绷不住表情……"心中的阴雨，还在滴滴答答地下着，没完没了，仿佛没有尽头，"我娘……"

"长晏！"彰华突然将她搂进怀中。

谢长晏一僵，然后也因想起了眼前之人是他而慢慢放松，温顺地依偎在了他怀中，声音低幽恍如叹息："陛下，一个对情人如此多情的人，为什么对亲人会那么无情呢？"

彰华没说话，只是轻轻拍抚着她的背，一下又一下。

"她为了二哥哥，抛弃父母兄弟不算，还为了引我入局，把杀我父的银门凶手从岛上救出来，再一路引到娘亲前面……那是我娘，她的婶婶！那天是我的及笄日！"谢长晏再也说不下去了。

她闭上眼睛，紧紧地抓着彰华的衣襟，战栗难言。

一切都从那一天起——

那一天，她目睹母亲在自己面前掉了脑袋。杀人凶手翻出十五年前的旧事，然后又在船上被灭了口。

当时想不通的事情，在这一刻已完全明晰——

一切都是谢繁漪所为。

谢繁漪翻出谢惟善的真正死因，再加一笔杀母的新仇，引诱她去程国调查如意门。而当时时机之所以能掌握得那么好，把她耍得团团转，正是因为胡智仁一直跟在她身边……

她入程后，胡智仁也一直掌握着她的行程。之所以纵容她玩了大半年，是因为忙着扶植新程王。等一切安排妥当，就借程王大寿之名，邀请宜璧燕三国使臣来程，再诱她失踪，令燕王不得不亲自前来。

等燕王到后，连同谢长晏一起炸死，她则带着新燕王回宫——这就是谢繁漪的一系列计划。

不得不说，虽然大胆，却是捷径。可以不用耗费太多力气，不必引发大规模战乱，就能取而代之，神不知鬼不觉地改朝换代。

只可惜，谢繁漪遇到的对手是彰华。

唯方大地赫赫章灼，若日明之丽天的燕国国君。

而谢繁漪也小看了谢长晏，谢长晏提前意识到了不对劲，并给彰华留下了关键的讯息——六结绳结。

"陛下，你对谢知幸，究竟是什么样的心情呢？"依偎在彰华怀中，听着他沉稳有力的心跳声，谢长晏情不自禁地想：他们两个真是患难与共，她被姐姐玩弄于股掌之间，而他，则是被弟弟差点夺了江山。

彰华用一只手捧起了她的脸，与她对视："你对谢繁漪是何心情，朕对谢知幸便是何心情。"

"可是你看起来……"如此淡然，毫不在意啊。

她一直在极力控制自己，才能不让自己在谢繁漪面前露出受伤的表情，不让自己陷入仇恨的淤泥而面容扭曲。可彰华则从头到尾云淡风轻，因此也就气得谢繁漪更加失态。

彰华轻轻一笑："六年。"

"什么？"

"朕比你，多经历了六年，多磨砺了六年，而已。"

"人的一生，会遇到很多很多人，很多很多事。尴尬者、愤恨者、厌恶者、羞恼者，比比皆是，并不是躲开就可以的。尤其是——皇后。

"你高坐凤椅，看所有人跪拜你。那些人中，有心存爱慕却不能亲近的，有恶迹斑斑却不能擅动的，有笑里藏刀对你处心积虑的，有卑微懦弱让你都懒得看一眼的……你的生活，被这些纷杂的人物包围着，逃不了，也不能逃。

"你要习惯，克制，战胜。

"你受了伤后，才会知道怎么治疗；你吃过苦后，才会知道怎样避免；你失去东西后，才会珍惜此刻拥有；你爱过人后，才会知道怎样才是真正的爱……你要经历很多很多事，变得越来越丰富，直至——柔滑圆润，无坚不摧。

"伤方知愈；历方知避；失方知得；爱方知心。你既承了凤命，当遭此劫。"

这是彰华的人生信念，早在三年前，便教给了十三岁的她。
然后，从十三岁到十六岁，她一步步地，领教了这番话的真谛。
一步步地，从蚕蛹，变成了蝴蝶。

灯下，身穿白泽纹理长袍的少年看着手中的密函，看到这里，停了下来。
然后他合上密函，拿起灯，推开书房的门走了出去。
他在竹林中行走，穿过萧条的庭院，穿过僻静的走廊，来到府邸正北方的祠堂。祠堂里，点着上百支蜡烛，照着罗列如林的牌位。最末端的牌位最新，是空的，上面还没有刻字。
少年默默地凝望着这块无字牌位，半晌后，将密函用蜡烛点燃，放在了它面前的托盘里。
密函卷曲着燃烧了起来，火光吞舐着上面密密麻麻的字。
"如你所料，最终大获全胜的，还是彰华。
"这对璧国来说，是个好消息，也是个坏消息。好消息是五年之内，璧可保安然。坏消息是，程国若不革故鼎新，迟早灭于彰华之手。届时四国变作三国，一统之势难以抵挡……
"燕国赢率太大。尤其是……彰华选了一个志同道合的皇后。
"而璧……只怕还要乱上好几年……"
密函终于燃烧到尽头，火光消失了。
少年说完了所有的话后，拿着灯转身离开。
光影重重，这一刻，照着他的双肩仿佛扛着千斤重担，然而，他的背脊依旧挺得笔直，呈现出绝世独立的傲然。
一阵风来，吹散了托盘上的灰烬，包含其中的那些惊心动魄翻云覆雨的燕国局势，也就此吹散在了风中。

谢知幸第二天就醒了。

醒来后，当他看到彰华的第一眼，就仿佛明白了一切都已尘埃落定。

然后，他朝彰华笑了笑，问："繁漪呢？"

彰华静静地看着他，脸上没有任何表情："谢繁漪，和父王，朕只允许你见一个。选吧。"

谢知幸脸上果然露出被刺痛的表情。这让一旁旁观的谢长晏觉得有点新鲜——明明是一模一样的脸，但只看这个表情她就能分辨出，此人不是彰华。

谢知幸沉默了许久，选择道："我要见繁漪。"

彰华的目光闪烁了一下，对吉祥道："带他去天牢。"

"多谢……"谢知幸被孟不离抱上滑竿时，看见了谢长晏，甚至还笑了一笑，"十九，你没事，真是……太好了。"

谢长晏回了一个笑容给他："二哥哥，你能醒来，也真是太好了。"

谢知幸看到她的笑容，愣了愣，想要说些什么，但被抬走了。

等到他彻底消失在门外后，彰华才扭头看着谢长晏轻叹道："你这气人的本事，可真是越来越高了。"

"看他如此装模作样惺惺作态，便忍不住想吐。可是又觉得不能只自己恶心，也得恶心恶心他，就只好比他还要装模作样了。"谢长晏哈哈一笑，"但还是比不上陛下啊，只让谢知幸见一个人……真有你的。"

"谢繁漪昨天原本有恃无恐，一味针锋相对，死不认错。但在最后一刻，突然改口，把所有的罪名都自己扛了，把谢知幸塑造成了一个任她左右、重情重义的小白花。"

听到小白花这个形容，谢长晏忍不住"扑哧"一笑。

"谢繁漪是想保住他，只要朕心软，肯留谢知幸一命，如意门的暗部势力就能卷土重来。这种伎俩把戏，连你都骗不过，更何况是朕。"

"所以陛下就试探谢知幸，如果他选的是见太上皇，说明他是真的对太上皇怀有孺慕之情。但他选择见谢繁漪，因为他不知道现在是怎么个情况，必须要赶紧联系自己的帮手，好拟定下一步计划。"

说到这里，两人的目光不约而同地对上了。

谢长晏挑眉："陛下自然不会让他们这么称心如意地联手反扑。"

彰华眼中满是笑意："所以？"

"所以我们应该去偷听，看看他们两个见面会说什么。"

彰华叹了口气，抬手在她头上一摸，却是转身走到几案旁，开始批阅奏书了。

谢长晏急道："不去吗？"

"你若真那么好奇，就自己去吧。"

谢长晏想了想，诧异之色渐渐消去，走上前开始为他磨墨。

彰华笑着从奏书中抬起眼眸："想明白了？"

"嗯。陛下是在给谢知幸和谢繁漪最后一次机会。他们若能就此收手，可以法外开恩；他们若死不悔改，那么，再依法论处时，便可毫无愧疚。"

"没错。你今后行事，也须如此。因为，你我是帝后，是天道，天道，终究讲的是一个'仁'字。"

谢长晏挑了挑眉，却是戏谑："可我还不是皇后。如今大燕的皇后还在天牢里呢。"

彰华若有所思地看着她，突然眼神一热。

谢长晏立刻后退了一小步，摆手道："我开玩笑的……"

话未说完，腰肢已被抓住，紧跟着，一股力道传来，身体不受控制地倒了过去。

等她再抬起头时，人已坐在了彰华的腿上。

"我真的是开玩笑的！"谢长晏有点慌了。

彰华用鼻尖轻轻蹭了下她的鼻子，痒痒的，热热的，带来了某种熟悉的悸颤。谢长晏红着脸，低声道："这样不、不太好吧？"

"朕不是爱你爱得要死要活吗？"

"唉？"

"你十二岁时，朕一见到你就惊为天人，不顾群臣反对钦点你为皇后。"

"这个……"

"你十三岁时，朕相思成疾，一道圣旨，强行将未及笄的你召入玉京，金屋藏娇，养在朕做太子时的住所——知止居内。"

"别、别再说了……"

彰华附到她耳旁，声音又轻又柔："朕不顾礼法，亲自为你授学，对你做尽了不可描述之事……"

他那灵巧的手指一挑，她的衣服就被解开了，紧跟着罗衫尽褪，玉体横陈……谢长晏正在意乱情迷，忽觉身上一凉，复一热——

彰华从几下抽出了一套衣服，竟然又一次地帮她穿戴起来。

"你……"不知是该松口气，还是该气恼，或者还有那么点失落。

下一瞬，彰华咬着耳朵对她轻笑道："别急，来日方长。现在，朕带你去看好戏。"

谁急了？真是的！

孟不离和焦不弃抬着谢知幸来到天牢。焦不弃打开最里面的一个单间，里面关押的正是谢繁漪。

谢繁漪听到响动，回头看见他，非常震惊，几乎是孟不离刚把谢知幸放下，她就扑过来抱住了他。

"知幸，你醒了？太好了，江晚衣果然解了你的毒，你没事了……"

谢知幸用一种很古怪的眼神看着她，但最终，像被什么石子击中了心湖，泛起了温柔的涟漪。他反抱住谢繁漪，低声道："让你受委屈了。"

"我没事。我就是担心你……彰华阴险狡诈，又睚眦必报。我好担心他会不救你……"谢繁漪抚摸着谢知幸的脸，泪中带笑道，"知幸，我已一败涂地，但你还有机会活下去。只要你见到太上皇，你求求他，他一定会饶了你的……"

"他不会。"

"他会的！"谢繁漪咬了咬牙，手从袖中伸出时，指缝间多了一根针，"你用这个杀了我，然后带我的头颅去负荆请罪。你是他儿子，他对你有愧，只要你善加利用这点，肯定能打动他！"

谢知幸定定地看着那根针，眼眶一下子红了："繁漪……你……何必……一切皆是我的错。我的身世，害了我，也害了你……要死，也是我替你死才对。"

"可我的命是你救的……"谢繁漪朝他一笑，如幽兰花开，绝世清丽，"你忘了？小时候，我练龙舟舞时，不小心掉进湖里，是你第一个跳下来救了我，而我也不小心弄掉了你的面具……五伯知道后，罚我们两个一起跪祠堂。那是我从小到大第一次受罚，母亲心疼得不得了，暗中告诫我不要跟你走太近，因为你是个不祥之人。我想，可是我的命，是这个不祥的人救的啊……"

往事历历，她想起同他一起时的记忆，一幕幕，皆是风景——

她从出生以来就受尽宠爱，他却是个众人避之不及的存在。她到哪儿都前呼后拥，他却总是形单影只。所有人都赞美她爱慕她讨好她，唯独他不。他救过她，却对她极尽冷漠。

谢繁漪想，她是多么骄傲的人啊。那么骄傲，都容不得有人不喜欢她。

他避着她，她偏偏找他；他不理她，她就偏想惹他注意。

偶尔一次发现他会吹笙后，她便以切磋为由总去找他。他被她缠得没办法，问："你到底要怎样才肯放过我？"

她想了想，说："你救过我。你也跳下湖，让我救你一次，我们就扯平了。"

于是他就真的跳了。

他跳她也跳。

他水性很好，她却因为娘亲说女孩子不要总下水容易宫寒，所以是个旱鸭子。所以，她再一次溺水。而他，再一次没选择地只能救她上岸。

她吐出好几口水，胸口呛得直疼，却睁开眼睛，冲他胜利地笑："两次。你救我两次了，看来我更是要缠着你了。"

他被她的厚脸皮惊呆了，愣愣地看了她半天，最后冷着脸说："随便你。"

那一年，九岁的她，十岁的他。普普通通的开始，寻寻常常的堂兄妹。

却是什么时候变了质的呢？

是那一次她去找他练曲，正好赶上他头疼病发痛不欲生地满地翻滚吗？于是她抱住他，紧紧抱住，温柔地在他耳边低语，陪伴了他整整一夜。

是那一次她去给他庆生，却发现他的住处冷冷清清，没有半点该有的喜庆吗？她心疼死了，当即亲自下厨做了一碗面。她记得他有些局促地摘下面具，慢慢地、一口一口地吃着面条，连汤都喝得干干净净。最后，他放下筷子，黑漆漆的眼睛看向她，鬼使神差地，她主动凑上去，吻了他。

是他从此躲着她，不肯相见，还跟谢怀庸说要外出远游那次吗？他出发的前一晚，她不顾一切地冲进他房间，将他的包裹狠狠丢进火盆。他索性不带包袱，准备就那么上路。她见留不住他，就在他迈出门槛的一瞬间，用剪刀"咔嚓"剪下了自己的长发，丢进火盆。他被吓到了，终于扭身回来，不顾一切地把手探进火盆抢出了她的头发。

她问他："都不在乎我了，为何还要在乎我的头发？"

他定定地看着她，突然上前几步，抱住了她……

"那时候的我们多单纯啊……只想着长相厮守。若能与你在一起，让我怎么做都可以。"可是，世界那么大，竟无他们的容身之所。堂兄妹！乱伦！道德人伦礼法，一座座山压在他和她头上，压得他们透不过气来。

他总是说："等我死了，我就放你自由。"他有头疼的毛病，他总觉得自己活不久。

她也总是说："好。你死了，我会好好活下去，像个真正的大家闺秀那样活下去。"但现在，我要陪你在地狱里沉沦。

然后他们的事被母亲发现了。母亲半夜梦醒，惦念女儿，去看她，却发现房中没有人。母亲多了个心，等在院外，便等到了送她回来的他和她。

她寻了个借口解释一番，母亲虽然接受了，但心中终究对他们起了疑。于是她决定私奔。

"只有死亡才能将我们分开！而现在，还没到死的时候，那么，你活一日，我便跟你一日！我们逃吧！逃一天，是一天！"

她向来是个果断之人，大家闺秀的外皮下，聪明大胆又疯狂。

于是她计划着如何逃，逃去哪儿，怎么避过谢家的追寻，怎么维系此后的生活……就在那时，长公主出现了。

长公主离开后，他们两个默默对坐了许久。

她问他："你信她说的那些事吗？"

他沉默。

她便道："我一个字都不信。但是，如果这可以让我们在一起的话，我可以假装信！"

哪怕是带着勇气在黑暗中行走的人，骨子里也是期冀光明的。即使，那可能是一团诱人沉沦的鬼火，会将他们带向地狱。

于是，第二天她找到长公主说，为了表达诚意，总该让她先见一见陛下。

她要见一见彰华，是不是真的跟知幸长得一样。

长公主笑着答应了。

三个月后，太子妃的候选名单里，有了她的名字。

又一个半月后，她抵达玉京，在长公主的安排下，真的入宫见到了彰华。

彰华穿着白底金纹袍，戴着玉冠，正在跟一个胖乎乎的大臣笑。他笑起来时，露出两排整齐的白牙，似乎整个人都在发光——跟知幸，是那么那么，不一样。

她从没见过知幸大笑的样子。知幸总是活得很压抑，孤独和悲观仿佛跟面具一起烙进了他的生命中，随着年纪越长，越无法生活在阳光下。

彰华却站在阳光下，宫殿前，白玉石板上。所有经过的人都要向他参拜行礼。他高高在上，万分得意……

凭什么？

明明是同样的骨肉血脉，同样的脸，同样的身份，凭什么，知幸没有这些？

谢繁漪想，她大概是那一天走火入魔的。在见到彰华的那一天，她的心，崩了。

她是那么那么讨厌彰华，讨厌得似乎所有不满都瞬间找到了可以报复的对象。

如果彰华消失的话……

如果他消失了，知幸就能代替他站在这里了！而她，就能光明正大地站在知幸身边，永不分离了！

谢繁漪当晚就去找长公主，跟她说："来吧，我赞同你的想法。我们一起，来实现它！"

长公主把如意门的人引荐给她。

他们拟定好路线，借着飓风假死，然后乘船到程国，隐姓埋名藏起来。等待时机成熟，取彰华而代之。

当她回到隐洲，告诉知幸这个计划，却被他拒绝了。

那是她第一次，也是唯一一次跟知幸吵架。她费尽口舌游说他，逼迫他，他都不同意。

最后，她愤怒地转身离去。

再也不跟他说话。

封妃的圣旨很快送来了，婚期也定下了。她给自己挖了个坑，不但没能借坑逃离，反而真的要嫁给彰华了。

可是知幸依旧不肯屈服。

随着出嫁之日越来越近，她的心也越来越凉。于是，她第三次来到湖边，跳了下去。

等她再睁开眼时，人在知幸房中。

于是她知道，自己终于赢了。

她以死相逼，终令他妥协。

"你啊……救了我三次呢。我这条命，是你的。"七年前，她伸出手，抚摸着他的脸庞，如此道。

七年后的天牢，她再次抚摸着眼前这个挚爱的男子的脸，一个字一个字地说："我的命是你救的，是你的。现在，到了还给你的时候了。"

"不。"谢知幸伸出手，也轻轻抚摸着她的脸，"纵我此生，诸多不幸，若只是为了遇见你，那便已值得。繁漪，你自由了。"

谢繁漪的眼睛睁得大大的，忽然间，似意识到了什么，刚惊悸地喊了一句"知幸"，谢知幸就从她怀中软软地滑了下去。

"知幸！知幸！"谢繁漪神魂欲裂，想要撑住他，"你怎么了？你怎么了？！"

谢知幸紧咬牙关，额头冒出了一颗颗汗珠——以谢繁漪对他的了解，他的头疼又发作了。可这一次，他没有发出任何声音，也没有用滚动来消减疼痛。他只是安安静静地躺在她怀中，轻轻哆嗦。

"知幸，你的毒不是解了吗？不是解了吗？"谢繁漪不敢置信地睁大眼睛。

"是解了。所以……"谢知幸很努力地朝她笑了一笑，"现在不过是我的大限到了……我们都知道会有这一天的，不是吗？起码，我不是被你误杀死的，别难过。"

一滴眼泪从谢繁漪脸上滑落，滴到了谢知幸脸上。

"我、我……"谢繁漪突然站起来，想要把他抱起来，"我带你去见太上皇！你见见他！你把想问的话问了再走！不要带着遗憾走！"

然而谢知幸的目光涣散了起来，唇角的笑意也一点点地淡去了。

"挺住，知幸！你不是一直想见太上皇吗？你不见你的父王一面，不问他那句你惦念了这么多年的话吗？"

"没人会、会选……一个必、必死之人的……"谢知幸极力眨动眼睛，换回了些许清明，温柔地注视着谢繁漪，轻轻说，"除了你……"

除了你，繁漪，没有人会选我。没有人会爱我。

我是一个不祥之人。

谢繁漪拼命拍打牢门："来人啊！快来人！知幸！知幸，别这样，你再忍一忍，你马上就能见到你父王了！你马上就、就……"

她的声音戛然而止。

怀中的谢知幸，在这一刻，停止了呼吸。

谢繁漪双腿一软，抱着他跌坐在地。

"等我死了，我就放你自由。"

"好。你死了，我会好好活下去，像个真正的大家闺秀那样活下去。"

宛如一场噩梦，终于做到尽头。只要睁开眼睛，便能真正苏醒。

然而，若苏醒后的世界里，没了这个人……

谢繁漪慢慢地俯下身，将脸颊贴在了谢知幸脸上。他的肌肤还带着温度。再等等，就让她再在噩梦中，待一会儿吧……

一墙之隔的密室里，谢长晏看到这一幕，整个人都惊呆了。过了好半天，两行眼泪猝不及防地涌出眼眶。

她咬着下唇，神色恍惚："我、我错了……我竟是以小人之心猜错了二哥……"

她以为他在惺惺作态，她以为他选择见谢繁漪是为了图谋后事，她以为谢知幸已变成了一个为了报仇而丧心病狂的人。可是她刚刚看见了什么？

从头到尾，二哥哥都是被逼的。

他因对谢繁漪的爱，而被逼着推到了替身的位置上。

他到死也没见太上皇最后一面，没有问他最想问的问题。

他在太上皇和谢繁漪之间选择了谢繁漪，因为他知道自己要死了，所以挣扎着来见她，告诉她自己的死跟她无关，告诉她要遵守承诺好好地活下去……

谢长晏睁大了眼睛，恍惚间，仿佛又回到很多年前，体力荏弱的二哥哥，主动帮她剥柚子……他那么努力、那么认真，却没有成功，最后还换来了谢繁漪的一声笑。

二哥哥……是五伯伯养大的孩子啊。

就算最终做了错事，但那刻在骨子里的温柔和纯善，是改不掉的……

谢长晏难以抑制地悲伤，回头看向彰华："这不是一场好戏……"

彰华的表情也很复杂，有惊讶有悲伤，然后一瞬间，变成了紧急："糟了！"

他扭身就走。

"陛下！二哥这边……"

"怎么办"三个字噎在了喉咙里，谢长晏也想到了一件事，面色大变地跟着冲了出去。

然而，她没能追上会武功的彰华，只能看他的身影越来越远，最后去了陵光殿方向。

等她终于赶到陵光殿时，殿门前跪了一地的宫女太监，全在哆嗦颤抖，但又不敢发出声音。

她的心猛地一沉，轻轻走进殿内。

大殿中央的地上，一个人双膝跪地，双手被反绑在身后，胸膛上插了一把匕首，血流了一身，已经风干变成了深褐色。

那个人，穿着道袍，纵然初见，但谢长晏知道——他就是太上皇摹尹！

彰华直直地站在他面前，看着摹尹的死状，一动不动。

谢长晏上前，抓了抓他的手。

彰华目光一颤，仿佛这才清醒过来。他先是伸出手，将摹尹睁着的眼睛慢慢合上。然后一下拔出了那把匕首。摹尹的躯体僵硬地倒下来，被他接住。他把他抱到榻上。

然而，摹尹死了许久，肢体都已僵硬，即使被放到榻上，依旧保持着跪姿，说不出的怪异可怖。

彰华默默地注视了他一会儿后，"咔咔"几声，卸了他的关节，这才将双腿掰平，为他盖上了被子。

谢长晏看着放在榻旁的匕首，呼吸一紧——是那把杀方清池的匕首！不是在李宛宛手里吗，怎么出现在了这里？

"是……谁干的？"

"是长公主。"回答这个问题的人不是彰华，而是从外走进来的风小雅，他的脸色也很难看，手中还抱着一件被血染红的蓝衣——谢长晏认出来，那是李宛宛昨日穿的衣服。

"二夫人怎么了？"

"她死了。她跟太上皇一起，被长公主杀了。长公主跟荟蔚一起逃走了。"风小雅看向彰华，眸中似有叹息，"最后我们竟是都被她骗过了。"

彰华跪在榻前，握着摹尹的手，眼眸沉沉，没有回答。

风小雅缓缓道："我们一直以为此局的主导者是谢繁漪和谢知幸，长公主是为了给方清池报仇才成为他们的帮凶。但实际上……长公主才是主谋。"

是她告诉谢知幸真实身世。

是她将谢繁漪推上了太子妃的位置。

是她扶植跟她有一腿的袁定方，从而控制了五州府兵……

明明怎么看她都是罪魁祸首，但因为谢知幸的离奇身世，和谢繁漪所表现出的强大气场，令人反而疏忽了长公主在这个局中的真正地位。

风小雅低头看着染血的蓝衣，手指起了一阵颤抖："宛宛曾撞见长公主跟秋姜碰面。那时候我就应该有所警觉——就算长公主看不出来，可又怎么瞒得过秋姜的眼睛？她们肯定早就知道宛宛有问题。所以，宛宛以为她在监视长公主，实际上，是长公主在利用她的眼睛，误导我们……"

又是秋姜！

如果秋姜跟长公主是一伙的，那么，用秋姜失踪来令风小雅有所顾忌，想必也是他们计划中的一部分。

那么现在的形势是什么？秋姜接应长公主逃走了？

"我错了。"风小雅无比愧疚地看着彰华，几度张嘴，才艰难出声，"当初，我不该阻止你……杀她。"

若当时任由彰华杀了秋姜，不但父亲的仇得报，更不会落得现在这般收场……

风小雅立在原地，谢长晏正觉得他有点不对劲，就见他飘了下去——像一件衣服一样，蓬松柔软地落在了地上。

彰华终于转身，快步赶到他面前，握住他的手，随即面色大变："吉祥！快去请东璧侯！"

风小雅反抓住彰华的手，气息紊乱："我不要紧。先抓、抓回她们！"

"她逃不掉的。你不能出事！"彰华眼中依稀有了眼泪，"你若死了，朕将秋姜碎尸万段！"

"你……你……你啊……"风小雅无奈一笑，然后他便晕了过去。

吉祥很快就领着江晚衣来了。

宫女们收拾了另一张榻出来，彰华将风小雅放在榻上，由江晚衣为他施针。

然后，他扭身走到谢长晏面前："朕已下令全城搜捕姑姑，有很多事要亲自调令，你是留在这里，还是跟朕一起？"

"我跟你一起。"

"好，走。"彰华也不废话，转身就走。

谢长晏深吸口气，强压下乱如麻团的心情，追上了彰华的步伐。

执明殿中，彰华带着谢长晏走到玉京的舆图前。谢长晏看到这个比求鲁馆的还要精致数百倍的舆图，不由得睁大了眼睛。

"姑姑兵权已失，没法调动大军，就算召集到如意门的人，人数也不会很多。但此刻距离父王被杀起码已有一个时辰，一个时辰足够她逃出玉京。我们的搜捕范围太大，会很艰难。"如此时刻，彰华的神色反而越发平静，悲伤和痛苦仿佛都留在了陵光殿内，来到这里的，是一个不会为情所困的帝王。

谢长晏看着这样的他，心却在隐隐作痛。短短半个时辰内，弟弟死了，父王死了，最好的朋友随时会离世。而凶手，是自己的亲姑姑……二十二岁的彰华，其实经历了比六岁和十五岁时更可怕的遭遇啊！

"我派五州府兵分三路，其中，姑姑最可能逃往程国，所以，一路安排在这儿。其次，她的姨母在宜颇有权势，她也可能去投奔，所以，一路安排在这儿。剩余的，以玉京为中心扩散搜捕。通缉令已发，谁能提供长公主的线索，加官晋爵！"

谢长晏愣了愣，没想到彰华竟在通缉令上直言长公主叛国潜逃，把皇家丑闻赤裸裸地掀开了。

"朕不是父王。父王顾忌的那些，朕不在乎。"彰华虽说得镇定，但提及亡父，他的眼眶还是红了一下。可他恢复得极快，一眨眼后，又变成了不动声色的模样。

"此外，侍卫回报时饮不见了。荟蔚带走了时饮，而时饮，是匹很醒目的马。"

谢长晏分析道："障眼法。我若是长公主，不会在逃命时带这样一匹马，再好的马也不行。"

彰华赞许地看了她一眼："没错。"

"我们只能这么被动地找吗？"谢长晏看着偌大的舆图，连图都这么大，更何况现实。大海捞针，那针还会各种藏匿，总觉得希望渺茫。

"你有什么想法？"

谢长晏咬了咬唇："长公主一人之力是逃不掉的，肯定有如意门的人在帮她。如果三姐姐说的是实话，如意夫人已经死了的话，那么现在如意门的人，要不就是听秋姜的，要不就是听三姐姐的。长公主久在燕国，就算也是如意门的人，也不可能是核心人物——没有核心人物可以常年不回总部。"

彰华的眼睛亮了起来，猜到了她的意图："你想要放谢繁漪出去？"

"二哥已死，谢繁漪已不成威胁。放她走，有两种可能：一，她想东山再起，为二哥报仇，那么，她就要借如意门之势。放她回去，一山难容二虎，她跟秋姜和长公主之间，必有一番争斗。二，她万念俱灰只想平安度日，这时就要我们当坏人，放出风声说她给了我们如意门的名单，逼如意门追杀她。只要如意门出现在她面前，我们就能顺藤摸瓜，找到老巢，抓住长公主。"

彰华沉吟片刻，点点头："此计可行，就这么办！"

他立即叫来侍卫们，吩咐了下去。等到一通布置完毕，时近午时。宫女捧来饭食，谢长晏接过来，端到彰华面前："我知道陛下现在吃不动，但是……"

彰华却立刻拿起筷子吃了起来。

接下去还有一场硬仗要打，哪怕再没胃口，也要吃下去。谢长晏凝望着大口大口往嘴里塞吞饭菜的彰华，一颗心软得一塌糊涂。

陛下，我们经历了那么那么多事情，每件事都在告诫我们：哭是无用的。要尽快解决问题，必须冷静、沉着、坚强。

可是……可是啊……

谢长晏突然上前，抱住了彰华。

这是他们认识以来，她第一次主动拥抱彰华。

彰华呆了呆，然后，慢慢地，放下了碗筷。

谢长晏将他抱得更紧了些，将自己的嘴唇贴在他的发顶，轻轻道："陛下，想哭吗？"

彰华动了一下，似想抽身。

谢长晏笑了起来，声音跟拂过他头发的手一样轻柔："我有个很好很好的……哭的方法。"

宫女们端来两个装满水的水桶后，躬身退了出去。

谢长晏边用带子把头发扎起，边走到其中一个水桶前，瞟了彰华一眼，深吸口气，将整张脸埋入水中。

她抓着桶壁，在水中睁开眼睛，看见一道道光弧一样的水纹，它们弯弯曲曲地萦绕在四周，安静极了。

然后她默默地数着心跳声，数到无法忍受时，才直起身，带着满脸的水珠朝彰华眨了眨眼睛。

"我从小就知道我爹是在海里没的。所以我从小就练泅水，久而久之，便爱上了在水里的感觉。每当我不开心时，就跳到湖里，抱膝沉到湖底大哭一场。等我出来的时候，满脸水珠，谁也不知道我哭过。"谢长晏嫣然一笑，"陛下试一试？"

彰华凝视着她，正当谢长晏觉得他大概不想尝试时，他俯下身将脑袋浸入了水桶中。

谢长晏在心中慢慢地替他数着数。

一、二、三……

哭吧，陛下。

哭确实什么用也没有。既不能让时间回溯，制止太上皇的错误；也不能抓住长公主，让她立刻得到惩罚。甚至，很多时候哭过的身体，又疲惫又空虚，更加难受。

可是，喜怒哀乐皆为人性。

是上天赋予万物之灵的人类一种很好的补偿方式。因为我们的心灵太脆弱，很容易受伤，而眼泪是独一无二的一种药，能把那些看不见的伤口慢慢修复。

所以，哭吧，陛下……没关系的。

像我当年一样，怀疑你的真实身份而跳入冰湖大哭一场。

像我当年一样，母亲被杀后跳入海中大哭一场。

谁也没看见，谁也不知道。

彰华在桶中浸泡了很久，中途上来换了几回气。

而当他最终直起腰，虽然眼睛看不出红肿的痕迹，却比之前明亮了许多。像一面雾蒙蒙的镜子，被重新拭亮了。

一直等在一旁的谢长晏递上汗巾，冲他甜甜一笑："好消息。东壁侯说，鹤公没事了。"

风小雅平躺在榻上，他的手端端正正地放在身侧，连脖子都没有半分偏侧，笔直地看着头上的横梁。

他的脸色还是很苍白，但眼神明显精神了许多。

当彰华和谢长晏赶到时，他正在跟江晚衣说话。

"谢知幸的毒已解，为何还会死？"

谢长晏脚步微顿，这也是她很迷惑的一件事。

江晚衣沉吟了一会儿，才道："是我医术不精。见他气脉虚弱，以为是毒素所致，现在深思起来，应是身体早就垮了。脑袋上的病情最不可控，先天不足之人，再遇心力交瘁之事，生死只在一瞬间。"说到这儿，他别有深意地盯着风小雅，沉声道，"鹤公亦如是。万万保重身体。"

风小雅却不以为意道："我又不是伤在脑袋。"

江晚衣轻笑了一下，起身收拾药箱："你知道身为大夫，最喜欢什么样的病人，最讨厌什么样的病人吗？"

"噢？"

"最喜欢拼命努力哪怕只有一线希望都紧紧拽住想要活下去的人。"

彰华听到这里，忽然开口："姬婴吗？"

谢长晏一愣——姬婴？璧国的白泽公子吗？他上个月被人杀死了，消息传出后，四国皆惊。而她当时跟陛下正在秘密回京途中，自顾不暇，再加上陛下当时失忆，完全想不起此人是谁，自也一耳朵听过便算了。

现在听来，难道另有隐情？

江晚衣并不正面回答，而是继续道："最讨厌的自然是你这般看似样样配合，其实毫无求生欲望的人。"

风小雅扬了扬眉毛："我觉得我不是这种人。"

"那最好。"江晚衣说罢，便径自走了，来也匆匆去也匆匆。

吉祥在一旁道："侯爷今天还要跑三个地方给人看病。"

彰华感慨道："图壁真是多能人异士啊……"

谢长晏立即道："大燕也不差！有我和蛙老呢！"

风小雅和彰华相视一笑。执明殿内，一扫压抑低迷的气氛。

谢长晏心想真好，起码鹤公留了下来，跟她在如此危急的时刻，一起陪在陛下身边。

似看出她眼底的担忧，风小雅刻意转过头，看着她道："放心，我真不是江晚衣说的那种人。"

"嗯。"彰华淡淡道，"如意门不除，朕，不许你死。"

这一次，连谢长晏也忍不住笑了。

就在谢长晏以为这场追捕长公主的行动会持续很久，会耗费很多心力才能有所成时，出人意料的是，当天夜里，一个红色的茧便经由吉祥之手，交到了彰华手中。

彰华当着谢长晏的面挑出茧中的布条，看了上面的话后，两人大吃一惊。

他们立刻备车，赶往某地。

"会不会是陷阱？"谢长晏忍不住多疑。

彰华紧紧拽着那根布条，没有说话。连他也不能确定，这是不是一个陷阱。

因为，布条是荟蔚郡主写来的，上面只有一句话："我们在万毓林竹屋。"

布条虽是荟蔚的字迹，茧却是孟不离的。

这是怎么回事？

谢长晏百思不得其解。

照理说，昨夜太上皇单独召见长公主，虽未将她收押，但也有侍卫看守。更何况孟不离在身旁，太上皇本应安全，可最后偏偏死在了长公主的匕首下。

而长公主逃走后，孟不离也不见了，他是去追踪长公主了？若如此，自己传讯回来即可，为何会是荟蔚写的字呢？他们两个什么情况？

带着满腹的疑惑，马车到了万毓林。

彰华对谢长晏道："朕要偷偷进去。带着你，恐不方便。"

谢长晏明白，她毕竟不会武功，脚步声瞒不过长公主的耳目。

"我在这儿等你。"谢长晏将一枚焰火递到彰华手上，"鹤公也带了人马在林外候着，如有不测，及时告知。"

彰华接过焰火，跳下车，却转身回来，伸手拉下她的头，重重吻在了她唇上。

谢长晏愣了一下，回过神后，反抱住他回应了他的吻。

坐在车辕上赶车的吉祥和焦不弃各自扭头，装作不存在。

万毓林的树木大多都染上了红霜，在九月初秋的晚风中沙沙作响，仿佛在催促她和他。

于是彰华不得不很快终止了这个吻，深深看了她一眼后，带着吉祥走了。

谢长晏坐在马车上，望着他的背影几个跳跃隐没在了夜色中，心中担忧得不得了。于是她忍不住问焦不弃："你说，我现在开始学武，还来得及吗？"

焦不弃想了想，回答道："来得及。不过，可能没法练得很好。"

半桶水的功夫在这种情况下照样是添乱。谢长晏只好无奈地叹了口气。然而就在这一瞬间，她脖子后的汗毛竖了起来。

谢长晏突然朝前栽倒，一个翻身从马车上滚落到地上。

只听"咚"的一声，一支箭穿过车壁，射中了几丈远外的树——如果她还坐在那里，此刻已中箭了。

焦不弃立刻跳车去扶谢长晏："没事吧？"

未等回答，第二支箭射到。焦不弃将谢长晏一推，挥剑迎了上去将箭劈断。与此同时，从四面八方跳出数名蒙面黑衣人来，一言不发地出手围攻二人。

果然是陷阱！谢长晏一眼看出他们的装束打扮，都跟如意门的银门杀手十分相像。眼看一人朝她扑来，谢长晏飞起一脚，鞋上利刃弹出，刺中了他的手臂。那人大叫一声，手中长剑"哐当"落地。

然而如此一来她也暴露了鞋子上的机关。谢长晏心知不妙，转身抢了一匹马就跑。

黑衣人们并不跟焦不弃纠缠，全都纷纷掉头来追她。

谢长晏七扭八扭地逃到了溪边，一支箭射中了马腿，白马痛得将谢长晏扔下马背。她连忙爬起来，却发现扭到了左脚，这下子便想再跑也不行了。她只好气喘吁吁地站稳，看向追到的众人："你们不去抓陛下，追我做什么？"

黑衣人们并不答话，而是慢慢地缩小包围圈。

谢长晏从怀中取出一枚焰火，扔在地上，眼看火焰就要蹿起发出信号，一箭射来削断焰火，那一点火星就此湮灭在草丛中。

黑衣人们让出一个缺口，一个手持弓箭的人策马缓缓走过来。

他的脸上同样蒙着黑巾，从弓上的箭羽看，就是刚才射马车、射马的人。

此人是头目？

谢长晏眯了眯眼，沉声道："你是何人？想做什么？"

那人弯弓引箭，冰寒的箭尖对准了她的眉心，在银月下闪烁着刺目的光。

谢长晏心中一紧，刹那，后背冷汗湿透。

然而，那战栗的杀意，不过是一瞬间的事，下一刻，箭尖移开了，那人放下弓，翻身下马，一步步走到她面前。

谢长晏却更加心惊，因为此人的眼睛实在充满了侵略性，让她感觉自己是只被蛇盯上的青蛙。

那人越来越近，一步，两步，三步……最后停在了离她一步之远的地方。然后他抬起头，伸出了一只手。

谢长晏睁大眼睛，后背的衣衫被风一吹，湿汗蒸发，变成了丝丝的凉。

她一个激灵侧头避过了那只手，厉声叫出了他的名字："不许碰我，胡智仁！"

那人的手果然僵在了空中。片刻后，慢慢收回，摘下了脸上的黑巾——胡子已经剃掉了，重新露出光洁干净的下巴，显得整个人年轻了不少，斯斯文文地朝她一笑。

"又见面了，长晏。"

谢长晏想，是了，她怎的忘记了这个人。

失去兵权的长公主，如今能依靠的，也就只有胡家的势力了……可胡智仁穿着如意门的服饰，眼角余光看到他腰间的一件饰物，不禁一震。

"你是……赤珠？"五宝之一的……赤珠？！跟秋姜可以分庭抗礼的如意门核心人物？！

可他之前明明在谢繁漪面前一副唯唯诺诺无不遵从的模样！

胡智仁勾唇一笑，再次向她伸出手来。

这一次，谢长晏没有躲。

那只手便摸上了她的脸，像毒蛇湿嗒嗒的舌头。然而谢长晏咬着牙，忍住了。

胡智仁眼中闪过一丝满意之色："你果然是个聪明人。聪明人知道不做无谓的反抗。"

"长公主在哪儿？"

"在跟你的好陛下见面。"

"所以，这是个陷阱？"

胡智仁笑了笑，从她的脸颊摸到她的脖子，一点点往下："乖。如果你保持这样不动，我就慢慢地，一点点地说给你听。"

谢长晏果然一动不敢动。

"钰菁那个蠢货，知道大势已去后，让心腹宫女传信给我，拜托我带她女儿走。看在她这些年明里暗中帮了夫人许多忙的分上，我带人潜入陵光殿，杀了看守的侍卫，将她跟她女儿一起救了出来。结果，她却不肯痛快离开，非要回去扎老燕王一刀。"胡智仁说到这儿，一边轻笑，一边将手探进了她的衣襟里，"结果果然被不离那小子发觉，缠上，差点没跑掉……"

谢长晏浑身都在发抖，但没有发出丝毫声音。

胡智仁看到她极力忍耐的模样，笑得越发欢愉，附到她耳旁轻轻道："你不叫，我反而更兴奋。谢长晏，一想到你是燕王的女人，一想到你曾经那么高傲无情地拒绝我，我现在就更兴奋，你也摸摸我……"说着，牵起她的手，去摸自己。

谢长晏的眼泪猝不及防地掉了出来。

胡智仁哈哈大笑，伸出舌头在她脸上舔来舔去，一边舔一边喘息道："你哭，我也好兴奋……谢长晏，谢长晏，就是要这样得到你，才过瘾啊……"

谢长晏的眼神变了变，忽然哭得更凶了，她哇哇哭，似要将所有的委屈都发泄出来："你根本不是真心喜欢我！只因为我是陛下的前未婚妻，所以想羞辱我罢了！亏我还把你视作知己，觉得跟你意趣相投，觉得你开明风趣温柔，都是假的！通通都是假的！"

胡智仁的眼中闪过一丝黯然，但很快又变成了残忍："是假的又如何？你不也得乖乖承受？不止如此，我还要把你带回去，尽情玩弄、蹂躏、糟践……"

他越想越兴奋，越想越得意，当即双手用力，"哧"地撕掉了谢长晏的外衫。

谢长晏尖叫了起来。

胡智仁在她的尖叫声中将她扑倒，刚要施暴，一把刀架在了他的脖子上。

胡智仁一个激灵，那刀便滑入了他的皮肉，他一痛，瞬间清醒。

月光倒映出一个影子，站在他身后，仿佛踏月而来的幽灵。

胡智仁大怒："来人！"他不顾一切地扭头回望，却见原本围成一圈的黑衣人全都倒下了，躺在地上不知死活。

他的脸色由白到红，再从红到黑，恨恨地盯着谢长晏："是你？！"她故意哭，故意叫，都是因为看见来了救兵，而他，实在太过兴奋，太急于占有她，从而让人钻了空子！

谢长晏手忙脚乱地爬起来，拢上破碎的衣衫。

胡智仁刚想反抗，那人一脚将他踢倒，紧跟着"咔咔"几声，一条铁链将他的手反绑在了一起。

胡智仁挣扎了几下，没能挣扎开，只好强忍怒火冷冷扭头看向来人："你是什么人？"

那人身上穿的同样是银门弟子的服饰，蒙着黑巾，刚才混在他们之中，所以才能出其不意地放倒其他人。

那人冷冷道："胡智仁，宜春人氏，年二十二，为胡家支系，三岁父母双亡，被接入族中养育。因算术上有天赋，被胡九仙看中，养在身旁。六岁起从商，十三岁，因嫉恨族兄胡允之而加入如意门，借如意门之手杀死胡允之，自此平步青云，渐得器重，三年后被派至燕处理事务。"

胡智仁越听越惊，颤声道："你到底是什么人？为何、为何……"会连那么久远前的事都知道？

"这些年，你在燕，表面上借胡家的字号经商，私底下偷偷略卖幼童至程，为如意门大开方便之门。胡九仙有所察觉后，你以退为进，称愿往程国查核略卖之事，自证清白。实则是配合谢繁漪行事，拖住谢长晏。后，于长刀海峡，设计杀害二人未果，返回宜国。"

谢长晏也很惊讶，没想到此人竟对胡智仁的一举一动都如此清楚。更奇怪的是，她觉得此人有点眼熟，可又想不起究竟是谁。奇怪，明明她是过目不忘之人啊……

"你为了取信于胡九仙，牺牲一队银门弟子，将略卖之事全都推到别人身上。胡九仙被你瞒过，允你再回燕国。途中你得知谢长晏未死，跟伊二哥一起被绣旗军遣送回燕的事情后，立刻调派人手上官船，杀死市舶使和所有官员。"

"你到底是谁？你想做什么？"

"然而谢长晏还是没死，并跟燕王一起成功粉碎了谢繁漪的计划。你见他们失势，正要逃，长公主却私信威胁你，让你带她女儿逃走，否则，就将你的真实身份公开。你被逼无奈，从燕宫救出她们，但又不甘心受制于人，便在路上杀了长公主。"

谢长晏惊呼了一声，万万没想到长公主竟然已经死了！

"你正要连她女儿一起杀，孟不离赶到，想救郡主。你将二人抓住后，想出一计，逼荟蔚郡主写密函给燕王，诱他来此。你为燕王精心准备了长公主和荟蔚郡主他们的尸体，布置成长公主跟孟不离两败俱伤的假象。如此一来，线索全断，你就可以悄然身退……可惜啊……"黑衣人说到这儿，目光转向谢长晏，"可惜你心中，有一件一直想做，却屡次没成的事。你被那件事折磨得快要发疯，所以色胆包天，冒着天大的危险也要留下来，藏在林中，想趁谢长晏落单时，抓住她。"

谢长晏面色一白，情不自禁地又拢了拢衣服。

"色字头上一把刀。胡智仁，你机关算尽，最后，却是输在了女色上。甘心吗？"

"我不甘心！你到底是谁？"

黑衣人哈哈一笑，这一笑，谢长晏终于听出来了，她的眼睛一下子睁得极大："端、端……端午哥？"

黑衣人随手摘掉了脸上的黑巾，露出一张年轻的脸，不是别人，正是郑端午。然而，又不是记忆中的模样了。

彼时的郑端午，总是冷着一张棺材脸，眼睛半眯，闪烁着精明的算计和严肃的凶光。但此刻的郑端午，在微笑，笑容一起，他的眼睛便大了数倍，整个人精神抖擞，颇具神采。

谢长晏被这巨大的反差震惊得一时间说不出话来。

胡智仁看到他的脸，却是不认识的，当即道："你既然知道我是谁，那么应该知道，留着我，比杀了我有用。我有很多很多钱，有很多很多权势，你想要什么，我都可以给你！"

谢长晏心中一沉，完了，郑端午那么贪财，没准会答应啊！

郑端午将刀在空中划了个弧度，舌尖在刀背上舔过，露出上面烙着的仙鹤振翅飞翔的图腾来。

这不是风小雅的图腾，而是宜国的图腾，官家所有，私人不可用。

而宜国官员中，图腾在哪里是有讲究的，在衣领、衣襟、下摆、玉板……都分别代表了不同的身份。如果在兵器分类里，用在刀上，则说明——对方是宜国的衙役。

衙役在宜国不算品级，俸禄也微薄得很，但因掌握实权，所以能从犯人及其家属身上揩油水，混个温饱。

因此，郑端午之前各种私收贿赂的行为，谢长晏虽不齿，但并不惊讶。可现在……

郑端午笑道："你能给我多少？"

"你想要多少？"

"按照宜国律例，像你这样略卖幼儿、杀害兄长、坑蒙拐骗的奸商，须立即斩首，并抄充全部家财。"

"我可以把全部家财给你。"

郑端午"哧哧"地笑了起来，谢长晏忍不住想，此人还是继续冷面的好，笑起来实在太难听了。

眼看郑端午像是要被胡智仁打动了，谢长晏忙道："我可以给你更多！端午哥，别忘了，我还欠你一万双靴子呢！"

"放心，记着呢。所以才来救你收债的啊。"郑端午轻飘飘地来了一句，将刀再次架在了胡智仁的脖子上，"那就走吧，回宜国去，把你的万贯家财全给我。"

"端午哥！此人不能跟你走！"

"为什么？他是宜国人，我是宜国衙役，我带他走，天经地义。"

"对对对，端午兄是吗？只要你带我回宜，什么都给你！"

郑端午把胡智仁扔上马背，就跟他驾马离开了。

谢长晏追了几步，空中飘来他的一句话："非礼勿视非礼勿追啊妹子……"

谢长晏这才意识到自己衣衫不整，只好停下来，跺了跺脚。

而这时，焦不弃也终于赶到了，看见她如此模样，连忙捂住了眼睛："你……你没事吧？"停一停，脱下自己的外衫递了过去。

谢长晏心想孟不离是公公，焦不弃想必也是公公，都是公公有什么好遮眼的。但毕竟担忧彰华那边的情形，不敢耽搁，接过穿上了。

一路往回奔，路过马车时看见地上躺了四具黑衣尸体。焦不弃解释道："我杀的。"停一停，又补充，"所以对不起，差点没、没追上你。"

"我没事。"

焦不离狐疑地看了眼她脖子上被啃咬过的痕迹，但识趣地什么都没说。

谢长晏快跑着，终于抵达山间竹屋——太上皇曾经的住所。

此刻，竹屋里亮着灯，门开着，彰华正蹲在地上，跟一人说话。听见脚步声，回头看了她一眼。

只一眼，看到她的狼狈模样，神色顿变。但下一刻，又忍住了，比了个"嘘"的手势，继续低头道："嗯……朕知道。然后呢？"

谢长晏慢慢走过去，这才看到彰华怀中抱着荟蔚郡主，身旁的地上，躺着死不瞑目的长公主。

荟蔚郡主的心口上全是血，可她脸上的表情在微笑，一双眼睛又大又亮，显得天真烂漫："所以，表哥，我已经被范家休了，我是寡妇了。我娘又犯了滔天大罪，我也要跟着受刑吧？不都说鹤公专娶寡妇、逃妾和女囚吗？你说，他会不会就肯娶我了呢？"

彰华的眼眶红了起来。

"表哥，我知道我不好，我又骄纵又任性，还抢谢长晏的马。鹤公不喜欢我，我能理解的。但是，我好喜欢他，真的真的好喜欢。他心那么软，最见不得女孩子受委屈。那么，现在的我，没了爹爹，没了娘，也没了活路的我，他能不能可怜可怜我，娶我当十二夫人？"

"好，朕答应你，把你赐婚给小雅。"

"真的？"荟蔚郡主眼中绽出了光。

"嗯，朕这就抱你回去。"

"谢谢表哥！"荟蔚郡主的笑容忽然一僵，变成了愧疚和悲伤，"对不起，表哥……我太笨了，之前什么都不知道。昨夜，我想阻止娘，但也没做到。我娘做了好多好多错事啊，她没能等到你，亲口跟你说对不起，我替她跟你说……"

"好，朕接受了。"

"表哥你真是……你以前都对我很冷漠的，是不是也像鹤公一样，觉得我太可怜了，所以才什么都答应我？谢谢啊表哥……我啊，真的太可怜了啊……太可怜了……"她的声音越来越轻，然后头一歪，在彰华怀中咽了气。

彰华伸手为她合上了眼睛，然后慢慢地闭上了自己的眼睛。

谢长晏环顾四周，真如郑端午所言，长公主死了，荟蔚郡主也糟了毒手，只是拖到了现在，等到了彰华咽气。可是孟不离呢？孟不离在哪里？

"不离逃走了。荟蔚说，不离假死，等胡智仁走后，就逃出去报信了，不弃，你带人去找他。"彰华睁开眼睛，吩咐道。

焦不弃连忙走了，临走前点燃了焰火。

彰华这才放下荟蔚郡主的尸体，走到谢长晏面前，目光从她的外衫一路看到她伤痕累累的脖子。

谢长晏笑了笑："看来，你要再给我穿一次衣服了。"

彰华脱下自己的外袍，换掉焦不弃的衣服，换衣时看到谢长晏胸口上、腰上、腿上、胳膊上全是瘀青，还是变了脸色："怎么回事？"未等谢长晏回答，他就猜到了，"胡智仁？"

"这个……"

彰华眼中闪过一丝后悔之色，低声道："原来如此。他的目的……是你！"

"不不不，他真正的目的是想制造长公主被孟不离杀掉的假象，从而从燕国安全脱身。"谢长晏将自己的遭遇简单地说了一遍，略过受辱细节，重点讲了郑端午。

然而，彰华的脸色越发难看了，有抑不住的威压从他身上传出。这让谢长晏意识到——彰华，是真的生气了。

"我、我真的没事。不就是被狗啃了几下吗？幸好端午哥及时出现。不过他为什么要带胡智仁走呢？真是贪图胡智仁的钱吗？"

"当然不是。"彰华有些心烦意乱，"他是赫奕的暗探。"

"什、什么？"

"胡九仙早就怀疑胡智仁有问题，请赫奕调派一名最厉害的暗探，帮助他调查此人。郑端午本就在查胡智仁，正好遇上我们，借机来燕。"

"陛下什么时候知道的？"

"你离开梭飞船后。朕恢复了记忆，怀疑此人别有居心，他打不过小雅，只好吐露真言。于是下船后，朕就放他离开了。正因为想着有他暗中跟随胡智仁，先不动那个畜生，结果却……"彰华的手指发出了"咔嚓"的声响。

"可我真的没事。这一次，跟上一次，不一样！"

上一次，胡智仁在船上对她用强时，谢繁漪进来打断了。她当时虽然没什么反应，后来却在彰华怀中哭了个昏天暗地。

也许是因为彼时还对胡智仁抱有期待。

也许是因为发现姐姐是背后的阴谋者而无法忍受。

又也许是因为她害怕彰华知道这件事而不喜欢自己……

总之，那些忐忑的、复杂的、纠结的心情，都在上一次宣泄完毕了。这一次，再遭遇这种事时，便沉稳了许多，很快就挣脱掉恶心的情绪了。

可彰华比上一次还要生气。他冷声道："龙有逆鳞触之必死。朕，绝不会饶过此人！"

然而，虽然彰华立即调动五府兵马，连同千牛卫们一起寻找胡智仁和郑端午，想赶在他们出海前拦下，还是晚了一步。

滨州水军很快传来了一个消息——他们发现了郑端午的船，但当统领登船时，发现船上空无一人，而是留了一封信。

信的落款，竟是赫奕。

统领不敢私拆，连忙快马送回玉京，呈到彰华手中。

彰华打开一看，鼻子都气歪了。

谢长晏好奇地凑过去看，只见上面写着："朕费尽九牛二虎之力，寻遍四国，终于皇天不负有心人，被朕找到了《列女传仁智图》，最难得的是保存完好，丝毫没有损坏。一口价一百万缗，汝买是不买？"

这有什么好生气的？谢长晏不禁道："若真是顾长康的真迹，这个价虽贵，但也不值得生气啊。"

彰华冷笑道："他卖的是画吗？是人！"

谢长晏若有所悟："仁智……智仁？胡智仁！"

彰华将书信投入了火盆，抬头，却看见谢长晏两眼弯弯，似笑非笑。

"你既当初知悉了郑端午的真实身份，就该想到他必是要擒捕胡智仁回宜的，那是他的职责所在。"

"可你看郑端午像奉公守法之人吗？"

谢长晏一叹。确实，人有千面。谢繁漪有另一面，长公主有另一面，连郑端午都有另一面。人生如戏，幻幻真真。

"那便算了吧。来日方长，只要胡智仁还活着，总有机会从赫奕手中抓回来。"

彰华收敛了表情，慢慢地开始磨墨，然后提笔，给赫奕回信。

信上只有一个字——

"买！"

谢长晏"扑哧"一笑。

彰华瞪了她一眼。

谢长晏从袖子里取出一封奏书，带着几分歉然之色地放到他面前："那个……这个……"

彰华打了开来。

谢长晏转身就跑。

身后传来笔被扔在地上的响动声。

谢长晏喊道："老师说了若你不在一个月内给他拨款他就收拾包袱去赫奕那儿了，赫奕许诺给他比求鲁馆多十倍的院子和人手还有……"

"让他滚！"执明殿内，传来彰华的暴怒声。

守在门外的吉祥吃惊地看着跑出来的谢长晏。

谢长晏朝他眨了眨眼，抱着脑袋跑掉了。

吉祥探头往殿内看了一眼，看到头疼无比靠在榻上想事情的彰华，心中叹了口气——陛下生气的次数好像变多了……不，不是变多了，而是他以前都生闷气，总是把自己关在蝶屋里不见人。但现在……他的情绪有了宣泄的对象，所以就显得常常生气了。

"哥哥，看见没？如果你在天上看见了现在的陛下，会很高兴吧？"吉祥忍不住抬起头，注视着蔚蓝色的天空，微微一笑。

然而，当晚他做了一个梦，梦见如意在云层上暴跳如雷，指着地下的谢长晏破口大骂："她怎么就敢那么气陛下！她跟蛙老一对不要脸的师徒，天天就只知道花钱花钱花钱，管陛下要钱！我可怜的陛下，太可怜了，果然没我陪着就是不行啊，呜呜……"

吉祥惊醒过来，心脏"扑通扑通"跳了半天，想笑，却情不自禁地湿了眼眶。

一水二金三风。

一水是太上皇，二金是他和如意，三风是风乐天、风小雅和一个从头到尾不知情的荟蔚郡主。

如今，只剩下他和风小雅了。

幸好，还有个不在其中的谢长晏。

幸好啊……

燕王的一百万缗钱送过去，却又被宜使中途退了回来。原因很简单——胡智仁弄丢了。

谢长晏震惊："怎么会丢的？"

前来复命的正是郑端午，他低头直立，脸色既不阴沉冷酷，也不贪婪干笑，而是老老实实，规规矩矩地……心虚着。

"陛下，我是说宜王陛下，上月被冰璃公子邀去了璧国，陛下便让我押着胡智仁去江都跟他会合……"

谢长晏想，难怪他们封锁了去宜的所有海路，却没拦住人，原来此人去了璧国啊。狡猾的赫奕！

"结果，刚到江都，船就沉了。我被如意门的人困住，好不容易脱身，胡智仁却丢了。所以……陛下命我将钱退回来，顺便给燕王陛下一个交代。"

彰华沉声道："你能给我什么交代？"

郑端午抬起头，面色肃然："我会继续追踪，将他再次抓获！"

彰华冷笑："多久，一个月？一年？十年？若你一直抓不到，如何？"

郑端午的脸色变了变："陛下，想如何？"

"很简单，在抓获胡智仁前，你都要留在燕，不得回宜。"

"唉？"

"若发现胡智仁在宜，也得朕的手谕，才可离开燕。"

郑端午一脸为难："这不太好吧？"

"你若做不了主，便写信给赫奕，让他跟朕谈。"

郑端午呆了半天，愁眉苦脸地离开写信去了。

谢长晏望着他的背影，转了转眼珠："陛下是不是想说，宜国也多能人异士？"

"此人武功不错，性格机警，手段老练，还尽忠职守，忠心耿耿。赫奕摆了朕一道，朕就要他一个人，不吃亏。"

彰华跟谢长晏的目光交织在一起，两人同时一笑。

一旁默立着的吉祥不由得想：陛下和谢长晏可真是越来越有狼狈为奸之相了……

一盏茶后，郑端午回来了，把写给赫奕的信交给吉祥，请他代发，然后直视着燕王道："我同意了。在擒获胡智仁前，我都留在大燕。"

谢长晏心想此人竟然这么快就想通了。

"不过，我有条件……"郑端午话题一转，"得先把那一万双靴子折换成金给我。"

谢长晏扭过头，看着彰华："你确定此人真的忠心耿耿，尽忠职守？"

彰华也呆了呆，半晌后，无奈地看着她："你许的靴子，你想办法吧。"

"什么？我去哪里想办法？"

"管你老师要。"

"怎么可能？老师会气疯的啊！"

彰华起身就走："朕上朝去了。"

"陛下！陛下！"谢长晏追到殿门口，没追上，只好扭身为难地看着郑端午。郑端午扬了扬眉毛："后无戏言。"

"可我不是皇后。"谢长晏突然理直气壮，"皇后是我姐姐。你管她要吧！"

话音刚落，就有两名宫女匆匆从殿外跑来："谢姑娘，皇、皇后派人送东西给你！"

"什么？"谢长晏愣住了。

之前，为了追踪长公主，彰华将谢繁漪放了。谢繁漪就此离开了玉京。监视她的暗卫们回报说她一路南下，回了隐洲。此后便没有更新。

也因此，彰华还没有撤掉她的皇后名分。又因为太上皇驾崩，服丧期间不能有喜事，故而也没给谢长晏名分。谢长晏这段时间仿佛又回到了去年那会儿，白天去求鲁馆，晚上回宫，对宫女太监们来说，她跟风小雅一样，虽白衣之身却是极为特殊的存在。

谢长晏走出殿外，便看见了地上放着一个巨大的箱子。箱子旁垂手站着一个人。

她的眼睛一下子亮了起来："孟兄！"

此人竟是孟不离。

"孟兄，你的伤好了吗？这段时间去哪儿了？我们都很担心你！"

孟不离望着她，突然屈膝跪下双手抱拳："幸、不、辱、命！"

谢长晏一愣，继而会意地打开箱盖，然后就彻底呆住了——

箱子里，静静地躺着胡智仁的尸体。除此之外，还有一张纸。

上面写着："欠你两条命，先还你一条。还有一条，如意门亡日再还。"

谢繁漪的字。

原来当日孟不离假死骗过胡智仁耳目，待胡智仁离开后唤醒濒死的荟蔚郡主，见她显见是活不成了，就当机立断自己逃脱。本想回宫通风报信，却在林外遇到风小雅，遂得救。

但他牢记当初在谢长晏失踪后对燕王的承诺，因此伤势稍好就不告而别，继续追踪胡智仁去了。期间遇到谢繁漪，两人联手找到了胡智仁的藏身之处，谢繁漪引开如意门弟子，而孟不离跟胡智仁一番恶斗后终将他杀死。

谢繁漪让他将胡智仁的尸首带回，顺便还带了一样东西给谢长晏。

那是一个小盒子，就放在胡智仁身边。谢长晏打开一看，是皇后的凤印。

"陛下，你说三姐姐是什么意思呢？"

深夜，灯下，彰华一边亲自检查着胡智仁的尸体，一边回答道："她杀了你两次，所以欠你两条命吧。"

"那么，她说还我一条，就是把胡智仁还我。另一条是什么？"

"如果朕没猜错，应是她自己。"彰华直起身，洗了手，盖上盖子，"如意五宝，至今已知颇梨和赤珠都死了。"

谢长晏注视着字条上的后一句，眼眸微深："那么，如意门什么时候亡呢？"

彰华接过字条，也凝视着上面的字，最终一笑："快了。"

不日，宫中传出消息——皇后谢繁漪因太上皇之死过于悲痛，患病离世。与此同时发生的还有一件相比之下微不足道的小事：宜国锦绣县衙役郑端午趁夜摸入皇宫，割了一个叫胡智仁的商人的头颅——据说此人杀害了宜国的市舶使李大人——回国复命去了。燕王怒，命人追捕，未果，修书一封怒斥宜王越权抢人。

一年后，丧服期满，燕王下旨立谢长晏为后。此举果然又引起了一片热议，说什么的都有。

而作为当事者之一的谢长晏，则端坐执明殿中，看着宫女们一样样抬进来的大婚贺礼。

礼物都是文武百官送来的，布帛金玉大多无趣得很，谢长晏正有点无聊时，吉祥看着礼单喊道："求鲁馆公输蛙献礼——"

谢长晏顿时精神一振："拿上来拿上来！看看老师给我准备了什么礼物，肯定与众不同……"

宫女将一个细长的匣子呈上，里面是一卷画。

谢长晏笑道："难道又是什么特别的舆图吗？"当即打开，声音顿止。

画面中，延绵的蓝色冰川中，一道瀑布奔流直下，却是鲜红色的。滂沱气势，直扑而来。

后面的落款是"华贞七年元月初九绘于极北之川"，署名"十九"。

"啊……"谢长晏情不自禁地叫了一声。是那个人，那个跟她一起被龚小慧救起的银门幸存者十九。他竟然真的去了！真的去看那些奇特的风景了！

好羡慕……不过等等，这是别人送的，凭什么挂着公输蛙的名字啊！

"就只有这个？老师没有别的给我？"

吉祥叹了口气："还有一封讨钱的奏书，被陛下随手撕了。"

谢长晏哈哈一笑："撕得好！陛下在哪里？"

吉祥犹豫了一下，才道："陛下去万毓林竹屋了。"

谢长晏若有所悟，笑容慢慢地消失了。

谢长晏来到竹屋时，屋里没有人。

她找了一圈也没找到彰华，想起一事，便走出屋子来到瀑布旁。

湖水绿如碧玉。湖边的一块石头上，果然放着彰华的衣衫，叠得整整齐齐。

谢长晏想了想，也脱掉外衣扎起头发，跳了下去。

在湖底，她看到了抱膝而坐的彰华，正在闭目不知想什么。

谢长晏游过去，抱住了他。

彰华睁开眼睛，看到她，微微一怔，然后带着她浮出水面。

"朕没事。"他抹了把脸上的水珠，停了停，又道，"舒服多了。"

谢长晏拉他上岸，拿着衣服回竹屋内，帮他擦拭身体穿上衣衫。

彰华静静地看着某个地方，谢长晏扭头，发现是那堵原本挂着《齐物论》的墙，如今墙面空了，却留下了一个浅浅的印子。

她心中有些歉然：那幅字一直放在红船上，红船炸沉时也就没了。

彰华缓缓开口道："父王出生时，也是双生子，但他的弟弟，朕的皇叔十分荏弱，还未开始喝水，便先开始喝药。父王从小目睹皇叔的痛苦。十岁时，皇叔终于挺不住，在病榻上痛不欲生地哀号，求皇祖父赐他一死。皇祖父不答应，他号了整整一夜，才终于咽了气。父王在一旁被吓坏了……"

竟有那样的过往！谢长晏震惊。

"所以朕能理解当时他为什么那么斩钉截铁地保一个弃一个，为什么能做到对知幸那么残酷——他希望他尽快结束痛苦。"

只是没想到谢知幸竟能活下来。凭借谢怀庸当时三脚猫的炼丹术和医术，他竟活了下来。

她曾写信给五伯确认此事，五伯给她回了一封信，上面只有短短七个字："乾为天。君子当仁。"

也就是说，谢怀庸当时给谢知幸占了一卦，是"乾为天"，大吉之兆。寓意"天行健，君子以自强不息"。

因此，谢怀庸顺应天命救了他，养大他，在知字辈中，取名"幸"。知幸。

"朕十五岁时得知自己竟有如此奇异的身世后，着实消沉了一阵子。偏遇大婚前夕，父王派了宫女来教朕敦伦之事。朕便情不自禁地想到，爷爷、父亲都如此，朕的儿子很可能也是孪生子。若也是如此遭遇，朕会如何？当如何？每每那时，索然无趣，久而久之，便招来了猜疑之名。"

谢长晏一怔。燕王久久不婚，后宫也没有妃子，世人都道是他性好娈童所致，没想到竟有这等缘由。

彰华说到这里，直勾勾地看着谢长晏，目光闪烁，显露出难得一见的不安和歉然："晚晚，朕可以再给你一次选择的机会。"

选择逃离这样无趣的宿命。

选择另一种海阔天空的人生。

只要你愿意。朕，皆如你所愿。

谢长晏想了很久后，上前一步，侧头吻住了他的嘴唇。

彰华一愣，一时间反而不知作何反应，立在原地无法动弹。

谢长晏慢慢地脱去刚给他换上的衣衫，再脱去自己的。"陛下原来是害怕那种事啊……但是二哥不是已经证明给陛下看了吗？其实是可以活下来的。而我们，跟皇祖父和父王，都不一样。"

我们从不放弃希望。

我们，不一样。

春风吹拂湖面，水波涟漪。

粉融香汗流山枕，尽君今日欢。

华贞八年四月初一。燕王迎娶新后，普天同庆。

帝后于大殿上，捧婆娑美酒，邀群臣同醉。

风小雅亲自操琴，唱了一曲《鹿鸣》——

呦呦鹿鸣，食野之苹。我有嘉宾，鼓瑟吹笙。吹笙鼓簧，承筐是将。人之好我，示我周行。

呦呦鹿鸣，食野之蒿。我有嘉宾，德音孔昭。视民不恍，君子是则是效。我有旨酒，嘉宾式燕以敖。

呦呦鹿鸣，食野之芩。我有嘉宾，鼓瑟鼓琴。鼓瑟鼓琴，和乐且湛。我有旨酒，以燕乐嘉宾之心。

酒至半酣，风小雅收琴，至后殿向帝后辞别。

彰华似早有预料，沉默片刻，道："是时候了，去吧。"

谢长晏看到他身后的焦不弃和孟不离："孟兄也要去吗？"

孟不离朝她鞠躬行了一礼。

谢长晏有点舍不得，但一想到他本就是风小雅的随从，只好忍痛割爱。她倒了三杯酒，捧到三人面前："此去璧宜，凶险难测。然——我与陛下，与子同仇。"

风小雅和孟不离双双接过酒杯，将酒一口饮尽。

风小雅就此带着孟不离和焦不弃双双离去，宛如月下三道幽魂，缓缓消失在了视线中。

谢长晏喃喃道："筹备和酝酿了整整一年，对付如意门的计划终于开始了……只希望鹤公再见秋姜时，不要心软。只要他能挺住，就一定能成功。"

彰华走过来，握住她的手，眉目深深："与子携行。"

千里之外的程国王宫，年轻的女帝颐殊于睡梦中翻了个身，突然听到清冽的水声，一个激灵醒了过来。

她睁开眼睛，发现榻旁坐了一个人，正背对着她在倒茶。

颐殊第一反应就是要叫，那人回头悠然道："女王陛下，好久不见，可安好？"

外间的灯笼没熄，淡淡的灯光照上来人的脸。颐殊的表情顿时松了口气，拍了拍心口："是你啊，秋姜。唔，或者，该叫你——如意夫人？"

秋姜放下茶，冲她嫣然一笑。

【全文完】

后记

2010年，写完《图璧》时，就想写颐非的故事，内容都想好了，名字也起好了，叫《归程》，甚至都写了20万字了，然而……某天重读时，觉得不尽如人意，没有表达出我想要表达的东西。于是停更、修改，磕磕绊绊地重写。而与此同时，彰华的故事在《归程》的写作过程中变得丰满起来：啊，他是那样的一个皇帝啊，还有他的宠臣风小雅，归程的男二，竟然是这样的存在……

慢慢地，《式燕》就构思完成了。

每当写不动《归程》时，我就写一点《式燕》……当《式燕》把《归程》的缘起全部剧透光了后，《归程》对我竖起的墙终于轰然倒塌，得见墙内的姹紫嫣红、万千风景。

原来如此。我过于纠结埋伏笔、埋前因，反而成了写《归程》时最大的障碍。《归程》，不应该是"秋姜和风小雅有怎样的过去"，而是"秋姜和颐非如何铲除如意门"的过程。那样才是那个故事所要体现的"归"之真谛。

所以，我开始认认真真地写《式燕》，写彰华和他有趣的皇后，写他初见薛采时的情形，写他前往程国的经历——当我重写程国三王夜谈的场景时，就会觉得很有趣——原来，在姜沉鱼看来是这般这般的景象，当视角转换成彰华时，每句话的含义就完全不同了。

真有意思啊……作为作者的我也很意外呢。不知老读者们看到时会是什么感受呢？

总之，时别八年，身为作者的我带着《祸国》系列又回来了。请多多指教。也希望你们会喜欢彰华和谢长晏这一对。

十四阙于春光明媚时

图书在版编目（ＣＩＰ）数据

祸国．式燕：全2册 / 十四阙著． -- 南京：江苏
凤凰文艺出版社，2018.10（2025.7重印）
　ISBN 978-7-5594-2290-3

　Ⅰ．①祸… Ⅱ．①十… Ⅲ．①长篇小说－中国－当代
Ⅳ．①I247.5

　中国版本图书馆CIP数据核字(2018)第130256号

书　　　名	祸国．式燕（全二册）
作　　　者	十四阙
选 题 策 划	北京记忆坊文化
责 任 编 辑	姚　丽
特 约 策 划	暖　暖
特 约 编 辑	诗　杰　朱　雀
营 销 编 辑	杨　迎
责 任 监 制	刘　巍　江伟明
封 面 设 计	80零·小贾
封 面 绘 图	无　轩
人 设 绘 图	猫　树
版 式 设 计	段文婷
出 版 发 行	江苏凤凰文艺出版社
出版社地址	南京市中央路165号，邮编：210009
出版社网址	http://www.jswenyi.com
印　　　刷	三河市国新印装有限公司
开　　　本	670毫米×970毫米　1/16
字　　　数	645千字
印　　　张	31
版　　　次	2018年10月第1版，2025年7月第6次印刷
标 准 书 号	ISBN 978-7-5594-2290-3
定　　　价	72.00元（全二册）

影视版权抢订热线　　010-57194853
江苏凤凰文艺版图书凡印刷、装订错误可随时向承印厂调换